DEFEKT

PATRICIA CORNWELL

DEFEKT

EIN KAY-SCARPETTA-ROMAN

Aus dem Amerikanischen von
KARIN DUFNER

Weltbild

Die Originalausgabe erschien 2005 unter dem Titel
Predator
bei G.P. Putnam's Sons, New York.

Besuchen Sie uns im Internet:
www.weltbild.de

Genehmigte Lizenzausgabe für Verlagsgruppe Weltbild GmbH,
Steinerne Furt, 86167 Augsburg

Übersetzung: Karin Dufner
Umschlaggestaltung: Johannes Frick, Augsburg
Umschlagmotiv: LOOK GmbH, München (© Millennium Images/LOOK-foto)
Gesamtherstellung: Bagel Roto-Offset GmbH & Co. KG, Schleinitz
Printed in the EU
ISBN 978-3-8289-8797-5

2010 2009 2008 2007
Die letzte Jahreszahl gibt die aktuelle Lizenzausgabe an.

Für Staci

1

Es ist Sonntagnachmittag. Dr. Kay Scarpetta sitzt in ihrem Büro in der National Forensic Academy in Hollywood, Florida. Draußen ziehen Wolken auf, die wieder einmal ein Gewitter verheißen. Eigentlich dürfte es im Februar nicht so schwül und regnerisch sein.

Schüsse sind zu hören, und Stimmen rufen Wortfetzen, die sie nicht verstehen kann. An den Wochenenden sind Kampfübungen ein beliebter Zeitvertreib. Dann können Special Agents in schwarzen Overalls wild um sich ballern, ohne dass sie – außer Scarpetta – jemand hört, und auch sie nimmt es inzwischen kaum noch wahr. Stattdessen beschäftigt sie sich weiter mit dem vorläufigen Gutachten eines Gerichtsmediziners aus Louisiana. Er hat eine Patientin untersucht, die später fünf Menschen ermordet hat; angeblich erinnert sie sich an nichts.

Vermutlich wäre diese Patientin kaum eine geeignete Kandidatin für das Forschungsprogramm mit dem Namen Biometrische Evaluation und Systematisierung von Tötungsverlangen aufgrund Idiopathischer Enzephalanomalien, kurz BESTIE, denkt Scarpetta, während sie hört, wie ein Motorrad über das Akademiegelände näher kommt.

Sie schreibt eine E-Mail an den forensischen Psychologen Benton Wesley:

Eine Frau in der Studie könnte zwar interessant sein, aber wären die gewonnenen Daten nicht irrelevant? Ich dachte, du beschränkst dich bei BESTIE auf Männer.

Das Motorrad donnert mit Vollgas auf das Gebäude zu und kommt direkt unter Scarpettas Fenster zum Stehen. Pete Marino will sie wieder ärgern, denkt sie missmutig und liest Bentons Antwort:

Louisiana würde sie wahrscheinlich sowieso nicht rausrücken. Die sind viel zu scharf auf Hinrichtungen. Aber das Essen ist dort spitze.

Scarpetta blickt aus dem Fenster, während Marino den Motor zum Verstummen bringt, absteigt, sich in Machopose wirft und in alle Richtungen umschaut. Es ist typisch für ihn, dass er sich ständig beobachtet fühlt. Gerade schließt sie die BESTIE-Unterlagen in der Schreibtischschublade ein, als er, ohne anzuklopfen, hereinkommt und unaufgefordert Platz nimmt.

»Was weißt du über den Fall Johnny Swift?«, fragt er. Gewaltige tätowierte Arme ragen aus der Jeansweste, auf deren Rücken das Logo von Harley-Davidson prangt.

Marino ist der Chefermittler der Akademie und geht außerdem im Auftrag des Gerichtsmedizinischen Instituts von Broward County verdächtigen Todesfällen nach. Seit einiger Zeit sieht er aus wie die Karikatur eines Bikers. Er legt seinen Helm auf den Tisch, eine abgestoßene schwarze Halbschale, übersät mit Aufklebern, die Einschusslöcher darstellen sollen.

»Hilf meinem Gedächtnis mal auf die Sprünge. Übrigens ist dieses Ding da nichts weiter als Deko.« Scarpetta weist auf den Helm. »Absolut nutzlos, falls du mit deinem Organspender-Motorrad einen Unfall hast.«

Marino wirft eine Akte auf ihren Schreibtisch. »Ein Arzt aus San Francisco mit Praxis in Miami. Besaß zusammen mit seinem Bruder ein Strandhaus hier in Hollywood, nicht weit weg von den Renaissance-Doppeltürmen – du kennst doch sicher den Eigentumswohnblock in der Nähe des John Lloyd State Park. Vor etwa drei Monaten, so um Thanksgiving rum, war Swift hier und wurde von seinem Bruder auf dem Sofa gefunden. Tot, mit einer Schrotladung in der Brust. Er hatte gerade eine missglückte Handgelenkoperation hinter sich. Auf den ersten Blick eindeutig Selbstmord.«

»Damals war ich noch nicht am Gerichtsmedizinischen Institut«, entgegnet Scarpetta.

Sie war zwar bereits als Leiterin für forensische Wissenschaften und Medizin an der Akademie tätig, doch die Stelle als beratende forensische Pathologin am Gerichtsmedizinischen Institut von Broward County hat sie erst im vergangenen Dezember angenommen, als Dr. Bronson, der Chef, sein Stundendeputat zurückgefahren und immer öfter von der Rente geredet hat.

»Aber ich erinnere mich, davon gehört zu haben«, fährt sie fort. Sie fühlt sich nicht wohl in Marinos Gegenwart und freut sich in letzter Zeit nur noch selten, ihn zu sehen.

»Dr. Bronson hat die Autopsie durchgeführt«, sagt er, betrachtet die Gegenstände auf Scarpettas Schreibtisch und lässt den Blick in alle Richtungen schweifen, nur Scarpetta schaut er nicht an.

»Hattest du was damit zu tun?«

»Nein. Ich war nicht in der Stadt. Der Fall ist noch nicht abgeschlossen, weil die Polizei von Hollywood vermutet, dass mehr dahinterstecken könnte. Sie haben Laurel im Verdacht.«

»Laurel?«

»Johnny Swifts Bruder, eineiige Zwillinge. Aber es gab keine Beweise, und allmählich ist Gras über die Sache gewachsen. Doch dann habe ich am Freitagmorgen so gegen drei einen Anruf gekriegt, von einem Spinner, und das auch noch bei mir zu Hause. Wir haben das Telefonat nach Boston zurückverfolgen können.«

»Boston in Massachusetts?«

»Da, wo die Tea Party stattgefunden hat.«

»Ich dachte, du hättest eine Geheimnummer.«

»Ich eigentlich auch.«

Marino zieht ein zusammengefaltetes, ziemlich zerfleddertes Stück braunes Papier aus der Gesäßtasche seiner Jeans und streicht es glatt.

»Ich lese dir vor, was der Typ gesagt hat, ich habe es Wort für Wort mitgeschrieben. Er nannte sich Hog.«

»Hog wie Schwein?« Während Scarpetta ihn ansieht, fragt sie

sich, ob das ein schlechter Scherz ist und ob er sie zum Narren halten will.

Das tut Marino in letzter Zeit häufig.

»Er sagte nur: *Ich bin Hog. Du hast ihnen eine Strafe gesandt, die sie zum Gespött machte.* Was zum Teufel das auch immer heißen mag. Dann weiter: *Es gibt einen Grund, warum am Fundort von Johnny Swifts Leiche einige Gegenstände gefehlt haben, und wenn du nur einen Funken Verstand hast, prüfst du nach, was Christian Christian passiert ist. Es gibt keine Zufälle. Am besten fragst du Scarpetta, denn die Hand Gottes wird alle Perversen zermalmen, auch ihre Nichte, diese lesbische Schlampe.*«

Scarpetta lässt sich ihre Gefühle nicht anmerken, als sie erwidert: »Bist du sicher, dass das seine genauen Worte waren?«

»Sehe ich vielleicht aus wie ein Romanautor?«

»Christian Christian?«

»Keine Ahnung, was das soll. Der Typ schien nicht gerade aufgeschlossen für Fragen oder bereit, etwas zu buchstabieren. Er hat sehr leise gesprochen, absolut emotionslose Stimme, und dann aufgelegt.«

»Hat er Lucy namentlich erwähnt oder nur ...?«

»Ich habe ihn wörtlich zitiert«, unterbricht er sie. »Sie ist doch deine einzige Nichte, oder? Also kann er nur Lucy gemeint haben. Und HOG dürfte für ›Hand of God‹ stehen – also die Hand Gottes –, falls du noch nicht selbst drauf gekommen sein solltest. Um mich kurz zu fassen: Ich habe die Polizei von Hollywood verständigt, die uns daraufhin gebeten hat, den Fall Johnny Swift so schnell wie möglich unter die Lupe zu nehmen. Offenbar stimmt etwas mit den Untersuchungsergebnissen nicht, denn er ist anscheinend sowohl aus einiger Entfernung als auch aus nächster Nähe erschossen worden. Tja, und das schließt sich wohl gegenseitig aus, oder?«

»Wenn nur ein Schuss abgegeben wurde, schon. Offenbar wurde da etwas durcheinandergebracht. Wissen wir, wer Christian Christian ist? Ist damit überhaupt eine Person gemeint?«

»Bis jetzt hat der Computer nichts Hilfreiches zutage gefördert.«

»Und warum erzählst du mir das alles erst jetzt? Ich war das ganze Wochenende hier.«

»Ich hatte zu tun.«

»Wenn du Informationen über einen Fall wie diesen hast, solltest du nicht zwei Tage warten, ehe du damit zu mir kommst«, gibt sie so ruhig wie möglich zurück.

»Vielleicht solltest du, was das Zurückhalten von Informationen angeht, besser ganz ruhig sein.«

»Welche Informationen?«, entgegnet sie irritiert.

»Sei lieber ein bisschen vorsichtiger. Mehr sage ich dazu nicht.«

»Deine Geheimnistuerei ist nicht eben hilfreich, Marino.«

»Fast hätte ich es vergessen. Hollywood interessiert sich für Bentons berufliche Meinung zu diesem Thema«, fügt Marino wie beiläufig hinzu.

Wie immer ist sein Versuch, seine Gefühle für Benton Wesley zu verbergen, nicht sehr erfolgreich.

»Ich kann ihn natürlich bitten, sich den Fall anzusehen«, erwidert Scarpetta, »aber es ist seine Entscheidung.«

»Die in Hollywood möchten, dass er untersucht, ob der Anruf von diesem durchgeknallten Hog nur ein schlechter Scherz war. Ich habe ihnen schon erklärt, dass das ohne Bandaufnahme schwierig ist, zumal wir uns nur auf mein Privatsteno auf einer Papiertüte stützen können.«

Als Marino aufsteht, wirkt er riesig, und Scarpetta fühlt sich in seiner Gegenwart noch kleiner als sonst. Er greift nach seinem nutzlosen Helm und setzt die Sonnenbrille auf. Während des gesamten Gesprächs hat er sie kein einziges Mal angeblickt, und nun kann sie seine Augen gar nicht mehr sehen und ihren Ausdruck deuten.

»Ich werde mich darum kümmern. Sofort«, antwortet sie, während er zur Tür geht. »Wenn du möchtest, können wir die Fakten später gemeinsam sichten.«

»Hm.«
»Warum kommst du nicht zu mir nach Hause?«
»Hm«, wiederholt er. »Wann?«
»Um sieben«, erwidert sie.

2

Benton Wesley sitzt im Labor für Magnetresonanz-Tomographie und beobachtet den Patienten durch eine Plexiglaswand. Das Licht ist gedämpft, auf den Schreibtischen leuchten einige Monitore, seine Armbanduhr liegt oben auf seinem Aktenkoffer. Ihm ist kalt. Nach einigen Stunden im Labor ist er bis auf die Knochen durchgefroren. Wenigstens fühlt es sich so an.

Der heutige Patient wird nur mit seiner Identifikationsnummer bezeichnet, obwohl er auch einen Namen hat: Basil Jenrette. Er ist ein leicht ängstlicher, intelligenter, dreiunddreißigjähriger zwanghafter Mörder. Benton vermeidet den Ausdruck Serienkiller, denn er ist abgedroschen und sagt eigentlich nichts weiter aus, als dass ein Täter innerhalb eines bestimmten Zeitraums drei oder mehr Menschen umgebracht hat. Das Wort »Serie« bezieht sich auf eine chronologische Abfolge, verrät aber nichts über die Motive oder den Geisteszustand des Gewaltverbrechers. Wenn Basil Jenrette tötete, stand er unter Zwang. Er konnte nicht mehr aufhören.

Heute wird sein Gehirn mit einem 3-Tesla-Tomographen abgetastet, dessen Magnetfeld sechzigtausendmal stärker ist als das der Erde. Man will feststellen, ob etwas an Jenrettes Gehirn oder dessen Funktionen Hinweise auf seine Beweggründe gibt.

Benton hat ihm während der Patientengespräche immer wieder die Frage nach dem Grund seiner Taten gestellt.

Ich habe sie gesehen, und das war's. Ich musste es tun.

Sie mussten es sofort in diesem Augenblick tun?

Nicht gleich auf der Straße. Ich bin ihr gefolgt, bis ich einen Plan hatte und wusste, wie ich es anstellen wollte. Um ehrlich zu sein, hat es mehr Spaß gemacht, je länger ich zuvor überlegt hatte.

Und wie lange dauerte das normalerweise? Ich meine, das Verfolgen und das Planen? Können Sie das ungefähr abschätzen? Tage, Stunden, Minuten?

Minuten, vielleicht Stunden. Manchmal auch Tage. Hing ganz davon ab. Blöde Kühe, ich meine, wenn Sie in der Situation wären, dass Sie jemand entführen will, würden Sie einfach im Auto sitzen bleiben und nicht einmal versuchen abzuhauen?

Haben die Frauen sich so verhalten, Basil? Haben sie im Auto gesessen, ohne einen Versuch zur Flucht zu unternehmen?

Außer den letzten beiden. Aber das wissen Sie ja, deshalb bin ich ja hier. Sie hätten sich bestimmt auch nicht gewehrt, doch dann hatte ich eine Autopanne. So was Blödes. Was würden Sie tun? Würden Sie sich lieber gleich im Auto abknallen lassen oder würden Sie abwarten, was ich mit Ihnen anstelle, nachdem ich Sie in mein Versteck gebracht habe?

Wo war denn Ihr Versteck? Handelte es sich dabei immer um denselben Ort?

Nur wegen dieser bescheuerten Autopanne.

Bis jetzt ist die Struktur von Basil Jenrettes Gehirn völlig unauffällig. Die einzige Abweichung, auf die Benton durch Zufall stößt, ist eine Zyste im hinteren Kleinhirn, die lediglich seinen Gleichgewichtssinn ein wenig beeinträchtigen könnte. Aber es muss etwas mit der Funktionsweise seines Gehirns nicht stimmen. Eine andere Möglichkeit gibt es nicht, denn sonst wäre er ja kein Kandidat für die BESTIE-Studie und hätte sich vermutlich auch nicht mit der Teilnahme einverstanden erklärt. Für Basil ist alles ein Spiel. Er hält sich für klüger als Einstein und für den intelligentesten Menschen der Welt. Wegen seiner Taten hat er nicht einen Moment Reue empfunden, und er gibt offen zu, dass er noch mehr Frauen umbringen würde, wenn er die Möglichkeit dazu hätte. Leider macht Basil einen sympathischen Eindruck.

Die beiden Justizvollzugsbeamten im Labor beobachten, staunend und neugierig zugleich, durch die Scheibe die zwei Meter lange Röhre, in der sich der Magnet befindet. Sie tragen zwar Uniformen, aber keine Waffen, denn die sind hier drinnen nicht gestattet. Im Labor sind keine Gegenstände aus Metall, auch keine Handschellen und Fußfesseln, erlaubt, und deshalb sind Basils Knöchel und Handgelenke nur mit Plastikfesseln fixiert, während er auf dem Tisch in der Magnetröhre liegt und das ohrenbetäubende Krachen und Hämmern der Funkwellenimpulse vernimmt, die klingen wie auf Hochspannungsleitungen gespielte Höllenmusik – so stellt Benton es sich zumindest vor.

»Vergessen Sie nicht, jetzt kommen die Farbfelder. Ich möchte nur, dass Sie die Farbe benennen«, spricht Dr. Susan Lane, die Neuropsychologin, ins Mikrofon. »Nein, Mr. Jenrette, bitte nicken Sie nicht. Denken Sie daran, dass das Band unter Ihrem Kinn Sie daran erinnern soll, sich nicht zu bewegen.«

»Zehn-vier«, klingt Basils Stimme durch den Lautsprecher.

Inzwischen ist es halb neun Uhr abends, und Benton fühlt sich unwohl. Diese Beklommenheit plagt ihn schon seit Monaten, wobei seine Sorge weniger der Frage gilt, ob die Basil Jenrettes dieser Welt plötzlich in den altehrwürdigen Backsteinmauern des McLean Hospital den Aufstand proben und jeden niedermetzeln könnten, der ihnen in die Nähe kommt. Er befürchtet eher, dass seine Studie zum Scheitern verurteilt ist und dass er damit leichtsinnig Fördergelder und jede Menge wertvolle Zeit vergeudet. McLean ist der medizinischen Fakultät von Harvard angeschlossen, und weder das Krankenhaus selbst noch die Universität würden Gnade mit Benton haben, falls er versagt.

»Es ist nicht schlimm, wenn Ihnen ein Fehler unterläuft«, spricht Dr. Lane ins Mikrofon. »Wir erwarten gar nicht, dass Sie alles richtig machen.«

»Grün, Rot, Blau, Rot, Blau, Grün«, hallt Basils Stimme selbstbewusst durch den Raum.

Ein Mitarbeiter hakt die Antworten auf einem Formblatt ab, während der MRT-Techniker die Bilder auf seinem Monitor überprüft.

Dr. Lane betätigt wieder den Knopf. »Mr. Jenrette, Sie machen das ausgezeichnet. Können Sie alles gut sehen?«

»Zehn-vier.«

»Prima. Wenn der schwarze Bildschirm erscheint, sind Sie bitte ganz still. Sprechen Sie nicht, und betrachten Sie nur den weißen Punkt auf dem Bildschirm.«

»Zehn-vier.«

Dr. Lane nimmt den Finger vom Knopf und dreht sich zu Benton um. »Wo hat er denn nur den Polizeijargon her?«

»Er war früher Cop. So hat er es vermutlich geschafft, die Opfer in seinen Wagen zu locken.«

»Dr. Wesley?«, unterbricht ihn die Labormitarbeiterin und dreht sich in ihrem Stuhl um. »Es ist für Sie. Detective Thrush.«

Benton greift nach dem Hörer.

»Was gibt es?«, fragt er Thrush, einen Detective bei der Mordkommission der Massachusetts State Police.

»Hoffentlich hatten Sie nicht vor, heute früh zu Bett zu gehen«, erwidert Thrush. »Haben Sie schon gehört, dass heute Morgen draußen beim Walden Pond eine Leiche gefunden wurde?«

»Nein, ich war den ganzen Tag hier eingesperrt.«

»Weiß, weiblich, noch nicht identifiziert, Alter schwer zu schätzen. Vielleicht Ende dreißig, Anfang vierzig. Kopfschuss, die Patronenhülse wurde ihr in den Hintern geschoben.«

»Ist mir neu.«

»Die Autopsie wurde bereits durchgeführt, aber ich dachte,

Sie wollten sie sich noch einmal ansehen. Das war kein normaler Mord.«

»Ich bin in einer knappen Stunde hier fertig«, sagt Benton. »Wir treffen uns in der Leichenhalle.«

Im Haus ist es still. Kay Scarpetta geht unruhig von Zimmer zu Zimmer und schaltet alle Lampen an. Sie lauscht auf das Geräusch eines Motorrads oder Autos und wartet auf Marino. Er ist zu spät dran und hat nicht auf ihre Anrufe reagiert.

Unruhig und besorgt überprüft sie, ob die Alarmanlage auch wirklich eingeschaltet ist. Vor dem Bildschirm am Küchentelefon bleibt sie stehen, um sich zu vergewissern, dass die Überwachungskameras an allen Seiten des Hauses funktionieren. Der Bildschirm zeigt ihr dunkles Grundstück, auf dem sich die Umrisse von Zitronenbäumen, Palmen und Hibiskusbüschen im Wind wiegen. Der Steg hinter ihrem Swimmingpool und der Kanal dahinter sind eine schwarze Ebene, gesprenkelt vom Licht der Straßenlaternen am Deich. Sie rührt die Tomatensauce und die Pilze um, die in Kupfertöpfen auf dem Herd köcheln. Dann sieht sie nach dem gehenden Teig und dem frischen Mozzarella, die in abgedeckten Schüsseln neben dem Spülbecken stehen.

Es ist fast neun. Marino wollte vor zwei Stunden hier sein. Morgen hat sie mit verschiedenen Fällen und Seminaren alle Hände voll zu tun, und sie hat kein Verständnis für sein unmögliches Benehmen. Außerdem fühlt sie sich auf den Arm genommen. Sie hat genug von ihm. In den letzten drei Stunden hat sie sich ausschließlich mit Johnny Swifts angeblichem Selbstmord befasst, und jetzt meint Marino offenbar, sich nicht bei ihr blicken lassen zu müssen. Scarpetta ist erst gekränkt und dann wütend. Es ist leichter, wütend zu sein.

Verärgert geht sie ins Wohnzimmer; dabei lauscht sie immer noch auf ein Motorrad oder ein Auto und wartet auf ihn. Sie nimmt die Remington Marine Magnum Kaliber zwölf vom Sofa und setzt sich. Das vernickelte Schrotgewehr liegt schwer auf ihrem Schoß. Sie steckt einen kleinen Schlüssel in die Verriegelung, dreht ihn nach rechts und nimmt die Verriegelung vom Abzugsbügel. Dann zieht sie den Vorderschaft zurück, um sicherzugehen, dass sich keine Patronen im Magazin befinden.

3

»Jetzt lesen wir Wörter«, teilt Dr. Lane Basil über die Gegensprechanlage mit. »Lesen Sie die Wörter einfach von links nach rechts. Okay? Und vergessen Sie nicht, dass Sie sich nicht bewegen dürfen. Sie machen das ganz prima.«

»Zehn-vier.«

»Hey, wollen Sie sehen, wie er wirklich aussieht?«, meint der MRT-Techniker zu den Justizvollzugsbeamten.

Er heißt Josh, hat am MIT seinen Abschluss in Physik gemacht und finanziert mit diesem Job hier seine Promotion. Josh ist zwar intelligent, aber ein komischer Kauz mit einer Schwäche für schräge Scherze.

»Ich weiß, wie er aussieht, ich habe ihn nämlich heute zum Duschen begleitet«, antwortet einer der Wachmänner.

»Und dann?«, will Dr. Lane von Benton wissen. »Was hat er mit den Frauen gemacht, nachdem er sie in seinem Wagen hatte?«

»Rot, Blau, Blau, Rot …«

Die Wachmänner bewegen sich zu Joshs Monitor.

»Er ist mit ihnen weggefahren, hat ihnen die Augen ausgestochen, sie noch ein paar Tage am Leben gelassen, sie wiederholt vergewaltigt, ihnen die Kehle durchgeschnitten und sie dann irgendwo abgelegt, und zwar in Posen, die die Finder schockieren sollten«, erklärt Benton Dr. Lane in sachlichem Medizinerton. »Zumindest in den Fällen, die wir kennen. Ich bin sicher, dass noch andere Morde auf sein Konto gehen. In jener Zeit sind in Florida eine Reihe Frauen verschwunden. Vermutlich tot, auch wenn die Leichen nie gefunden wurden.«

»Wo hat er sie denn hingebracht? In ein Motel? Zu sich nach Hause?«

»Moment«, sagt Josh zu den Wachmännern und wählt die Menüoptionen 3D und SSD-Oberflächendarstellungs-CT. »Das hier ist wirklich cool. Das zeigen wir den Patienten nie.«

»Warum?«

»Sie könnten ausflippen.«

»Das wissen wir nicht«, sagt Benton zu Dr. Lane, während er Josh im Auge behält, damit er einschreiten kann, falls dieser es zu bunt treibt. »Aber eines ist interessant: Die abgelegten Leichen waren alle mit mikroskopisch kleinen Kupferteilchen bedeckt.«

»Und woher kamen die?«

»Sie waren mit Erde vermengt und klebten in ihrem Blut, an ihrer Haut oder in ihrem Haar.«

»Blau, Grün, Blau, Rot ...«

»Das ist merkwürdig.«

Dr. Lane drückt auf den Mikrofonknopf. »Mr. Jenrette? Wie geht es Ihnen? Alles in Ordnung?«

»Zehn-vier.«

»Als Nächstes werden Sie Wörter sehen, die sich in der Druckfarbe von der Bedeutung des Wortes unterscheiden. Ich möchte, dass Sie die Farbe der Tinte nennen. Nur die Farbe der Tinte.«

»Zehn-vier.«

»Ist das nicht beeindruckend?«, fragt Josh, als eine Art Totenmaske auf dem Bildschirm erscheint, eine Rekonstruktion aus einen Millimeter dicken hochaufgelösten Scheiben, die die MRT-Abbildung von Basil Jenrettes Kopf darstellen. Das Bild ist bleich und haarlos, hat keine Augen und endet in einer Zickzacklinie dicht unterhalb des Kiefers wie bei einem Geköpften.

Josh dreht die Abbildung so, dass die Wachen sie aus unterschiedlichen Winkeln betrachten können.

»Warum sieht sein Kopf abgeschnitten aus?«, fragt einer.

»Weil dort das Signal aufhört.«

»Seine Haut wirkt nicht gerade echt.«

»Rot ... äh ... ich meine Rot, Grün ...«, hallt Basils Stimme durch den Raum.

»Es ist auch keine richtige Haut. Wie soll ich es erklären ... tja, der Computer führt eine Volumenrekonstruktion und eine Oberflächendarstellung durch.«

»Rot, Blau ... äh ... Grün, Blau, ich meine Grün ...«

»Wir benutzen es eigentlich nur für Power-Point-Präsentationen, um das Strukturelle mit dem Funktionalen zu verbinden. Also für ein MRT-Analysepaket, mit dem man die Daten zusammenfügen, sie aus verschiedenen Perspektiven anschauen und ein bisschen damit herumspielen kann.«

»Mann, ist der hässlich.«

Benton hat genug gehört. Die Farbnennungen sind beendet. Er wirft Josh einen strengen Blick zu.

»Josh, sind Sie bereit?«

»Vier, drei, zwei, eins, fertig«, erwidert Josh, und Dr. Lane beginnt mit dem Interferenz-Test.

»Blau, Rot, ich meine ... Scheiße! Äh ... Rot, ich meine Blau, Grün, Rot ...« Basils Stimme schnarrt durch den Raum, während er keine einzige Farbe richtig benennt.

»Hat er Ihnen je erklärt, warum?«, will Dr. Lane von Benton wissen.

»Verzeihung«, erwidert dieser geistesabwesend. »Warum was?«

»Rot, Blau, Scheiße! Äh ... Rot, Blaugrün ...«

»Warum er ihnen die Augen ausgestochen hat.«

»Er sagte, sie sollten nicht sehen, wie klein sein Penis ist.«

»Blau, Blaurot, Rot, Grün ...«

»In diesem Test hat er nicht so gut abgeschnitten«, stellt Dr. Lane fest. »Er hat die meisten Farben falsch benannt. In welchem

Bezirk war er denn bei der Polizei? Nur damit ich darauf achte, mich nicht ausgerechnet dort wegen Schnellfahrens anhalten zu lassen.« Sie drückt auf den Mikrofonknopf. »Alles in Ordnung?«

»Zehn-vier.«

»Beim Dade County Police Department.«

»Ein Jammer. Ich habe mich in Miami immer wohl gefühlt. Deshalb sind Sie also an diesen Kandidaten gekommen. Wegen Ihrer Beziehungen nach Südflorida«, erwidert sie und drückt erneut auf den Knopf.

»Nicht ganz.« Benton betrachtet durch die Scheibe Basils Kopf, der am Ende der Magnetröhre sichtbar ist. Er weiß, dass der Patient Jeans und ein weißes Hemd anhat.

Auf dem Krankenhausgelände dürfen Sträflinge keine Gefängniskleidung tragen, da das der Öffentlichkeit ein schlechtes Bild vermitteln würde.

»Als wir uns bei den verschiedenen Gefängnisverwaltungen nach möglichen Kandidaten für unsere Studie erkundigt haben, meinte man in Florida, er sei genau unser Mann. Er langweilte sich, und sie waren froh, ihn loszuwerden«, erklärt Benton.

»Sehr gut, Mr. Jenrette«, sagt Dr. Lane ins Mikrofon. »Jetzt kommt Dr. Wesley zu Ihnen und gibt Ihnen die Maus. Als Nächstes werden Sie einige Gesichter sehen.«

»Zehn-vier.«

Für gewöhnlich würde Dr. Lane selbst in den MRT-Raum gehen und sich mit dem Patienten befassen. Aber Ärztinnen und Wissenschaftlerinnen dürfen sich nicht in die Nähe von BESTIE-Probanden wagen. Auch männliche Mitarbeiter müssen während des Aufenthalts im MRT-Labor Vorsicht walten lassen. Ansonsten liegt es beim jeweiligen Arzt, ob die Probanden auch bei den Patientengesprächen Fesseln tragen. Benton wird von zwei Justizvollzugsbeamten begleitet, als er die Lichter im MRT-Raum einschaltet und die Tür schließt. Die Wachmänner warten aufmerksam neben der Magnetröhre, während Benton die Maus einstöpselt und sie Basil in die gefesselten Hände legt.

Eigentlich wirkt Basil nicht sehr beängstigend, denn er ist ein zierlich gebauter Mann mit schütterem blondem Haar und kleinen, eng beieinanderstehenden grauen Augen. In der Tierwelt haben Raubtiere – Löwen, Tiger und Bären – eng zusammenstehende Augen. Die Augen von Giraffen, Kaninchen und Tauben – ihrer Beute also – stehen weiter auseinander und liegen seitlich am Kopf, da ein Rundumblick für sie lebenswichtig ist. Schon lange fragt sich Benton, ob dieses entwicklungsgeschichtliche Phänomen auch auf den Menschen übertragbar sein könnte. Aber eine solche Studie würde ihm niemand finanzieren.

»Alles in Ordnung, Basil?«, erkundigt sich Benton.

»Was für Gesichter?«, erwidert Basils Kopf am Ende der Magnetröhre, die an eine eiserne Lunge erinnert.

»Das wird Dr. Lane Ihnen erklären.«

»Ich habe eine Überraschung für Sie«, sagt Basil. »Ich erzähle es Ihnen, wenn wir hier fertig sind.«

Er hat einen seltsamen Blick, als ob ein böswilliges Geschöpf seine Augen als Fenster benutzen würde.

»Prima, ich mag Überraschungen. In ein paar Minuten haben Sie es hinter sich«, antwortet Benton lächelnd. »Dann können wir uns unterhalten.«

Die Wachen begleiten Benton aus dem MRT-Raum und kehren ins Büro zurück, wo Dr. Lane Basil über die Gegensprechanlage Anweisungen gibt. Sie erklärt ihm, er solle auf die linke Seite der Maus drücken, wenn es sich um das Gesicht eines Mannes handelt, und auf die rechte, wenn es eine Frau ist.

»Sie brauchen nichts zu tun oder zu sagen. Einfach nur drücken«, wiederholt sie.

Es sind drei Tests, bei denen es allerdings nicht darum geht, zu ermitteln, ob der Patient die beiden Geschlechter auseinander halten kann. Überprüft wird bei dieser Funktions-CT-Reihe vielmehr die affektive Verarbeitung. Die Männer- und Frauengesichter, die auf dem Bildschirm erscheinen, werden von anderen Gesichtern überlagert, die jedoch zu schnell aufblitzen, als dass das Auge sie bewusst erkennen könnte. Aber dem Gehirn entgeht nichts. Jenrettes Gehirn wird die Gesichter hinter den Masken wahrnehmen, die glücklich, wütend oder ängstlich dreinblicken und eine Reaktion bei ihm provozieren.

Nach jeder Serie fragt Dr. Lane ihn, was er gesehen hat, und fordert ihn auf, den Gesichtern Emotionen zuzuschreiben. Die männlichen Gesichter sind ernster als die weiblichen, erwidert er. Seine Antworten fallen nach jeder Reihe mehr oder weniger gleich aus, was im Moment noch nicht viel zu sagen hat. Nichts, was in diesen Räumen vor sich geht, hat für sich allein genommen eine Bedeutung, bevor nicht die Tausende der durch Magnetresonanz-Computertomographie erzeugten Abbildungen des Nervensystems analysiert sind. Dann erst können die Wissenschaftler sehen, welche Bereiche des Patientengehirns während des Tests am aktivsten waren. Ziel ist, festzustellen, ob das Gehirn des Probanden anders funktioniert als bei einem angeblich normalen Menschen. Das zufällige Vorhandensein einer Zyste hat jedoch nicht das Geringste mit Basils Mordlust zu tun.

»Fällt Ihnen auf den ersten Blick etwas auf?«, fragt Benton Dr. Lane. »Übrigens muss ich mich wieder mal bei Ihnen bedanken, Susan. Sie sind mir wirklich eine große Hilfe.«

Sie legen die Untersuchung von Sträflingen möglichst auf den Abend oder das Wochenende, weil sie dann mehr oder weniger unter sich sind.

»Nach den Lokalisierern zu urteilen, scheint alles in Ordnung zu sein. Ich kann keine starken Abweichungen erkennen. Bis auf sein ständiges Geplapper, seinen übertriebenen Redefluss. Ist bei ihm je eine bipolare Störung diagnostiziert worden?«

»Die Untersuchungsergebnisse und seine Vorgeschichte würden eigentlich darauf hinweisen, aber nein. Keine Diagnose. Er hat noch nie Medikamente wegen einer psychischen Erkrankung eingenommen. Erst seit einem Jahr im Gefängnis. Ein Traumproband.«

»Tja, Ihr Traumproband hat sich beim Ignorieren störender Reize nicht sehr gut geschlagen und beim Interferenz-Test eine Menge Fehler gemacht. Ich tippe auf Konzentrationsschwierigkeiten, was bei einer bipolaren Störung nicht außergewöhnlich wäre. Aber bald werden wir mehr wissen.«

Wieder drückt sie auf den Knopf. »Mr. Jenrette«, sagt sie. »Wir sind fertig. Sie haben das gut gemacht. Dr. Wesley kommt jetzt rein und holt Sie ab. Ich möchte, dass Sie sich ganz langsam aufsetzen, okay? Ganz langsam, damit Ihnen nicht schwindelig wird. In Ordnung?«

»War das alles? Nur diese dämlichen Tests? Zeigen Sie mir die Bilder!«

Dr. Lane wirft Benton einen Blick zu und lässt den Knopf los.

»Sie haben gesagt, Sie würden sich mein Gehirn anschauen, während ich mir die Bilder ansehe.«

»Autopsiefotos seiner Opfer«, erklärt Benton Dr. Lane.

»Sie haben mir Bilder versprochen! Und Sie haben versprochen, dass ich meine Post kriege!«

»Viel Spaß«, meint Dr. Lane zu Benton. »Er gehört Ihnen.«

Das Schrotgewehr ist schwer und unhandlich, weswegen Scarpetta Mühe hat, es auf ihre Brust zu richten, während sie auf dem Sofa liegt, und in dieser Haltung mit dem linken Zeh den Abzug zu betätigen.

Sie lässt die Waffe sinken und stellt sich vor, wie man diese Verrenkung nach einer Operation am Handgelenk versucht. Das Gewehr wiegt etwa vier Kilo und fängt in ihrer Hand zu zittern an, wenn sie es am fünfzig Zentimeter langen Lauf festhält. Sie stellt die Füße auf den Boden und zieht den rechten Turnschuh und die Socke aus. Obwohl eigentlich ihr linker Fuß der dominante ist, wird sie es mit dem rechten ausprobieren müssen, und sie fragt sich, welchen Fuß Johnny Swift wohl bevorzugt hat – den rechten oder den linken? Das wäre ein Unterschied, wenn auch nicht unbedingt ein wichtiger, insbesondere dann nicht, wenn er an Depressionen litt und fest entschlossen war, sich umzubringen. Allerdings ist sie sich da nicht sicher. Wie bei vielem in diesem Fall.

Sie denkt an Marino, und je länger sie das tut, desto zorniger wird sie. Er hat kein Recht, auf diese Weise mit ihr umzuspringen und sie so zu missachten wie damals bei ihrer ersten Begegnung, und die liegt schon viele Jahre zurück. Der Duft der selbstgemachten Pizzasauce schwebt durchs Wohnzimmer und erfüllt das ganze Haus. Vor Wut bekommt Scarpetta Herzklopfen, und es schnürt ihr die Brust zu. Sie legt sich auf die linke Seite, stützt den Gewehrkolben auf die Sofalehne, setzt sich den Lauf mitten auf die Brust und drückt mit dem rechten großen Zeh ab.

4

Basil Jenrette wird ihm nichts tun.

Ungefesselt sitzt er Benton in dem kleinen Untersuchungszimmer am Tisch gegenüber und verharrt still und höflich auf seinem Stuhl. Sein Ausbruch in der Magnetröhre hat ungefähr zwei Minuten gedauert, und als er sich wieder beruhigt hatte, war Dr. Lane schon fort. Also ist er ihr beim Verlassen des Raumes nicht begegnet, und Benton wird dafür sorgen, dass das auch in Zukunft so bleibt.

»Ist Ihnen auch bestimmt nicht komisch oder schwindelig?«, erkundigt sich Benton, verständnisvoll und gelassen wie immer.

»Mir geht es prima. Die Tests waren Klasse. Für Tests hatte ich schon immer eine Schwäche. Ich wusste, dass ich alles richtig beantworten würde. Wo sind die Fotos? Sie haben es versprochen.«

»Davon war nie die Rede, Basil.«

»Ich hatte doch alle Antworten richtig, eine glatte Eins.«

»Also hat es Ihnen Spaß gemacht?«

»Beim nächsten Mal zeigen Sie mir die Fotos, wie Sie es versprochen haben.«

»Ich habe Ihnen nie etwas dergleichen versprochen, Basil. Fanden Sie es aufregend?«

»Hier drin darf man sicher nicht rauchen.«

»Ich fürchte, nein.«

»Wie sieht mein Gehirn denn aus? Gut? Haben Sie etwas erkennen können? Ist es möglich, festzustellen, wie intelligent jemand ist, indem Sie sich sein Gehirn anschauen? Wenn Sie mir die Fotos zeigen würden, würden Sie sofort merken, dass sie mit denen übereinstimmen, die ich im Gehirn habe.«

Inzwischen spricht er sehr leise und schnell. Mit leuchtenden, glasigen Augen und ohne Luft zu holen, redet er darüber, was die Wissenschaftler vermutlich in seinem Gehirn erkennen werden, vorausgesetzt, dass sie überhaupt in der Lage sind, es zu entschlüsseln – denn dass es da etwas Interessantes zu finden gibt, davon ist Basil felsenfest überzeugt.

»Was soll denn da sein?«, hakt Benton nach. »Könnten Sie mir das ein wenig genauer erklären, Basil?«

»Mein Gedächtnis. Wenn Sie hineinschauen, sehen Sie meine Erinnerungen.«

»Ich fürchte, das geht nicht.«

»Wirklich. Ich wette, es sind alle möglichen Bilder hochgekommen, als es vorhin gepiepst, gescheppert und geklopft hat. Ganz bestimmt haben Sie die Bilder gesehen und wollen es mir bloß nicht verraten. Es waren insgesamt zehn, und Sie wissen genau, was ich meine. Zehn Bilder, nicht nur vier. Ich sage immer zehn-vier, als Witz, weil es zum Totlachen ist. Sie glauben, dass es vier sind, ich aber weiß, es sind zehn. Und Sie würden es erkennen, wenn Sie mir die Fotos zeigen würden, denn dann gäbe es keinen Zweifel daran, dass sie mit den Bildern in meinem Gehirn übereinstimmen. Wenn Sie in mein Gehirn schauen, sehen Sie die Bilder. Zehn-vier.«

»Beschreiben Sie mir, was das für Bilder sind, Basil.«

»Hab Sie doch nur verarscht«, erwidert er mit einem Augenzwinkern. »Ich will meine Post.«

»Welche Bilder sollten wir denn in Ihrem Gehirn sehen?«

»Dämliche Weiber. Die rücken meine Post nicht raus.«

»Wollen Sie damit behaupten, dass Sie zehn Frauen umgebracht haben?« Benton stellt diese Frage ganz sachlich und ohne sich sein Entsetzen anmerken zu lassen. Basil grinst, als wäre ihm gerade etwas eingefallen.

»Ach, jetzt darf ich meinen Kopf wieder bewegen, oder? Kein Band mehr am Kinn. Wird mein Kinn auch festgebunden, wenn ich die Spritze kriege?«

»Sie kriegen keine Spritze, Basil. Das ist Teil der Abmachung. Ihre Strafe wurde in lebenslänglich umgewandelt. Sie erinnern sich doch an unser Gespräch darüber?«

»Weil ich verrückt bin«, entgegnet Basil schmunzelnd. »Deshalb bin ich ja hier.«

»Nein. Wir gehen das noch einmal durch, weil es wichtig ist, dass Sie es verstehen. Sie sind hier, weil Sie bereit waren, an unserer Studie teilzunehmen, Basil. Der Gouverneur von Florida hat Ihre Verlegung in unser Staatskrankenhaus in Butler genehmigt, doch der Staat Massachusetts wollte nur unter der Bedingung zustimmen, dass er Ihre Strafe zuvor in lebenslänglich umwandelt. In Massachusetts gibt es nämlich keine Todesstrafe.«

»Ich weiß, dass Sie die zehn Frauen sehen wollen. Und zwar so, wie ich sie in Erinnerung habe. Sie sind in meinem Gehirn.«

Basil weiß genau, dass man mithilfe der Computertomographie weder die Gedanken noch die Erinnerungen eines Menschen abbilden kann. Er findet sich nur unglaublich witzig. Basil will die Autopsiefotos in die Hände bekommen, um damit seine

Gewaltphantasien anzuregen, und wie die meisten narzisstischen Soziopathen genießt er es, sich aufzuspielen.

»Ist das Ihre Überraschung, Basil?«, fragt Benton. »Dass Sie zehn Morde begangen haben, nicht nur die vier, die Ihnen zur Last gelegt werden?«

Basil schüttelt den Kopf. »Für einen davon werden Sie sich ganz besonders interessieren«, erwidert er. »Das ist die Überraschung. Etwas ganz Besonderes für Sie, weil Sie so nett zu mir waren. Aber ich will meine Post. Das ist unser Deal.«

»Ich bin sehr neugierig auf Ihre Überraschung.«

»Die Dame im Christmas Shop«, antwortet er. »Erinnern Sie sich an sie?«

»Warum erzählen Sie mir nichts darüber?«, fragt Benton, obwohl er keine Ahnung hat, wovon Basil redet. Er weiß nichts über einen Mord in einem Laden für Weihnachtsschmuck.

»Was ist mit meiner Post?«

»Ich sehe, was sich da machen lässt.«

»Ehrenwort?«

»Ich kümmere mich darum.«

»An das genaue Datum kann ich mich nicht erinnern. Lassen Sie mich überlegen.« Basil starrt zur Decke, seine ungefesselten Hände zucken auf seinem Schoß. »Es war vor etwa drei Jahren in Las Olas. Ich glaube, im Juli, also müssen es ungefähr zweieinhalb Jahre sein. Gibt es wirklich Leute, die mitten im Juli Weihnachtssachen kaufen? Und noch dazu in Südflorida! Jedenfalls hatten sie dort kleine Weihnachtsmänner und Elfen und Nussknacker und Jesuskinder. Als ich an diesem Vormittag hinging, war ich schon die ganze Nacht auf den Beinen gewesen.«

»Wissen Sie den Namen der Frau noch?«

»Den kannte ich nie. Tja, vielleicht doch, aber ich habe ihn vergessen. Wenn Sie mir die Fotos zeigen, fällt es mir möglicherweise wieder ein. Oder Sie sehen sie in meinem Gehirn. Ob ich sie noch beschreiben kann? Moment. Sie war eine Weiße mit langem, gefärbtem Haar, etwa in dem Farbton wie in *I Love*

Lucy. Ziemlich fett. So zwischen fünfunddreißig und vierzig. Ich bin rein, hab die Tür abgeschlossen und sie mit dem Messer bedroht. Dann hab ich sie hinten im Lagerraum vergewaltigt und ihr anschließend mit einem Schnitt von hier bis hier die Kehle aufgeschlitzt.«

Er fährt sich quer über den Hals.

»Am komischsten fand ich, dass es da drinnen so einen Ventilator gab. Den habe ich eingeschaltet, weil es so heiß und stickig war, und er hat das Blut in der ganzen Bude rumgepustet. Es war eine ziemliche Sauerei, das alles wieder wegzuwischen. Und danach ... lassen Sie mich überlegen ...« Wieder blickt er zur Decke, wie so oft, wenn er lügt. »An diesem Tag war ich nicht im Streifenwagen unterwegs, sondern mit dem Bike, das hatte ich hinter dem Riverside Hotel auf dem Parkplatz abgestellt.«

»Motorrad oder Fahrrad?«

»Mit einer Honda Shadow. Oder glauben Sie, dass ich mit dem Fahrrad losstrample, wenn ich jemanden kaltmachen will?«

»Also hatten Sie an diesem Morgen vor, jemanden umzubringen?«

»Mir gefiel der Gedanke.«

»Wollten Sie diese bestimmte Frau töten oder einfach irgendjemanden?«

»Ich erinnere mich, dass es auf dem Parkplatz von Enten gewimmelt hat, die in den Pfützen herumpaddelten, weil es seit Tagen geregnet hatte. Überall Mama-Enten und kleine Baby-Enten. Das kann ich immer schlecht mit ansehen. Die armen kleinen Enten. Sie werden so leicht überfahren. Dann liegt so eine kleine Ente zerquetscht auf der Straße, und die Mama läuft immer wieder um ihr totes Kind herum und macht ein trauriges Gesicht.«

»Haben Sie je eine Ente überfahren, Basil?«

»Ich würde nie einem Tier wehtun, Dr. Wesley.«

»Aber sie haben doch erzählt, Sie hätten als Kind Vögel und Kaninchen getötet.«

»Das ist schon lange her. Sie kennen doch Jungs und ihre Luftgewehre. Aber um meine Geschichte abzuschließen: Es waren gerade mal sechsundzwanzig Dollar und einundneunzig Cent. Sie müssen etwas wegen meiner Post unternehmen.«

»Sie wiederholen sich, Basil. Ich habe Ihnen bereits gesagt, dass ich mein Möglichstes tun werde.«

»Das war ziemlich enttäuschend nach der ganzen Arbeit, die ich mir gemacht hatte. Sechsundzwanzig Dollar und einundneunzig Cent.«

»Aus der Kasse.«

»Zehn-vier.«

»Sie waren doch sicher mit Blut beschmiert, Basil.«

»Hinten im Laden gab es ein Badezimmer.« Wieder blickt Basil zur Decke. »Ich habe sie mit Chlorbleiche übergossen. Jetzt fällt es mir wieder ein. Um meine DNA zu beseitigen. Jetzt sind Sie mir was schuldig. Ich will meine verdammte Post. Und holen Sie mich aus der Selbstmörderzelle raus. Ich verlange eine normale Zelle, wo ich nicht dauernd beobachtet werde.«

»Wir sorgen nur für Ihre Sicherheit.«

»Besorgen Sie mir eine neue Zelle, die Fotos und meine Post, und dann erzähle ich Ihnen mehr über den Christmas Shop«, sagt Basil. Seine Augen sind inzwischen noch glasiger, und er rutscht unruhig auf seinem Stuhl herum, ballt die Fäuste und wippt mit dem Fuß. »Ich habe eine Belohnung verdient.«

5

Lucy kann von ihrem Platz aus die Eingangstür im Auge behalten und genau sehen, wer kommt und wer geht. Sie beobachtet die Leute, ohne dass diese es ahnen, beobachtet und grübelt, obwohl sie sich doch eigentlich erholen sollte.

In den letzten Tagen ist sie jeden Abend ins Lorraine's gekommen, um sich mit Buddy und Tonia, die dort hinter dem Tresen arbeiten, zu unterhalten. Sie kennen Lucys wirklichen Namen nicht, erinnern sich jedoch beide an Johnny Swift als ausgesprochen gut aussehenden Arzt. *Ein Hetero-Neurologe, dem es in Provincetown gut gefiel, aber eben leider hetero,* sagt Buddy. *Ein Jammer,* fügt er hinzu. *Und immer allein, außer bei seinem letzten Besuch,* meint Tonia. Sie hatte an besagtem Abend Dienst und erinnert sich, dass Johnny geschiente Handgelenke hatte. Als sie sich danach erkundigte, hatte er geantwortet, er sei kürzlich operiert worden und es habe Komplikationen gegeben.

Johnny saß mit einer Frau am Tresen, die beiden steckten die Köpfe zusammen und redeten, als wären sie allein in der Bar. Sie hieß Jan und wirkte intelligent. Außerdem war sie hübsch, hatte gute Manieren, war ziemlich schüchtern und kein bisschen arrogant und noch ziemlich jung. Sie war ziemlich lässig angezogen und trug Jeans und ein Sweatshirt, erinnert sich Tonia. *Offenbar kannte Johnny sie noch nicht lange, vielleicht hatte er sie eben erst getroffen und fand sie interessant. Er mochte sie eindeutig,* sagt Tonia.

Stand er auf sie?, wollte Lucy von Tonia wissen.

Diesen Eindruck hatte ich nicht. Es war eher als … na ja … als hätte sie irgendein Problem und bäte ihn um Hilfe. Schließlich war er ja Arzt.

Das wundert Lucy nicht. Johnny war ein uneigennütziger Mensch und ausgesprochen hilfsbereit.

Nun sitzt sie im Lorraine's am Tresen und denkt an Johnny, der genauso hier hereinspaziert ist wie sie heute und der sich an diesen Tresen gesetzt hat. Vielleicht sogar auf denselben Barhocker. Sie stellt sich ihn zusammen mit Jan vor, einer Frau, der er möglicherweise gerade erst begegnet war. Es war nicht seine Art, Frauen in Bars anzusprechen und flüchtige Beziehungen einzugehen, und er hielt nicht viel von Affären für eine Nacht. Also wollte er dieser Jan vielleicht wirklich nur helfen und sie beraten. Aber worum ging es bei dem Gespräch? Ein gesundheitliches Problem? Etwas Psychologisches? Diese schüchterne junge Frau namens Jan bereitet Lucy Kopfzerbrechen.

Es könnte auch sein, dass Johnny selbst Probleme hatte. Möglicherweise war die Karpaltunnel-OP nicht so erfolgreich gewesen, wie er gehofft hatte. Und so hörte er sich die Sorgen einer schüchternen, hübschen jungen Frau an, um sich von seinen eigenen Sorgen abzulenken und den guten Samariter zu spielen. Lucy trinkt einen Schluck Tequila und erinnert sich an seine Worte bei ihrer letzten Begegnung im September in San Francisco.

Die Biologie ist grausam, sagte er. *Körperliche Einschränkungen sind gnadenlos. Niemand will dich mehr, wenn du zernarbt, verkrüppelt, nutzlos und verstümmelt bist.*

Mein Gott, Johnny, es ist doch nur eine Karpaltunnel-OP, keine Amputation.

Entschuldige, erwiderte er. *Wir sind ja nicht hier, um über mich zu reden.*

Sie denkt an ihn, als sie im Lorraine's am Tresen sitzt und beobachtet, wie die Leute, meist Männer, das Restaurant betreten und es wieder verlassen. Immer, wenn sich die Tür öffnet, weht Schnee herein.

In Boston hat es zu schneien angefangen, als Benton in seinem Porsche Turbo S an den viktorianischen Backsteingebäuden der Universitätsklinik vorbeifährt. Er denkt an die Zeit, als Scarpetta die Angewohnheit hatte, ihn spätnachts in die Leichenhalle zu zitieren, für ihn stets ein klarer Hinweis darauf, dass er es mit einem schweren Fall zu tun kriegen würde.

Die meisten forensischen Psychologen haben noch nie einen Fuß in eine Leichenhalle gesetzt. Sie haben keiner Autopsie beigewohnt und vermeiden es sogar, sich die einschlägigen Fotos anzusehen. Die Persönlichkeit des Mörders interessiert sie viel mehr als das, was er seinen Opfern zugefügt hat, denn der Täter ist der Patient, während der Tote nichts weiter ist als das Medium, durch das er seine Gewaltphantasien ausgedrückt hat. Zumindest lautet so die Ausrede der meisten forensischen Psychologen und Psychiater. Wahrscheinlicher jedoch ist, dass ihnen der Mut und die Bereitschaft fehlen, sich auf die Opfer einzulassen oder – noch schlimmer – Zeit mit ihren verstümmelten Leichen zu verbringen.

Benton ist anders. Nach mehr als einem Jahrzehnt mit Scarpetta gibt es für ihn keine Möglichkeit, *nicht* anders zu sein.

Sie haben kein Recht, an einem Fall zu arbeiten, ohne sich anzuhören, was die Toten Ihnen zu sagen haben, hat sie vor über fünfzehn Jahren verkündet, als sie gemeinsam ihren ersten Mord aufklärten. *Wenn Ihnen das zu lästig ist, habe ich offen gestanden auch keine Lust, mich mit Ihnen abzugeben, Special Agent Wesley.*

Da mögen Sie Recht haben, Dr. Scarpetta. Dann machen Sie mich mit den Opfern bekannt.

Also gut, erwiderte sie. *Kommen Sie mit.*

Noch nie zuvor hatte Benton den Kühlraum einer Leichenhalle betreten, und er hört bis heute das laute Klappern, wenn der Griff des Kühlfachs zurückgezogen wird, und das Zischen der kalten, übel riechenden Luft. Diesen Geruch, den muffigen, fauligen und abgestandenen Gestank des Todes, der schwer in der Luft liegt, würde er überall wiedererkennen. Benton stellt ihn sich vor wie eine Art schmutzige Nebelschwade, die sich, ausgehend von dem toten Körper, langsam in Bodenhöhe ausbreitet.

Benton lässt das Gespräch mit Basil noch einmal Revue passieren und analysiert jedes Wort, jede Zuckung und jedes Mienenspiel. Gewaltverbrecher sind sehr großzügig mit ihren Versprechungen. Um ihren Willen durchzusetzen, zögern sie nicht, ihre Mitmenschen zu belügen, dass sich die Balken biegen. Zum Beispiel behaupten sie, das Versteck einer Leiche zu kennen, geben unaufgeklärte Verbrechen zu, schildern die Tat in allen Einzelheiten und erläutern ausführlich ihre Motive und ihren Seelenzustand. Meistens sind es nichts weiter als Märchen. Aber in diesem Fall ist Bentons Argwohn geweckt, denn zumindest ein Teil von Basils Geständnis erscheint ihm echt.

Als er versucht, Scarpetta auf dem Mobiltelefon zu erreichen, meldet sie sich nicht. Ein paar Minuten später versucht er es erneut, wieder vergeblich.

Er hinterlässt ihr eine Nachricht: »Bitte ruf mich sofort zurück.«

Die Tür öffnet sich, und mit dem Schnee wird eine Frau hereingeweht wie von einem Windstoß.

Sie trägt einen langen schwarzen Mantel, den sie abklopft, wobei sie gleichzeitig die Kapuze zurückschiebt. Ihre helle Haut ist von der Kälte gerötet, ihre Augen strahlen. Sie ist hübsch, sogar außergewöhnlich hübsch, und hat dunkelblondes Haar, dunkle Augen und eine Figur, die sie nicht versteckt. Lucy beobachtet, wie sie mit gleitenden Schritten in den hinteren Teil des Restaurants verschwindet. In ihrem langen schwarzen Mantel, der ihre schwarzen Stiefel umflattert, erinnert sie an eine Pilgerin mit erotischer Ausstrahlung oder an eine sinnliche Hexe. Sie steuert schnurstracks auf den Tresen zu, wo mehr als genug Barhocker frei sind. Doch sie entscheidet sich für den direkt neben Lucy, faltet ihren Mantel zusammen und setzt sich darauf, ohne ihre Sitznachbarin eines Wortes oder eines Blicks zu würdigen.

Lucy trinkt einen Schluck Tequila und starrt, scheinbar brennend interessiert an der neuesten Prominentenromanze, auf den Fernseher über der Theke. Buddy mixt der Frau einen Drink, ohne sie fragen zu müssen, was sie trinken will.

»Ich möchte auch noch einen«, sagt Lucy sofort.

»Wird gemacht.«

Die Frau mit dem schwarzen Kapuzenmantel mustert fasziniert die bunte Tequilaflasche, die Buddy aus dem Regal holt. Aufmerksam sieht sie zu, wie die bernsteinfarbene Flüssigkeit in einem zarten Strahl in den Cognacschwenker rinnt. Als Lucy den Tequila im Glas kreisen lässt, dringt ihr der Geruch in die Nase bis hinauf ins Gehirn.

»Von dem Zeug kriegst du Kopfschmerzen, die sich gewaschen haben«, warnt die Frau mit dem schwarzen Kapuzenmantel. Ihre Stimme klingt rau, verführerisch und geheimnisvoll.

»Tequila ist viel reiner als der meiste Alkohol«, erwidert Lucy. »Diesen Ausdruck habe ich übrigens schon lange nicht mehr gehört. Die meisten Leute sagen einfach nur ›höllisch‹.«

»Die scheußlichsten Kopfschmerzen hatte ich mal von Margaritas«, fährt die Frau fort und nippt an dem rosafarbenen, giftig aussehenden Cosmopolitan in ihrem Champagnerglas. »Außerdem glaube ich nicht an die Hölle.«

»Das wirst du schon noch, wenn du weiter dieses Gesöff in dich reinschüttest«, entgegnet Lucy und beobachtet im Spiegel hinter dem Tresen, wie sich wieder die Tür öffnet und noch mehr Schnee ins Lokal gepustet wird.

Der Luftzug, der durch den Windfang hereinfegt, klingt wie raschelnde Seide und erinnert Lucy an Seidenstrümpfe, die im Sturm an einer Wäscheleine hin und her gepeitscht werden, obwohl sie noch nie Strümpfe an einer Leine gesehen oder gehört hat, welches Geräusch sie machen. Sie bemerkt, dass die Frau schwarze Strümpfe trägt, denn hohe Barhocker und kurze geschlitzte Röcke sind eine verhängnisvolle Kombination – außer, die Trägerin befindet sich in einem Lokal, in dem die Männer ausschließlich aneinander interessiert sind, was im Schwulenmekka Provincetown für gewöhnlich der Fall ist.

»Noch einen Cosmo, Stevie?«, fragt Buddy. Nun kennt Lucy ihren Namen.

»Nein«, antwortet sie an ihrer statt. »Stevie soll mal probieren, was ich trinke.«

»Ich bin für alles Neue offen«, sagt Stevie. »Ich glaube, ich habe dich im Pied und im Vixen gesehen. Du hast mit verschiedenen Leuten getanzt.«

»Ich tanze nicht.«

»Aber ich habe dich gesehen. Jemand wie du fällt auf.«

»Bist du oft hier?«, erkundigt sich Lucy, die Stevie noch nie über den Weg gelaufen ist. Weder im Pied noch im Vixen oder in einem der anderen Clubs und Restaurants in Provincetown.

Stevie sieht zu, wie Buddy Tequila nachschenkt. Er lässt die Flasche auf der Theke stehen und wendet sich einem anderen Gast zu.

»Ich bin zum ersten Mal hier«, sagt Stevie zu Lucy. »Ein Geschenk zum Valentinstag an mich selbst: eine Woche in Provincetown.«

»Mitten im Winter?«

»Soweit ich weiß, fällt der Valentinstag immer in den Winter. Er ist mein Lieblingsfeiertag.«

»Er ist kein Feiertag. Außerdem war ich in dieser Woche jeden Abend hier, und ich habe dich noch nie gesehen.«

»Wer bist du? Die Kneipenpolizei?« Stevie schmunzelt und sieht Lucy so eindringlich in die Augen, dass der Blick seine Wirkung nicht verfehlt.

Lucy spürt etwas. *Nein*, denkt sie. *Nicht schon wieder.*

»Vielleicht bin ich im Gegensatz zu dir nicht jeden Abend hier«, meint Stevie, und als sie nach der Tequilaflasche greift, berührt sie Lucys Arm.

Das Gefühl wird stärker. Stevie mustert das bunte Etikett und stellt die Flasche dann zurück auf den Tresen. Dabei lässt sie sich Zeit und streift Lucy mit dem ganzen Körper. Das Gefühl steigert sich.

»Cuervo? Was ist denn so Besonderes an Cuervo?«, fragt Stevie.

»Woher weißt du, was ich mache?«, sagt Lucy.

Sie versucht, das Gefühl zu vertreiben.

»Nur so eine Vermutung. Du siehst aus wie jemand, der viel nachts unterwegs ist«, antwortet Stevie. »Rot ist deine echte Haarfarbe, oder? Mahagoni, gemischt mit Dunkelrot. Gefärbtes Haar ist anders. Und du trägst es erst seit kurzer Zeit so lang.«

»Bist du Hellseherin?«

Das Gefühl ist inzwischen unerträglich. Und es will sich einfach nicht legen.

»Nur so eine Vermutung«, antwortet Stevies verführerische Stimme. »Und du hast es mir noch immer nicht verraten: Was ist so Besonderes an Cuervo?«

»Cuervo Reserva de la Familia. Das ist schon was Besonderes.«

»Tja, stimmt wohl. Offenbar ist heute seit langem wieder mal mein Abend«, sagt Stevie, berührt Lucy am Arm und lässt kurz ihre Hand liegen. »Zum ersten Mal in Provincetown. Und zum ersten Mal ein Tequila aus einhundert Prozent Agave für dreißig Dollar das Glas.«

Lucy ist verwundert, woher Stevie weiß, dass das Glas dreißig Dollar kostet. Für jemanden, der sich nicht mit Tequila auskennt, scheint sie ziemlich gut informiert zu sein.

»Ich glaube, ich trinke noch einen«, ruft Stevie Buddy zu. »Und du könntest wirklich ein bisschen großzügiger einschenken. Sei nett zu mir.«

Lächelnd folgt Buddy der Aufforderung. Zwei Gläser später lehnt Stevie sich an Lucy und flüstert ihr ins Ohr: »Hast du was da?«

»Was denn?«, erwidert Lucy. Und dann gibt sie sich dem Gefühl hin.

Einem Gefühl, beflügelt von Tequila und ihrer Absicht, die Nacht hier zu verbringen.

»Du weißt schon, was«, erwidert Stevies Stimme leise. Ihr Atem streift Lucys Ohr, und ihre Brust presst sich an ihren Arm. »Was zu rauchen. Etwas, damit es sich lohnt.«

»Was bringt dich auf den Gedanken, dass ich was haben könnte?«

»Nur so eine Vermutung.«

»Du vermutest aber ziemlich viel.«

»Hier kriegt man überall was. Ich habe dich gesehen.«

Lucy hat gestern Abend etwas gekauft. Sie weiß genau, wo, und zwar im Vixen, wo sie nicht getanzt hat. Sie kann sich nicht erinnern, Stevie dort wahrgenommen zu haben. Um diese Jahreszeit ist der Laden nie sehr voll, und Stevie wäre ihr sicher aufgefallen. Sie hätte sie auch in einer Menschenmenge, auf einer belebten Straße oder sonst irgendwo bemerkt.

»Offenbar bist du die Kneipenpolizei«, sagt Lucy.

»Du ahnst ja gar nicht, wie komisch das ist«, erwidert Stevies verführerische Stimme. »Wo wohnst du denn?«

»Nicht weit von hier.«

6

Die Gerichtsmedizin liegt wie in den meisten Städten am Rand eines besseren Viertels und ist für gewöhnlich angegliedert an eine medizinische Fakultät. Die Rückseite des Gebäudekomplexes aus rotem Backstein und Beton geht auf den Massachusetts Turnpike hinaus. Auf der anderen Seite befindet sich das Gefängnis von Suffolk County. Keine schöne Aussicht also, und der Verkehrslärm verebbt nie.

Benton stellt seinen Wagen an der Hintertür ab und bemerkt, dass sich nur zwei weitere Fahrzeuge auf dem Parkplatz befinden. Der dunkelblaue Crown Victoria gehört Detective Thrush, der Honda Geländewagen vermutlich einem unterbezahlten forensischen Pathologen, der sicher nicht erfreut war, als Thrush von ihm verlangt hat, um diese Uhrzeit im Institut zu erscheinen. Während Benton an der Tür läutet, beobachtet er den verlassenen Parkplatz, denn er geht immer davon aus, dass er nicht allein ist und von irgendwoher Gefahr droht. Dann öffnet sich die Tür, und Thrush bittet ihn herein.

»Mein Gott, wie ich diese Bude nachts hasse«, sagt er.

»Tagsüber ist es hier auch nicht schöner«, gibt Benton zurück.

»Gut, dass Sie gekommen sind. Wie können Sie bei diesem Wetter bloß in so was herumkurven?«, fragt Thrush mit einem Blick auf den schwarzen Porsche, bevor er die Tür schließt. »Sie müssen verrückt sein.«

»Allradantrieb. Als ich heute Morgen zur Arbeit fuhr, hat es noch nicht geschneit.«

»Die anderen Psychologen, mit denen ich zusammengearbeitet habe, lassen sich nie hier blicken, ganz gleich, bei welchem Wetter«, meint Thrush. »Dasselbe gilt für die Profiler. Die meisten FBI-Leute, die ich kenne, haben noch nie einen Toten gesehen.«

»Bis auf die Zombies in ihrer Zentrale.«

»Das können Sie laut sagen. In der Zentrale der State Police haben wir auch genug Leute, die nicht sehr lebendig wirken. Bitte, hier entlang.«

Auf dem Weg den Flur hinunter reicht er Benton einen Umschlag.

»Ich habe hier alles für Sie auf CD. Sämtliche Fotos vom Tatort und von der Autopsie sowie alle bisher verfassten Berichte. Ist alles drauf. Es sind schwere Schneefälle vorhergesagt.«

Wieder muss Benton an Scarpetta denken. Morgen ist Valentinstag, und eigentlich hatten sie geplant, den Abend bei einem romantischen Abendessen am Hafen zu verbringen. Sie hatte vor, über das Feiertagswochende des President's Day zu bleiben. Seit fast einem Monat haben sie einander nicht gesehen. Und jetzt kommt vielleicht schon wieder etwas dazwischen.

»Soweit ich informiert bin, soll es nur leichte Schneeschauer geben«, sagt er.

»Vom Cape zieht ein Unwetter heran. Hoffentlich haben Sie noch einen anderen fahrbaren Untersatz als den Sportwagen.«

Thrush ist ein kräftig gebauter Mann, der nie aus Massachusetts herausgekommen ist, was man ihm auch anhört, denn der Buchstabe »R« kommt in seinem Vokabular nicht vor. Er ist Mitte fünfzig, hat militärisch kurz geschorenes graues Haar und trägt einen zerknitterten braunen Anzug. Offenbar hat er den ganzen Tag pausenlos gearbeitet. Er und Benton gehen den gut beleuchteten Flur entlang, der makellos sauber ist und nach Luftverbesserer riecht. Von beiden Seiten gehen Lagerräume und Asservatenkammern ab, zu denen man nur mit einer Chipkarte Zutritt hat. Es gibt hier sogar einen Crash-Schlitten – Benton hat keine Ahnung, wozu – und ein Raster-Elektronenmikroskop. So eine geräumige und gut ausgerüstete Gerichtsmedizin hat Benton noch nie gesehen. Das Thema Personalausstattung steht jedoch auf einem anderen Blatt.

Das Institut leidet schon seit Jahren unter Personalmangel, da die Gehälter zu niedrig sind, um für erfahrene forensische Pathologen und wissenschaftliche Mitarbeiter attraktiv zu sein. Hinzu kommt, dass angebliche Irrtümer und Verfehlungen zu erbitterten Grabenkämpfen und öffentlichen Auseinandersetzungen geführt haben, die allen Beteiligten das Leben – und den Tod – schwer machen. Die Gerichtsmedizin ist für Journalisten und andere Außenstehende Sperrzone, und insgesamt herrscht hier eine von Feindseligkeit und Argwohn geprägte Atmosphäre. Benton hat seinen Besuch mit Absicht auf die späten Abendstunden gelegt, weil er während der Geschäftszeiten nur auf Widerstand und Ablehnung treffen würde.

Er und Thrush bleiben vor der geschlossenen Tür eines Autopsiesaals stehen, der dringenden Fällen oder solchen vorbehalten ist, bei denen Kontaminierungsgefahr besteht oder die als besonders bizarr gelten. Sein Mobiltelefon vibriert. Er betrachtet die Anzeige: »Unbekannter Anrufer« bedeutet normalerweise, dass sie es ist.

»Hallo«, beginnt Scarpetta. »Hoffentlich hast du einen schöneren Abend als ich.«

»Ich bin in der Gerichtsmedizin.« Er wendet sich an Thrush. »Einen Moment bitte.«

»Das klingt nicht gut«, erwidert Scarpetta.

»Ich erkläre dir alles später. Aber ich habe eine Frage: Weißt du etwas über einen Zwischenfall in einem Laden für Weihnachtszubehör in Las Olas vor ungefähr zweieinhalb Jahren?«

»Mit *Zwischenfall* meinst du vermutlich Mord.«

»Genau.«

»Spontan fällt mir dazu nichts ein. Vielleicht kann Lucy ja etwas herausfinden. Ich habe gehört, bei euch schneit es.«

»Wenn du herkommst, werde ich wohl den Rentierschlitten vom Weihnachtsmann mieten müssen.«

»Ich liebe dich.«

»Ich dich auch«, antwortet er.

Er beendet das Gespräch. »Mit wem haben wir zu tun?«, fragt er Thrush.

»Tja, Dr. Lonsdale war so nett, mir zu helfen. Sie werden ihn mögen. Aber die Autopsie hat nicht er durchgeführt, sondern *sie*.«

Sie ist die Chefin. Und *sie* hat den Posten bekommen, weil sie eine *Sie* ist.

»Wenn Sie mich fragen«, meint Thrush, »ist das nichts für Frauen. Welche Frau macht freiwillig so einen Job?«

»Es gibt gute Pathologinnen«, widerspricht Benton. »Sogar sehr gute. Nicht alle haben ihre Stelle nur wegen des Geschlechts erhalten. Meistens ist es sogar umgekehrt.«

Thrush hat noch nie von Scarpetta gehört. Benton erwähnt sie nie, nicht einmal gegenüber Menschen, die er recht gut kennt.

»Eine Frau sollte sich so eine Scheiße nicht anschauen müssen«, beharrt Thrush.

Die Nachtluft weht durchdringend und milchweiß die Commercial Street entlang. Schnee treibt im Schein der Straßenlaternen und in den anderen Lichtern der Nacht dahin, bis die Welt in einen unwirklichen Schimmer gehüllt ist. Die beiden Frauen gehen mitten auf der menschenleeren, stillen Straße am Ufer entlang nach Osten zu dem kleinen Haus, das Lucy vor ein paar Tagen angemietet hat, nach dem seltsamen Anruf dieses Hog bei Marino.

Sie macht Feuer im Kamin. Anschließend sitzen sie und Stevie auf Steppdecken vor den Flammen und drehen sich einen Joint mit wirklich gutem Gras aus British Columbia, den sie sich teilen. Sie rauchen, reden und lachen. Dann will Stevie mehr.

»Nur noch einen«, bettelt sie, während Lucy sie auszieht.

»Das ist aber merkwürdig«, sagt Lucy. Sie starrt auf Stevies schlanken Körper, der mit roten Handabdrücken, vielleicht Tätowierungen, bedeckt ist.

Insgesamt sind es vier. Zwei auf den Brüsten, als ob jemand sie umfassen würde, und zwei auf den Innenseiten der Oberschenkel, als zwänge ihr jemand die Beine auseinander. Auf dem Rücken, wo Stevie sie, vorausgesetzt sie sind nur aufgemalt, selbst nicht hätte anbringen können, befinden sich keine. Lucy traut ihren Augen nicht. Sie berührt einen der Handabdrücke, legt ihre eigene Hand darauf und liebkost Stevies Brust.

»Wollte nur sehen, ob es passt«, meint sie. »Aufgemalt?«

»Warum ziehst du dich nicht auch aus?«

Lucy tut das, was ihr gefällt, aber ausziehen wird sie sich nicht. Stundenlang vergnügt sie sich im Schein des Feuers auf den Steppdecken, und Stevie lässt sie gewähren. Sie ist leidenschaftlicher als alle, die Lucy je berührt hat, glatt mit weichen Konturen und so muskulös, wie Lucy selbst es einmal war. Als Stevie versucht, sie zu entkleiden, und beinahe heftig wird, sträubt sich Lucy. Irgendwann wird Stevie müde und gibt auf, und Lucy bringt sie zu Bett. Nachdem Stevie eingeschlafen ist, liegt Lucy wach, lauscht dem unheimlichen Heulen des Windes und fragt sich, womit das Geräusch eigentlich wirklich zu vergleichen ist. Irgendwann kommt sie zu dem Schluss, dass es sie doch nicht an das Rascheln von Seidenstrümpfen erinnert, sondern an einen gequälten Klagelaut.

7

Der Autopsiesaal ist klein und gefliest und mit dem üblichen Instrumentenwagen, einer Digitalwaage, einem Asservatenschrank, einer Autopsiesäge mit verschiedenen Sägeblättern, Schneidebrettern und einem Autopsietisch ausgestattet, den man an ein an der Wand befestigtes Becken einklinken kann. Die begehbare Kühlkammer ist in die Wand eingebaut. Die Tür steht einen Spaltweit offen.

Thrush reicht Benton ein Paar blauer Nitril-Handschuhe. »Möchten Sie Überzieher für die Schuhe und eine Maske?«, fragt er.

»Nein, danke«, erwidert Benton, als Dr. Lonsdale aus der Kühlkammer kommt. Er schiebt eine Bahre aus Edelstahl vor sich her, auf der ein Körper in einem Leichensack liegt.

»Wir müssen uns beeilen«, sagt er, während er den Wagen neben dem Becken parkt und zwei der schwenkbaren Rollen blockiert. »Ich habe schon mächtigen Ärger mit meiner Frau. Heute ist nämlich ihr Geburtstag.«

Er öffnet den Leichensack und klappt ihn auf. Das Opfer hat schlecht geschnittenes, kurzes schwarzes Haar, das noch feucht und mit Gehirnmasse und anderen Gewebefetzen verklebt ist. Vom Gesicht der Frau ist nicht viel übrig. Es sieht aus, als wäre in ihrem Kopf eine kleine Bombe explodiert, was in gewisser Hinsicht auch zutrifft.

»In den Mund geschossen«, erklärt Dr. Lonsdale. Er ist jung und engagiert und deshalb auch ein wenig ungeduldig. »Massive Schädelbrüche und Zerstörung des Gehirns, was für uns eigentlich auf Suizid hinweist. Allerdings passt in diesem Fall sonst nichts zu einem Selbstmord. Offenbar war ihr Kopf weit zurückgebeugt, als der Schuss fiel, was erklärt, warum ihr Gesicht mehr oder weniger weggesprengt wurde und einige Zähne fehlen. Auch das ist bei einem Selbstmord nicht weiter ungewöhnlich.«

Er schaltet eine Vergrößerungslampe ein und hält sie dicht an den Kopf.

»Wir mussten ihr den Mund nicht aufzwingen«, stellt er fest, »sie hat ja schließlich kein Gesicht mehr. Glück im Unglück.«

Als Benton sich vorbeugt, steigt ihm der süßlich-faulige Geruch verwesenden Blutes in die Nase.

»Ruß an Gaumen und Zunge«, fährt Dr. Lonsdale fort. »Oberflächliche Abschürfungen an der Zunge, der Umgebung des Mundes und der Nasolabialfalte, und zwar als Folge der explosiven Ausdehnung der beim Schuss freigesetzten Gase. Keine sehr hübsche Todesart.«

Er zieht den Reißverschluss des Leichensacks ganz auf.

»Das Beste haben Sie sich wohl für den Schluss aufgespart«, sagt Thrush. »Was halten Sie davon? Erinnert mich an Crazy Horse?«

»Meinen Sie den Indianer?« Mit einem zweifelnden Blick auf ihn entfernt Dr. Lonsdale den Deckel von einem Glas voller klarer Flüssigkeit.

»Ja, ich glaube, der hat den Hintern seines Pferdes mit roten Handabdrücken gekennzeichnet.«

Auf dem Körper der Frau befinden sich rote Handabdrücke, und zwar auf den Brüsten, auf dem Unterleib und auf der Innenseite der Oberschenkel. Benton hält die Vergrößerungslampe dichter daran.

Dr. Lonsdale betupft den Rand eines der Abdrücke mit der Flüssigkeit. »Isopropylalkohol«, verkündet er. »Mit diesem Lösungsmittel bekommt man es ab. Wasserlöslich ist die Farbe offenbar nicht. Sie erinnert mich an das Zeug, das viele Leute für Kurzzeit-Tätowierungen benutzen. Irgendein Farbstoff. Könnte aber auch ein wasserfester Markierstift sein.«

»Ich nehme an, dass Sie so was noch bei keinem anderen Fall hier in der Gegend festgestellt haben«, sagt Benton.

»Nein.«

Die vergrößerten Handabdrücke sind klar umrissen mit deutlichen Rändern, wie mit einer Schablone gezogen. Benton sucht nach den Strichspuren eines Pinsels oder einem anderen Hinweis darauf, wie die Farbe oder Tinte aufgetragen worden sein könnte. Er erkennt nichts. Doch nach der Farbstärke zu urteilen, ist diese Körperkunst jüngeren Datums.

»Vermutlich hat sie es vor einiger Zeit machen lassen. Mit anderen Worten: Es hat nichts mit ihrem Tod zu tun«, fügt Dr. Lonsdale hinzu.

»Dasselbe denke ich auch«, pflichtet Thrush ihm bei. »Schließlich sind wir hier in der Nähe von Salem, wo viele Leute noch an Hexerei glauben.«

»Ich frage mich nur, wie lange es dauert, bis solche Malereien verblassen«, sagt Benton. »Haben Sie nachgemessen, ob die Größe mit der ihrer Hand übereinstimmt?«

»Für mich sehen sie größer aus«, bemerkt Thrush und hält seine eigene Hand hin.

»Was ist mit ihrem Rücken?«, erkundigt sich Benton.

»Einer auf jeder Gesäßhälfte, einer zwischen den Schulterblättern«, erwidert Dr. Lonsdale. »Der Größe nach scheinen es Männerhände zu sein.«

»Ja«, bestätigt Thrush.

Dr. Lonsdale dreht die Leiche ein Stück zur Seite, damit Benton die Abdrücke auf dem Rücken betrachten kann.

»Offenbar hat sie hier eine Art Abschürfung«, stellt er fest, als er eine wunde Stelle auf dem Abdruck zwischen den Schulterblättern erkennt. »Irgendeine Entzündung.«

»Ich bin nicht mit sämtlichen Einzelheiten vertraut«, rechtfertigt sich Dr. Lonsdale. »Es ist ja nicht mein Fall.«

»Sieht aus, als wäre dic Malerei angebracht worden, nachdem sie sich die Abschürfung zugezogen hat«, stellt Benton fest. »Außerdem sehe ich hier Striemen.«

»Vielleicht eine lokale Schwellung. Das müsste uns die Histologie beantworten. Es ist nicht mein Fall«, erinnert Dr. Lonsdale sie noch einmal. »Ich war an der Autopsie nicht beteiligt, sondern habe nur einen kurzen Blick auf die Tote geworfen. Und zwar erst, bevor ich sie vorhin rausgeschoben habe. Allerdings habe ich mir kurz den Autopsiebericht angesehen.«

Falls sich herausstellen sollte, dass seine Vorgesetzte schlampig oder inkompetent war, wird er natürlich jegliche Verantwortung zurückweisen.

»Haben Sie eine Vermutung, wie lange sie schon tot ist?«, fragt Benton.

»Tja, bei der Kälte hat sich die Totenstarre natürlich verzögert.«

»War die Leiche denn gefroren, als sie gefunden wurde?«

»Noch nicht. Offenbar betrug ihre Körpertemperatur bei der Einlieferung fünf Grad Celsius. Ich war nicht am Fundort und weiß deshalb auch nicht mehr.«

»Um zehn Uhr heute Morgen hatten wir fünf Grad unter Null«, sagt Thrush zu Benton. »Die Wetterbedingungen finden Sie auch auf der CD, die ich Ihnen gegeben habe.«

»Also wurde der Autopsiebericht bereits diktiert«, merkt Benton an.

»Alles auf der CD«, wiederholt Thrush.

»Spuren?«

»Ein wenig Erde, Fasern und weitere Fragmente, die im Blut kleben geblieben sind«, antwortet Thrush. »Ich bringe alles so schnell wie möglich ins Labor.«

»Erzählen Sie mir von der sichergestellten Patronenhülse«, fordert Benton ihn auf.

»Sie steckte in ihrem Rektum. Da man sie von außen nicht sehen konnte, wurde sie erst beim Röntgen entdeckt. Eine vertrackte Sache. Als ich die Aufnahme sah, dachte ich zunächst, dass die Hülse unter der Leiche auf der Bahre liegt. Ich hätte nie geglaubt, dass sich das verdammte Ding in ihrem Körper befindet.«

»Aus welcher Waffe stammt sie?«

»Einer Remington Express Magnum, Kaliber zwölf.«

»Wenn sie sich selbst erschossen hat, hat sie sich das Ding schlecht nach der Tat ins Rektum schieben können«, meint Benton. »Lassen Sie es in der NIBIN-Datenbank überprüfen?«

»Wird bereits erledigt«, entgegnet Thrush. »Der Schlagbolzen hat eine hübsche Kratzspur hinterlassen. Vielleicht haben wir ja Glück.«

8

Früh am nächsten Morgen weht der Schnee horizontal über die Cape Cod Bay heran und schmilzt, sobald er das Wasser berührt. Während die Flocken den bräunlichen Streifen Strand vor Lucys Fenster nur mit einer zarten Schicht überzuckern, bedecken sie dick die umliegenden Hausdächer und den Balkon unter ihrem Schlafzimmer. Lucy zieht die Daunendecke hoch und blickt auf das Wasser und den Schnee hinaus. Es gefällt ihr gar nicht, dass sie jetzt aufstehen und sich mit der Frau beschäftigen muss, die schlafend neben ihr liegt: Stevie.

Lucy hätte gestern Abend nicht ins Lorraine's gehen sollen. Doch sosehr sie es auch bereut, sie kann es nicht mehr rückgängig machen. Sie widert sich selbst an, will nur raus aus diesem winzigen Haus mit der Veranda, dem Schindeldach, den von viel zu vielen Mietern abgewohnten Möbeln und der kleinen muffigen Küche mit den altmodischen Geräten. Sie beobachtet, wie der frühe Morgen mit dem Horizont spielt und ihn in unterschiedliche Farbtöne taucht. Es schneit fast ebenso heftig wie in der letzten Nacht. Lucy denkt an Johnny. Eine Woche vor seinem Tod ist er hierher nach Provincetown gekommen und hat sich mit jemandem getroffen. Das hätte Lucy eigentlich schon vor langer Zeit herauskriegen sollen. Hat sie aber nicht, weil sie die Augen davor verschlossen hat. Sie schaut Stevies regelmäßigem Atmen zu.

»Bist du wach?«, sagt Lucy. »Du musst jetzt aufstehen.«

Sie starrt in den Schnee hinaus, beobachtet die Enten, die auf der bewegten grauen Bucht schaukeln, und fragt sich, warum sie nicht erfrieren. Trotz ihres Wissens über die kälteisolierende Wirkung von Daunen will es ihr nicht in den Kopf, wie sich ein warmblütiges Lebewesen mitten in einem Schneesturm gemütlich im eiskalten Wasser treiben lassen kann. Sie selbst friert sogar unter dem Federbett, ist ausgekühlt und miserabler Stimmung und fühlt sich in Büstenhalter, Höschen und durchgeknöpftem Hemd unwohl.

»Stevie, wach auf. Ich muss los!«, ruft sie.

Stevie rührt sich nicht, und ihr Rücken hebt und senkt sich sanft mit jedem langsamen Atemzug. Lucy wird ganz flau im Magen, so sehr bereut sie alles, und sie könnte sich ohrfeigen, weil sie es doch immer wieder tun muss, obwohl sie sich anschließend stets abgestoßen fühlt. Seit fast einem Jahr schon hat sie sich fest an ihren Vorsatz gehalten, dass sich so etwas nicht wiederholen darf. Und dann kommen doch wieder Nächte wie die vergangene, in denen Lucy sich weder sonderlich klug noch vernünftig verhält. Danach bedauert sie es immer, weil es erniedrigend ist, sich aus der Situation loseisen zu müssen, indem man weiter Lügen erzählt. Aber es bleibt ihr nichts anderes übrig. Sie hat ihr Leben nicht mehr in der Hand. Zu tief ist sie verstrickt, um noch frei wählen zu können. Und so sind viele Entscheidungen von anderen für sie getroffen worden. Sie berührt ihre empfindlichen Brüste und den gewölbten Bauch, um sich zu vergewissern, dass sie nicht träumt, und sie kann es noch immer nicht glauben. Warum musste es ausgerechnet sie treffen?

Wie kann Johnny tot sein?

Sie hat nie genau nachgefragt, was ihm zugestoßen ist. Stattdessen hat sie sich einfach aus dem Staub gemacht und ihr Geheimnis mitgenommen.

Es tut mir Leid, denkt sie und hofft, dass er, ganz gleich, wo er auch sein mag, versteht, was in ihr vorgeht. So wie früher, nur anders. Vielleicht kann er jetzt ja sogar ihre Gedanken lesen. Vielleicht begreift er, warum sie sich zurückgezogen und sich einfach damit abgefunden hat, dass es Selbstmord war. Möglicherweise hatte er ja wirklich Depressionen. Oder Angst, nicht mehr gesund zu werden. Auch nicht für eine Minute hat Lucy angenommen, dass sein Bruder ihn auf dem Gewissen hat. Und sie hat ebenso wenig in Erwägung gezogen, dass es einen anderen Täter geben könnte. Doch dann hat Marino den geheimnisvollen Anruf von Hog erhalten.

»Du musst aufstehen«, sagt sie zu Stevie.

Lucy greift nach der .380er Colt Mustang, die auf dem Nachttisch liegt.

»Los, wach auf.«

Basil Jenrette liegt auf dem stählernen Bett in seiner Zelle unter einer dünnen Decke, deren Material im Brandfall keine giftigen Gase wie zum Beispiel Zyanid ausdünsten würde. Die Matratze ist auch dünn und hart und würde ebenfalls keine Gase produzieren, wenn es einmal brennt. Die Giftspritze wäre sicher unangenehm geworden, der elektrische Stuhl vermutlich noch schlimmer – aber die Gaskammer, nein! Nach Atem ringen, keine Luft mehr kriegen, ersticken! Mein Gott, nein!

Wenn er sich beim Bettenmachen die Matratze ansieht, muss er stets an Feuer und an Luftnot denken. So etwas hat nicht einmal er verdient! Zumindest ist er niemals mit einem anderen Menschen so umgegangen wie sein Klavierlehrer mit ihm, bis Basil den Klavierunterricht schließlich abgebrochen hat, da konnte seine Mutter mit dem Gürtel auf ihn einprügeln, wie sie wollte. Er hat sich standhaft geweigert, sich noch einmal in eine Situation zu begeben, in der ihm die Luft abgeschnürt wird, bis er zu würgen anfängt und beinahe erstickt. Jahrelang hat er kaum noch daran gedacht, bis die Gaskammer zum Thema wurde. Obwohl Basil genau weiß, dass Gefangene in Gainesville mit der Giftspritze hingerichtet werden, haben ihm die Wachen immer wieder mit der Gaskammer gedroht und gelacht, wenn er sich zitternd vor Angst auf dem Bett zusammenkrümmte.

Nun braucht er sich nicht mehr mit der Gaskammer oder anderen Hinrichtungsmethoden zu beschäftigen. Er ist nämlich ein wissenschaftliches Forschungsobjekt.

Lauschend wartet er darauf, dass sich die Schublade unten an der Stahltür bewegt, dass sie sich öffnet und er sein Frühstückstablett bekommt.

Dass es draußen hell ist, kann er nicht sehen, weil seine Zelle kein Fenster hat. Aber die Geräusche des Wachpersonals, das seine Runden macht, sagen ihm, dass es früher Morgen sein muss. Schubladen gleiten auf und knallen zu, als man den anderen Häftlingen ihre Eier mit Speck und ihre Brötchen hineinschiebt. Manchmal sind es Spiegeleier, manchmal Rühreier. Basil kann das Essen riechen, als er unter seiner giftfreien Decke und auf seiner giftfreien Matratze auf dem Bett liegt und an seine Post denkt. Er muss seine Post kriegen! Noch nie ist er so wütend und aufgebracht gewesen. Er hört Schritte, und dann erscheint Onkel Remus' fettes schwarzes Gesicht hinter dem Maschendraht hoch oben in der Tür.

Das ist Basils Spitzname für ihn. Onkel Remus. Und weil er ihn Onkel Remus nennt, bekommt er seine Post nicht mehr. Jetzt schon seit einem Monat.

»Ich will meine Post«, sagt er zu Onkel Remus' Gesicht hinter dem Maschendraht. »Laut Verfassung habe ich ein Recht darauf.«

»Wie kommst du auf den Gedanken, jemand könnte einem

jämmerlichen Mistkerl wie dir schreiben wollen?«, fragt das Gesicht jenseits des Maschendrahts.

Basil kann nicht viel mehr erkennen als den dunklen Umriss des Gesichts und die feuchten Augen, die ihn beobachten. Er hat schon genaue Pläne für diese Augen und weiß, wie man sie ausschaltet, damit sie ihn nicht mehr anglotzen. Damit sie nichts sehen, was sie nicht sehen sollen. Damit sie ihn nicht wild und wahnwitzig anstarren und er das Gefühl bekommt, zu ersticken. Allerdings kann er hier drin in seiner Selbstmörderzelle nicht viel ausrichten. Wut und Angst knotet ihm den Magen zusammen wie ein Geschirrtuch.

»Ich weiß genau, dass ich Post bekommen habe«, sagt Basil. »Ich will sie haben.«

Das Gesicht verschwindet, und die Schublade öffnet sich. Nachdem Basil aufgestanden ist und sein Tablett geholt hat, fällt die Schublade unten an der dicken grauen Stahltür mit einem lauten Krachen wieder zu.

»Hoffentlich hat dir niemand ins Essen gespuckt«, meint Onkel Remus durch den Maschendraht. »Guten Appetit.«

Die breiten Holzdielen fühlen sich unter Lucys nackten Füßen kalt an, als sie ins Schlafzimmer zurückkehrt. Stevie schläft unter der Bettdecke. Lucy stellt die beiden Kaffeetassen auf den Nachttisch und tastet unter der Matratze nach dem Magazin der Pistole. Auch wenn sie sich gestern Nacht leichtsinnig verhalten hat, wäre sie doch nicht so dumm, eine geladene Pistole herumliegen zu lassen, solange eine Fremde im Haus ist.

»Stevie?«, ruft sie. »Los, wach auf! Komm schon!«

Stevie schlägt die Augen auf und starrt Lucy an, die neben dem Bett steht und das Magazin in die Pistole schiebt.

»Was für ein Anblick«, murmelt sie gähnend.

»Ich muss los.« Lucy reicht ihr eine Kaffeetasse.

Stevie starrt die Pistole an. »Offenbar vertraust du mir. Sonst hättest du das Ding nicht die ganze Nacht hier auf dem Tisch liegen gelassen.«

»Warum sollte ich dir nicht vertrauen?«

»Ich dachte immer, ihr Anwälte müsstet ständig Angst vor den Leuten haben, denen ihr das Leben ruiniert habt«, erwidert Stevie. »Heutzutage weiß man nie ganz genau, mit wem man es zu tun hat.«

Lucy hat ihr erzählt, sie sei Anwältin und lebe in Boston. Allerdings nimmt sie an, dass Stevie ihr nicht glaubt.

»Woher wusstest du, dass ich meinen Kaffee am liebsten schwarz trinke?«

»Ich wusste es nicht«, antwortet Lucy. »Aber es sind weder Milch noch Sahne im Haus. Ich muss jetzt wirklich los.«

»Ich finde, du solltest bleiben. Ich werde dafür sorgen, dass du es nicht bereust. Wir waren doch noch nicht fertig, oder? Du hast mich so unter Alkohol und Gras gesetzt, dass ich es nicht mehr geschafft habe, dich auszuziehen. So was ist mir noch nie passiert.«

»Anscheinend hast du gestern einiges zum ersten Mal erlebt.«

»Du hast dich nicht ausgezogen«, beharrt Stevie und trinkt ihren Kaffee. »Das war wirklich eine Premiere.«

»Du warst nicht mehr ganz klar.«

»Ich war noch klar genug, um es zu versuchen. Und es ist nie zu spät für einen zweiten Anlauf.«

Sie setzt sich auf und kuschelt sich in die Kissen. Als ihr die Decke hinunterrutscht, verhärten sich ihre Brustwarzen in der kalten Luft. Stevie weiß genau, was sie zu bieten hat und wie man es einsetzt. Lucy nimmt ihr nicht ab, dass ihr irgendetwas an den Ereignissen von letzter Nacht fremd war.

»Mein Gott, hab ich Kopfschmerzen«, stöhnt Stevie und sieht Lucy dabei zu, wie diese sie betrachtet. »Ich dachte, du hättest gesagt, von einem guten Tequila kriegt man keine Kopfschmerzen.«

»Du hast ihn mit Wodka gemischt.«

Stevie lässt sich in die Kissen sinken, worauf ihr die Decke bis zu den Hüften hinuntergleitet. Wie sie sich so das dunkelblonde Haar aus den Augen streicht, ist sie im frühen Morgenlicht wirklich ein hübscher Anblick. Aber Lucy will nichts mehr mit ihr zu tun haben und fühlt sich wieder von den roten Handabdrücken abgestoßen.

»Erinnerst du dich, dass ich dich gestern Nacht danach gefragt habe?«, beginnt Lucy mit einem Blick auf die Handabdrücke.

»Du hast mich gestern Nacht eine ganze Menge gefragt.«

»Ich habe dich gefragt, wo du dir die hast machen lassen.«

»Warum kommst du nicht wieder ins Bett?« Stevie klopft auf die Matratze, und ihre Augen scheinen Löcher in Lucys Haut zu brennen.

»Das muss doch wehgetan haben. Außer sie sind nur aufgemalt, was ich eigentlich eher glaube.«

»Man kriegt sie mit Nagellackentferner oder Babyöl ab. Aber ich bin sicher, dass du keins von beidem dahast.«

»Und warum hast du das gemacht?« Lucy starrt auf die Handabdrücke.

»Das war nicht meine Idee.«

»Wessen Idee dann?«

»Von einer Frau, die mich nervt. Sie malt sie auf, und ich muss sie dann wieder wegmachen.«

Lucy mustert Stevie mit finsterem Blick. »Du lässt dich von anderen Leuten anmalen? Irgendwie schräg.« Bei der Vorstellung, dass eine fremde Frau Stevies nackten Körper bemalt, regt sich leise Eifersucht. »Du brauchst mir nicht zu verraten, wer es war«, fügt sie trotzdem hinzu, als wäre es nicht weiter von Bedeutung.

»Besser, wenn man derjenige ist, der malt«, sagt Stevie, und Lucy wird wieder von Eifersucht ergriffen. »Komm her«, fordert Stevie sie dann mit ihrer beruhigenden Stimme auf und klopft wieder aufs Bett.

»Wir müssen los. Ich habe viel zu tun«, erwidert Lucy und geht, eine schwarze Cargohose, einen dicken schwarzen Pullover und ihre Pistole in der Hand, in das kleine an das Schlafzimmer angrenzende Bad.

Sie schließt die Tür und verriegelt sie. Dann zieht sie sich aus, ohne sich im Spiegel anzusehen, und wünscht dabei, das, was da gerade mit ihrem Körper geschieht, wäre nur Einbildung oder ein Albtraum. Unter der Dusche tastet sie sich ab, um festzustellen, ob sich etwas verändert hat, und vermeidet auch beim Abtrocknen den Blick in den Spiegel.

»Schau dich nur an«, meint Stevie, als Lucy angezogen, geistesabwesend und mit noch schlechterer Laune als vorhin aus dem Bad kommt. »Du siehst aus wie eine Geheimagentin. Wirklich faszinierend. Ich wär gern wie du.«

»Du kennst mich doch gar nicht.«

»Nach der letzten Nacht kenne ich dich gut genug«, entgegnet Stevie und mustert Lucy von oben bis unten. »Wer wäre nicht gern so wie du? Du fürchtest dich vor nichts. Gibt es etwas, wovor du Angst hast?«

Als Lucy sich vorbeugt und das Bettzeug um Stevie herum glatt streicht, bis ihr Körper ganz nah über Stevies ist, verändert sich Stevies Miene. Sie erstarrt und senkt den Blick zur Bettdecke.

»Tut mir Leid. Ich wollte dich nicht kränken«, sagt Stevie kleinlaut, und ihre Wangen röten sich.

»Es ist kalt hier drin. Ich habe dich nur zugedeckt, weil …«

»Schon gut. Das ist mir schon öfter passiert.« Als Stevie den Kopf hebt, mischen sich abgrundtiefe Trauer und Angst in ihrem Blick. »Du findest mich hässlich, richtig? Fett und hässlich. Ich gefalle dir nicht. Bei Tageslicht magst du mich nicht mehr.«

»Du bist alles andere als fett oder hässlich«, antwortet Lucy. »Und du gefällst mir. Das Problem ist nur … Mist, tut mir Leid. Das wollte ich nicht …«

»Es überrascht mich überhaupt nicht. Aus welchem Grund sollte auch jemand wie du sich für mich interessieren?«, gibt Stevie zurück, wickelt sich die Decke um und zieht sie vom Bett, sodass sie sie beim Aufstehen völlig bedeckt. »Schließlich könntest du jede haben. Ich bin dankbar dafür, wirklich. Vielen Dank. Ich werde es auch niemandem verraten.«

Sprachlos sieht Lucy zu, wie Stevie ihre Sachen aus dem Wohnzimmer holt und sich zitternd anzieht. Ein merkwürdiges Zucken spielt um ihre Lippen.

»Mein Gott, bitte, wein nicht, Stevie.«

»Nenn mich wenigstens beim richtigen Namen!«

»Was soll das bedeuten?«

»Ich würde jetzt gern gehen«, sagt Stevie, und Angst zeichnet sich in ihren großen dunklen Augen ab. »Ich werde es auch niemandem verraten. Danke. Ich bin wirklich sehr dankbar.«

»Was redest du da?«, fragt Lucy.

Stevie greift nach ihrem langen schwarzen Kapuzenmantel und schlüpft hinein. Durch das Fenster blickt Lucy ihr nach, wie sie durch den Schneesturm geht. Der schwarze Mantel umweht ihre hohen schwarzen Stiefel.

9

Eine halbe Stunde später zieht Lucy den Reißverschluss ihrer Skijacke zu und steckt die Pistole und zwei Ersatzmagazine ein.

Nachdem sie die Tür der Hütte abgeschlossen hat, läuft sie die verschneiten Stufen zur Straße hinunter. Sie denkt an Stevie und ihr merkwürdiges Verhalten und bekommt ein schlechtes Gewissen. Dann erinnert sie sich an Johnny und fühlt sich wieder schuldig. Sie lässt den Tag Revue passieren, als er mit ihr in San Francisco zum Abendessen gegangen ist und ihr versichert hat, alles würde gut werden.

Du wirst es schaffen, versprach er.

Ich kann so nicht leben, erwiderte sie.

Im Mecca in der Market Street war Frauenabend, und im Restaurant wimmelte es von attraktiven Frauen, die einen glücklichen und selbstbewussten Eindruck machten und mit sich selbst im Reinen zu sein schienen. Lucy hatte das Gefühl, dass alle sie anstarrten, und das störte sie wie noch nie zuvor.

Ich will sofort etwas dagegen unternehmen, sagte sie. *Schau mich doch nur an.*

Lucy, du siehst spitze aus.

So fett war ich zuletzt mit zehn.

Du hast aufgehört, dein Medikament zu nehmen, und …

Mir wird davon übel, und ich bin ständig müde.

Ich werde nicht zulassen, dass du etwas überstürzt. Du musst mir vertrauen.

Er erwiderte im Kerzenschein ihren Blick. Nie wird Lucy sein Gesicht vergessen oder den Ausdruck, mit dem er sie an diesem Abend gemustert hat. Johnny war attraktiv, mit fein geschnittenen Zügen und einer ungewöhnlichen Augenfarbe, die an die eines Tigers erinnerte. Nichts konnte sie ihm verheimlichen. Er wusste alles, was es zu wissen gab, und zwar auf jede vorstellbare Weise.

Einsamkeit und Schuldgefühle verfolgen sie, als sie auf dem schneebedeckten Bürgersteig entlang der Cape Cod Bay nach Westen geht. Sie ist weggelaufen. Der Moment, als sie von seinem Tod erfuhr, ist ihr noch deutlich im Gedächtnis. Sie hat es auf eine Art und Weise erfahren, die man seinem ärgsten Feind nicht wünscht: aus dem Radio.

Ein prominenter Arzt wurde in einer Wohnung in Hollywood tot aufgefunden. Aus gut informierten Kreisen verlautet, dass es sich vermutlich um Selbstmord …

Lucy hatte niemanden, an den sie sich wenden konnte. Eigentlich hätte sie weder Johnny noch seinen Bruder Laurel oder einen ihrer Freunde kennen dürfen. Wen also hätte sie fragen sollen?

Als ihr Mobiltelefon vibriert, steckt sie den Knopf ins Ohr und nimmt den Anruf an.

»Wo bist du?«, erkundigt sich Benton.

»Ich gehe in Provincetown durch einen Schneesturm. Na, Schneesturm ist ein bisschen übertrieben. Er lässt schon nach.« Sie fühlt sich benommen und ein wenig verkatert.

»Gibt es interessante Neuigkeiten?«

Sie weiß nicht, was sie von der vergangenen Nacht halten soll, und fühlt sich ein wenig beschämt.

Doch sie erwidert: »Nur, dass er bei seinem letzten Besuch eine Woche vor seinem Tod nicht allein war. Offenbar war das unmittelbar nach seiner Operation. Anschließend ist er nach Florida geflogen.«

»Mit Laurel?«

»Nein.«

»Wie ist er allein klargekommen?«

»Wie ich schon sagte, war er ja offenbar nicht allein.«

»Von wem hast du das?«

»Von einer Barkeeperin. Sieht aus, als hätte er jemanden kennen gelernt.«

»Wissen wir, wen?«

»Eine Frau. Anscheinend noch ziemlich jung.«

»Name?«

»Jan. Den Familiennamen kenne ich nicht. Johnny war ziemlich schlecht drauf wegen der Operation, die, wie du ja weißt, anscheinend schiefgelaufen ist. Menschen tun so einiges, wenn sie Angst haben oder sich nicht wohl in ihrer Haut fühlen.«

»Und wie geht es dir?«

»Prima«, lügt sie.

Sie war ein Feigling. Sie war eine Egoistin.

»Du klingst aber ganz und gar nicht so«, sagt Benton. »Du bist nicht schuld an dem, was Johnny zugestoßen ist.«

»Ich bin abgehauen und habe nichts unternommen, verdammt.«

»Warum kommst du nicht eine Weile zu uns? Kay will eine Woche bleiben. Wir würden uns freuen. Dann können wir beide unter vier Augen miteinander reden«, schlägt Benton, der Psychologe, vor.

»Ich will sie nicht sehen. Das musst du ihr irgendwie klar machen.«

»Lucy, du darfst nicht weiter so mit ihr umgehen.«

»Ich will niemandem wehtun«, antwortet sie und muss wieder an Stevie denken.

»Dann sag ihr die Wahrheit. So einfach ist das.«

»Du hast mich angerufen«, wechselt sie abrupt das Thema.

»Du musst so schnell wie möglich etwas für mich erledigen«, erwidert er. »Ich bin an einem abhörsicheren Telefon.«

»Ich auch, solange sich niemand mit einem Abhörgerät in der Nähe herumdrückt. Also schieß los.«

Benton berichtet Lucy von einem Mord, der angeblich in einem Laden für Weihnachtszubehör geschehen ist, vermutlich in der Gegend von Las Olas, und zwar vor etwa zweieinhalb Jahren. Er erzählt ihr alles, was er von Basil Jenrette weiß. Dann fügt er hinzu, Scarpetta habe noch nie von diesem Fall oder einem ähnlich gelagerten gehört. Jedoch habe sie damals noch nicht in Südflorida gearbeitet.

»Diese Informationen stammen allerdings von einem Soziopathen«, gibt er ihr dann zu bedenken. »Also würde ich nicht meine Hand dafür ins Feuer legen.«

»Wurden dem Opfer in dem Weihnachtsladen die Augen ausgestochen?«

»Das hat er mir nicht verraten. Und ich wollte ihm nicht zu viele Fragen stellen, ohne seine Geschichte zuvor überprüft zu haben. Kannst du die Infos mit der HIT-Datenbank abgleichen und schauen, ob du etwas rauskriegst?«

»Ich fang gleich im Flieger damit an«, antwortet Lucy.

10

Die Uhr über dem Bücherregal an der Wand zeigt halb eins an. Der Verteidiger des Jungen, der vermutlich seinen kleinen Bruder umgebracht hat, sitzt Kay Scarpetta gegenüber am Schreibtisch und sieht in aller Seelenruhe seine Akten durch.

Dave ist jung, dunkelhaarig, gut gebaut und gehört zu der Sorte von Männern, deren unregelmäßige Gesichtszüge sich zu einem sehr ansprechenden Gesamtbild zusammenfügen. Er ist für seine öffentlichkeitswirksamen Auftritte in Kunstfehlerprozessen berüchtigt, und wenn er der Akademie einen Besuch abstattet, finden sämtliche Sekretärinnen und Studentinnen plötzlich einen Grund, an Scarpettas Tür vorbeizuschlendern. Natürlich mit Ausnahme von Rose. Sie ist nun schon seit fünfzehn Jahren Scarpettas Sekretärin, längst im Rentenalter und gegen männlichen Charme immun, solange dieser nicht von Marino versprüht wird, der vermutlich der einzige Mann ist, mit dem Rose gern flirtet. Nun greift Scarpetta zum Telefon, um sie zu fragen, wo er steckt, denn eigentlich hätte er bei dieser Besprechung dabei sein sollen.

»Ich habe gestern Abend versucht, ihn zu erreichen«, sagt Scarpetta am Telefon zu Rose. »Sogar mehrmals.«

»Vielleicht kann ich ihn ja aufspüren«, erwidert Rose. »Er benimmt sich in letzter Zeit reichlich merkwürdig.«

»Nicht nur in letzter Zeit.«

Den Kopf zurückgelehnt und die Hornbrille tief auf der Nasenspitze, liest Dave den Autopsiebericht.

»In den vergangenen Wochen war es noch schlimmer als sonst. Ich habe den dumpfen Verdacht, dass eine Frau im Spiel ist.«

»Versuchen Sie, ihn zu finden.«

Scarpetta legt auf und wirft einen Blick über den Schreibtisch, um festzustellen, ob Dave bereit ist, mit seinen Fangfragen fortzufahren. Er ist nämlich noch immer überzeugt, dass sich in diesem verdächtigen Todesfall für ein fürstliches Honorar auch außergerichtlich eine Lösung finden lässt. Im Gegensatz zu den verschiedenen Polizeidienststellen, die sich ratsuchend an die Wissenschaftler und Mediziner der Akademie wenden, bekommen die Anwälte die Informationen nicht kostenlos. Und es ist davon auszugehen, dass die meisten zahlungskräftigen Kunden Mandanten vertreten, die so schuldig wie die Hölle sind.

»Kommt Marino nicht?«, erkundigt sich Dave.

»Wir versuchen ihn gerade zu finden.«

»Ich habe in einer knappen Stunde eine Vernehmung unter Eid.« Dave blättert eine Seite des Autopsieberichts um. »Bei näherer Betrachtung der Fakten habe ich den Eindruck, dass die Untersuchungsergebnisse auf nichts weiter hinweisen als auf einen Aufprall.«

»Das werde ich aber nicht vor Gericht aussagen«, entgegnet Scarpetta mit Blick auf den Bericht; dieser enthält Einzelheiten einer Autopsie, die sie nicht selbst durchgeführt hat. »Natürlich kann ein subdurales Hämatom durch einen Aufprall – in diesem Fall durch einen angeblichen Sturz vom Sofa auf den Fliesenboden – entstehen. Allerdings ist das höchst unwahrscheinlich. Ich würde eher darauf tippen, dass das Kind gewaltsam geschüttelt wurde, was zu Schleuderbewegungen im Schädel, subduralen Blutungen und Verletzungen des Rückenmarks geführt hat.«

»Können wir uns, was die retinalen Blutungen angeht, nicht darauf einigen, dass als Auslöser auch ein Trauma in Frage kommt, zum Beispiel, als der Kopf des Kindes auf den Fliesenboden prallte, was wiederum das subdurale Hämatom zur Folge hatte?«

»Nicht bei einem Sturz aus so geringer Höhe. Wieder ist eher zu vermuten, dass ein heftiges Hin-und-Her-Schleudern des Kopfes die Ursache ist. So wie es eindeutig im Bericht steht.«

»Sie sind mir keine große Hilfe, Kay.«

»Wenn Sie keinen Wert auf ein unvoreingenommenes Gutachten legen, müssen Sie sich einen anderen Experten suchen.«

»Es gibt keinen anderen Experten, der Ihnen das Wasser reichen könnte. Was ist mit einem Vitamin-K-Mangel?«

»Dazu bräuchte man eine vor dem Tod abgenommene Blutprobe, die auf ein durch Proteine ausgelöstes Vitamin-K-Defizit hinweist«, entgegnet Scarpetta. »Doch meiner Ansicht nach fischen Sie im Trüben.«

»Das Problem ist, dass wir eine solche Blutprobe nicht haben. Das Kind war bei der Einlieferung ins Krankenhaus bereits tot.«

»Das ist wirklich ein Problem.«

»Dass das Baby durch Schütteln zu Tode kam, kann nicht bewiesen werden. Es ist und bleibt unklar und unwahrscheinlich. Darauf könnten wir uns doch wenigstens einigen.«

»Für mich steht fest, dass eine Mutter ihren vierzehnjährigen Sohn nicht damit beauftragen sollte, auf seinen neugeborenen Bruder aufzupassen, wenn besagter Junge bereits zweimal wegen gewalttätiger Übergriffe auf andere Kinder vor dem Jugendrichter stand und bekanntermaßen zu aggressivem Verhalten neigt.«

»Sie werden es also nicht bestätigen?«

»Nein.«

»Ich bitte Sie doch nur darum, anzumerken, dass es keine eindeutigen Beweise dafür gibt, dass das Baby geschüttelt wurde.«

»Allerdings deutet auch nichts auf das Gegenteil hin. Ich kann in dem fraglichen Autopsiebericht keine Fehler feststellen.«

»Die Akademie ist ja wirklich ein toller Laden«, meint Dave und steht auf. »Erst macht ihr mir die Hölle heiß, dann werde ich von Marino versetzt, und zu guter Letzt lassen Sie mich am ausgestreckten Arm verhungern.«

»Das mit Marino tut mir Leid«, erwidert Scarpetta.

»Vielleicht sollten Sie ihn mal härter rannehmen.«

»Leichter gesagt als getan.«

Dave steckt sein Hemd mit den Blockstreifen in den Hosenbund, rückt seine auffällig gemusterte Seidenkrawatte zurecht und schlüpft in sein maßgeschneidertes Seidensakko. Dann verstaut er seine Unterlagen in einem Aktenkoffer aus Krokodilleder.

»Es wird gemunkelt, dass Sie sich mit dem Fall Johnny Swift befassen«, sagt er und lässt die silbernen Schließen zuklappen.

Scarpetta ist ein wenig verdutzt und fragt sich, wo Dave das wohl aufgeschnappt haben könnte.

»Für gewöhnlich gebe ich nicht viel auf Gerüchte, Dave«, entgegnet sie jedoch nur.

»Sein Bruder ist der Besitzer eines meiner Lieblingsrestaurants in South Beach. Interessanterweise heißt es sogar Rumors – Gerüchte«, erwidert er. »Sie wissen ja, dass Laurel ein paar Probleme hatte.«

»Ich weiß praktisch nichts über ihn.«

»Eine seiner Mitarbeiterinnen verbreitet die Geschichte, dass Laurel Johnny aus finanziellen Gründen umgebracht hat, also wegen des Geldes, das er nach Johnnys Tod vermutlich erben wird. Angeblich soll Laurel einen aufwändigen Lebensstil pflegen.«

»Klingt nach Hörensagen. Oder nach einem Menschen, der ihm eins auswischen will.«

Dave geht zur Tür.

»Ich habe nicht selbst mit ihr gesprochen. Immer, wenn ich es versuche, ist sie nicht da. Ich persönlich halte Laurel übrigens für einen netten Kerl. Mich wundert nur dieses zufällige Zusammentreffen: Ich höre Gerüchte, und kurz darauf werden die Ermittlungen in Johnnys Fall wieder aufgenommen.«

»Mir war nicht bewusst, dass sie je abgeschlossen gewesen wären«, gibt Scarpetta zurück.

Die Schneeflocken sind eiskalt und schmerzen wie Nadelstiche. Gehwege und Straßen sind vereist. Es ist kaum jemand unterwegs.

Einen Becher kochend heißen Milchkaffee in der Hand, schreitet Lucy rasch aus und steuert auf das Motel Anchor Inn zu, wo sie sich vor einigen Tagen unter falschem Namen ein Zimmer genommen hat, um ihren gemieteten Hummer unterstellen zu können. Vor dem Häuschen wollte sie nicht parken, denn sie hat noch nie viel davon gehalten, fremden Leuten mitzuteilen, was für einen Wagen sie fährt. Sie biegt in eine schmale Einfahrt ein, die zu dem kleinen Parkplatz am Wasser führt, wo ihr zugeschneiter Hummer steht. Nachdem sie die Türen entriegelt hat, startet sie Motor und Gebläse. Wegen der weißen Schicht auf den Fensterscheiben fühlt sie sich im Wagen wie in einem Iglu.

Gerade ruft sie einen ihrer Piloten an, als plötzlich eine behandschuhte Hand erscheint und beginnt, den Schnee vom Seitenfenster wegzuwischen. Im nächsten Moment drückt sich ein von einer schwarzen Kapuze umrahmtes Gesicht an die Scheibe. Lucy bricht den Anruf ab und lässt das Telefon auf den Sitz fallen.

Nachdem sie Stevie eine Weile angestarrt hat, öffnet sie das Fenster. Ihr Verstand arbeitet fieberhaft. Es gefällt ihr gar nicht, dass sie bis hierher verfolgt worden ist. Und das Schlimmste daran ist, dass sie es überhaupt nicht bemerkt hat.

»Was soll das?«, fragt Lucy.

»Ich wollte dir nur etwas sagen.«

Es ist schwierig, Stevies Miene etwas zu entnehmen. Vielleicht kämpft sie mit den Tränen und ist gekränkt oder aufgebracht. Möglicherweise liegt es auch nur an dem eisigen Wind, der von der Bucht herüberweht, dass ihre Augen so leuchten.

»Du bist der beeindruckendste Mensch, dem ich je begegnet bin«, sagt Stevie. »Ich glaube, du bist meine Heldin. Meine neue Heldin.«

Lucy ist nicht sicher, ob Stevie sich über sie lustig machen will. Sie könnte es aber auch ernst meinen.

»Stevie, ich muss zum Flughafen.«

»Es sind zwar noch keine Flüge abgesagt worden, aber der Rest der Woche soll ziemlich ungemütlich werden.«

»Danke für den Wetterbericht«, meint Lucy. Stevies eindringlicher Blick macht ihr zu schaffen. »Es tut mir wirklich Leid. Ich wollte dich nicht kränken.«

»Das hast du auch nicht«, erwidert Stevie, als befasse sie sich zum ersten Mal mit diesem Gedanken. »Ganz und gar nicht. Ich hätte nicht gedacht, dass ich dich so mögen würde. Ich habe dich nur gesucht, um dir das zu sagen. Speicher das irgendwo in deinem klugen Köpfchen, und erinner dich an einem regnerischen Tag daran. Ich hätte wirklich nicht gedacht, dass ich dich so mögen würde.

»Du wiederholst dich.«

»Ich finde es faszinierend. Äußerlich wirkst du so selbstsicher, ja, fast arrogant, abweisend und unnahbar. Aber ich weiß, dass du eigentlich ganz anders bist. Komisch, wie sich die Dinge oft so anders entwickeln, als man gedacht hat.«

Schnee weht in den Hummer und bleibt im Innenraum liegen.

»Wie hast du mich gefunden?«, fragt Lucy.

»Ich bin zurück zu deinem Haus, aber du warst weg. Also bin ich deinen Fußabdrücken im Schnee gefolgt, und die haben direkt hierher geführt. Welche Schuhgröße hast du denn? Neununddreißig? Es war nicht weiter schwierig.«

»Tja, tut mir Leid ...«

»Bitte«, unterbricht Stevie sie eindringlich. »Ich weiß, dass ich nicht mehr bin als eine weitere Kerbe in deinem Pistolenknauf, wie es so schön heißt.«

»So bin ich nicht drauf«, protestiert Lucy – aber das stimmt nicht.

Lucy ist sich im Klaren darüber, auch wenn sie es nie so direkt ausdrücken würde. Sie hat ein schlechtes Gewissen wegen Stevie, ihrer Tante, Johnny und allen anderen, die sie im Stich gelassen hat.

»Manche würden auch behaupten, du wärst eine Kerbe an meinem«, fährt Stevie scherzhaft und im verführerischen Tonfall fort, aber Lucy weigert sich, dem Gefühl Raum zu geben.

Nun ist Stevie wieder selbstbewusst, geheimnisvoll und erstaunlich attraktiv.

Lucy legt den Rückwärtsgang ein. Schnee weht ins Auto, und die Flocken brennen ihr auf dem Gesicht. Vom Wasser kommt Wind auf.

Stevie wühlt in ihrer Tasche, zieht einen Zettel heraus und reicht ihn Lucy durch das offene Fenster.

»Meine Telefonnummer«, sagt sie.

Die Vorwahl lautet 617, die Gegend um Boston. Sie hat Lucy nie verraten, wo sie wohnt; aber Lucy hat auch nicht nachgefragt.

»Das war alles, was ich dir sagen wollte«, sagt Stevie. »Alles Gute zum Valentinstag.«

Sie sehen einander durch das offene Fenster an. Der Motor brummt, Schnee fällt und bleibt auf Stevies schwarzem Mantel liegen. Sie ist wunderschön, und Lucy empfindet wieder genauso wie im Lorraine's. Offenbar war es ein Irrtum, anzunehmen, dass das Gefühl verflogen ist.

»Ich bin nicht wie die anderen«, stellt Stevie fest und blickt Lucy in die Augen.

»Das bist du nicht.«

»Meine Mobilfunknummer«, erklärt Stevie. »Eigentlich wohne ich in Florida. Aber nach Harvard war ich zu faul, meine Mobilnummer zu ändern. Wozu auch? Freiminuten, du verstehst.«

»Du warst in Harvard?«

»Normalerweise erwähne ich das nicht, weil es die Leute abschreckt.«

»Wo in Florida?«

»Gainesville«, erwidert sie. »Alles Gute zum Valentinstag«, wiederholt sie. »Hoffentlich wird es der denkwürdigste Valentinstag in deinem Leben.«

11

An der Projektionswand in Unterrichtsraum 1A ist die Farbaufnahme eines Männertorsos mit aufgeknöpftem Hemd zu sehen. Ein großes Messer steckt in der behaarten Brust.

»Selbstmord«, ruft einer der Lehrgangsteilnehmer von seinem Platz.

»Es gibt da noch etwas, das man auf diesem Foto allerdings nicht sieht«, wendet sich Scarpetta an die sechzehn Teilnehmer dieses Lehrgangs an der Akademie. »Die Leiche weist mehrere Stichverletzungen auf.«

»Mord«, verbessert sich der Teilnehmer rasch, und alles lacht.

Scarpetta zeigt das nächste Dia, auf dem rings um die tödliche Verletzung eine Ansammlung kleinerer Wunden zu erkennen ist.

»Sie scheinen nicht tief zu sein«, stellt ein anderer Teilnehmer fest.

»Was ist mit dem Einstichwinkel? Wenn er es selbst getan hat, müssten die Verletzungen nach oben zeigen.«

»Nicht zwangsläufig. Aber da wäre noch eine Frage«, sagt Scarpetta, die vor den Lehrgangsteilnehmern auf einem Podium steht. »Worauf könnte das offene Hemd hinweisen?«

Schweigen.

»Wenn Sie sich selbst erstechen wollten, würden Sie es dann durch die Kleidung tun?«, hakt sie nach. »Übrigens haben Sie Recht«, meint sie zu dem Teilnehmer, der bemerkt hat, dass die Stichverletzungen nicht sehr tief sind. »Die meisten«, sie weist auf die Projektionswand, »haben kaum die Haut geritzt. Für uns weist so etwas eindeutig darauf hin, dass der Betreffende beim Zustechen gezögert hat.«

Die Teilnehmer machen sich Notizen. Sie sind helle Köpfe, lerneifrig und entstammen allen Altersgruppen, Berufen und den verschiedensten Teilen des Landes. Zwei sind sogar aus England. Einige arbeiten als Detectives bei der Polizei und wollen ihre für die Untersuchung von Tatorten notwendigen forensischen Kenntnisse auffrischen. Die anwesenden Ermittler sind aus demselben Grund hier. Einige der Teilnehmer haben gerade ihren Collegeabschluss hinter sich und sitzen nun an ihrem Magister in Psychologie, Nuklearbiologie oder Mikroskopie. Einer ist Assistent eines Staatsanwalts, der mehr Verurteilungen erreichen will.

Scarpetta zeigt das nächste Dia, eine besonders abstoßende Aufnahme eines Mannes, dem die Gedärme aus einem tiefen Bauchschnitt quellen. Einige Teilnehmer stöhnen auf, einer ruft »Aua!«.

»Wer kennt sich mit Seppuku aus?«, fragt Scarpetta.

»Harakiri«, ertönt da eine Stimme an der Tür.

Dr. Joe Amos, der diesjährige Stipendiat in der Ausbildung zum forensischen Pathologen, kommt herein, als leite er den Kurs. Er ist hoch gewachsen und schlaksig und hat einen zerzausten Haarschopf, ein langes, spitzes Kinn und dunkle, funkelnde Augen. Scarpetta fühlt sich in seiner Gegenwart immer an einen schwarzen Vogel, eine Krähe, erinnert.

»Ich wollte nicht stören«, fährt Dr. Amos fort und tut es trotzdem. »Dieser Bursche«, er weist mit dem Kopf auf die schauerliche Abbildung auf der Projektionswand, »hat ein großes Jagdmesser genommen, es sich auf einer Seite in den Bauch gestoßen und es dann quer durchgezogen. So was nenne ich Entschlossenheit.«

»War das Ihr Fall, Dr. Amos?«, fragt eine hübsche Lehrgangsteilnehmerin.

Dr. Amos tritt näher an sie heran und macht ein sehr ernstes und wichtiges Gesicht. »Nein. Aber Sie müssen sich eines merken, wenn Sie Mord und Selbstmord voneinander unterscheiden wollen. Bei einem Selbstmord fährt sich der Betreffende quer über den Unterbauch und zieht das Messer dann nach oben. So entsteht der klassische L-Schnitt, den wir vom Harakiri kennen. Hier jedoch verhält es sich anders.«

Er zeigt auf die Projektionswand.

Scarpetta muss sich beherrschen.

»Bei einem Selbstmord wäre das schwierig«, fügt er hinzu.

»Dieser Schnitt ist nicht L-förmig.«

»Genau«, sagt er. »Wer stimmt für Mord?«

Einige Teilnehmer melden sich.

»Das würde ich auch sagen«, stellt er selbstbewusst fest.

»Dr. Amos? Wie lange hat es ungefähr gedauert, bis der Tod eintrat?«

»Möglicherweise überlebt man noch ein paar Minuten, aber man verblutet ziemlich schnell. Dr. Scarpetta, hätten Sie vielleicht kurz Zeit für mich? Entschuldigen Sie die Störung«, meint er zu den Teilnehmern.

Scarpetta und Joe ziehen sich auf den Flur zurück.

»Was gibt es?«, fragt sie.

»Es geht um die Horror-Szene, die heute Nachmittag stattfinden soll«, beginnt er. »Ich würde sie gern ein bisschen aufpeppen.«

»Und das konnte nicht bis nach der Stunde warten?«

»Nun, ich dachte, Sie könnten vielleicht einen der Teilnehmer als Freiwilligen gewinnen. Die würden doch alles für Sie tun.«

Scarpetta geht nicht auf diese Schmeichelei ein.

»Fragen Sie, ob einer von ihnen heute Nachmittag bei der Horror-Szene aushelfen will. Aber Sie dürfen den anderen keine Einzelheiten verraten.«

»Und was sind das genau für Einzelheiten?«

»Ich dachte dabei an Jenny. Ob Sie ihr den Kurs um drei vielleicht erlassen könnten, damit sie mir zur Hand geht?« Damit meint er die hübsche Teilnehmerin, die wissen wollte, ob der Mann mit dem aufgeschlitzten Bauch sein Fall war.

Scarpetta hat die beiden schon öfter zusammen beobachtet. Joe ist zwar verlobt, doch das hindert ihn nicht daran, enge freundschaftliche Beziehungen mit attraktiven Lehrgangsteilnehmerinnen zu pflegen, auch wenn das an der Akademie gar nicht gern gesehen wird. Bis jetzt ist er zwar noch nicht bei einem Verstoß gegen Sitte und Moral ertappt worden, aber Scarpetta wünscht sich fast, jemand würde ihn einmal in flagranti erwischen. Sie möchte ihn nämlich gern loswerden.

»Sie soll die Täterin spielen«, erklärt Joe aufgeregt. »Denn sie sieht so reizend und unschuldig aus. Wir stellen jeweils zwei Teilnehmer zu einem Paar zusammen und lassen sie als Partner in einem Mordfall ermitteln, bei dem mehrfach auf das Opfer geschossen wurde, während es sich gerade in der Toilette aufhielt. Die Tat ereignete sich in einem Motelzimmer. Da kommt Jenny herein, völlig aufgelöst und unter Tränen. Sie ist die Tochter des Toten. Dann werden wir sehen, ob sich einer der Teilnehmer von ihr um den Finger wickeln lässt.«

Scarpetta schweigt.

»Natürlich werden ein paar Polizisten am Tatort sein. Sagen wir mal, sie schauen sich um und nehmen an, dass der Täter flüchtig ist. Wir wollen sehen, ob jemand genug Geistesgegenwart besitzt, um sich zu vergewissern, dass dieses hübsche junge Ding nicht die Person ist, die das Opfer, ihren Vater, umgenietet hat, während der gerade seine Notdurft verrichtete. Und wissen Sie was? Sie war es! Doch die Polizisten werden unachtsam, sie zieht die Waffe, fängt an rumzuballern und wird erschossen. Und voilà – ein klassischer Selbstmord mit Hilfe der Polizei.«

»Sie können Jenny nach dem Kurs selbst fragen«, erwidert Scarpetta, während sie überlegt, warum ihr das Szenario so vertraut erscheint.

Joe ist versessen auf Horror-Szenen, die eigentlich eine Erfindung von Marino sind. Dabei werden an Tatorten mögliche Extremsituationen nachgespielt, die die Risiken und Gefahren eines Verbrechens in der Realität widerspiegeln sollen. Am liebsten würde Scarpetta Joe manchmal empfehlen, die forensische Pathologie an den Nagel zu hängen und seine Seele an Hollywood zu verkaufen. Sofern er eine Seele hat. Jedenfalls kommt ihr der Handlungsablauf bekannt vor.

»Gut, was?«, meint Joe. »Das könnte in der Wirklichkeit auch passieren.«

Da fällt es ihr wieder ein: Es ist nämlich tatsächlich so passiert.

»Wir hatten einen ähnlichen Fall in Virginia«, erwidert sie. »Als ich dort Chefpathologin war.«

»Wirklich?«, gibt er erstaunt zurück. »Offenbar wiederholt sich alles im Leben.«

»Übrigens, Joe«, fährt Scarpetta fort. »Bei Seppuku oder Harakiri stirbt man meistens an Herzstillstand als Folge eines plötzlichen Kollapses, der durch das unmittelbare Absinken des Drucks im Bauchraum nach dem Aufschlitzen entsteht. Nicht an Verbluten.«

»Ihr Fall? Ich meine den da drinnen.« Er weist auf den Unterrichtsraum.

»Marinos und meiner. Vor vielen Jahren. Und noch etwas«, fügt sie hinzu. »Es war Selbstmord, kein Mord.«

12

Die Citation X fliegt fast mit Schallgeschwindigkeit nach Süden, während Lucy Dateien aus einem virtuellen Privatnetzwerk herunterlädt; dieses ist so gut durch Firewalls abgesichert, dass sich nicht einmal das Amt für Heimatschutz Zugang verschaffen könnte.

Zumindest ist Lucy überzeugt davon, dass ihre Informations-Infrastruktur lückenlos gegen Eindringlinge abgeschirmt ist, und glaubt, dass kein Hacker, auch nicht die Regierung, die Übertragung der geheimen Daten überwachen könnte, die das »Heterogenous Image Transaction« – ein Datenbank-System, abgekürzt HIT – hervorbringt. Lucy hat HIT selbst entwickelt und programmiert; die Regierung weiß nichts von seiner Existenz, da ist sie ganz sicher. Auch die meisten übrigen Menschen ahnen nichts davon. HIT ist Privatbesitz, und Lucy könnte die Software mühelos verkaufen. Aber sie braucht das Geld nicht, weil sie schon vor Jahren mit anderen Software-Entwicklungen ein Vermögen verdient hat. Hauptsächlich handelt es sich dabei um Suchmaschinen. Und in diesem Augenblick wühlen sie sich durch den Cyberspace und halten Ausschau nach Todesfällen als Folge von Gewalteinwirkung, die in wie auch immer gearteten Geschäftsräumen im Bundesstaat Florida aufgetreten sind.

Abgesehen von den zu erwartenden Tötungsdelikten in Lebensmittelmärkten, Schnapsläden, Massagesalons und im Rotlichtmilieu ist sie auf kein Gewaltverbrechen gestoßen, das sich in seiner Beschreibung mit Basil Jenrettes Aussage gegenüber Benton deckt. Allerdings gab es damals wirklich einen Laden namens The Christmas Shop, und zwar an der Kreuzung der Schnellstraße A1A mit dem East Las Olas Boulevard in einer Ladenzeile am Strand, die Boutiquen mit Touristenkitsch, Cafés und Eisdielen beherbergt. Vor zwei Jahren wurde der Laden an die auf T-Shirts, Bademoden und Souvenirs spezialisierte Kette Beach Bums verkauft.

Joe kann kaum glauben, wie viele Fälle Scarpetta in ihrer relativ kurzen beruflichen Laufbahn bereits bearbeitet hat. Forensische Pathologen bekommen meist erst mit dreißig die erste Festanstellung, vorausgesetzt, dass sie ihre anspruchsvolle Ausbildungsphase ohne Unterbrechung durchlaufen haben. Zusätzlich zu den sechs Jahren Medizinstudium hat Scarpetta noch drei Jahre an der juristischen Fakultät verbracht. Mit fünfunddreißig war sie schon Leiterin des angesehensten Gerichtsmedizinischen Instituts der Vereinigten Staaten. Und anders als die meisten Chefpathologen hat sie sich nicht auf Verwaltungsaufgaben beschränkt, sondern eigenhändig Autopsien durchgeführt – und zwar Tausende.

Der Großteil davon ist in einer Datenbank abgespeichert, die eigentlich ausschließlich Scarpetta selbst zugänglich sein sollte. Sie hat sogar Fördergelder der Regierung zur Durchführung von Studien zu verschiedenen Formen der Gewalt – sexuelle Gewalt, Gewalt und Drogenmissbrauch, häusliche Gewalt, andere Arten von Gewalt – erhalten. Bei ziemlich vielen ihrer alten Fälle hat Marino, während ihrer Zeit als Chefpathologin Detective bei der Mordkommission, die Ermittlungen geleitet. Also stehen ihr seine Berichte ebenfalls in einer Datenbank zur Verfügung. Das ist wie ein Laden voller Bonbons. Eine Quelle, aus der ununterbrochen Champagner sprudelt. Fast so gut wie ein Orgasmus.

Joe blättert am Bildschirm den Fall C328-93 durch, den Selbstmord unter Beteiligung der Polizei, der als Vorlage für die Horror-Szene des heutigen Nachmittags dient. Wieder klickt er die Tatortfotos an und denkt an Jenny. In dem wirklichen Fall liegt die schießwütige Tochter bäuchlings in einer Blutlache auf dem Wohnzimmerfußboden. Sie wurde dreimal getroffen, einmal in den Unterleib und zweimal in die Brust. Er stellt sich vor, was sie anhatte, als sie ihren Vater in der Toilette tötete und dann den Polizisten Theater vorspielte, ehe sie noch einmal zur Pistole griff. Sie starb barfuß, in einer zur Shorts abgeschnittenen Jeans und in einem T-Shirt. Auf Höschen und BH hatte sie verzichtet. Joe klickt die Fotos von ihrer Autopsie an, wobei ihn weniger interessiert, wie sie mit dem Y-förmigen Einschnitt aussah. Er will sie betrachten, wie sie nackt auf dem kalten Stahltisch liegt. Sie war erst fünfzehn, als die Polizei sie erschoss, und er denkt an Jenny.

Dann blickt er lächelnd auf. Jenny sitzt ihm am Schreibtisch gegenüber und wartet geduldig auf seine Anweisungen. Joe öffnet eine Schreibtischschublade, holt eine Neun-Millimeter-Glock heraus, zieht den Schlitten zurück, um sicherzugehen, dass die Kammer leer ist, entfernt das Magazin und schiebt ihr die Waffe über den Tisch hinweg zu.

»Haben Sie schon einmal eine Pistole abgefeuert?«, fragt er seine neue Lieblingsschülerin.

Sie hat ein reizendes Stupsnäschen und große Augen in der Farbe von Milchschokolade, und er stellt sie sich nackt und tot vor wie das Mädchen von den Fotos auf seinem Bildschirm.

»Ich bin mit Waffen aufgewachsen«, erwidert sie. »Finden Sie es sehr unverschämt, wenn ich Sie frage, was Sie sich da anschauen?«

»E-Mails«, entgegnet er. Mit der Wahrheit hat er es noch nie so genau genommen.

Es macht ihm Spaß, die Unwahrheit zu sagen, und er zieht sie meistens der Wahrheit vor. Die Wahrheit ist nicht immer die Wahrheit. Was ist denn wahr? Wahr ist nur das, was er zur Wahrheit erklärt. Alles nichts weiter als Interpretationssache. Jenny reckt den Hals, um den Bildschirm besser sehen zu können.

»Toll. Mailen die Leute Ihnen einfach ihre Fallakten?«

»Manchmal«, erwidert er, klickt auf ein anderes Foto, und der Farbdrucker hinter seinem Schreibtisch erwacht zum Leben. »Was wir hier tun, ist geheim«, sagt er dann. »Kann ich Ihnen vertrauen?«

»Aber natürlich, Dr. Amos. Ich weiß, was geheim bedeutet. Ansonsten hätte ich mich für den falschen Beruf entschieden.«

Ein Farbfoto des toten Mädchens in einer Blutlache gleitet aus dem Drucker. Joe dreht sich um, greift danach, wirft einen Blick darauf und reicht es Jenny.

»Das wird heute Nachmittag Ihre Rolle sein«, sagt er.

»Hoffentlich nicht wortwörtlich«, gibt sie scherzhaft zurück.

»Und das ist Ihre Waffe.« Er betrachtet die Glock, die vor ihr auf dem Schreibtisch liegt. »Wo möchten Sie sie verstecken?«

Ungerührt mustert sie das Foto. »Wo hatte sie sie denn versteckt?«, erkundigt sie sich.

»Das kann man auf dem Foto nicht sehen«, entgegnet er. »In ihrer Handtasche, was die Beamten eigentlich hätte stutzig machen müssen. Sie findet angeblich ihren Vater tot auf, alarmiert die Polizei, öffnet den Kollegen die Tür – und hat ihre Handtasche in der Hand. Das Mädchen ist völlig außer sich und hatte das Haus gar nicht verlassen. Was also will sie mit einer Handtasche?«

»Und ich soll es auch so machen.«

»Die Pistole kommt in Ihre Handtasche. Irgendwann kramen Sie nach Taschentüchern, weil Sie sich die Augen ausheulen. Und dann zücken Sie die Waffe und fangen an zu schießen.«

»Sonst noch etwas?«

»Sie werden erschossen. Versuchen Sie, hübsch dabei auszusehen.«

Sie lächelt. »Und weiter?«

»Ihre Kleidung.« Er sieht sie an und versucht, ihr durch Blicke mitzuteilen, was er will.

Sie versteht.

»Solche Sachen habe ich nicht«, erwidert sie und spielt dabei die Naive.

Aber sie ist ganz eindeutig keine Unschuld vom Lande und vögelt vermutlich schon seit dem Kindergarten.

»Okay, Jenny, Shorts, T-Shirt und barfuß müssten Sie eigentlich hinkriegen.«

»Sieht aus, als hätte sie keine Unterwäsche an.«

»Dann also ohne.«

»Sie wirkt wie eine Schlampe.«

»Gut, dann müssen Sie eben die Schlampe spielen«, antwortet er.

Jenny findet das alles sehr lustig.

»Ich meine, Sie sind doch eine Schlampe, oder?«, fragt er und mustert sie mit kleinen dunklen Augen. »Wenn Sie nicht wollen, frage ich jemand anderen. In dieser Horror-Szene wird eine Schlampe gebraucht.«

»Sie müssen niemand anderen fragen.«

»Ach, wirklich?«

»Wirklich.«

Sie dreht sich um und wirft einen Blick auf die geschlossene Tür, als befürchte sie, dass jemand hereinkommen könnte. Er schweigt.

»Wir könnten Schwierigkeiten kriegen«, meint sie.

»Werden wir schon nicht.«

»Ich möchte nicht, dass Sie Ihren Job verlieren«, sagt sie. »Sie wollen doch Ermittlerin werden, wenn Sie mal erwachsen sind.«

Sie nickt, sieht ihn an und spielt lässig am obersten Knopf ihres Polohemdes mit dem Emblem der Akademie herum. Es steht ihr, und ihm gefällt, wie sie es genau an den richtigen Stellen ausfüllt.

»Ich bin erwachsen«, sagt sie.

»Sie sind aus Texas«, stellt er fest und mustert ihre Rundungen, die sich unter dem Polohemd und der eng anliegenden khakifarbenen Cargohose abzeichnen. »In Texas ist alles ziemlich groß, richtig?«

»Sollte das etwa eine anzügliche Bemerkung sein, Dr. Amos?«, gibt sie in gedehntem Südstaatenakzent zurück.

Er stellt sie sich tot vor und malt sich aus, wie sie erschossen und in einer Blutlache auf dem Boden liegt. Oder nackt auf einem Stahltisch. Einer der großen Irrtümer des Lebens lautet, dass tote Körper nicht erotisch sind. Nackt ist nackt, solange die betreffende Person gut aussieht und noch nicht lange tot ist. Wenn ein Mann behauptet, er habe noch nie an eine schöne Frau gedacht, die zufällig tot war, lügt er. Schließlich hängen sich Polizisten Fotos von besonders attraktiven weiblichen Opfern an die Pinnwand. Männliche Gerichtsmediziner halten Vorträge vor Polizisten und zeigen ihnen gewisse Bilder, wobei sie mit Absicht die auswählen, die ihnen besonders ansprechend erscheinen. Joe hat es selbst gesehen. Er weiß, wie Männer ticken.

»Wenn Sie sich in der Horror-Szene eindrucksvoll umlegen lassen«, sagt er zu Jenny, »koche ich Ihnen ein Abendessen. Ich bin Weinkenner.«

»Außerdem sind Sie verlobt.«

»Sie ist auf einer Tagung in Chicago. Vielleicht schneit sie ja ein.«

Jenny steht auf. Nach einem Blick auf die Uhr sieht sie ihn an. »Wer war vor mir Ihre Lieblingsschülerin?«, fragt sie.

»Sie sind etwas ganz Besonderes.«

13

Als es nur noch eine Stunde bis zum Flugplatz Signature Aviation in Fort Lauderdale ist, steht Lucy auf, um sich einen Kaffee zu holen und zur Toilette zu gehen. Der Himmel draußen vor den kleinen ovalen Fenstern des Jet ist bewölkt, und Gewitterwolken ballen sich zusammen.

Später lehnt sie sich in ihrem mit Leder bezogenen Sitz zurück und richtet weitere Anfragen an die Finanzbehörde von Broward County, das Grundbuchamt, verschiedene Zeitungsredaktionen und alle anderen Quellen, die ihr vielleicht Aufschluss über den ehemaligen Weihnachtsladen geben können. Zwischen Mitte der Siebziger und Anfang der Neunziger war in den Räumlichkeiten ein Imbiss namens Rum Runner's untergebracht. In den zwei folgenden Jahren wurde dort eine Eisdiele mit dem Namen Coco Nuts betrieben. Dann, im Jahr 2000, vermieteten die Besitzer das Gebäude an eine gewisse Mrs. Florrie Anna Quincy, Witwe eines wohlhabenden Landschaftsgärtners aus West Palm Beach.

Lucys Finger ruhen leicht auf der Tastatur, als sie einen Artikel überfliegt, der kurz nach der Eröffnung des Christmas Shop im *Miami Herald* erschienen ist. Darin steht, Mrs. Quincy sei in Chicago aufgewachsen, und zwar als Tochter eines Maklers für Warentermingeschäfte, der jedes Jahr zu Weihnachten im Kaufhaus Macy's den Weihnachtsmann gespielt hat.

»Die Weihnachtszeit waren die zauberhaftesten Tage unseres Lebens«, sagte Mrs. Quincy. »Mein Vater betrieb hauptsächlich Warentermingeschäfte mit Holz, und vielleicht liegt es daran, dass er aus dem Holzwirtschaftsgebiet Alberta in Kanada stammte, dass wir das ganze Jahr über Christbäume im Haus hatten. Es waren große Föhren in Blumentöpfen, die mit weißen Birnchen und kleinen geschnitzten Figuren geschmückt waren. Wahrscheinlich ist das der Grund, warum ich am liebsten das ganze Jahr über Weihnachten hätte.«

Mrs. Quincys Laden bietet eine erstaunliche Mischung aus Dekorationsgegenständen, Spieluhren, Weinachtsmännern in allen Formen und Größen, Miniatur-Winterlandschaften und elektrischen Eisenbahnen an, die auf kleinen Schienen fahren. Man muss aufpassen, wenn man die Gänge zwischen diesen zerbrechlichen Kleinodien in diesem Märchenland entlangschlendert. Und man vergisst leicht, dass es draußen vor der Tür Sonnenschein, Palmen und das Meer gibt. Mrs. Quincy erzählt, dass seit der Eröffnung des Weihnachtsladens vor einer Woche ziemlich viele Kunden gekommen sind, allerdings wollen die meisten sich nur umsehen, anstatt etwas zu kaufen …

Lucy trinkt ihren Kaffee und beäugt den Bagel mit Streichkäse auf dem Holzbrettchen. Sie hat Hunger, wagt aber nicht, etwas zu essen. Ständig denkt sie ans Essen und grübelt über ihr Gewicht nach, obwohl sie weiß, dass jede Diät nutzlos wäre. Ganz gleich, wie verbissen sie auch hungert, es wird sich dadurch nichts an ihrem Aussehen und ihrem Körpergefühl ändern. Früher war ihr Körper eine bis ins letzte Detail feinjustierte Maschine; nun hat er sie im Stich gelassen.

Sie startet eine weitere Anfrage. Dann greift sie zu dem in die Armlehne eingebauten Telefon und versucht, Marino anzurufen, während sie die Ergebnisse ihrer Suchaktion auf dem Bildschirm überfliegt. Er meldet sich zwar, aber der Empfang ist schlecht.

»Ich sitze im Flugzeug«, meint sie zu ihm und liest etwas auf ihrem Bildschirm.

»Wann wirst du lernen, das Ding selbst zu fliegen?«

»Wahrscheinlich nie. Ich habe einfach nicht die Zeit, all diese vorgeschriebenen Kurse zu machen. Inzwischen komme ich ja kaum noch dazu, den Helikopter zu benutzen.«

Lucy will die Zeit nicht aufbringen. Denn je mehr sie fliegt, desto stärker findet sie Gefallen daran, und das will sie sich abgewöhnen. Wer etwas Stärkeres einnimmt als harmlose frei verkäufliche Medikamente aus dem Drugstore, muss das bei der Flugaufsichtsbehörde melden. Und wenn sie das nächste Mal zum Flugarzt geht, um ihre Lizenz erneuern zu lassen, wird sie das Dostinex erwähnen müssen. Dann wird man ihr Fragen stellen. Bürokraten werden in ihrem Privatleben herumstochern und vermutlich einen Vorwand finden, um ihr die Fluglizenz zu entziehen. Der einzige Ausweg ist, das Medikament abzusetzen, und sie versucht schon seit einer Weile, ohne es klarzukommen. Oder sie kann die Fliegerei ganz an den Nagel hängen.

»Ich bleibe lieber bei meinen Harleys«, sagt Marino.

»Ich habe einen Tipp gekriegt. Nicht im Zusammenhang mit diesem Fall. Vielleicht hat es etwas mit einem anderen zu tun.«

»Von wem?«, fragt er argwöhnisch.

»Benton. Offenbar hat ihm ein Patient eine Geschichte über einen unaufgeklärten Mord in Las Olas erzählt.«

Sie drückt sich vorsichtig aus. Marino weiß nichts von BESTIE. Benton will nicht, dass er davon erfährt. Er befürchtet nämlich, Marinos mangelndes Verständnis für sein Anliegen könnte sich als wenig hilfreich erweisen. Marino ist nämlich der Meinung, man sollte Gewaltverbrecher zunächst ordentlich verprügeln, dann wegsperren und sie zu guter Letzt auf möglichst grausame Weise hinrichten. Ob ein mordlüsterner Psychopath geisteskrank oder einfach nur bösartig ist oder ob ein Pädophiler seinen Neigungen ebenso machtlos gegenübersteht wie ein Psychotiker seinen Halluzinationen, interessiert ihn einen feuchten Dreck. In Marinos Augen sind psychologische Erkenntnisse und die Erforschung von Strukturen und Funktionsweisen des Gehirns nichts weiter als Blödsinn.

»Offenbar behauptet dieser Patient, vor etwa zweieinhalb Jahren eine Frau in einem Christmas Shop vergewaltigt und ermordet zu haben«, erklärt Lucy Marino. Sie hofft, dass sie sich nicht eines Tages verplappert und verrät, dass Benton Sträflinge untersucht.

Marino weiß sehr wohl, dass McLean, das Lehrkrankenhaus von Harvard, diese mustergültige psychiatrische Klinik mit ihrer Abteilung für Selbstzahler, die sich um die Reichen und Berühmten kümmert, eindeutig keine forensische Psychiatrie ist. Wenn dennoch Häftlinge zur Untersuchung dorthin gebracht werden, bedeutet das, dass dort im Verborgenen etwas Seltsames vor sich geht.

»Im was?«, fragt Marino.

Lucy wiederholt, was sie gerade gesagt hat. »Pächterin war Florrie Anna Quincy, eine achtunddreißigjährige Weiße, deren Mann ein paar Baumschulen in West Palm Beach besaß. Hauptsächlich Zitrusfrüchte. Den Christmas Shop gab es nur etwa zwei Jahre lang, und zwar zwischen 2000 und 2002.«

Lucy tippt weitere Tastaturbefehle ein und wandelt Zahlenkolonnen in Textdateien um, die sie an Benton mailen wird.

»Schon mal von einem Laden namens Beach Bums gehört?«

»Ich kann dich kaum noch verstehen«, erwidert Marino.

»Hallo? Ist es jetzt besser? Marino?«

»Ich höre dich.«

»So heißt der Laden, der jetzt dort ist. Mrs. Quincy und ihre siebzehnjährige Tochter Helen sind seit Juli 2002 verschwunden. Ich habe einen Artikel darüber in der Zeitung entdeckt. Es wurde nicht mehr viel darüber berichtet, nur manchmal ein paar Zeilen. Im letzten Jahr dann gar nichts mehr.«

»Vielleicht sind sie ja wieder aufgetaucht, und die Medien haben es nur nicht erwähnt«, antwortet Marino.

»Ich habe nichts gefunden, was darauf hinweisen würde,

dass sie wohlbehalten zurückgekommen wären. Der Sohn hat im letzten Frühjahr sogar erfolglos versucht, sie offiziell für tot erklären zu lassen. Vielleicht kannst du bei der Polizei von Fort Lauderdale nachfragen, ob sich jemand an das Verschwinden von Mrs. Quincy und ihrer Tochter erinnert. Ich habe vor, irgendwann morgen bei Beach Bums vorbeizuschauen.«

»Die Polizei von Fort Lauderdale hat die Suche sicher nicht ohne guten Grund eingestellt.«

»Dann müssen wir rauskriegen, was dieser Grund war.«

Am Ticketschalter von USAir ist Scarpetta mittlerweile in eine heftige Auseinandersetzung verwickelt.

»Das ist unmöglich«, wiederholt sie und steht kurz davor, vor Wut die Beherrschung zu verlieren. »Hier ist meine Buchungsnummer, und das hier ist der Ausdruck meiner Quittung. Da steht es schwarz auf weiß. Erste Klasse, Abflugzeit achtzehn Uhr zwanzig. Wie kann meine Reservierung dann storniert sein?«

»Ma'am, es steht aber hier im Computer. Ihre Reservierung wurde um vierzehn Uhr fünfzehn abgesagt.«

»Heute?« Scarpetta traut ihren Ohren nicht.

Das kann nur ein Irrtum sein.

»Ja, heute.«

»Das ist unmöglich. Ich habe ganz sicher nicht angerufen und storniert.«

»Tja, jemand hat es aber getan.«

»Dann buchen Sie mich wieder ein«, meint Scarpetta und will die Brieftasche zücken.

»Der Flug ist voll. Ich kann Sie zwar für die Economy auf die Warteliste setzen, aber es sind sieben Leute vor Ihnen dran.«

Scarpetta bucht einen neuen Flug für den nächsten Tag und ruft Rose an.

»Ich fürchte, Sie müssen mich wieder abholen«, beginnt Scarpetta.

»O nein. Was ist denn passiert. Schlechtes Wetter?«

»Irgendwie wurde meine Reservierung storniert. Die Maschine ist überbucht. Rose, haben Sie heute angerufen, um sich den Flug bestätigen zu lassen?«

»Aber natürlich. So gegen Mittag.«

»Ich weiß nicht, was da schiefgelaufen sein kann«, sagt Scarpetta und denkt an Benton und ihren gemeinsamen Valentinstag. »Scheiße!«, flucht sie.

14

Der gelbe Mond ist missgebildet wie eine überreife Mango und hängt tief über struppigen Bäumen und Unkraut, die dunkle Schatten werfen. Doch trotz des fahlen Mondlichts kann Hog gut genug sehen, um das Ding zu erkennen.

Er beobachtet, wie es sich nähert, denn er weiß, wo er hinschauen muss. Seit einigen Minuten schon fängt er die Infrarotstrahlung mit dem Nachtsichtgerät Heat Stalker auf und sucht in einer langsamen horizontalen Bewegung die Dunkelheit ab wie mit einem Zauberstab. Eine Linie leuchtend roter Markierpunkte verläuft über die hintere LED-Anzeige des handlichen olivgrünen PVC-Rohrs, das in der Lage ist, den Temperaturunterschied zwischen dem warmblütigen Ding und der Erdoberfläche zu erkennen.

Er ist Hog, und er kann seinen Körper nach Belieben verlassen, sodass niemand ihn sieht. Unsichtbar steht er mitten in der menschenleeren Nacht und hält den Heat Stalker wie eine Wasserwaage. Das Gerät fängt die von einem lebendigen Körper abgestrahlte Wärme auf und weist Hog mit kleinen hellroten Punkten, die über das dunkle Glas zucken, auf seine Position hin.

Vermutlich ist es ein Waschbär.

Blödes Ding, sagt Hog lautlos. Er sitzt im Schneidersitz auf dem sandigen Boden und tastet mit dem Gerät die Umgebung ab. Erst betrachtet er die hellroten Punkte, die sich über die Linse am hinteren Ende des Rohrs bewegen, richtet das vordere Ende dann auf das Ding und lässt das Rohr schließlich die düstere Böschung entlanggleiten. Er spürt das verfallene alte Haus im Rücken, das ihn anzieht. Sein Kopf fühlt sich wegen der Ohrstöpsel schwer an, sein Atem geht laut, als ob er durch einen Schnorchel Luft holt, unter Wasser, wo es ganz still ist, sodass man nichts wahrnimmt als das Geräusch der eigenen flachen Atemzüge. Er mag Ohrstöpsel zwar nicht, aber es ist wichtig, sie zu tragen.

Du weißt, was jetzt geschieht?, sagt er lautlos zu dem Ding. *Ich wette, du weißt es nicht.*

Er beobachtet, wie die dunkle, gedrungene Gestalt geduckt weiterschleicht. Sie bewegt sich wie eine dicke, pelzige Katze. Vielleicht ist es ja eine. Langsam pirscht sie sich durch das scharfkantige Bermuda-, Torpedo- und Riedgras, huscht durch die Schatten unter den mageren Pinien und läuft raschelnd über totes Laub und Reisig. Hog beobachtet das Ding und die roten Punkte, die über die Linse gleiten. Das Ding ist dumm. Der Wind weht aus der falschen Richtung, weshalb es seinen Geruch nicht auffangen und reagieren kann.

Hog schaltet den Heat Stalker ab und legt ihn auf seinen Schoß. Dann greift er nach seiner Mossberg-Pumpgun in Tarnfarbe, deren Kolben hart und kühl seinen Kiefer berührt, und richtet das Ghost-Ring-Visier aus Tritium auf das Ding.

Wo willst du denn hin?, spottet er.

Das Ding rennt nicht weg. Dummes Ding.

Los. Lauf schon. Schau, was passiert.

In aller Seelenruhe und geduckt schleicht es weiter.

Er spürt das langsame und kräftige Schlagen seines eigenen Herzens und hört seine schnellen Atemzüge, als er mit dem leuchtend grünen Strich dem Ding folgt und abdrückt. Der

Schuss peitscht durch die stille Nacht. Das Ding zuckt und bleibt reglos im Staub liegen. Er nimmt die Ohrstöpsel heraus und lauscht auf einen Schrei oder ein Stöhnen, hört aber nichts, nur aus der Ferne den Verkehrslärm von der South 27 und das Knirschen seiner eigenen Schritte, als er aufsteht, um sich die verkrampften Beine zu vertreten. Er nimmt die Patronenhülse heraus, steckt sie ein und watet durch das Gestrüpp an der Böschung. Als er das Bedienungspad am Schlitten des Schrotgewehrs berührt, bescheint die Zielfernrohrbeleuchtung das Ding.

Es ist eine Katze mit dichtem Fell und dickem Bauch. Er dreht sie herum. Sie ist trächtig, und Hog überlegt, ob er noch einmal abdrücken soll, während er lauscht. Nichts ist zu hören, keine Bewegung, kein Geräusch, kein Lebenszeichen. Das Ding wollte sicher zu der Ruine, um dort nach Nahrung zu suchen. Er nimmt an, dass es etwas Essbares gewittert hat. Und wenn ein Tier im Haus Lebensmittel vermutet, könnten auch andere den Verdacht schöpfen, dass vor kurzem noch jemand dort gewesen sein muss. Er denkt darüber nach, während er die Waffe sichert und sie dann über die Schulter legt, wobei er mit dem Unterarm den Lauf herunterdrückt wie ein Holzfäller, der eine Axt trägt. Er starrt auf das tote Ding und erinnert sich an den großen geschnitzten Holzfäller neben der Tür des Christmas Shop.

»Dummes Ding«, sagt er, und niemand ist da, der ihn hören könnte. Nur das tote Ding.

»Nein, du bist das dumme Ding«, erklärt da die Stimme Gottes hinter ihm.

Hog dreht sich um. Da steht sie, ganz in Schwarz. Eine düstere, fließende Gestalt in einer mondhellen Nacht.

»Ich habe es dir doch verboten«, stellt sie fest.

»Hier draußen kann es niemand hören«, erwidert er, legt die Waffe auf die andere Schulter und sieht die Holzfällerfigur so deutlich vor sich, als wäre sie wirklich vorhanden.

»Ich wiederhole mich nur ungern.«

»Ich wusste nicht, dass du hier bist.«

»Du weißt nur, wo ich bin, wenn ich beschließe, dass du es wissen sollst.«

»Ich habe dir *Field & Streams* besorgt. Zwei Ausgaben. Und das Papier, das Fotopapier für den Laserdrucker.«

»Ich hatte dir doch aufgetragen, mir insgesamt sechs Zeitschriften zu beschaffen, einschließlich zwei *Fly Fishing* und zwei *Angling Journals*.«

»Ich musste sie stehlen. Es war schwierig, sechs Stück auf einmal mitgehen zu lassen.«

»Dann musst du eben nochmal in den Laden. Warum bist du nur so dämlich?«

Sie ist Gott. Sie hat einen IQ von einhundertfünfzig.

»Du tust, was ich dir sage«, verkündet sie.

Gott ist eine Frau, und sie ist Gott. Einen anderen Gott gibt es nicht. Sie wurde Gott, nachdem er das Böse getan hatte und weggeschickt wurde, ganz weit weg, wo es immer kalt war und schneite. Jetzt ist er wieder hier, und sie ist Gott geworden. Sie hat ihm mitgeteilt, dass er ihre Hand ist. Die Hand Gottes. *The Hand of God*. Hog.

Er blickt Gott nach, wie sie in der Nacht verschwindet. Dann hört er Motorenlärm, als sie, den Highway entlang, davonfliegt. Dabei fragt er sich, ob sie je wieder mit ihm Sex haben wird. Die ganze Zeit muss er daran denken. Als sie Gott wurde, wollte sie nicht mehr mit ihm schlafen. Sie hat ihm erklärt, dass ihre Verbindung von nun an etwas Heiliges ist. Sie hat Sex mit anderen Leuten, aber nicht mit ihm, denn er ist ihre Hand. Manchmal verhöhnt sie ihn und meint, dass sie ja schlecht Sex mit ihrer eigenen Hand haben kann. Das wäre doch wie Selbstbefriedigung. Und dann lacht sie.

»Du warst offenbar wirklich dumm«, sagt Hog zu dem toten trächtigen Ding im Staub.

Er will Sex. Und zwar sofort, als er auf das tote Ding starrt, es wieder mit dem Fuß anstößt und an Gott denkt. Daran, wie sie aussieht, nackt und überall mit Händen bemalt.

Ich weiß, dass du es willst, Hog.

Ich will, sagt er. *Ich will.*

Ich weiß, wo du deine Hände hinlegen möchtest. Ich habe doch Recht, oder?

Ja.

Du willst sie dorthin legen, wo ich mich von anderen Leuten anfassen lasse, stimmt's?

Ich wünschte, du würdest dich von niemandem anfassen lassen. Ja, ich will.

Sie befiehlt ihm, rote Handabdrücke an die Stellen zu malen, wo sie sich nicht von anderen Leuten berühren lassen soll: An die Stellen, wo seine Hände waren, als er das Böse getan hat und fortgeschickt wurde, weit weg, wo es kalt war und schneite und wo man ihn in eine Maschine gesteckt hat, um seine Moleküle neu zu ordnen.

15

Am nächsten Morgen, einem Dienstag, ziehen aus der Ferne vom Meer her Wolken heran, und das trächtige tote Ding liegt steif auf dem Boden. Inzwischen haben die Fliegen es entdeckt.

»Schau, was du angerichtet hast. Du hast alle deine Kinder umgebracht. Dummes Ding.«

Als er es mit dem Stiefel anschubst, stieben die Fliegen in alle Richtungen auseinander wie Funken. Er beobachtet, wie sie summend zu dem zerschmetterten, blutverkrusteten Kopf zurückkehren. Dann starrt er auf das tote steife Ding und die Fliegen, die darauf herumkrabbeln. Er sieht es an, ohne sich davon stören zu lassen, kauert sich daneben, so dicht, dass die Fliegen wieder aufgescheucht werden, und nun riecht er es auch. Der

Gestank des Todes steigt ihm in die Nase und wird in wenigen Tagen so übermächtig sein, dass man ihn, abhängig vom Wind, schon aus einigen Dutzend Metern Entfernung wahrnimmt. Fliegen werden ihre Eier in die Körperöffnungen und Wunden legen, und bald wird der Kadaver von Maden wimmeln. Doch das macht ihm nichts aus. Er sieht sich gern an, welche Folgen der Tod hat.

Das Gewehr im Arm, geht er auf das verfallene Haus zu. Er lauscht dem gedämpften Rauschen des Verkehrs auf der South 27, aber niemand hat einen Grund, hierher zu kommen. Irgendwann vielleicht, allerdings nicht im Moment. Als er auf die baufällige Veranda tritt, gibt eine Diele unter ihm nach. Er schiebt die Tür auf und geht in den dunklen, stickigen Raum, in dem alles dick mit Staub bedeckt ist. Selbst an einem sonnigen Tag ist es im Haus bedrückend düster, und heute zieht ein Gewitter heran. Obwohl es schon acht Uhr ist, ist es im Haus stockfinster wie in der Nacht. Ihm bricht der Schweiß aus.

»Sind Sie es?« Die Stimme kommt aus der Dunkelheit im hinteren Teil des Hauses, wo sie auch hingehört.

An der Wand steht ein provisorischer Tisch aus Sperrholz und Betonbausteinen mit einem kleinen Aquarium aus Glas darauf. Er richtet die Waffe auf das Aquarium und drückt auf das Bedienungspad an der Seite, worauf grelles Xenon-Licht das Glas und die schwarzen Umrisse der Tarantel darin beleuchtet. Reglos wie eine dunkle Hand sitzt sie in einem Gemisch aus Sand und Holzspänen neben dem Wasserschwamm und ihrem Lieblingsstein. In einer Ecke des Aquariums hat das Licht kleine Zikaden aufgeschreckt.

»Bitte sagen Sie etwas«, ruft die Stimme, fordernd zwar, aber schwächer als noch vor einem knappen Tag.

Er ist nicht sicher, ob er sich freut, dass die Stimme noch lebt, aber vermutlich schon. Nachdem er den Deckel des Aquariums entfernt hat, unterhält er sich ruhig und freundlich mit der Spinne. Ihr Bauch ist kahl und mit Leim und hellgelbem Blut verkrustet, und Hass ergreift ihn, als er daran denkt, warum sie kahl ist und fast verblutet wäre. Das Haar der Spinne wird erst bei der nächsten Mauser nachwachsen, und ob die Verletzungen jemals heilen, steht noch nicht fest.

»Du weißt sicher, wer schuld daran ist«, sagt er zu der Spinne. »Und ich habe etwas unternommen.«

»Kommen Sie«, ruft die Stimme. »Können Sie mich hören?«

Die Spinne rührt sich nicht. Vielleicht wird sie sterben. Die Wahrscheinlichkeit ist sogar ziemlich hoch.

»Tut mir Leid, dass ich so viel unterwegs bin. Bestimmt bist du einsam«, sagt er zu der Spinne. »Aber wegen deines Zustandes konnte ich dich nicht mitnehmen. Die Fahrt war sehr weit, und außerdem war es kalt.«

Er greift in das Aquarium und streichelt sanft die Spinne. Sie rührt sich kaum.

»Sind Sie es?« Die Stimme ist zwar schwächer und klingt heiser, aber fordernd.

Er versucht, sich vorzustellen, wie es sein wird, wenn diese Stimme einmal nicht mehr ist. Dann denkt er an das tote Ding, das steif und voller Fliegen im Staub liegt.

»Sind Sie es?«

Die Finger gegen das Bedienungspad gedrückt, damit das Licht in dieselbe Richtung deutet wie die Waffe, beleuchtet er den mit Dreck verkrusteten und mit den Überresten vertrockneter Insekteneier bedeckten Holzboden. Seine Schritte folgen dem sich bewegenden Licht.

»Hallo? Wer ist da?«

16

Im Schusswaffen-Labor drapiert Joe Amos eine schwarze Harley-Davidson-Lederjacke um einen vierzig Kilo schweren Block ballistischer Gelatine. Darauf sitzt ein kleinerer Block mit einem Gewicht von zehn Kilo, ausgestattet mit einer Sonnenbrille von Ray-Ban und einem schwarzen Biker-Kopftuch, verziert mit Totenschädel und gekreuzten Knochen.

Joe tritt zurück, um sein Werk zu bewundern. Er ist zwar zufrieden, allerdings ein wenig müde, denn er ist mit seiner neuen Lieblingsschülerin lange aufgeblieben und hat zu viel Wein getrunken.

»Sieht lustig aus, findest du nicht?«, sagt er zu Jenny.

»Lustig, aber fies. Du verrätst ihm besser nichts. Ich habe gehört, dass mit ihm nicht gut Kirschen essen ist«, erwidert sie. Sie sitzt auf einer Arbeitsfläche.

»Ich bin derjenige, mit dem man sich nicht anlegen sollte. Ich überlege mir, ob es nicht nett wäre, die nächste Portion Gelatine mit roter Lebensmittelfarbe zu versetzen, damit es mehr wie Blut aussieht.«

»Cool.«

»Dann noch ein bisschen Braun dazu, dann erinnert es gleich an Verwesung. Vielleicht finde ich ja einen Weg, es stinken zu lassen.«

»Du und deine Horror-Szenen.«

»Ich habe eben viel Phantasie. Außerdem tut mir der Rücken weh«, sagt er und betrachtet weiter sein Werk. »Ich habe mir den Rücken verletzt, und ich werde sie verklagen.«

Die Gelatine, ein elastisches, transparentes Material, das aus denaturierten Tierknochen und aus Bindegewebe gewonnenem Collagen besteht, ist nicht leicht zu handhaben, und es war ein schönes Stück Arbeit, die Blöcke, die er verkleidet hat, von den Kühltruhen in den hinteren Teil des Schießstands mit den gepolsterten Wänden zu schleppen. Die Labortür ist abgeschlossen. Das rote Licht draußen leuchtet, ein warnender Hinweis darauf, dass im Schießstand gerade scharf geschossen wird.

»Hübsch gemacht, aber keine Möglichkeit, die schönen Klamotten auszuführen«, sagt er zu der unappetitlichen Masse.

Die Substanz, auch als Hydrolysate-Gelatine bekannt, wird außerdem in Shampoos, Haarkuren, Lippenstiften, Proteingetränken, Medikamenten gegen Arthritis und vielen weiteren Produkten verwendet, die Joe niemals im Leben anrühren würde. Er weigert sich sogar, seine Verlobte zu küssen, wenn sie die Lippen angemalt hat – nie wieder. Als sich ihre Lippen beim letzten Mal an seine gepresst haben, hat er sich vorgestellt, wie Rinder-, Schweine- und Fischabfälle in einem riesigen Kessel kochten. Inzwischen liest er die Etiketten ganz genau. Wenn unter den Zutaten hydrolytische tierische Proteine aufgelistet sind, wandert das Produkt in den Müll beziehungsweise zurück ins Regal.

Sachgemäß aufbereitet simuliert ballistische Gelatine Eigenschaften des menschlichen Körpers, und zwar fast so gut wie Schweinegewebe, welches Joe bevorzugen würde. Er hat von Schusswaffen-Testlabors gehört, in denen man auf tote Schweine schießt, um das Eindringen und die Ausdehnung von Geschossen in verschiedenen Situationen zu untersuchen. Er persönlich würde lieber auf ein Schwein losballern und hätte mehr Spaß daran, einen großen Schweinekadaver als Menschen zu verkleiden, um dann zuzusehen, wie die Lehrgangsteilnehmer ihn – aus unterschiedlichen Entfernungen und mit diversen Waffen und Arten von Munition – mit Kugeln durchsieben. Eine tolle Horror-Szene. Noch teuflischer wäre es, ein lebendiges Schwein zu nehmen. Aber das würde Scarpetta niemals gestatten. Nicht einmal das Schießen auf ein totes Tier kommt für sie in Frage.

»Es wäre ziemlich zwecklos, sie zu verklagen«, wendet Jenny ein. »Sie ist nämlich auch noch Anwältin.«

»Na und?«

»Nun, wenn ich dich richtig verstanden habe, hast du es doch schon versucht und bist nicht weit damit gekommen. Jedenfalls ist Lucy diejenige, die das Geld hat. Angeblich hält sie sich für die Allergrößte. Aber ich bin ihr noch nie begegnet, keiner von uns kennt sie.«

»Da hast du nichts verpasst. Eines Tages wird sie schon jemand zurechtstutzen.«

»Jemand wie du?«

»Vielleicht bin ich ja sogar schon dabei.« Er schmunzelt. »Ich verrate dir etwas: Ich werde nicht gehen, ohne zuvor meinen Anteil zu bekommen. Nach allem, was ich ihretwegen durchgemacht habe, habe ich eine Belohnung verdient.« Wieder denkt er an Scarpetta. »Sie behandelt mich wie das Hinterletzte.«

»Kann sein, dass ich Lucy kennen lerne, bevor ich meinen Abschluss mache«, sagt Jenny nachdenklich. Sie sitzt auf der Arbeitsfläche und blickt zwischen Joe und dem Gelatine-Mann, den er als Marino verkleidet hat, hin und her.

»Das sind doch alles Schwachköpfe«, fährt er fort. »Die beschissene Heilige Dreifaltigkeit. Tja, aber ich habe eine kleine Überraschung für sie.«

»Was?«

»Du wirst schon sehen. Vielleicht teile ich ja mit dir.«

»Worum geht es?«

»Lass es mich einmal so ausdrücken«, erwidert er. »Ich werde davon profitieren. Sie unterschätzt mich, und das ist ein gewaltiger Fehler. Wer zuletzt lacht, lacht am besten.«

Zu seinen Aufgaben gehört auch, Scarpetta in der Gerichtsmedizin von Broward County zu assistieren, wo sie ihn herumscheucht wie einen Sklaven. Sie verdonnert ihn dazu, die Leichen nach der Obduktion wieder zuzunähen, die Tabletten in den Medikamentendöschen der eingelieferten Toten zu zählen und ihre persönliche Habe in Listen zu erfassen, als wäre er ein gewöhnlicher Assistent im Autopsiesaal und nicht selbst Arzt. Sie hat ihm die Verantwortung aufgebürdet, die

Leichen zu wiegen, zu messen, zu fotografieren und auszuziehen und in dem widerlichen Zeug herumzuwühlen, das sich gelegentlich am Grunde eines Leichensackes verbirgt – vor allem dann, wenn es sich um die stinkenden, von Maden durchsetzten Überreste einer Wasserleiche oder die modrigen Hautfetzen und Knochen eines teilweise skelettierten Toten handelt. Doch am erniedrigendsten ist der Auftrag, die zehnprozentige ballistische Gelatine für die Gelatineblöcke anzumengen.

Warum? Können Sie mir das begründen?, hat er sich bei Scarpetta beschwert, als sie ihm im letzten Sommer die Anweisung gab.

Das gehört zu Ihrer Facharztausbildung, Joe, erwiderte sie, ungerührt wie immer.

Ich werde zum forensischen Pathologen ausgebildet, nicht zum Labortechniker oder Koch, hatte er eingewandt.

Meine Auszubildenden zum Facharzt für forensische Pathologie müssen ganz unten anfangen, entgegnete sie. *Und sie dürfen sich für keine Arbeit zu fein sein.*

Oh, und jetzt werden Sie mir sicher gleich erzählen, dass Sie zu Anfang Ihrer Karriere auch Gelatineblöcke angefertigt haben, höhnte er.

Ich tue es immer noch, und ich gebe Ihnen gern mein Lieblingsrezept, antwortete sie. *Eigentlich bevorzuge ich Vyse, aber mit Kind & Knox geht es genauso gut. Fangen Sie immer mit kaltem Wasser an, die optimale Temperatur beträgt zwischen sieben und zehn Grad Celsius. Dann fügen Sie die Gelatine dem Wasser bei, nicht umgekehrt. Immer weiter rühren, aber nicht zu kräftig, da schließlich keine Luft eingeschlossen werden soll. Dann geben Sie zwei Komma fünf Milliliter Foam-Eater-Entschäumer pro zwölf Komma fünf Liter Blockgewicht hinzu. Und vergewissern Sie sich, dass die Gussform blitzblank ist. Zu guter Letzt träufeln Sie noch null Komma fünf Milliliter Zimtöl hinein.*

Wie reizend.

Zimtöl verhindert das Wachstum von Pilzen, sagte sie.

Sie stellte eine Liste ihrer persönlichen Zutaten und dann eine mit Gerätschaften auf, zu denen eine Laser-Wasserwaage, ein Messbecher, ein Farbumrührer, ein 12-Kubikzentimeter-Spritzbesteck, Propionsäure, ein Aquariumschlauch, Alufolie, ein großer Löffel und so weiter gehörten. Und zu guter Letzt veranstaltete sie für ihn eine Probevorführung in der Laborküche, die einer Fernsehköchin würdig gewesen wäre. Jetzt kann er sich wie ein toller Hecht fühlen, wenn er aus Tierkadavern gepresstes Pulver aus Zwölfeinhalb-Kilo-Trommeln schaufelt, wiegt, mischt und schleppt oder gewaltige, schwere Töpfe in Kühltruhen oder Kühlkammern wuchtet. Anschließend muss er noch dafür sorgen, dass sich die Lehrgangsteilnehmer auch rechtzeitig auf dem Schießstand oder draußen auf dem Schießplatz versammeln, bevor sich die verdammten Dinger wieder auflösen. Das tun sie nämlich. Sie schmelzen dahin wie Wackelpudding und sind am besten einsatzbereit, wenn man sie nicht später als zwanzig Minuten nach dem Entfernen aus dem Kühlschrank serviert, was natürlich auch von der Temperatur des Versuchsumfelds abhängt.

Er nimmt ein Fliegengitter fürs Fenster von einem Lagerschrank und lehnt es gegen die als Motorradrocker verkleideten Gelatineblöcke. Dann setzt er einen Gehörschutz und eine Schutzbrille auf und weist Jenny mit einer Kopfbewegung an, dasselbe zu tun. Danach greift er nach einer Beretta 92 aus Edelstahl, einer topmodernen Double-Action mit einem Tritium-Reflexvisier, und lädt sie mit Speer Gold Dot 147 grain, einer Munition, die sechs Einkerbungen rings um den Rand der Hohlspitze aufweist. Dadurch dehnt sich das Projektil aus, wenn es Kleidungsstücke durchdringt, die so dick wie vier Schichten Jeansstoff oder eine Motorradjacke aus schwerem Leder sind.

Das Besondere an diesem Probeschuss ist, dass die Kugel beim Durchschlagen des Fliegengitters ein Maschenmuster erzeugen wird, bevor sie in die Harley-Jacke eindringt und

Mr. Wackelpudding – wie er seine Gelatine-Testpuppen nennt – ein Loch in die Brust bohrt.

Joe zieht den Schlitten zurück, gibt fünfzehn Schuss ab und stellt sich dabei vor, Mr. Wackelpudding wäre Marino.

17

Draußen vor dem Fenster des Konferenzraums biegen sich die Palmen in Wind. *Es wird regnen,* denkt Scarpetta, denn es sieht ganz danach aus, als ob ein schweres Gewitter im Anzug wäre. Marino ist schon wieder zu spät dran, und er hat noch immer nicht zurückgerufen.

»Guten Morgen, lassen Sie uns anfangen«, begrüßt sie ihre Mitarbeiter. »Wir haben eine Menge zu erledigen, und es ist bereits Viertel vor neun.«

Scarpetta hasst Unpünktlichkeit und kann es nicht leiden, wenn sie sich durch die Schuld eines anderen Menschen verspätet. So wie jetzt wegen Marino. Immer wieder Marino. Er bringt ihren Tagesablauf durcheinander und macht alles kaputt.

»Heute Abend werde ich hoffentlich in einem Flieger nach Boston sitzen«, beginnt sie. »Vorausgesetzt, meine Buchung wird nicht wieder auf geheimnisvolle Weise storniert.«

»Bei den Fluggesellschaften geht es drunter und drüber«, sagt Joe. »Kein Wunder, dass eine nach der anderen Pleite macht.«

»Wir wurden gebeten, uns einen Fall in Hollywood anzusehen, und zwar geht es um einen mutmaßlichen Selbstmord, bei dem allerdings einige seltsame Umstände ins Spiel kommen«, fährt Scarpetta fort.

»Ich würde gern noch etwas ansprechen«, unterbricht Vince, der Schusswaffenexperte.

»Nur zu.« Scarpetta nimmt einige Fotos aus einem Umschlag und reicht sie herum.

»Jemand hat vor etwa einer Stunde im Schießstand Schüsse abgegeben.« Er wirft Joe einen vielsagenden Blick zu. »Und zwar unangemeldet.«

»Eigentlich wollte ich den Schießstand gestern Abend reservieren, aber ich habe es vergessen«, erwidert Joe. »Es stand niemand auf der Liste.«

»Sie hätten sich trotzdem vorher anmelden müssen. Nur so können wir überprüfen ...«

»Ich habe eine neue Mischung ballistische Gelatine ausprobiert, bei der ich heißes anstelle von kaltem Wasser verwendet hatte, um festzustellen, ob das beim Kalibrierungstest irgendwelche Unterschiede ergibt. Eine Abweichung von einem Zentimeter. Es hat also geklappt.«

»Wahrscheinlich kommt es bei jeder Ihrer bescheuerten Mischungen zu einer Abweichung von plus oder minus einem Zentimeter«, gibt Vince gereizt zurück.

»Wir dürfen keine Blöcke verwenden, die nicht getestet wurden. Also kontrolliere ich ständig die Kalibrierung und versuche, sie zu vervollkommnen. Dazu muss ich viel Zeit im Waffenlabor verbringen. Ich mache das doch nicht zum Vergnügen.«

Joe sieht Scarpetta an.

»Die ballistische Gelatine gehört zu meinem Aufgabenbereich.«

Wieder ein Blick in ihre Richtung.

»Hoffentlich haben Sie daran gedacht, Puffer zu benutzen, bevor Sie auf die Rückwand losgeballert haben«, fügt Vince hinzu. »Ich hatte Sie schon öfter darum gebeten.«

»Sie kennen die Regeln, Dr. Amos«, sagt Scarpetta.

In Gegenwart der Kollegen nennt sie ihn stets Dr. Amos, nicht Joe, und erweist ihm damit mehr Respekt, als er eigentlich verdient.

»Wir müssen alles ins Schießbuch eintragen«, fährt sie fort. »Jede aus dem Testbestand entfernte Waffe, jede Patrone, jedes Probeschießen. Die Vorschriften sind unbedingt einzuhalten.«

»Ja, Ma'am.«

»Das hat auch juristische Gründe. Schließlich enden die meisten unserer Fälle vor Gericht«, ergänzt sie.

»Ja, Ma'am.«

»Also gut.« Sie erzählt ihren Mitarbeitern von Johnny Swift.

Scarpetta berichtet, dass er Anfang November einen chirurgischen Eingriff an den Handgelenken durchführen ließ und anschließend seinen Bruder in Hollywood besuchte. Die Brüder waren eineiige Zwillinge. Am Tag vor Thanksgiving fuhr Laurel, der Bruder, zum Einkaufen und kehrte gegen 16 Uhr 30 nach Hause zurück. Nachdem er die Lebensmittel ins Haus getragen hatte, fand er Dr. Swift tot auf dem Sofa vor. Todesursache war eine Schusswunde in der Brust.

»An diesen Fall erinnere ich mich«, meint Vince. »Es kam in den Nachrichten.«

»Zufällig erinnere ich mich sehr gut an Dr. Swift«, sagt Joe. »Er rief öfter Dr. Self an. Als ich einmal in ihrer Show war, meldete er sich und hielt ihr einen riesigen Vortrag über das Tourette-Syndrom. Ich teilte zufällig ihre Auffassung, dass es sich dabei nur um eine Ausrede für schlechtes Benehmen handelt. Aber er faselte etwas von einer neurochemischen Dysfunktion und Fehlbildungen im Gehirn. Ein echter Experte«, fügt er höhnisch hinzu.

Niemand interessiert sich für Joes Auftritte in Dr. Selfs Show. Und das gilt auch für alle anderen Shows, in denen er sonst aufgetreten sein könnte.

»Was ist mit der ausgeworfenen Patronenhülse und der Waffe?«, erkundigt sich Vince bei Scarpetta.

»Laut Polizeibericht entdeckte Laurel Swift ein Schrotgewehr auf dem Boden, einen knappen Meter hinter dem Sofa. Keine Patronenhülse.«

»Das ist aber merkwürdig. Er schießt sich selbst in die Brust und schafft es dann noch, die Waffe über die Sofalehne zu werfen?« Joe hat wieder das Wort ergriffen. »Ich kann auf den Tatortfotos nirgendwo eine Waffe erkennen.«

»Der Bruder behauptet, er hätte die Waffe auf dem Boden hinter dem Sofa gesehen. Mit Betonung auf *behauptet*. Darauf kommen wir gleich«, erwidert Scarpetta.

»Hat man Schmauchspuren an der Leiche gefunden?«

»Leider ist Marino nicht hier, denn er ist unser Ermittler in diesem Fall und hat eng mit der Polizei von Hollywood zusammengearbeitet«, erwidert Scarpetta, ohne sich anmerken zu lassen, wie sehr sie sich über ihn ärgert. »Ich weiß nur, dass Laurels Kleidung nicht auf Schmauchspuren überprüft wurde.«

»Und seine Hände?«

»Positiv, was Schmauchspuren angeht. Aber er hat ihn angeblich berührt und ihn geschüttelt und sich dabei auch mit seinem Blut beschmutzt. Das könnte theoretisch eine Erklärung sein. Noch ein paar Einzelheiten. Die Handgelenke des Toten waren geschient, und er hatte 1,0 Promille im Blut. Laut Polizeibericht standen in der Küche einige leere Weinflaschen herum.«

»Können wir sicher sein, dass er allein getrunken hat?«

»Wir wissen so gut wie gar nichts.«

»So kurz nach einer Operation war es doch sicher nicht einfach für ihn, ein schweres Gewehr festzuhalten.«

»Mag sein«, erwidert Scarpetta. »Und was macht man, wenn man die Hände nicht benutzen kann?«

»Man nimmt die Füße.«

»Das ist möglich. Ich habe es mit einer Remington Kaliber zwölf ausprobiert. Ungeladen«, fügt sie hinzu, um die Situation aufzulockern.

Sie hat es allein versucht, weil Marino sie versetzt und auch nicht angerufen hat. Offenbar ist ihm alles gleichgültig.

»Ich habe keine Fotos von diesem Selbstversuch«, sagt sie und verschweigt diplomatisch, dass der Grund dafür ebenfalls in Marinos Nichterscheinen liegt. »Jedenfalls wäre die Waffe durch den Rückstoß weggeschleudert worden. Vielleicht hat ja auch sein Fuß gezuckt, und das Gewehr fiel deshalb hinter das Sofa. Vorausgesetzt, dass es Selbstmord war. Übrigens weist keine seiner großen Zehen Schürfwunden auf.«

»Eine Kontaktwunde?«, fragt Vince.

»Die Rußkonzentration auf seinem Hemd, der abgewetzte Rand sowie Durchmesser und Form der Wunde, die Abwesenheit von Auffächerungen des Bodenpfropfens, der noch in der Leiche steckte, das alles weist auf eine Kontaktwunde hin. Das Problem ist nur eine gewaltige Abweichung, die meiner Ansicht nach darauf zurückzuführen ist, dass sich der Pathologe bei der Bestimmung der Entfernung auf einen Radiologen verlassen hat.«

»Wessen Fall ist es denn?«

»Dr. Bronsons«, erwidert sie, und einige im Kollegium stöhnen auf.

»Mein Gott, der ist ja so alt wie der Papst. Wann geht der nur endlich in Rente?«

»Der Papst ist kürzlich gestorben«, witzelt Joe.

»Danke für die Information.«

»Nach Auffassung des Radiologen wurde die Schusswunde dem Opfer – ich zitiere – aus einiger Entfernung zugefügt«, fährt Scarpetta fort. »Und zwar aus einem Abstand von mindestens einem Meter. Also haben wir es jetzt doch mit einem Mord zu tun, da es unmöglich ist, sich einen Gewehrlauf einen Meter von der Brust abzuhalten, richtig?«

Einige Mausklicks, und eine digitale Röntgenaufnahme der für Johnny Swift tödlichen Schussverletzung erscheint auf der Projektionswand. Schrotkugeln, die an einen Schwarm winziger weißer Bläschen erinnern, schweben durch geisterhaft bleiche Rippen.

»Die Schrotkugeln haben sich verteilt«, erklärt Scarpetta, »und um den Radiologen nicht schlecht zu machen, deutet die Verteilung der Kugeln im Brustraum tatsächlich auf einen Abstand von einem Meter bis ein Meter dreißig hin. Doch meiner

Auffassung nach haben wir es hier mit einem klassischen Fall von Billardkugel-Effekt zu tun.«

Sie lässt die Projektion der Röntgenaufnahme verschwinden und greift zu einigen verschiedenfarbigen Stiften.

»Die ersten Kugeln wurden beim Eindringen in den Körper langsamer. Daraufhin wurden sie von nachfolgenden Kugeln getroffen. Durch die Kollision wurden sie von ihrer Bahn abgelenkt und verteilten sich nach einem Muster, das an einen Schuss aus größerer Entfernung denken lässt«, erläutert sie und zeichnet rote abprallende Kugeln, die blaue Kugeln treffen wie Billardkugeln. »Auf diese Weise wird ein Schuss aus größerer Entfernung simuliert, obwohl er aus nächster Nähe abgegeben wurde und sogar eine Kontaktwunde vorliegt.«

»Hat keiner der Nachbarn den Schuss gehört?«

»Offenbar nicht.«

»Vielleicht waren die meisten von ihnen am Strand oder über das Thanksgiving-Wochenende weggefahren.«

»Kann sein.«

»Was für ein Gewehr war es denn, und wem gehört es?«

»Wir wissen nur, dass es sich um ein Schrotgewehr Kaliber zwölf gehandelt hat«, antwortet Scarpetta. »Offenbar ist es vor Eintreffen der Polizei verschwunden.«

18

Ev Christian ist wach und sitzt auf einer Matratze mit schwarzen Flecken. Sie glaubt inzwischen, dass es sich bei den Flecken um angetrocknetes Blut handelt.

Auf dem schmutzigen Boden in dem kleinen verdreckten

Zimmer mit der abgesackten Decke und der feuchten Tapete liegen Zeitschriften herum. Da Ev ohne Brille nur schlecht sieht, kann sie die pornographischen Titelblätter kaum erkennen. Sie hat auch Schwierigkeiten, die Limoflaschen und die Fast-Food-Einwickelpapiere auszumachen, die überall verstreut sind. Zwischen der Matratze und der abgeblätterten Tapete steckt ein kleiner rosafarbener Tennisschuh von Keds, eine Mädchengröße. Unzählige Male hat Ev ihn in die Hand genommen und sich gefragt, was das zu bedeuten hat und wem der Schuh wohl gehört haben mag. Sie befürchtet, dass das Mädchen tot ist. Manchmal, wenn er hereinkommt, schiebt Ev den Schuh wieder hinter die Matratze, denn sie hat Angst, dass er ihn ihr wegnehmen könnte. Der Schuh ist alles, was sie noch hat.

Sie schläft nie länger als eine oder zwei Stunden am Stück und hat keine Ahnung, wie viel Zeit inzwischen vergangen ist. Die Zeit hat aufgehört zu existieren. Graues Licht strömt durch das zerbrochene Fenster am einen Ende des Raums herein, und Ev kann die Sonne nicht sehen. Sie riecht Regen.

Sie weiß nicht, was er mit Kristin und den Jungen angestellt hat. Was er ihnen getan hat. Undeutlich erinnert sie sich an die ersten Stunden, diese entsetzlichen und unwirklichen Stunden, in denen er ihr Essen und Wasser gebracht und sie dann in der Dunkelheit beobachtet hat. Er war so schwarz wie die Nacht, ein finsterer Geist, der auf der Türschwelle lauerte.

Wie fühlt es sich an?, fragte er sie mit leiser, kalter Stimme. *Wie fühlt es sich an, wenn man weiß, dass man sterben muss?*

Im Zimmer ist es immer dunkel. Und wenn er hereinkommt, verdüstert sich die Stimmung noch mehr.

Ich habe keine Angst. Sie können meine Seele nicht zerstören.

Sag, dass es dir Leid tut.

Für Reue ist es nie zu spät. Gott vergibt selbst die größten Sünden, wenn Sie demütig sind und bereuen.

Gott ist eine Frau, und ich bin ihre Hand. Sag, dass es dir Leid tut.

Das ist Gotteslästerung. Schämen Sie sich. Ich habe nichts getan, wofür ich mich entschuldigen müsste.

Ich werde dich lehren, dich zu schämen. Du wirst sagen, dass es dir Leid tut, genau wie sie.

Kristin?

Dann war er fort, und Ev hörte Stimmen aus einem anderen Teil des Hauses. Sie verstand zwar nichts, aber ganz sicher sprach er mit Kristin. Er redete mit einer Frau. Ev konnte zwar keine einzelnen Wörter verstehen, aber es fand eindeutig eine Unterhaltung statt. Sie erinnert sich an Fußgetrappel und Stimmen auf der anderen Seite der Wand, und dann erkannte sie Kristin. Sie wusste, dass sie es war. Wenn Ev jetzt darüber nachdenkt, fragt sie sich, ob sie es nur geträumt hat.

Kristin! Kristin! Hier bin ich! Hier bin ich! Wagen Sie es nicht, ihr wehzutun!

Sie hört ihre eigene Stimme in ihrem Kopf, aber es hätte genauso gut ein Traum sein können.

Kristin? Kristin? Wagen Sie es nicht, ihr wehzutun!

Dann wurde wieder gesprochen; also hatte sie vielleicht Recht. Aber Ev ist sich nicht sicher. Sie könnte es auch geträumt haben. Womöglich hat sie ebenfalls geträumt, dass seine Schritte sich den Flur entlangbewegten und dass kurz darauf die Haustür ins Schloss fiel. All das hätte Stunden, aber auch Minuten dauern können. Mag sein, dass ein Wagen angesprungen ist. Doch vielleicht war auch das nur ein Traum, ein Trugbild. Ev saß in der Dunkelheit und lauschte mit klopfendem Herzen auf ein Lebenszeichen von Kristin und den Jungen. Aber vergeblich. Sie rief nach ihnen, bis ihr die Kehle brannte wie Feuer, bis ihr beinahe schwarz vor Augen wurde und sie keine Luft mehr bekam.

Das Tageslicht kam und ging, und irgendwann erschien wieder seine dunkle Gestalt mit Wasser in Pappbechern und etwas Essbarem. Nie hat sie sein Gesicht gesehen, nicht einmal, als er in ihr Haus kam. Er trägt eine schwarze Kapuze mit Sehschlitzen, die ihm lang und locker über die Schultern fällt wie ein schwarzer Kopfkissenbezug. Die schwarz vermummte Gestalt hat Spaß daran, sie mit dem Gewehrlauf zu stoßen, als wäre sie ein Tier im Zoo und als mache es ihn neugierig, zu beobachten, wie sie auf diese Behandlung reagieren wird. Er berührt sie an intimen Stellen und wartet ab, wie sie sich verhält.

Schämen Sie sich, sagt Ev, während er sie schubst. *Sie können zwar meinen Körper verletzen, aber meine Seele nicht. Meine Seele gehört Gott.*

Sie ist nicht da, und ich bin ihre Hand. Sag, dass es dir Leid tut.

Mein Gott ist ein eifersüchtiger Gott. »Du sollst keine anderen Götter neben mir haben.«

Sie ist nicht da. Und wieder stößt er sie mit dem Gewehrlauf, manchmal so fest, dass ein kreisrunder, blauschwarzer Bluterguss auf ihrer Haut zurückbleibt.

Sag, dass es dir Leid tut, wiederholt er.

Ev sitzt auf der stinkenden, vermoderten Matratze. Sie wurde schon öfter benutzt, und zwar für unaussprechliche Dinge, sodass sie nun steif und mit schwarzen Flecken übersät ist. Sie sitzt da, in dem muffigen, stickigen und vermüllten Zimmer, lauscht, versucht, nicht zu denken, spitzt die Ohren, betet und ruft um Hilfe. Niemand antwortet. Niemand hört sie, und sie fragt sich, wo sie wohl sein könnte. Wo ist sie nur, dass niemand ihre Schreie bemerkt?

Flucht ist unmöglich, und zwar wegen der geschickt zurechtgebogenen Kleiderbügel mit den hindurchgefädelten Stricken, die sie um Handgelenke und Knöchel trägt. Ein Ende der Seile ist über einen Balken in der abgesackten Decke geschlungen, sodass sie festhängt wie eine groteske Marionette, zerschlagen, von Insekten zerstochen und mit Ausschlägen bedeckt. Ihr nackter Körper juckt, und sie hat große Schmerzen. Mühsam schafft sie es, aufzustehen. Sie kann die Matratze verlassen, um Blase und Darm zu entleeren. Doch dabei wird sie von einem Schmerz durchzuckt, der so heftig ist, dass sie beinahe ohnmächtig wird.

Er tut alles im Dunkeln. Er kann im Dunkeln sehen. Sie hört seinen Atem in der Dunkelheit. Er ist eine schwarze Gestalt. Er ist Satan.

»Gott, hilf mir«, sagt sie, zum zerbrochenen Fenster gewandt und in den grauen Himmel hinein, zu Gott, der irgendwo oben in diesem Himmel wohnt. »Bitte, lieber Gott, hilf mir.«

19

Scarpetta hört, wie sich aus der Ferne ein Motorrad mit sehr lautem Auspuff nähert.

Sie versucht, sich zu konzentrieren, während das Motorrad immer dichter herankommt und am Gebäude vorbei zum Dozentenparkplatz fährt. Sie denkt an Marino und fragt sich, ob es besser wäre, ihm zu kündigen. Aber sie ist sich nicht sicher, ob sie das übers Herz bringen würde.

Gerade erklärt sie, dass es in Laurel Swifts Haus zwei Telefone gab, die beide nicht angeschlossen waren. Die Kabel fehlten. Laurel hatte sein Mobiltelefon im Wagen vergessen und behauptet, er habe das von seinem Bruder nicht finden können. Deshalb habe er nicht gewusst, wie er Hilfe holen sollte. In seiner Panik sei er aus dem Haus gerannt und habe draußen einen Wagen angehalten. Ins Haus ist er erst nach Eintreffen der Polizei zurückgekehrt, und da war das Gewehr bereits verschwunden.

»Diese Informationen habe ich von Dr. Bronson«, fügt Scarpetta hinzu. »Ich habe einige Male mit ihm gesprochen, und es tut mir Leid, dass ich nicht besser über die Einzelheiten im Bilde bin.«

»Sind die Telefonkabel je wieder aufgetaucht?«

»Keine Ahnung«, antwortet Scarpetta, weil Marino ihr das nicht mitgeteilt hat.

»Vielleicht hat Johnny Swift sie ja selbst entfernt. Damit niemand Hilfe holen konnte – für den Fall, dass er nicht sofort tot war. Wenn wir mal davon ausgehen, dass wir es mit einem Selbstmord zu tun haben.« Wie immer hat Joe eine blühende Phantasie.

Scarpetta schweigt, weil sie über das Telefonkabel nur das weiß, was Dr. Bronson ihr in seiner etwas konfusen und leicht zerstreuten Art erzählt hat.

»Fehlt bis auf die Telefonkabel, das Mobiltelefon des Toten und das Schrotgewehr sonst noch etwas aus dem Haus? Allerdings würde das eigentlich schon genügen.«

»Da müssen Sie sich bei Marino erkundigen«, erwidert sie. »Ich glaube, der ist gerade angekommen – sofern es hier nicht noch jemanden mit einem Motorrad gibt, das so laut ist wie ein Space Shuttle beim Start.«

»Wenn Sie mich fragen, wundert es mich, dass man Laurel nicht wegen Mordes angeklagt hat«, sagt Joe.

»Man kann niemanden wegen Mordes anklagen, solange die Todesursache nicht feststeht«, entgegnet Scarpetta. »Und die ist weiterhin ungeklärt. Die Beweise reichen nicht einmal, um sich auf Selbstmord, Mord oder Unfall festzulegen, obwohl ich, was einen Unfall angeht, starke Zweifel habe. Wenn sich diese Fragen nicht zu Dr. Bronsons Zufriedenheit beantworten lassen, wird er irgendwann auf Tod unter ungeklärten Umständen erkennen.«

Draußen auf dem mit Teppich ausgelegten Flur sind schwere Schritte zu hören.

»Was ist aus dem gesunden Menschenverstand geworden?«, merkt Joe an.

»Eine Todesursache kann man nicht einfach so über den Daumen peilen«, gibt Scarpetta zurück und wünscht sich, er würde seine dummen Sprüche für sich behalten.

Die Tür des Konferenzraums öffnet sich, und Pete Marino

kommt herein. Er ist mit einem Aktenkoffer und einem Karton voller gefüllter Donuts bewaffnet und trägt – wie immer – schwarze Jeans, schwarze Lederstiefel und eine schwarze Lederweste mit Harley-Emblem auf dem Rücken. Nachdem er auf seinem üblichen Stuhl neben dem von Scarpetta Platz genommen hat, ohne sie eines Blickes zu würdigen, schiebt er die Donuts-Schachtel über den Tisch.

»Ich wünschte, wir könnten die Kleidung des Bruders – also das, was er am fraglichen Tag anhatte – beschlagnahmen und auf Schmauchspuren untersuchen«, sagt Joe und lehnt sich lässig zurück, ein Zeichen dafür, dass er im Begriff ist, zu einem längeren Vortrag auszuholen. Wenn Marino anwesend ist, predigt er noch mehr als sonst. »Wir sollten sie uns unter dem Röntgenmikroskop, dem Faxitron und dem Rasterelektronenmikroskop anschauen.«

Marino sieht Joe an, als würde er ihm am liebsten eine runterhauen.

»Natürlich können auch auf andere Weise als durch einen Schuss Spuren zurückbleiben: Rohrleitungen, Batterien, Motoröl, Lacke. So wie bei meinem Laborpraktikum im letzten Monat.« Joe greift nach einem Donut mit Schokoglasur, das so zerdrückt ist, dass der Großteil der Schokolade am Karton klebt. »Weiß jemand, was daraus geworden ist?«

»Muss ein tolles Praktikum gewesen sein«, meint Marino. »Wie kommen Sie bloß immer auf diese Ideen?«

»Ich habe gefragt, ob jemand weiß, was aus der Kleidung des Bruders geworden ist«, wiederholt Joe.

»Ich glaube, Sie haben zu viele Krimis gesehen, die in der Gerichtsmedizin spielen«, erwidert Marino und wendet ihm sein breites Gesicht zu. »Zu viele Harry-Potter-Detektive, die auf Ihrem tollen neuen Plasmafernseher herumgeistern. Und jetzt halten Sie sich für eine Mischung aus Möchtegern-Pathologe, Captain Kirk und Osterhase.«

»Übrigens war die gestrige Horror-Szene ein großer Erfolg«, sagt Joe. »Ein Jammer, dass Sie es verpasst haben.«

»Was ist denn jetzt mit den Klamotten, Pete?«, erkundigt sich Vince bei Marino. »Wissen wir, was er anhatte, als er die Leiche seines Bruders fand?«

»Angeblich gar nichts«, erwiderte Marino. »Er will durch die Küchentür hereingekommen sein. Nachdem er die Einkäufe dort abgestellt hatte, ist er sofort ins Bad gegangen, um zu pinkeln. Behauptet er wenigstens. Anschließend hat er geduscht, weil er am Abend in sein Restaurant musste. Dabei hat er zufällig durch die Tür geschaut und das Gewehr hinter dem Sofa auf dem Teppich liegen gesehen. Er sagt, zu diesem Zeitpunkt sei er nackt gewesen.«

»Für mich klingt das wie völliger Blödsinn«, nuschelt Joe mit vollem Mund.

»Meiner Ansicht nach haben wir es hier mit einem Einbruch zu tun, bei dem der Täter gestört wurde«, sagt Marino. »Oder mit einem Menschen, der bei etwas anderem unterbrochen worden ist. Vielleicht hat sich der wohlhabende Herr Doktor auch mit den falschen Leuten eingelassen. Hat übrigens jemand meine Harley-Jacke gesehen? Schwarz mit einem Totenschädel mit gekreuzten Knochen auf der einen und der amerikanischen Flagge auf der anderen Schulter.«

»Wo haben Sie sie zuletzt angehabt?«

»Ich habe sie zuletzt im Hangar ausgezogen, als ich mit Lucy weggeflogen bin. Als ich zurückkam, war die Jacke weg.«

»Mir ist sie nicht aufgefallen.«

»Mir auch nicht.«

»Mist, das Teil war teuer! Und die Aufnäher waren handgestickt. Verdammt! Wenn mir jemand die Jacke geklaut hat ...«

»Hier wird nicht gestohlen«, unterbricht ihn Joe.

»Wirklich? Und was ist mit Ideenklau?« Marino blickt ihn finster an. »Ach, apropos«, wendet er sich dann an Scarpetta. »Wenn wir schon mal beim Thema Horror-Szenen sind ...«

»Wir sind nicht bei diesem Thema«, erwidert sie.

»Eigentlich wollte ich heute Morgen ein paar Dinge dazu anmerken.«

»Ein andermal.«

»Ich habe mir ein paar gute ausgedacht. Die Akte liegt auf deinem Schreibtisch«, sagt Marino zu ihr. »Dann hast du im Urlaub wenigstens was Spannendes zu lesen. Vor allem deshalb, weil du vermutlich da oben eingeschneit werden wirst und wir dich erst im Frühjahr wiedersehen.«

Scarpetta beherrscht sich, unterdrückt ihre Gereiztheit und hofft, dass niemand sie ihr anmerkt. Marino stört mit voller Absicht eine Dienstbesprechung und behandelt sie genau so wie vor fünfzehn Jahren, als sie Chefpathologin in Virginia war – eine Frau in einer Welt, zu der Frauen eigentlich keinen Zutritt hatten, insbesondere nicht solche, die sich, wie Marino fand, für etwas Besseres hielten, weil sie Medizin und Jura studiert hatten.

»Meiner Ansicht nach wäre der Fall Swift eine prima Vorlage für eine Horror-Szene«, sagt Joe. »Schmauchspuren, Röntgenaufnahmen und die übrigen Untersuchungsergebnisse erzählen zwei unterschiedliche Geschichten. Ich bin neugierig, ob die Lehrgangsteilnehmer dahinterkommen. Wetten, dass sie noch nie vom Billardkugel-Effekt gehört haben?«

»Ruhe auf den billigen Plätzen!«, ruft Marino. »Oder hat jemand bemerkt, dass ich das Fußvolk nach seiner Meinung gefragt hätte?«

»Tja, Sie wissen ja, was ich von Ihren kreativen Fähigkeiten halte«, gibt Joe zurück. »Offen gestanden, finde ich sie gefährlich.«

»Was Sie denken, interessiert mich einen Scheißdreck.«

»Wir können von Glück reden, dass die Akademie noch nicht pleite ist. Die Abfindung wäre nämlich ganz schön ins Geld gegangen«, erwidert Joe, als wäre ihm der Gedanke völlig fremd, dass Marino ihn eines Tages nach Strich und Faden vermöbeln könnte. »Und das hätten wir in diesem Fall nur Ihnen zu verdanken.«

Im letzten Sommer hat eine Lehrgangsteilnehmerin während einer von Marinos Tatortsimulationen ein Trauma erlitten, den

Kurs abgebrochen und mit Klage gedroht. Zum Glück ist die Sache im Sande verlaufen, aber Scarpetta und ihre Mitarbeiter haben seitdem ein mulmiges Gefühl, wenn Marino bei Ausbildungsmaßnahmen und Tatortsimulationen – ob nun Horror oder nicht – mitmischt oder auch nur einen Fuß in einen Unterrichtsraum setzt.

»Glauben Sie nicht, dass ich mir nicht ständig vor Augen halte, was damals passiert ist, wenn ich eine Horror-Szene entwerfe«, fährt Joe fort.

»Sie entwerfen Horror-Szenen?«, empört sich Marino. »Damit meinen Sie wohl, dass Sie mir die Ideen klauen!«

»Das ist ja nun wirklich absurd. Ich habe es nicht nötig, anderen Menschen die Ideen zu klauen, insbesondere nicht Ihnen.«

»Ach, wirklich? Meinen Sie etwa, ich erkenne nicht wieder, was auf meinem Mist gewachsen ist? Sie haben doch viel zu wenig Ahnung vom Fach, um sich solche Sachen einfallen zu lassen, Mr. Möchtegern-Pathologe!«

»Es reicht«, unterbricht Scarpetta mit erhobener Stimme. »Ruhe jetzt.«

»Ich habe da eine großartige Idee, bei der es um einen Mann geht, der, wie es auf den ersten Blick scheint, aus einem vorbeifahrenden Auto erschossen wurde«, spricht Joe ungerührt weiter. »Doch als man die Kugel entfernt, weist das Blei ein ungewöhnliches Waffel- oder Netzmuster auf, da der Täter das Opfer in Wirklichkeit durch ein Fliegengitter umgenietet hat. Dann hat er die Leiche …«

»Das ist auch von mir!«, ruft Marino und schlägt mit der Faust auf den Tisch.

20

Der Seminole fährt einen zerbeulten weißen Pick-up, der mit Maiskolben beladen ist und ein Stück entfernt von den Zapfsäulen parkt. Hog beobachtet ihn schon seit einer Weile.

»So ein Arschloch hat mir gerade meine Scheißbrieftasche und mein Handy geklaut, wahrscheinlich während ich beim Duschen war«, schimpft der Mann, der in der Telefonzelle steht und der Tankstelle mit den ankommenden und abfahrenden Sattelschleppern den Rücken zukehrt.

Hog lässt sich nicht anmerken, wie er sich amüsiert, während er zuhört, wie der Mann am Telefon tobt, weil er schon wieder eine Nacht auswärts verbringen muss. Er ist wütend, denn er hat kein Telefon und außerdem kein Geld mehr, weshalb ihm nichts anderes übrig bleiben wird, als im Führerhaus seines Pick-ups zu nächtigen. Nicht einmal zum Duschen reicht es mehr, und außerdem kostet einmal Duschen inzwischen fünf Dollar, was ein Vermögen für ein bisschen heißes Wasser ist, wenn man dazu nicht einmal ein Stück Seife kriegt. Einige Männer tun sich paarweise zusammen, um das Geld zu sparen, verschwinden hinter einer ungestrichenen Sichtblende am westlichen Ende des Tankstellenshops, legen Kleidung und Schuhe auf einer Bank hinter dem Zaun ab und treten dann in die winzige, schlecht beleuchtete Betonkammer, die nur mit einem einzigen Duschkopf und einem großen rostigen Abfluss mitten auf dem Boden ausgestattet ist.

In der Dusche ist es immer feucht. Der Duschkopf tropft unablässig, und die Armatur quietscht. Die Männer haben Seife, Shampoo, Zahnbürsten und Zahnpasta, zumeist in einer Plastiktüte, bei sich. Sie bringen auch ihre eigenen Handtücher mit. Hog hat noch nie dort geduscht, aber er hat sich die Kleidung der Männer angesehen und untersucht, was sie so in den Taschen mit sich herumtragen: Geld, Mobiltelefone, manchmal Drogen.

Die Frauendusche sieht ganz ähnlich aus und befindet sich auf der Ostseite des Tankstellenshops. Frauen gehen nie zu zweit zum Duschen, ganz gleich, ob es dadurch billiger würde. Beim Duschen sind sie immer hektisch, denn sie schämen sich ihrer Nacktheit und haben eine Todesangst davor, dass jemand einfach hereinkommen könnte, zum Beispiel ein Mann, ein großer, starker Mann, der dann mit ihnen macht, was er will.

Hog wählt die gebührenfreie Nummer auf der grünen Karte, die er zusammengefaltet in der Gesäßtasche aufbewahrt. Die Karte ist rechteckig, etwa zwanzig Zentimeter lang und hat an einem Ende ein großes Loch und einen Schlitz, damit man sie an eine Türklinke hängen kann. Auf die Karte sind Informationen und die Karikatur einer Zitrone mit Hawaiihemd und Sonnenbrille aufgedruckt. Er tut Gottes Werk. Er ist die Hand Gottes und tut Gottes Werk. Gott hat einen IQ von einhundertundfünfzig.

»Danke, dass Sie das Amt zur Bekämpfung des Zitrusbrandes angerufen haben«, sagt eine ihm vertraute Stimme vom Band. »Alle Anrufe werden stichprobenartig auf korrekte Abwicklung überprüft.«

Anschließend fordert ihn die Frauenstimme vom Band auf, die folgende Nummer zu wählen, falls er anruft, um Zitrusbrand-Befall in Palm Beach, Dade County, Broward County oder Monroe zu melden. Er beobachtet, wie der Seminole in seinen Pick-up steigt. Das rote Karohemd des Mannes erinnert ihn an den geschnitzten Holzfäller vor dem Christmas Shop. Dann wählt er die Nummer, die die Stimme vom Band ihm genannt hat.

»Landwirtschaftsministerium«, meldet sich eine Frauenstimme.

»Ich möchte gern mit einem Zitruskontrolleur sprechen«, sagt er, starrt dabei den Seminolen an und denkt an Ringkämpfe mit Alligatoren.

»Wie kann ich Ihnen behilflich sein?«

»Sind Sie Zitruskontrolleurin?«, fragt er, während er sich an den Alligator erinnert, den er vor etwa einer Stunde am Ufer des schmalen Kanals entlang der South 27 gesehen hat.

Das hat er als gutes Zeichen gedeutet. Das Reptil war mindestens einen Meter fünfzig lang und sehr dunkel und trocken. Es interessierte sich nicht im mindesten für die riesigen Holzlaster, die an ihm vorbeidonnerten. Wenn genug Platz gewesen wäre, hätte er angehalten. Er hatte den Alligator beobachtet und seine furchtlose Herangehensweise ans Leben auf sich wirken lassen. Ruhig und reglos lag das Reptil da, stets bereit, wie der Blitz ins Wasser zu springen oder die ahnungslose Beute zu packen und sie auf den Grund des Kanals zu zerren, wo sie ertrinkt, verfault und irgendwann gefressen wird. Hog hätte den Alligator gern länger beobachtet, aber das Anhalten am Highway war zu gefährlich, und außerdem ist er auf einer Mission.

»Möchten Sie einen Vorfall melden?«, hakt die Frauenstimme am Telefon nach.

»Ich arbeite bei einer Gärtnerei und habe gestern in einem Garten, etwa einen Häuserblock entfernt von dem Rasen, den ich gerade gemäht hatte, einen Baum mit Zitrusbrand bemerkt.«

»Können Sie mir die Adresse geben?«

Er nennt eine Adresse in West Lake Park.

»Und wie ist bitte Ihr Name?«

»Ich möchte lieber anonym bleiben. Sonst könnte ich Schwierigkeiten mit meinem Chef kriegen.«

»Gut. Ich hätte da noch ein paar Fragen. Haben Sie den Garten, wo Sie den Zitrusbrand gesehen haben, selbst betreten?«

»Er ist nicht eingezäunt. Also bin ich reingegangen, weil sie dort viele hübsche Bäume und Hecken und viel Rasen hatten. Ich dachte, ich könnte mich erkundigen, ob es dort vielleicht Arbeit für mich gibt. Und da sind mir die verdächtigen Blätter aufgefallen. Einige der Bäume haben winzige Flecken auf den Blättern.«

»Hatten diese Flecken einen wässrig wirkenden Rand?«

»Mein Eindruck war, dass sich die Bäume erst vor kurzem angesteckt haben, weshalb es bei Ihren Routinekontrollen wahrscheinlich niemand bemerkt hat. Mir machen die Gärten zu beiden Seiten Sorgen. Dort wachsen nämlich Zitrusbäume, die meiner Einschätzung nach weniger als sechshundert Meter von den erkrankten entfernt sind, was heißt, dass sie sich vermutlich auch angesteckt haben. Die Zitrusbäume in den übrigen Gärten stehen meiner Ansicht nach auch dichter als sechshundert Meter. Und so setzt es sich durchs ganze Viertel fort. Verstehen Sie jetzt meine Bedenken?«

»Wie kommen Sie darauf, dass diese Gärten bei den Routinekontrollen niemandem aufgefallen sind?«

»Weil nichts darauf hinweist, dass Ihre Leute je dort gewesen sind. Ich habe jahrelange Erfahrung mit Zitrusbäumen in dieser Gegend und bin, seit ich denken kann, in Gärtnereien beschäftigt. Also habe ich schon jede Menge Katastrophen zu Gesicht bekommen. Ganze Plantagen mussten abgebrannt werden, Existenzen wurden ruiniert.«

»Haben Sie an den Früchten irgendwelche Flecken gesehen?«

»Wie ich bereits sagte, scheint sich der Zitrusbrand in einem sehr frühen Stadium zu befinden. Ich habe erlebt, dass ganze Plantagen angezündet werden mussten und dass die Besitzer Pleite gegangen sind.«

»Haben Sie sich nach dem Betreten des Gartens, in dem Sie Zitrusbrand entdeckt haben wollen, desinfiziert?«

Die Frau ist ihm unsympathisch. Er findet sie verbohrt und erbsenzählerisch.

»Selbstverständlich. Immerhin bin ich bereits seit einer Weile in diesem Geschäft. Wie immer habe ich mich eingesprüht und meine Werkzeuge vorschriftsgemäß mit GX-1027 behandelt. Ich kenne die Folgen. Schließlich habe ich erlebt, dass kommerzielle Plantagen abgebrannt und aufgegeben werden mussten und Existenzen ruiniert wurden.«

»Verzeihung …«

»Es könnte zu einer Katastrophe kommen.«

»Verzeihung …«

»Man darf den Zitrusbrand nicht auf die leichte Schulter nehmen«, sagt Hog.

»Wie lautet die Registriernummer des Fahrzeugs, das Sie beruflich nutzen? Ich nehme doch an, dass Sie den vorgeschriebenen schwarzgelben Aufkleber an der rechten Seite Ihrer Windschutzscheibe haben. Diese Nummer brauche ich.«

»Die Nummer tut nichts zur Sache«, erwidert Hog der Kontrolleurin, die anscheinend glaubt, ihm Vorschriften machen zu können. »Das Fahrzeug gehört meinem Chef, und wenn der hört, dass ich bei Ihnen angerufen habe, kriege ich richtig Ärger. Sollte sich nämlich herumsprechen, dass meine Gärtnerei einen Fall von Zitrusbrand gemeldet hat, sodass vielleicht jeder Zitrusbaum in der Gegend vernichtet werden muss, können wir den Laden gleich dichtmachen.«

»Dafür habe ich volles Verständnis, Sir. Aber ich brauche die Nummer Ihres Aufklebers für unsere Unterlagen. Außerdem würde ich mich nötigenfalls gern wieder mit Ihnen in Verbindung setzen.«

»Nein«, entgegnet er. »Dann verliere ich meinen Job.«

21

An der Raststätte wimmelt es von Truckern, die ihre Laster hinter dem Tankstellenshop, neben dem Chickee-Hut-Restaurant oder in Reih und Glied am Waldrand parken; sie schlafen in den Fahrzeugen und haben vermutlich auch Sex darin.

Die Trucker essen im Chickee Hut, das falsch geschrieben ist, weil die Leute, die hier verkehren, sowieso ungebildet sind und die richtige Schreibweise nicht kennen. Sie wissen ja nicht einmal, was das Wort bedeutet. Chikee kommt nämlich aus der Sprache der Seminolen, aber nicht einmal die haben eine Ahnung, wie man es schreibt.

Die unwissenden Trucker fressen Kilometer und machen hier Halt, um ihr Geld im Tankstellenshop auszugeben, wo man nicht nur Diesel, sondern auch Bier, Hotdogs und Zigarren bekommt und wo eine Glasvitrine mit verschiedenen Klappmesser-Modellen steht. Die Kunden können im Golden-Tee-Spielsalon Billard spielen oder in der CB-Antennen-Werkstatt oder beim Reifenservice ihre Wagen ausrüsten lassen. Diese Raststätte fernab der Zivilisation bietet sämtliche Dienstleistungen an, und die Leute, die hier kommen und gehen, sind mit sich selbst beschäftigt, sodass sich niemand um Hog kümmert. Sie würdigen ihn kaum eines Blickes, und es herrscht ein derart reger Betrieb, dass er fast nie jemandem ein zweites Mal begegnet – mit Ausnahme des Mannes, der im Chickee-Hut-Restaurant arbeitet.

Das Restaurant befindet sich hinter einem Maschendrahtzaun am Ende des Parkplatzes. Am Zaun hängen Schilder, die verkünden, dass Betteln und Hausieren hier verboten und dass nur Spürhunde zugelassen sind. Außerdem erfolgt das Betreten durch wilde Tiere auf eigene Gefahr. Nachts gibt es hier ziemlich viele wilde Tiere, aber Hog hat sie noch nie selbst gesehen, weil er sein Geld weder im Spielsalon am Billardtisch noch an der Musikbox vergeudet. Er trinkt nicht, er raucht nicht, und er hat auch keine Lust auf Sex mit einer der Frauen auf der Raststätte.

Sie widern ihn an mit ihren viel zu kurzen Shorts, den knappen Tops und den von dicken Schichten billigen Make-ups und zu viel Sonne gegerbten Gesichtern. Die Frauen sitzen auf der Restaurantterrasse oder an der Bar, die nur aus einem mit Palmwedeln gedeckten Dach und einem zerkratzten Holztresen mit acht Barhockern besteht, und essen das Tagesgericht, Spareribs vom Grill, Hackbraten oder Steakpfanne. Dazu trinken sie. Das Essen ist gut und hausgemacht. Hog hat eine Schwäche für den

Trucker-Burger, der nur drei Dollar fünfundneunzig kostet. Ein überbackenes Käsesandwich gibt es für drei Dollar fünfundzwanzig. Billige, widerliche Frauen. Mit solchen Frauen nimmt es oft ein schlimmes Ende. Sie haben es verdient.

Sie wollen es so.

Das erzählen sie allen.

»Ich hätte gern ein überbackenes Käsesandwich zum Mitnehmen«, sagt Hog zu dem Mann hinter der Theke. »Und einen Trucker-Burger zum Hier-Essen.«

Der Mann hat einen dicken Bauch und trägt eine schmutzige weiße Schürze. Er ist damit beschäftigt, die Kronkorken von tropfenden Bierflaschen zu entfernen, die er in mit Eis gefüllten Wannen aufbewahrt. Obwohl der dicke Mann Hog schon öfter bedient hat, scheint er sich nie an ihn zu erinnern.

»Soll ich Ihnen das Sandwich gleichzeitig mit dem Hamburger bringen?«, fragt er und schiebt einem Trucker und seiner Begleiterin, beide schon ziemlich betrunken, zwei Flaschen zu.

»Solange das Käsesandwich zum Mitnehmen eingepackt ist.«

»Ich habe gefragt, ob Sie die beiden Bestellungen gleichzeitig möchten.« Er klingt nicht gereizt, sondern eher gleichgültig.

»Das wäre schön.«

»Was wollen Sie trinken?«, fragt der dicke Mann und öffnet ein weiteres Bier.

»Stilles Wasser.«

»Was zum Teufel soll denn das sein?«, fragt der betrunkene Trucker laut. Seine Begleiterin kichert und presst ihre Brust gegen seinen gewaltigen tätowierten Arm. »Gibt es vielleicht auch lautes?«

»Nur stilles Wasser«, wiederholt Hog, an den Mann hinter dem Tresen gewandt.

»Stille Wasser gründen tief, was, Baby?«, lallt die betrunkene Freundin des betrunkenen Truckers und schlingt die pummeligen, in engen Shorts steckenden Beine um den Barhocker. Ihr dicker Busen quillt aus dem tief ausgeschnittenen Oberteil.

»Und wohin willst du?«, fragt die betrunkene Freundin.

»Nach Norden«, erwidert er. »Irgendwann.«

»Sei aber vorsichtig, wenn du ganz allein in der Gegend rumfährst«, erwidert die Frau mit schleppender Stimme. »Da treiben sich alle möglichen Spinner rum.«

22

»Haben wir eine Vermutung, wo er steckt?«, erkundigt sich Scarpetta bei Rose.

»Er ist weder in seinem Büro, noch geht er ans Mobiltelefon. Als ich nach der Dienstbesprechung mit ihm geredet und ihm gesagt habe, dass Sie ihn sehen wollen, meinte er, er müsse noch rasch etwas erledigen und sei gleich zurück«, antwortet Rose. »Das war vor anderthalb Stunden.«

»Und wann müssen wir zum Flughafen?« Scarpetta schaut aus dem Fenster und betrachtet die Palmen, die sich im böigen Wind biegen. Dabei spielt sie wieder einmal mit dem Gedanken, Marino rauszuschmeißen. »Bestimmt kriegen wir ein schlimmes Gewitter. Das steht fest. Jedenfalls werde ich nicht herumsitzen und auf ihn warten, sondern einfach losfahren.«

»Ihr Flug geht aber erst um halb sieben«, erwidert Rose und reicht Scarpetta einige Telefonnotizen.

»Warum mache ich mir überhaupt noch die Mühe, mit ihm zu reden?« Scarpetta sieht die Zettel durch.

Rose betrachtet sie mit ihrem typischen Rose-Blick. Still und nachdenklich steht sie in der Tür. Ihr weißes Haar trägt sie zurückgekämmt und zu einem französischen Knoten hochgesteckt. Ihr graues Leinenkostüm ist zwar aus der Mode, aber elegant und frisch gebügelt. Die grauen Pumps aus Eidechsenleder sehen nach zehn Jahren noch aus wie neu.

»Erst wollen Sie mit ihm reden und dann doch wieder nicht. Entscheiden Sie sich«, sagt Rose.

»Ich glaube, ich sollte losfahren.«

»Ich habe Sie nicht gefragt, was Sie jetzt tun wollen, sondern wie Ihre Pläne für Marino aussehen.«

»Keine Ahnung, was ich mit ihm anfangen soll. Immer wieder bin ich versucht, ihn rauszuwerfen, aber ich würde lieber selbst kündigen, als das zu tun.«

»Sie könnten Chefpathologin werden«, hält Rose ihr entgegen. »Wenn Sie einverstanden wären, würde man Dr. Bronson drängen, in den Ruhestand zu gehen. Vielleicht sollten Sie sich das noch mal ernsthaft überlegen.«

Rose weiß genau, was sie tut. Es ist ihre Spezialität, Scarpetta mit Unschuldsmiene das genaue Gegenteil von dem vorzuschlagen, was sie eigentlich will. Das Resultat ist vorhersehbar.

»Nein, danke«, weist Scarpetta das Ansinnen zurück. »Damit habe ich abgeschlossen. Außerdem ist Marino, falls Sie das vergessen haben sollten, einer der Ermittler der Akademie. Und deshalb würde ich ihn auch nicht loswerden, wenn ich hier kündige und ganztags am Gerichtsmedizinischen Institut anfange. Wer ist übrigens Mrs. Simister, und zu welcher Kirche gehört sie?«, fragt sie verdattert beim Anblick einer der Telefonnotizen.

»Nie von ihr gehört, aber sie tat, als würde sie Sie kennen.«

»Keine Ahnung, wer das sein soll.«

»Sie hat vor ein paar Minuten angerufen, um Ihnen von einer vermissten Familie in der Gegend von West Lake Park zu erzählen. Ihre Nummer hat sie nicht hinterlassen. Sie wollte sich wieder melden.«

»Was für eine vermisste Familie? Hier in Hollywood?«

»Das hat sie wenigstens gesagt. Also, Sie fliegen leider ab Miami, dem grässlichsten Flughafen der Welt. Ich finde, dass wir so um … tja, Sie wissen ja, was für einen Verkehr wir hier haben. Vielleicht sollten wir schon um vier losfahren. Aber wir brechen erst auf, nachdem ich Ihren Flug bestätigt habe.«

»Habe ich auch sicher einen Platz in der ersten Klasse? Und niemand hat mein Ticket storniert?«

»Den Ausdruck Ihrer Buchungsbestätigung habe ich hier. Doch Sie müssen einchecken, weil es ein Last-Minute-Flug ist.«

»Ist das zu fassen? Erst streichen sie meine Reservierung, und nun ist es ein Last-Minute-Flug, weil sie mich wieder einbuchen mussten.«

»Alles ist geregelt.«

»Ich will Ihnen ja nicht zu nahe treten, Rose, aber das haben Sie letzten Monat auch gesagt. Und dann stand mein Name nicht im Computer, und ich musste Touristenklasse fliegen. Den ganzen Weg bis nach Los Angeles. Und schauen Sie nur, was gestern passiert ist.«

»Ich habe den Flug gleich heute Morgen bestätigen lassen. Und jetzt mache ich es nochmal.«

»Meinen Sie, dass es um Marinos Horror-Szenen geht? Ob er sich deshalb so seltsam benimmt?«

»Ich habe den Verdacht, dass er sich seitdem von Ihnen geschnitten fühlt und glaubt, dass Sie kein Vertrauen mehr zu ihm hätten und ihn nicht respektierten.«

»Wie soll ich mich auch weiter auf seine Urteilsfähigkeit verlassen?«

»Also, ich denke immer noch, dass Marino nichts damit zu tun hatte«, erwidert Rose. »Ich habe die fragliche Horror-Szene selbst getippt und Korrektur gelesen, so wie alle anderen auch. Und wie ich Ihnen bereits gesagt habe, war nirgendwo von einem Spritzbesteck in der Tasche des dicken, alten toten Mannes die Rede.«

»Er hat die Szene arrangiert. Er hatte die Leitung.«

»Aber er schwört, dass jemand die Spritze in die Tasche der Leiche geschmuggelt haben muss. Vielleicht die Teilnehmerin selbst, in dem Versuch, uns auf Schadenersatz zu verklagen. Ich kann Marino nicht verdenken, dass er gekränkt ist. Schließlich waren die Horror-Szenen seine Idee, und nun hat Dr. Amos das Projekt an sich gerissen und wird von den Lehrgangsteilnehmerinnen angehimmelt, während Marino ...«

»Marino ist unfreundlich zu den Lehrgangsteilnehmern. Und zwar seit dem ersten Tag.«

»Jetzt ist es noch schlimmer geworden. Sie kennen ihn nicht und halten ihn für einen Dinosaurier, ein übellauniges Relikt aus alten, längst vergangenen Zeiten. Und ich weiß genau, wie es ist, wenn man so behandelt wird und sich, noch schlimmer, auch so fühlt.«

»Sie sind alles andere als ein Dinosaurier.«

»Wenigstens stimmen Sie mir zu, dass ich alt bin«, meint Rose auf dem Weg ins Nebenzimmer. »Ich würde ihm noch eine Chance geben«, fügt sie hinzu.

Im Zimmer 112 des Last Stand Motel sitzt Joe an einem Pressspan-Schreibtisch gegenüber dem klapprigen Bett, ruft im Computer Scarpettas Flugreservierung auf, notiert sich die Flugnummer und weitere Informationen und wählt die Nummer der Fluggesellschaft.

Nachdem er fünf Minuten in der Warteschleife verbracht hat, wird er endlich mit einem leibhaftigen Menschen verbunden.

»Ich möchte einen Flug umbuchen«, sagt er.

Er gibt die Daten durch und ändert den Sitzplatz auf Touristenklasse, und zwar so weit hinten in der Maschine wie möglich. Am liebsten wäre ihm ein Mittelplatz, weil seine Chefin nicht gern am Fenster oder am Gang sitzt. Genau so ist er schon vor einem Monat erfolgreich vorgegangen, als Scarpetta nach Los Angeles fliegen wollte. Er könnte ihren Flug auch wieder stornieren, aber so ist es lustiger.

»Ja, Sir.«

»Was ist mit einem E-Ticket?«

»Nein, Sir, bei einer Änderung so kurz vor dem Start müssen Sie am Schalter einchecken.«

Erfreut hängt Joe auf und stellt sich vor, wie die allmächtige Scarpetta, eingezwängt zwischen zwei Fremden – hoffentlich fett und ungewaschen –, drei Stunden Flugzeit verbringen muss. Dann verbindet er schmunzelnd einen Digitalrecorder mit seinem Mobiltelefon. Die Klimaanlage im Fenster rattert zwar, bewirkt jedoch nicht viel. Ihm wird unangenehm warm, und er nimmt den leichten Verwesungsgeruch der letzten Horror-Szene wahr, bei der rohe Schweinerippen, Rinderleber und Hühnerhaut, in einen Teppich eingerollt und unter den Bodendielen im Wandschrank versteckt, eine Rolle spielten.

Diese Übung hat Joe unmittelbar nach einem eigens auf Kosten der Akademie veranstalteten Mittagessen abgehalten, bei dem es gegrillte Rippchen und Reis gab. Einige Lehrgangsteilnehmer mussten sich übergeben, als das stinkende, von Fäulnisflüssigkeit triefende und von Maden wimmelnde Bündel entdeckt wurde. In seiner Hast, die simulierten menschlichen Überreste zu entfernen und den Tatort zu säubern, hat Team A den abgebrochenen Fingernagel übersehen, der sich, in der widerwärtigen Masse verborgen, ebenfalls unter den Dielenbrettern befand. Wie sich herausstellte, handelte es sich dabei um das einzige Beweisstück, das zur Entlarvung des Täters hätte führen können.

Joe zündet sich eine Zigarre an und erinnert sich genüsslich an diese erfolgreiche Horror-Szene. Die Freude ist ihm noch dadurch versüßt worden, dass Marino einen Aufstand gemacht und darauf beharrt hatte, er, Joe, hätte ihm wieder einmal eine Idee gestohlen. Dieser Trampel von einem Cop muss erst noch dahinterkommen, dass das von Lucy ausgewählte Kommunikationssystem mit einer Schnittstelle zum Netzwerk der Akademie jedem Menschen mit der dazu nötigen Sicherheitsfreigabe die Möglichkeit eröffnet, seine Kollegen nach Belieben zu überwachen.

Die furchtlose Superagentin Lucy war unachtsam und hat doch tatsächlich ihr Treo – ein hochmodernes Palm-großes Kommunikationsgerät, das gleichzeitig als digitaler Terminplaner, Mobiltelefon, zum Versenden und Empfangen von E-Mails, als Kamera und zur sonstigen Datenverwaltung dient – in einem ihrer Helikopter liegen gelassen. Das war vor einem knappen Jahr, als Joe seine Facharztausbildung gerade angetreten hatte. Ein unglaubliches Glück hat es gewollt, dass er ausgerechnet an diesem Tag mit einer Lehrgangsteilnehmerin – einer ganz besonders hübschen sogar – in den Hangar gegangen ist, um dem Mädchen Lucys Helikopter zu zeigen. Und da hat er zufällig das Treo im Bell 407 bemerkt.

Lucys Treo.

Da es noch eingeschaltet war, brauchte Joe ihr Passwort nicht, um Zugriff auf die Daten zu haben. Er hat das Treo mitgenommen, sämtliche Dateien heruntergeladen und das Gerät anschließend in den Helikopter zurückgelegt, und zwar auf den Boden, sodass es ein Stückchen unter einem Sitz hervorlugte. Als Lucy es ein paar Stunden später fand, wusste sie nicht, was geschehen war. Und sie ist immer noch ahnungslos.

Nun ist Joe im Besitz von Dutzenden von Passwörtern, einschließlich Lucys Zugangscode, mit dem er sich in die Computer- und Telekommunikationssysteme des Regionalbüros in Südflorida, der Zentrale in Knoxville und den Filialen in New York und Los Angeles einloggen und Daten manipulieren kann. Außerdem hat er so Zugriff auf Benton Wesleys Computer, seine streng geheime BESTIE-Studie und alle vertraulichen Informationen, die er und Scarpetta miteinander austauschen. Joe kann Dateien und E-Mails umleiten, die geheimen Telefonnummern von jedem, der einmal etwas mit der Akademie zu tun hatte, ausfindig machen, und überhaupt ein Tohuwabohu anrichten. In einem Monat endet seine Facharztausbildung, und wenn er dann fortgeht, wird er eine Schneise der Verwüstung hinterlassen. Vielleicht wird er es ja schaffen, die Akademie zum Kollabieren zu bringen und dafür zu sorgen, dass alle Beteiligten, insbesondere Marino – dieser vertrottelte Fettwanst – und der weibliche Feldwebel Scarpetta, einander hassen.

Das Bürotelefon des Blödmanns zu überwachen ist ein Kinderspiel. Joe kann nämlich unbemerkt den Raumlautsprecher aktivieren, sodass er sozusagen wie ein eingeschaltetes Mikrofon wirkt. Marino diktiert alles, einschließlich seiner Horror-Szenen, auf Band, und Rose tippt es anschließend ab, weil er weder die Rechtschreibung noch die Regeln der Grammatik beherrscht. Er liest sowieso kaum und ist praktisch Analphabet.

Joe wird von einem Hochgefühl ergriffen, als er Zigarrenasche in eine Coladose schnippt und sich in das Netzwerk einloggt. Dann verschafft er sich Zugang zu Marinos Bürotelefon und aktiviert den Raumlautsprecher, um herauszufinden, was sein Gegenspieler im Schilde führt.

23

Nur widerwillig hat Scarpetta sich bereit erklärt, als beratende forensische Pathologin bei BESTIE mitzuarbeiten.

Sie hat Benton gewarnt und versucht, ihm das Projekt auszureden, und zwar mit der Begründung, dass es die Probanden dieser Studie nur wenig kümmert, ob sie es mit einem Arzt, Psychologen oder Harvard-Professor zu tun haben.

Die brechen dir das Genick oder knallen dir den Kopf gegen die Wand wie jedem x-Beliebigen. Es gibt keine Immunität aufgrund intellektueller Überlegenheit.

Ich habe den Großteil meines Lebens mit solchen Leuten verbracht, Kay, widersprach Benton. *Das ist mein Beruf.*

Aber du warst noch nie unter derartigen Bedingungen mit ihnen konfrontiert. Nicht in einer psychiatrischen Klinik, die einer Eliteuniversität angegliedert ist und in ihrer Geschichte noch nie mit verurteilten Mördern zu tun hatte. Du blickst nicht nur in den Abgrund hinab, Benton, sondern stattest ihn noch mit Beleuchtung und einem Aufzug aus.

Durch die Wand des Büros hört sie Roses Stimme.

»Wo haben Sie um Himmels willen gesteckt?«, fragt Rose.

»Und wann gehen wir zusammen auf Spritztour?«, erwidert Marino laut.

»Wie oft soll ich Ihnen noch sagen, dass mich keine zehn Pferde auf dieses Ding kriegen. Ich glaube, mit Ihrem Telefon stimmt etwas nicht.«

»Ich träume schon lange davon, Sie einmal in schwarzem Leder zu sehen.«

»Ich habe Sie gesucht, aber Sie waren nicht in Ihrem Büro. Jedenfalls haben Sie die Tür nicht aufgemacht ...«

»Ich war den ganzen Vormittag nicht da.«

»Aber das Lämpchen für Ihren Anschluss leuchtet.«

»Nein, tut es nicht.«

»Vor ein paar Minuten hat es aber geleuchtet.«

»Kontrollieren Sie mich schon wieder? Ich glaube, Sie stehen doch auf mich, Rose.«

Während Marino lautstark weiterschwadroniert, liest Scarpetta eine E-Mail, die sie gerade von Benton bekommen hat. Es ist eine Anzeige für den *Boston Globe* und das Internet, in der Testpersonen für eine Studie gesucht werden.

Gesunde Erwachsene für MRT-Studie gesucht

Eine Gruppe von Wissenschaftlern erforscht in Zusammenarbeit mit der Medizinischen Fakultät der Harvard Universität die Struktur und Funktion des Gehirns bei gesunden Erwachsenen, und zwar im Zentrum für Bildgebung in den Neurowissenschaften am McLean Hospital in Belmont, Massachusetts.

»Gehen Sie jetzt rein, Dr. Scarpetta wartet bereits, und Sie kommen schon wieder zu spät«, hört sie Rose in strengem, aber dennoch freundschaftlichem Ton schimpfen. »Sie müssen es sich abgewöhnen, ständig unangekündigt zu verschwinden.«

Sie können an dieser Studie teilnehmen, wenn Sie:

- Männlich und zwischen 17 und 45 Jahren alt sind
- Bereit sind, fünfmal ins McLean Hospital zu kommen
- Nie eine Kopfverletzung erlitten oder Drogen konsumiert haben
- Nie an Schizophrenie oder einer bipolaren Störung erkrankt waren

Scarpetta blättert den Text weiter durch, bis sie zum interessanten Teil kommt, nämlich dem Postskriptum von Benton:

Du würdest dich wundern, wie viele Leute sich für normal halten. Ich wünschte, es würde endlich aufhören zu schneien. Ich liebe dich.

Marinos massige Gestalt füllt den Türstock.

»Was gibt's?«, fragt er.

»Bitte mach die Tür zu«, erwidert Scarpetta und greift zum Telefon. Marino schließt die Tür und setzt sich, allerdings nicht direkt gegenüber von Scarpetta, sondern ein Stück zur Seite, damit er sie in ihrem großen Ledersessel hinter dem gewaltigen Schreibtisch nicht ansehen muss. Sie kennt seine Tricks und seine hinterhältigen Kunststückchen. Doch er mag es nun einmal nicht, wenn sie sich hinter ihrem Schreibtisch verschanzt. Lieber würde er mit ihr zusammensitzen, ohne dass ein Möbelstück zwischen ihnen steht. Wie unter Gleichgestellten. Aber Scarpetta kennt sich mit Büropsychologie aus, und zwar viel besser als er.

»Bitte gedulde dich einen Moment«, sagt sie.

BONG-BONG-BONG-BONG-BONG-BONG – das sind die rasch aufeinander folgenden Töne eines Radiofrequenzpulses, die ein Magnetfeld dazu bringen, Protone zu stimulieren.

Im MRT-Labor wird gerade die Gehirnstruktur eines so genannten Normalmenschen abgetastet.

»Wie schlecht ist denn das Wetter bei euch?«, fragt Scarpetta am Telefon.

Dr. Lane drückt auf den Knopf der Gegensprechanlage. »Ist alles in Ordnung?«, fragt sie den neuen BESTIE-Probanden.

Der Mann behauptet, normal zu sein. Vermutlich ist er es nicht. Er ahnt nicht, dass es hier darum geht, sein Gehirn mit dem eines Mörders zu vergleichen.

»Ich weiß nicht«, antwortet der Normale mit zitternder Stimme.

»So einigermaßen«, sagt Benton zu Scarpetta. »Hoffentlich verschiebt sich dein Flug nicht wieder. Morgen Abend soll es nämlich ganz schlimm werden ...«

BWAWWH ... BWAWWH ... BWAWH ... BWAWH ...

»Ich kann kein Wort verstehen, verdammt«, schimpft er.

Der Empfang ist miserabel. Manchmal läutet sein Mobiltelefon hier drinnen nicht einmal, und außerdem ist er zerstreut, entnervt und müde. Die Untersuchung klappt nicht richtig, und überhaupt ist heute alles wie verhext. Dr. Lane ist niedergeschlagen, und Josh sitzt gelangweilt vor seinem Bildschirm.

»Ich verspreche mir nicht viel davon«, meint Dr. Lane zu Benton, und Hoffnungslosigkeit malt sich in ihrem Gesicht. »Nicht einmal mit Ohrstöpseln.«

Zwei ganz normale Testpersonen haben heute die Computertomographie verweigert, weil sie an Klaustrophobie leiden, was sie leider beim Aufnahmegespräch zu erwähnen vergessen hatten. Und nun beschwert sich Proband Nummer drei über den Lärm, der seiner Ansicht nach klingt, als spiele jemand in der Hölle Bassgitarre. Wenigstens ist er sprachlich kreativ.

»Ich rufe vor dem Abflug noch einmal an«, sagt Scarpetta am Telefon. »Die Anzeige sieht so gut aus wie alle anderen.«

»Danke für die Begeisterung. Wir brauchen viele Kandidaten, denn die Absprungrate ist gewaltig. Offenbar liegt hier etwas in der Luft, das Ängste auslöst. Außerdem leidet eine von dreien der so genannten normalen Testpersonen an verzerrter Selbstwahrnehmung.«

»Ich weiß auch nicht mehr so genau, was eigentlich normal ist.«

Benton hält sich ein Ohr zu, geht lauschend hin und her und versucht, einen besseren Empfang zu bekommen. »Ich fürchte, wir haben hier einen wichtigen Fall, Kay. Ich werde viel zu tun haben.«

»Wie fühlen Sie sich?«, fragt Dr. Lane durch die Gegensprechanlage.

»Gar nicht gut«, erwidert die Stimme der Testperson.

»Das passiert immer, wenn wir uns treffen wollen«, übertönt Scarpetta das Geräusch, das inzwischen an rasche Hammerschläge auf Holz erinnert. »Ich helfe dir, so gut ich kann.«

»Ich dreh wirklich gleich durch«, ertönt die Stimme der normalen Testperson.

»So geht das nicht.« Durch das Plexiglas betrachtet Benton den Normalen in der Magnetröhre.

Er bewegt den mit Klebeband fixierten Kopf.

»Susan?« Benton sieht sie an.

»Ich weiß«, erwidert Dr. Lane. »Ich muss ihn neu fixieren.«

»Viel Glück. Ich glaube, er hat keine Lust mehr«, sagt Benton.

»Er hat den Anhaltspunkt verändert«, fügt Josh hinzu und hebt den Kopf.

»Okay«, wendet sich Dr. Lane an die normale Testperson. »Wir hören auf. Ich komme jetzt und hole Sie raus.«

»Tut mir Leid, aber ich packe das einfach nicht«, ertönt die verzweifelte Stimme des Probanden.

»Und wieder einer weniger«, meint Benton am Telefon zu Scarpetta. Dabei beobachtet er, wie Dr. Lane den MRT-Raum öffnet und hineingeht, um das Objekt des jüngsten gescheiterten Experiments zu befreien. »Zwei Stunden habe ich damit zugebracht, diesen Burschen zu testen, und jetzt kann ich ihn vergessen. Er ist draußen. Josh?«, sagt Benton. »Jemand soll ihm ein Taxi rufen.«

Schwarzes Leder knirscht, als Marino es sich in seinen Harley-Sachen bequem macht, sich demonstrativ locker und lässig im Sessel zurücklehnt und die Beine spreizt.

»Was für eine Anzeige?«, fragt er, nachdem Scarpetta aufgelegt hat.

»Eben so eine Untersuchung, die er oben durchführt.«

»Hä? Und worum geht es?« Marino klingt, als traue er dem Braten nicht.

»Ein neuropsychologisches Forschungsprojekt. Wie verschiedene Menschentypen unterschiedliche Informationen verarbeiten und so weiter.«

»Aha. Das ist doch nur eine Ausrede. Wahrscheinlich würde ein Reporter, der zufällig dort anruft, dieselbe Antwort kriegen. Und anschließend ist man so schlau wie zuvor. Weshalb wolltest du mich eigentlich sprechen?«

»Hast du meine Nachrichten denn nicht erhalten? Seit Sonntagabend habe ich dir vier hinterlassen.«

»Doch, habe ich.«

»Es wäre nett gewesen, wenn du darauf reagiert hättest.«

»Du hast nichts von neun-eins-eins gesagt.«

Das ist schon seit Jahren ihr Code und stammt aus einer Zeit, als Mobiltelefone noch nicht so verbreitet waren und jeder einen Piepser benutzte. Außerdem waren die ersten Modelle nicht sehr abhörsicher. Inzwischen schützt Lucy ihre Privatsphäre mit allen möglichen Chiffriercodes, weshalb es ungefährlich ist, eine Nachricht auf der Mailbox zu hinterlassen.

»Wie soll ich auf einer Mailbox neun-eins-eins absetzen?«, erwidert Scarpetta. »Oder hätte ich etwa nach dem Pfeifton neun-eins-eins sagen sollen?«

»Ich wollte nur darauf hinaus, dass nicht von einem Notfall die Rede war. Worum ging es denn?«

»Du hast mich versetzt. Wir waren verabredet, um den Fall Swift durchzugehen. Schon vergessen?«

Sie hat ihm auch ein Abendessen gekocht, doch das erwähnt sie nicht.

»Ich war beschäftigt. Unterwegs.«

»Könntest du mir vielleicht verraten, was du gemacht hast und wo du warst?«

»Ich bin auf meinem neuen Motorrad herumgefahren.«

»Zwei ganze Tage lang? Du hast kein einziges Mal angehalten, um zu tanken oder vielleicht aufs Klo zu gehen, und hattest keine Zeit für einen kurzen Anruf?«

Sie lehnt sich in dem großen Sessel hinter ihrem gewaltigen Schreibtisch zurück und fühlt sich sehr klein, als sie ihn ansieht. »Du verhältst dich bockig. Und darum wollte ich dich sprechen.«

»Ich bin dir keine Rechenschaft schuldig.«

»Immerhin bin ich die Chefin der forensischen und medizinischen Abteilung, schon vergessen?«

»Und ich leite die Ermittlungen, was unter die Kategorie Ausbildung und Sondereinsätze fällt. Also ist Lucy meine Vorgesetzte. Nicht du.«

»Lucy ist nicht deine Vorgesetzte.«

»Ich denke, darüber solltest du besser mit ihr selbst reden.«

»Ermittlungen fallen unter Forensik und Medizin. Du bist kein Agent für Sondereinsätze, Marino. Meine Abteilung bezahlt dein Gehalt. Verstanden?« Sie würde ihm am liebsten an die Gurgel gehen, weiß aber, dass sie sich beherrschen sollte.

Er wendet ihr sein breites, derbes Gesicht zu. Seine großen, dicken Finger klopfen auf die Armlehne. Dann schlägt er die Beine übereinander und wippt mit einem riesigen, in einem Harley-Stiefel steckenden Fuß.

»Deine Aufgabe ist es, mich bei der Aufklärung meiner Fälle zu unterstützen. Du bist derjenige, auf dessen Hilfe ich am meisten angewiesen bin.«

»Das erörterst du besser mit Lucy.«

Marino klopft langsam auf die Armlehne, wippt mit dem Fuß, und seine stahlharten Augen blicken an ihr vorbei.

»Ich soll absolut offen zu dir sein, während du mir einen Scheißdreck verrätst«, fährt er fort. »Du tust, was du willst, und glaubst, mir keine Rechenschaft schuldig zu sein. Und ich sitze da und höre zu, wie du mich anlügst, als wäre ich zu blöd, um die Angelegenheit zu durchschauen. Du machst doch nur den Mund auf, wenn es dir in den Kram passt.«

»Schließlich arbeite ich nicht für dich, Marino.« Scarpetta kann sich die Bemerkung nicht verkneifen. »Soweit ich im Bilde bin, ist es genau umgekehrt.«

»Ach, wirklich?«

Er beugt sich vor, und sein Gesicht rötet sich.

»Frag Lucy«, sagt er. »Ihr gehört dieser verdammte Laden. Sie bezahlt die Gehälter. Frag sie.«

»Beim Großteil unserer Gespräche über den Fall Swift hast du dich nicht blicken lassen«, spricht Scarpetta bemüht freundlich weiter, um den drohenden Streit abzuwenden.

»Warum sollte ich mir die Mühe machen? Schließlich bin ich derjenige, der die Informationen hat.«

»Wir hatten gehofft, du würdest sie mit uns teilen. Schließlich sitzen wir alle in einem Boot.«

»Da lachen ja die Hühner! Jeder hier steckt seine Nase in die Angelegenheiten anderer Leute. Nichts bleibt mehr privat. Und meine alten Fälle und meine Horror-Szenen sind Freiwild. Du verteilst alles nach Lust und Laune, ohne dich darum zu kümmern, wie ich mich dabei fühle.«

»Das stimmt nicht. Bitte beruhige dich. Sonst kriegst du noch einen Schlaganfall.«

»Hast du das mit der gestrigen Horror-Szene gehört? Woher, glaubst du, hatte er die? Er verschafft sich irgendwie Zugang zu unseren Unterlagen.«

»Das geht nicht. Die Ausdrucke sind unter Verschluss. Die Dateien sind absolut zugriffsgeschützt. Was die gestrige Horror-Szene betrifft, gebe ich zwar zu, dass sie sehr ähnlich war ...«

»Ähnlich, verdammt. Sie war absolut identisch.«

»Marino, es kam in den Nachrichten. Man kann den Bericht sogar immer noch im Internet nachlesen. Das habe ich überprüft.«

Sein großes gerötetes Gesicht starrt sie an und blickt so abweisend drein, dass sie es kaum wiedererkennt.

»Können wir kurz über Johnny Swift reden?«, bittet sie ihn.

»Frag, was du willst«, entgegnet er mürrisch.

»Ich verstehe das mit dem möglichen Einbruch als Motiv nicht ganz. Ist nun etwas gestohlen worden oder nicht?«

»Aus dem Haus fehlt nichts Wertvolles. Nur die Sache mit den Kreditkarten bereitet uns noch Kopfzerbrechen.«

»Welche Kreditkarten?«

»In der Woche nach seinem Tod hat jemand insgesamt zweitausendfünfhundert Dollar in bar von seinem Konto abgehoben, und zwar in fünf Portionen an fünf verschiedenen Geldautomaten in der Umgebung von Hollywood.«

»Weiß man, von welchen?«

Marino zuckt die Achseln. »Ja. Es waren Geldautomaten auf Parkplätzen. An verschiedenen Tagen. Zu verschiedenen Uhrzeiten. Überhaupt war alles verschieden – bis auf die Summe. Jedes Mal der Höchstbetrag von fünfhundert Dollar. Als die Kreditkartenfirma schließlich versuchte, Johnny Swift zu benachrichtigen – inzwischen war er bereits tot –, weil die ungewöhnlichen Kontobewegungen darauf hinwiesen, dass jemand seine Karte benutzte, hatten die Abhebungen schon aufgehört.«

»Was ist mit Kameras? Besteht vielleicht die Möglichkeit, dass wir den Betreffenden irgendwo auf Film haben?«

»Offenbar hat er sich die Geldautomaten sorgfältig ausgesucht, denn keiner davon ist mit einer Kamera ausgestattet. Derjenige muss sich gut ausgekannt haben. Vermutlich ist er also kein Ersttäter.«

»Wusste Laurel die Geheimnummer?«

»Wegen seiner Operation konnte Johnny nicht Auto fahren.

Deshalb musste Laurel alles für ihn erledigen, einschließlich der Abhebungen.«

»Hatte sonst noch jemand die Nummer?«

»Nicht, soweit wir informiert sind.«

»Sieht gar nicht gut für ihn aus«, meint Scarpetta.

»Ich glaube allerdings nicht, dass er seinen Zwillingsbruder wegen einer Kreditkarte umgelegt hat.«

»Menschen haben schon aus viel banaleren Gründen getötet.«

»Ich denke, wir müssen nach einer dritten Person suchen, jemandem, mit dem Johnny Swift Kontakt hatte. Vielleicht hatte der Täter ihn ja gerade umgebracht und dann Laurels Auto gehört. Deshalb hat er sich versteckt, was eine Erklärung für das Gewehr auf dem Boden wäre. Als Laurel dann aus dem Haus floh, hat der Täter sich die Waffe geschnappt und ist abgehauen.«

»Was hatte die Waffe eigentlich auf dem Boden zu suchen?«

»Kann sein, dass der Täter alles so arrangieren wollte, dass es nach Selbstmord aussieht, und dass er dabei gestört wurde.«

»Soll das heißen, dass du sicher von einem Mord ausgehst?«

»Zweifelst du etwa daran?«

»Ich habe dich nur etwas gefragt.«

Marino lässt den Blick durch Scarpettas Büro und über den voll gestapelten Schreibtisch mit den Stößen von Akten und Fallunterlagen schweifen. Dann betrachtet er Scarpetta mit harten Augen, was sie als beängstigend empfinden würde, hätte sie in der Vergangenheit nicht so oft Verwirrung und Schmerz darin gelesen. Vielleicht wirkt er ja nur so verändert und abweisend, weil er sich den kahl werdenden Schädel rasiert und seit einiger Zeit einen kleinen Diamantohrring trägt. Außerdem trainiert er wie ein Besessener im Fitnessstudio und ist so muskulös, wie sie ihn noch nie gesehen hat.

»Ich würde mich freuen, wenn du meine Horror-Szenen durchschauen könntest«, sagt er. »Alle, die ich mir je ausgedacht habe, sind auf dieser CD. Bitte lies sie sorgfältig. Schließlich hast du im Flugzeug sowieso nichts Besseres zu tun.«

»Vielleicht doch«, gibt sie scherzhaft zurück, um ihn ein wenig aufzumuntern.

Es klappt nicht.

»Rose hat sie, angefangen bei der ersten vom letzten Jahr, auf CD gespeichert. Sie ist in dieser Akte dort. In einem versiegelten Umschlag.« Er weist auf die Akten auf ihrem Schreibtisch. »Du könntest sie in deinen Laptop stecken und einen Blick hineinwerfen. Die Sache mit dem Schuss durch die Maschendrahttür ist auch drauf. Dieser verlogene Scheißkerl. Ich schwöre, dass die Idee von mir war.«

»Wenn du im Internet den Suchbegriff ›abgelenkte Geschosse‹ eingibst, wirst du garantiert Fälle und Waffentests finden, bei denen es um Schüsse durch Maschendrahttüren geht«, erwidert sie. »Ich fürchte, inzwischen gibt es nicht mehr viel, was wirklich neu ist.«

»Der Typ ist nichts weiter als eine Laborratte und hat bis vor einem Jahr nicht über sein Mikroskop hinausgeschaut. Er kann das, worüber er schreibt, nicht selbst erlebt haben. Das ist einfach unmöglich. Bestimmt liegt es an dem Zwischenfall im Verwesungslabor. Du hättest wenigstens ehrlich sein können.«

»Du hast Recht«, antwortet sie. »Ich hätte dir sagen müssen, dass ich danach aufgehört habe, deine Horror-Szenen zu lesen. Allerdings war ich nicht die Einzige. Ich hätte mich mit dir zusammensetzen und dir alles erklären sollen. Aber du warst so wütend und streitlustig, dass sich niemand mit dir anlegen wollte.«

»Wenn du so reingelegt worden wärst wie ich, wärst du auch wütend und streitlustig gewesen.«

»Joe war weder im Verwesungslabor noch überhaupt in Knoxville, als es passiert ist«, erinnert sie ihn. »Also erklär mir bitte, wie er einem Toten ein Spritzbesteck in die Jackentasche hätte schmuggeln sollen.«

»Bei dieser Praxisübung ging es darum, die Lehrgangsteilnehmer mit einer echten Leiche zu konfrontieren, die im Verwesungslabor vor sich hin moderte, um zu sehen, ob sie es schaffen, ihren Ekel zu überwinden und Beweismittel sicherzustellen. Eine schmutzige Spritze gehörte nicht dazu. Das hat Joe eingefädelt, um mir eins auszuwischen.«

»Die ganze Welt hat es auf dich abgesehen.«

»Wenn er es nicht war, warum hat die Kleine ihre Klage dann nicht durchgezogen? Weil alles nur Theater war. Die verdammte Nadel war weder mit Aids infiziert noch überhaupt je benutzt worden. Da ist dem Arschloch offenbar eine kleine Panne unterlaufen.«

Scarpetta steht auf.

»Viel wichtiger ist die Frage, was ich weiter mit dir machen soll«, sagt sie und schließt ihren Aktenkoffer ab.

»Du tust, als wäre ich hier der Geheimniskrämer«, sagt er und sieht sie an.

»Du hast jede Menge Geheimnisse. Ich weiß nie, wo du bist oder was du gerade so treibst.«

Scarpetta nimmt ihre Kostümjacke von dem Haken an der Tür. Marino betrachtet sie weiter mit durchdringendem Blick. Seine Finger hören auf zu klopfen, und das Leder knirscht, als er sich aus dem Sessel hievt.

»Benton muss sich vorkommen wie der Größte, weil er mit all diesen Harvard-Typen zusammenarbeiten darf«, sagt er, und zwar nicht zum ersten Mal. »Den Schlaumeiern mit den vielen Geheimnissen.«

Die Hand am Türknauf, starrt sie ihn an. Vielleicht leidet sie ja auch schon an Verfolgungswahn.

»Ja, ist bestimmt aufregend, was er da macht. Aber wenn du mich fragst, gebe ich dir den guten Rat, nicht deine Zeit damit zu verschwenden.«

Er kann unmöglich auf BESTIE anspielen.

»Von der Geldverschwendung ganz zu schweigen. Die Kohle könnte man bestimmt besser investieren. Ich persönlich kann den Gedanken einfach nicht ertragen, dass jemand so viel Zeit und Geld in solche Dreckschweine steckt.«

Niemand mit Ausnahme der Forschungsgruppe, des Krankenhausdirektors, der Finanzverwaltung der Universität und einigen wichtigen Mitarbeitern der Strafvollzugsbehörden darf von BESTIE wissen. Nicht einmal die normalen Testpersonen kennen den Namen der Studie oder ahnen, womit sie sich befasst. Also müsste Marino eigentlich auch im Dunkeln tappen, sofern er sich nicht Zugriff zu ihren E-Mails oder den in verschlossenen Schubladen aufbewahrten Ausdrucken verschafft hat. Zum ersten Mal hat Scarpetta den Verdacht, dass vielleicht er es ist, der gegen die Geheimhaltungspflicht verstößt.

»Wovon redest du?«, fragt sie leise.

»Vielleicht solltest du beim Verschicken von Dateien vorsichtiger sein und dich vergewissern, dass auch wirklich kein Anhang dabei ist«, erwidert er.

»Was für Dateien?«

»Die Notizen, die du dir nach deinem ersten Gespräch mit dem reizenden Dave über den Tod des geschüttelten Babys gemacht hast, den er unbedingt als Unfall hinstellen will.«

»Ich habe dir keine Notizen geschickt.«

»Natürlich hast du! Und zwar am vergangenen Freitag. Ich habe die Mail erst geöffnet, nachdem wir uns am Sonntag getroffen hatten. Die Notizen hingen zufällig an einer E-Mail von dir an Benton, und die war ganz bestimmt nicht für mich bestimmt.«

»Ich habe dir nie etwas geschickt«, beharrt sie, und ihre Besorgnis wächst. »Wirklich nicht.«

»Vielleicht nicht mit Absicht. Komisch, wie jede Lüge irgendwann doch ans Licht kommt«, meint er, während es leise an der Tür klopft.

»Hast du mich deshalb am Sonntagabend versetzt? Bist du aus diesem Grund gestern Vormittag nicht zu der Besprechung mit Dave gekommen?«

»Verzeihung«, unterbricht Rose und kommt herein. »Ich denke, ich habe da etwas, um das einer von Ihnen sich kümmern sollte.«

»Du hättest etwas sagen und mir die Chance geben müssen,

mich zu verteidigen«, wendet sich Scarpetta an Marino. »Auch wenn ich dir nicht immer alles erzähle, belüge ich dich nicht.«

»Die Wahrheit zu verschweigen ist nichts anderes als lügen.«

»Entschuldigen Sie«, versucht Rose es erneut.

»BESTIE«, meint Marino zu Scarpetta. »Soll das etwa keine Lüge gewesen sein?«

»Mrs. Simister«, fällt Rose ihnen laut ins Wort. »Die Dame von der Kirche, die vor einer Weile angerufen hat. Tut mir Leid, aber es scheint sehr dringend zu sein.«

Marino macht keine Anstalten, ans Telefon zu gehen, als wolle er Scarpetta daran erinnern, dass er nicht ihr Untergebener ist und dass sie den Anruf selbst entgegennehmen soll.

»Ach, verdammt«, sagt sie und geht zum Schreibtisch zurück. »Stellen Sie sie durch.«

24

Die Hände in den Taschen seiner Jeans, lehnt Marino am Türstock und sieht zu, wie Scarpetta sich mit der unbekannten Mrs. Simister beschäftigt.

Früher hat er gern stundenlang bei Scarpetta im Büro gesessen, ihr zugehört und dabei Kaffee getrunken und geraucht. Er hat sich nichts dabei vergeben, sie um eine Erklärung zu bitten, wenn er etwas nicht verstanden hat, und es störte ihn nicht, wenn sie, wie so oft, unterbrochen wurden. Es hat ihm auch nichts ausgemacht, wenn sie zu spät kam.

Doch inzwischen ist alles anders, und das ist ganz allein ihre Schuld. Er hat keine Lust, auf sie zu warten. Er interessiert sich nicht für ihre Erklärungen. Und er verharrt lieber in Unwissenheit, als ihr, persönlich oder privat, eine medizinische Frage zu stellen – und wenn es um sein Leben ginge. Früher hatte er in dieser Hinsicht keine Scheu. Aber dann hat sie ihn betrogen. Sie hat ihn erniedrigt, und zwar absichtlich, und sie wird es wieder tun, ganz gleich, wie oft sie auch das Gegenteil beteuert. Für ihr Verhalten schüttelt sie stets eine vernünftige Erklärung aus dem Ärmel und kränkt andere Menschen im Namen der Logik und der Wissenschaft. Aber Marino ist nicht so dämlich, um das nicht zu durchschauen.

Es ist so ähnlich wie das, was Doris damals passiert ist. Eines Tages kam sie weinend nach Hause, und Marino konnte nicht sagen, ob sie wütend oder traurig war. Jedenfalls war sie so aufgebracht, wie er sie noch nie erlebt hatte.

Was ist denn los? Wird er den Zahn ziehen müssen?, erkundigte sich Marino, der gerade Bier trinkend in seinem Lieblingssessel saß und sich die Nachrichten ansah.

Doris brach schluchzend auf dem Sofa zusammen.

Mist. Was hast du denn, Baby?

Da sie die Hände vors Gesicht schlug und weinte, als liege jemand im Sterben, setzte Marino sich neben sie und nahm sie in den Arm. Nachdem er sie eine Weile gehalten hatte und sie noch immer nicht mit der Sprache herausrückte, verlangte er von ihr eine Erklärung, was zum Teufel denn geschehen sei.

Er hat mich angefasst, antwortete sie. *Ich wusste, dass da etwas nicht stimmt, und ich habe ihn immer wieder danach gefragt. Aber er hat gemeint, ich müsste mich entspannen. Eigentlich war mir klar, was er da trieb, doch ich hatte solche Angst. Ich hätte es besser wissen und mich wehren müssen, doch ich war einfach ratlos.* Sie berichtete, der Zahnarzt oder Kieferchirurg – oder als was sich der Mann auch bezeichnen mochte – habe gesagt, Doris habe aufgrund einer abgebrochenen Wurzel einen Infektionsherd im Körper, weshalb er ihre Drüsen abtasten müsse. Dieses Wort hatte er laut Doris benutzt.

Drüsen.

»Moment bitte«, meint Scarpetta zu der unbekannten Mrs. Simister. »Ich stelle den Raumlautsprecher an. Ein Ermittler sitzt hier bei mir im Büro.«

Sie wirft Marino einen Blick zu, der besagen soll, dass der Inhalt des Anrufs ihr zu denken gibt. Er versucht, die Erinnerung an Doris beiseite zu schieben. Immer wieder fällt sie ihm ein, und je älter er wird, desto öfter geht ihm durch den Kopf, was einmal zwischen ihnen war und was er empfunden hat, nachdem der Zahnarzt sie befummelt hatte. Er denkt auch an seine Gefühle, als sie ihn wegen eines Autoverkäufers verlassen hat, wegen eines gottverdammten, abgewrackten Autoverkäufers. Alle verlassen ihn. Alle betrügen ihn. Alle wollen ihm etwas wegnehmen. Alle halten ihn für zu blöd, um ihre Tricks und Intrigen zu durchschauen. In den letzten Wochen ist es unerträglich geworden.

Und nun das. Scarpetta hat ihn wegen des Forschungsprojekts angelogen. Ihn ausgeschlossen. Ihn herabgewürdigt. Sie nimmt sich, was sie braucht, wenn es ihr in den Kram passt, und behandelt ihn wie ein Stück Dreck.

»Leider weiß ich auch nicht mehr«, hallt Mrs. Simisters Stimme durch den Raum. Sie klingt, als wäre sie so alt wie Methusalem. »Aber ich hoffe wirklich, dass kein Unglück geschehen ist, obwohl ich es fast befürchte. Die Gleichgültigkeit der Polizei ist skandalös.«

Marino hat keine Ahnung, was Mrs. Simister meint, wer sie ist oder warum sie die National Forensic Academy anruft. Außerdem wird er den Gedanken an Doris einfach nicht los. Er wünscht, er hätte mehr getan, als diesen verdammten Zahnarzt oder Kieferchirurgen zu bedrohen. Er hätte dem Arschloch die Fresse polieren und ihm vielleicht noch ein paar Finger brechen sollen.

»Könnten Sie unserem Ermittler Mr. Marino bitte erklären, was sie mit Gleichgültigkeit der Polizei meinen?«, sagt Scarpetta ins Telefon.

»Das letzte Lebenszeichen habe ich am vergangenen Donnerstagabend gesehen, und als ich bemerkte, dass alle spurlos verschwunden sind, habe ich sofort die Polizei verständigt. Sie haben einen uniformierten Polizisten geschickt, und der hat dann einen weiblichen Detective gerufen. Die Frau interessiert sich offenbar nicht für den Fall.«

»Sie sprechen von der Polizei in Hollywood«, stellt Scarpetta mit einem Blick auf Marino fest.

»Ja, einer gewissen Detective Wagner.«

Marino verdreht die Augen. Das darf doch nicht wahr sein! Bei all seinem Pech hat ihm so etwas gerade noch gefehlt.

»Reba Wagner etwa?«, fragt er, immer noch in der Tür stehend.

»Was?«, gibt die Greisinnenstimme zurück.

Marino tritt näher ans Telefon und wiederholt seine Frage.

»Ich weiß nur, dass die Anfangsbuchstaben ihres Namens auf dem Dienstausweis R.T. lauten. Also könnte sie Reba heißen.«

Wieder verdreht Marino die Augen und tippt sich an die Stirn: Detective R.T. Wagner ist nicht gerade eine Intelligenzbestie.

»Sie hat sich im Garten und rund ums Haus umgeschaut und gesagt, nichts wiese auf ein Verbrechen hin. Ihrer Ansicht nach seien die Bewohner freiwillig fort, und die Polizei könne da nichts tun.«

»Kennen Sie diese Leute?«, erkundigt sich Marino.

»Ich wohne gleich gegenüber auf der anderen Seite des Kanals. Und wir gehören zur selben Kirchengemeinde. Ich weiß genau, dass ihnen etwas zugestoßen ist.«

»Gut«, meint Scarpetta. »Was erwarten Sie jetzt von uns, Mrs. Simister?«

»Dass Sie sich wenigstens das Haus ansehen. Die Kirche hat es gemietet, und seit die Bewohner fort sind, ist es verschlossen. Aber in drei Monaten läuft der Mietvertrag aus, und der Vermieter sagt, er würde die Kirche ohne Abfindung aus dem Vertrag entlassen, weil er einen Nachmieter hat. Die Damen von der Kirche wollen gleich morgen früh hin, um alles zusammenzupacken. Und was passiert dann mit den Indizien?«

»Gut«, wiederholt Scarpetta. »Ich sage Ihnen, was wir jetzt tun. Wir rufen Detective Wagner an. Ohne Erlaubnis der Polizei dürfen wir das Haus nämlich nicht betreten. Wir sind nur dazu berechtigt, wenn die Polizei uns um Hilfe bittet.«

»Ich verstehe. Vielen Dank. Bitte unternehmen Sie etwas.«

»Also, Mrs. Simister. Wir melden uns wieder bei Ihnen. Dazu bräuchten wir noch Ihre Telefonnummer.«

»Hmm«, brummt Marino, nachdem Scarpetta aufgelegt hat. »Bestimmt hat sie eine Schraube locker.«

»Was hältst du davon, Detective Wagner anzurufen, da du sie ja schon kennst«, schlägt Scarpetta vor.

»Sie war früher bei der Motorradpolizei. Dumm wie Bohnenstroh, aber konnte prima mit ihrer Road King umgehen. Ich kann es nicht fassen, dass sie zum Detective befördert worden ist.«

Marino holt sein Treo heraus. Ihm graut davor, Rebas Stimme zu hören, und er wünscht, er müsste nicht ständig an Doris denken. Er bittet die Polizeizentrale von Hollywood, Detective Wagner auszurichten, sie möge sich umgehend mit ihm in Verbindung setzen. Nach dem Anruf blickt er sich in Scarpettas Büro um, sieht alles an, nur nicht sie, und erinnert sich dabei an Doris, den zwielichtigen Zahnarzt und den Autoverkäufer. Er denkt an die Genugtuung, die es ihm bereitet hätte, den Zahnarzt bewusstlos zu prügeln, anstatt sich zu betrinken, in seine Praxis zu stürmen und ihn in Anwesenheit eines Wartezimmers voller Patienten aus dem Behandlungsraum zu holen, um ihn zu fragen, aus welchem Grund er die Brüste seiner Frau untersucht habe und was diese, bitte schön, mit einer Wurzelbehandlung zu tun hätten.

»Marino?«

Warum ihn dieser Zwischenfall nach all den Jahren noch immer wütend macht, ist ihm ein Rätsel, und er versteht nicht, warum ihm so viele Dinge plötzlich wieder sauer aufstoßen. Die letzten Wochen waren die Hölle.

»Marino?«

Er kehrt in die Wirklichkeit zurück, starrt Scarpetta an und bemerkt gleichzeitig, dass sein Mobiltelefon läutet.

»Ja«, meldet er sich.

»Hier spricht Detective Wagner.«

»Ermittler Pete Marino«, erwidert er, als sei er ihr noch nie begegnet.

»Wie kann ich Ihnen helfen, Mr. Marino?« Auch sie hört sich an, als würde sie ihn nicht kennen.

»Soweit ich informiert bin, ist in Ihrem Bezirk in der Gegend von West Lake eine Familie verschwunden. Und zwar vermutlich seit Donnerstagnacht.«

»Woher wissen Sie das?«

»Anscheinend macht sich jemand Sorgen, es könnte ein Verbrechen geschehen sein. Und es heißt, Sie hätten sich nicht sehr hilfsbereit verhalten.«

»Wenn wir glauben würden, dass da etwas dran ist, würden wir ermitteln wie die Wilden. Wer hat Ihnen die Sache gemeldet?«

»Eine Dame aus ihrer Kirchengemeinde. Können Sie mir die Namen der Leute sagen, die angeblich verschwunden sind?«

»Lassen Sie mich überlegen. Die Namen waren irgendwie merkwürdig. Eva Christian und Crystal oder Christine Christian. Oder so ähnlich. Die Namen der Jungen habe ich vergessen.«

»Könnte einer von ihnen Christian Christian heißen?«

Scarpetta und Marino sehen einander an.

»Hörte sich fast so an. Ich habe meine Notizen nicht zur Hand. Wenn Sie sich mit der Angelegenheit befassen wollen, tun Sie sich keinen Zwang an. Meine Dienststelle wird jedenfalls nichts weiter in dieser Sache unternehmen, solange es absolut keine Hinweise darauf ...«

»Schon verstanden«, fällt Marino ihr grob ins Wort. »Wenn die Kirche das Haus räumen würde und wir uns zuvor noch darin umsehen möchten, wäre jetzt der richtige Zeitpunkt.«

»Sie sind noch nicht einmal eine Woche weg, und die Kirche

will schon das Haus räumen? Für mich hört sich das ganz danach an, als hätten sie sich endgültig aus dem Staub gemacht. Was sagen Sie dazu?«

»Dass wir auf Nummer sicher gehen sollten«, erwidert Marino.

Der Mann hinter der Theke ist älter und wirkt würdevoller, als Lucy erwartet hat. Sie hätte mit jemandem gerechnet, der wie ein ehemaliger Surfer aussieht. Mit ledrig verbrannter Haut und jeder Menge Tätowierungen. So wie man sich eben jemanden vorstellt, der in einem Laden namens Beach Bums – Strandläufer – arbeitet.

Sie stellt eine Kameratasche weg und lässt die Finger rasch über grelle Schlabber-T-Shirts mit aufgedruckten Haien, Palmen und anderen tropischen Motiven gleiten. Dann betrachtet sie Stapel von Strohhüten, Wühltische voller Flipflops und Ständer mit Sonnenbrillen und Sonnencremeflaschen. Eigentlich hat sie nicht vor, irgendetwas zu kaufen, bedauert das aber fast. Eine Weile kramt sie herum und wartet darauf, dass die beiden anderen Kunden endlich gehen. Dabei fragt sie sich, wie es wäre, ein ganz gewöhnlicher Mensch zu sein, der sich für Souvenirs und geschmacklose Strandkleidung interessiert, seine Tage in der Sonne verbringt und sich halbnackt in einem Badeanzug wohl fühlt.

»Führen Sie auch eine Creme mit Zinkoxid?«, erkundigt sich eine Frau bei Larry, der hinter der Theke thront.

Er hat dichtes, weißes Haar und einen ordentlich gestutzten Bart, ist zweiundsechzig Jahre alt, wurde in Alaska geboren, fährt einen Jeep, hat nie ein Eigenheim besessen oder ein College besucht und wurde 1957 wegen Trunkenheit und Erregung öffentlichen Ärgernisses festgenommen. Seit etwa zwei Jahren ist er Geschäftsführer von Beach Bums.

»Das ist inzwischen nicht mehr sehr beliebt«, erklärt er der Kundin.

»Ich mag es aber. Davon bekomme ich nämlich keinen Ausschlag wie von den anderen Lotionen. Ich glaube, ich bin allergisch gegen Aloe.«

»Diese Sonnencremes enthalten keine Aloe.«

»Führen Sie Maui Jim's?«

»Zu teuer, meine Liebe. Wir haben nur die Sonnenbrillen, die Sie hier sehen.«

So geht es eine Weile weiter, bis die beiden Kundinnen eine Kleinigkeit erwerben und sich verabschieden. Lucy schlendert zur Theke.

»Kann ich Ihnen helfen?«, fragt Larry und mustert Lucys Kleidung. »Wo kommen Sie denn her? Von Drehaufnahmen zu *Mission Impossible*?«

»Ich bin mit dem Motorrad unterwegs.«

»Dann gehören Sie zu den wenigen vernünftigen Menschen hier. Schauen Sie nur mal aus dem Fenster. Alle fahren in Shorts und T-Shirts und ohne Helm. Manche sogar in Flipflops.«

»Sie müssen Larry sein.«

Überrascht blickt er auf. »Waren sie schon mal hier?«, wundert er sich. »Ich erinnere mich nämlich nicht an Sie, und ich habe eigentlich ein gutes Personengedächtnis.«

»Ich möchte mit Ihnen über Florrie und Helen Quincy sprechen«, entgegnet Lucy. »Aber es wäre mir recht, wenn Sie vorher die Tür abschließen.«

Die Harley-Davidson Screamin' Eagle Deuce mit den auf blauen Lack und Chrom gemalten Flammen parkt in einer abgelegenen Ecke des Dozentenparkplatzes, und je mehr sich Marino seinem Motorrad nähert, desto schneller läuft er.

»Verdammte Scheiße!« Er fängt an zu rennen.

Sein lautes Gebrüll schreckt Link, den Hausmeister, auf, der gerade das Unkraut in einem Blumenbeet jätet. Link hält in seiner Arbeit inne und fährt hoch. »Ist was passiert?«

»Scheiße, Scheiße, Scheiße!«, ruft Marino.

Der Vorderreifen seiner neuen Harley ist platt, und die schimmernde Chromfelge berührt den Asphalt. Marino geht in die Hocke, um den Reifen zu begutachten, und hält in heller Wut Ausschau nach dem spitzen Gegenstand, über den er heute Morgen auf dem Weg zur Arbeit möglicherweise gefahren sein könnte. Als er das Motorrad hin und her schiebt, entdeckt er das Loch. Es ist etwa zwei Millimeter groß und sieht aus wie mit einem scharfen und unnachgiebigen Werkzeug gebohrt – vielleicht mit einem Messer.

Oder mit einem Skalpell aus Edelstahl. Er blickt sich nach Joe Amos um.

»Ja, das ist mir auch schon aufgefallen«, sagt Link, der herankommt und sich die Hände an seinem blauen Overall abwischt.

»Nett, dass Sie mir Bescheid gesagt haben«, erwidert Marino zornig und durchwühlt erbost die Satteltasche nach dem Flickzeug. Dabei denkt er an Joe Amos, und seine Wut steigert sich von Minute zu Minute.

»Anscheinend haben Sie sich einen Nagel eingefahren«, mutmaßt Link und bückt sich, um den Schaden gründlich zu begutachten. »Sieht ziemlich übel aus.«

»Haben Sie beobachtet, dass sich jemand um mein Bike herumgedrückt hat? Wo zum Teufel ist denn nur das Flickzeug?«

»Ich war den ganzen Tag hier und hab keine Menschenseele in der Nähe Ihres Motorrads bemerkt. Tolle Maschine. Vierzehnhundert Kubik, oder? Ich hatte mal eine Springer, bis so ein Schwachkopf mich geschnitten hat und ich ihm über die Motorhaube geflogen bin. Heute früh habe ich so gegen zehn mit den Blumenbeeten angefangen. Da war der Reifen schon platt.«

Marino rechnet zurück. Er ist zwischen Viertel nach neun und halb zehn hier angekommen.

»Bei so einem Loch wäre der Reifen so schnell platt gewesen, dass ich es niemals bis auf den Parkplatz geschafft hätte. Und als ich angehalten habe, um die Donuts zu kaufen, war alles noch in bester Ordnung«, sagt er. »Also muss es passiert sein, nachdem ich sie abgestellt hatte.«

»Das gefällt mir aber gar nicht.«

Marino schaut sich um und denkt an Joe Amos. Wenn dieser Kerl sein Motorrad angefasst hat, bringt er ihn um. Dann kann der Typ sein Testament machen.

»Eine unangenehme Vorstellung«, fährt Link fort. »Dass jemand einfach so frech ist, mitten am Tag hier hereinzuspazieren und Ihnen den Reifen aufzustechen. Falls es sich so abgespielt hat.«

»Verdammt, wo ist es?«, schimpft Marino und kramt in der anderen Satteltasche herum. »Haben Sie vielleicht Flickzeug hier? Scheiße! So ein Mist!« Er hört auf zu wühlen. »Wahrscheinlich würde es bei einem so großen Loch sowieso nichts nützen. Verdammt!«

Er wird den Reifen wechseln müssen. Im Hangar stehen Ersatzreifen.

»Haben Sie vielleicht Joe Amos gesehen? Haben Sie irgendwo hier in der Nähe seine fiese Fresse bemerkt?«

»Nein.«

»Oder einen der Lehrgangsteilnehmer?«

Die Lehrgangsteilnehmer hassen ihn. Und zwar einer wie der andere.

»Nein«, antwortet Link. »Es wäre mir bestimmt aufgefallen, wenn jemand den Parkplatz betreten und an Ihrem Motorrad oder einem der Autos rumgefingert hätte.«

»Wirklich niemand?«, drängt Marino, und allmählich wächst in ihm der Verdacht, dass Link vielleicht selbst die Hände im Spiel hat.

Vermutlich hat Marino keinen einzigen Freund an der Akademie. Und bestimmt beneidet ihn die halbe Welt um seine veredelte Harley. Jedenfalls glotzen die Leute das Motorrad ständig an und folgen ihm sogar zu Tankstellen und Raststätten, um es zu bewundern.

»Sie werden es zur Werkstatt neben dem Hangar schieben müssen«, sagt Link. »Oder wir stellen es auf einen der Anhänger, die Lucy für ihre neuen V-Rods benutzt.«

Marino denkt an die Tore an beiden Eingängen zum Akademiegelände. Ohne Zugangscode kommt hier niemand hinein. Also muss es ein Mitarbeiter oder ein Lehrgangsteilnehmer gewesen sein. Wieder fällt ihm Joe Amos ein – und dazu noch eine wichtige Tatsache: Joe war auf der Dienstbesprechung. Als Marino ankam, hat er bereits dagesessen und große Töne gespuckt.

25

Das orangefarbene Haus mit dem weißen Dach wurde im selben Jahrzehnt erbaut, in dem Scarpetta geboren ist – in den Fünfzigern. Sie stellt sich die Menschen vor, die hier gewohnt haben, und spürt ihre Abwesenheit, als sie im Garten umhergeht.

Der Mensch, der sich als Hog vorgestellt hat, und seine geheimnisvollen Andeutungen über Johnny Swift wollen ihr nicht aus dem Kopf. Auch nicht Marinos Behauptung, er hätte den Namen Christian Christian erwähnt. Scarpetta allerdings ist sicher, dass Hog in Wirklichkeit Kristin Christian gesagt hat. Johnny ist tot. Kristin wird vermisst. Häufig muss Scarpetta daran denken, dass es in Südflorida ein Leichtes ist, eine Leiche verschwinden zu lassen. Es gibt hier genug Sümpfe, Kanäle, Seen und riesige Pinienwälder. In der subtropischen Hitze verwest ein Körper schnell, die Insekten tun sich daran gütlich, und wilde Tiere nagen die Knochen ab und verstreuen sie kilometerweit. Eine Leiche hält sich nicht lange im Wasser, und das Meersalz löst die Mineralien aus den Knochen der Skelette, sodass sie vollständig zerfallen.

Der Kanal hinter dem Haus hat die Farbe faulenden Blutes.

Totes Laub treibt auf dem braunen, stehenden Wasser wie Schutt nach einer Explosion. Grüne und braune Kokosnüsse tanzen wie abgeschlagene Köpfe auf den Wellen. Immer wieder lugt zwischen den sich zusammenballenden Gewitterwolken die Sonne hervor. Die warme Luft ist stickig und feucht. Der Wind weht in Böen.

Detective Wagner lässt sich lieber Reba nennen. Auf eine etwas zu üppige, sonnengebräunte Art ist sie attraktiv und ziemlich sexy. Sie hat einen platinblond gefärbten Wuschelkopf und leuchtend blaue Augen. Auch wenn sie weder dumm wie Bohnenstroh noch anderweitig geistig minderbemittelt ist, gebärdet sie sich – um in Marinos Worten zu sprechen – wie »eine Zicke auf Alufelgen«. Marino bezeichnet sie außerdem als »Schwanzjägerin«, obwohl Scarpetta nicht sicher ist, worauf genau er damit anspielt. Jedenfalls hat Reba viel zu wenig Berufserfahrung, scheint sich jedoch Mühe zu geben. Scarpetta überlegt, ob sie ihr von dem anonymen Anruf und der Anspielung auf Kristin Christian erzählen soll.

»Sie wohnen zwar schon eine Weile hier, sind aber keine amerikanischen Staatsbürger«, sagt Reba über die beiden Schwestern, die mit zwei Jungen – Pflegekindern – in diesem Haus leben. »Eigentlich kommen sie aus Südafrika. Die Jungen auch, was wahrscheinlich der Grund ist, warum sie sie bei sich aufgenommen haben. Wenn Sie mich fragen, sind die vier inzwischen sicher längst wieder zurück in Afrika.«

»Und aus welchem Grund hätten sie beschließen sollen, einfach dorthin zu verschwinden oder sogar zu fliehen?«, erkundigt sich Scarpetta und blickt über den schmalen Kanal. Die Schwüle senkt sich auf sie herab wie eine warme, klebrige Hand.

»Soweit ich informiert bin, wollten sie die Jungen adoptieren. Und das hätte wahrscheinlich nicht geklappt.«

»Warum nicht?«

»Offenbar wollen Verwandte der Jungen in Südafrika sie bei sich aufnehmen, mussten aber damit warten, bis sie in ein größeres Haus umgezogen waren. Außerdem sind die beiden

Schwestern religiöse Fanatikerinnen, was vermutlich auch nicht zu ihren Gunsten spricht.«

Scarpetta bemerkt die Häuser auf der anderen Seite des Wassers mit ihren leuchtend grünen Rasenflächen und den kleinen hellblauen Swimmingpools. Sie ist nicht sicher, welches Haus das von Mrs. Simister ist, und fragt sich, ob Marino bereits mit ihr spricht.

»Wie alt sind denn die Jungen?«, erkundigt sie sich.

»Sieben und zwölf.«

Scarpetta wirft einen Blick in ihr Notizbuch und blättert ein paar Seiten zurück. »Eva und Kristin Christian. Ich verstehe nicht ganz, warum sie sich um die Kinder kümmern.«

Sie achtet stets darauf, von Vermissten in der Gegenwartsform zu sprechen.

»Nein, nicht Eva. Sie schreibt sich ohne ›a‹«, sagt Reba.

»Ev oder Eve?«

»Nur Ev wie in Evelyn, sie heißt einfach nur Ev. Ohne ›e‹ oder ›a‹. Nur Ev.«

Scarpetta schreibt »Ev« in ihr schwarzes Notizbuch. *Ein seltsamer Name,* denkt sie. Sie starrt auf den Kanal. Dank des Sonnenlichts hat er inzwischen die Farbe von starkem Tee. Ev und Kristin Christian. Seltsame Namen von zwei gläubigen Frauen, die sich einfach in Luft aufgelöst haben. Dann verschwindet die Sonne wieder hinter einer Wolke, und das Wasser verfärbt sich dunkel.

»Sind Ev und Kristin Christian ihre wirklichen Namen?«, fragt Scarpetta. »Können wir sicher sein, dass sie nicht falsch sind? Vielleicht haben sie sie ja irgendwann geändert, damit sie religiöser klingen.« Sie starrt wieder über das Wasser auf die Häuser, die aussehen wie mit Pastellkreide gezeichnet.

Eine Gestalt in dunkler Hose und weißem Hemd betritt einen Garten, möglicherweise den von Mrs. Simister.

»Soweit wir informiert sind, sind es ihre richtigen Namen«, antwortet Reba und schaut in dieselbe Richtung wie Scarpetta. »Überall wimmelt es von diesen verdammten Zitrusbrand-Kontrolleuren. Im Grunde genommen geht es doch nur darum, zu verhindern, dass die Leute selbst Zitrusfrüchte anbauen, damit sie sie im Laden kaufen müssen.«

»Das stimmt nicht ganz. Der Zitrusbrand ist eine schlimme Plage. Wenn man nichts dagegen unternimmt, wird es bald in gar keinem Garten mehr Zitrusfrüchte geben.«

»Es ist eine Verschwörung. Ich habe verfolgt, was die Kommentatoren im Radio dazu gesagt haben. Kennen Sie die Sendung von Dr. Self? Sie sollten sich mal anhören, was die davon hält.«

Scarpetta sieht sich Dr. Selfs Sendung nur an, wenn es sich gar nicht vermeiden lässt. Sie beobachtet, wie die Gestalt auf der anderen Seite des Kanals sich ins Gras kauert, in einer schwarzen Tasche wühlt und etwas herausholt.

»Ev Christian ist Pastorin oder Priesterin, oder wie man das sonst nennt, in einer kleinen Kirche, so einer Art Sekte ... Ich muss es Ihnen vorlesen, weil der Name zu lang ist, um ihn sich zu merken«, sagt Reba und blättert in ihrem Notizblock. »Die Wahren Töchter des Göttlichen Siegels.«

»Von dieser Glaubensrichtung habe ich auch noch nie gehört«, spöttelt Scarpetta, während sie sich den Namen notiert. »Und Kristin? Was macht sie?«

Der Kontrolleur erhebt sich, schraubt ein Gerät zusammen, das wie ein Obstpflücker aussieht, hält die Stange hoch in den Baum und holt eine Grapefruit herunter, die ins Gras fällt.

»Kristin arbeitet ebenfalls in der Kirche, und zwar als Assistentin, die während der Gottesdienste die Lesungen und Meditationen abhält. Die Eltern der Kinder kamen vor etwa einem Jahr bei einem Unfall ums Leben. Auf so einer Vespa.«

»Wo?«

»Südafrika.«

»Und woher haben Sie diese Informationen?«, erkundigt sich Scarpetta.

»Von einem Mitglied ihrer Kirche.«

»Liegt Ihnen ein Unfallbericht vor?«

»Wie ich schon sagte, ist es in Südafrika passiert«, entgegnet Detective Wagner. »Wir versuchen, ihn aufzutreiben.«

Scarpetta überlegt immer noch, ob sie ihr von dem Besorgnis erregenden Anruf von Hog erzählen soll.

»Wie heißen denn die Jungen?«, will sie wissen.

»David und Tony Luck. Ironie des Schicksals, wenn Sie mich fragen. Luck – Glück.«

»Arbeiten die südafrikanischen Behörden nicht mit Ihnen zusammen? Wo in Südafrika ist es denn geschehen?«

»Kapstadt.«

»Und die Schwestern kommen ebenfalls von dort?«

»Das hat man mir zumindest so gesagt. Nach dem Tod der Eltern haben die Schwestern die Kinder aufgenommen. Ihre Kirche liegt etwa zwanzig Minuten entfernt von hier am Davie Boulevard, gleich neben einer alternativen Zoohandlung. Passt irgendwie.«

»Haben Sie sich schon mit dem Gerichtsmedizinischen Institut in Kapstadt in Verbindung gesetzt?«

»Noch nicht.«

»Ich könnte Ihnen dabei behilflich sein.«

»Das wäre prima. Aber es passt wirklich. In dem Laden kann man nämlich Spinnen, Skorpione, Giftfrösche und lauter kleine weiße Ratten kaufen, um sie an die Schlangen zu verfüttern«, fährt Reba fort. »Genau die richtige Gegend für Sekten und Spinner.«

»Ich habe noch nie erlaubt, dass in einem meiner Läden Fotos gemacht werden, falls es sich nicht um eine polizeiliche Angelegenheit handelt. Ich hatte nämlich einmal einen Einbruch, aber das ist schon eine Weile her«, erklärt Larry, der noch immer auf einem Hocker hinter der Theke thront.

Durch das Fenster sind der ständige Verkehr auf der A1A und das Rauschen des Meeres zu hören. Inzwischen regnet es leicht; ein Gewitter nähert sich und zieht in südliche Richtung. Lucy denkt daran, was Marino ihr vor ein paar Minuten über das Haus und die Vermissten erzählt hat. Natürlich hat er auch über seinen platten Reifen geklagt, der ihn viel mehr zu beschäftigen schien. Dann stellt sie sich vor, was ihre Tante gerade tut, während der Sturm in ihre Richtung zieht.

»Natürlich habe ich eine Menge darüber gehört«, wendet sich Larry – nach einem ausführlichen Exkurs über den Niedergang von Südflorida und seine Überlegung, ob er zurück nach Alaska ziehen soll – wieder dem Thema Florrie und Helen Quincy zu. »Es war wie immer: Mit der Zeit werden die Einzelheiten mehr und mehr ausgeschmückt. Aber ich glaube nicht, dass ich mit Ihren Videoaufnahmen einverstanden bin«, beharrt er.

»Es ist eine polizeiliche Angelegenheit«, wiederholt Lucy. »Ich wurde gebeten, als Privatdetektivin in diesem Fall zu ermitteln.«

»Woher weiß ich, dass Sie keine Reporterin sind?«

»Ich war früher beim FBI und bei der ATF. Haben Sie je von der National Forensic Academy gehört?«

»Meinen Sie das große Ausbildungslager draußen in den Everglades?«

»Es liegt nicht unmittelbar in den Everglades. Wir unterhalten private Labors, beschäftigen Experten, arbeiten mit den meisten Polizeidienststellen in Florida zusammen und helfen aus, wenn wir gebraucht werden.«

»Klingt teuer. Aber das bezahlen vermutlich die Steuerzahler wie ich.«

»Indirekt. Stipendien, gegenseitige Unterstützung, zum Beispiel auf dem Ausbildungssektor. Da gibt es verschiedene Mittel und Wege.«

Aus der Gesäßtasche holt sie ein schwarzes Mäppchen und reicht es ihm. Er mustert ihre Legitimationen, einen falschen Ausweis und eine Dienstmarke, die, weil ebenfalls falsch, nicht einmal das Messing wert ist, aus dem sie besteht.

»Da fehlt das Foto«, stellt er fest.

»Es ist ja auch kein Führerschein.«

Er liest laut ihren falschen Namen und dass sie beim Sondereinsatzkommando ist.

»Das stimmt.«

»Tja, wenn Sie das sagen.« Er gibt ihr das Mäppchen zurück.

»Erzählen Sie mir, was Sie gehört haben«, fordert Lucy ihn auf und stellt die Videokamera auf die Theke.

Sie betrachtet die verschlossene Tür, die ein junges Pärchen in knapper Badebekleidung gerade zu öffnen versucht.

Als sie durch die Scheibe spähen, schüttelt Larry den Kopf. Nein, es ist geschlossen.

»Sie vergraulen mir die Kundschaft«, meint er zu Lucy, doch es scheint ihn nicht sehr zu bekümmern. »Als ich den Laden hier übernommen habe, ist mir alles Mögliche über das Verschwinden der Quincys zu Ohren gekommen. Es hieß, dass Mrs. Quincy immer um halb acht morgens hier war, um die kleinen elektrischen Eisenbahnen einzuschalten, die Christbäume anzuzünden, Weihnachtsmusik anzumachen und auch sonst alles vorzubereiten. An dem fraglichen Tag hat sie den Laden offenbar gar nicht geöffnet. Das ›Geschlossen‹-Schild hing noch an der Tür, als ihr Sohn sich nach einer Weile Sorgen machte und herkam, um nach ihr und ihrer Tochter zu sehen.«

Lucy holt einen schwarzen Kugelschreiber, der an einem versteckten Kassettenrecorder befestigt ist, aus der Tasche ihrer Cargohose und fördert ein kleines Notizbuch zutage.

»Stört es Sie, wenn ich mitschreibe?«, fragt sie.

»Aber nehmen Sie nicht alles, was ich sage, für bare Münze. Ich war nicht dabei und kann nur berichten, was ich gehört habe.«

»Soweit ich informiert bin, hat Mrs. Quincy sich telefonisch etwas zu essen bestellt«, beginnt sie. »Es stand so etwas in der Zeitung.«

»Im Floridian, dem alten Diner auf der anderen Seite der Klappbrücke. Ein ziemlich schicker Laden, falls Sie ihn noch nicht kennen. Ich denke, dass sie gar nicht angerufen hat, weil das überflüssig war, denn sie hat jeden Tag dasselbe gegessen. Eine Thunfischplatte.«

»Und ihre Tochter Helen?«

»Das habe ich vergessen.«

»Hat Mrs. Quincy das Essen selbst abgeholt?«

»Ja, falls ihr Sohn nicht in der Gegend war. Durch ihn weiß ich auch ein bisschen über die Ereignisse Bescheid.«

»Dann würde ich gern mit ihm sprechen.«

»Ich habe ihn seit einem Jahr nicht mehr gesehen. Anfangs ließ er sich immer wieder mal hier blicken, um sich umzuschauen und ein wenig zu plaudern. Man könnte sagen, dass ihn das Thema im ersten Jahr nach ihrem Verschwinden nicht mehr losgelassen hat. Doch dann brauchte er vermutlich Abstand. Er wohnt in einem sehr schönen Haus in Hollywood.«

Lucy blickt sich um.

»Hier gibt es keine Weihnachtssachen«, meint Larry, für den Fall, dass sie danach Ausschau gehalten haben könnte.

Sie erkundigt sich nicht weiter nach Mrs. Quincys Sohn Fred, denn sie hat aus der HIT-Datenbank bereits erfahren, dass Fred Anderson Quincy sechsundzwanzig Jahre alt und selbständiger Computergrafiker und Webseiten-Designer ist. Sie kennt auch seine Adresse. Larry erzählt, Fred habe an dem Tag von Mrs. Quincys und Helens Verschwinden einige Male versucht, seine Mutter zu erreichen, sei zu guter Letzt zum Laden gefahren und habe ihn geschlossen vorgefunden. Der Audi seiner Mutter habe noch auf dem Hof gestanden.

»Können wir sicher sein, dass Mutter und Tochter an diesem Morgen überhaupt den Laden betreten haben?«, erkundigt sich Lucy. »Vielleicht ist ihnen ja schon beim Aussteigen aus dem Auto etwas zugestoßen.«

»Möglich ist alles.«

»Wurden im Laden Mrs. Quincys Handtasche oder ihr Autoschlüssel gefunden? Hatte sie Kaffee aufgesetzt, das Telefon benutzt oder sonst irgendetwas getan, was darauf hinwies, dass sie und Helen an diesem Morgen dort gewesen waren? Waren zum Beispiel die Weihnachtsbäume angezündet, und liefen die Eisenbahnen? Spielte Weihnachtsmusik? War die Ladenbeleuchtung eingeschaltet?«

»Ich habe gehört, dass ihre Handtasche und ihre Autoschlüssel nie entdeckt wurden. Was die Frage, ob etwas im Laden eingeschaltet war, angeht, gibt es unterschiedliche Versionen. Die einen sagen ja, die anderen nein.«

Lucys Blick schweift zu der Tür im hinteren Teil des Ladens. Sie denkt daran, was Basil Jenrette Benton erzählt hat. Allerdings kann sie sich nicht vorstellen, wie Basil im Lagerraum jemanden vergewaltigt und ermordet haben will. Es scheint unmöglich, dass er alles sauber gemacht, die Leiche zum Auto getragen und sie weggeschafft hat – und das alles, ohne dabei beobachtet worden zu sein. Schließlich war es helllichter Tag, und die Straßen sind, selbst jetzt in der Nebensaison, ziemlich belebt. Außerdem fehlt ihr eine Antwort auf die Frage, was dann mit der Tochter geschehen ist, sofern er sie nicht entführt und anderswo getötet hat wie seine übrigen Opfer. Ein schrecklicher Gedanke. Schließlich war sie gerade erst siebzehn.

»Was ist nach dem Verschwinden von Mutter und Tochter aus diesem Laden geworden?«, erkundigt sich Lucy. »Wurde er wieder eröffnet?«

»Nein. Das Interesse an Weihnachtsartikeln ist sowieso nicht sehr hoch. Wenn Sie mich fragen, hat Mrs. Quincy den Laden eher als Hobby betrieben, nicht zum Geldverdienen. Jedenfalls wurde nie wieder geöffnet, und der Sohn hat einen oder zwei Monate nach ihrem Verschwinden die Ware ausgeräumt. Im folgenden September ist dann Beach Bums eingezogen, und ich habe angefangen, hier zu arbeiten.«

»Ich würde mich gern nochmal hinten umschauen«, sagt Lucy. »Dann sind Sie mich los.«

Hog pflückt noch zwei Orangen und hebt dann mit dem aufklappbaren Korb am Ende der langen Stange die Grapefruits auf. Dabei blickt er über den Kanal und beobachtet, wie Scarpetta und Detective Wagner den Swimmingpool umrunden.

Die Polizistin fuchtelt ständig mit den Händen. Scarpetta macht sich Notizen und schaut sich aufmerksam um. Hog hat einen Riesenspaß daran, sich das Treiben anzusehen. Sie sind alle nicht so schlau, wie sie denken. Er wird sie austricksen, und er schmunzelt, als er sich vorstellt, dass Marino sich ein wenig verspäten wird, aufgehalten von einem unerwartet platten Reifen. Natürlich wäre es die einfachste und schnellste Lösung gewesen, einen Wagen der Akademie zu nehmen. Doch für jemanden wie Marino kommt das nicht in Frage, denn in seiner Wut wird er sicher darauf bestehen, den Schaden gleich an Ort und Stelle zu beheben. Dicker, verblödeter Hinterwäldler! Hog kauert sich ins Gras und zerlegt den Obstpflücker, indem er die einzelnen Aluminiumteile auseinander schraubt und sie wieder in der großen schwarzen Nylontasche verstaut. Die Tasche ist schwer, und er hängt sie sich um wie ein Holzfäller, der eine Axt schultert – wie der Holzfäller im Weihnachtsladen.

Gemächlich schlendert er durch den Garten und auf das winzige weiß verputzte Haus nebenan zu. Er sieht die Frau im Schaukelstuhl auf der Veranda sitzen und mit einem Fernglas das orangefarbene Haus auf der anderen Seite des Kanals beobachten. Das tut sie schon seit einigen Tagen. Eine spannende Freizeitbeschäftigung. Hog war nun schon dreimal in dem orangefarbenen Haus, ohne dass jemand ihn bemerkt hätte. Er ist dort ein und aus gegangen, um sich an die Ereignisse zu erinnern und sie wieder und wieder zu durchleben, und er hat sich dabei alle Zeit der Welt gelassen. Niemand sieht ihn. Er kann sich unsichtbar machen.

Er betritt Mrs. Simisters Garten und beginnt, einen ihrer Limettenbäume zu untersuchen. Sie richtet das Fernglas auf ihn und öffnet die Schiebetür, aber sie geht nicht hinaus in den Garten. Er hat sie noch nie im Garten gesehen. Ihr Gärtner erscheint regelmäßig, aber sie selbst verlässt nie das Haus und spricht auch nicht mit ihm. Die Lebensmittel werden geliefert, und zwar immer von demselben Mann. Vielleicht ist es ein Verwandter oder sogar ihr Sohn. Er trägt nur die Tüten ins Haus und bleibt nie lang. Kein Mensch kümmert sich um sie. Also sollte sie Hog dankbar sein, denn bald wird sie jede Menge Aufmerksamkeit bekommen, und viele Leute werden von ihr hören, wenn sie in Dr. Selfs Sendung erwähnt wird.

»Lassen Sie meine Bäume in Ruhe«, sagt Mrs. Simister laut und mit starkem Akzent. »Ihre Leute waren diese Woche schon zweimal hier. Das ist Behördenterror.«

»Entschuldigen Sie, Ma'am. Ich bin hier fast fertig«, erwidert Hog höflich, während er ein Blatt vom Limettenbaum zupft und es untersucht.

»Runter von meinem Grundstück, oder ich hole die Polizei.« Ihre Stimme wird schriller.

Sie hat Angst und ist wütend, weil sie befürchtet, ihre heiß geliebten Bäume zu verlieren, und das wird sie auch. Doch es wird dann keine Rolle mehr spielen. Ihre Bäume sind infiziert. Es sind alte Bäume, die mindestens zwanzig Jahre auf dem Buckel haben, und jetzt ist es aus und vorbei mit ihnen. Das war nicht weiter schwer. Immer wenn die großen orangefarbenen Lastwagen erscheinen, um mit Zitrusbrand verseuchte Bäume zu fällen und zu zerschreddern, fallen Blätter auf die Straße. Hog hebt sie auf, zerreißt sie, legt sie in Wasser und sieht zu, wie die Bakterien, winzigen Bläschen gleich, an die Oberfläche steigen. Dann zieht er eine Spritze auf, die, die Gott ihm gegeben hat.

Hog öffnet seine schwarze Tasche und holt eine Dose mit rotem Sprühlack heraus. Damit sprüht er einen roten Streifen rings um den Stamm des Limettenbaums. Blut am Türstock. Wie der Todesengel, nur dass diesmal niemand verschont bleiben wird. Hog hört irgendwo in einem dunklen Winkel seines Kopfes jemand predigen, wie in einer Schachtel, die so gut versteckt ist, dass er sie nicht erreichen kann.

Ein falsches Zeugnis wird nicht ungestraft bleiben.

Ich werde nichts sagen.
Lügen werden geahndet.
Ich habe geschwiegen. Wirklich.
Die Strafe durch meine Hand wird endlos sein.
Ich war es nicht. Ich war es nicht!

»Was machen Sie da? Lassen Sie meine Bäume in Ruhe! Haben Sie mich verstanden!«

»Ich werde es Ihnen gern erklären, Ma'am«, antwortet Hog in höflichem, mitfühlendem Ton.

Mrs. Simister schüttelt den Kopf, knallt wütend die gläserne Schiebetür zu und schließt ab.

26

In den letzten Tagen war es für die Jahreszeit viel zu warm und regnerisch. Das derbe Gras unter Scarpettas Füßen ist nass, und als die Sonne wieder hinter den dunklen Wolken auftaucht, fühlen sich ihre Strahlen heiß und stechend auf ihren Schultern an, während sie im Garten hin und her geht.

Sie bemerkt die rosafarbenen und roten Hibiskusbüsche, die Palmen und einige Zitrusbäume mit roten Farbstreifen um den Stamm. Dann beobachtet sie den Kontrolleur auf der anderen Seite des Kanals, der gerade seine Tasche zumacht, nachdem die alte Frau ihn angeschrien hat. Sie fragt sich, ob das wohl Mrs. Simister ist, und nimmt an, dass Marino es noch nicht geschafft hat, sie zu besuchen. Ständig kommt er zu spät und lässt sich auch gern bitten, bevor er Scarpettas Anweisungen befolgt, falls er es überhaupt tut. Sie nähert sich der Betonmauer, die steil zum Kanal hin abfällt. Hier gibt es zwar vermutlich keine

Alligatoren, aber auch keinen Zaun, sodass ein Kind oder ein Hund leicht herunterfallen und ertrinken könnte.

Ev und Kristin haben zwei Pflegekinder aufgenommen, aber sich die Mühe gespart, einen Zaun um ihren Garten zu ziehen. Scarpetta stellt sich das Grundstück bei Nacht vor. Sicher ist bei Dunkelheit kaum auszumachen, wo der Garten endet und der Kanal beginnt. Er verläuft von Osten nach Westen. Hinter dem Haus ist er noch recht schmal, doch er verbreitert sich rasch. Vor den weiter entfernten Häusern – viel eleganter als das, in dem Ev, Kristin, David und Tony gewohnt haben – ankern hübsche Segeljachten und Motorboote.

Laut Reba wurden die Schwester und die Jungen zuletzt am Donnerstagabend, dem 10. Februar, gesehen. Früh am nächsten Morgen hat Marino einen Anruf von einem Mann erhalten, der sich als Hog vorstellte. Da war die Familie bereits verschwunden gewesen.

»Ist in den Nachrichten etwas darüber gekommen?«, erkundigt sich Scarpetta bei Reba, weil sie sich fragt, ob der anonyme Anrufer Kristins Namen vielleicht auf diesem Wege erfahren hat.

»Nicht dass ich wüsste.«

»Und Sie haben einen Polizeibericht ausgefüllt.«

»Keinen, der in der Presseabteilung gelandet wäre. Ich fürchte, hier bei uns verschwinden immer wieder Leute, Dr. Scarpetta. Willkommen in Südflorida.«

»Was wissen Sie sonst noch über das letzte Mal, dass sie gesehen wurden, den vergangenen Donnerstagabend also?«

Reba erklärt, dass Ev in der Kirche gepredigt und Kristin aus der Bibel gelesen hat. Als die beiden Frauen am nächsten Tag nicht zum Gebetskreis in der Kirche erschienen, versuchte ein Gemeindemitglied sie telefonisch zu erreichen. Niemand hob ab, und so fuhr die Frau zum Haus. Da sie einen Schlüssel hatte, ging sie hinein. Sie konnte nichts Außergewöhnliches feststellen, nur dass Ev, Kristin und die Jungen fort waren. Eine Herdplatte war auf niedriger Stufe eingeschaltet, und ein leerer Topf stand darauf. Diese Einzelheit ist wichtig, und Scarpetta wird sich damit befassen, wenn sie im Haus ist. Aber noch nicht jetzt, denn ihr Umgang mit einem Tatort erinnert an die Methode eines Raubtiers: Sie pirscht sich in immer enger werdenden Kreisen an ihr Ziel heran und hebt sich das Schlimmste für den Schluss auf.

Lucy erkundigt sich bei Larry, ob am Lagerraum seit seinem Einzug vor etwa zwei Jahren etwas verändert wurde.

»Überhaupt nichts«, erwidert er.

Im Licht der einzigen nackten Glühbirne betrachtet sie die großen Pappkartons und die Regale voller T-Shirts, Sonnencremes, Strandlaken, Sonnenbrillen, Putzmittel und anderer Gegenstände.

»Wie es hier hinten aussieht, interessiert sowieso keinen«, meint Larry. »Wonach suchen Sie denn genau?«

Lucy betritt die Toilette, einen engen, fensterlosen Raum mit einem Waschbecken und einer Kloschüssel. Die Wände bestehen aus Betonblöcken und sind hellgrün gestrichen. Der Boden ist mit braunen Asphaltfliesen bedeckt. An der Decke hängt ebenfalls eine nackte Glühbirne.

»Haben Sie nicht gestrichen oder neu gekachelt?«, fragt sie.

»Als ich den Laden übernahm, sah es ganz genauso aus. Sie glauben doch nicht etwa, dass hier was passiert ist?«

»Ich würde gern wiederkommen und jemanden mitbringen«, antwortet sie.

Auf der anderen Seite des Kanals hält Mrs. Simister Ausschau.

Sie sitzt auf ihrer verglasten Veranda auf einem Schaukelstuhl und stößt sich mit den Füßen ab, sodass sie hin- und herwippt. Ihre Pantoffeln berühren kaum den Fliesenboden, und jede Bewegung wird von einem leisen Knarzen begleitet. Sie blickt sich nach der blonden Frau im dunklen Hosenanzug um, die im Garten des orangefarbenen Hauses umhergegangen ist. Und auch nach dem Kontrolleur, der ohne Erlaubnis Mrs. Simisters Grundstück betreten und es wieder gewagt hat, ihre Bäume zu befingern und sie mit roter Farbe zu besprühen. Jetzt ist er weg. Die blonde Frau ebenfalls.

Zuerst hat Mrs. Simister die blonde Frau für eine religiöse Spinnerin gehalten, denn in diesem Haus geben sich solche Leute die Klinke in die Hand. Doch dann hat sie diese Frau durch ihr Fernglas genauer beobachtet und war sich nicht mehr so sicher. Die blonde Frau hat sich Notizen gemacht und trug eine schwarze Umhängetasche bei sich. Sicher ist sie Bankangestellte oder Anwältin. Mrs. Simister war gerade dabei, das zu entscheiden, als eine weitere Frau erschien. Diese war ziemlich braun gebrannt, hatte weißblondes Haar und hatte eine Khakihose an und eine Waffe in einem Schulterhalfter. Vielleicht ist es ja dieselbe, die letztens schon einmal hier war. Am Freitag. Diese Frau war auch braun gebrannt und hatte weißblondes Haar. Mrs. Simister kann sich nicht mehr genau erinnern.

Die beiden Frauen haben sich unterhalten und sind dann um die Hausecke verschwunden. Vielleicht kommen sie ja zurück. Mrs. Simister hält Ausschau nach dem Kontrolleur, demselben, der beim ersten Mal so nett war und sich so für ihre Bäume interessiert hat. Er wollte wissen, wann sie gepflanzt wurden und was sie für sie bedeuten. Und dann kommt er zurück und sprüht sie einfach an. Seitdem denkt sie zum ersten Mal seit Jahren wieder an ihre Pistole. Ihr Sohn hat sie ihr geschenkt, doch sie hat nur geantwortet, dass ein Verbrecher sie ihr wahrscheinlich aus der Hand reißen und sie gegen sie einsetzen würde. Die Pistole bewahrt sie unter dem Bett auf, wo niemand sie sieht.

Sie würde den Kontrolleur zwar nicht gleich erschießen, hätte aber nichts dagegen, ihm einen ordentlichen Schrecken einzujagen. Zitruskontrolleure verdienen ihr Geld damit, Bäume ausreißen zu lassen, die Menschen ihr Leben lang besessen haben. Das hat Mrs. Simister im Radio gehört. Wahrscheinlich sind ihre Bäume als Nächstes dran. Sie liebt ihre Bäume. Der Gärtner pflückt die Früchte und legt sie ihr auf die Vortreppe. Jake hat einen ganzen Garten voller Bäume für sie angelegt, als sie das Haus kurz nach ihrer Hochzeit gekauft haben. Sie schwelgt noch immer in der Vergangenheit, als das Telefon auf dem Tisch neben ihrem Schaukelstuhl läutet.

»Hallo?«, meldet sie sich.

»Mrs. Simister?«

»Wer spricht da?«

»Ermittler Pete Marino. Wir haben schon einmal miteinander telefoniert.«

»Haben wir das? Wer sind Sie?«

»Sie haben vor ein paar Stunden die National Forensic Academy angerufen.«

»Das habe ich ganz bestimmt nicht. Wollen Sie mir etwas verkaufen?«

»Nein, Ma'am. Ich würde Sie gern besuchen, falls Ihnen das recht ist.«

»Nein, ist es nicht«, entgegnet sie und legt auf.

Mrs. Simister umklammert die kühlen Armlehnen aus Metall so fest, dass ihre dicken Fingerknöchel unter der schlaffen, von Altersflecken bedeckten Haut sich weiß verfärben. Ständig rufen irgendwelche Leute an, die sie gar nicht kennt. Manchmal ist auch nur ein Tonband am Apparat, und Mrs. Simister kann sich keinen Grund vorstellen, warum Leute freiwillig dasitzen und sich Aufnahmen anhören, mit denen ihnen das Geld aus der Tasche gezogen werden soll. Wieder läutet das Telefon, doch sie achtet nicht darauf, sondern greift nach dem Fernglas, um das orangefarbene Haus zu beobachten, in dem die beiden Damen mit den zwei kleinen Jungen wohnen.

Sie lässt das Fernglas über den Kanal und dann über das Grundstück am anderen Ufer schweifen. Auf einmal wirken Garten und Swimmingpool riesengroß, hellgrün und blau. Sie sind deutlich zu erkennen, aber die blonde Frau im dunklen Hosenanzug und die braungebrannte Frau mit der Pistole sind nirgends zu sehen. Was suchen sie da drüben? Wohin sind die beiden Damen, die dort wohnen? Wo sind die Jungen? Heutzutage sind doch alle Kinder verzogene Bälger.

Es läutet an der Tür. Mrs. Simister hört auf zu schaukeln, und ihr Herz beginnt zu klopfen. Seit sie älter wird, erschrecken sie plötzliche Bewegungen oder Geräusche. Und umso mehr fürchtet sie sich vor dem Tod und vor dem, was er – wenn überhaupt – bedeutet. Einige Minuten vergehen, dann läutet es wieder. Sie sitzt reglos da und wartet ab. Es läutet erneut, und jemand klopft laut an die Tür. Schließlich steht sie auf.

Mit schlurfenden Schritten durchquert Mrs. Simister langsam das Wohnzimmer. Sie kann die Füße nicht mehr so gut anheben wie früher, und das Gehen fällt ihr schwer.

Vielleicht ist es ja UPS. Manchmal bestellt ihr Sohn etwas für sie im Internet. Sie späht durch den Spion in der Tür. Der Mensch draußen trägt weder eine braune noch eine blaue Uniform und hat auch keine Briefe oder ein Päckchen in der Hand. *Er* ist es wieder.

»Was wollen Sie denn wieder hier?«, fragt sie ärgerlich, das Auge an den Spion gepresst.

»Mrs. Simister, Sie müssen noch ein paar Formulare ausfüllen.«

27

Das Tor führt in den Vorgarten, wo Scarpetta die dicken Hibiskusbüsche betrachtet, die das Grundstück von dem am Wasser endenden Gehweg abtrennen.

Weder abgebrochene Zweige und Äste noch sonst etwas weist darauf hin, dass jemand durch diese Hecke in das Grundstück eingedrungen ist. Aus der schwarzen Umhängetasche aus Nylon, die sie stets am Tatort bei sich trägt, holt sie ein Paar weiße

Baumwollhandschuhe. Dabei mustert sie das Auto, das auf dem rissigen Beton der Auffahrt parkt. Es ist ein alter grauer Kombi, der schräg und mit einem Rad auf dem Rasen steht, wo er eine Spur im Gras hinterlassen hat. Während Scarpetta in die Handschuhe schlüpft, fragt sie sich, warum Ev oder Kristin so geparkt haben – vorausgesetzt, dass eine der beiden gefahren ist.

Durch die Fensterscheibe betrachtet sie die mit grauem Vinyl gepolsterten Sitzbänke und das ordentlich an der Innenseite der Windschutzscheibe angebrachte Maut-Lesegerät. Dann macht sie sich noch ein paar Notizen. Inzwischen ist ihr ein Muster aufgefallen. Garten und Pool sind makellos gepflegt. Die mit einem Fliegengitter versehene Veranda und die Gartenmöbel blitzen vor Sauberkeit. Im Wagen kann sie weder Müll noch herumliegenden Krimskrams erkennen. Nur einen schwarzen Regenschirm auf der Matte im hinteren Fußraum. Dennoch ist der Wagen schlampig geparkt, so als könnte der Fahrer nicht gut sehen oder hätte es eilig gehabt. Sie bückt sich, um Erde und Pflanzenreste, die im Profil kleben geblieben sind, gründlich zu betrachten. Ihr Blick fällt auf die dicke Staubschicht, die dem Unterboden die gräuliche Farbe alter Knochen gibt.

»Offenbar wurde dieser Wagen irgendwo im Gelände gefahren«, sagt Scarpetta, richtet sich auf, untersucht die schmutzigen Reifen und geht um den Wagen herum.

Reba folgt ihr, einen fragenden Ausdruck auf dem faltigen, gebräunten Gesicht.

»Aus der Erde im Profil schließe ich, dass der Boden beim Darüberfahren feucht oder nass gewesen sein muss«, erklärt Scarpetta. »Ist der Parkplatz der Kirche geteert?«

»Ja, hier wurde das Gras zerdrückt«, sagt Reba mit Blick auf die Reifenspur unter dem Hinterrad.

»Das kann nicht der Grund sein. Schließlich klebt die Erde an allen vier Reifen.«

»Vor der Einkaufszeile, in der die Kirche liegt, befindet sich ein großer Parkplatz. Soweit ich weiß, gibt es in dieser Gegend keine ungeteerten Flächen.«

»Stand der Wagen schon hier, als die Dame von der Kirche hier war, um nach Kristin und Ev zu suchen?«

Reba umrundet den Wagen und mustert interessiert die schmutzigen Reifen. »Das behauptet sie wenigstens. Und als ich am Nachmittag ankam, stand er ganz sicher hier.«

»Es wäre bestimmt nicht falsch, das Mautgerät zu überprüfen, um festzustellen, welche Mautstellen der Wagen wann passiert hat. Haben Sie die Türen geöffnet?«

»Ja. Sie waren nicht abgeschlossen. Ich konnte nichts Wichtiges entdecken.«

»Also wurde das Auto nicht von der Spurensicherung untersucht.«

»Ich setze die Spurensicherung nicht auf ein Fahrzeug an, wenn es keine Hinweise auf ein Verbrechen gibt.«

»Ich verstehe Ihr Problem.«

Reba wendet Scarpetta ihr dunkel gebräuntes Gesicht zu und beobachtet, wie sie wieder durch die Fenster späht. Sie sind von einer dünnen Staubschicht bedeckt. Scarpetta tritt zurück, umrundet erneut den Kombi und lässt jeden Zentimeter auf sich wirken.

»Wem gehört der Wagen?«, fragt sie.

»Der Kirche.«

»Und das Haus?«

»Ebenfalls.«

»Man hat mir gesagt, dass die Kirche das Haus nur gemietet hat.«

»Nein, es gehört ihr eindeutig.«

»Kennen Sie eine Mrs. Simister?«, erkundigt sich Scarpetta. Sie bekommt ein seltsames Gefühl, und zwar eines von der Sorte, die im Magen beginnen und dann die Kehle hinaufsteigen. Genauso ist es ihr ergangen, als Reba Marino gegenüber den Namen Christian Christian erwähnt hat.

»Wen?« Reba verzieht das Gesicht, als von der anderen Seite des Kanals ein gedämpfter Knall zu hören ist.

Die beiden Frauen verstummen, treten näher ans Tor und betrachten die Häuser am gegenüberliegenden Ufer. Niemand ist zu sehen.

»Eine Fehlzündung«, beschließt Reba. »Viele Leute hier fahren ziemliche Schrottlauben. Die meisten hätten ohnehin längst den Führerschein abgeben sollen, alt wie Methusalem und blind wie die Maulwürfe.«

Scarpetta wiederholt den Namen Simister.

»Da klingelt bei mir nichts«, erwidert Reba.

»Sie meinte, sie hätte mehrmals mit Ihnen gesprochen. Ich glaube, sie sagte dreimal.«

»Ich kenne diese Frau nicht und habe nie ein Wort mit ihr gewechselt. Wahrscheinlich ist sie diejenige, die versucht, mich schlecht zu machen, und behauptet, ich würde mich nicht um den Fall kümmern.«

»Verzeihung«, sagt Scarpetta. Sie versucht, Marino am Mobiltelefon anzurufen, erreicht allerdings nur seine Mailbox und bittet ihn um sofortigen Rückruf.

»Wenn Sie rauskriegen, wer diese Mrs. Simister ist«, sagt Reba, »würde ich das gern erfahren. Irgendetwas stimmt da nicht. Vielleicht sollten wir wenigstens das Wageninnere nach Fingerabdrücken absuchen, nur um die Spuren der Hausbewohner auszuschließen.«

»Leider werden Sie die Fingerabdrücke der Jungen nicht mehr im Wagen finden«, erwidert Scarpetta. »Nicht nach vier Tagen. Auch nicht im Inneren des Hauses. Jedenfalls nicht die des kleineren Jungen, des Siebenjährigen.«

»Wie kommen Sie denn darauf?«

»Die Fingerabdrücke von Kindern vor der Pubertät haben nur eine begrenzte Haltbarkeit von wenigen Stunden oder höchstens ein paar Tagen. Wir wissen nicht genau, woran das liegt, aber vermutlich an den Hautfetten, die Menschen nach der Pubertät absondern. Da David schon zwölf ist, stoßen Sie vielleicht noch auf seine Abdrücke – mit Betonung auf vielleicht.«

»Oh, das war mir neu.«

»Ich schlage vor, dass Sie diesen Kombi ins Labor bringen

und auf Faserspuren untersuchen lassen. Außerdem sollten Sie das Wageninnere so schnell wie möglich wegen eventuell noch vorhandender Fingerabdrücke mit Superglue bedampfen. Das können wir, wenn Sie wollen, auch in der Akademie erledigen. Wir haben dort eine Werkstatt für die Untersuchung von Fahrzeugen.«

»Vielleicht ist das gar keine so schlechte Idee«, antwortet Reba.

»Evs und Kristins Fingerabdrücke müssten eigentlich im Haus zu finden sein. Und auch DNA-Spuren, einschließlich die der Jungen, und zwar in Zahnbürsten, Haarbürsten, Schuhen und Kleidung.« Und dann erzählt sie Reba von dem anonymen Anrufer, der Kristin Christians Namen erwähnt hat.

Mrs. Simister wohnt allein in einem kleinen weiß verputzten Häuschen im Ranchstil, das man nach den inzwischen in Südflorida geltenden Standards nur noch abreißen könnte.

Ihr Carport aus Aluminium ist leer, was jedoch nicht heißt, dass sie nicht zu Hause ist, denn sie ist weder im Besitz eines Wagens noch eines gültigen Führerscheins. Marino stellt weiterhin fest, dass die Vorhänge der Fenster rechts von der Eingangstür zurückgezogen sind und dass keine Zeitungen auf der Vortreppe liegen. Sie bezieht täglich den *Miami Herald*, was bedeutet, dass sie mit Brille noch gut genug sehen kann, um zu lesen.

Ihr Telefon ist schon seit einer halben Stunde besetzt. Marino stellt den Motor aus und steigt ab, als ein weißer Chevy Blazer mit getönten Scheiben an ihm vorbeifährt. Es ist eine ruhige Straße. Vermutlich wohnen in diesem Viertel hauptsächlich ältere Leute, die schon lange hier leben und sich inzwischen die Grundsteuer nicht mehr leisten können. Die Vorstellung macht ihn wütend. Man wohnt zwanzig oder dreißig Jahre lang in einem Haus, und wenn man es endlich abbezahlt hat, stellt man fest, dass die Rente nicht für die Steuern reicht, die ständig steigen, weil so viele reiche Leute scharf auf die Ufergrundstücke sind. Mrs. Simisters baufälliges Haus ist auf eine knappe Dreiviertelmillion Dollar geschätzt worden, und sie wird es wahrscheinlich schon bald verkaufen müssen, wenn sie nicht zuvor schon in einem Altenheim landet. Denn sie hat nur dreitausend Dollar auf der hohen Kante.

Inzwischen weiß Marino ziemlich viel über Dagmara Schudrich Simister, denn er hat nach seinem Telefonat eine Suchanfrage an die HIT-Datenbank gerichtet. Mrs. Simister, von ihren Freunden Daggie genannt, ist siebenundachtzig Jahre alt. Sie ist Jüdin und Gemeindemitglied einer Synagoge ganz in der Nähe, die sie jedoch schon seit Jahren nicht mehr besucht hat. Niemals hat sie derselben Kirche angehört wie die vermissten Personen auf der anderen Seite des Kanals, und deshalb hat sie offenbar am Telefon die Unwahrheit gesagt – vorausgesetzt, dass die Anruferin tatsächlich Daggie Simister war, was Marino mittlerweile bezweifelt.

Sie wurde im polnischen Lublin geboren, hat den Holocaust überlebt und anschließend noch bis kurz vor ihrem dreißigsten Geburtstag in Polen gelebt. Das erklärt auch den starken Akzent, der Marino aufgefallen ist, als er sie vor ein paar Minuten angerufen hat. Die Anruferin in Scarpettas Büro hatte hingegen keinen erkennbaren Akzent. Sie klang einfach nur wie eine alte Frau. Mrs. Simisters einziges Kind, ein Sohn, wohnt in Fort Lauderdale und ist in den vergangenen zehn Jahren zweimal mit Alkohol am Steuer und dreimal wegen anderer Verkehrsdelikte erwischt worden. Ironie des Schicksals ist, dass er sich als Bauunternehmer in der Immobilienbranche betätigt und somit genau zu den Leuten gehört, die schuld an den immer mehr ansteigenden Grundsteuern seiner Mutter sind.

Mrs. Simister ist bei vier Ärzten in Behandlung, und zwar wegen Arthritis, Herzbeschwerden, Problemen mit ihren Füßen und Sehschwäche. Sie reist nicht, zumindest nicht mit den großen Fluggesellschaften. Offenbar verbringt sie den Großteil ihrer Zeit zu Hause und beobachtet sicher alles, was um sie herum geschieht. In Stadtvierteln wie diesem betätigen sich viele ans

Haus gefesselte Menschen als Spione, und Marino hofft, dass Mrs. Simister auch dazugehört. Hoffentlich hat sie beobachtet, was am anderen Ufer in dem orangefarbenen Haus vor sich geht. Und vielleicht hat sie ja eine Vermutung, wer Scarpetta in ihrem Namen im Büro angerufen haben könnte – vorausgesetzt, sie war es nicht doch selbst.

Marino läutet an ihrer Tür, die Brieftasche gezückt, um seine Dienstmarke vorzuzeigen. Allerdings ist das nicht ganz ehrlich von ihm, denn er ist kein Polizist mehr, war nie bei der Polizei von Florida angestellt und hätte eigentlich Dienstausweis und Dienstwaffe bei seinem Abschied von seinem letzten Arbeitgeber, einer kleinen Polizeidienststelle in Richmond, wo er sich immer als unverstandener und unterschätzter Außenseiter gefühlt hat, zurückgeben müssen. Wieder läutet er und versucht dann erneut, Mrs. Simister am Telefon zu erreichen.

Noch immer besetzt.

»Polizei! Ist jemand zu Hause?«, ruft er laut und klopft an die Tür.

28

Obwohl Scarpetta in ihrem dunklen Hosenanzug schwitzt, hat sie nicht vor, etwas dagegen zu unternehmen. Wenn sie die Jacke auszieht, wird sie sie irgendwo aufhängen müssen, und es widerstrebt ihr, sich an Tatorten häuslich einzurichten – nicht einmal an solchen, die die Polizei gar nicht für Tatorte hält.

Drinnen im Haus ist sie zu dem Schluss gekommen, dass eine der Schwestern offenbar an einer Zwangsstörung leidet: Fenster, Fliesenböden und Möbelstücke sind blitzsauber und ordentlich. Der Teppich liegt genau in der Mitte des Raums, und die Fransen sind so glatt gestrichen, dass sie wie gekämmt aussehen. Sie überprüft den Thermostat an der Wand und notiert sich, dass die Klimaanlage eingeschaltet ist und die Temperatur im Wohnzimmer zwanzig Grad beträgt.

»Wurde der Thermostat verstellt?«, fragt sie. »Oder stand er auf dieser Stufe?«

»Es ist nichts verändert worden«, erwidert Reba, die mit Lex, der Spurensicherungsexpertin der Akademie, in der Küche steht. »Bis auf den Herd. Der wurde natürlich abgeschaltet. Die Dame, die herkam, als Ev und Kristin nicht in der Kirche erschienen sind, hat das erledigt.«

Scarpetta notiert sich, dass das Haus nicht über eine Alarmanlage verfügt.

Reba öffnet den Kühlschrank. »Ich würde die Schranktüren mit Fingerabdruck-Pulver behandeln«, meint sie zu Lex. »Am besten stäuben Sie alles ein, wenn Sie schon mal dabei sind. Wenn man bedenkt, dass zwei heranwachsende Jungen hier gewohnt haben, ist nicht sehr viel zu essen im Haus«, sagt sie dann zu Scarpetta. »Es sind überhaupt wenig Lebensmittel da. Offenbar sind sie Vegetarier.«

Sie schließt die Kühlschranktür.

»Das Pulver macht das Holz kaputt«, merkt Lex an.

»Das müssen Sie entscheiden.«

»Wissen wir, wann sie am vergangenen Donnerstagabend angeblich aus der Kirche nach Hause gekommen sind?«, erkundigt sich Scarpetta.

»Der Gottesdienst endete um sieben. Ev und Kristin sind noch eine Weile geblieben und haben mit einigen Leuten geredet. Anschließend fand eine Sitzung in Evs Büro statt. Es ist nur ein sehr kleines Büro in einer sehr kleinen Kirche. Der Raum, in dem die Gottesdienste abgehalten werden, fasst meiner Einschätzung nach höchstens fünfzig Personen.«

Reba kommt aus der Küche ins Wohnzimmer.

»Eine Sitzung mit wem? Und wo waren währenddessen die

Jungen?«, fragt Scarpetta und nimmt ein Kissen von einer geblümten Couch.

»Einige der Frauen hatten eine Besprechung. Ich weiß nicht, wie man sie nennt. Es sind die Frauen, die für das Organisatorische in der Kirche zuständig sind. Die Jungen waren nicht dabei. Sie haben gewartet und miteinander gespielt. Gegen acht Uhr abends sind sie mit Ev und Kristin weggefahren.«

»Fanden diese Besprechungen jeden Donnerstagabend nach dem Gottesdienst statt?«

»Ich glaube, ja. Der reguläre Gottesdienst ist am Freitagabend, und deshalb treffen sie sich am Abend davor. Es hat etwas mit dem Karfreitag zu tun, an dem Gott für unsere Sünden gestorben ist. Sie sprechen nie von Jesus, nur von Gott, und es geht ständig um die Sünde und darum, dass man in die Hölle kommt. Eine seltsame Kirche. Eher eine Sekte, wenn Sie mich fragen. Wahrscheinlich machen sie auch was mit Schlangen oder so.«

Lex gibt eine Prise Silk-Black-Oxidpulver auf ein Blatt Papier. Die weiße Arbeitsfläche ist zwar rissig, aber sauber und freigeräumt. Sie taucht einen Pinsel aus Fiberglas in das Pulver auf dem Papier und beginnt geduldig, das Pulver auf dem Resopal zu verteilen, sodass die Oberfläche dort, wo das Pulver an Fetten oder anderen unsichtbaren Resten haften bleibt, eine unregelmäßige fleckig-schwarze Färbung annimmt.

»Ich habe weder eine Geldbörse noch eine Handtasche oder sonst irgendwas gefunden«, sagt Reba zu Scarpetta. »Und das bestärkt mich in dem Verdacht, dass sie abgehauen sind.«

»Manchmal hat man auch bei einer Entführung die Möglichkeit, die Handtasche mitzunehmen«, gibt Scarpetta zurück. »Menschen werden mit ihren Brieftaschen, ihren Schlüsseln, ihren Autos und ihren Kindern gekidnappt. Vor ein paar Jahren hatte ich mit einem ermordeten Entführungsopfer zu tun, das zuvor sogar noch einen Koffer packen durfte.«

»Ich kenne aber auch viele Fälle, bei denen alles so hingebogen wurde, dass es nach einem Verbrechen aussieht, obwohl sich die Leute in Wirklichkeit nur aus dem Staub gemacht hatten. Vielleicht kam der seltsame Anruf von einem Spinner aus ihrer Kirchengemeinde.«

Scarpetta geht in die Küche und mustert den Herd. Auf einer der hinteren Platten steht eine Kupferpfanne mit Deckel. Das Metall ist grau angelaufen und schlierig.

»Steht die Pfanne noch dort, wo sie gefunden wurde?«, erkundigt sie sich und hebt den Deckel ab.

Auch das aus Edelstahl bestehende Innere der Pfanne ist dunkelgrau verfärbt.

Lex zieht mit einem lauten Ratsch Klebeband ab.

»Als die Dame aus der Kirche ankam, war die linke hintere Platte auf niedrigster Stufe eingeschaltet. Die Pfanne war leer und glühend heiß«, antwortet Reba. »So wurde es mir wenigstens beschrieben.«

Scarpetta entdeckt einen Hauch feiner weißlich-grauer Asche in der Pfanne.

»Vielleicht war ja ursprünglich etwas darin. Speiseöl zum Beispiel. Kein Essen. Lagen auf der Anrichte keine Lebensmittel?«, will sie wissen.

»Als ich hier eintraf, sah es genauso aus wie jetzt. Und die Dame von der Kirche sagte, sie hätte keine Lebensmittel bemerkt.«

»Ein paar Rillen, aber zum Großteil verschmiert«, verkündet Lex und zieht ein paar Zentimeter Klebeband von der Arbeitsfläche. »Mit den Schränken plage ich mich lieber gar nicht erst ab. Auf dem Holz ist wahrscheinlich sowieso nichts hängen geblieben. Es wäre nichts als Verschwendung, es sinnlos zu ruinieren.«

Als Scarpetta den Kühlschrank öffnet, schlägt ihr eisige Luft entgegen. Sie untersucht ein Fach nach dem anderen. Die Reste kalter Truthahnbrust weisen darauf hin, dass zumindest ein Mitglied des Haushalts kein Vegetarier ist. Weiterhin entdeckt sie Kopfsalat, frischen Brokkoli, Spinat, Sellerie und Karotten, Unmengen von Karotten, gleich neunzehn Beutel voll, und zwar die kleinen, vorgeschälten, der kalorienarme Imbiss für zwischendurch.

Die gläserne Schiebetür zu Mrs. Simisters Veranda ist nicht abgeschlossen. Marino wartet draußen auf dem Rasen und blickt sich um.

Er betrachtet das orangefarbene Haus auf der anderen Seite des Kanals und fragt sich, ob Scarpetta bereits etwas gefunden hat. Vielleicht ist sie ja schon wieder weg. Er ist zu spät dran, denn es hat eine Weile gedauert, das Motorrad auf einen Anhänger zu hieven, zum Hangar zu schaffen und den Reifen zu wechseln. Noch mehr Zeit hat er damit verbracht, mit den anderen Mechanikern und einigen Lehrgangsteilnehmern sowie mit den Dozenten zu sprechen, deren Autos ebenfalls auf dem Parkplatz standen, immer in der Hoffnung, dass jemand etwas beobachtet haben könnte. Aber nein. Zumindest behaupten das alle.

Marino öffnet Mrs. Simisters Schiebetür ein Stück weit und ruft nach ihr.

Keine Antwort. Er klopft kräftig gegen die Scheibe.

»Ist jemand zu Hause?«, fragt er laut. »Hallo?«

Wieder greift er zum Telefon. Immer noch besetzt. Er stellt fest, dass Scarpetta vor einer Weile seine Nummer gewählt hat, vermutlich als er gerade auf dem Motorrad hierher gefahren ist. Er ruft sie zurück.

»Was tut sich so bei dir?«, erkundigt er sich ohne Begrüßung.

»Reba sagt, sie hätte noch nie von einer Mrs. Simister gehört.«

»Irgendjemand will uns hier verarschen«, erwidert er. »Sie gehört auch nicht zu derselben Kirchengemeinde wie die Vermissten. Außerdem macht sie die Tür nicht auf. Ich gehe jetzt rein.«

Er schaut zurück zu dem orangefarbenen Haus am anderen Ufer des Kanals. Dann öffnet er die Schiebetür und betritt die Veranda.

»Mrs. Simister?«, ruft er. »Ist jemand zu Hause? Polizei!«

Eine zweite Schiebetür ist ebenfalls nicht verschlossen. Im Esszimmer bleibt Marino stehen und ruft wieder ihren Namen. Hinten im Haus plärrt der Fernseher auf voller Lautstärke. Marino steuert auf das Geräusch zu und kündigt seine Anwesenheit dabei immer wieder an. Inzwischen hat er die Pistole gezogen. Als er den Flur entlanggeht, stellt er fest, dass gerade eine Talk-Show läuft, in der viel gelacht wird.

»Mrs. Simister? Sind Sie da?«

Der Fernseher steht in einem der hinteren Räume, vermutlich ist es das Schlafzimmer, und die Tür ist zu. Er zögert und ruft noch einmal. Dann klopft er, erst leise, dann kräftiger, tritt ein und sieht das Blut, einen zierlichen Körper auf dem Bett und das, was vom Kopf noch übrig ist.

29

In einer Schreibtischschublade liegen Bleistifte, Kugelschreiber und Markierstifte. Zwei der Bleistifte und einer der Kugelschreiber sind abgekaut, und Scarpetta untersucht die Zahnabdrücke in Holz und Plastik. Dabei fragt sie sich, welcher der Jungen wohl nervös auf Gegenständen herumknabbert.

Sie verstaut die verschiedenen Stifte in getrennten Asservatenbeuteln. Nachdem sie die Schublade geschlossen hat, sieht sie sich um und überlegt, was für ein Leben die beiden südafrikanischen Waisenjungen hier führen mögen. Im Zimmer gibt es weder Spielsachen, noch hängen Poster an den Wänden. Nichts weist darauf hin, ob die Brüder auf Mädchen, Autos, Filme oder Sport stehen, ob sie Vorbilder haben und was ihnen Spaß macht.

Das Badezimmer ist eine Tür weiter. Es ist altmodisch eingerichtet mit hässlichen grünen Kacheln, weißer Toilette und Badewanne. Scarpetta sieht ihr Gesicht im Spiegelschränkchen, als sie die Tür öffnet. Die schmalen Metallregale enthalten Zahnseide, Aspirin und kleine verpackte Stückchen Seife, wie man sie in Motel-Badezimmern findet. Scarpetta hebt ein kleines Pillendöschen aus durchsichtigem orangefarbenem Plastik, wie amerikanische Apotheken sie für verschreibungspflichtige Medikamente benutzen, am weißen Deckel an und ist erstaunt, als sie auf dem Etikett den Namen des verordnenden Arztes liest: Dr. Marilyn Self.

Die Prominenten-Psychiaterin Dr. Self hat David Luck Ritalin verschrieben. Dreimal täglich soll er zehn Milligramm davon einnehmen. Im vergangenen Monat, auf den Tag genau vor drei Wochen, wurden ihm erneut einhundert Tabletten verordnet. Scarpetta entfernt den Deckel und schüttet sich die eingekerbten grünen Tabletten auf die Hand. Sie zählt neunundvierzig Stück. Wenn der Junge drei Wochen lang die verordnete Dosis eingenommen hat, dürften es ihrer Berechnung nach eigentlich nur noch siebenunddreißig sein. Angeblich ist er am Donnerstagabend verschwunden. Das war vor fünf Tagen, also vor fünfzehn Tabletten. Fünfzehn plus siebenunddreißig macht zweiundfünfzig. Also ziemlich nah dran. Warum hat David sein Ritalin zurückgelassen, wenn er freiwillig verschwunden ist? Und warum war der Herd noch an?

Scarpetta gibt die Tabletten zurück in das Döschen und verstaut es in einem Asservatenbeutel. Dann geht sie den Flur entlang. An dessen Ende liegt das letzte Zimmer, das die Schwestern offenbar miteinander geteilt haben. Es gibt zwei Betten, beide mit smaragdgrünen Überwürfen. Tapete und Teppich sind grün. Auch die Möbel sind grün lackiert. Lampen und Deckenventilator sind grün, und grüne zugezogene Vorhänge sperren das Tageslicht aus. Die Nachttischlampe brennt. Der Raum wird nur von ihrem dämmrigen Schein und von dem Licht erleuchtet, das aus dem Flur hereinfällt.

Das Zimmer enthält weder einen Spiegel noch Bilder. Nur zwei gerahmte Fotos stehen auf der Kommode. Das eine zeigt einen Sonnenuntergang am Meer und zwei Jungen, beide blond, die Badehosen tragen und lächelnd am Strand stehen. Offenbar sind sie Brüder, und der eine ist älter als der andere. Auf dem anderen Foto sind zwei Frauen mit Spazierstöcken zu sehen. Sie blinzeln zur Sonne hinauf, die an einem endlosen blauen Himmel steht. Hinter ihnen am Horizont erhebt sich ein seltsam geformter Berg. Sein Gipfel wird von einer ungewöhnlichen Wolkenformation verhüllt, die sich wie dichter weißer Dampf aus den Felsen erhebt. Die eine Frau ist klein und vollbusig und trägt ihr langes graumeliertes Haar zurückgebunden. Die andere ist größer und schlanker und hat sehr langes, gewelltes schwarzes Haar, das sie sich wegen des Windes aus der Stirn schiebt.

Scarpetta holt eine Lupe aus ihrer Umhängetasche und betrachtet die Fotos eingehend. Sie mustert die bloße Haut der Jungen und ihre Gesichter. Dann sieht sie sich die Gesichter der Frauen und deren Haut an und hält Ausschau nach Narben, Tätowierungen, körperlichen Missbildungen oder Schmuck. Als sie die Linse über die schlankere Frau mit dem langen schwarzen Haar gleiten lässt, stellt sie fest, dass sie eine ungesunde Gesichtsfarbe hat. Vielleicht liegt es an der Beleuchtung oder an einem Selbstbräuner; jedenfalls hat ihre Haut eine leicht gelbliche Färbung, sodass sie fast wirkt, als hätte sie Gelbsucht.

Scarpetta öffnet den Schrank. Darin befinden sich billige Freizeitkleidung und Schuhe sowie elegantere Kostüme in den Größen achtunddreißig und zweiundvierzig. Scarpetta holt alle weißen oder eierschalfarbenen Sachen heraus und untersucht den Stoff auf gelbliche Schweißflecken. Sie entdeckt einige unter den Achseln von Blusen Größe achtunddreißig. Dann wendet sie sich wieder dem Foto der Frau mit dem langen dunklen Haar und der gelblichen Haut zu und denkt an das rohe Gemüse im Kühlschrank und an die Karotten. Und an Dr. Marilyn Self.

Im Schlafzimmer gibt es bis auf eine in braunes Leder gebundene Bibel auf einem der Nachttische keine Bücher. Die Bibel ist alt und bei den Apokryphen aufgeschlagen. Das Licht der Lampe fällt auf das brüchige Papier, das im Laufe vieler Jahre bräunlich und spröde geworden ist. Scarpetta setzt ihre Lesebrille auf und hält in ihrem Notizbuch fest, dass die Bibel beim Buch der Weisheit geöffnet ist, und zwar bei Kapitel zwölf, Vers fünfundzwanzig; dieser ist mit Bleistift mit drei kleinen x markiert.

Darum hast du ihnen wie unvernünftigen Kindern eine Strafe gesandt, die sie zum Gespött machte.

Als sie Marinos Mobilfunknummer wählt, springt sofort die Mailbox an. Scarpetta zieht die Vorhänge zurück, um festzustellen, ob die Schiebetür dahinter verschlossen ist, während sie Marino noch einmal anruft und eine dringende Nachricht hinterlässt. Inzwischen hat es angefangen zu regnen, und auf dem Wasser des Pools und dem Kanal ist das Plätschern der Tropfen zu sehen. Gewitterwolken türmen sich auf wie Ambosse, die Palmen werden von Sturmböen geschüttelt, und an den niedrigen Hibiskushecken zu beiden Seiten der Schiebetür sträuben sich die rosafarbenen und roten Blüten im Wind. Scarpetta bemerkt zwei Schmierer auf der Scheibe, deren unverkennbare Form ihr sofort ins Auge sticht. Sie trifft Reba und Lex in der Waschküche an, wo sie gerade das Innere von Waschmaschine und Trockner überprüfen.

»Im Schlafzimmer liegt eine Bibel«, verkündet Scarpetta. »Sie ist bei den Apokryphen aufgeschlagen, und die Nachttischlampe brennt.«

Reba scheint nicht ganz zu verstehen.

»Meine Frage ist, ob es im Schlafzimmer genau so aussah, als die Dame von der Kirche das Haus betreten hat. Wurde dort seit Ihrem ersten Besuch irgendetwas verändert?«

»Als ich ins Schlafzimmer ging, wirkte alles ganz normal. Ich erinnere mich, dass die Vorhänge geschlossen waren. Eine Bibel oder so was habe ich nicht gesehen. Und soweit ich mich erinnere, brannte auch kein Licht«, erwidert Reba.

»Da steht ein Foto mit zwei Frauen. Ev und Kristin?«

»Das sagt die Dame von der Kirche.«

»Und das auf dem anderen Foto sind Tony und David?«

»Ich glaube schon.«

»Leidet eine der Frauen an einer Essstörung? Ist sie krank? Wissen wir, ob eine der Schwestern in ärztlicher Behandlung ist? Und wer ist wer auf dem Foto?«

Reba kann das alles nicht beantworten. Bis jetzt ist es ihr auch nicht wichtig erschienen, diesen Fragen nachzugehen. Kein Mensch hätte gedacht, dass sich jemand dafür interessieren könnte, so wie Scarpetta jetzt.

»Haben Sie oder sonst jemand die Schiebetür in dem grünen Schlafzimmer geöffnet?«

»Nein.«

»Sie ist nicht abgeschlossen, und ich habe auf der Außenseite der Scheibe Schmierer bemerkt. Ohrabdrücke. Waren die, als Sie sich am vergangenen Freitag hier umgeschaut haben, auch schon da?«

»Ohrabdrücke?«

»Zwei, und zwar von einem rechten menschlichen Ohr«, entgegnet Scarpetta. In diesem Moment läutet ihr Telefon.

30

Es regnet heftig, als sie vor Mrs. Simisters Haus hält. Dort stehen bereits drei Polizeifahrzeuge und ein Krankenwagen.

Scarpetta steigt aus und spart sich den Regenschirm, während sie ein Telefonat mit dem Gerichtsmedizinischen Institut von Broward County beendet, das für alle Todesfälle zwischen

Palm Beach und Miami zuständig ist, die überraschend eingetreten sind oder einen gewaltsamen Hintergrund haben. Da sie sich vor Ort befindet, erbietet sie sich, die Leiche sofort zu untersuchen. Außerdem fordert sie einen Leichenwagen an, um die Tote in die Gerichtsmedizin zu bringen, und ordnet eine schnellstmögliche Autopsie an.

»Finden Sie nicht, dass das bis morgen warten kann? Soweit ich informiert bin, könnte es sich auch um einen Selbstmord handeln, schließlich hat sie in der Vergangenheit an Depressionen gelitten«, erwidert der Sachbearbeiter diplomatisch, weil er nicht so klingen will, als zweifle er an Scarpettas Fachkompetenz.

Deshalb möchte er auch nicht geradeheraus sagen, dass er den Fall für nicht so dringend hält. Doch ganz gleich, wie vorsichtig er sich auch ausdrückt, sie ahnt trotzdem, was er denkt.

»Laut Marino wurde keine Waffe gefunden«, erklärt Scarpetta, während sie, bereits klatschnass, die Stufen zur Veranda hinaufeilt.

»Okay. Das wusste ich nicht.«

»Für mich macht es nicht den Eindruck, als ginge hier jemand von einem Selbstmord aus.«

Scarpetta versucht, sich zu erinnern, wann die vermeintliche Fehlzündung, die sie und Reba vorhin gehört haben, stattgefunden hat.

»Kommen Sie ins Institut?«

»Natürlich«, antwortet sie. »Verständigen Sie Dr. Amos, und bereiten Sie alles vor.«

Marino erwartet sie schon, als sie das Haus betritt und sich das nasse Haar aus den Augen streicht.

»Wo ist Wagner?«, fragt er. »Ich nehme an, sie kommt noch. Leider. So eine Vollidiotin hat uns hier gerade noch gefehlt.«

»Sie ist wohl ein paar Minuten nach mir weg, und ich habe keine Ahnung, wo sie steckt.«

»Wahrscheinlich hat sie sich verfahren. So einen miserablen Orientierungssinn habe ich noch nie erlebt.«

Scarpetta erzählt ihm von der Bibel in Evs und Kristins Schlafzimmer und von dem angestrichenen Bibelvers.

»Dasselbe hat der Mann am Telefon zu mir gesagt!«, ruft Marino. »Mist! Was hat denn das zu bedeuten? Diese Vollidiotin!«, fährt er fort, womit er wieder Reba meint. »Ich werde mir hinter ihrem Rücken einen richtigen Detective besorgen müssen, damit sie den Fall nicht in den Sand setzt.«

Scarpetta hat genug von seiner Schimpftirade. »Tu mir einen Gefallen, beiß die Zähne zusammen und hilf ihr, so gut du kannst. Und jetzt verrate mir, was du weißt.«

Sie blickt an ihm vorbei durch den Türspalt. Zwei Notfallsanitäter, ihre Gerätekoffer in der Hand, beenden einen ohnehin vergeblichen Einsatz.

»Schuss in den Mund. Der Schrot hat die Schädeldecke weggerissen«, sagt Marino und macht den Sanitätern Platz, die zur Tür hinaus in Richtung Krankenwagen gehen. »Sie liegt im Bett. Voll bekleidet. Der Fernseher läuft. Keine Hinweise auf Einbruch, Raub oder sexuellen Übergriff. Im Waschbecken im Bad haben wir ein Paar Latexhandschuhe gefunden, einer davon ist blutig.«

»In welchem Bad?«

»In dem, das vom Schlafzimmer abgeht.«

»Sonst noch Zeichen dafür, dass der Mörder nach der Tat sauber gemacht hat?«

»Nein. Nur die Handschuhe im Becken. Keine blutigen Handtücher, kein blutiges Wasser.«

»Das muss ich mir selbst ansehen. Wissen wir sicher, wer sie ist?«

»Nur, wem das Haus hier gehört. Daggie Simister. Ob sie es ist, die da tot auf dem Bett liegt, kann ich nicht mit Bestimmtheit sagen.«

Scarpetta kramt ein Paar Handschuhe aus ihrer Tasche hervor und tritt in den Flur. Während sie stehen bleibt und sich umschaut, denkt sie an die unverschlossene Schiebetür im Schlafzimmer des Hauses auf der anderen Seite des Kanals. Dann betrachtet sie den Fliesenboden und die hellblauen Wände und anschließend das kleine Wohnzimmer. Es ist mit Möbeln, Fotos, Porzellanvögeln und anderem Zierrat aus einer vergangenen Zeit voll gestellt. Alles scheint an seinem Platz zu sein. Marino führt sie durch das Wohnzimmer und an der Küche vorbei zur anderen Seite des Hauses, wo in einem Raum mit Blick auf das Wasser die Leiche liegt.

Die Tote trägt einen rosafarbenen Jogginganzug und Hauspantoffeln in derselben Farbe und liegt rücklings auf der Überdecke. Ihr Mund steht offen, die Augen starren ins Leere, und ihre Schädeldecke wurde weggesprengt wie eine Eierschale. Die Hirnmasse ist ausgetreten, und auf dem von hellrotem, allmählich gerinnendem Blut durchweichten Kopfkissen liegen Gewebefetzen und Knochensplitter. Sie kleben auch an dem ebenfalls mit Blut bespritzten Kopfbrett des Bettes und an der Wand.

Scarpetta fährt mit der Hand unter die blutige Joggingjacke, betastet Brust und Bauch und berührt dann die Hände. Die Tote ist warm, die Leichenstarre noch nicht eingetreten. Scarpetta öffnet die Jacke und schiebt ein chemisches Thermometer unter die rechte Achsel. Während sie abwartet, bis dieses die Temperatur anzeigt, überprüft sie, ob außer der offensichtlichen Kopfverletzung noch weitere Wunden vorliegen.

»Wie lange ist sie deiner Ansicht nach schon tot?«, erkundigt sich Marino.

»Sie ist noch sehr warm. Keine Leichenstarre.«

Scarpetta denkt an das Geräusch, das Reba und sie für eine Fehlzündung gehalten haben. Das muss vor etwa einer Stunde gewesen sein. Sie geht zu dem Thermostat an der Wand hinüber. Die Klimaanlage läuft. Im Schlafzimmer herrschen kühle achtzehn Grad. Sie notiert sich das und schaut sich dann gründlich um. Der Boden des kleinen Schlafzimmers ist gefliest und zum Großteil von einem dunkelblauen Teppich bedeckt, der von dem Bett mit der blauen Daunendecke bis zu dem Fenster mit Aussicht auf den Kanal reicht. Die Jalousien sind geschlossen. Auf dem Nachttisch steht ein Glas, das offenbar Wasser enthält. Daneben liegen eine Großdruck-Ausgabe eines Romans von Dan Brown und eine Brille. Auf den ersten Blick weist nichts auf einen Kampf hin.

»Vielleicht wurde sie ja, kurz bevor ich kam, getötet«, mutmaßt Marino und versucht, sich seine Aufregung nicht anmerken zu lassen. »Es könnte, nur wenige Minuten ehe ich hier angekommen bin, passiert sein. Ich war zu spät dran. Jemand hat den Vorderreifen meiner Harley zerstochen.«

»Absichtlich?«, fragt Scarpetta, die das für einen merkwürdigen Zufall hält.

Wenn er früher eingetroffen wäre, wäre die Frau vielleicht nicht ermordet worden. Sie erzählt ihm von dem Geräusch, bei dem es sich, wie sie inzwischen überzeugt ist, um einen Schuss gehandelt hat. Währenddessen kommt ein uniformierter Polizist aus dem Badezimmer und stellt mehrere Medikamentendöschen auf die Kommode.

»Ja, es war Absicht«, erwidert Marino.

»Offenbar ist sie noch nicht lange tot. Wann hast du sie denn gefunden?«

»Ich war seit etwa einer Viertelstunde hier, als ich dich angerufen habe. Ich wollte sichergehen, ob im Haus alles sauber ist, bevor ich etwas unternahm. Schließlich hätte sich der Täter ja im Schrank verstecken können.«

»Und die Nachbarn haben nichts gehört?«

Marino erklärt, dass in den beiden Häusern links und rechts niemand da ist. Das hat einer der uniformierten Kollegen bereits überprüft. Er schwitzt stark, sein Gesicht ist hochrot, und ein wilder Blick liegt in seinen weit aufgerissenen Augen.

»Ich habe keine Ahnung, was hier gespielt wird«, sagt er, während der Regen weiter aufs Dach prasselt. »Irgendwie glaube ich, dass uns jemand vorführen will. Du und Wagner, ihr wart direkt gegenüber am anderen Ufer. Und ich bin zu spät gekommen, weil ich einen Platten hatte.«

»Ein Kontrolleur hat sich hier herumgetrieben«, berichtet

Scarpetta. »Er hat die Zitrusbäume untersucht.« Sie erzählt ihm von dem Pflückgerät, das der Mann auseinander genommen und in einer großen schwarzen Tasche verstaut hat. »Ich werde der Sache gleich nachgehen.«

Sie zieht das Thermometer unter der Achsel der Toten hervor und notiert sich sechsunddreißig Grad. Dann geht sie in das gekachelte Badezimmer, um einen Blick in Dusche, Toilette und Papierkorb zu werfen. Das Waschbecken ist trocken, ohne eine Spur von Blut oder anderen Verschmutzungen, was keinen Sinn ergibt. Sie sieht Marino an.

»Die Handschuhe lagen also im Becken?«, fragt sie.

»Richtig.«

»Wenn der Täter – oder die Täterin – sie nach dem Mord ausgezogen und ins Waschbecken geworfen hat, hätte der blutige Handschuh doch Flecken hinterlassen müssen.«

»Nicht, falls das Blut schon getrocknet war.«

»Das kann aber nicht sein«, entgegnet Scarpetta. Im Medizinschränkchen entdeckt sie die üblichen Mittel gegen verschiedene Zipperlein und Verdauungsbeschwerden. »Außer der Täter hat sie lange genug anbehalten.«

»So lange dauert das sicherlich auch nicht.«

»Möglich. Hast du die Dinger hier?«

Sie verlassen das Badezimmer, und Marino holt einen großen braunen Asservatenumschlag aus einem Gerätekoffer. Er öffnet ihn, damit Scarpetta einen Blick hineinwerfen kann, ohne die Handschuhe zu berühren. Einer ist sauber, der andere zum Großteil umgestülpt und mit dunkelbraun angetrocknetem Blut beschmiert. Die Handschuhe sind innen nicht mit Talkum beschichtet, und der saubere macht einen ungetragenen Eindruck.

»Wir müssen auch die Innenseite auf DNA-Spuren untersuchen. Und auf Fingerabdrücke«, sagt Scarpetta.

»Anscheinend wusste der Täter nicht, dass man auch auf der Innenseite von Handschuhen Abdrücke hinterlassen kann«, meint Marino.

»Dann hat er wahrscheinlich keinen Fernseher«, stellt ein Polizist fest.

»Verschon mich bloß mit dem Mist, der im Fernsehen läuft. Das ist ja nicht auszuhalten«, protestiert ein Kollege, der halb unter dem Bett verschwunden ist. »Nanu, was haben wir denn da!«

Als er hervorkommt, hat er eine Taschenlampe und einen kleinen Edelstahlrevolver mit einem Griff aus Rosenholz in der Hand. Mit spitzen Fingern öffnet er die Trommel.

»Ungeladen. Der hätte ihr also nicht viel genützt. Sieht nicht aus, als wäre er nach dem letzten Reinigen abgefeuert worden, falls überhaupt je damit geschossen worden ist«, sagt er.

»Wir untersuchen ihn trotzdem auf Fingerabdrücke«, erwidert Marino. »Ein komisches Versteck für eine Waffe. Wie weit unter dem Bett lag er denn?«

»So weit hinten, dass man ihn nur erreichen konnte, wenn man, so wie ich gerade, unter das Bett kriecht. Kaliber zweiundzwanzig. Eine Black Widow.«

Marino sieht sich den Revolver an. »Single-Action. Nicht unbedingt die geeignete Waffe für eine zierliche alte Frau mit arthritischen Händen.«

»Bestimmt hat sie ihr jemand zur Selbstverteidigung gegeben, aber sie hat sich nie damit beschäftigt.«

»Haben Sie auch Munition gefunden?«

»Bis jetzt noch nicht.«

Der Polizist verstaut die Waffe in einer Asservatentüte und legt diese auf eine Kommode. Inzwischen erstellt ein Kollege eine Liste der aufgefundenen verschreibungspflichtigen Medikamente.

»Accuretic, Diurese und Enduron«, liest er von den Etiketten ab. »Keine Ahnung, wozu das gut sein soll.«

»Ein ACE-Hemmer und ein Diuretikum. Gegen Bluthochdruck«, erklärt Scarpetta.

»Verapamil, eine alte Packung. Wurde im Juli gekauft.«

»Bluthochdruck, Angina Pectoris, Herzrhythmusstörungen.«

»Apresoline und Loniten. Echte Zungenbrecher. Über ein Jahr alt.«

»Gefäßerweiterer. Auch gegen Bluthochdruck.«

»Immerhin ist sie nicht an einem Schlaganfall gestorben. Vicodin. Das kenne ich. Und Ultram. Die wurden erst vor kurzem verschrieben.«

»Schmerzmittel. Wahrscheinlich wegen ihrer Arthritis.«

»Und Zithromax. Das ist ein Antibiotikum, nicht wahr? Bekommen hat sie es im Dezember.«

»Sonst noch etwas?«, fragt Scarpetta.

»Nein, Ma'am.«

»Wer hat eigentlich dem Gerichtsmedizinischen Institut erzählt, dass sie an Depressionen litt?«, erkundigt sich Scarpetta und sieht Marino an.

Alles schweigt.

»Ich war es bestimmt nicht«, entgegnet Marino schließlich.

»Wer hat in der Gerichtsmedizin angerufen?«, will sie dann wissen.

Die beiden Polizisten und Marino wechseln Blicke.

»Mist!«, ruft Marino aus.

»Moment mal«, sagt Scarpetta, wählt die Nummer der Gerichtsmedizin und lässt sich den Sachbearbeiter geben. »Wer hat Ihnen gemeldet, dass eine Frau erschossen wurde?«

»Die Polizei von Hollywood.«

»Welcher Officer?«

»Detective Wagner.«

»Detective Wagner?« Scarpetta versteht die Welt nicht mehr. »Um wie viel Uhr ging der Anruf denn ein?«

»Äh … Augenblick bitte … um vierzehn Uhr elf.«

Scarpetta sieht Marino an. »Weißt du noch, wann genau du mich angerufen hast?«

Er überprüft sein Telefon. »Vierzehn Uhr einundzwanzig«, antwortet er.

Scarpetta schaut auf die Uhr. Inzwischen ist es kurz vor halb vier. Ihren Flug um halb sieben wird sie wohl nicht mehr schaffen.

»Stimmt etwas nicht?«, will der Sachbearbeiter wissen.

»Welche Nummer wurde bei Ihnen denn angezeigt, als der angebliche Anruf von Detective Wagner einging?«

»Angeblich?«

»Und es war wirklich eine Anruferin?«

»Ja.«

»Klang sie irgendwie sonderbar?«

»Überhaupt nicht«, antwortet er und hält kurz inne. »Sie wirkte glaubhaft.«

»Hatte sie vielleicht einen Akzent?«

»Was ist da los, Kay?«

»Mir schwant Böses.«

»Lassen Sie mich mal nachsehen. Okay, um vierzehn Uhr elf. Die Nummer des Anschlusses wurde nicht angezeigt.«

»Kann ich mir denken«, kommentiert Scarpetta. »Wir sehen uns in etwa einer Stunde.«

Sie beugt sich über das Bett, betrachtet gründlich die Hände der Leiche und dreht sie sanft hin und her. Scarpetta geht stets behutsam mit ihren Patienten um, auch wenn diese nichts mehr spüren. Sie kann weder Abschürfungen noch Hautrisse oder Blutergüsse feststellen, die auf Fesselung oder einen Kampf hindeuten würden. Als sie eine Lupe zur Hand nimmt, entdeckt sie an beiden Handflächen Fasern und Schmutz.

»Könnte sein, dass sie auf dem Boden gelegen hat«, meint sie. In diesem Moment kommt Reba herein, blass, vom Regen durchweicht und offensichtlich erschüttert.

»Die Straßen hier sind das reinste Labyrinth«, sagt sie.

»Hallo«, begrüßt Marino sie. »Wann haben Sie in der Gerichtsmedizin angerufen?«

»Weswegen hätte ich denn da anrufen sollen?«

»Um zu fragen, was in China die Eier kosten.«

»Wovon reden Sie eigentlich?«, will Reba wissen und starrt auf die blutige Leiche im Bett.

»Von diesem Fall«, brummt Marino. »Was zum Teufel haben Sie denn gedacht? Und warum besorgen Sie sich nicht endlich ein Navigationssystem?«

»Ich habe nicht in der Gerichtsmedizin angerufen. Warum auch, wo die Expertin doch gleich neben mir stand?«, gibt Reba mit Blick auf Scarpetta zurück.

»Am besten tüten wir ihre Hände und Füße ein«, weist Scarpetta an. »Und sie wird in die Überdecke und in eine saubere Plastikplane eingewickelt. Die Bettwäsche muss auch mit.«

Sie geht zum Fenster, das Aussicht auf den Garten und den Kanal bietet, betrachtet die vom Regen malträtierten Zitrusbäume und denkt an den Kontrolleur, den sie vorhin beobachtet hat. Ganz sicher war es dieser Garten, in dem er sich herumgetrieben hat, und sie versucht, sich an den genauen Zeitpunkt zu erinnern. Vermutlich war es, kurz bevor sie den Schuss gehört hat. Als sie sich wieder zum Zimmer umdreht, bemerkt sie zwei dunkle Flecken auf dem Teppich, und zwar unmittelbar in der Nähe des Fensters.

Auf dem dunkelblauen Untergrund sind die Flecken kaum auszumachen. Scarpetta holt ein Blutuntersuchungs-Set aus ihrer Tasche und entnimmt ihm Chemikalien und Pipetten. Zwischen den beiden Flecken, beide oval und etwa so groß wie ein Vierteldollar, befinden sich einige Zentimeter Abstand. Sie betupft einen davon und träufelt erst Isopropylalkohol, dann Phenolphthalein und schließlich Wasserstoffperoxid auf den Tupfer, der sich grellrosa verfärbt. Das heißt zwar nicht zwangsläufig, dass die Blutflecken von einem Menschen stammen müssen, doch die Wahrscheinlichkeit ist ziemlich hoch.

»Wenn es ihr Blut ist, warum dann dort drüben?« Scarpetta spricht mit sich selbst.

»Vielleicht Spritzer«, schlägt Reba vor.

»Unmöglich.«

»Tropfen, und außerdem nicht ganz rund«, stellt Marino fest. »Offenbar hat der Mensch, der geblutet hat, fast aufrecht gestanden.«

Er hält Ausschau nach weiteren Flecken.

»Ziemlich merkwürdig, dass sie nur hier und sonst nirgendwo sind. Wenn jemand in diesem Raum stark geblutet hat, müsste man doch noch mehr Spuren finden«, fährt er fort, als wäre Reba gar nicht anwesend.

»Auf einem dunklen Untergrund sind sie nur schwer zu sehen«, wendet Scarpetta ein. »Aber ich kann auch keine entdecken.«

»Vielleicht sollten wir es mit Luminol versuchen.« Marino straft Reba weiterhin mit Nichtachtung, und allmählich zeigt sich Gereiztheit in ihrer Miene.

»Wenn die Spurensicherung kommt, soll sie eine Faserprobe von diesem Teppich nehmen«, sagt Scarpetta in den Raum hinein.

»Und den Teppich staubsaugen, um Rückstände sicherzustellen«, fügt Marino hinzu und weicht dabei Rebas finsterem Blick aus.

»Bevor Sie gehen, brauche ich noch eine Aussage von Ihnen, denn schließlich sind Sie ja derjenige, der die Tote gefunden hat«, wendet sich Reba an ihn. »Ich weiß nicht, was Sie eigentlich hier zu suchen hatten.«

Marino würdigt sie keiner Antwort, als ob sie für ihn gar nicht existierte.

»Was halten Sie also davon, wenn wir beide kurz nach draußen gehen, damit ich hören kann, was Sie mir zu sagen haben? Mark?«, ruft Reba einen der Uniformierten herbei. »Könnten Sie Ermittler Marino auf Schmauchspuren untersuchen?«

»Scheren Sie sich zum Teufel«, brummt Marino.

Scarpetta kennt diesen Ton, der für gewöhnlich einen gewaltigen Wutausbruch ankündigt.

»Nur pro forma«, fügt Reba hinzu. »Schließlich möchten Sie doch nicht, dass jemand Ihnen irgendetwas unterstellt.«

»Äh, Reba«, gibt der Polizist namens Mark zu bedenken. »Wir haben keine Schmauchspur-Analyse-Sets bei uns. Das muss schon die Spurensicherung erledigen.«

»Wo zum Teufel stecken die bloß?«, fragt Reba verärgert. Es ist ihr peinlich, dass sie wieder einmal verraten hat, wie unerfahren sie noch ist.

»Marino«, sagt Scarpetta. »Könntest du mal anrufen, ob der Leichenwagen schon unterwegs ist?«

»Ich bin nur neugierig«, Marino tritt so dicht auf Reba zu, dass diese einen Schritt zurückweichen muss, »wie oft Sie schon die Ermittlungen in einem Mordfall geleitet haben.«

»Ich möchte, dass Sie jetzt gehen«, erwidert sie. »Und Dr. Scarpetta ebenfalls. Damit wir anfangen können, die Spuren sicherzustellen.«

»Die Antwort lautet: noch nie«, spricht Marino einfach weiter. »Sie hatten noch nie mit einem Mord zu tun.« Seine Stimme wird lauter. »Und wenn Sie sich mal die Zeit nehmen würden, einen Blick in Ihr *Detektivspielen für Anfänger* zu werfen, würden Sie feststellen, dass eine Leiche in den Zuständigkeitsbereich der Gerichtsmedizin fällt. Und das heißt, dass Dr. Scarpetta hier das Kommando führt, nicht Sie. Da zu den wunderschönen Titeln, mit denen ich mich schmücken kann, zufällig auch der eines geprüften Ermittlers für Tötungsdelikte gehört und ich außerdem Dr. Scarpetta bei ihren Untersuchungen assistiere, brauche ich mich auch nicht von Ihnen herumschubsen zu lassen.«

Die beiden Uniformierten haben Mühe, ein Lachen zu unterdrücken.

»Und all das bringt uns zu einer unumstößlichen Schlussfolgerung«, fährt Marino fort. »Dr. Scarpetta und ich leiten momentan die Ermittlungen, während Sie uns nur im Weg stehen und vom Tuten und Blasen keine Ahnung haben.«

»Ich verbitte mir das!«, empört sich Reba, den Tränen nah.

»Könnte jemand bitte einen richtigen Detective holen?«, wendet sich Marino an die Uniformierten. »Denn vorher rühre ich mich hier nicht von der Stelle.«

31

Benton sitzt in seinem Büro im Erdgeschoss des Labors für Kognitive Neurologie, einem der wenigen modernen Gebäude auf dem fünfundneunzig Hektar großen Universitätsgelände, das von jahrhundertealten Bauten aus Backstein mit Schieferdächern sowie Obstbäumen und Teichen geprägt wird. Anders als die meisten Büros von McLean hat dieses hier jedoch kein malerisches Panorama zu bieten, sondern gestattet nur den Blick auf einen Behindertenparkplatz unmittelbar vor Bentons Fenster, eine Straße und dahinter ein bei Graugänsen sehr beliebtes Feld.

Das mit Papieren und Büchern voll gestopfte kleine Büro liegt in der Mitte des H-förmigen Labors. Zu beiden Seiten befinden sich MRT-Geräte, deren gemeinsames elektromagnetisches Feld genügen würde, um einen Zug aus den Gleisen zu heben. Benton hat als einziger forensischer Psychologe sein Büro in diesem Labor, da er wegen dem BESTIE-Programm jederzeit für die Neurowissenschaftler greifbar sein muss.

Er ruft seine Assistentin an.

»Hat sich unser letzter Normaler schon gemeldet?« Benton starrt aus dem Fenster und beobachtet zwei Gänse, die über die Straße watscheln. »Kenny Jumper?«

»Moment, das könnte er sein.« Dann: »Dr. Wesley? Ich habe ihn in der Leitung.«

»Hallo, Dr. Wesley am Apparat«, sagt Benton. »Guten Tag, Kenny. Wie fühlen Sie sich?«

»Es geht so.«

»Sie klingen, als wären Sie ein wenig erkältet.«

»Vielleicht eine Allergie. Ich habe eine Katze gestreichelt.«

»Ich werde Ihnen jetzt noch ein paar Fragen stellen, Kenny«, fährt Benton mit einem Blick auf den Fragebogen für das telefonische Zweitgespräch fort.

»Sie haben mich doch schon so viel gefragt.«

»Das hier sind aber andere Fragen. Reine Routine. Dasselbe wollen wir von allen Testpersonen wissen, die an unserer Studie teilnehmen.«

»Okay.«

»Erstens, von wo aus rufen Sie an?«, beginnt Benton.

»Von einer Telefonzelle. Sie können mich nicht erreichen, ich muss mich bei Ihnen melden.«

»Haben Sie denn kein Telefon?«

»Wie ich Ihnen schon gesagt habe, wohne ich bei einem Freund hier in Waltham, und der hat keins.«

»Gut. Dann gehen wir erst einmal ein paar Dinge durch, die Sie mir gestern erzählt haben, Kenny. Sie sind unverheiratet.«

»Ja.«

»Vierundzwanzig Jahre alt.«

»Ja.«

»Weiß.«

»Ja.«

»Kenny, sind Sie Rechtshänder oder Linkshänder?«

»Rechtshänder. Ich habe keinen Führerschein, falls Sie einen Ausweis brauchen.«

»Macht nichts«, erwidert Benton. »Das ist nicht Voraussetzung.«

Es wäre sogar ein Verstoß gegen die Datenschutzbestimmungen, von den Patienten einen Ausweis zu verlangen, sie zu fotografieren oder auf sonstige Weise ihre Identität zu ermitteln. Benton geht die Fragen auf dem Formular durch. Er erkundigt sich bei Kenny, ob er Zahnersatz oder eine Spange, sonstige Implantate, Metallplatten oder Schienen trägt und wovon er lebt. Er fragt nach weiteren Allergien, abgesehen von der gegen Katzen, nach Problemen mit der Atmung, anderen Erkrankungen und ob Kenny irgendwelche Medikamente nimmt. Dann will er wissen, ob er je eine Kopfverletzung erlitten oder mit dem Gedanken an Mord oder Selbstmord gespielt hat und ob er zurzeit in Therapie oder auf Bewährung ist. Die Antwort lautet immer nein. Mehr als ein Drittel der angeblich normalen Personen, die sich für so eine Studie melden, müssen abgelehnt werden, da sie alles andere als normal sind. Doch Kenny macht bis jetzt einen viel versprechenden Eindruck.

»Wie war ihr Trinkverhalten im vergangenen Monat?«, arbeitet Benton weiter die Liste ab. Er verabscheut diese Tätigkeit.

Telefonbefragungen sind nichts weiter als langweilige Faktenhuberei. Doch wenn er das nicht selbst erledigt, landet er früher oder später doch am Telefon, weil er den von Assistenten und anderen angelernten Kräften gesammelten Informationen nicht traut. Es bringt ihn nicht weiter, wenn er sich einen möglichen Probanden von der Straße holt, nur um nach unzähligen teuren Untersuchungen, Befragungen, Bewertungen, neurokognitiven und Labortests und tomographischen Aufnahmen des Gehirns festzustellen, dass die Testperson ungeeignet, unzuverlässig oder sogar gefährlich ist.

»Tja, vielleicht hie und da ein Bierchen«, sagt Kenny. »Ich trinke nicht viel und rauche auch nicht. Wann kann ich anfangen? In der Anzeige hieß es, dass ich achthundert Dollar dafür bekomme und Sie die Taxikosten übernehmen. Ich habe nämlich kein Auto und keine andere Fahrmöglichkeit. Außerdem könnte ich das Geld gut gebrauchen.«

»Könnten Sie diesen Freitag um vierzehn Uhr zu uns kommen? Passt Ihnen das?«

»Für die Magnetuntersuchung?«

»Richtig, die Computertomographie.«

»Nein. Aber Donnerstag um fünf hätte ich Zeit.«

»Gut, dann also am Donnerstag um siebzehn Uhr.« Benton notiert den Termin.

»Und Sie schicken mir ein Taxi.«

Benton bestätigt das, erkundigt sich nach der Adresse und ist verblüfft, als er Kennys Antwort hört. Dieser bittet ihn nämlich, das Taxi zum Bestattungsinstitut Alpha & Omega in Everett zu schicken. Benton hat noch nie von diesem Institut gehört, das in einem nicht sehr ansehnlichen Viertel von Boston liegt.

»Warum ein Bestattungsinstitut?«, fragt er und klopft mit dem Stift auf das Formular.

»Das ist in der Nähe von dem Haus, in dem ich wohne. Außerdem gibt es dort ein Münztelefon.«

»Kenny, ich möchte, dass Sie mich morgen noch einmal anrufen, um den Termin am nächsten Tag, also Donnerstag siebzehn Uhr, zu bestätigen. Einverstanden?«

»Gut. Ich melde mich wieder von diesem Telefon.«

Wesley legt auf und schlägt im Telefonbuch das Bestattungsinstitut Alpha & Omega in Everett nach. Es gibt dieses Unternehmen wirklich. Er ruft dort an und wird auf Warteschleife geschaltet, wo er sich *The Reason* von der kalifornischen Popgruppe Hoobastank anhören muss.

Der Grund wofür?, denkt er gereizt. *Zum Sterben?*

»Benton?«

Als er aufblickt, steht Dr. Susan Lane, einen Bericht in der Hand, in der Tür.

»Hallo«, erwidert er und legt auf.

»Ich habe hier ein paar Neuigkeiten, die Ihren Freund Basil Jenrette betreffen«, sagt sie und mustert ihn prüfend. »Sie sehen müde aus.«

»Das ist bei mir mittlerweile Normalzustand. Ist die Analyse schon fertig?«

»Vielleicht sollten Sie nach Hause fahren, Benton. Sie brauchen offenbar dringend Ruhe.«

»Ich grüble zu viel und gehe zu spät ins Bett. Erzählen Sie mir, wie das Gehirn unseres lieben Basil funktioniert. Ich platze vor Neugier.«

Sie reicht ihm eine Kopie der Analyse der strukturellen und funktionalen Aufnahme und beginnt zu erklären. »Gesteigerte Aktivität der Amygdala als Reaktion auf affektive Reize. Insbesondere auf offen oder verdeckt dargestellte Gesichter, die Angst oder sonstige negative Gefühle ausdrücken.«

»Das ist ein interessanter Aspekt«, sagt Benton. »Möglicherweise erfahren wir so, nach welchen Kriterien diese Leute ihre Opfer auswählen. Ein Gesichtsausdruck, den wir vielleicht als Erstaunen oder Neugier deuten würden, legen sie als Wut oder Angst aus. Und das bringt sie in Rage.«

»Ein scheußlicher Gedanke.«

»Diesen Punkt muss ich bei meinen Befragungen der Testpersonen noch viel genauer beleuchten. Und mit ihm fange ich an.«

Er holt ein Aspirindöschen aus der Schreibtischschublade.

»Schauen wir mal. Während des Farb-Wort-Interferenztests nach Stroop«, fährt sie mit Blick in den Bericht fort, »zeigt er eine verminderte Aktivität des Anterior Cingulate Cortex sowohl in den dorsalen als auch in den subgenualen Bereichen, begleitet von einer gesteigerten dorsolateralen präfrontalen Aktivität.«

»Fassen Sie es für mich zusammen, Susan. Ich habe Kopfschmerzen.« Er schüttet sich drei Aspirintabletten in die Hand und schluckt sie ohne Wasser. »Wie schaffen Sie das bloß?«

»Alles Routine. Also«, setzt sie die Analyse von Basils Gehirn fort. »Im Großen und Ganzen weisen die Ergebnisse eindeutig auf anomale Verbindungen im limbischen System hin, was eine ebenfalls anomale Reaktionsunterdrückung vermuten lässt, welche wiederum in Defiziten in einer Reihe frontal gesteuerter Prozesse begründet sein könnte.«

»Und diese beeinträchtigen seine Fähigkeit, sein Verhalten zu steuern oder zu unterdrücken«, kommentiert Benton. »Das kommt bei unseren reizenden Gästen aus Butler häufig vor. Könnte eine bipolare Störung im Spiel sein?«

»Durchaus. Das und weitere psychiatrische Erkrankungen.«

»Einen Moment bitte«, sagt Benton, greift zum Telefon und ruft seine Assistentin an.

»Könnten Sie nachsehen, von welcher Nummer Kenny Jumper angerufen hat?«, bittet er sie.

»Da heißt es ›unbekannter Anrufer‹.«

»Hmmmm«, brummt er. »Soweit ich weiß, werden Münztelefone nicht als ›unbekannter Anrufer‹ angezeigt.«

»Übrigens habe ich gerade mit Butler telefoniert«, fährt sie fort. »Offenbar fühlt Basil sich nicht wohl und würde sich über Ihren Besuch freuen.«

Jetzt, um halb sechs Uhr abends, ist der Parkplatz des Gerichtsmedizinischen Instituts von Broward County praktisch leer. Die Angestellten, insbesondere die aus der Verwaltung, machen nur selten Überstunden in der Leichenhalle.

Das Gebäude liegt an der Southwest 31st Avenue, mitten in einem verhältnismäßig dünn besiedelten Gebiet, wo zwischen Palmen, Eichen und Pinien hin und wieder ein Wohnwagen steht. Das einstöckige Institut ist im typischen Stil von Florida erbaut und besteht aus verputzten Wänden und korallenrotem Stein. Es grenzt an einen schmalen Brackwasserkanal, wo es von Moskitos wimmelt und Alligatoren hin und wieder auf Abwege geraten. Unmittelbarer Nachbar ist die Feuerwache des Bezirks, sodass sich die Sanitäter täglich vor Augen führen können, wo ihre Kundschaft im schlimmsten Fall landet.

Es regnet kaum noch, aber der Boden ist mit Pfützen bedeckt, als Scarpetta und Joe zu dem silbernen Hummer H2 gehen. Es ist zwar nicht unbedingt das Fahrzeug ihrer Wahl, allerdings gut geeignet, wenn Tatorte in unwegbarem Gelände liegen oder sperrige Ausrüstungsgegenstände im Spiel sind. Lucy hat eine Schwäche für Hummer, während Scarpetta immer befürchtet, mit so einem riesigen Geländewagen keinen Parkplatz zu finden.

»Ich begreife einfach nicht, wie es jemand schaffen konnte, mitten am helllichten Tag mit einem Gewehr ins Haus zu spazieren«, sagt Joe zum wohl hundertsten Mal in der letzten Stunde. »Bestimmt kann man feststellen, ob der Lauf abgesägt war.«

»Wenn er nach dem Absägen nicht geglättet wurde, finden sich am Bodenpfropfen vielleicht noch Riefen des Laufs«, erwidert Scarpetta.

»Allerdings bedeutet das Nichtvorhandensein solcher Riefen nicht, dass der Lauf nicht abgesägt war.«

»Richtig.«

»Denn der Täter könnte den abgesägten Lauf geglättet haben. In diesem Fall wissen wir es erst, wenn wir die Waffe sicherstellen. Kaliber zwölf. So viel steht fest.«

Das haben sie aus dem Remington-Bodenpfropfen mit den vier Einkerbungen aus Plastik geschlossen, den Scarpetta im Inneren von Daggie Simisters zerschmettertem Schädel entdeckt hat. Abgesehen davon, kann Scarpetta nur wenig mit Gewissheit sagen. Zum Beispiel ist sie nach der Autopsie sicher, dass sich der Angriff auf Mrs. Simister ganz anders abgespielt haben muss als allgemein angenommen. Vermutlich hätte sie auch nicht überlebt, wenn nicht auf sie geschossen worden wäre. Scarpetta ist überzeugt, dass Mrs. Simister bewusstlos war, als der Täter ihr den Gewehrlauf in den Mund gesteckt und abgedrückt hat. Allerdings ist das keine Schlussfolgerung, die auf der Hand lag.

Riesige klaffende Kopfwunden können nämlich Verletzungen verdecken, die dem Opfer vor dieser letzten Verstümmelung zugefügt wurden. Manchmal muss man als Pathologe auch plastische Chirurgie betreiben, und Scarpetta hat in der Gerichtsmedizin ihr Bestes getan, um Mrs. Simisters Schädel zu rekonstruieren. Sie hat Knochensplitter zusammengefügt, die Kopfhaut vernäht und zu guter Letzt das Haar abrasiert. Dabei ist sie auf eine Platzwunde am Hinterkopf und einen Schädelbruch gestoßen. An der Aufprallstelle befindet sich ein subdurales Hämatom in einem Bereich des Gehirns, der trotz des Schusses verhältnismäßig intakt geblieben ist.

Falls sich die Flecken auf dem Teppich unter Mrs. Simisters Schlafzimmerfenster als ihr Blut erweisen, wurde sie vermutlich dort niedergeschlagen, was auch den Schmutz und die bläulichen Fasern an ihren Handflächen erklären würde. Offenbar ist sie nach einem Schlag mit einem stumpfen Gegenstand auf den Hinterkopf gestürzt. Dann hat der Täter die nur gut vierzig Kilo schwere Frau hochgehoben und aufs Bett gelegt.

»Ein abgesägtes Gewehr ließe sich doch problemlos in einem Rucksack transportieren«, beharrt Joe.

Scarpetta richtet die Fernbedienung auf den Hummer und öffnet die Zentralverriegelung. »Nicht notwendigerweise«, erwidert sie erschöpft.

Joe ermüdet sie und geht ihr mit jedem Tag mehr auf die Nerven.

»Selbst wenn man den Lauf um vierzig bis sechzig Zentimeter und den Schaft um noch einmal achtzehn Zentimeter kürzt, hat man es noch immer mit einer sechzig Zentimeter langen Waffe zu tun«, stellt sie fest. »Mindestens. Vorausgesetzt, wir sprechen von einem Selbstlader.«

Sie denkt an die große schwarze Tasche des Zitrus-Kontrolleurs.

»Eine Pumpgun wäre noch länger gewesen«, spricht sie weiter. »Jedenfalls hätten beide Waffen nicht in einen Rucksack gepasst. Höchstens in einen sehr großen.«

»Dann also eine Reisetasche.«

Scarpetta erinnert sich an den Kontrolleur und an das lange Pflückgerät, das er auseinander genommen und in seiner schwarzen Tasche verstaut hat. Obwohl sie schon öfter Zitrus-Kontrolleure bei der Arbeit beobachtet hat, hat sie noch nie einen mit einem Pflückgerät gesehen. Normalerweise untersuchen sie nur die Früchte, die sie mit der Hand erreichen können.

»Ich wette, er hatte eine Reisetasche«, sagt Joe.

»Keine Ahnung.« Es kostet sie Mühe, ihn nicht anzuherrschen.

Während der gesamten Obduktion hat er ohne Punkt und Komma geredet, abenteuerliche Vermutungen angestellt und ihr Vorträge gehalten, bis sie kaum noch einen klaren Gedanken fassen konnte. Jeden seiner Handgriffe und jeden Satz, den er sich auf dem Formular auf seinem Klemmbrett notierte, musste er ausführlich kommentieren. Und er hielt es auch für nötig, das Gewicht jedes Organs zu verkünden und aus dem halb verdauten Mageninhalt des Opfers zu schlussfolgern, wann Mrs. Simister zuletzt Fleisch und Gemüse gegessen hatte. Natürlich musste er auch dafür sorgen, dass Scarpetta das Knirschen der Kalkablagerungen hörte, als er die teilweise verstopften Koronararterien der Toten mit dem Skalpell aufschlitzte und anmerkte, dass sie auch an Arteriosklerose gestorben sein könnte.

Selten so gelacht!

Mrs. Simister hatte insgesamt keine sehr günstige Zukunftsprognose. Sie litt an Herzschwäche. Ihre Lungen waren, offenbar durch eine Lungenentzündung, geschädigt. Und außerdem war ihr Gehirn leicht verkümmert, was heißt, dass sie vermutlich auch Alzheimer hatte.

Wenn man sich schon ermorden lassen muss, meinte Joe, *ist es doch besser, wenn man bereits krank ist.*

»Ich glaube, er hat sie mit dem Gewehrschaft auf den Hinterkopf geschlagen«, sagt Joe jetzt. »Sie wissen schon, ungefähr so.«

Er rammt einen imaginären Gewehrkolben gegen einen ebenso imaginären Schädel.

»Sie war nur knapp eins fünfzig groß«, malt er sein Szenario weiter aus. »Also muss der Täter verhältnismäßig kräftig und größer gewesen sein als sie. Sonst hätte er sie nicht mit dem Schaft eines Gewehrs, das etwa drei bis dreieinhalb Kilo wiegt – vorausgesetzt, es war nicht abgesägt –, auf den Kopf schlagen können.«

»Das sind doch alles nur Mutmaßungen«, erwidert Scarpetta, während sie mit dem Wagen den Parkplatz verlässt. »Denn es hängt viel davon ab, in welchem Winkel er zu ihr gestanden hat. Alle möglichen Faktoren spielen eine Rolle. Wir wissen weder, ob sie überhaupt mit dem Gewehr niedergeschlagen wurde, noch, ob der Täter ein Mann war. Also seien Sie vorsichtig, Joe.«

»Warum?«

»Wegen Ihrer Versessenheit darauf, den genauen Tathergang zu rekonstruieren. Sie laufen nämlich Gefahr, Ihre Theorien mit

Fakten zu verwechseln und die Wirklichkeit als Spiel zu sehen. Das hier ist keine Horror-Szene, sondern ein Mord an einem lebendigen Menschen.«

»Man wird doch wohl noch kreativ sein dürfen«, gibt Joe zurück und starrt vor sich hin, die schmalen Lippen zusammengepresst und das lange, spitze Kinn vorgeschoben, wie immer, wenn er schmollt.

»Kreativität ist eine schöne Sache«, erwidert Scarpetta. »Denn sie gibt einem häufig Hinweise darauf, wo und wonach man suchen soll. Allerdings dürfen wir dabei nicht vergessen, dass wir hier nicht das Drehbuch zu einem Fernsehkrimi schreiben.«

32

Das kleine Gästehaus hinter einem Swimmingpool mit spanischen Kacheln versteckt sich zwischen Obstbäumen und blühenden Büschen. Eigentlich ist es nicht als Behandlungszimmer gedacht und auch nicht unbedingt der geeignetste Ort dafür, doch die Lage ist idyllisch und strotzt von Symbolen. Wenn es regnet, empfindet Dr. Marilyn Self sich hier als ebenso schöpferisch wie die warme, feuchte Erde.

Sie neigt dazu, das Wetter als Bestätigung dessen zu deuten, was geschieht, wenn ein Patient über ihre Schwelle tritt. Unterdrückte Gefühle, manche von ihnen übermächtig, werden in der Geborgenheit einer therapeutischen Umgebung freigesetzt. Das Wetter rings um sie herum ist wechselhaft, einzigartig und nur für sie bestimmt. Es strotzt von Andeutungen und Hinweisen.

Willkommen in meinem Sturm. Und nun lassen Sie uns über Ihren sprechen.

Diese Einleitung benutzt sie häufig in ihrer Praxis, in ihrer Radiosendung und nun auch in ihrer neuen Fernsehshow. Menschliche Gefühle sind Wetterfronten, die im Inneren toben, erklärt sie ihren Patienten und den zahlreichen Zuschauern. Jede Gewitterfront wird durch etwas ausgelöst. Alles hat eine Ursache. Und über das Wetter zu reden ist weder oberflächlich noch banal.

»Ich sehe Ihren Gesichtsausdruck«, sagt sie und beugt sich in dem Ledersessel ihrer gemütlichen Sitzgruppe vor. »Als der Regen aufgehört hat, haben Sie wieder diesen Gesichtsausdruck bekommen.«

»Wie oft soll ich Ihnen noch sagen, dass ich keinen Gesichtsausdruck habe.«

»Es ist interessant, dass Sie diesen Gesichtsausdruck bekommen, wenn es zu regnen aufhört. Nicht wenn es anfängt oder wenn es so richtig schüttet, sondern wenn plötzlich Schluss ist, so wie gerade eben.«

»Ich habe keinen Gesichtsausdruck.«

»Als der Regen aufgehört hat, haben Sie diesen Gesichtsausdruck bekommen«, wiederholt Dr. Self. »Denselben haben Sie auch, wenn unsere Stunde vorbei ist.«

»Das stimmt nicht.«

»Glauben Sie mir, es ist so.«

»Ich bezahle keine dreihundert Dollar pro Stunde, um über Gewitter zu reden. Ich habe keinen Gesichtsausdruck.«

»Pete, ich sage Ihnen nur, was ich sehe.«

»Ich habe keinen Gesichtsausdruck«, beharrt Marino, der Dr. Self gegenüber in einem Fernsehsessel sitzt. »Das ist doch alles Mist. Und warum sollte mich ein Gewitter interessieren? Ich habe im Leben schon viele Gewitter erlebt. Schließlich bin ich nicht in der Wüste aufgewachsen.«

Sie mustert sein Gesicht, das auf eine raue männliche Art recht attraktiv ist, und betrachtet seine verschleierten grauen Augen hinter der Metallbrille. Sein kahler Schädel, der im weichen Lampenlicht nackt und bleich schimmert, erinnert sie an den Po eines Neugeborenen. Seine kugelrunde Glatze ist wie ein Hinterteil, das auf einen Klaps wartet.

»Ich glaube, wir haben ein Vertrauensproblem«, sagt sie.

Er sitzt im Sessel und blickt sie finster an.

»Warum erklären Sie mir nicht, was Gewitter und deren Ende für Sie bedeuten, Pete? Denn ich bin überzeugt, dass es so ist. Sie haben diesen Gesichtsausdruck, während wir hier miteinander sprechen. Glauben Sie mir. Sie haben ihn auch jetzt.«

Er berührt sein Gesicht, als wäre es eine Maske, nicht ein Teil von ihm.

»Mein Gesicht ist ganz normal. Da ist nichts. Überhaupt nichts.«

Er tippt sich an den kräftigen Kiefer und die breite Stirn.

»Wenn ich einen Gesichtsausdruck hätte, würde ich das merken. Ich habe keinen.«

In den letzten Minuten haben sie schweigend im Wagen gesessen. Sie sind auf dem Weg zum Polizeiparkplatz in Hollywood, damit Joe seine rote Corvette abholen kann. Dann ist Scarpetta ihn endlich für den Rest des Tages los.

»Habe ich Ihnen schon erzählt, dass ich inzwischen meinen Tauchschein habe?«, fragt er plötzlich.

»Glückwunsch«, erwidert Scarpetta und gibt sich nicht einmal Mühe, Interesse zu heucheln.

»Ich bin gerade dabei, mir eine Eigentumswohnung auf den Cayman-Inseln zu kaufen. Tja, nicht ganz. Meine Freundin und ich kaufen sie gemeinsam. Sie verdient mehr als ich«, ergänzt er. »Was sagen Sie dazu? Ich bin Arzt und sie nur Rechtspflegerin, nicht einmal eine richtige Anwältin, und trotzdem verdient sie mehr als ich.«

»Ich habe nie angenommen, dass Sie sich aus finanziellen Gründen entschieden haben, forensischer Pathologe zu werden.«

»Aber auch nicht mit der Absicht, zu verarmen.«

»Dann sollten Sie sich vielleicht überlegen, ob Sie nicht den Beruf wechseln wollen, Joe.«

»Ihnen scheint es offenbar an nichts zu fehlen.«

Als sie an einer roten Ampel halten, dreht er sich zu ihr um, und sie spürt seinen Blick.

»Vermutlich kann es nicht schaden, eine Nichte zu haben, die so reich ist wie Bill Gates«, fügt er hinzu. »Und einen Freund, der aus einer wohlhabenden neuenglischen Familie stammt.«

»Was genau wollen Sie damit andeuten?«, fragt Scarpetta und denkt dabei an Marino.

An seine Horror-Szenen.

»Dass man sich natürlich keine Gedanken über Geld zu machen braucht, wenn man genug davon hat. Und dass Sie es möglicherweise nicht selbst verdient haben.«

»Meine Finanzen gehen Sie zwar nichts an, aber wenn man so viele Jahre im Geschäft ist wie ich und sich geschickt anstellt, kommt man gut zurecht.«

»Hängt davon ab, was man unter zurechtkommen versteht.«

Scarpetta erinnert sich, wie beeindruckt sie von Joes Bewerbungsunterlagen gewesen war. Als er sich an der Akademie für die Ausbildung zum Facharzt bewarb, war sie überzeugt, einen der vielversprechendsten Jungmediziner ihrer Karriere vor sich zu haben. Es will ihr einfach nicht in den Kopf, wie sie sich so in ihm hat täuschen können.

»Offenbar nagt keiner Ihrer Freunde am Hungertuch«, fährt Joe in zunehmend gehässigem Tonfall fort. »Sogar Marino verdient mehr als ich.«

»Woher wollen Sie das wissen?«

Das Dienstgebäude der Polizei von Hollywood erhebt sich dicht vor ihnen auf der linken Straßenseite, ein vierstöckiger Fertigbau, so nah an einem öffentlichen Golfplatz gelegen, dass häufig Bälle über den Zaun fliegen und die Streifenwagen verbeulen. Scarpetta fällt auf, dass Joes kostbare rote Corvette weit abseits steht, damit sie auch ja keinen Kratzer abbekommt.

»Jeder weiß, was der andere verdient«, antwortet Joe. »Diese Informationen sind doch allgemein zugänglich.«

»Nein, das sind sie nicht.«

»In einem so kleinen Institut gibt es keine Geheimnisse.«

»So klein ist die Akademie nun wirklich nicht, und einige Dinge sollten auch dort vertraulich bleiben. Die Gehälter zum Beispiel.«

»Ich müsste eigentlich ein höheres Gehalt bekommen. Marino ist kein Arzt, hat nur mit knapper Not die Highschool abgeschlossen und kriegt trotzdem mehr als ich. Und Lucy tut doch nichts weiter, als sich mit ihren Ferraris, Helikoptern, Flugzeugen wichtig zu machen und die Geheimagentin zu spielen. Mich würde interessieren, was zum Teufel sie leistet, um so einen Luxus zu rechtfertigen. Die tolle Superfrau, die sich für die Größte hält und auf uns Normalmenschen herabblickt. Kein Wunder, dass die Lehrgangsteilnehmer sie nicht leiden können.«

Scarpetta stoppt hinter Joes Corvette und sieht ihn so ernst an, wie er es bei ihr vermutlich noch nie erlebt hat.

»Joe?«, sagt sie. »Sie haben noch einen Monat bei uns. Wir wollen ihn so gut wie möglich hinter uns bringen.«

Nach Dr. Selfs fachkundiger Meinung ist Marinos momentaner Gesichtsausdruck der Grund für die meisten größeren Probleme in seinem Leben.

Die unterschwellig negative Ausstrahlung – nicht seine Miene an sich – ist es, die ihn immer wieder in neue Schwierigkeiten bringt, obwohl er davon wirklich schon genug hat. Wenn er seine geheimen Ängste, Abneigungen, Kränkungen, sexuellen Unsicherheiten, Vorurteile und all die weiteren unterdrückten negativen Gefühle nur nicht immer so indirekt äußern würde. Im Gegensatz zu den meisten Menschen erkennt Dr. Self die Anspannung um seinen Mund und in seinem Blick. Doch unbewusst spüren die anderen es auch, und sie reagieren darauf.

Marino wird häufig zum Opfer von Beschimpfungen, Unfreundlichkeit, Lügen, Zurückweisung und Betrug. Er gerät oft in Auseinandersetzungen. Er behauptet, im Rahmen seines anstrengenden und gefährlichen Berufs schon einige Menschen getötet zu haben. Wer so unklug ist, sich mit ihm anzulegen, macht rasch die Erfahrung, dass mit ihm nicht gut Kirschen essen ist. Doch Marino sieht das ganz anders. Seiner Ansicht nach hackt seine Umwelt völlig grundlos auf ihm herum, und er glaubt, dass die Feindseligkeiten bis zu einem gewissen Grad mit seinem Job zusammenhängen. Außerdem ist er überzeugt davon, dass man ihn diskriminiert, weil er in ärmlichen Verhältnissen in New Jersey aufgewachsen ist. Er begreift einfach nicht, warum die Leute ihm schon sein ganzes Leben lang so übel mitspielen.

Seit einigen Wochen geht es ihm immer schlechter. Und heute Nachmittag steht es ganz besonders schlimm um ihn.

»Lassen Sie uns in den Minuten, die uns noch bleiben, über New Jersey sprechen.« Dr. Self erinnert ihn mit voller Absicht daran, dass die Sitzung gleich vorbei ist. »Letzte Woche haben Sie einige Male New Jersey erwähnt. Warum ist New Jersey noch so wichtig für Sie?«

»Wenn Sie dort groß geworden wären, wüssten Sie es«, gibt Marino zurück, und der Gesichtsausdruck verstärkt sich.

»Das ist keine Antwort, Pete.«

»Mein Vater war Alkoholiker. Wir haben in der falschen Gegend gewohnt. Die Leute werfen mir immer noch Blicke zu, als ob sie wüssten, dass ich aus New Jersey bin, und damit fängt es an.«

»Vielleicht liegt es ja an Ihrem Gesichtsausdruck, nicht an den Blicken der Leute, Pete«, wendet sie wieder ein. »Vielleicht sind Sie ja derjenige, der anfängt.«

Auf dem Tisch neben Dr. Selfs Ledersessel klickt der Anrufbeantworter. Marinos Gesichtsausdruck wird immer eindringlicher. Er mag keine Störung bei den Sitzungen, auch wenn Dr. Self nicht an den Apparat geht. Es will ihm nicht in den Kopf, warum sie noch immer auf altmodische Technik vertraut, anstatt sich eine Telefonananlage mit Mailbox-System anzuschaffen, die nicht klickt, wenn jemand eine Nachricht hinterlässt, sodass es nicht zu ärgerlichen Unterbrechungen kommt. Das hält er ihr immer wieder vor. Sie schaut diskret auf ihre Armbanduhr. Es ist eine große goldene Uhr mit römischen Ziffern, die sie auch ohne Lesebrille erkennen kann.

In zwölf Minuten ist die Sitzung vorbei. Pete Marino hat Probleme mit Abschlüssen, mit Endgültigkeit und überhaupt mit allem, was vorbeigeht, aufhört, verbraucht wird oder stirbt. Es ist kein Zufall, dass Dr. Self seine Termine stets auf den späten Nachmittag legt, vorzugsweise auf fünf Uhr, wenn es dämmert und wenn die nachmittäglichen Gewitter nachlassen. Er ist ein interessanter Fall. Ansonsten würde sie sich gar nicht mit ihm befassen. Es ist nur eine Frage der Zeit, bis sie ihn dazu überredet haben wird, in ihrer landesweit ausgestrahlten Radiosendung oder vielleicht sogar in ihrer neuen Fernsehshow aufzutreten. Sicher ist er sehr telegen, ganz im Gegensatz zu diesem belanglosen und geschwätzigen Dr. Amos.

Einen Polizisten hatte sie noch nie in der Sendung. Als sie im Sommersemester einen Gastvortrag an der National Forensic Academy gehalten hat, saß sie bei dem ihr zu Ehren veranstalteten Abendessen neben Marino. An diesem Tag ist ihr zum ersten Mal der Gedanke gekommen, dass er ein spannender Gast in ihrer Show sein könnte, vermutlich sogar ein häufiger. Ganz offensichtlich brauchte er eine Therapie. Er trank zu viel: Sie hat mit eigenen Augen gesehen, wie er sich vier Bourbon genehmigte. Außerdem war er Raucher, das konnte sie deutlich riechen. Und er war ein zwanghafter Esser und verschlang drei Portionen Nachtisch. Als sie ihn kennen lernte, strotzte er nur so von Selbstzerstörung und Selbsthass.

Ich kann Ihnen helfen, hat sie an diesem Abend zu ihm gesagt.

Wobei? Er reagierte, als hätte sie ihm unter dem Tisch zwischen die Beine gegriffen.

Mit Ihren Stürmen, Pete. Ihren inneren Stürmen. Erzählen Sie mir von Ihren Stürmen. Ich werde Ihnen dasselbe sagen wie auch all diesen klugen jungen Lehrgangsteilnehmern. Sie können Ihr Wetter bestimmen. Sie können es nach Belieben steuern. Sie können zwischen Gewitter und Sonnenschein wählen. Sie können sich zusammenkauern und sich verstecken oder erhobenen Hauptes ausschreiten.

In meinem Beruf muss man mit dem erhobenen Haupt vorsichtig sein, antwortete er.

Ich möchte nicht, dass Sie sterben, Pete. Sie sind ein großer, kluger, gut aussehender Mann, und ich will, dass Sie noch lange am Leben bleiben.

Sie kennen mich doch gar nicht.

Ich kenne Sie besser, als Sie denken.

Er hat eine Therapie bei ihr angefangen. Innerhalb eines Monats hat er das Trinken und das Rauchen eingeschränkt und fünf Kilo abgenommen.

»Ich habe gerade keinen Gesichtsausdruck und weiß nicht, wovon Sie reden«, sagt Marino und tastet wie ein Blinder sein Gesicht mit den Fingerspitzen ab.

»Doch, haben Sie. Sobald der Regen aufgehört hat, haben Sie den Gesichtsausdruck bekommen. Ihre Gefühle stehen Ihnen ins Gesicht geschrieben, Pete«, beteuert Dr. Self. »Ich frage mich, ob sich dieser Gesichtsausdruck nicht bis zurück nach New Jersey verfolgen lässt. Was meinen Sie?«

»Dass Sie Müll reden. Eigentlich bin ich zu Ihnen gekommen, weil ich nicht mit dem Rauchen aufhören konnte und ein bisschen zu viel gegessen und getrunken habe. Nicht wegen einem dämlichen Gesichtsausdruck. Über meinen Gesichtsausdruck hat sich noch nie jemand beschwert. Meine Frau Doris zum Beispiel lag mir ständig damit in den Ohren, dass ich zu dick bin und zu viel rauche und trinke. Gegen meinen Gesichtsausdruck hatte sie nie etwas einzuwenden. Und der war auch bestimmt nicht der Grund, warum sie mich verlassen hat. Das war bei keiner Frau, mit der ich zusammen gewesen bin, so.«

»Was ist mit Dr. Scarpetta?«

Er zuckt zusammen und weicht ihr wie immer aus, wenn das

Thema Scarpetta aufs Tapet kommt. Es ist kein Zufall, dass Dr. Self es erst kurz vor Ende der Sitzung erwähnt.

»Eigentlich sollte ich jetzt in der Gerichtsmedizin sein«, erwidert er.

»Solange es nicht als Patient ist«, witzelt sie.

»Mir ist heute nicht nach Scherzen zumute. Ich ermittle in einem Fall und soll rausgedrängt werden. Das passiert mir inzwischen ständig.«

»Hat Scarpetta Sie ausgeschlossen?«

»Dazu hatte sie keine Gelegenheit. Ich wollte einen Interessenkonflikt vermeiden und bin deshalb der Autopsie ferngeblieben. Nur für den Fall, dass sich später jemand irgendwelche Vorwürfe gegen mich aus den Fingern saugt. Außerdem ist ziemlich offensichtlich, wie die Frau zu Tode gekommen ist.«

»Welche Vorwürfe?«

»Die Leute werfen mir dauernd irgendetwas vor.«

»Nächste Woche werden wir über Ihre Paranoia sprechen. Auch das hängt mit Ihrem Gesichtsausdruck zusammen. Glauben Sie, dass Dr. Scarpetta ihn nie bemerkt hat? Ich würde jede Wette eingehen, dass sie weiß, wovon ich rede. Sie sollten sie einmal fragen.«

»Das ist doch nichts als Scheiße.«

»Erinnern Sie sich an unsere Vereinbarung, was Kraftausdrücke angeht? Fluchen ist ausagieren. Ich aber möchte, dass Sie mir von Ihren Gefühlen erzählen, nicht dass Sie sie ausagieren.«

»Ich *fühle*, dass das Scheiße ist.«

Dr. Self schmunzelt, als hätte sie es mit einem unartigen Jungen zu tun, der einen Klaps verdient hat.

»Ich bin nicht wegen einem Gesichtsausdruck zu Ihnen gekommen, den nur Sie wahrnehmen und sonst niemand.«

»Warum fragen Sie Dr. Scarpetta nicht danach?«

»Ich fühle, wie ein ›*verdammte Scheiße, nein*‹ in mir hochsteigt.«

»Wir wollen es besprechen, nicht ausagieren.«

Es gefällt ihr, sich diesen Satz sagen zu hören, und sie denkt an das Motto ihrer Radiosendung: *Besprechen Sie es mit Dr. Self*.

»Was ist heute geschehen?«, erkundigt sie sich bei Marino.

»Wollen Sie mich veräppeln? Ich bin ins Haus einer alten Dame hineinspaziert, der gerade jemand die Rübe weggepustet hatte. Und jetzt dürfen Sie raten, wer die Ermittlungen leitet.«

»Ich würde annehmen, dass Sie es sind, Pete.«

»Das stimmt aber nicht ganz«, gibt er zurück. »Früher wäre es sicher einmal so gewesen. Das habe ich Ihnen ja schon erklärt. Inzwischen darf ich lediglich als Ermittler Dr. Scarpetta unterstützen. Aber die tatsächlichen Ermittlungen in einem Fall kann ich nur noch leiten, wenn die zuständige Polizeidienststelle mich damit beauftragt, und das wird Reba niemals tun. Sie hat zwar keine Ahnung vom Geschäft, aber sie kann mich nun mal nicht leiden.«

»Wenn ich mich recht entsinne, haben Sie ihr so lange zugesetzt, bis sie die Geduld mit Ihnen verloren und versucht hat, Sie abzuservieren. So haben Sie es zumindest geschildert.«

»Sie hat als Detective nichts verloren, verdammt!«, ruft Marino, und sein Gesicht rötet sich.

»Erzählen Sie mir mehr.«

»Ich darf nicht über meine Arbeit reden. Nicht einmal mit Ihnen.«

»Ich verlange ja keine Einzelheiten über Fälle und Ermittlungen von Ihnen. Allerdings können Sie mir alles anvertrauen. Was hier in diesem Zimmer gesprochen wird, bleibt unter uns.«

»Falls Sie es nicht im Radio oder in Ihrer neuen Fernsehsendung bringen.«

»Wir sind jetzt aber weder im Radio noch im Fernsehen«, erwidert Dr. Self und schmunzelt wieder. »Wenn Sie dort auftreten wollen, kann ich das jederzeit arrangieren. Sie wären sicher ein viel interessanterer Gast als Dr. Amos.«

»Der Typ ist ein Flachwichser und ein Arschloch.«

»Pete?«, ermahnt sie ihn, natürlich in freundlichem Ton. »Ich bin mir sehr wohl dessen bewusst, dass Sie Aversionen gegen Dr. Amos haben und sich von ihm verfolgt fühlen. Aber in diesem Moment befinden sich weder ein Mikrofon noch eine Kamera im Raum. Nur wir beide.«

Er blickt sich um, als glaube er ihr nicht ganz, und sagt dann: »Es gefällt mir nicht, dass sie in meiner Gegenwart mit ihm telefoniert hat.«

»Mit ›ihm‹ meinen Sie Dr. Wesley, mit ›ihr‹ Dr. Scarpetta.«

»Erst zitiert sie mich zu sich, und dann telefoniert sie, während ich neben ihr sitze.«

»Genau so fühlen Sie sich auch, wenn mein Anrufbeantworter anspringt.«

»Sie hätte ihn doch anrufen können, wenn ich nicht dabei bin. Das hat sie absichtlich getan.«

»Das ist eine Angewohnheit von ihr, richtig?«, hakt Dr. Self nach. »Sie reibt Ihnen ihren Liebhaber unter die Nase, obwohl sie doch wissen muss, was Sie davon halten und wie eifersüchtig Sie sind.«

»Eifersüchtig? Worauf denn, zum Teufel? Etwa auf dieses reiche Bürschchen, diesen abgewrackten FBI-Typen, der seine Täterprofile nach dem Horoskop erstellt?«

»Das stimmt wohl nicht ganz. Der Mann ist forensischer Psychologe, Dozent in Harvard und stammt aus einer angesehenen neuenglischen Familie. Hört sich für mich recht beeindruckend an.«

Sie ist Benton nie begegnet, würde ihn aber gern kennen lernen und ihn in ihre Show einladen.

»Er ist Schnee von gestern. Nur Leute, die nichts mehr zu melden haben, unterrichten an der Uni.«

»Ich glaube, er unterrichtet nicht nur.«

»Er ist Schnee von gestern.«

»Offenbar sind die meisten Leute aus Ihrem Bekanntenkreis Schnee von gestern. Einschließlich Dr. Scarpetta. Über sie haben Sie nämlich dasselbe gesagt.«

»Ich nenne die Dinge eben beim Namen.«

»Ich frage mich, ob Sie sich vielleicht auch wie Schnee von gestern fühlen.«

»Wer? Ich? Das soll wohl ein Witz sein. Inzwischen kann ich fast das Doppelte meines Gewichts stemmen, und letztens auf dem Laufband bin ich sogar gerannt. Zum ersten Mal seit zwanzig Jahren.«

»Unsere Zeit ist gleich um«, erinnert Dr. Self ihn erneut. »Sprechen wir über Ihre Wut auf Dr. Scarpetta. Da geht es auch um Vertrauen, richtig?«

»Nein, um Respekt. Darum, dass sie mich behandelt wie den letzten Dreck und mich belügt.«

»Sie haben das Gefühl, dass sie Ihnen nicht mehr vertraut, und zwar wegen der Vorfälle in Knoxville im letzten Sommer. Dort, wo sie Experimente mit Leichen durchführen. Wie heißt die Einrichtung noch einmal? Verwesungsforschungirgendwas?«

»Forensisches Labor zur Erforschung von Verwesungsprozessen. Wir nennen es Body Farm.«

»Ach ja.«

Was für ein spannendes Thema für eine Show. Die Body Farm ist keine Schönheitsfarm. Fragen zum Tod. *Besprechen Sie es mit Dr. Self.*

Sie hat den Trailer schon vor Augen.

Marino schaut auf die Uhr. Demonstrativ hebt er sein massiges Handgelenk, um nachzusehen, wie spät es ist, so als kümmere es ihn nicht im Geringsten, dass ihre Zeit gleich um ist. So als freue er sich sogar darauf.

Dr. Self lässt sich nicht davon täuschen.

»Angst«, beginnt Dr. Self ihre Zusammenfassung. »Eine existenzielle Angst davor, nicht zu zählen, keine Rolle zu spielen, mutterseelenallein gelassen zu werden. Wenn der Tag vorbei ist, wenn das Gewitter endet, wenn Dinge vergehen. Es macht Angst, wenn etwas aufhört, richtig? Geld geht zur Neige. Die Gesundheit kann man verlieren. Die Jugend ist irgendwann vorbei. Die Liebe auch. Vielleicht trifft das auch auf Ihre Beziehung zu Dr. Scarpetta zu. Vielleicht ist sie gerade im Begriff, sich von Ihnen zu lösen.«

»Da gibt es nichts zu beenden, bis auf die Arbeit, und die wird immer so weitergehen, weil Menschen das Hinterletzte sind und sich noch gegenseitig umlegen werden, wenn ich schon längst meine kleinen Engelsflügel habe. Ich werde nicht mehr herkommen, um mir Ihren Müll anzuhören. Sie reden ständig nur über Scarpetta. Meiner Ansicht nach ist doch sonnenklar, dass sie nicht mein Problem ist.«

»Wir müssen jetzt zum Schluss kommen.«

Dr. Self erhebt sich aus ihrem Sessel und lächelt ihn an.

»Ich habe aufgehört, das Medikament zu nehmen, das Sie mir verschrieben haben. Schon vor ein paar Wochen. Habe bloß vergessen, es Ihnen zu sagen.« Als Marino ebenfalls aufsteht, scheint seine massige Gestalt den Raum zu füllen. »Es hat nichts genützt. Wozu also?«, spricht er weiter.

Wenn er steht, erschrickt sie immer wieder ein wenig, weil er so groß ist. Seine sonnengebräunten Hände erinnern sie an Baseballhandschuhe oder an gewaltige Schinken. Sie kann sich vorstellen, dass er jemandem damit den Schädel zerschmettert, das Genick bricht oder die Knochen zerdrückt, bis sie bröckeln wie Kartoffelchips.

»Über das Effexor sprechen wir bei unserem nächsten Termin. Wir sehen uns ...« Sie greift nach dem Terminkalender. »... am kommenden Donnerstag um fünf.«

Marino starrt durch die offene Tür und betrachtet den kleinen Wintergarten, in dem ein Tisch, zwei Stühle und einige Topfpflanzen stehen. Ein paar davon sind Palmen, die fast bis zur Decke reichen. Es warten keine weiteren Patienten. Um diese Uhrzeit sind nie welche da.

»Hmmm«, brummt er. »Gut, dass wir uns beeilt haben und rechtzeitig fertig geworden sind. Schließlich möchte ich nicht, dass Sie jemanden warten lassen müssen.«

»Möchten Sie bei Ihrem nächsten Termin bezahlen?«

So erinnert Dr. Self ihn daran, dass er ihr dreihundert Dollar schuldet.

»Ja, gut, ich habe mein Scheckbuch vergessen«, erwidert Marino.

Das hat er tatsächlich. Er wird ihr das Geld nicht schuldig bleiben. Er wird wiederkommen.

33

Benton stellt seinen Porsche auf einem Besucherparkplatz vor dem hohen Eisenzaun ab, der sich oben krümmt wie eine brechende Welle und mit Nato-Draht-Rollen versehen ist. An allen vier Ecken des Geländes ragen kahle Wachtürme in den kalten, bewölkten Himmel auf. Auf einem weiteren Parkplatz stehen neutrale weiße Transporter mit einer stählernen Trennwand zwischen Führerhaus und Frachtraum, die keine Fenster haben und von innen nicht zu öffnen sind. Es handelt sich um fahrbare Zellen, die dazu dienen, Gefangene wie Basil zu befördern.

Das Butler State Hospital besteht aus acht Stockwerken in Fertigbauweise und hat mit Maschendraht gesicherte Fenster. Das Krankenhaus liegt inmitten von acht Hektar bewaldetem und von Teichen durchzogenem Gelände eine knappe Autostunde südwestlich von Boston. In Butler sitzen Straftäter ein, die für geistig unzurechnungsfähig erklärt worden sind. Die Einrichtung gilt als ausgesprochen modern und menschenfreundlich. Die Zellenblöcke heißen hier Bungalows, und jeder von ihnen beherbergt Patienten, die in unterschiedlichem Maße der Sicherheitsverwahrung und Betreuung bedürfen. Bungalow D steht allein in der Nähe des Verwaltungsgebäudes und bietet Unterkunft für etwa einhundert gefährliche Gewalttäter.

Getrennt von den übrigen Patienten, verbringen sie – abhängig von ihrer Risikostufe – den Großteil des Tages in ihren Einzelzellen. Jeder Haftraum verfügt über eine eigene Dusche, die täglich zehn Minuten lang benutzt werden kann. Die Toilette lässt sich zweimal pro Stunde abziehen. Bungalow D wird von einem Team forensischer Psychiater betreut, und weiteres psychologisches oder juristisches Fachpersonal – etwa Benton – geht regelmäßig ein und aus. Butler hat den Anspruch, seine Patienten human und konstruktiv zu behandeln und dafür zu sorgen, dass sie gesund werden. Für Benton jedoch ist die Einrichtung nichts weiter als ein gut geführtes Hochsicherheitsgefängnis für Menschen, denen nicht mehr zu helfen ist. Er macht sich da keine Illusionen. Männer wie Basil werden niemals ein erfülltes Leben führen und haben es auch nie getan. Und wenn man ihnen Gelegenheit dazu gibt, werden sie deshalb alles daransetzen, auch das Leben anderer zu zerstören.

In der beige gestrichenen Vorhalle tritt Benton an eine kugelsichere Scheibe, die mit einer Gegensprechanlage ausgestattet ist.

»Wie geht es Ihnen, George?«

»Auch nicht besser als beim letzten Mal.«

»Tut mir Leid, das zu hören«, erwidert Benton, während sich mit einem lauten metallischen Klicken die erste hydraulisch gesteuerte Tür öffnet. »Soll das heißen, dass Sie noch keine Zeit hatten, Ihren Arzt aufzusuchen?«

Nachdem die Tür sich hinter ihm geschlossen hat, stellt er seinen Aktenkoffer auf einen kleinen Metalltisch. George ist über sechzig und klagt ständig über verschiedene Beschwerden. Er hasst seinen Beruf. Er hasst seine Frau. Er hasst das Wetter. Er hasst Politiker. Und wenn er kann, nimmt er das Foto des Gouverneurs von der Wand in der Vorhalle. Seit einem Jahr leidet er unter permanenter Müdigkeit, Magenbeschwerden und diffusen Schmerzen. Ärzte hasst er ebenfalls.

»Da ich sowieso keine Medikamente nehmen würde, brauche ich gar nicht erst hinzugehen. Mehr bringen Ärzte heutzutage ohnehin nicht mehr zustande. Sie stopfen einen nur mit Tabletten voll«, sagt George, während er Bentons Aktenkoffer durchsucht und ihn ihm zurückgibt. »Ihr Freund wartet am üblichen Treffpunkt. Viel Spaß.«

Wieder ein Klicken, und Benton tritt durch eine weitere Stahltür. Ein Wachmann in beigebrauner Uniform, er heißt Geoff, führt ihn einen gebohnerten Flur entlang und durch die nächste hydraulische Schleuse in den Hochsicherheitsbereich. Hier können sich Anwälte und Psychologen mit den Insassen in winzigen, fensterlosen Betonzellen treffen.

»Basil beschwert sich, weil er seine Post nicht kriegt«, beginnt Benton.

»Der redet viel, wenn der Tag lang ist«, entgegnet Geoff mürrisch. »Ein richtiger Labersack.«

Er öffnet eine graue Stahltür und hält sie auf.

»Danke«, meint Benton.

»Ich warte draußen.« Nach einem finsteren Blick auf Basil schließt Geoff die Tür.

Basil, der an einem kleinen Holztisch sitzt, steht nicht auf. Er ist nicht gefesselt und trägt die übliche Gefängniskleidung, eine blaue Hose, ein weißes T-Shirt und Badelatschen mit Socken. Seine Augen sind blutunterlaufen und starren ins Leere. Außerdem stinkt er.

»Wie fühlen Sie sich, Basil?«, fragt Benton und nimmt ihm gegenüber Platz.

»Ich hatte einen schlechten Tag.«

»Das habe ich gehört. Erzählen Sie mir davon.«

»Ich habe Angst.«

»Wie schlafen Sie?«

»Ich habe fast die ganze Nacht wach gelegen. Dauernd musste ich an unser Gespräch denken.«

»Sie wirken nervös«, merkt Benton an.

»Ich kann nicht still sitzen. Das liegt an dem, was ich Ihnen gesagt habe. Ich brauche etwas, Dr. Wesley. Ativan oder so. Haben Sie sich die Bilder schon angesehen?«

»Welche Bilder?«

»Die von meinem Gehirn. Ganz bestimmt haben Sie das. Ich weiß, dass Sie neugierig sind. Alle dort sind neugierig, richtig?«, fragt Basil mit einem schiefen Grinsen.

»Wollten Sie mich deshalb sprechen?«

»Mehr oder weniger. Und ich will meine Post. Sie geben sie mir einfach nicht, und ich kann weder schlafen noch essen, so nervös und gestresst bin ich. Ein bisschen Ativan wäre nicht schlecht. Ich hoffe, Sie haben darüber nachgedacht.«

»Worüber denn?«

»Was ich Ihnen über die ermordete Frau erzählt habe.«

»Die Frau im Christmas Shop?«

»Zehn-vier.«

»Ja, ich habe mir sehr ausführlich Gedanken über das gemacht, was Sie mir anvertraut haben, Basil«, erwidert Benton, so als hielte er Basils Worte für die Wahrheit.

Er darf es sich nicht anmerken lassen, wenn er den Verdacht hat, dass ein Patient ihn anlügt. Allerdings ist er sich in Basils Fall da auch nicht so sicher.

»Befassen wir uns noch einmal mit diesem Tag im Juli vor zweieinhalb Jahren«, beginnt Benton.

Es stört Marino, dass Dr. Self die Tür hinter ihm schließt und sofort den Riegel vorschiebt, als wolle sie ihn aussperren.

Er empfindet die Geste und das, was sie andeutet, als beleidigend. So geht es ihm immer. Dr. Self interessiert sich offenbar nicht wirklich für ihn. Für sie ist er nur ein Patient, und sie ist froh, dass sie ihn los ist und sich eine Woche lang nicht mehr mit ihm beschäftigen muss. Dann wird sie sich wieder fünfzig Minuten – und wirklich nur fünfzig Minuten, keine Sekunde länger – Zeit für ihn nehmen, auch wenn er seine Medikamente abgesetzt hat.

Das Zeug ist Mist. Mit dem Sex hat es nicht mehr geklappt,

und was nützt einem das beste Antidepressivum, wenn man dann keinen Sex mehr haben kann? Wer unbedingt depressiv sein will, nimmt wohl am besten ein Antidepressivum, das ihm dann auch noch den Sex vermiest.

Marino steht in Dr. Selfs Wintergarten vor der verschlossenen Tür und starrt ziemlich benommen auf die beiden Stühle mit den hellgrünen Kissen und den grünen Glastisch, auf dem ein Stapel Zeitschriften liegt. Er hat die Zeitschriften alle gelesen, weil er immer zu früh zu seinen Terminen kommt. Das stört ihn ebenfalls. Viel lieber würde er sich verspäten und hereinschlendern, als hätte er Besseres zu tun, als einen Termin bei einer Psychologin einzuhalten. Aber in diesem Fall würden ihm die Minuten abgezogen, und er kann es sich nicht leisten, auch nur eine Minute zu verlieren, denn jede davon zählt und ist sehr teuer.

Sechs Dollar die Minute, um genau zu sein. Fünfzig Minuten und keine Minute länger. Keine Sekunde. Sie wird ihm nicht aus lauter Großzügigkeit und Nächstenliebe oder aus einem anderen Grund ein oder zwei Minuten schenken. Selbst wenn er mit Selbstmord drohen würde, würde sie nur auf die Uhr schauen und sagen: *Wir müssen jetzt zum Schluss kommen.* Er könnte ihr erzählen, dass er jemanden umgebracht hat, und mitten in seiner Schilderung, als er gerade im Begriff ist abzudrücken, würde sie ihn unterbrechen: *Wir müssen jetzt zum Schluss kommen.*

Sind Sie denn nicht neugierig?, hat er sie einmal gefragt. *Wie können Sie ausgerechnet jetzt aufhören, ohne sich die Pointe anzuhören?*

Den Rest der Geschichte werden Sie mir sicher bei unserem nächsten Termin verraten, Pete. Dabei lächelt sie immer.

Vielleicht lasse ich es ja auch. Sie haben Glück, dass ich überhaupt mit Ihnen rede. Viele Leute würden Geld dafür bezahlen, die ganze Geschichte zu erfahren. Die ganze Wahrheit.

Nächstes Mal.

Vergessen Sie es. Es wird kein nächstes Mal geben.

Dr. Self lässt sich auf keine Diskussion ein, wenn es Zeit zum Aufhören ist. Ganz gleich, was er auch tut, um noch ein oder zwei Minuten herauszuschlagen, steht sie auf, öffnet die Tür und wartet ab, bis er gegangen ist, damit sie hinter ihm abschließen kann. Sie weigert sich zu verhandeln. Sechs Dollar pro Minute, und wofür? Damit sie ihn beleidigen kann? Er weiß nicht, warum er immer wieder kommt.

Er betrachtet den kleinen nierenförmigen Pool mit dem Rand aus bunten spanischen Kacheln. Dann mustert er die Orangen- und Grapefruitbäume, die sich unter der Last ihrer Früchte biegen, und die roten aufgesprühten Streifen an den Stämmen.

Zwölfhundert Dollar im Monat. Warum tut er das? Für dieses Geld könnte er sich einen Dodge-Pick-up mit einer V-10-Viper-Maschine kaufen. Für zwölfhundert Dollar monatlich könnte er sich eine ganze Menge leisten.

Marino hört ihre Stimme hinter der geschlossenen Tür. Dr. Self telefoniert. Er tut so, als blättere er in einer Zeitschrift, und lauscht.

»Verzeihung, wer spricht da?«, fragt Dr. Self.

Sie hat eine kräftige Stimme, eine Radiostimme, die weit trägt und Autorität ausstrahlt wie eine Pistole oder eine Polizeimarke. Ihre Stimme berührt ihn. Er mag ihre Stimme, und sie löst etwas in ihm aus. Außerdem sieht sie wirklich sehr gut aus, weshalb es ihm schwerfällt, ihr gegenüberzusitzen und sich andere Männer in diesem Sessel vorzustellen, denen sich genau derselbe Anblick bietet. Sie hat dunkles Haar, zarte Gesichtszüge, strahlende Augen und makellos weiße Zähne. Er mag es gar nicht, dass sie jetzt im Fernsehen auftritt, wo andere Männer sie anstarren und bemerken können, wie sexy sie ist.

»Wer spricht da, und woher haben Sie meine Nummer?«, hört er ihre Stimme durch die abgeschlossene Tür. »Nein, ist sie nicht, und außerdem nimmt sie solche Anrufe nicht persönlich entgegen. Wer sind Sie?«

Marino lauscht zunehmend nervös und gerät ins Schwitzen, als er vor Dr. Selfs geschlossener Tür im Wintergarten steht.

Jetzt, am frühen Abend, ist die Luft feucht, Wasser rieselt von den Bäumen, und Tropfen fangen sich im Gras. Dr. Self klingt nicht sehr erfreut. Offenbar telefoniert sie mit jemandem, der seinen Namen nicht sagen will.

»Ich verstehe Ihr Bedürfnis nach Diskretion, aber es muss Ihnen doch klar sein, dass ich den Wahrheitsgehalt Ihrer Behauptung nicht nachprüfen kann, solange Sie mir nicht verraten, wer Sie sind. Dr. Self kann sich mit derartigen Dingen nur befassen, wenn sie zuvor bestätigt wurden. Aber das ist ein Spitzname, kein echter. Oh, ist es doch. Ich verstehe.«

Marino wird klar, dass sie sich für jemand anderen ausgibt. Offenbar bereitet es ihr Unbehagen, dass sie den Anrufer nicht kennt.

»Also gut«, sagt die Frau, die Dr. Self gerade spielt. »Das wäre möglich. Natürlich können Sie mit dem Produzenten sprechen. Ich muss zugeben, dass es sich interessant anhört, falls es stimmt. Aber Sie müssen sich dennoch an den Produzenten wenden. Ich schlage vor, dass Sie das sofort tun, weil es bei der Sendung am Donnerstag um dieses Thema geht. Nein, nicht im Radio. In ihrer neuen Fernsehshow«, betont sie mit derselben festen Stimme, die mühelos die Holztür durchdringt und in den Wintergarten hinausschwebt.

In den Sitzungen spricht sie nicht so laut wie am Telefon. Das ist auch gut so, denn es wäre gar nicht angenehm, wenn ein anderer Patient, der im Wintergarten wartet, jedes Wort mitbekäme, das Dr. Self während ihrer kurzen, aber kostspieligen gemeinsamen fünfzig Minuten an Marino richtet. Aber wenn sie zusammen hinter dieser geschlossenen Tür sitzen, spricht sie leiser. Natürlich wartet auch nie jemand im Wintergarten, wenn er eine Sitzung hat. Marino ist immer der Letzte, ein weiterer Grund, warum sie ruhig großzügiger sein und ihm ein paar zusätzliche Minuten gewähren könnte. Schließlich würde sie niemanden seinetwegen warten lassen. Jedenfalls trifft er nach seinem Termin nie jemanden an. Doch eines Tages wird es ihm gelingen, etwas so Wichtiges und Weltbewegendes von sich zu geben, dass sie ihm die zusätzlichen Minuten schenkt. Vielleicht wird sie das zum ersten Mal in ihrem Leben tun, und zwar nur ihm zuliebe. Sie wird sich danach sehnen. Und möglicherweise wird er ausgerechnet an diesem Tag nicht die Zeit dafür erübrigen können.

Ich muss los, phantasiert er den Dialog.

Bitte erzählen Sie weiter. Es interessiert mich brennend, was geschehen ist.

Das geht leider nicht. Ich bin verabredet. Mit diesen Worten wird er aufstehen. *Ich verspreche, dass ich Ihnen den Rest beim nächsten Mal verrate, und zwar … lassen Sie mich sehen … irgendwann nächste Woche. Erinnern Sie mich daran.*

Als Marino bemerkt, dass Dr. Self nicht mehr telefoniert, schleicht er sich durch den Wintergarten und schlüpft zur Schiebetür hinaus. Lautlos schließt er sie hinter sich und folgt dem Fußweg um den Pool und durch den Garten mit den Obstbäumen, deren Stämme rote Streifen tragen. Der Weg führt zu dem kleinen weiß verputzen Haus, in dem Dr. Self wohnt, ohne sich um Sicherheitsvorkehrungen zu scheren. Jeder x-beliebige Eindringling kann einfach zu ihrer Haustür oder ihrer Praxis neben dem im Schatten der Palmen liegenden Pool spazieren. Das ist viel zu gefährlich. Schließlich hören Millionen von Menschen jede Woche ihre Sendung. Sie sollte nicht so ungeschützt wohnen. Sie geht damit wirklich ein Risiko ein. Marino spielt mit dem Gedanken, umzukehren, an ihre Tür zu klopfen und sie zu warnen.

Seine aufgemotzte Screamin' Eagle Deuce parkt auf der Straße. Marino umrundet das Motorrad, um sich zu vergewissern, dass während seines Termins niemand daran herumgefummelt hat. Der platte Reifen fällt ihm ein, und er malt sich aus, den Übeltäter in die Finger zu kriegen. Eine dünne Staubschicht bedeckt die auf blauen Lack und Chrom gemalten Flammen. Marino ist ein wenig verärgert. Erst heute Morgen hat er das Motorrad poliert und jeden Zentimeter Chrom gewienert. Dann hatte er einen Plattfuß. Und jetzt ist die Harley auch noch staubig. Dr. Self sollte einen überdachten Parkplatz haben. Eine gottverdammte Garage. Weil ihr schickes Mercedes Cabriolet in der Einfahrt steht, passt kein anderes Auto mehr hinein, sodass ihre Patienten auf der Straße parken müssen. Eine Zumutung.

Er entriegelt das Lenkerschloss, schaltet die Zündung ein, schwingt das Bein über die ungepolsterte Sitzbank und denkt daran, wie schön es ist, nicht mehr das Leben eines armen Cop führen zu müssen. Die Akademie stellt ihm einen Hummer H2 zur Verfügung, schwarz und mit einer Turbodiesel-V8-Maschine, 250 PS, Vierganggetriebe mit Overdrive, Gepäckträger, Winde und Geländeausstattung. Die Deuce hat er gekauft und nach seinem Geschmack ausstatten lassen. Und er kann sich sogar eine Psychiaterin leisten. Kaum zu fassen.

Er legt den Leerlauf ein und drückt den Startknopf. Dabei betrachtet er das hübsche weiße Haus, in dem Dr. Self wohnt, obwohl es viel zu gefährlich ist. Dann betätigt er die Kupplung und gibt ein wenig Gas. Die ThunderHead-Auspuffanlage macht eine Menge Krach. In der Ferne leuchten Blitze auf, und eine dunkle Armee abziehender Wolken verschießt ihre Munition über dem Meer.

34

Wieder lächelt Basil.

»Über einen Mord konnte ich nichts finden«, sagt Benton zu ihm. »Nur dass vor zweieinhalb Jahren eine Frau und ihre Tochter aus einem Laden mit dem Namen The Christmas Shop verschwunden sind.«

»Habe ich das nicht gesagt?« Basil schmunzelt.

»Sie haben weder verschwundene Personen noch eine Tochter erwähnt.«

»Die geben mir meine Post nicht.«

»Ich kümmere mich darum, Basil.«

»Das haben Sie mir schon vor einer Woche versprochen. Ich verlange meine Post. Und zwar noch heute. Seit ich mich mit denen angelegt habe, geben sie mir meine Post nicht mehr.«

»Also seit Sie wütend auf Geoff geworden sind und ihn Onkel Remus genannt haben.«

»Und zur Strafe hält er meine Post zurück. Außerdem glaube ich, dass er in mein Essen spuckt. Ich will meine ganze Post, und zwar auch die alten Briefe, die schon seit einem Monat rumliegen. Und dann können Sie mir noch eine andere Zelle besorgen.«

»Das geht nicht, Basil. Es ist nur zu Ihrem eigenen Besten.«

»Offenbar interessiert es Sie doch nicht, was ich zu sagen habe«, stellt Basil fest.

»Was wäre, wenn ich Ihnen zusichere, dass Sie noch heute Abend Ihre Post bekommen?«

»Andernfalls ist unsere kleine Plauderei über den Christmas Shop zu Ende. Allmählich langweilt mich Ihr kleines Forschungsprojekt.«

»Der einzige Weihnachtsladen, den ich ausfindig machen konnte, war der in Las Olas am Strand«, erwidert Benton. »Am 14. Juli sind Florrie Quincy und ihre siebzehnjährige Tochter Helen von dort verschwunden. Wissen Sie etwas darüber, Basil?«

»Ich habe ein schlechtes Namensgedächtnis.«

»Dann beschreiben Sie mir den Christmas Shop, wie Sie sich daran erinnern.«

»Bäume mit Lämpchen, Modelleisenbahnen und überall Glitzerkram«, antwortet Basil, inzwischen ernst. »Das habe ich Ihnen doch schon alles erzählt. Jetzt will ich, dass Sie mir erklären, was Sie in meinem Kopf gesehen haben. Haben Sie die Bilder gesehen?« Er tippt sich an die Stirn. »Sie hätten doch längst alles sehen müssen, was Sie interessiert. Also verschwenden Sie nur meine Zeit. Ich will meine gottverdammte Post!«

»Ich habe es Ihnen doch versprochen.«

»Hinten im Lagerraum stand eine Art Schrank, Sie wissen schon, so ein großer Spind. Ein total blödes Ding. Ich habe sie gezwungen, ihn aufzumachen. Da waren lauter Sammlerobjekte drin, in Deutschland hergestellt, in bemalten Holzschächtelchen. Hänsel und Gretel, Snoopy, Rotkäppchen und solches Zeug. Sie hat sie eingeschlossen, weil sie sehr teuer sind, und ich meinte: ›Warum denn der Mist? Der Dieb bräuchte doch bloß den ganzen Spind zu klauen. Denkst du wirklich, das Wegschließen verhindert, dass jemand den Kram stiehlt?‹«

Er verstummt und starrt auf die Wand aus Betonblöcken.

»Worüber haben Sie sonst noch geredet, bevor Sie sie getötet haben?«

»›Du musst jetzt dran glauben, Fotze‹, habe ich zu ihr gesagt.«

»Und wann genau haben Sie mit ihr über den Spind im Hinterzimmer geredet?«

»Das habe ich nicht.«

»Ich dachte, Sie hätten mir gerade erzählt …«

»Ich habe nie behauptet, dass ich mit ihr drüber geredet hätte«, gibt Basil ungeduldig zurück. »Ich will, dass Sie mir etwas verschreiben. Warum verschreiben Sie mir nichts? Ich kann nicht still sitzen. Erst fühle ich mich, als könnte ich alles durchvögeln, und dann werde ich depressiv und komme nicht mehr aus dem Bett hoch. Ich will meine Post.«

»Wie oft masturbieren Sie am Tag?«, fragt Benton.

»Sechs- bis siebenmal, vielleicht zehn.«

»Öfter als sonst?«

»Seit unserem kleinen Gespräch gestern habe ich den ganzen Tag lang nichts anderes gemacht. Ich bin nur aus dem Bett aufgestanden, um zu pinkeln, habe kaum was gegessen und mir das

Duschen gespart. Ich weiß, wo sie ist«, fügt er hinzu. »Besorgen Sie mir meine Post.«

»Mrs. Quincy?«

»Schauen Sie, ich sitze hier drin.« Basil lehnt sich zurück. »Was habe ich also zu verlieren? Welchen Anreiz habe ich, mich richtig zu verhalten? Privilegien, ein paar Sonderrechte, dann spiele ich vielleicht mit. Ich will meine verdammte Post.«

Benton steht auf, öffnet die Tür und weist Geoff an, in die Poststelle zu gehen und sich nach Basils Post zu erkundigen. Er merkt dem Wachmann an, dass er weiß, was aus Basils Post geworden ist, und keine große Lust hat, ihm das Leben angenehm zu machen. Also stimmt es offenbar: Basils Post wurde absichtlich zurückgehalten.

»Bitte erledigen Sie das für mich«, sagt Benton zu Geoff und sieht ihn eindringlich an. »Es ist wichtig.«

Geoff verschwindet mit einem Nicken. Nachdem Benton die Tür geschlossen hat, nimmt er wieder am Tisch Platz.

Eine Viertelstunde später beenden Benton und Basil ihr Gespräch, das nichts weiter als ein Dschungel aus widersprüchlichen Informationen und ein absichtliches Verwirrspiel ist. Es kostet Benton Mühe, sich seinen Ärger nicht anmerken zu lassen, und er ist erleichtert, Geoff zu sehen.

»Ihre Post liegt auf Ihrem Bett«, verkündet Geoff von der Türschwelle aus mit einem harten, kalten Blick auf Basil.

»Wehe, wenn Sie meine Zeitschriften gestohlen haben.«

»Niemand interessiert sich für Ihre beschissenen Anglerzeitschriften. Verzeihung, Dr. Wesley. Es liegen vier davon auf Ihrem Bett«, fügt er, an Basil gewandt, hinzu.

Basil wirft eine imaginäre Angelrute aus. »Der, der entkommen ist«, meint er, »ist immer der Größte. Als ich klein war, ist mein Vater mit mir zum Angeln gegangen. Wenn er nicht gerade damit beschäftigt war, meine Mutter zu schlagen.«

»Ich warne Sie«, sagt Geoff. »Und zwar in Gegenwart von Dr. Wesley. Wenn Sie mir wieder Ärger machen, Jenrette, sind

Ihre Post und Ihre Anglerzeitschriften nicht mehr Ihr einziges Problem.«

»Sehen Sie jetzt, was ich meine?«, beklagt Basil sich bei Benton. »So muss ich mich hier behandeln lassen.«

35

Im Lagerraum öffnet Scarpetta einen Tatortkoffer, den sie im Hummer mitgebracht hat. Sie entnimmt ihm Reagenzgläser mit Natriumperborat, Natriumkarbonat und Luminol, die sie in einem Behälter mit destilliertem Wasser anmischt. Nachdem sie die Lösung geschüttelt hat, füllt sie sie in eine schwarze Sprühflasche um.

»Ich dachte, du hättest für dein freies Wochenende etwas anderes geplant gehabt«, merkt Lucy an, während sie eine 35-Millimeter-Kamera auf einem Stativ befestigt.

»Es geht doch nichts über gemeinsame Unternehmungen«, erwidert Scarpetta. »So sehen wir uns wenigstens mal wieder.«

Die beiden sind mit weißen Einweg-Overalls, Überschuhen, Sicherheitsbrillen, Gesichtsmasken und Mützen vermummt. Die Tür zum Lagerraum ist zu. Inzwischen ist es kurz vor acht Uhr abends; das Beach Bum ist schon wieder vor Ende der offiziellen Ladenöffnungszeit geschlossen.

»Gib mir einen Moment, um die Umgebung aufzunehmen«, sagt Lucy und schraubt einen Fernauslöser an die Kamera. »Erinnerst du dich an damals, als wir noch eine Socke benutzen mussten?«

Die Sprühflasche darf auf dem Foto auf keinen Fall zu sehen sein, was nur funktioniert, wenn Flasche und Düse schwarz sind oder mit schwarzem Material verhüllt werden. Und in Ermangelung einer Alternative klappt das mit einer schwarzen Socke prima.

»Schön, dass wir jetzt nicht mehr so aufs Geld schauen müssen«, ergänzt Lucy, und die Blende öffnet sich, als sie auf den Auslöser drückt. »Wir haben schon lange nicht mehr zusammengearbeitet. Außerdem nerven Geldsorgen.«

Mit der auf dem Stativ montierten Kamera fotografiert sie ein Stück Regal und Betonboden.

»Ich weiß nicht so recht«, antwortet Scarpetta. »Wir haben es immer irgendwie geschafft, und in vielerlei Hinsicht sogar besser als jetzt, weil die Verteidiger einen nicht mit einer ellenlangen Liste von Nein-Fragen bombardiert haben. Haben Sie eine MCS-Forensische-Lichtquelle benutzt? Was ist mit Super-Stick-Knetmasse? Haben Sie einen Laser-Flugbahnzeiger verwendet? Kam das destillierte Wasser aus einer Ampulle? Was? Sie haben destilliertes Wasser aus der Flasche genommen? Wo hatten Sie das denn her? Von 7-Eleven? Sie haben Material zur Beweismittelsicherung in einem Supermarkt gekauft?«

Lucy macht noch ein Foto.

»Haben Sie auch die DNA der Bäume, Vögel und Eichhörnchen im Garten getestet?«, fährt Scarpetta fort, während sie einen schwarzen Gummihandschuh über den aus Baumwolle zieht, den sie bereits trägt. »Und warum haben Sie nicht das gesamte Stadtviertel gestaubsaugt, um Faserspuren sicherzustellen?«

»Offenbar hast du wirklich schlechte Laune.«

»Ich habe den Eindruck, dass du mir aus dem Weg gehst. Du rufst mich nur an, wenn du mich brauchst.«

»Ich kenne niemanden, der so etwas besser könnte als du.«

»Mehr bedeute ich dir also nicht? Bin ich für dich nur eine Mitarbeiterin?«

»Wie kannst du mir so eine Frage stellen? Soll ich das Licht ausmachen?«

»Los.«

Als Lucy an einer Schnur zieht, verlischt die Glühbirne an der Decke, und der Raum liegt in völliger Dunkelheit. Scarpetta fängt an, eine Kontrollprobe Blut – ein einziger Tropfen auf einem Stück Pappe – mit Luminol zu besprühen. Das Blut leuchtet grünlich-blau auf und verblasst dann wieder. Sie sprüht in großen Bögen weiter und benetzt Teile des Bodens, der hell aufleuchtet, als stünde er in neongrünen Flammen.

»Gütiger Himmel!«, ruft Lucy und betätigt die Kamera, während Scarpetta weitersprüht. »So was habe ich noch nie gesehen.«

Das blaugrüne Leuchten flammt auf und verblasst in gespenstischem Gleichtakt mit den Sprühbewegungen. Als nach dem letzten Sprühstoß alles verloschen ist, macht Lucy Licht, und dann nehmen die beiden den Betonboden gründlich unter die Lupe.

»Ich sehe nichts als Dreck«, brummt Lucy mürrisch.

»Am besten fegen wir zusammen, bevor wir noch mehr darauf herumtrampeln.«

»Mist!«, ärgert sich Lucy. »Warum haben wir es nicht zuerst mit dem MCS versucht?«

»Das ließe sich nachholen«, meint Scarpetta.

Mit einem sauberen Pinsel fegt Lucy Schmutz vom Boden in einen Asservatenbeutel aus Plastik und richtet dann Kamera und Stativ neu ein. Anschließend macht sie weitere Umgebungsfotos von den Holzregalen und löscht erneut das Licht. Diesmal reagiert das Luminol anders. Fleckige Stellen leuchten elektrisch-blau auf, und Funken tanzen. Die Kamera klickt und klickt, während Scarpetta sprüht. Die blauen Lichter pulsieren rasch und verblassen viel schneller, als es bei Blut oder anderen Substanzen, die auf Chemolumineszenz ansprechen, üblich ist.

»Bleiche«, sagt Lucy. Es gibt einige Stoffe, die ein falsches positives Ergebnis auslösen. Bleiche ist der häufigste und ziemlich unverkennbar.

»Etwas mit einem anderen Spektrum, aber eindeutig ähnlich wie Bleiche«, stellt Scarpetta fest. »Irgendein x-beliebiges Putzmittel, das Bleiche auf Hypochloritbasis enthält: Clorox, Drano, Fantastic, The Works, Babo Cleanser, alles handelsübliche Marken. Es würde mich nicht wundern, wenn wir hier hinten eine Flasche von dem Zeug finden.«

»Bist du fertig?«

»Weiter.«

Das Licht geht an, und die beiden müssen blinzeln, als ihnen der grelle Schein der Glühbirne in die Augen fällt.

»Basil hat Benton erzählt, er hätte mit Bleiche geputzt«, sagt Lucy. »Aber nach zweieinhalb Jahren kann es da doch keine Reaktion mit Luminol mehr geben, oder?«

»Vielleicht ist das Putzmittel ja ins Holz eingesickert, und es wurde nicht mehr nachgewischt. Mit Betonung auf *vielleicht*, denn ich kann es nicht mit Bestimmtheit sagen und weiß nicht, ob so etwas schon einmal getestet wurde.« Scarpetta holt ein beleuchtetes Vergrößerungsglas aus der Tasche.

Sie lässt es über die Kante des Pressspanbretts gleiten, auf dem sich Schnorchelausrüstung und T-Shirts türmen.

»Wenn man genau hinschaut«, sagt sie, »kann man erkennen, dass das Holz an einigen Stellen eine winzige Spur heller ist. Möglicherweise Spritzer.«

Lucy tritt näher und greift nach dem Vergrößerungsglas.

»Ich glaube, ich sehe, was du meinst.«

Heute ist er gekommen und wieder gegangen, ohne sich um sie zu kümmern. Er hat ihr nur ein überbackenes Käsesandwich und Wasser gebracht. Offenbar wohnt er nicht hier. Nachts ist er anscheinend nie im Haus. Wenn doch, muss er so still wie ein Toter sein.

Es ist schon spät, allerdings weiß sie nicht, wie viel Uhr es ist, und der Mond auf der anderen Seite des zerborstenen Fensters ist hinter den Wolken gefangen. Ihr Puls wird schneller, als sich seine Füße in ihre Richtung bewegen, und sie stopft rasch den kleinen rosafarbenen Tennisschuh hinter die Matratze. Sie ist sicher, dass er ihr den Schuh wegnehmen wird, wenn er merkt, dass er ihr etwas bedeutet. Und dann ist er da, ein dunkler Schatten, begleitet von einem langen Lichtstrahl. Er hat die Spinne bei sich. Das Insekt bedeckt seine Hand. Es ist die größte Spinne, die sie je gesehen hat.

Sie lauscht auf Geräusche von Kristin und den Jungen, während das Licht über ihre wunden, geschwollenen Knöchel und Handgelenke gleitet. Er betastet die schmutzige Matratze und das fleckige, hellgrüne Gewand, das über die untere Hälfte ihrer Beine gebreitet ist. Sie zieht Arme und Knie an und versucht, sich zu bedecken, als das Licht über intime Stellen ihres Körpers gleitet, und sie weicht zurück, denn sie spürt, wie er sie anstarrt. Sie kann sein Gesicht nicht erkennen und hat keine Ahnung, wie er aussieht. Tagsüber verbirgt er sein Gesicht unter der Kapuze, und er trägt Schwarz, immer Schwarz. Nachts kann sie ihn gar nicht sehen, nur seine Umrisse. Er hat ihr die Brille weggenommen.

Das war seine erste Tat, als er in ihr Haus eindrang.

Gib mir die Brille, sagte er. *Ein bisschen plötzlich.*

Wie gelähmt stand sie in der Küche. Vor lauter Angst und Entsetzen konnte sie sich weder rühren noch einen klaren Gedanken fassen, und sie fühlte sich, als sacke schlagartig alles Blut aus ihrem Körper. Das Olivenöl in der Pfanne auf dem Herd fing an zu qualmen, die Jungen begannen zu weinen. Er richtete seine Waffe auf sie und zielte im nächsten Moment auf Kristin. Als Tony ihm die Hintertür öffnete, trug er seine Kapuze und die schwarze Kleidung. Dann ging alles ganz schnell.

Gib mir die Brille.

Gib sie ihm, flehte Kristin. *Bitte tun Sie uns nichts. Nehmen Sie, was Sie wollen.*

Maul halten, sonst lege ich euch alle um.

Er befahl den Jungen, sich bäuchlings auf den Wohnzimmerboden zu legen, und versetzte ihnen mit dem Gewehrkolben einen heftigen Schlag auf den Hinterkopf, damit sie nicht davonlaufen konnten. Dann knipste er alle Lichter aus und wies Kristin und Ev an, die schlaffen Körper der Jungen den Flur entlang und durch die Schiebetüren des Schlafzimmers zu tragen. Blut tropfte und verteilte sich auf dem Fußboden, und sie denkt immer wieder, dass die Flecken doch hätten bemerkt werden müssen. Inzwischen ist bestimmt jemand im Haus gewesen und fragt sich, was aus ihnen geworden ist. Und sicher hat derjenige auch das Blut gesehen. Wo bleibt nur die Polizei?

Die Jungen lagen reglos auf dem Rasen neben dem Pool, als er sie mit Telefonkabeln fesselte und mit Geschirrtüchern knebelte, obwohl sie sich weder rührten noch einen Mucks von sich gaben. Dann zwang er Kristin und Ev, durch die Dunkelheit zum Kombi zu gehen.

Ev musste fahren.

Kristin saß auf dem Beifahrersitz, während er sie von hinten mit der Waffe bedrohte.

In eiskaltem und ruhigem Ton gab er Ev Anweisungen.

Ich bringe euch weg, und dann gehe ich sie holen, verkündete seine Stimme ungerührt, als sie losfuhr.

Rufen Sie bitte jemanden an, flehte Kristin. *Sie gehören in ein Krankenhaus. Bitte lassen Sie sie nicht einfach sterben. Sie sind doch noch Kinder.*

Ich sagte, ich würde sie holen.

Sie brauchen Hilfe. Es sind doch nur kleine Jungen. Waisenkinder. Beide Eltern sind tot.

Seine Stimme war gefühllos, monoton und frei von jeglicher menschlichen Regung. Eine Stimme ohne Mitleid oder persönliche Note.

Sie erinnert sich an die Wegweiser nach Naples. Also fuhren sie nach Westen in Richtung Everglades.

Ohne Brille kann ich nicht fahren, beschwerte sich Ev, und ihr Herz klopfte so heftig, dass sie befürchtete, ihr Brustkorb könnte zerspringen. Sie bekam kaum noch Luft. Als sie von der Straße abkam, gab er ihr endlich die Brille zurück, aber er nahm sie ihr wieder weg, nachdem sie das finstere Höllenloch erreicht hatten, wo sie seitdem gefangen ist.

Scarpetta besprüht die Wand aus Betonblöcken in der Toilette. Ein Muster aus Schmierern und Spritzern, unsichtbar, wenn das Licht brennt, leuchtet auf.

»Jemand hat hier geputzt«, sagt Lucy in die Dunkelheit hinein.

»Ich höre jetzt auf. Schließlich will ich die Spuren nicht zerstören, falls es sich wirklich um Blut handelt. Hast du alles auf Film?«

»Gut.« Sie macht Licht.

Scarpetta holt ein Blut-Untersuchungsset heraus und betupft einige Stellen an der Wand, die auf das Luminol reagiert haben. Mit dem Wattestäbchen fährt sie in die Löcher im porösen Beton, wo sich – selbst nach einer Putzaktion – möglicherweise weiteres Blut befindet. Mit einer Pipette träufelt sie ihr Chemikaliengebräu auf ein Wattestäbchen, das sich hellrosa verfärbt, was ihr bestätigt, dass es sich bei den Leuchtspuren an der Wand um Blut handeln könnte, vermutlich um das eines Menschen. Doch Genaueres wird erst das Labor sagen können.

Wenn es wirklich Blut ist, würde es Scarpetta nicht überraschen, wenn es bereits zweieinhalb Jahre alt wäre. Luminol reagiert auf das Hämoglobin in den roten Blutkörperchen. Je älter das Blut ist, desto mehr oxidiert es und desto stärker fällt die Reaktion aus. Sie betupft weitere Stellen mit destilliertem Wasser, nimmt Proben und verstaut sie in Asservatenbehältern, die sie beschriftet, mit Klebeband versiegelt und mit ihren Initialen abzeichnet.

Nachdem Lucy und sie eine Stunde so weitergearbeitet haben, schwitzen sie in ihrer Schutzkleidung. Sie hören, wie Larry auf der anderen Seite der Tür in seinem Laden auf und ab geht. Gelegentlich läutet das Telefon.

Sie kehren in den Lagerraum zurück, wo Lucy eine stabile schwarze Tragebox öffnet und eine MCS-Lichtquelle herausnimmt. Es handelt sich um ein tragbares quadratisches Gerät aus Metall, mit Belüftungsschlitzen und einer hochintensiven MH-Leuchte mit einem flexiblen Arm, der an einen schimmernden Stahlschlauch erinnert. Daran befindet sich ein Flüssigkeits-Lichtleiter, der es ihr gestattet, die Wellenlänge zu verändern. Sie verbindet das Gerät mit einer Steckdose und schaltet es ein. Ein Ventilator beginnt zu summen. Dann richtet sie die Wellenlänge auf 455 Nanometer ein. Lucy und Scarpetta setzen orangefarbene Brillen auf, um Kontraste besser wahrnehmen zu können und ihre Augen zu schützen.

Nachdem das Licht gelöscht ist, richtet Scarpetta, die das Gerät vorsichtig am Henkel trägt, das blaue Licht auf die Wände, die Regale und den Boden. Blut und andere Substanzen, die auf Luminol reagieren, müssen nicht unbedingt auf eine alternierende Lichtquelle ansprechen, und so bleiben die vorhin noch leuchtenden Stellen dunkel. Allerdings erstrahlen einige kleine Schmierer auf dem Boden in einem grellen Rot. Wieder wird das Licht angeschaltet. Lucy stellt ihr Stativ auf und legt einen orangefarbenen Filter über die Kameralinse. Licht aus, und sie fotografiert die roten Schmierer. Wieder Licht an – die Schmierer sind nur noch als Schmutzstreifen auf einem ohnehin unsauberen und fleckigen Boden wahrzunehmen. Doch durch das Vergrößerungsglas entdeckt Scarpetta einen zartroten Schimmer. Ganz gleich, worum es sich hier handeln mag, jedenfalls löst es sich nicht in sterilem Wasser, und sie möchte kein Lösungsmittel verwenden, um mögliche Spuren nicht zu zerstören.

»Wir müssen eine Probe nehmen.« Scarpetta lässt den Blick durch den Raum schweifen.

»Bin gleich zurück.«

Lucy öffnet die Tür und ruft nach Larry. Er steht wieder hinter der Theke und telefoniert. Als Larry aufblickt und sieht, dass sie von Kopf bis Fuß in weiße beschichtete Folie gehüllt ist, reagiert er sichtlich überrascht.

»Bin ich gerade auf die Raumstation MIR gebeamt worden?«, verwundert er sich.

»Haben Sie irgendwelche Werkzeuge hier, damit ich nicht raus zum Auto gehen muss?«

»Hinten steht ein kleiner Werkzeugkasten. Auf dem oberen

Regal ganz hinten an der Wand.« Er deutet in die entsprechende Richtung. »Es ist ein kleines rotes Kistchen.«

»Vielleicht muss ich Ihren Fußboden ein bisschen zerkratzen.«

Er setzt zu einer Antwort an, überlegt es sich jedoch anders und zuckt nur die Achseln. Lucy schließt die Tür. Dann nimmt sie einen Hammer und einen Schraubenzieher aus der Werkzeugkiste, stemmt mit ein paar Schlägen kleine Proben der schmutzigroten Flecken aus dem Beton und verstaut sie in Asservatenbeuteln.

Anschließend ziehen Lucy und Scarpetta die weißen Sachen aus, stopfen sie in einen Mülleimer, packen ihre Ausrüstung zusammen und gehen.

»Warum tun Sie das?«, stellt Ev mit heiserer Stimme dieselbe Frage wie jedes Mal, wenn er den Raum betritt. Der Strahl seiner Taschenlampe sticht ihr in die Augen wie eine Messerklinge. »Bitte nehmen Sie das Licht weg.«

»Du bist die hässlichste fette Sau, die ich je gesehen habe«, sagt er. »Kein Wunder, dass niemand auf dich steht.«

»Worte können mich nicht verletzen. Sie haben keine Macht über mich. Ich gehöre Gott.«

»Schau dich nur an. Dich will sowieso keiner. In Wirklichkeit bist du doch dankbar, dass ich dich überhaupt wahrnehme.«

»Wo sind die anderen?«

»Sag, dass es dir Leid tut. Du weißt, was du verbrochen hast. Sünder verdienen ihre Strafe.«

»Was haben Sie mit ihnen gemacht?«, fragt sie wie immer. »Lassen Sie mich gehen. Gott wird Ihnen vergeben.«

»Sag, dass es dir Leid tut.«

Als er ihr mit dem Stiefel einen Stoß gegen den Knöchel versetzt, ist der Schmerz unerträglich.

»Lieber Gott, vergib ihm«, betet sie laut. »Sie wollen doch sicher nicht in die Hölle kommen«, sagt sie dann zu ihm, der Verkörperung des Bösen. »Es ist noch nicht zu spät.«

36

Es ist sehr dunkel, und der undeutlich hinter den Wolken zu erkennende Mond erinnert an den schattenhaften Umriss auf einem Röntgenbild. Im Schein der Straßenlaternen tanzen Schwärme kleiner Insekten. Auf der A1A tost wie immer der Verkehr, und Geräusche hallen durch die Nacht.

»Was hast du?«, erkundigt sich Scarpetta bei Lucy, die hinter dem Steuer sitzt. »Wir sind jetzt zum ersten Mal seit einer Ewigkeit unter uns. Bitte sag mir, was dich bedrückt.«

»Ich hätte auch Lex anrufen können. Ich wollte dich nicht stören.«

»Und ich hätte dich genau darum bitten können. Niemand hat mich gezwungen, heute Abend deine Komplizin zu sein.«

Beide sind müde und nicht zum Scherzen aufgelegt.

»Und jetzt sind wir hier«, sagt Lucy. »Vielleicht habe ich die Gelegenheit ja nutzen wollen, um mit dir zu reden. Ich hätte Lex anrufen können«, wiederholt sie dann und starrt beim Fahren geradeaus auf die Straße.

»Ich bin mir nicht sicher, ob du dich nicht über mich lustig machen willst.«

»Will ich nicht.« Ernst blickt Lucy sie an. »Ich bereue eine ganze Menge.«

»Das solltest du auch.«

»Du hättest mir ruhig widersprechen können. Eigentlich hast du nur sehr wenig Ahnung von meinem Leben.«

»Das Problem ist, dass ich gern mehr darüber wüsste. Aber du schließt mich dauernd aus.«

»Tante Kay, es ist besser, wenn du so wenig wie möglich weißt. Bist du je auf den Gedanken gekommen, dass ich dir damit einen Gefallen tue? Du solltest dich mit der Lucy zufrieden geben, die du kennst, und mich ansonsten in Ruhe lassen.«

»Was meinst du mit ansonsten?«

»Ich bin nicht so wie du.«

»In den wichtigen Dingen bist du es, Lucy. Wir sind beide intelligente, rechtschaffene und fleißige Frauen. Wir versuchen, etwas zu bewirken. Wir gehen Risiken ein. Wir sind ehrlich. Wir geben uns große Mühe.«

»Ich bin nicht so rechtschaffen, wie du glaubst. Ständig verletze ich andere Menschen. Offenbar habe ich ein Talent dafür, und es wird immer schlimmer. Und mit jedem Mal berührt es mich weniger. Vielleicht verwandle ich mich ja in einen Basil Jenrette. Benton sollte mich in seine Studie aufnehmen. Ich wette, mein Gehirn sieht aus wie das von Basil und all den anderen gottverdammten Psychopathen.«

»Ich verstehe nicht, was mit dir los ist«, sagt Scarpetta leise.

»Bestimmt ist es Blut«, macht Lucy wieder einmal einen ihrer plötzlichen Gedankensprünge, bei denen sie so abrupt das Thema wechselt, dass man erschrickt. »Offenbar sagt Basil die Wahrheit. Er hat die Frau im Hinterzimmer ihres Ladens getötet. Ich habe den Verdacht, dass es sich bei den Spuren, die wir dort gefunden haben, um Blut handelt.«

»Warten wir die Laborergebnisse ab.«

»Der ganze Boden hat aufgeleuchtet. Das war komisch.«

»Welchen Grund hat Basil, ausgerechnet jetzt damit herauszurücken? Warum schüttet er Benton sein Herz aus?«, gibt Scarpetta zu bedenken. »Etwas daran stört mich und macht mir sogar Sorgen.«

»Diese Leute haben immer einen Grund. Für sie ist alles nur ein Spiel.«

»Es macht mir trotzdem Sorgen.«

»Er redet, um sich Vorteile zu verschaffen, oder auch, weil es ihm einfach Spaß macht. Vielleicht hat er die Geschichte auch nur erfunden.«

»Er könnte von den Vermissten aus dem Christmas Shop gehört haben. Schließlich stand es in der Zeitung, und er war Polizist in Miami. Möglicherweise hat er es von Kollegen erfahren«, schlägt Scarpetta vor.

Je länger sie darüber sprechen, desto mehr befürchtet sie, Basil könnte tatsächlich etwas mit dem Schicksal von Florrie und Helen Quincy zu tun haben. Allerdings kann sie sich nicht vorstellen, wie er die Mutter im Hinterzimmer des Ladens vergewaltigt und getötet hat. Wie konnte er ihre blutige Leiche wegschaffen – oder die beiden Leichen, vorausgesetzt, dass er Helen ebenfalls ermordet hat.

»Ich weiß«, sagt Lucy. »Ich finde es auch nicht sehr glaubhaft. Warum hat er, falls er wirklich der Täter ist, die Leichen nicht einfach liegen gelassen? Außer, er wollte den Mord vertuschen und dafür sorgen, dass man die Opfer für vermisst hält. Damit man denkt, sie hätten sich freiwillig auf und davon gemacht.«

»Und das weist für mich auf ein Motiv hin«, erwidert Scarpetta. »Nicht auf das Verbrechen eines Triebtäters.«

»Ich habe ganz vergessen, dich zu fragen«, sagt Lucy. »Aber ich nehme an, wir fahren zu dir.«

»Um diese Uhrzeit schon.«

»Und was ist mit Boston?«

»Wir müssen uns zuerst den Tatort des Mordes an Mrs. Simister ansehen, und das ist mir jetzt zu viel. Mir reicht es für heute. Reba geht es vermutlich genauso.«

»Ich nehme an, dass sie uns ins Haus lässt.«

»Nur wenn sie selbst dabei ist. Wir erledigen das morgen früh. Allmählich überlege ich, ob ich Boston absagen soll, aber das wäre nicht fair Benton gegenüber. Nicht gut für uns beide.« Sie kann nicht verhindern, dass man ihr Ärger und Enttäuschung anhört. »Es ist immer dasselbe. Ich habe plötzlich einen dringenden Fall, er hat plötzlich einen dringenden Fall. Die Arbeit bestimmt unser Leben.«

»Was hat er für einen Fall?«

»Eine weibliche Leiche wurde in der Nähe des Walden Pond gefunden, nackt und mit bizarren falschen Tätowierungen am ganzen Körper, die meiner Vermutung nach erst nach dem Mord angebracht wurden. Rote Handabdrücke.«

Lucy umfasst das Lenkrad fester.

»Was meinst du mit falschen Tätowierungen?«

»Aufgemalt. In Bentons Worten Körperkunst. Eine Kapuze über dem Kopf, eine Geschosshülse im Rektum, demütigende Pose und so weiter und so fort. Mehr weiß ich noch nicht, aber das wird sich sicher bald ändern.«

»Kennt man ihren Namen?«

»Bis jetzt tappen sie noch im Dunkeln.«

»Hat es in der Gegend ähnliche Fälle gegeben? Vergleichbare Morde? Mit roten Handabdrücken?«

»Ich lasse mich nicht von dir ablenken, Lucy. Du hast dich verändert. Außerdem hast du zugenommen, und das bedeutet, dass da etwas ganz und gar nicht stimmt. Das soll nicht heißen, dass du schlecht aussiehst, wirklich nicht, aber ich kenne dich. Du bist häufig müde, und du wirkst erschöpft. Bis jetzt habe ich geschwiegen, aber ich vermute schon seit einer Weile, dass es da ein Problem gibt. Willst du mir nicht verraten, was los ist?«

»Ich muss mehr über die Handabdrücke erfahren.«

»Ich habe dir alles gesagt, was ich weiß. Warum?« Scarpetta mustert eindringlich Lucys besorgte Miene. »Was ist los mit dir?«

Lucy starrt geradeaus und versucht, sich eine passende Antwort zurechtzulegen. Darin ist sie gut. Schließlich ist sie klug und schlagfertig und besitzt die Fähigkeit, Informationen so lange umzusortieren, bis sich das von ihr zusammengesponnene Märchen echter anhört als die Wahrheit. Kaum jemand zweifelt das Ergebnis je an oder stellt es in Frage. Lucys Rettung ist, dass sie ihre frei erfundenen Geschichten nicht selbst glaubt, niemals die Fakten verwechselt und deshalb auch nicht in ihre eigene Falle tappt. Sie hat stets einen vernünftigen Grund für ihr Verhalten, und manchmal ist dieser sogar nachvollziehbar.

»Bestimmt hast du Hunger«, sagt Scarpetta in ruhigem und sanftem Ton, so wie damals, als Lucy ein unartiges Mädchen gewesen ist, das so viele Kränkungen erlebt hatte, dass es nur noch um sich schlug.

»Wenn dir nichts mehr einfällt, fütterst du mich«, erwidert Lucy niedergeschlagen.

»Früher hat es geklappt. Als du ein kleines Mädchen warst, habe ich es fast immer geschafft, dich mit einer selbst gemachten Pizza zu bestechen.«

Lucy schweigt. Ihr Gesicht wirkt im roten Schein der Verkehrsampel finster und fremd.

»Lucy? Kannst du heute Abend nicht wenigstens einmal lächeln und mich ansehen?«

»Ich habe Dummheiten gemacht. Affären. Menschen verletzt. Erst letzte Nacht in Provincetown habe ich es wieder getan. Ich will niemanden an mich heranlassen. Ich brauche meine Ruhe. Offenbar kann ich nichts dagegen tun. Und diesmal habe ich mich vielleicht wirklich reingeritten. Weil ich nicht aufgepasst habe. Möglicherweise liegt es daran, dass mir inzwischen alles scheißegal ist.«

»Ich wusste gar nicht, dass du in Provincetown warst«, stellt Scarpetta sachlich fest.

Es sind nicht Lucys sexuelle Neigungen, die sie stören.

»Du warst doch immer so vorsichtig«, sagt Scarpetta. »Vorsichtiger als alle, die ich kenne.«

»Tante Kay, ich bin krank.«

37

Die schwarze Spinne bedeckt den Rücken seiner Hand, die auf sie zugeschwebt kommt und, nur wenige Zentimeter von ihrem Gesicht entfernt, durch den Lichtstrahl gleitet. Noch nie hat er die Spinne so nah an sie herangehalten. Er hat eine Schere auf die Matratze gelegt und leuchtet sie kurz mit der Taschenlampe an.

»Sag, dass es dir Leid tut«, wiederholt er. »Dass alles nur deine Schuld ist.«

»Lassen Sie ab von Ihren Sünden, bevor es zu spät ist«, erwidert Ev. Die Schere liegt in ihrer Reichweite.

Vielleicht will er sie verleiten, danach zu greifen. Selbst im Lichtschein der Lampe kann sie sie kaum sehen. Sie lauscht nach Geräuschen von Kristin und den Jungen. Die Spinne dicht vor ihrem Gesicht nimmt sie nur verschwommen wahr.

»Das alles wäre ohne dein Zutun nie passiert. Und jetzt kommt die Strafe.«

»Alles kann ungeschehen gemacht werden«, antwortet sie.

»Zeit für die Strafe. Sag, dass es dir Leid tut.«

Ihr Herz klopft, und fast übergibt sie sich vor lauter Angst. Sie wird sich nicht entschuldigen. Sie hat nichts verbrochen. Wenn sie sagt, dass es ihr Leid tut, wird er sie töten. Da ist sie ganz sicher.

»Sag, dass es dir Leid tut«, beharrt er.

Sie weigert sich, den Satz auszusprechen.

Er befiehlt ihr, sich zu entschuldigen, aber sie sträubt sich. Stattdessen predigt sie und plappert dummes Zeug über ihren schwachen Gott. Wenn ihr Gott wirklich Macht hätte, würde sie nicht auf dieser Matratze sitzen.

»Wir können so tun, als wäre es nie passiert«, schlägt sie mit ihrer heiseren, fordernden Stimme vor.

Er spürt ihre Angst. Er verlangt, dass sie sagt, es täte ihr Leid. Ganz gleich, welche Vorträge sie ihm auch halten mag, sie hat Angst. Sie fürchtet sich vor der Spinne, und ihre Beine auf der Matratze zittern.

»Gott wird Ihnen vergeben, Gott wird Ihnen vergeben, wenn Sie bereuen und uns freilassen. Ich werde der Polizei nichts verraten.«

»Nein, das wirst du nicht. Niemals. Menschen, die reden, werden bestraft, und zwar auf eine Art und Weise, die du dir gar nicht vorstellen kannst. Ihre Zähne können einen Finger durchbohren. Auch den Fingernagel«, sagt er dann über die Spinne. »Manche Taranteln beißen auch mehrfach.«

Die Spinne berührt fast Evs Gesicht, Ev schnappt unwillkürlich nach Luft und zuckt zurück.

»Sie schlagen immer wieder zu und hören erst auf, wenn man sie abreißt. Falls sie eine wichtige Arterie erwischen, stirbt man. Sie können einem auch ihre Haare in die Augen schleudern, dass man blind wird. Das ist sehr schmerzhaft. Sag, dass es dir Leid tut.«

Hog hat ihr befohlen zu sagen, es täte ihr Leid. Er sieht, wie die Tür zufällt. Das alte Holz mit der abblätternden Farbe, die Matratze auf dem schmutzigen Bretterboden. Dann das Geräusch der grabenden Schaufel, weil er sie angewiesen hat, nichts zu verraten, nachdem er das Böse getan hatte. Er hat ihr erklärt, dass Menschen, die reden, von Gott bestraft werden, und zwar auf unbeschreibliche Weise und so lange, bis sie ihre Lektion gelernt haben.

»Bitten Sie um Vergebung. Gott wird Ihnen vergeben.«

»Sag, dass es dir Leid tut!« Als er ihr in die Augen leuchtet, kneift sie sie zu und wendet das Gesicht ab. Aber sein Lichtstrahl folgt ihr.

Sie wird nicht weinen.

Als er das Böse getan hat, hat sie geweint. Aber er hat ihr erklärt, sie würde erst richtig Grund zum Weinen bekommen, wenn sie etwas verriete. Da hat sie endlich gehorcht. Sie hat geredet, und Hog hatte keine andere Wahl, als zu gestehen, weil es stimmte. Er hat das Böse getan, und Hogs Mutter hat kein Wort davon geglaubt. Sie sagte, das sei doch gar nicht möglich. Hog sei offenbar krank und litte an Wahnvorstellungen.

Es war kalt und schneite. Noch nie hatte er so ein Wetter erlebt; er kannte es nur aus dem Fernsehen und aus Filmen, hatte es aber niemals am eigenen Leib gespürt. Er erinnert sich an alte Backsteingebäude, die er auf der Fahrt durch das Autofenster sah, und an das kleine Vorzimmer, wo er mit seiner Mutter auf den Arzt wartete. Es war sehr hell, und auf einem Stuhl saß ein Mann, der die Lippen bewegte, die Augen verdrehte und mit jemandem ein Gespräch führte, der gar nicht anwesend war.

Dann ging seine Mutter, um mit dem Arzt zu reden, und ließ ihn allein in dem Vorzimmer zurück. Sie erzählte dem Arzt von dem Bösen, das Hog seinen eigenen Worten nach getan hatte, was aber nicht wahr sei. Er sei sehr krank, die Angelegenheit sei vertraulich, und sie wolle nur, dass Hog gesund würde, anstatt herumzulaufen und solche Geschichten zu verbreiten, denn mit seinen Lügen schade er dem guten Ruf der Familie.

Sie glaubte nicht, dass er das Böse wirklich getan hatte.

Zuvor hatte sie Hog erklärt, was sie dem Arzt sagen wollte. *Du fühlst dich nicht wohl,* sagte sie zu Hog. *Dagegen kannst du nichts tun. Du bildest dir Dinge ein und lügst und lässt dich leicht beeinflussen. Ich werde für dich beten. Am besten betest du auch und bittest Gott, dir zu verzeihen. Entschuldige dich dafür, dass du Menschen wehgetan hast, die immer nur gut zu dir gewesen sind. Ich weiß zwar, dass du krank bist, aber du solltest dich trotzdem schämen.*

»Ich werde sie jetzt auf dich setzen«, sagt Hog und hält die Lampe dichter an Ev heran. »Wenn du ihr wehtust so wie sie«, er stößt ihr den Gewehrlauf gegen die Stirn, »wirst du erfahren, was das Wort Strafe wirklich bedeutet.«

»Sie sollten sich schämen.«

»Ich habe dir doch verboten, das zu sagen.«

Er stößt ihr den Gewehrlauf kräftig gegen den Schädelknochen, woraufhin sie aufschreit. Dann schaltet er die Beleuchtung ein und betrachtet ihr hässliches, verquollenes, fleckiges Gesicht. Sie blutet. Blut läuft ihr übers Gesicht. Als die andere Frau die Spinne zu Boden gefegt hat, ist ihr Unterleib zerborsten, und gelbes Blut floss heraus. Hog musste die Spinne wieder zusammenkleben.

»Sag, dass es dir Leid tut. Sie hat es getan. Willst du wissen, wie oft sie es gesagt hat?«

Er malt sich ihr Gefühl aus, während die pelzigen Beine über ihre nackte rechte Schulter krabbeln, wie sich die Spinne auf ihrer Haut bewegt, stehen bleibt und sich an ihr festhält. Ev lehnt heftig zitternd an der Wand und wirft immer wieder einen Blick auf die Schere, die auf der Matratze liegt.

»Bis nach Boston. Das war eine lange Fahrt, und hinten im Auto war es kalt. Sie war nackt und gefesselt. Hinten gibt es keinen Sitz, nur eine kalte Metallfläche. Sie fror. Ich habe ihnen Stoff zum Nachdenken geliefert.«

Er erinnert sich an die alten Backsteingebäude mit den blaugrauen Schieferdächern und denkt an damals, als seine Mutter ihn, nachdem er das Böse getan hatte, dort hingefahren hat. Dann, Jahre später, ist er aus freien Stücken zurückgekehrt und hat inmitten von altem Backstein und Schiefer gelebt. Aber er hat nicht lange durchgehalten. Das Böse hat dafür gesorgt, dass er aufgeben musste.

»Was haben Sie mit den Jungen gemacht?« Sie versucht, stark und furchtlos zu klingen. »Lassen Sie sie frei. Es sind doch noch Kinder.«

Als er sie mit dem Gewehrlauf an einer intimen Stelle stößt, zuckt sie zurück, und er lacht und nennt sie hässlich, fett und dumm. Er sagt, dass sie sowieso niemand will, so wie damals, als er das Böse getan hat.

»Kein Wunder«, spricht er weiter und betrachtet ihre Hängebrüste und ihren dicken, schwabbeligen Körper. »Du hast

Glück, dass ich es mit dir mache. Sonst würde es doch niemand tun. Du bist viel zu widerlich und blöd.«

»Ich werde es niemandem verraten. Lassen Sie mich einfach frei. Wo sind Kristin und die Jungen?«

»Ich bin zurückgefahren, um die armen kleinen Waisenknaben zu holen. Wie ich versprochen hatte. Ich habe sogar dein Auto wieder vor dem Haus geparkt. Ich habe nämlich ein reines Herz und bin kein Sünder wie du. Keine Sorge, ich habe sie hergebracht, wie ich gesagt hatte.«

»Ich höre sie nicht.«

»Sag, dass es dir Leid tut.«

»Haben Sie sie auch mit nach Boston genommen?«

»Nein.«

»Haben Sie Kristin wirklich ...«

»Ich habe denen da oben Stoff zum Nachdenken geliefert. Sicher wird er beeindruckt sein. Hoffentlich weiß er es. Früher oder später wird er dahinterkommen. Viel Zeit hat er nicht mehr.«

»Wer? Sie können ruhig offen mit mir sprechen. Ich hasse Sie nicht.« Nun klingt sie mitfühlend.

Ihm ist klar, was sie vorhat. Sie will sich bei ihm einschmeicheln. Sie glaubt, dass sie Freunde werden können und dass er sie nicht bestrafen wird, wenn sie nur lange genug mit ihm redet und so tut, als hätte sie keine Angst vor ihm und fände ihn sogar sympathisch.

»Das klappt nicht«, erwidert Hog. »Das haben sie alle versucht, aber vergeblich. Ich habe ihm ein tolles Paket geliefert. Wenn er es wüsste, wäre er beeindruckt. Ich halte die Leute da oben schon auf Trab. Es ist nicht mehr viel Zeit, also solltest du sie besser nützen. Sag, dass es dir Leid tut.«

»Ich habe keine Ahnung, wovon Sie reden«, erwidert sie in demselben scheinheiligen Tonfall.

Die Spinne bewegt sich auf ihrer Schulter. Als er in der Dunkelheit die Hand ausstreckt, krabbelt sie darauf. Er geht zur Tür. Die Schere lässt er auf der Matratze liegen.

»Schneid dir die schmutzigen Haare ab«, befiehlt er. »Aber alles. Falls du nicht fertig bist, wenn ich zurückkomme, wirst du es bereuen. Und Finger weg von den Stricken. Du kannst nirgendwohin fliehen.«

38

Der Schnee, der unter dem Fenster von Bentons Arbeitszimmer liegt, schimmert im Mondlicht, und alle Lampen sind ausgeschaltet. Er sitzt vor dem Computer und sieht am Bildschirm Fotos durch, bis er das Gesuchte gefunden hat.

Insgesamt sind es einhundertundsiebenundneunzig Aufnahmen, eine abstoßender als die andere, weshalb die Suche für ihn eine Qual war, denn der Anblick geht ihm sehr nah. Benton ist unruhig. Er hat das Gefühl, dass noch mehr hinter den offensichtlichen Ereignissen steckt und dass dieses Etwas eine gewisse Eigendynamik entwickelt. Der Fall macht ihm persönlich sehr zu schaffen, was er sich angesichts seiner langjährigen Erfahrung nur schwer erklären kann. Da er sich vor lauter Zerstreutheit die Seriennummern nicht notiert hat, hat er fast eine halbe Stunde gebraucht, um die fraglichen Fotos – Nummer 62 und 74 – zu finden. Die gründliche Vorgehensweise von Detective Thrush und der Massachusetts State Police beeindruckt ihn. Bei einem Mordfall, insbesondere bei einem wie diesem, darf man nichts unversucht lassen.

Gut Ding will Weile haben – dieser Wahlspruch ist bei einem Tötungsdelikt fehl am Platz. Der Tatort verändert sich oder wird manipuliert, sodass man keine Spuren mehr sicherstellen kann. Die Leiche zerfällt, und nach der Autopsie sieht sie ohnehin nicht mehr aus wie zuvor, was auch nicht rückgängig zu machen ist. Deswegen sind die Polizeifotografen sofort in Aktion getreten und haben wie besessen geknipst, weshalb Benton sich nun mit einer wahren Flut von Fotos und Videoaufnahmen beschäftigen muss. Das tut er jetzt, seit er von seinem Besuch bei Basil Jenrette zurückgekehrt ist. Eigentlich hat Benton geglaubt, dass ihn nach über zwanzig Jahren beim FBI nichts mehr erschüttern kann. Schließlich hat er als forensischer Psychologe Einblicke in die tiefsten menschlichen Abgründe gewonnen. Aber so etwas hat er wirklich noch nie gesehen.

Die Fotos 62 und 74 sind nicht so drastisch wie die anderen, da sie den zerschmetterten Kopf der noch nicht identifizierten Toten nicht zeigen und das gesichtslose, blutige Grauen nicht abbilden. Die Leiche erinnert ihn an einen Löffel, eine leere Hülle mit dem Hals als Stiel. Ihr schwarzes, fransig abgeschnittenes Haar ist mit Gewebefetzen und getrocknetem Blut verkrustet. Die Fotos 62 und 74 sind Nahaufnahmen ihres Körpers vom Hals bis zu den Knien und lösen in Benton ein Gefühl aus, das er nicht in Worte fassen kann. Es ist, als würde ein Grauen wieder in ihm wachgerufen, das er bereits vergessen zu haben glaubte. Die Bilder wollen ihm etwas sagen, das er schon weiß. Aber er kommt einfach nicht darauf. Was ist es nur?

Foto 62 zeigt den Torso rücklings auf dem Autopsietisch. Auf Bild 74 liegt er auf dem Bauch. Benton klickt zwischen den beiden Aufnahmen hin und her, mustert den nackten Torso und überlegt, was die hellroten Handabdrücke und die entzündete aufgeschürfte Stelle zwischen den Schulterblättern zu bedeuten haben. Es ist eine achtzehn mal vierundzwanzig Zentimeter große Wunde, in der laut Autopsiebericht »Holzsplitter und Erde« stecken.

Benton hat auch schon über die Möglichkeit nachgedacht, dass die roten Handabdrücke bereits vor dem Tod der Frau angebracht worden sein könnten und deshalb nichts mit ihrer Ermordung zu tun haben. Vielleicht hat sie sich aus irgendeinem

Grund bemalen lassen, ehe sie ihren Mörder traf. Doch obwohl er das in Erwägung ziehen muss, glaubt er es eigentlich nicht. Wahrscheinlich war es der Täter selbst, der ihren Körper in ein Kunstwerk verwandelt hat, und zwar auf eine Weise, die das Opfer herabwürdigt und ihm sexuelle Gewalt antut. Die Handabdrücke, die ihre Brüste umfassen und ihr die Beine auseinander zwingen, hat er vermutlich aufgemalt, als er sie noch als Geisel gehalten hat. Vielleicht war sie dabei ja auch bewusstlos oder bereits tot. Das weiß Benton nicht, denn es ist nicht mehr festzustellen. Er wünscht, Scarpetta wäre für diesen Fall zuständig, sodass sie den Tatort untersucht und die Autopsie durchgeführt hätte. Außerdem vermisst er sie. Aber wie immer ist etwas dazwischengekommen.

Er sichtet weitere Fotos und Berichte. Das Alter des Opfers wird auf Mitte dreißig bis Anfang vierzig geschätzt, und die Obduktion hat bestätigt, was Dr. Lonsdale schon in der Leichenhalle gesagt hat. Sie war noch nicht lange tot, als ihre Leiche auf einem Weg, der durch Walden Woods führt, unweit vom Walden Pond und des wohlhabenden Städtchens Lincoln gefunden wurde. Die durch Abstrich entnommenen Proben ergaben keine Spermaspuren, und Benton vermutet, dass der Täter, der sie getötet und ihre Leiche im Wald deponiert hat, von sadistischen Phantasien getrieben wird und sexuelle Befriedigung findet, indem er das Opfer zum Objekt macht.

Ganz gleich, wer diese Frau auch gewesen sein mag, dem Mörder hat sie nichts bedeutet. Für ihn war sie kein Mensch, nur ein Symbol, ein Gegenstand, mit dem er nach Belieben verfahren konnte. Er hatte Freude daran, sie zu demütigen, ihr Angst zu machen, sie zu bestrafen, ihr Leid zuzufügen und ihr ihren unmittelbar bevorstehenden gewaltsamen und erniedrigenden Tod vor Augen zu führen. Er hat ihr den Gewehrlauf in den Mund gesteckt und sie zusehen lassen, wie er abdrückte. Er mag sie gekannt haben. Vielleicht war sie auch eine Fremde. Möglicherweise hat er sie schon seit einer Weile beobachtet und sie dann entführt. Laut der Massachusetts State Police wird in

Neuengland keine Frau vermisst, auf die ihre Beschreibung passt. Im ganzen Land gibt es keine Vermisstenmeldung, die auf sie zutreffen könnte.

Hinter dem Swimmingpool befindet sich ein Wellenbrecher, der groß genug wäre, um eine zwanzig Meter lange Jacht zu vertäuen. Allerdings besitzt Scarpetta keine Jacht und hatte auch noch nie das Bedürfnis, sich ein wie auch immer geartetes Boot zuzulegen.

Aber sie beobachtet die Boote, besonders nachts, wenn die Lichter an Bug und Heck, lautlos bis auf das leise Tuckern der Motoren, über den dunklen Kanal gleiten. Wenn in den Kabinen Licht brennt, kann sie zuschauen, wie Menschen umhergehen, sich zuprosten, lachen, ernst sind oder einfach nur dasitzen. Sie möchte weder mit ihnen tauschen noch so sein wie sie und hat auch keine Lust auf ihre Gesellschaft.

Scarpetta war nie wie diese Leute und wollte nie etwas mit ihnen zu tun haben. In ihrer armen und einsamen Jugend haben die anderen beschlossen, dass sie in ihren Kreisen nichts verloren hat. Und nun liegt die Entscheidung bei ihr. Inzwischen hat sie Erfahrung und sieht als Außenstehende anderen dabei zu, wie sie ihr banales, deprimierendes, leeres und von Ängsten bestimmtes Leben führen. Immer hat sie befürchtet, dass ihrer Nichte etwas Tragisches zustoßen könnte, denn es liegt ihr nun einmal im Blut, im Zusammenhang mit Menschen, die sie liebt, immer gleich vom Schlimmsten auszugehen. Aber bei Lucy war dieses Gefühl stets besonders stark. Tagtäglich macht Scarpetta sich Sorgen, dass Lucy eines gewaltsamen Todes sterben könnte. Doch an eine Krankheit hat sie nie auch nur im Traum gedacht. Daran, dass ihr Körper sich gegen sie wenden könnte, weil die Biologie keine Unterschiede macht.

»Ich hatte plötzlich Symptome, die ich nicht verstand«, sagt Lucy in die Dunkelheit hinein. Sie sitzen auf Teakstühlen zwischen zwei Holzpfeilern.

Auf einem Tisch stehen Getränke und ein Teller mit Käse und

Kräckern. Das Essen haben sie noch nicht angerührt, sind aber schon beim zweiten Drink.

»Manchmal finde ich es schade, dass ich nicht rauche«, meint Lucy und greift nach ihrem Tequilaglas.

»Du sagst aber komische Sachen.«

»Damals, als du jahrelang gequalmt hast, fandest du es gar nicht komisch. Du vermisst es immer noch.«

»Was ich vermisse, spielt keine Rolle.«

»Dieser Spruch ist typisch für dich, so als würden dich normale menschliche Gefühle nichts angehen«, erwidert Lucy und blickt aufs Wasser hinaus. »Natürlich spielt es eine Rolle. Alles, was du willst, spielt eine Rolle. Insbesondere dann, wenn du es nicht kriegen kannst.«

»Willst du sie?«, fragt Scarpetta.

»Wen meinst du?«

»Die, mit der du zuletzt zusammen warst«, entgegnet Scarpetta. »Deine jüngste Eroberung in Provincetown.«

»Ich betrachte sie nicht als Eroberungen, sondern als eine Art Kurzurlaub. So, als wenn man einen Joint raucht. Vermutlich ist das Traurigste daran, dass es mir nichts bedeutet. Allerdings könnte diesmal mehr dahinterstecken. Ich habe das seltsame Gefühl, dass ich da in etwas hineingeschlittert bin. Jedenfalls habe ich mich blind und leichtsinnig verhalten.«

Lucy erzählt Scarpetta von Stevie und ihren Tätowierungen. Den roten Handabdrücken. Obwohl es ihr schwerfällt, darüber zu reden, bemüht sie sich um einen sachlichen Ton, so als ginge es um eine dritte Person, einen Fall.

Schweigend greift Scarpetta nach ihrem Glas und lässt Lucys Worte auf sich wirken.

»Vielleicht ist es ja nicht weiter wichtig«, fährt Lucy fort. »Ein Zufall. Schließlich stehen viele Leute auf seltsamen Körperschmuck oder malen sich mit der Airbrush-Pistole und Acryl- oder Latexfarbe komische Symbole auf die Haut.«

»Ich habe allmählich genug von Zufällen. In letzter Zeit sind es nämlich ein bisschen zu viele«, gibt Scarpetta zurück.

»Der Tequila ist ziemlich gut. Jetzt hätte ich nichts gegen einen Joint einzuwenden.«

»Willst du mich schocken?«

»Gras ist gar nicht so schädlich, wie es immer heißt.«

»Seit wann bist du Ärztin?«

»Wirklich, es stimmt.«

»Warum hasst du dich selbst so sehr, Lucy?«

»Weißt du was, Tante Kay?« Als Lucy sich zu ihr umdreht, wirkt ihr Gesicht im sanften Schein der Laternen am Wellenbrecher markant. »Du hast wirklich keine Ahnung von dem, was in letzter Zeit bei mir gelaufen ist. Also tu auch nicht so.«

»Das hört sich an wie ein Vorwurf. Überhaupt klingst du heute so vorwurfsvoll. Ganz, als ob ich dich irgendwie enttäuscht hätte. Es tut mir Leid. Und zwar mehr, als du dir vorstellen kannst.«

»Ich bin nicht du.«

»Natürlich nicht. Warum wiederholst du das ständig?«

»Ich bin nicht auf der Suche nach einer festen Beziehung, einem Menschen, der mir wirklich wichtig ist und ohne den ich nicht leben kann. Ich will keinen Benton, sondern Leute, die schon morgen wieder vergessen sind. Affären für eine Nacht. Möchtest du wissen, mit wie vielen ich schon im Bett war? Ich weiß es selbst nicht.«

»Du bist mir im letzten Jahr ständig aus dem Weg gegangen. Ist das der Grund?«

»Es ist leichter so.«

»Befürchtest du, ich würde dich verurteilen?«

»Vielleicht solltest du das.«

»Mich stört nicht, mit wem du schläfst, sondern dein sonstiges Verhalten. In der Akademie ziehst du dich aus dem Alltagsgeschäft zurück, machst einen Bogen um die Lehrgangsteilnehmer und bist fast nie da. Und wenn du dich doch mal blicken lässt, verausgabst du dich im Fitnessraum, in einem Helikopter oder auf dem Schießstand oder testest irgendetwas, vorzugsweise eine möglichst gefährliche Maschine.«

»Kann sein, dass Maschinen das Einzige sind, mit dem ich klarkomme.«

»Wenn man etwas vernachlässigt, geht es früher oder später vor die Hunde. Das ist nur ein kleiner Tipp, Lucy.«

»So wie mein Körper.«

»Was ist mit deinem Herzen, mit deiner Seele? Damit sollten wir uns mal beschäftigen.«

»Du bist ganz schön kaltschnäuzig. So viel also zu meiner Gesundheit.«

»Ich bin alles andere als kaltschnäuzig, und deine Gesundheit bedeutet mir mehr als meine eigene.«

»Ich glaube, sie hatte alles geplant. Sie wusste, dass ich in der Kneipe bin, und sie führte etwas im Schilde.«

Sie spricht wieder über die Frau mit den Handabdrücken, die denen am Körper des Mordopfers in Bentons Fall ähneln.

»Du musst Benton von Stevie erzählen. Wie heißt sie mit Nachnamen? Was weißt du sonst noch über sie?«, fragt Scarpetta.

»Sehr wenig. Bestimmt hat sie nichts mit der Sache zu tun, aber merkwürdig ist es doch. Sie war nämlich um die Zeit, als die Frau ermordet und ihre Leiche beseitigt wurde, in derselben Gegend.«

Scarpetta schweigt.

»Ob es dort eine Art Sekte gibt?«, fährt Lucy fort. »Deren Mitglieder sich alle mit Handabdrücken bemalen? Spar dir bitte ein Urteil. Ich will nicht hören, wie dumm und leichtsinnig ich mich verhalten habe.«

Scarpetta mustert sie wortlos.

Lucy reibt sich die Augen.

»Ich fälle kein Urteil über dich, sondern versuche nur zu begreifen, warum du dich von allem abgewendet hast, was dir wichtig ist. Die Akademie ist dein Werk. Dein Lebenstraum. Da du offizielle Strafverfolgungsbehörden, vor allem das FBI, verabscheust, hast du deine eigene Organisation gegründet. Und nun irrt ein reiterloses Pferd über die Koppel. Wo bist du?

Wir alle, das heißt die Leute, die du unter deinem Banner versammelt hast, fühlen uns im Stich gelassen. Die meisten Lehrgangsteilnehmer des letzten Jahres sind dir nie begegnet, und einige Dozenten haben keine Ahnung, wer du bist, und würden an dir einfach vorbeigehen.«

Lucy beobachtet, wie ein Segelboot mit eingerollten Segeln durch die Nacht tuckert, und reibt sich die Augen.

»Ich habe einen Tumor«, sagt sie. »Im Gehirn.«

39

Benton vergrößert das nächste Foto, das am Tatort aufgenommen wurde.

Die Tote sieht aus, als wäre sie einem abscheulichen gewaltpornographischen Machwerk entstiegen. Sie liegt auf dem Rücken, Arme und Beine sind gespreizt, die blutbeschmierte weiße Hose ist wie eine Windel um ihre Hüften gewickelt. Ein mit Fäkalien und ein wenig Blut beschmutztes Höschen bedeckt ihr zerschmettertes Gesicht wie eine Maske mit herausgeschnittenen Augenlöchern. Benton lehnt sich zurück und überlegt. Es wäre zu einfach, davon auszugehen, dass der Täter, der die Tote in den Walden Woods abgelegt hat, nur schockieren wollte. Nein, es steckt mehr dahinter.

Der Fall kommt ihm irgendwie bekannt vor.

Er betrachtet die zur Windel gefaltete Hose. Dass sie mit der Innenseite nach außen gedreht ist, könnte mehrere Gründe haben: Vielleicht hat das Opfer sie unter Zwang abgelegt und später wieder angezogen. Oder der Täter hat die Frau nach ihrem Tod entkleidet. Es ist eine Leinenhose. In New England um diese

Jahreszeit weißes Leinen zu tragen ist eigentlich eher unüblich. Ein Foto zeigt die Hose ausgebreitet auf einem mit Papier bedeckten Autopsietisch. Die Blutspuren verraten so einiges. Von den Knien aufwärts ist die Vorderseite des Kleidungsstücks mit steif angetrocknetem braunem Blut bedeckt. Unterhalb der Knie befinden sich nur ein paar Schmierer. Benton stellt sich vor, dass das Opfer gekniet hat, als es erschossen wurde. Da ist er ziemlich sicher. Als er erneut versucht, Scarpetta zu erreichen, nimmt sie nicht ab.

Erniedrigung. Kontrolle. Die absolute Demütigung eines wehrlosen Opfers. So wehrlos wie ein Kleinkind. Vielleicht mit einer Kapuze über dem Kopf wie bei einer Hinrichtung. Oder wie ein Kriegsgefangener, dem man Todesangst bereiten will. Vermutlich stellt der Täter eine Szene aus seinem eigenen Leben nach. Gewiss aus seiner Kindheit. Sexueller Missbrauch kommt in Frage. Möglicherweise Sadismus. So etwas steckt nämlich in den meisten Fällen dahinter. *Wie du mir, so ich dir.* Wieder ruft er Scarpetta an. Vergeblich.

Basil fällt ihm ein. Auch er hat seine Opfer drapiert, sie irgendwo angelehnt, einmal an die Wand der Damentoilette in einer Autobahnraststätte. Benton ruft sich diese Szene und die Autopsiefotos von Basils Opfern ins Gedächtnis – zumindest von denen, die bekannt sind –, und er sieht die blutigen, augenlosen Gesichter der Toten vor sich. Vielleicht hat er deshalb daran denken müssen: Die Augenlöcher in dem Höschen erinnern ihn an Basils Opfer.

Bestimmt hat es mit der Kapuze eine bestimmte Bewandtnis. Es muss einfach mehr dahinterstecken. Ein Mensch, dem man eine Kapuze über den Kopf stülpt, ist dem Täter auf Gedeih und Verderb ausgeliefert. Flucht oder Gegenwehr sind unmöglich, und er kann nach Belieben gequält, eingeschüchtert und bestraft werden. Soweit man weiß, trug keines von Basils Opfern eine Kapuze, doch bei einem Mord aus sadistischen Beweggründen bleibt so vieles im Dunkeln. Und das Opfer kann nichts mehr zum Tathergang sagen.

Benton befürchtet, dass er bereits zu viel Zeit damit verbracht hat, sich in Basil hineinzuversetzen.

Wieder wählt er Scarpettas Nummer.

»Ich bin's«, sagt er, als sie sich meldet.

»Ich wollte dich gerade anrufen«, erwidert sie knapp und kühl und mit zitternder Stimme.

»Du klingst, als würde dich etwas bedrücken.«

»Du zuerst, Benton«, antwortet sie in einem Tonfall, der sich für Benton sehr fremd anhört.

»Hast du geweint?« Er versteht nicht, warum sie sich so verhält. »Ich wollte mit dir über meinen Fall hier reden«, sagt er dann.

Sie ist der einzige Mensch, der es schafft, Angst in ihm auszulösen.

»Ich habe gehofft, mit dir darüber sprechen zu können. Im Moment sehe ich mir gerade die Unterlagen an«, fährt er fort.

»Schön, dass es noch etwas gibt, worüber du mit mir reden willst.« Sie betont das Wort *etwas*.

»Was ist los, Kay?«

»Lucy«, antwortet sie. »Es geht um Lucy. Du weißt es seit einem Jahr. Wie konntest du mir das antun?«

»Sie hat es dir gesagt«, entgegnet er und kratzt sich am Kinn.

»Sie wurde in deinem gottverdammten Krankenhaus untersucht, und du hast keinen Ton gesagt. Weißt du was? Sie ist meine Nichte, nicht deine. Du hast kein Recht ...«

»Sie hat mir das Versprechen abgenommen.«

»Sie hatte auch nicht das Recht ...«

»Doch, das hat sie, Kay. Ohne ihre Zustimmung darf dich niemand informieren. Nicht einmal ihre Ärzte.«

»Aber dir hat sie es erzählt.«

»Aus gutem Grund.«

»Es ist ernst. Wir müssen eine Lösung finden. Aber ich bin nicht sicher, ob ich dir noch vertrauen kann.«

Benton seufzt, und sein Magen krampft sich zusammen. Sie

streiten nur selten. Wenn es doch dazu kommt, ist es verheerend.

»Ich lege jetzt auf«, fährt Scarpetta fort. »Wir müssen eine Lösung finden«, wiederholt sie dann.

Sie beendet das Telefonat, ohne sich zu verabschieden. Benton sitzt da und ist im ersten Moment unfähig, sich zu rühren. Mit stumpfem Blick starrt er auf das grausige Foto auf seinem Bildschirm, klickt dann wahllos verschiedene mit dem Fall zusammenhängende Dateien an, liest Berichte und überfliegt die Schilderung, die Thrush für ihn aufgeschrieben hat. Ihm ist alles recht, um sich von dem Gespräch gerade eben abzulenken.

Im Schnee befanden sich Schleifspuren, die vom Parkplatz bis zum Fundort der Leiche führten. Es wurden keine Fußabdrücke entdeckt, die vom Opfer stammen können, nur welche des Mörders. Er trägt Schuhgröße dreiundvierzig oder vierundvierzig, breites Profil, vielleicht ein Motorradstiefel.

Scarpetta verhält sich ungerecht, indem sie ihm Vorwürfe macht. Schließlich hatte er keine andere Wahl, denn Lucy hat ihn auf Geheimhaltung eingeschworen. Sie hat gedroht, ihm nie zu verzeihen, falls er es jemandem verraten sollte – insbesondere ihrer Tante und Marino.

Entlang der vom Täter hinterlassenen Spur wurden weder Blutspritzer noch Schmierer entdeckt, was darauf hinweist, dass er die Leiche erst eingewickelt und dann durch den Schnee geschleppt hat. Die Polizei hat in den Schleifspuren einige Fasern sichergestellt.

Scarpetta benützt ihn als Sündenbock. Sie macht ihm Vorwürfe, weil sie Lucy nicht die Schuld geben kann. Gegen Lucys Tumor ist sie machtlos. Und außerdem kann sie ihre Wut ja schlecht an einem kranken Menschen auslassen.

An der Leiche wurden Faserspuren und winzige Erdbröckchen unter den Fingernägeln sowie im Blut und in den Hautabschürfungen entdeckt. Eine vorläufige Laboruntersuchung ergab, dass es sich hauptsächlich um Teppich- und Baumwollfasern handelt. In der Erde – vom Gerichtsmediziner mit stilistischer Eleganz als »Dreck« bezeichnet – haben sich Mineralien, Insektenteile, Pflanzenreste und Pollen gefunden.

Als auf Bentons Schreibtisch das Telefon läutet, zeigt das Display »unbekannter Anrufer« an. In der Annahme, dass es Scarpetta ist, greift er nach dem Hörer.

»Hallo«, meldet er sich.

»Hier spricht die Telefonzentrale des McLean Hospital.«

Benton schweigt, tief enttäuscht und gekränkt. Scarpetta hätte ihn zurückrufen müssen. Er kann sich nicht erinnern, wann sie das letzte Mal einfach aufgelegt hat.

»Ich versuche, Dr. Wesley zu erreichen«, fährt der Telefonist fort.

Er empfindet es noch immer als merkwürdig, wenn man ihn so anspricht, obwohl er den Doktortitel bereits trägt, seit er vor vielen Jahren beim FBI angefangen hat. Allerdings hat er nie darauf bestanden, Doktor genannt zu werden.

»Am Apparat«, antwortet er.

Lucy sitzt im Gästezimmer ihrer Tante im Bett. Es ist dunkel im Raum. Sie hat zu viel Tequila getrunken, um noch mit dem Auto zu fahren. Sie betrachtet die Nummer auf dem beleuchteten Display ihres Treo. Die Vorwahl lautet 617. Lucy fühlt sich ein wenig benommen und beschwipst.

Sie denkt an Stevie und erinnert sich an ihre Niedergeschlagenheit und Unsicherheit, als sie aus der Hütte gelaufen ist. Dann ist Stevie ihr zum Parkplatz gefolgt und hat sich wieder in die verführerische, geheimnisvolle und selbstbewusste Frau verwandelt, die Lucy im Lorraine's kennen gelernt hat. Und als sie diese erste Begegnung Revue passieren lässt, wird sie wieder vom selben Gefühl ergriffen wie damals. Dass sie das nicht will, allerdings völlig machtlos dagegen ist, beunruhigt sie sehr.

Stevie erregt ihren Argwohn. Vielleicht weiß sie ja etwas. Sie war etwa zu dem Zeitpunkt in New England, als die Frau ermordet und am Walden Pond abgelegt wurde, und hat wie die Tote rote Handabdrücke am Körper. Stevie behauptet, nicht sie selbst, sondern eine andere habe diese Abdrücke aufgemalt.

Wer?

Ein wenig benommen und nervös drückt Lucy auf »senden«. Sie hätte die Nummer mit der Vorwahl 617, die Stevie ihr gegeben hat, schön längst überprüfen sollen, um festzustellen, wer sich meldet, ob die Nummer wirklich die von Stevie ist und ob sie tatsächlich so heißt.

»Hallo?«

»Stevie?« Es ist ihre Nummer. »Erinnerst du dich an mich?«

»Wie könnte ich dich vergessen?«

Sie klingt verführerisch. Ihre Stimme ist voll und seidenweich. Lucy fühlt wieder dasselbe wie damals im Lorraine's und muss sich mit Macht den Grund ihres Anrufs vor Augen halten.

Von wem hat Stevie die Handabdrücke?

»Ich hätte nicht geglaubt, dass ich wieder von dir hören würde«, sagt Stevies verführerische Stimme.

»Tja, da bin ich«, meint Lucy.

»Warum sprichst du so leise?«

»Ich bin nicht bei mir zu Hause.«

»Wahrscheinlich sollte ich dich besser nicht fragen, was das bedeutet. Aber ich neige nun mal zur Taktlosigkeit. Bei wem bist du?«

»Bei niemandem«, entgegnet Lucy. »Bist du noch in Provincetown?«

»Ich bin kurz nach dir abgereist und ohne Zwischenstopp nach Hause gefahren.«

»Nach Gainesville?«

»Wo bist du?«

»Du hast mir nie deinen Nachnamen verraten«, erwidert Lucy.

»In wessen Haus bist du, wenn nicht in deinem? Zumindest nehme ich an, dass du in einem Haus wohnst.«

»Kommst du je in den Süden?«

»Ich kann fahren, wohin ich will. Südlich wovon? Bist du in Boston?«

»Nein, in Florida«, antwortet Lucy. »Ich würde dich gern sehen. Wir müssen miteinander reden. Was hältst du davon, mir deinen Nachnamen zu sagen, damit wir uns nicht mehr wie Fremde fühlen?«

»Worüber willst du denn mit mir reden?«

Sie wird Lucy ihren vollständigen Namen nicht verraten. Ein drittes Mal nachzufragen wäre zwecklos. Vermutlich wird sie überhaupt nicht mit der Sprache herausrücken, zumindest nicht am Telefon.

»Warum unterhalten wir uns nicht persönlich?«, schlägt Lucy vor.

»Das ist immer besser.«

Lucy verabredet sich mit Stevie für den nächsten Abend um zehn Uhr in South Beach.

»Kennst du eine Bar namens Deuce?«, sagt sie.

»Das ist ziemlich berühmt«, erwidert Stevies verführerische Stimme. »Ich kenne es gut.«

40

Die runde Messingspitze auf dem Bildschirm strahlt wie ein Mond. Im Schusswaffenlabor der Massachusetts State Police sitzt Tom, ein Waffenspezialist, umgeben von Computern und Vergleichsmikroskopen in einem dämmrig erleuchteten Raum. Endlich hat das landesweite ballistische Netzwerk NIBIN auf seine Anfrage reagiert.

Er starrt auf die vergrößerten Abbildungen feiner Rillen und

Einkerbungen, die sich von den Metallteilen einer Schusswaffe auf die Messingspitzen zweier Geschosse übertragen haben. Wenn man die beiden Fotos überlagert und die Hälften in der Mitte verbindet, passen die mikroskopischen Signaturen, wie Tom sie nennt, perfekt zusammen.

»Natürlich bezeichne ich es offiziell nur als *mögliche* Übereinstimmung, bis ich mich mit dem Vergleichsmikroskop vergewissert habe«, erklärt er Dr. Wesley am Telefon, dem legendären Benton Wesley!

Das ist cool, denkt Tom wider Willen.

»Und das heißt, dass der Pathologe in Broward County mir seine Ergebnisse schicken muss, was zum Glück kein Problem darstellt«, fährt Tom fort. »Vorläufig möchte ich nur sagen, dass sich zu diesem Fall sicher etwas im Computer finden lässt. Meiner – natürlich auch nur vorläufigen – Ansicht nach wurden die beiden Geschosse aus derselben Waffe abgefeuert.«

Gespannt wartet er auf eine Reaktion und ist so in Hochstimmung und aufgekratzt, als hätte er zwei Whisky Sour intus. Die Aussage, dass eine Übereinstimmung besteht, ist, als überbrächte man dem Ermittler die Nachricht, er habe im Lotto gewonnen.

»Was wissen Sie über den Fall in Hollywood?«, fragt Dr. Wesley, ohne auch nur eine Spur von Dankbarkeit zu zeigen.

»Eigentlich nur, dass er aufgeklärt ist«, erwidert Tom gekränkt.

»Ich glaube, ich verstehe Sie nicht ganz«, gibt Dr. Wesley in demselben ungnädigen Ton zurück.

Er weiß Toms Bemühungen nicht zu schätzen und verhält sich herablassend. Das hätte Tom sich eigentlich denken können. Da er ihm bis jetzt weder persönlich begegnet ist noch mit ihm gesprochen hat, wusste er nicht, womit er rechnen musste. Allerdings hat er von Benton und seiner Karriere beim FBI gehört, und schließlich ist allgemein bekannt, dass das FBI dazu neigt, den dicken Max zu markieren, die Ermittler vor Ort herumzukommandieren und sie wie Menschen zweiter Klasse zu behandeln. Wird ein Fall dann erfolgreich abgeschlossen, heimst das FBI die Lorbeeren ein. Der Typ ist ein arrogantes Arschloch. So viel steht fest. Kein Wunder, dass Thrush ihn direkt auf den sagenumwobenen Dr. Benton Wesley angesetzt hat. Thrush hat nämlich keine Lust, sich mit ihm oder sonst jemandem zu beschäftigen, der jemals beim FBI gewesen ist.

»Vor zwei Jahren«, erwidert Tom, nun nicht mehr so freundlich.

Er klingt mürrisch und verstockt. So hört er sich laut seiner Frau immer an, wenn er sich herabgewürdigt fühlt und sich dagegen zur Wehr setzt. Obwohl er findet, dass er sich eine derartige Behandlung nicht gefallen lassen muss, möchte er eigentlich nicht mürrisch und verstockt wirken.

»In Hollywood wurde ein Lebensmittelladen überfallen«, sagt er, um einen freundlicheren Tonfall bemüht. »Der Typ kommt rein, trägt eine Gummimaske und fuchtelt mit einem Schrotgewehr rum. Als er auf den Jungen schießt, der gerade den Fußboden auffegt, jagt der Filialleiter ihm mit der Pistole, die er unter dem Tresen aufbewahrt, eine Kugel in den Kopf.«

»Und die Patronenhülse wurde mit NIBIN abgeglichen?«

»Offenbar wollte man feststellen, ob der Maskierte bereits an einem anderen unaufgeklärten Fall beteiligt war.«

»Ich glaube, ich verstehe nicht ganz«, wiederholt Dr. Wesley ungeduldig. »Was geschah mit der Waffe, nachdem der Maskierte getötet wurde? Sie hätte doch von der Polizei sichergestellt werden müssen. Und nun wurde sie wieder bei einem Mord hier in Massachusetts benutzt?«

»Das habe ich den Spezialisten in Broward County auch gefragt«, entgegnet Tom, so freundlich wie möglich. »Er meinte, er habe die Waffe nach der ballistischen Überprüfung an die Polizei von Hollywood zurückgegeben.«

»Tja, da ist sie aber nicht mehr«, antwortet Dr. Wesley, als hielte er Tom für einen Vollidioten.

Tom kaut an einem abgebrochenen Nagel, bis sein Nagelbett zu bluten anfängt, eine alte Angewohnheit, die seiner Frau schrecklich auf die Nerven fällt.

»Danke«, sagt Dr. Wesley und legt auf. Tom fühlt sich abgewimmelt.

Er wendet sich dem NIBIN-Mikroskop zu, wo die fragliche Patronenhülse liegt. Sie ist rot, aus Plastik, Kaliber zwölf und hat eine Messingspitze mit einer ungewöhnlich langen, vom Schlagbolzen verursachten Kratzspur. Der Fall steht ganz oben auf Toms Liste. Den ganzen Tag bis in die Nacht hinein sitzt er nun schon auf diesem Stuhl und hantiert mit Ringbeleuchtung, Seitenbeleuchtung und Richtungsanzeigern auf drei und sechs Uhr. Jedes Bild von den Spuren des Verschlusses und den Abdrücken von Schlagbolzen und Auswurf sichert er als Datei, bevor er die NIBIN-Datenbank durchsucht.

Vier Stunden musste er auf ein Ergebnis warten, während seine Familie ohne ihn ins Kino gegangen ist. Dann verschwand Thrush zum Abendessen und bat ihn zuvor, Dr. Wesley anzurufen, vergaß aber, ihm die Durchwahl zu geben. Also musste Tom sich an die Zentrale des McLean Hospital wenden und sich zunächst wie ein Patient behandeln lassen. Deshalb wäre ein wenig Lob doch angebracht gewesen, denkt er. Aber Dr. Wesley war ein »Danke«, ein »Gut gemacht« oder ein »Kaum zu fassen, dass Sie die Ergebnisse so schnell beschaffen konnten« offenbar zu mühsam. Hat er überhaupt eine Vorstellung davon, wie schwierig es ist, eine Patronenhülse in NIBIN zu überprüfen? Die meisten Waffenspezialisten würden es nicht einmal versuchen.

Er mustert die Hülse. Noch nie hatte er mit einer Hülse zu tun, die im Hintern einer Toten gefunden wurde.

Dann schaut er auf die Uhr und wählt Thrushs Privatnummer.

»Verraten Sie mir nur eins«, beginnt er, als Thrush sich meldet. »Warum wollten Sie, dass ich mit Dr. Fuck-B-I rede? Außerdem wäre ein Dankeschön nicht schlecht.«

»Reden Sie von Benton?«

»Nein, von Bond. James Bond.«

»Er ist ein netter Kerl. Keine Ahnung, was Sie meinen. Außerdem haben Sie sich so auf das FBI eingeschossen, dass man es fast schon als Besessenheit bezeichnen könnte. Und wollen Sie noch was wissen, Tom?«, fährt Thrush fort, und er klingt ein bisschen betrunken. »Ich will Ihnen mal einen Rat geben. NIBIN gehört den Feds, was heißt, dass Sie es denen zu verdanken haben. Woher, glauben Sie, kommt denn die tolle Ausrüstung, mit der Sie arbeiten, und die gute Ausbildung, damit Sie Ihren Job überhaupt machen können? Tja, dreimal dürfen Sie raten. Vom FBI.«

»Das hat mir gerade noch gefehlt«, erwidert Tom. Den Hörer unters Kinn geklemmt, bearbeitet er seine Tastatur, schließt Dateien, um bald in sein leeres Haus zurückzukehren, während seine Familie sich ohne ihn im Kino amüsiert.

»Und nur damit Sie es wissen: Benton hat schon vor langer Zeit seinen Hut genommen und nichts mehr mit dem FBI zu tun.«

»Dann hat er gerade allen Grund, dankbar zu sein. Jedenfalls haben wir zum ersten Mal im Zusammenhang mit einer Patronenhülse einen Treffer in NIBIN gelandet.«

»Dankbar? Wollen Sie mich verarschen? Dankbar wofür? Dass die Hülse aus dem Hintern einer Toten mit der Waffe eines ebenfalls Toten übereinstimmt, die sich eigentlich in Gewahrsam der beschissenen Polizei von Hollywood befinden oder längst verschrottet sein müsste?«, ereifert sich Thrush. Wenn er getrunken hat, neigt er zu Kraftausdrücken. »Lassen Sie sich eines gesagt sein: Er gibt einen Scheiß auf Ihre Dankbarkeit. Im Moment will er vermutlich dasselbe wie ich, nämlich sich ordentlich einen hinter die Binde kippen.«

41

In dem verfallenen Haus ist es heiß und stickig, und es stinkt nach Schimmel, Moder, verdorbenen Lebensmitteln, Fäkalien und Urin.

Geschickt schleicht Hog durch die Dunkelheit von Zimmer zu Zimmer und kann genau ertasten und erschnuppern, wo er sich gerade befindet. Geschmeidig pirscht er sich von Ecke zu Ecke, und wenn der Mond kräftig scheint wie heute Nacht, nehmen seine Augen alles so klar und deutlich wahr wie am helllichten Tag. Sein Blick durchdringt die Schatten, als gäbe es sie nicht. Er erkennt die roten Striemen am Hals und im Gesicht der Frau, den glänzenden Schweiß auf ihrer schmutzigen blassen Haut, die Angst in ihren Augen und das abgeschnittene Haar überall auf der Matratze und auf dem Boden. Sie hingegen kann ihn nicht sehen.

Er geht auf sie zu. Nähert sich der übelriechenden, fleckigen Matratze auf dem verfaulten Holzboden, wo sie sitzend an der Wand lehnt. Ihre in leuchtendes Grün gehüllten Beine sind ausgestreckt. Die Überreste ihres Haares stehen starr nach oben, als hätte sie den Finger in die Steckdose gesteckt oder ein Gespenst gesehen. Sie war so klug, die Schere wieder auf die Matratze zu legen. Er greift danach, schiebt mit der Stiefelspitze das hellgrüne Gewand zurecht, hört ihren Atem und spürt ihre Augen auf sich wie zwei feuchte Flecke.

Er hat das schöne grüne Gewand mitgenommen, das über der Sofalehne hing. Sie hatte es gerade aus dem Auto ins Haus gebracht, denn vor ein paar Stunden hatte sie es noch in der Kirche getragen. Das Gewand hat er sich geschnappt, weil er Lust dazu hatte. Inzwischen ist es schlaff und zerknittert und erinnert ihn an einen getöteten, zu einem leblosen Haufen zusammengesackten Drachen. Er hat den Drachen gefangen. Nun gehört er ihm, und seine Enttäuschung darüber, was aus ihm geworden ist, macht ihn unruhig und wütend. Der Drache hat ihn im Stich gelassen. Er hat ihn verraten. Als der leuchtend grüne Drache frei und in voller Pracht durch die Lüfte schwebte, haben die Menschen auf ihn gehört und konnten den Blick nicht von ihm abwenden. Er hat den Drachen begehrt, sich nach ihm gesehnt. Fast hätte er ihn geliebt. Und was ist jetzt von ihm übrig geblieben?

Er kommt näher und tritt ihr gegen die grün verhüllten und mit Draht gefesselten Knöchel. Sie rührt sich kaum. Vor einer Weile war sie noch lebhafter, aber offenbar hat die Spinne ihr die letzten Kräfte geraubt. Inzwischen verschont sie ihn auch mit ihrem dümmlichen Geseire. Sie schweigt. Seit seinem letzten Besuch vor einer knappen Stunde hat sie gepinkelt. Scharf steigt ihm der Ammoniakgeruch in die Nase.

»Warum bist du so widerlich?«, sagt Hog und betrachtet sie.

»Schlafen die Jungen? Ich höre sie nicht.« Sie klingt, als wäre sie nicht mehr ganz bei sich.

»Du sollst nicht über sie reden.«

»Ich weiß, dass Sie ihnen nicht wehtun wollen. Bestimmt sind Sie ein netter Mensch.«

»Es nützt dir nichts«, entgegnet er. »Halt einfach das Maul. Du hast ja keine Ahnung, und du wirst es auch nie kapieren, so blöd und hässlich, wie du bist. Du bist ekelhaft. Kein Mensch würde dir glauben. Sag, dass es dir Leid tut. Das alles ist nur deine Schuld.«

Als er ihr wieder, diesmal fester, gegen die Knöchel tritt, schreit sie vor Schmerz auf.

»Das ist doch ein Witz. Schau dich nur an, du kleines Miststück. Du bist Dreck. Verwöhntes Balg, undankbarer kleiner Besserwisser. Dich werd ich Bescheidenheit lehren. Sag, dass es dir Leid tut.«

Erneut versetzt er ihr einen kräftigen Tritt. Sie schreit auf, und Tränen stehen ihr in den Augen. Im Mondschein schimmern sie wie Glas.

»Jetzt bist du ganz klein, was? Du hältst dich nicht mehr für besser und klüger als alle anderen. Schau dich nur an. Offenbar muss ich eine bessere Methode finden, um dich zu bestrafen. Zieh deine Schuhe an.«

Verwirrung zeigt sich auf ihrem Gesicht.

»Wir gehen raus. Du wirst mir schon noch gehorchen. Sag, dass es dir Leid tut!«

Aus glasigen, geweiteten Augen starrt sie ihn an.

»Willst du wieder den Schnorchel? Sag, dass es dir Leid tut!«

Als er sie mit dem Gewehr anstößt, zucken ihre Beine.

»Du wirst mir sagen, wie sehr du es willst, richtig? Und dich bei mir bedanken, weil du so hässlich bist, dass dich sonst niemand anfassen würde. Du fühlst dich geehrt, richtig?« Er senkt die Stimme, damit sie noch furchterregender klingt.

Wieder versetzt er ihr einen Stoß, diesmal gegen die Brüste.

»Dumm und hässlich. Wir wollen deine Schuhe holen. Du lässt mir keine andere Wahl.«

Sie schweigt. Als er ihr kräftig gegen die Knöchel tritt, fließen ihr die Tränen über das blutverkrustete Gesicht. Wahrscheinlich hat sie einen Nasenbeinbruch.

Sie hat Hog die Nase gebrochen. So heftig hat sie um sich geschlagen, dass die Nase stundenlang nicht zu bluten aufgehört hat. Hog ist sicher, dass sie gebrochen ist. Er spürt den Höcker auf dem Nasenrücken. Sie hat ihn geschlagen, als er das Böse getan hat. Anfangs hat sie sich noch gewehrt, gegen das Böse, das in dem Zimmer hinter der Tür mit dem abblätternden Lack geschah. Dann hat ihn seine Mutter an jenen Ort gefahren, wo die Gebäude alt sind und wo es immer schneit. Noch nie zuvor hatte er Schnee gesehen oder so sehr gefroren. Sie hat ihn dorthin gebracht, weil er gelogen hat.

»Das tut weh, oder?«, sagt er. »Es tut schrecklich weh, wenn sich Kleiderbügel in die Knöchel graben und jemand dagegentritt. Das ist deine Strafe, weil du mir nicht gehorchst und weil du gelogen hast. Schauen wir doch mal, wo der Schnorchel ist.«

Wieder tritt er sie, und sie stöhnt auf. Ihre Beine unter dem schlaffen grünen Gewand – dem toten grünen Drachen, der über sie gebreitet ist – fangen an zu zittern.

»Ich kann die Jungen nicht hören«, keucht sie. Ihre Stimme wird schwächer, ihr Feuer erlischt.

»Sag, dass es dir Leid tut.«

»Ich vergebe Ihnen«, erwidert sie mit weit aufgerissenen, schimmernden Augen.

Er hebt das Gewehr und richtet es auf ihren Kopf. Sie starrt auf den Lauf, als ginge sie das alles nichts mehr an, und er rast vor Wut.

»Du kannst von Vergebung labern, soviel du willst, Gott steht trotzdem auf meiner Seite«, stößt er hervor. »Du verdienst seine Strafe. Deshalb bist du hier. Kapierst du endlich? Tu, was ich dir befehle! Sag mir, dass es dir Leid tut!«

Seine großen Stiefel knirschen leise, als er durch den stickigen heißen Raum geht, an der Tür noch einmal stehen bleibt und zurück ins Zimmer schaut. Der getötete grüne Drache regt sich, und warme Luft weht durch das zerborstene Fenster herein. Das Zimmer zeigt nach Westen, die späte Nachmittagssonne fällt durch die großen Löcher in der zerbrochenen Scheibe herein. Das Licht berührt den glänzenden grünen Drachen, der schimmert und strahlt wie ein Feuer aus Smaragden. Aber er bewegt sich nicht. Inzwischen ist er ein Nichts, zerstört und hässlich – und das alles ist nur ihre Schuld.

Er betrachtet ihre bleiche Haut, ihren schwabbeligen, übelriechenden und mit Insektenstichen und Ausschlägen bedeckten Körper. Ihr Gestank steigt ihm schon draußen auf dem Flur in die Nase. Der tote grüne Drache bewegt sich, wenn sie sich rührt. Die Erinnerung daran, wie er den Drachen gefangen und gesehen hat, was sich darunter verbarg, macht ihn wütend. Sie war es. Er ist hereingelegt worden. Es ist ihre Schuld. Sie wollte es so, sie hat ihn ausgetrickst. Es ist ihre Schuld.

»Sag, dass es dir Leid tut.«

»Ich vergebe Ihnen.« Ihre weit aufgerissenen, glasigen Augen starren ihn an.

»Wahrscheinlich weißt du, was jetzt kommt«, stellt er fest.

Ihre Lippen bewegen sich kaum, und kein Ton ist zu hören.

»Offenbar weißt du es doch nicht.«

Als er sie mustert, wie sie, zerschlagen und abstoßend schmutzig, auf der besudelten Matratze liegt, spürt er nur noch Kälte in seiner Brust. Es ist ein Gefühl, so ruhig und gleichgültig wie der Tod – so als ob alles, was er je empfunden hat, gestorben wäre wie dieser Drache.

»Offenbar weißt du es wirklich nicht.«

Als der Vorderschaft des Gewehrs zurückgleitet, hallt das laute Knacken im leeren Haus wider.

»Lauf los«, befiehlt er.

»Ich vergebe Ihnen«, flüstert sie und blickt ihn mit aufgerissenen wässrigen Augen an.

Er tritt in den Flur hinaus und hört zu seinem Erstaunen, dass die Eingangstür ins Schloss fällt.

»Bist du es?«, ruft er.

Mit gesenkter Waffe geht er in den vorderen Teil des Hauses. Sein Puls wird schneller. Er hat nicht mit ihr gerechnet, noch nicht.

»Ich habe dir doch verboten, das zu tun«, begrüßt ihn die Stimme Gottes, aber er kann sie noch nicht sehen. »Du befolgst nur meine Befehle.«

Sie erscheint in der Dunkelheit. Ihre schwarze, fließende Gestalt schwebt auf ihn zu. Sie ist so schön, so mächtig, und er liebt sie und könnte ohne sie nicht mehr sein.

»Was hast du dir dabei gedacht?«, fährt sie fort.

»Es tut ihr immer noch nicht Leid. Sie will es einfach nicht sagen«, versucht er, sich zu rechtfertigen.

»Es ist noch nicht Zeit. Hast du daran gedacht, die Farbe zu holen, bevor du da drinnen die Beherrschung verloren hast?«

»Die Farbe ist noch im Auto. Wo ich sie bei der Letzten benützt habe.«

»Hol sie. Mach alles fertig. Man muss immer auf Zack sein. Was passiert, wenn du die Sache nicht mehr im Griff hast? Du weißt, was zu tun ist. Enttäusche mich nicht.«

Gott schwebt näher heran. Sie hat einen IQ von einhundertfünfzig.

»Die Zeit ist fast um«, sagt Hog.

»Du bist nichts ohne mich«, entgegnet Gott. »Enttäusche mich nicht.«

42

Dr. Self sitzt an ihrem Schreibtisch und starrt auf den Pool hinaus. Eigentlich ist sie in Eile. Jeden Mittwochvormittag um zehn wird sie im Studio erwartet, um sich auf ihre live ausgestrahlte Radiosendung vorzubereiten. »Das kann ich nicht bestätigen«, sagt sie ins Telefon. Wäre die Zeit nicht so knapp, das Gespräch würde ihr sogar Spaß machen, wenn auch aus den falschen Gründen.

»Es steht außer Frage, dass Sie David Luck Ritalin verschrieben haben«, entgegnet Dr. Kay Scarpetta.

Dr. Self kann nicht anders, als an Marino und seine Äußerungen über Scarpetta zu denken. Sie ist kein Mensch, der sich so leicht einschüchtern lässt, und außerdem ist sie gegenüber dieser Frau, der sie nur einmal begegnet ist und von der sie Woche für Woche hört, momentan im Vorteil.

»Zehn Milligramm, dreimal täglich«, hallt Scarpettas kräftige Stimme durch die Leitung.

Sie klingt müde, vielleicht ist sie ja depressiv, und Dr. Self könnte ihr helfen. Das hat sie ihr erzählt, als sie einander bei dem zu Ehren von Dr. Self veranstalteten Abendessen im letzten Juni an der Akademie vorgestellt worden sind.

Hoch motivierte, beruflich erfolgreiche Frauen wie wir beide müssen aufpassen, dass wir unsere Gefühlslandschaft nicht vernachlässigen, hat sie zu Scarpetta gesagt, als sie sich zufällig auf der Damentoilette trafen.

Vielen Dank für Ihre Vorträge. Ich weiß, dass sie den Lehrgangsteilnehmern gefallen haben, erwiderte Scarpetta, und Dr. Self hat sie sofort durchschaut.

Die Scarpettas dieser Welt verstehen sich meisterhaft darauf, persönlichen Fragen auszuweichen und zu verhindern, dass jemand Einblick in ihre innersten Gefühle gewinnt.

Die Lehrgangsteilnehmer lassen sich von Ihnen inspirieren, fuhr Scarpetta fort, während sie sich die Hände wusch, als müsse sie sich vor einer Operation desinfizieren. *Alle wissen es zu schätzen, dass Sie trotz Ihres vollen Terminkalenders Zeit für uns erübrigen konnten.*

Ich merke Ihnen an, dass Sie das nicht so meinen, entgegnete Dr. Self, ohne ein Blatt vor den Mund zu nehmen. *Die überwiegende Mehrheit meiner Berufskollegen sieht auf jeden herab, der seine Praxis nicht hinter verschlossenen Türen betreibt, sondern das öffentliche Forum von Radio und Fernsehen sucht. Natürlich steckt hauptsächlich Neid dahinter. Ich vermute, die Hälfte meiner Kritiker würde ihre Seele verpfänden, um ein einziges Mal auf Sendung zu sein.*

Wahrscheinlich haben Sie Recht, antwortete Scarpetta und trocknete sich die Hände ab.

Diese Anmerkung ließ eine Reihe sehr verschiedener Schlussfolgerungen zu. Zum Beispiel: Dr. Self vermutet zu Recht, dass die überwiegende Mehrzahl ihrer Berufskollegen auf sie herabblickt. Oder: Aus der Hälfte ihrer Kritiker spricht nur der blanke Neid. Oder auch: Es stimmt, dass sie vermutet, aus der Hälfte ihrer Kritiker würde der blanke Neid sprechen, was letztlich heißen würde, dass sie in Wirklichkeit keineswegs von Eifersucht zerfressen sind. Doch ganz gleich, wie oft Dr.

Self dieses Gespräch in der Damentoilette auch Revue passieren lässt und an dieser Bemerkung heruminterpretiert, sie kommt einfach nicht dahinter, was sie zu bedeuten hatte und ob sie als unterschwelliger Seitenhieb gemeint war.

»Sie klingen, als bedrücke Sie etwas«, sagt sie zu Scarpetta.

»Das stimmt in der Tat, nämlich die Frage, was aus Ihrem Patienten David geworden ist«, weicht Scarpetta der persönlichen Frage aus. »Vor knapp dreieinhalb Wochen wurden ihm erneut einhundert Tabletten verschrieben«, fügt sie hinzu.

»Das kann ich nicht bestätigen.«

»Ich brauche von Ihnen keine Bestätigung, da ich das Döschen mit dem Verschreibungsetikett bei ihm zu Hause gefunden habe. Also weiß ich, dass das Ritalin-Rezept von Ihnen stammt, wann es ausgestellt und in welcher Apotheke es eingelöst wurde. Sie befindet sich in derselben Einkaufszeile wie die Kirche, der Ev und Kristin angehören.«

Dr. Self schweigt zwar, aber es stimmt.

»Gerade Sie sollten doch wissen, was das Wort ›Arztgeheimnis‹ bedeutet«, erwidert sie nur.

»Ich habe gehofft, ich könnte Ihnen begreiflich machen, dass wir Grund zu großer Sorge um das Wohlergehen von David, seinem Bruder und von den beiden Frauen haben, bei denen die Jungen gelebt haben.«

»Hat schon einmal jemand daran gedacht, dass die Jungen Heimweh nach Südafrika gehabt haben könnten? Damit will ich nicht sagen, dass es so sein muss«, fügt Dr. Self hinzu. »Es ist nur eine Hypothese.«

»Die Eltern sind im vergangenen Jahr in Kapstadt ums Leben gekommen«, antwortet Scarpetta. »Ich habe mit dem zuständigen Gerichtsmediziner gesprochen, der …«

»Ja, ja«, fällt Dr. Self ihr ins Wort. »Eine Tragödie.«

»Waren beide Jungen Ihre Patienten?«

»Können Sie sich vorstellen, wie traumatisierend das gewesen sein muss? Soviel ich den Gesprächen mit den Jungen außerhalb der Sitzungen entnehmen konnte, war die Pflegefamilie nur eine Übergangslösung. Meiner Ansicht nach stand von Anfang an fest, dass sie zu gegebener Zeit nach Kapstadt zurückkehren würden, um bei Verwandten zu leben, die zuvor, wenn ich es recht verstehe, erst in ein größeres Haus umziehen mussten.«

Wahrscheinlich ist es unklug von ihr, so viele Einzelheiten zu erwähnen, aber ihr gefällt dieses Gespräch mit Scarpetta einfach zu sehr, und sie möchte es deshalb noch nicht beenden.

»Wer hat die Kinder an Sie überwiesen?«, erkundigt sich Scarpetta.

»Ev Christian hat sich mit mir in Verbindung gesetzt. Sie kannte mich natürlich aus meinen Sendungen.«

»Bestimmt geschieht es öfter, dass Menschen sich Ihre Sendung anhören und anschließend zu Ihnen in Behandlung wollen.«

»Richtig.«

»Und das heißt vermutlich, dass Sie die meisten ablehnen müssen.«

»Was bleibt mir anderes übrig?«

»Weshalb haben Sie sich dann entschieden, David und auch seinen Bruder anzunehmen?«

Dr. Self bemerkt zwei Personen draußen bei ihrem Swimmingpool. Es sind zwei Männer mit weißen Hemden, schwarzen Baseballkappen und dunklen Brillen, die sich ihre Obstbäume und die roten Streifen an den Stämmen ansehen.

»Offenbar treiben sich fremde Leute auf meinem Grundstück herum«, brummt sie verärgert.

»Pardon?«

»Diese verdammten Kontrolleure. Meine morgige Fernsehsendung wird sich mit diesem Thema befassen. Tja, jetzt werden sie sich warm anziehen müssen. Spazieren einfach so mir nichts, dir nichts auf mein Grundstück. Ich muss jetzt leider aufhören.«

»Es ist sehr wichtig, Dr. Self. Ich würde Sie nicht belästigen, wenn es keinen Grund ...«

»Ich habe es wirklich schrecklich eilig, und jetzt auch noch das. Diese Schwachköpfe sind zurückgekommen, vermutlich, um meine wunderschönen Bäume zu fällen. Wenn die wirklich mit einer Truppe von geistig minderbemittelten Holzfällern hier anrücken, können die sich auf etwas gefasst machen. Wissen Sie was?«, spricht Dr. Self in drohendem Tonfall weiter. »Falls Sie weitere Informationen von mir benötigen, müssen Sie sich eine richterliche Anordnung oder eine Erlaubnis des Patienten beschaffen.«

»Ziemlich schwierig, wenn der Patient verschwunden ist.«

Dr. Self legt auf, tritt in den sonnigen, heißen Morgen hinaus und steuert zielstrebig auf die beiden Männer zu, auf deren weißen Hemden sie bei näherer Betrachtung ein Emblem entdeckt. Es ist dasselbe wie auf ihren Kappen. Hinten auf den Hemden prangt in großen schwarzen Buchstaben die Aufschrift »Landwirtschafts- und Verbraucherschutzministerium Florida«. Ein Kontrolleur macht sich an einem Palmtop-Computer zu schaffen, sein Kollege telefoniert.

»Entschuldigung«, beginnt Dr. Self in streitlustigem Ton. »Kann ich Ihnen helfen?«

»Guten Morgen. Wir kommen vom Landwirtschaftsministerium und sollen Ihre Zitrusbäume untersuchen«, erwidert der Mann mit dem Palmtop.

»Das sehe ich selbst«, stellt Dr. Self mit finsterer Miene fest.

Die beiden tragen grüne Dienstausweise mit Foto. Doch da Dr. Self ihre Brille nicht aufgesetzt hat, kann sie die Namen nicht entziffern.

»Wir haben geläutet und dachten, es wäre niemand da.«

»Also spazieren Sie in aller Seelenruhe auf mein Grundstück«, entgegnet Dr. Self.

»Wir sind befugt, offene Gärten zu betreten, und wie ich schon sagte, dachten wir, dass niemand da ist. Wir haben mehrmals geläutet.«

»In meinem Büro kann ich die Klingel nicht hören«, sagt sie, als wäre es die Schuld der beiden Männer.

»Wir bitten um Entschuldigung. Aber wir müssen Ihre Bäume untersuchen und wussten nicht, dass bereits Kontrolleure hier gewesen sind ...«

»Also geben Sie zu, dass Sie sich schon einmal auf meinem Grundstück aufgehalten haben?«

»Nicht wir persönlich. Ich wollte sagen, dass Ihr Garten offenbar bereits kontrolliert wurde, allerdings nicht von uns. Auch wenn es dazu keine Unterlagen gibt«, meint der Inspektor mit dem Palmtop zu Dr. Self.

»Ma'am, haben Sie diese Streifen angebracht?«

Verständnislos betrachtet Dr. Self die Streifen an ihren Bäumen.

»Warum sollte ich das tun? Ich dachte, Sie wären das gewesen.«

»Nein, Ma'am. Die waren schon da. Soll das heißen, dass sie Ihnen erst jetzt aufgefallen sind?«

»Natürlich habe ich sie schon früher gesehen.«

»Dürfte ich erfahren, wann das war?«

»Vor ein paar Tagen. Ich bin nicht sicher.«

»Das bedeutet, dass Ihre Bäume mit Zitrusbrand infiziert sind und gefällt werden müssen. Offenbar sind sie schon seit Jahren krank.«

»Seit Jahren?«

»Sie hätten längst entfernt werden müssen«, ergänzt der andere Kontrolleur.

»Wovon zum Teufel reden Sie?«

»Wir haben schon vor Jahren aufgehört, rote Streifen aufzumalen. Inzwischen benutzen wir orangefarbenes Klebeband. Also hat jemand die Bäume zur Fällung markiert, was anscheinend nie geschehen ist. Ich verstehe das nicht. Aber die Bäume zeigen tatsächlich Symptome von Zitrusbrand.«

»Allerdings nicht von einer jahrealten Infektion.«

»Ma'am, haben Sie denn keine grüne Mitteilung erhalten, in der stand, dass wir Symptome gefunden haben, und die Sie auffordert, eine gebührenfreie Nummer anzurufen? Hat Ihnen niemand einen Analysebericht vorgelegt?«

»Ich weiß wirklich nicht, was Sie von mir wollen«, erwidert Dr. Self und denkt an den anonymen Anruf, den sie gestern Abend kurz nach der Sitzung mit Marino erhalten hat. »Sehen meine Bäume denn wirklich infiziert aus?«

Sie tritt näher an einen Grapefruitbaum heran, der sich unter der Last seiner Früchte biegt und gesund auf sie wirkt. Sie beugt sich näher zu einem Ast, während der Kontrolleur mit behandschuhten Fingern auf einige Blätter zeigt, die helle, fächerförmige und kaum zu erkennende Flecken aufweisen.

»Sehen Sie diese Stellen?«, sagt er. »Sie deuten darauf hin, dass die Ansteckung kürzlich erfolgt ist. Vielleicht erst vor ein paar Wochen. Allerdings machen sie einen merkwürdigen Eindruck.«

»Ich kapiere das nicht«, verwundert sich sein Kollege. »Wenn man den roten Streifen Glauben schenken kann, müssten wir es mit abgestorbenen Ästen und herabgefallenen Früchten zu tun haben. Es ließe sich an den Ringen abzählen, wann die Ansteckung stattgefunden hat. Wegen der vier bis fünf Schübe pro Jahr sieht man nämlich an den Ringen ...«

»Ihre Ringe und abgefallenen Früchte interessieren mich einen feuchten Dreck. Ich verstehe kein Wort von dem, was Sie da reden«, empört sich Dr. Self.

»Ich dachte, wenn die Streifen vor ein paar Jahren aufgemalt wurden ...«

»O Mann, ich blicke da nicht mehr durch.«

»Wollen Sie mich veräppeln?«, schreit Dr. Self ihn an. »Ich finde das nämlich überhaupt nicht komisch.« Sie mustert die hellen, fächerförmigen Flecken und muss immer wieder an den gestrigen Anruf denken. »Warum sind Sie ausgerechnet heute hier?«

»Wissen Sie, genau das ist ja das Merkwürdige daran«, erwidert der Kontrolleur mit dem Palmtop. »Wir haben keine Unterlagen darüber, dass Ihre Bäume bereits untersucht, gekennzeichnet und zur Fällung bestimmt wurden, und das begreife ich einfach nicht. Normalerweise steht doch alles im Computer.

Außerdem sind diese Flecken auf den Blättern ungewöhnlich. Sehen Sie?«

Als er ihr ein Blatt hinhält, mustert sie wieder den seltsamen fächerförmigen Fleck.

»Normalerweise haben sie eine andere Form. Wir müssen einen Pathologen verständigen.«

»Was wollten Sie ausgerechnet heute in meinem Garten?«, wiederholt sie gereizt.

»Wir haben einen Anruf bekommen, dass Ihre Bäume möglicherweise infiziert sein könnten, aber ...«

»Einen Anruf? Von wem?«

»Von jemandem, der in der Nachbarschaft Gartenarbeiten durchgeführt hat.«

»Das ist doch verrückt! Ich beschäftige einen Gärtner, und der hat niemals erwähnt, dass mit meinen Bäumen etwas nicht in Ordnung sein könnte. Das ist doch alles absurd. Kein Wunder, dass die Menschen aufgebracht sind. Sie haben keine Ahnung, was Sie da treiben, dringen einfach in Privatgrundstücke ein und können sich nicht einmal merken, welche Bäume Sie überhaupt fällen wollen, verdammt!«

»Ma'am, ich habe Verständnis für Ihre Gefühle, aber man darf den Zitrusbrand nicht auf die leichte Schulter nehmen. Wenn wir ihn nicht radikal bekämpfen, gibt es bald keine Zitrusbäume mehr ...«

»Ich will den Namen des Anrufers wissen.«

»Den kennen wir selbst nicht, Ma'am. Wir werden das klären, und wir entschuldigen uns für die Störung. Außerdem möchten wir Sie über die verschiedenen Alternativen aufklären. Wann würde es Ihnen denn passen? Sind Sie heute Nachmittag zu Hause? Wir würden einen Pathologen hinzuziehen.«

»Sie können Ihrem dämlichen Pathologen, Ihrem Vorgesetzten und Ihrem ganzen Laden von mir ausrichten, dass das letzte Wort in dieser Sache noch nicht gesprochen ist. Wissen Sie überhaupt, wer ich bin?«

»Nein, Ma'am.«

»Dann schalten Sie mittags Ihr verdammtes Radio ein. *Besprechen Sie es mit Dr. Self.*«

»Wirklich? Das sind Sie?« Der Kontrolleur mit dem Palmtop ist beeindruckt. »Ich höre Ihre Sendung regelmäßig.«

»Außerdem habe ich eine neue Fernsehshow. Auf ABC, jeden Donnerstag um halb zwei«, fügt Dr. Self, inzwischen ein bisschen freundlicher, hinzu und hat fast Mitleid mit den beiden.

Das Scharren unter ihrem zerbrochenen Fenster klingt, als grabe jemand ein Loch. Evs Atem geht flach und stoßweise. Die Arme über den Kopf gestreckt, atmet sie hastig ein und aus und lauscht.

Sie glaubt, dasselbe Geräusch schon vor ein paar Tagen gehört zu haben. Wann, weiß sie nicht mehr genau. Vielleicht war es in der Nacht. Es ist eine Schaufel. Jemand stößt eine Schaufel in die Erde hinter dem Haus. Als Ev ihre Position auf der Matratze verändert, pochen ihre Knöchel und Handgelenke, als prügle jemand darauf ein, und ihre Schultern brennen. Sie schwitzt und hat Durst. Außerdem kann sie kaum einen klaren Gedanken fassen, und wahrscheinlich hat sie Fieber. Die Entzündungen haben sich verschlimmert, und jede wunde Stelle schmerzt unerträglich. Die Arme kann sie nur senken, wenn sie aufsteht.

Sie wird sterben. Auch wenn er sie nicht tötet, wird sie sterben. Es ist still im Haus, und sie weiß, dass die anderen nicht mehr am Leben sind.

Ganz gleich, was er auch mit ihnen gemacht haben mag. Jedenfalls sind sie tot.

Inzwischen ist sie sich ganz sicher.

»Wasser«, will sie sagen.

Die Wörter steigen in ihr auf und zerplatzen in der Luft wie Seifenblasen. Sie spricht in Seifenblasen, die emporschweben und lautlos in der übelriechenden Hitze zerbersten.

»Bitte, bitte.« Die Wörter trudeln ins Leere, und sie fängt an zu weinen.

Ev schluchzt, und Tränen fallen auf das verdorbene grüne Gewand auf ihrem Schoß. Sie weint, als wäre etwas Endgültiges geschehen und als habe sich ein unvorstellbares Schicksal erfüllt. Dabei starrt sie auf die dunklen Flecken, die ihre Tränen auf dem zerlumpten grünen Stoff hinterlassen. Früher einmal ist es ein prachtvolles Gewand gewesen, das sie zum Predigen getragen hat. Darunter liegt der kleine rosafarbene Schuh, ein linker von Keds. Sie spürt den rosafarbenen Kleinmädchenschuh an ihrem Oberschenkel, aber da ihr die Arme nach oben gezwungen werden, kann sie weder danach greifen noch ihn besser verstecken, und ihre Trauer wächst.

Sie lauscht den Grabegeräuschen unter ihrem Fenster, und allmählich steigt ihr der Gestank in die Nase.

Je länger das Scharren dauert, desto schlimmer stinkt es im Zimmer, doch es ist anders als sonst: der widerwärtige, stechende Verwesungsgeruch des Todes.

Nimm mich zu dir, betet sie zu Gott. *Bitte nimm mich zu dir. Zeig mir den Weg.*

Mühsam richtet sie sich auf und kniet sich hin. Das Graben hört auf, fängt wieder an, verstummt erneut. Sie schwankt, fällt beinahe, hält sich mit ihrer letzten Willenskraft aufrecht, taumelt, stürzt, versucht es unter Tränen wieder, bis sie endlich steht. Der Schmerz ist so stark, dass ihr schwarz vor Augen wird. Sie holt tief Luft, und das Gefühl legt sich.

Zeig mir den Weg, betet sie.

Die dünnen Seile bestehen aus weißem Nylon. Einer ist an dem Kleiderbügel befestigt, der auseinander gebogen und um ihre entzündeten Handgelenke gewickelt ist. Wenn sie sitzt, sind ihre Arme über den Kopf gestreckt. Im Stehen hat das Seil Spiel. Hinlegen kann sie sich nicht mehr. Seine neueste Quälerei hat darin bestanden, das Seil zu raffen, damit sie so oft wie möglich stehen muss. Dann lehnt sie sich an die Holzwand, bis ihre Füße sie nicht mehr tragen. Sobald sie sich setzt, reißt es ihr die Arme nach oben. Aus reiner Grausamkeit hat er ihr erst befohlen, sich die Haare abzuschneiden, und dann das Seil gekürzt.

Sie blickt hinauf zu dem Balken, an dem die Seile hängen. Das eine ist an dem Kleiderbügel befestigt, der ihre Handgelenke fesselt, das andere an dem um ihre Fußknöchel.

Bitte, lieber Gott, zeig mir den Weg.

Das Graben hört auf. Der Gestank verdunkelt den Raum und brennt ihr in den Augen. Sie weiß, was das zu bedeuten hat.

Die anderen sind tot. Sie ist als Einzige noch übrig.

Sie blickt hinauf zu dem Seil, das an dem Kleiderbügel um ihre Handgelenke hängt. Wenn sie aufrecht steht, ist es locker genug, damit sie es sich einmal um den Hals schlingen kann. Der Geruch steigt ihr in die Nase, und sie weiß, was es ist. Wieder betet sie. Dann legt sie sich das Seil um den Hals und lässt die Beine wegknicken.

43

Die Luft ist dick, wellt sich wie Wasser und schlägt Lucy mit Macht entgegen. Doch die V-Rod bleibt ruhig und scheint es locker wegzustecken, als Lucy die Schenkel fest gegen den Ledersitz presst und die Geschwindigkeit auf einhundertneunzig Stundenkilometer hochtreibt. Ihr Kopf ist gesenkt, und ihre Ellenbogen sind angelegt wie bei einem Jockey, als sie ihre Neuerwerbung auf der Teststrecke probefährt.

Der Morgen ist sonnig und zu warm für die Jahreszeit. Das Gewitter von gestern hat sich restlos verzogen. Lucy geht wieder auf hundertsiebzig Stundenkilometer runter, zufrieden, dass die Harley ordentlich Gummi geben kann, auch wenn sie nicht vorhat, ihr Glück allzu lange herauszufordern. Selbst mit einhundertsiebzig Sachen fährt sie für ihre Sehkraft schon zu schnell, und das ist keine gute Angewohnheit. Schließlich wird sie irgendwann ihre makellos gepflegte Teststrecke verlassen und auf öffentlichen Straßen fahren müssen, und bei derart hohen Geschwindigkeiten könnte schon die kleinste Fahrbahnunebenheit oder ein Hindernis zum Verhängnis werden.

»Wie macht sie sich?« Marinos Stimme hallt in ihrem Integralhelm wider.

»Genau so, wie sie sollte«, erwidert Lucy und drosselt das Tempo auf einhundertzwanzig. Dann drückt sie leicht auf den Lenker und kurvt um die orangefarbenen Verkehrskegel herum.

»Mann, ist die leise. Hier oben kann ich sie kaum hören«, sagt Marino, der im Kontrollturm sitzt.

Genau darauf kommt es ja an, denkt sie. Die V-Rod ist eine leise Harley, eine Rennmaschine, die wie ein ganz gewöhnliches Motorrad aussieht und keine große Aufmerksamkeit erregt. Sie lehnt sich zurück, reduziert die Geschwindigkeit auf neunzig Stundenkilometer und betätigt mit dem Daumen den Tempomat. Dann lehnt sie sich in die Kurve und zieht eine Glock Kaliber .40 aus einem Halfter am rechten Oberschenkel ihrer schwarzen Kampfhose.

»Schießstand frei«, funkt sie.

»Also los.«

»Okay. Rauf mit den Zielscheiben.«

Vom Kontrollturm aus sieht Marino zu, wie Lucy die enge Kurve an der Nordseite der anderthalb Kilometer langen Teststrecke umrundet.

Er lässt den Blick über die hohen Erdwälle, den blauen Himmel, die mit Gras bewachsenen Schießstände, die mitten über das Gelände verlaufende Straße und schließlich über den einen Dreiviertelkilometer entfernten Hangar und die Rollbahn schweifen. Schließlich möchte er sich vergewissern, dass sich weder Personen noch Autos oder Flugzeuge in der Nähe befinden. Wenn auf der Teststrecke scharf geschossen wird, muss jeder einen Sicherheitsabstand von anderthalb Kilometern einhalten. Selbst der Luftraum ist gesperrt.

Während er Lucy beobachtet, kämpfen widerstreitende Gefühle in ihm. Ihre Furchtlosigkeit und ihre zahlreichen Talente beeindrucken ihn. Es ist eine Art Hassliebe, und manchmal würde er sich freuen, wenn sie ihm nichts bedeuten würde. Außerdem hat sie etwas Wichtiges mit ihrer Tante gemeinsam, denn auch sie vermittelt ihm das Gefühl, dass er für die Sorte von Frau, die er insgeheim begehrt, an die er sich aber nie herantrauen würde, unattraktiv ist. Er betrachtet Lucy, wie sie ihre rasend schnellen Runden auf der Teststrecke dreht und dabei mit ihrem nagelneuen Supermotorrad umgeht, als wäre es ein Teil von ihr. Dabei denkt er daran, dass Scarpetta jetzt auf dem Weg zum Flughafen und zu Benton ist.

»In fünf Sekunden geht's los«, spricht er ins Mikrofon.

Jenseits der Glasscheibe gleitet Lucys schwarze Gestalt auf dem eleganten schwarzen Motorrad geschmeidig und nahezu lautlos dahin. Marino bemerkt, dass sich ihr rechter Arm bewegt, als sie die Pistole anlegt. Den Ellbogen hält sie an den Körper gepresst, damit der Wind ihr nicht die Waffe aus der Hand reißt. Auf der Digitaluhr in der Konsole ticken die Sekunden vorbei. Bei fünf drückt er auf den Knopf für Zone zwei. Am östlichen Ende der Teststrecke klappen kleine runde Zielscheiben aus Metall hoch und fallen mit lautem blechernen Scheppern um, als die großkalibrige Munition einschlägt. Lucy trifft nie daneben. Bei ihr sieht das alles ganz spielerisch aus.

»Größere Distanz«, hallt seine Stimme aus dem Kopfhörer.

»Mit dem Wind?«

»Verstanden.«

Seine Schritte klappern laut und aufgeregt, als er den Flur entlanghastet. Das Geräusch seiner Stiefel auf dem zerkratzten alten Holz spiegelt seine Gefühle wider, und er hat das Gewehr in der Hand. Außerdem hat er den Schuhkarton mit der Airbrush-Pistole, der roten Farbe und der Schablone bei sich.

Er ist vorbereitet.

»Jetzt wirst du sagen, dass es dir Leid tut«, ruft er, am Ende des Flurs angelangt, in die offene Tür hinein. »Nun kriegst du, was du verdienst«, fährt er fort, während er rasch und mit lauten Schritten eintritt.

Eine Wolke von Gestank schlägt ihm entgegen wie eine Wand, als er die Schwelle überschreitet. Es ist noch schlimmer als draußen bei der Grube. Drinnen im Raum regt sich kein Lüftchen, weshalb der Todesgeruch nicht abziehen kann. Entsetzt starrt er hin.

Das darf nicht sein!

Wie konnte Gott so etwas zulassen?

Er hört Gott im Flur. Sie schwebt zur Tür herein und schüttelt missbilligend den Kopf.

»Ich habe mich doch vorbereitet!«, protestiert er.

Gott sieht die Frau an, die unbestraft da hängt, und schüttelt wieder den Kopf. Es ist Hogs Schuld. Er war zu dumm, um mit so etwas zu rechnen. Er hätte vorsorgen müssen.

Sie hat nicht gesagt, dass es ihr Leid tut. Dabei tun das zu guter Letzt alle, wenn sie den Gewehrlauf im Mund spüren. Dann stoßen sie mühsam die Worte hervor: *Es tut mir Leid. Bitte. Es tut mir Leid.*

Gott verschwindet von der Türschwelle und lässt ihn mit seinem Fehler und dem rosafarbenen Mädchenturnschuh auf der fleckigen Matratze zurück. Er beginnt innerlich zu zittern und weiß nicht, wohin mit seiner rasenden Wut.

Mit einem Aufschrei stürmt er über den klebrigen, nach ihrer Notdurft stinkenden Boden auf sie zu und tritt aus Leibeskräften auf ihren leblosen, widerwärtigen, nackten Körper ein. Sie zuckt bei jedem Tritt und schwankt an dem Seil um ihren Hals hin und her. Die Schlinge ist ihr zum linken Ohr gerutscht, und ihre Zunge hängt heraus, wie um ihn zu verspotten. Ihr Gesicht ist bläulich-rot angelaufen, und sie sieht aus, als brülle sie ihn an. Ihr Gewicht ruht auf den Knien auf der Matratze, und ihr Kopf ist geneigt, als bete sie zu ihrem Gott. Die gefesselten

Arme ragen mit zusammengelegten Händen wie im Sieg zur Decke.

Ja! Ja! Triumphierend baumelt sie am Seil; der kleine rosafarbene Schuh liegt neben ihr.

Mit seinen schweren Stiefeln tritt er weiter auf sie ein, bis seine Beine erlahmen.

Dann bearbeitet er sie mit dem Gewehrkolben, doch schließlich haben auch seine Arme keine Kraft mehr.

44

Marino wartet darauf, die wie Menschen geformten Zielscheiben hochzuklappen, die plötzlich hinter Büschen, einem Zaun, einem Baum oder in der Kurve – der Kurve des toten Mannes, wie Lucy sie nennt – erscheinen werden.

Er wirft einen Blick auf die orangefarbene Windhose mitten auf dem Feld, um sich zu vergewissern, dass der Wind noch mit einer Geschwindigkeit von schätzungsweise fünf Knoten aus östlicher Richtung weht. Er sieht, wie Lucys rechter Arm die Glock zurück ins Halfter schiebt und nach hinten in eine riesige Satteltasche aus Leder greift, während sie sich mit neunzig Stundenkilometern in die Kurve legt, die in einer Geraden mündet, wo sie den Wind im Rücken haben wird.

»Nummer fünf«, verkündet er.

Die Storm, die aus nicht reflektierendem Polymer besteht und mit demselben Teleskoplauf aufgerüstet ist wie eine Uzi, ist Lucys große Leidenschaft. Die nur knapp drei Kilo wiegende Waffe besitzt einen Pistolengriff-Schaft, sodass sie leicht zu handhaben ist, und der Auswurf kann wahlweise links oder rechts stattfinden. Als Marino Zone drei aktiviert, rast Lucy heran, und die Patronenhülsen aus Messing, die hinter ihr durch die Luft geschleudert werden, funkeln in der Sonne. Sie erschießt sämtliche Gegner in der Kurve des toten Mannes, und zwar jeden mehr als einmal. Marino zählt fünfzehn Schuss. Obwohl alle Zielscheiben umgefallen sind, hat sie noch einen Schuss frei.

Marino denkt an die Frau namens Stevie und daran, dass Lucy heute Abend mit ihr im Deuce verabredet ist. Die Telefonnummer mit der Vorwahl 617, die sie Lucy gegeben hat, gehört einem Mann in Concord, Massachusetts, der Doug heißt. Doug sagt, er habe sein Mobiltelefon vor ein paar Tagen in einer Kneipe in Provincetown verloren. Er hat die Nummer nicht sperren lassen, da das Telefon offenbar von einer Dame gefunden worden ist. Diese hat eine der eingespeicherten Nummern angerufen und mit einem von Dougs Freunden gesprochen, der ihr wiederum Dougs Festnetznummer gegeben hat. Daraufhin hat sie sich bei ihm gemeldet und ihm mitgeteilt, sie habe sein Telefon gefunden und werde es ihm zuschicken.

Bis jetzt hat sie das allerdings nicht getan.

Ein guter Trick, denkt Marino. Man findet oder stiehlt ein Mobiltelefon und verspricht dem Besitzer, es ihm zurückzugeben. Dann dauert es vielleicht eine Weile, bis er seine Nummer sperren lässt, und man kann das Telefon so lange benutzen, bis er Verdacht schöpft. Jedoch versteht Marino nicht ganz, warum sich die geheimnisvolle Stevie diese Mühe macht. Sie könnte sich doch jederzeit eine Prepaid-Card besorgen.

Ganz gleich, wer Stevie auch sein mag, sie führt bestimmt nichts Gutes im Schilde. Lucy lebt in letzter Zeit einfach zu gefährlich, und zwar schon seit einem knappen Jahr. Sie hat sich verändert, ist unaufmerksam und gleichgültig geworden, und manchmal fragt sich Marino, ob sie vielleicht absichtlich ein Unglück herbeiführen will.

»Von hinten hat sich dir gerade wieder ein Auto genähert«, meldet er über Funk. »Es ist aus und vorbei mit dir.«

»Ich habe nachgeladen.«

»Das gibt's doch nicht.« Marino kann es nicht fassen.

Irgendwie hat sie es geschafft, das leere Magazin auszuwerfen und ein neues einzulegen, ohne dass er es bemerkt hätte.

Sie bringt das Motorrad vor dem Kontrollturm zum Stehen. Marino legt den Kopfhörer auf die Konsole. Als er die Holztreppe hinunterkommt, hat Lucy bereits den Helm abgesetzt und die Handschuhe ausgezogen und öffnet den Reißverschluss ihrer Jacke.

»Wie hast du das angestellt?«, erkundigt er sich.

»Ich habe geschummelt.«

»Hätte ich mir denken können.«

Marino blinzelt in die Sonne und fragt sich, wo seine Sonnenbrille abgeblieben sein mag. In letzter Zeit verlegt er ständig etwas.

»Ich hatte ein Ersatzmagazin da drin.« Sie klopft sich auf die Tasche.

»Ach! In einer realen Situation hättest du bestimmt keins dabeigehabt. Also war es eigentlich Betrug.«

»Der Überlebende bestimmt die Regeln.«

»Wie denkst du über die Z-Rod? Über die Umstellung auf Z-Rods?«, fragt er sie, obwohl ihm ihre Meinung dazu bekannt ist. Aber er versucht es trotzdem, in der Hoffnung, dass sie es sich anders überlegen könnte.

Es wäre unsinnig, bereits mehr als ausreichende 120 PS gegen 170 PS einzutauschen, nur damit die Maschine in 9,4 Sekunden von Null auf 210 Stundenkilometer beschleunigen kann. Je leichter das Motorrad ist, desto schneller wird es, aber das würde bedeuten, dass man anstelle des Ledersitzes und des hinteren Schutzblechs geformtes Fiberglas nehmen und zudem auf die Satteltaschen verzichten müsste, und die werden dringend gebraucht. Marino hofft, dass Lucy nicht weiter mit dem Gedanken spielt, eine neue Flotte von Spezialmotorrädern anzuschaffen, und wäre froh, wenn sie jetzt endlich genug hätte.

»Unpraktisch und überflüssig«, erwidert sie zu seinem Erstaunen. »Der Motor einer Z-Rod hat nur eine Lebensdauer von sechzehntausend Kilometern. Stell dir allein mal die Wartungsprobleme vor. Und außerdem sind die Dinger zu auffällig und viel zu laut.«

»Was ist denn jetzt schon wieder?«, knurrt er, als sein Mobiltelefon läutet. »Ja«, meldet er sich mürrisch.

Er lauscht eine Weile und beendet dann die Verbindung. »Scheiße«, sagt er und meint dann zu Lucy: »Sie haben mit der Untersuchung des Kombi begonnen. Kannst du schon einmal ohne mich im Haus von Mrs. Simister anfangen?«

»Keine Sorge. Ich bestelle Lex hin.«

Lucy nimmt ein Funkgerät vom Gürtel und schaltet es ein.

»Null-Null-Eins an Stall.«

»Was kann ich für Sie tun, Null-Null-Eins?«

»Tanken Sie mein Pferd voll, ich will ausreiten.«

»Braucht es mehr Dampf unter dem Sattel?«

»Nein, es ist in Ordnung so.«

»Schön, das zu hören. Wir sind gleich so weit.«

»Gegen neun in South Beach«, wendet sich Lucy an Marino. »Wir treffen uns dort.«

»Vielleicht sollten wir besser zusammen hinfahren«, erwidert er. Aus ihrem Blick versucht er zu erraten, was in ihr vorgeht. Wie immer scheitert er dabei, denn ihre Gedanken sind so verschlungen, dass er fast einen Übersetzer braucht.

»Wir dürfen nicht riskieren, dass sie uns im selben Auto sieht«, widerspricht Lucy und zieht ihre kugelsichere Jacke aus, deren Ärmel sich ihrer Ansicht nach anfühlen wie chinesische Handschellen.

»Möglicherweise ist es ja wirklich eine Art Sekte«, mutmaßt Marino. »Irgendein Hexenkult, dessen Mitglieder sich mit roten Händen bemalen. Salem liegt doch ganz in der Nähe, und da oben wimmelt es angeblich von Hexen.«

»Hexen wimmeln nicht, sondern reiten auf Besen.« Lucy versetzt ihm einen Klaps auf die Schulter.

»Vielleicht gehört sie ja auch dazu«, fährt Marino fort. »Vielleicht ist deine neue Freundin eine Hexe, die Mobiltelefone klaut.«

»Dann sollte ich sie *vielleicht* einmal danach fragen«, gibt Lucy zurück.

»Warum bist du so vertrauensselig, was fremde Leute angeht? Deine Menschenkenntnis ist deine einzige Schwachstelle. Ich wünschte, du wärst ein bisschen vorsichtiger.«

»Offenbar haben wir beide dieses Problem. In Sachen Menschenkenntnis hast du mir wirklich nichts vorzuwerfen. Übrigens findet Tante Kay Reba sehr nett und meint, du hättest dich am Tatort im Fall Simister ihr gegenüber aufgeführt wie das Hinterletzte.«

»Sie sollte besser aufpassen, was sie sagt – oder gleich den Mund halten.«

»Sie hat noch viel mehr gesagt. Zum Beispiel, dass Reba intelligent ist. Unerfahren zwar, aber intelligent. Nicht dumm wie Bohnenstroh – oder was du sonst noch für Sprüche über sie auf Lager hast.«

»Schwachsinn!«

»Sicher ist sie die, mit der du mal eine Weile gegangen bist.«

»Wer hat dir denn das erzählt?«, platzt Marino heraus.

»Du selbst. Gerade eben.«

45

Lucy leidet an einem Makroadenom-Tumor. Ihre Hirnanhangdrüse, die mit einem fadengleichen Stiel am Hypothalamus im unteren Teil des Gehirns verbunden ist, ist von einem Tumor befallen.

Normalerweise ist die Hirnanhangdrüse etwa so groß wie eine Erbse. Sie heißt auch Meisterdrüse, weil sie Signale an die Schilddrüse, die Nebennieren sowie die Eierstöcke oder Hoden sendet und ihre Hormonproduktion steuert, die wiederum starke Auswirkungen auf den Stoffwechsel, den Blutdruck, die Fortpflanzungsfähigkeit und weitere lebenswichtige Körperfunktionen hat. Lucys Tumor hat einen Durchmesser von etwa zwölf Millimetern. Er ist zwar nicht bösartig, verschwindet jedoch nicht von selbst und führt zu Problemen wie Kopfschmerzen und einer Überproduktion von Prolaktin, was Symptome vergleichbar mit einer Schwangerschaft hervorruft. Im Moment bekämpft sie diese mit Medikamenten, die den Prolaktinspiegel senken und den Tumor zum Schrumpfen bringen sollen. Doch die Wirkung lässt auf sich warten. Lucy verabscheut die Medikamente und nimmt sie nur unregelmäßig ein. Früher oder später wird sie sich vermutlich operieren lassen müssen.

Scarpetta parkt bei Signature, dem Privatflugunternehmen am Flughafen von Fort Lauderdale, wo Lucy ihren Jet stehen hat. Als sie aussteigt und die Piloten begrüßt, denkt sie an Benton und ist sich nicht sicher, ob sie ihm jemals wird verzeihen können. So wütend und gekränkt ist sie, dass ihr Herz wie rasend klopft und ihr die Hände zittern.

»Ab und zu schneit es noch da oben«, meldet Bruce, der Flugkapitän. »Die voraussichtliche Flugzeit beträgt zwei Stunden, zwanzig Minuten. Wir haben ordentlichen Gegenwind.«

»Ich wusste zwar, dass Sie nichts zu essen bestellt haben, aber wir haben trotzdem eine Käseplatte besorgt«, fügt der Copilot hinzu. »Haben Sie Gepäck?«

»Nein«, erwidert sie.

Lucys Piloten tragen keine Uniform. Sie haben ein eigenes, von ihr entworfenes Spezialtraining durchlaufen, rauchen und trinken nicht, nehmen keine Drogen, sind körperlich gut in Form und außerdem ausgebildete Personenschützer. Die beiden begleiten Scarpetta aufs Rollfeld, wo die Citation X wartet. Das Flugzeug erinnert Scarpetta an einen großen weißen Vogel mit Bauch, an Lucys Bauch und daran, was mit ihr los ist.

Drinnen lässt sie sich in einen großen Ledersitz sinken, und während die Piloten sich im Cockpit zu schaffen machen, ruft sie Benton an.

»Ich komme um Viertel nach eins an«, teilt sie ihm mit.

»Bitte versuche, mich zu verstehen, Kay. Ich weiß, was du jetzt fühlst.«

»Wir reden darüber, wenn ich da bin.«

»Sonst lassen wir nie etwas unausgesprochen«, meint er.

Es ist eine alte Übereinkunft zwischen ihnen, dass man nie die Sonne über einem Streit untergehen lassen darf. Steig nie in ein Auto oder in ein Flugzeug oder verlasse das Haus, wenn du zornig bist. Denn schließlich wissen Benton und Scarpetta am besten, wie schnell und willkürlich das Schicksal zuschlagen kann.

»Guten Flug«, sagt Benton. »Ich liebe dich.«

Lex und Reba gehen suchend um das Haus herum. Als Lucy auf ihrem Aufsehen erregenden Gefährt in Daggie Simisters Einfahrt gebraust kommt, blicken sie beide hoch.

Lucy stellt den Motor ihrer V-Rod aus, nimmt den Integralhelm ab und öffnet den Reißverschluss ihrer schwarzen kugelsicheren Jacke.

»Sie sehen aus wie Darth Vader«, begrüßt Lex sie vergnügt.

Lucy hat noch nie einen Menschen kennen gelernt, der wie Lex immer gute Laune hat. Lex ist eine tüchtige Mitarbeiterin, weshalb die Akademie sie nach ihrem Abschluss angestellt hat. Sie ist intelligent und sorgfältig und weiß außerdem, wann sie sich rar machen muss.

»Was suchen wir hier draußen?«, fragt Lucy und lässt den Blick durch den kleinen Garten schweifen.

»Die Obstbäume da drüben«, erwidert Lex. »Ich bin zwar kein Detective, aber als wir bei dem anderen Haus waren, dessen Bewohner verschwunden sind«, sie deutet auf das orangefarbene Haus auf der gegenüberliegenden Seite des Kanals, »meinte Dr. Scarpetta, sie habe hier an diesem Ufer einen Zitruskontrolleur beobachtet. Er habe die Bäume in der Umgebung untersucht, möglicherweise im Garten nebenan. Von hier aus können Sie es zwar nicht sehen, aber einige der Bäume dort haben dieselben roten Streifen.« Wieder weist sie auf das orangefarbene Haus.

»Der Zitrusbrand verbreitet sich rasend schnell. Wenn diese Bäume infiziert sind, gilt das vermutlich auch für weitere in der näheren Umgebung. Ich bin übrigens Reba Wagner«, wendet sich Reba an Lucy. »Wahrscheinlich hat Pete Marino Ihnen bereits von mir erzählt.«

Lucy schaut ihr in die Augen. »Was hätte er denn über Sie erzählen sollen?«

»Wie intellektuell beschränkt ich bin.«

»Mit diesem Ausdruck wäre er sicher überfordert. Wahrscheinlich hat er eher so etwas wie verblödet gesagt.«

»Kann ich mir denken.«

»Gehen wir rein«, verkündet Lucy und steuert auf die Veranda zu. »Damit wir feststellen können, was Sie beim ersten Mal in Ihrer intellektuellen Beschränktheit übersehen haben.«

»Das ist nur ein Scherz«, sagt Lex zu Reba und greift nach dem schwarzen Tatortkoffer, den sie vor der Tür deponiert hat. »Bevor wir loslegen«, sagt sie zu Reba, »brauche ich die Bestätigung, dass dieses Haus versiegelt war, seit Ihre Leute abgezogen sind.«

»Das war es. Ich habe mich selbst darum gekümmert. Alle Fenster und Türen.«

»Gibt es eine Alarmanlage?«

»Sie würden sich wundern, wie viele Leute hier keine haben.«

Lucy bemerkt die Aufkleber mit der Aufschrift »H & W Sicherheitsdienst« an den Fenstern. »Offenbar hat sie sich trotzdem vor Einbrechern gefürchtet. Sie konnte sich zwar keine Alarmanlage leisten, wollte aber die bösen Buben verscheuchen.«

»Das Problem ist nur, dass die bösen Buben den Trick kennen«, entgegnet Reba. »Aufkleber und Schilder in den Blumenbeeten. Doch ein erfahrener Einbrecher wüsste auf den ersten Blick, dass dieses Haus bestimmt keine Alarmanlage besitzt und dass sich der Besitzer vermutlich keine leisten kann oder zu alt ist, um sich noch um so etwas zu kümmern.«

»Viele alte Menschen haben nicht mehr die Kraft dazu«, pflichtet Lucy ihr bei. »Außerdem sind sie damit überfordert, sich den Zugangscode zu merken.«

Als Reba die Tür öffnet, schlägt den drei Frauen muffige Luft entgegen, als ob hier schon lange niemand mehr wohnt. Sie knipst das Licht an.

»Welche Räume wurden bis jetzt untersucht?«, fragt Lex mit Blick auf den Fliesenboden.

»Noch nichts bis auf das Schlafzimmer.«

»Gut, dann bleiben wir mal kurz hier stehen und überlegen«, meint Lucy. »Wir wissen zwei Dinge: Der Täter ist ins Haus eingedrungen, ohne eine Tür aufbrechen zu müssen. Und nachdem er die Frau erschossen hat, ist er wieder gegangen. Auch durch eine Tür?«, erkundigt sie sich bei Reba.

»Ich denke schon. Die Fensterscheiben bestehen aus einzelnen auf- und zuklappbaren Lamellen. Um sich da durchzuwinden, müsste man ein Schlangenmensch sein.«

»Dann sollten wir zuerst diese Tür besprühen und uns dann nach hinten zum Schlafzimmer vorarbeiten, wo sie ermordet wurde«, schlägt Lucy vor. »Anschließend machen wir dasselbe mit den übrigen Türen. In drei Richtungen.«

»Das wären also diese Tür, die Küchentür, die Schiebetüren, die vom Esszimmer auf die Veranda führen, und die Schiebetüren der Veranda selbst«, erwidert Reba. »Laut Pete waren bei seiner Ankunft beide Schiebetüren unverschlossen.«

Gefolgt von Lucy und Lex, tritt sie in den Flur. Sie ziehen die Tür hinter sich zu.

»Wissen wir inzwischen mehr über den Zitruskontrolleur, den Sie und Dr. Scarpetta etwa um die Zeit, als die alte Dame erschossen wurde, auf dem Grundstück beobachtet haben?«, fragt Lucy. Im Beruf bezeichnet sie Scarpetta nie als ihre Tante.

»Ich habe einiges in Erfahrung bringen können. Erstens arbeiten die Kontrolleure immer zu zweit, während der Mann, den wir gesehen haben, allein war.«

»Sind Sie sicher, dass sich sein Kollege nicht einfach außer Sichtweite befand? Vielleicht im Vorgarten?«, hakt Lucy nach.

»Mit Gewissheit können wir das natürlich nicht sagen. Aber wir haben nur eine Person bemerkt. Außerdem gibt es keinerlei Unterlagen darüber, dass überhaupt ein Kontrolleur in dieses Viertel geschickt wurde. Darüber hinaus hat er eine Pflückstange verwendet, so ein langes Ding mit einer Zange, mit dem man Früchte von hoch gelegenen Ästen herunterholen kann. Meines Wissens benutzen Kontrolleure so etwas nicht.«

»Weshalb sollte er so ein Gerät mit sich herumschleppen?«, wundert sich Lucy.

»Er hat es zerlegt und in einer großen schwarzen Tasche verstaut.«

»Ich frage mich, was sonst noch in dieser Tasche war«, sagt Lex.

»Ein Gewehr zum Beispiel«, erwidert Reba.

»Wir müssen sämtliche Alternativen in Erwägung ziehen«, stellt Lucy fest.

»Ich würde sagen, dass wir es mit einer riesengroßen Verarsche zu tun haben«, fügt Reba hinzu. »Ich, eine Polizistin, bin am anderen Ufer deutlich zu sehen. Bei mir ist Dr. Scarpetta, und wir schauen uns ganz offensichtlich auf dem Grundstück um. Und währenddessen glotzt der Täter die ganze Zeit zu uns rüber und tut so, als würde er Bäume untersuchen.«

»Möglich, aber wir haben keine Gewissheit«, erwidert Lucy. »Wir müssen sämtliche Alternativen in Erwägung ziehen«, wiederholt sie.

Lex kauert sich auf den kühlen Fliesenboden und öffnet den Tatortkoffer. Nachdem sie alle Rollläden im Haus geschlossen haben, ziehen sie Einweg-Schutzkleidung an. Dann stellt Lucy das Stativ auf und befestigt Kamera und Auslöser, während Lex das Luminol anmischt und in die schwarze Pumpflasche umfüllt. Sie fotografieren den Bereich gleich hinter der Tür und löschen dann das Licht. Schon der erste Versuch bringt ein Ergebnis.

»Heiliger Strohsack!«, hallt Rebas Stimme durch die Dunkelheit.

Blaugrüne Fußabdrücke leuchten deutlich auf, als Lex den Boden besprüht. Lucy bannt alles auf Film.

»Der Täter muss ziemlich viel Blut an den Schuhen gehabt haben, um solche Abdrücke zu hinterlassen, nachdem er bereits quer durchs ganze Haus gelaufen war«, sagt Reba.

»Nur eines stimmt nicht«, wendet Lucy ein. »Die Fußabdrücke gehen in die falsche Richtung. Sie führen nicht hinaus, sondern herein.«

46

Mit seinem langen schwarzen Wildledermantel und dem silbergrauen Haar, das unter einer Baseballkappe mit der Aufschrift »Red Sox« hervorlugt, wirkt er abweisend, aber auch sehr attraktiv. Wie immer, wenn Scarpetta Benton eine Zeit lang nicht gesehen hat, ist sie wieder von seiner stilvollen und makellosen Eleganz beeindruckt. Sie will ihm nicht böse sein, denn das erträgt sie nicht. Ihr wird ganz flau.

»Wie immer haben wir uns gefreut, dass Sie mit uns geflogen sind. Rufen Sie uns einfach an, wenn Sie wissen, wann Sie abreisen wollen«, sagt Bruce, der Pilot, und schüttelt Scarpetta freundlich die Hand. »Melden Sie sich, falls Sie etwas brauchen. Sie haben ja meine Nummern.«

»Danke, Bruce«, antwortet Scarpetta.

»Entschuldigen Sie die Verspätung«, wendet er sich an Benton. »Der Gegenwind wurde immer stärker.«

Benton ist nicht in leutseliger Stimmung, würdigt den Piloten keiner Antwort und blickt ihm nach, als er davongeht.

»Lass mich raten«, sagt Benton zu Scarpetta. »Wieder ein Triathlet, der beschlossen hat, Räuber und Gendarm zu spielen. Diese Piloten mit mehr Muskeln als Hirn gehen mir stets auf die Nerven, wenn ich Lucys Flugzeug nehme.«

»Mir vermitteln sie ein Gefühl von Sicherheit.«

»Tja, mir eben nicht.«

Als sie das Flughafengebäude verlassen, knöpft Scarpetta ihren Wollmantel zu.

»Hoffentlich hat er nicht versucht, Konversation zu betreiben, oder dich sonstwie belästigt. Auf mich machte er nämlich den Eindruck«, spricht er weiter.

»Ich freue mich, dich zu sehen, Benton«, entgegnet Scarpetta. Sie geht einen Schritt vor ihm her.

»Ich weiß aber, dass du dich ganz und gar nicht freust.«

Er holt sie ein und hält ihr die Glastür auf. Ein kalter Wind, in dem Schneeflocken tanzen, weht ihnen entgegen. Der dunkelgraue Tag ist so neblig, dass sich die Parkplatzbeleuchtung eingeschaltet hat.

»Wo treibt sie nur immer diese gut aussehenden, fitnessbesessenen Typen auf, die sich wie Actionhelden aufspielen?«

»Ich habe dich verstanden. Willst du mir zuvorkommen und einen Streit anfangen?«

»Ich finde es wichtig, dass du aufmerksam bist und bei deinen Mitmenschen nicht immer vom Guten ausgehst. Manchmal mache ich mir Sorgen, dass du Warnzeichen übersehen könntest.«

»Das ist doch albern«, entgegnet Scarpetta gereizt. »Wenn überhaupt, neige ich eher zur Übervorsichtigkeit. Obwohl mir im letzten Jahr offenbar einiges entgangen ist. Du wolltest Streit, jetzt hast du ihn.«

Sie hasten über den verschneiten Parkplatz. Der Lichtkegel der Straßenlaternen verschwimmt im Schneesturm, und alle Geräusche klingen gedämpft. Normalerweise würden sie sich an den Händen halten. Scarpetta fragt sich, wie er so etwas tun konnte. Ihre Augen tränen. Vielleicht liegt es am Wind.

»Es gibt viel zu viele zwielichtige Gestalten auf der Welt«, lautet seine einzige Antwort, als er seinen Porsche, diesmal einen Geländewagen mit Allradantrieb, aufschließt.

Benton hat eine Schwäche für Autos. Er und Lucy brauchen das Gefühl von Macht. Der einzige Unterschied ist, dass Benton seine Macht kennt, während Lucy die ihre unterschätzt.

»Machst du dir allgemein Sorgen?«, erkundigt sich Scarpetta in der Annahme, dass er noch über die von ihr angeblich übersehenen Warnzeichen spricht.

»Ich meine damit den Menschen, der hier in dieser Gegend eine Frau umgebracht hat. Laut NIBIN besteht eine Übereinstimmung mit einer Schrotpatrone, die vor zwei Jahren vermutlich aus derselben Waffe abgefeuert wurde, und zwar bei einem Mord in Hollywood. Es handelte sich um einen Raubüberfall auf einen Selbstbedienungsladen. Der Täter trug eine Maske. Nachdem er einen jungen Mitarbeiter getötet hatte, wurde er vom Filialleiter erschossen. Kommt dir das irgendwie bekannt vor?«

Während er spricht, wirft er ihr einen Blick zu und fährt dann los.

»Ich habe davon gehört«, erwidert sie. »Siebzehn Jahre alt, mit nichts als einem Wischmopp bewaffnet. Gibt es eine Theorie, warum dieses Schrotgewehr wieder im Umlauf ist?«, fragt sie, zunehmend verärgert.

»Noch nicht.«

»In letzter Zeit stolpern wir auf Schritt und Tritt über Schrotflinten«, sagt sie kühl und sachlich.

Wenn er diesen Ton bevorzugt, kann er ihn haben.

»Mich würde interessieren, was dahintersteckt«, fügt sie emotionslos hinzu. »Die Mordwaffe im Fall Johnny Swift verschwindet, und dann wird Daggie Simister auch mit so einem Gewehr erschossen.«

Da Benton den Fall Daggie Simister noch nicht kennt, muss sie ihm zunächst alles erklären.

»Ein Gewehr, das sich eigentlich unter Verschluss befinden sollte oder hätte vernichtet werden müssen, wurde vor kurzem hier in dieser Gegend benutzt«, fährt sie fort. »Und dann wäre da noch die Bibel im Haus der vermissten Familie.«

»Was für eine Bibel und was für eine vermisste Familie?«

Auch das muss sie ihm erläutern, und sie schildert ihm den anonymen Anruf des Mannes, der sich Hog nennt. Dann berichtet sie, die jahrhundertealte Bibel, die im Haus der verschwundenen Schwestern und der beiden Jungen aufgefunden wurde, sei bei dem Buch der Weisheit aufgeschlagen gewesen, und zwar bei demselben Vers, den Hog Marino am Telefon zitiert hat:

Darum hast du ihnen wie unvernünftigen Kindern eine Strafe gesandt, die sie zum Gespött machte.

»Mit einem Bleistift-X markiert«, fügt sie hinzu. »Die Bibel stammt aus dem Jahr 1756.«

»Es ist ungewöhnlich, dass jemand eine so alte Ausgabe besitzt.«

»Im Haus gab es laut Detective Wagner keine weiteren antiken Bücher. Du kennst sie nicht. Leute, die in der Kirchengemeinde Umgang mit den beiden Schwestern hatten, sagen, sie hätten diese Bibel noch nie gesehen.«

»Wurde sie auf Fingerabdrücke und DNA untersucht?«

»Keine Abdrücke, keine DNA.«

»Hat man eine Ahnung, was aus den Leuten geworden ist?«, will er wissen, als ob sie ausschließlich deshalb mit einem Privatflugzeug zu ihm gekommen wäre, um einen Fall zu erörtern.

»Man rechnet mit dem Schlimmsten.« Ihre Wut wächst.

Er hat keine Ahnung, was sich seit einiger Zeit in ihrem Leben abspielt.

»Hinweise auf ein Verbrechen?«

»Wir haben im Labor noch viel zu tun. Es wird fieberhaft gearbeitet«, erwidert sie. »An der Außenseite der Schiebetür aus Glas, die vom Schlafzimmer nach draußen führt, habe ich Ohrabdrücke gefunden. Offenbar hat jemand sein Ohr gegen die Scheibe gehalten.«

»Könnte einer der Jungen gewesen sein.«

»Unmöglich«, gibt sie gereizt zurück. »Wir haben ihre DNA, oder zumindest das, was wir dafür halten, aus ihrer Kleidung, den Zahnbürsten und einem Medikamentendöschen sichergestellt.«

»Meiner Ansicht nach handelt es sich bei Ohrabdrücken nicht um eindeutige wissenschaftliche Beweise. Aufgrund von Ohrabdrücken ist es schon zu einigen Fehlurteilen gekommen.«

»Es ist nur eine unterstützende Methode; ähnlich wie der Lügendetektortest.« Fast faucht sie ihn an.

»Ich will mich nicht mit dir streiten, Kay.«

»Wir können aus einem Ohrabdruck genauso DNA sichern wie aus Fingerabdrücken«, erklärt sie. »Laut Vergleichstests stammen die Spuren von einem Unbekannten, nicht von einem Hausbewohner. In der CODIS-Datenbank war nichts zu finden.

Außerdem habe ich unsere Freunde von DNAPrint Genomics in Sarasota gebeten, das Geschlecht, die regionale Herkunft und die Rasse des Betreffenden zu bestimmen. Leider wird das einige Tage dauern. Ob wir das passende Ohr dazu finden, ist mir eigentlich ziemlich egal.«

Benton schweigt.

»Hast du etwas Essbares zu Hause? Und ich brauche was zu trinken, auch wenn es noch mitten am Tag ist. Außerdem habe ich keine Lust, mit dir nur über die Arbeit zu reden. Dazu bin ich nicht durch einen Schneesturm hierher geflogen.«

»Wir haben noch keinen Schneesturm«, erwidert Benton ernst. »Aber das wird sich bald ändern.«

Auf der Fahrt nach Cambridge starrt sie aus dem Fenster.

»Der Kühlschrank ist voll. Und zu trinken habe ich auch da, was du willst«, antwortet er leise.

Und dann fügt er etwas hinzu, von dem Scarpetta nicht sicher ist, ob sie es richtig verstanden hat. Sie traut ihren Ohren nicht.

»Verzeihung, was war das gerade?«, hakt sie verdutzt nach.

»Wenn du aussteigen willst, wäre es mir lieber, wenn du es gleich sagst.«

»*Wenn ich aussteigen will?*« Ungläubig blickt sie ihn an. »Soll es das etwa gewesen sein, Benton? Wir haben eine größere Meinungsverschiedenheit, und schon geht es darum, die Beziehung zu beenden?«

»Ich wollte dir diese Möglichkeit nur offen halten.«

»Ich verzichte auf deine Großzügigkeit.«

»Damit meinte ich nicht, dass du dazu meine Erlaubnis brauchst. Ich sehe einfach nur keine Zukunft für uns, falls du mir nicht mehr vertraust.«

»Vielleicht hast du Recht.« Sie drängt die Tränen zurück, wendet das Gesicht ab und schaut in den Schnee hinaus.

»Heißt das also, dass du mir wirklich nicht mehr vertraust?«

»Was würdest du im umgekehrten Fall sagen?«

»Ich wäre sehr aufgebracht«, erwidert er. »Aber ich würde

versuchen, es zu verstehen. Lucy hat, selbst nach dem Gesetz, ein Recht auf Wahrung ihrer Privatsphäre. Auch ich weiß nur von dem Tumor, weil sie sich wegen der Symptome an mich gewandt und mich gebeten hat, ihr einen Untersuchungstermin in McLean zu besorgen. Sie hat mir das Versprechen abgenommen, dass niemand davon erfahren dürfe und es absolut unter uns bleiben müsse. Deshalb wollte sie sich auch nicht in irgendeinem x-beliebigen Krankenhaus untersuchen lassen. Du kennst sie ja, vor allem in letzter Zeit.«

»Früher kannte ich sie einmal.«

»Kay.« Er sieht sie an. »Sie wollte nicht, dass es irgendwo aktenkundig wird. Seit die Terrorismusbekämpfung auf Hochtouren läuft, ist nichts mehr privat.«

»Da kann man ihr kaum widersprechen.«

»Man muss davon ausgehen, dass ärztliche Unterlagen, Medikamentenverschreibungen, Kontendaten, Konsumgewohnheiten und alle möglichen Informationen über das Privatleben vom FBI gesichtet werden, und zwar alles im Namen des Kampfes gegen den Terrorismus. Angesichts ihres nicht sehr einvernehmlichen Abschieds vom FBI und der ATF hat Lucys Befürchtung leider Hand und Fuß. Sie ist überzeugt, dass die Behörden alles, was sie finden, gegen sie verwenden werden, und dass ihr dann eine Steuerprüfung, ein Entzug des Pilotenscheins, eine Anzeige wegen Insiderhandels, eine Schmutzkampagne in den Medien oder sonstige Unannehmlichkeiten drohen.«

»Was ist mit deinem eigenen, auch nicht eben sehr einvernehmlichen Abschied vom FBI?«

Er zuckt die Achseln und tritt aufs Gas. Die sanft dahintreibenden Schneeflocken scheinen kaum die Windschutzscheibe zu berühren.

»Mir können sie nicht mehr viel antun«, gibt er zurück. »Das wäre reine Zeitverschwendung. Viel mehr Sorge bereitet mir die Vorstellung, dass da jemand mit einem Schrotgewehr herumläuft, das sich eigentlich im Gewahrsam der Polizei von Hollywood befinden müsste oder vernichtet hätte werden sollen.«

»Wie kommt Lucy an verschreibungspflichtige Medikamente, wenn sie solche Angst davor hat, dass ihre Daten irgendwo gespeichert werden könnten?«

»Sie hat allen Grund, sich Sorgen zu machen. Das sind keine Wahnvorstellungen. Das FBI hat Zugriff auf alle beliebigen Daten, selbst wenn man dazu eigentlich eine gerichtliche Anordnung bräuchte. Wie, glaubst du, läuft es ab, wenn das FBI eine Genehmigung von einem Richter anfordert, der zufällig von der derzeitigen Regierung ernannt worden ist? Einem Richter, der Konsequenzen befürchten muss, falls er nicht kooperiert? Da könnte ich dir etwa fünfzig mögliche Szenarien entwerfen.«

»Früher war Amerika so ein schönes Land.«

»Was wir konnten, haben wir für Lucy intern geregelt«, sagt er.

Er spricht weiter über McLean und versichert Scarpetta, Lucy hätte sich kein besseres Krankenhaus aussuchen können, denn schließlich pflege man hier Kontakte mit den besten Ärzten und Wissenschaftlern des ganzen Landes, ja, sogar der gesamten Welt. Aber das kann sie nicht trösten.

Inzwischen haben sie Cambridge erreicht und fahren an den alten Prachtvillen in der Brattle Street vorbei.

»Für nichts, einschließlich ihrer Medikamente, musste sie den normalen Dienstweg einhalten. Es gibt keine Aufzeichnungen, solange niemand einen Fehler macht oder sich verplappert«, erklärt Benton.

»Irren ist menschlich. Schließlich kann Lucy nicht den Rest ihres Lebens mit der Angst verbringen, dass möglicherweise jemand von ihrem Gehirntumor erfährt und dass sie deswegen einen Dopamin-Agonisten einnehmen muss. Oder dass sie eine Operation hinter sich hat, falls es dazu kommt.«

Diese Worte kommen ihr nur schwer über die Lippen. Auch wenn die Entfernung eines Tumors der Hirnanhangdrüse laut Statistik fast immer komplikationslos verläuft, gibt es keine absolute Sicherheit.

»Es ist kein Krebs«, sagt Benton. »In diesem Fall hätte ich es dir auch gegen ihren Willen erzählt.«

»Sie ist meine Nichte. Ich habe sie großgezogen wie eine Tochter. Du bist nicht berechtigt, folgenschwere Entscheidungen über ihre Gesundheit zu fällen.«

»Du weißt besser als jeder andere, dass Tumore der Hirnanhangdrüse nicht selten sind. Studien zufolge haben schätzungsweise zwanzig Prozent der Bevölkerung einen, ohne an Symptomen zu leiden.«

»Abhängig vom Auftraggeber der Studie. Zehn Prozent. Zwanzig Prozent. Die können mir mit ihrer Statistik mal den Buckel runterrutschen.«

»Sicher sind dir bei Autopsien auch schon welche untergekommen, ohne dass der Betroffene etwas davon geahnt hat, weil er nämlich nicht wegen eines Tumors der Hirnanhangdrüse bei dir auf dem Tisch gelandet ist.«

»Aber Lucy weiß, dass sie einen hat. Außerdem basieren die Zahlen auf Untersuchungen mit Menschen, die winzige und symptomfreie Adenom-Tumore hatten. Bei der letzten Computertomographie war Lucys Tumor zwölf Millimeter groß, und außerdem leidet sie an Symptomen. Sie muss Medikamente zur Senkung ihres erhöhten Prolaktinspiegels einnehmen, und zwar für den Rest ihres Lebens, wenn sie den Tumor nicht entfernen lässt. Gewiss bist du dir über die Risiken im Klaren, falls die Operation scheitert und man den Tumor nicht herausnehmen kann.«

Benton biegt in seine Auffahrt ein und richtet die Fernbedienung auf das Tor der frei stehenden Garage, die früher einmal ein Kutschenhaus gewesen ist. Weder er noch Scarpetta sagen ein Wort, während er den Geländewagen neben seinem anderen Porsche parkt und die Tür schließt. Sie gehen zur Seitentür des alten Hauses, einem viktorianischen Backsteingebäude unweit des Harvard Square.

»Wer ist Lucys behandelnder Arzt?«, fragt Scarpetta, als sie in die Küche treten.

»Momentan niemand.«

Entgeistert starrt sie ihn an, als er den Mantel auszieht und ihn ordentlich über eine Stuhllehne drapiert.

»Sie hat keinen Arzt? Ist das dein Ernst? Was zum Teufel habt ihr dann hier mit ihr gemacht?«, empört sie sich, kämpft sich aus ihrem Mantel und schleudert ihn wütend hin.

Benton holt eine Flasche Single Malt und zwei Gläser aus einem Eichenschrank und füllt sie mit Eis.

»Die Erklärung wird dich auch nicht beruhigen«, erwidert er. »Ihr Arzt ist tot.«

Der Hangar der Forensischen Abteilung der Akademie verfügt über drei Garagentore, die auf eine Seitenstraße hinausgehen. Diese führt zu einem weiteren Hangar, wo Lucys Helikopter, Motorräder, gepanzerte Humvees, Schnellboote und sogar ein Fesselballon untergebracht sind.

Reba weiß, dass Lucy Helikopter und Motorräder besitzt. Das ist schließlich allgemein bekannt. Allerdings glaubt sie Marino nicht ganz, was die weiteren Transportmittel im Hangar angeht, und ist überzeugt, dass er nur einen Scherz auf ihre Kosten macht, damit sie seine Worte für bare Münze nimmt und sie in Gegenwart Dritter wiederholt. Schließlich hat er sie schon oft genug angelogen. Zum Beispiel hat er behauptet, sie zu mögen. Er hat ihr gesagt, mit ihr zu schlafen sei so schön gewesen wie nie zuvor. Ganz gleich, was auch geschehen würde, sie würden immer Freunde bleiben. Nichts von alldem hat gestimmt.

Reba hat ihn vor einigen Monaten kennen gelernt, als sie noch der Motorradstaffel angehörte. Eines Tages erschien er einfach auf seiner Softail, die er damals fuhr, bevor er sich die Deuce zugelegt hat. Sie parkte gerade ihre Road King am Hintereingang des Polizeireviers, als sie das Donnern seines Auspuffs hörte. Und im nächsten Moment stand er schon vor ihr.

Wollen wir tauschen?, sagte er und schwang das Bein über den Sitz, als stiege er vom Pferd.

Er zog seine Jeans hoch und kam näher, um ihr Motorrad zu

begutachten, während sie es abschloss und einige Dinge aus den Satteltaschen nahm.

Das kann ich mir denken, erwiderte sie.

Wie oft haben Sie das Ding schon umkippen lassen?

Noch nie.

Aha. Es gibt nämlich zwei Sorten von Motorradfahrern: die, denen der Hobel schon mal umgekippt ist, und die, denen das noch bevorsteht.

Da wäre noch eine dritte Sorte, gab sie zurück und kam sich in ihrer Uniform und den hohen schwarzen Lederstiefeln sehr schneidig vor. *Die, denen es umkippt und die es dann verschweigen.*

Tja, so was mache ich nicht.

Da habe ich aber was anderes gehört, neckte sie ihn und versuchte, ein bisschen mit ihm zu flirten. *Mir ist nämlich zu Ohren gekommen, Sie hätten beim Tanken den Klappständer vergessen.*

Blödsinn.

Außerdem munkelt man, Sie hätten eine Kneipentour gemacht und nicht daran gedacht, den Lenker zu entriegeln, bevor Sie zur nächsten Bar gestartet sind.

So ein bodenloser Schwachsinn.

Und was ist mit dem Gerücht, Sie hätten den Motor abgestellt, obwohl Sie nur rechts blinken wollten?

Er fing an zu lachen und fragte sie, ob sie nicht Lust hätte, nach Miami zu fahren und im Monty Trainer's am Wasser zu Mittag zu essen. Danach haben sie noch einige Ausfahrten unternommen, einmal sogar nach Key West. Sie sind die U.S.1 entlang und auf dem Damm über das Wasser gebraust, als könnten sie darauf gehen. Im Westen ragte die alte Flagler-Eisenbahnbrücke auf, ein verwittertes Denkmal, das von der romantischen Vergangenheit Südfloridas zeugt. Damals war es noch ein tropisches Paradies, geprägt von Art-déco-Hotels, Jackie Gleason und Hemingway – natürlich nicht gleichzeitig.

Alles klappte prima, bis vor einem knappen Monat, kurz

nachdem Reba zum Detective befördert worden war. Marino hatte keine Lust mehr auf Sex und wich ihr mit den merkwürdigsten Begründungen aus. Reba hat befürchtet, es könnte mit ihrer Beförderung zusammenhängen. Ihre Sorge war, dass er sie deshalb nicht mehr attraktiv finden würde. Schließlich war sie bereits öfter von Männern verlassen worden, warum also nicht wieder? Zum endgültigen Bruch kam es, als sie bei Hooters – übrigens nicht unbedingt ihre liebste Restaurantkette – zu Abend aßen und aus unerklärlichen Gründen der Name Kay Scarpetta fiel.

Die Hälfte der Jungs bei der Polizei ist scharf auf sie, sagte Reba.

Hä?, gab er zurück, und seine Miene veränderte sich.

Ganz plötzlich, wie aus heiterem Himmel, sah er aus wie ein wildfremder Mensch.

Davon weiß ich nichts, entgegnete er, und er klang gar nicht mehr wie der Marino, den Reba so schätzen gelernt hatte.

Kennst du Bobby?, fragte sie, und inzwischen wünscht sie, sie hätte damals den Mund gehalten.

Marino rührte Zucker in seinen Kaffee. Das sah sie bei ihm zum ersten Mal. Er hatte ihr erzählt, dass er keinen Zucker mehr isst.

Es war der erste Mordfall, bei dem wir zusammengearbeitet haben, fuhr sie fort. *Dr. Scarpetta war da, und als sie alles vorbereitete, um die Leiche in die Autopsie bringen zu lassen, flüsterte Bobby mir zu: »Um von ihr mal angefasst zu werden, dafür lohnt es sich fast, zu sterben.« Und ich meinte: »Okay, aber wenn du stirbst, werde ich dafür sorgen, dass sie dir auch den Schädel aufsägt. Ich bin nämlich zu neugierig, ob da wirklich ein Gehirn drin ist.«*

Marino trank seinen gesüßten Kaffee und betrachtete die vollbusige Kellnerin, die sich vorbeugte, um die Salatschüssel abzuräumen.

Bobby hat von Scarpetta geredet, fügte Reba hinzu, nicht sicher, ob er sie auch verstanden hatte. Sie fragte sich, warum

Marino nicht lachte, sondern nur mit finsterer Miene den Kellnerinnen in ihren knappen Dienst-Shorts auf Busen und Po glotzte. *Das war unsere erste Begegnung,* redete Reba nervös weiter, *und damals dachte ich, dass ihr beide vielleicht was miteinander habt. Ich war so erleichtert, als ich später herausfand, dass das nicht stimmte.*

Du solltest alle deine Fälle mit Bobby bearbeiten, erwiderte Marino, eine Bemerkung, die mit dem eben Gesagten nicht das Geringste zu tun hatte. *Solange du keine Ahnung vom Geschäft hast, solltest du keine Fälle allein aufklären. Am besten lässt du den Job als Detective gleich wieder sausen. Offenbar hast du keine Ahnung, warauf du dich da eingelassen hast. Es ist nämlich ganz anders als im Fernsehen.*

Verlegen sieht Reba sich im Hangar um und kommt sich überflüssig vor. Inzwischen ist es später Nachmittag. Die Spurensicherungsexperten sind schon seit Stunden am Werk. Der graue Kombi steht auf einer Hebebühne. Seine Fenster sind vom Superglue-Nebel beschlagen, die Teppiche wurden bereits untersucht und gestaubsaugt. Auf der Matte unter dem Fahrersitz hat etwas aufgeleuchtet. Vielleicht Blut.

Die Kriminaltechniker stellen Spuren an den Reifen sicher. Mit Pinseln bürsten sie die Erde aus dem Profil auf weiße Papierblätter, die sie dann zusammenfalten und mit leuchtend gelbem Asservatenband versiegeln. Vor einer Minute hat einer der Kriminaltechniker, eine hübsche junge Frau, Reba erklärt, man verwende keine Asservatendosen aus Metall, denn wenn man die Spuren unter dem SEM …

Dem was?, fragte Reba.

Einem Rasterelektronenmikroskop.

Aha, sagte Reba. Daraufhin hat die hübsche Spurensicherungsexpertin ihr erklärt, dass man später unmöglich herausfinden könne, ob die mikroskopischen Teilchen nicht vielleicht von der Dose stammten, wenn man Spurenmaterial in Metallbehältern verschließe und bei der anschließenden Untersuchung Metallteilchen sichergestellt würden.

Ein gutes Argument und außerdem eines, auf das Reba niemals gekommen wäre. Die meisten Dinge, die die Spurensicherungsexperten hier so treiben, sind böhmische Dörfer für sie, und sie fühlt sich unerfahren und dumm. Also tritt sie zur Seite und denkt an Marinos Worte, sie solle nicht allein in einem Fall ermitteln. Dabei erinnert sie sich an sein Gesicht und an seinen Tonfall, als er das sagte. Dann betrachtet sie die Abschleppwagen, die anderen Hebebühnen und die Tische mit Fotoausrüstung, MCS-Forensischen-Lichtquellen, Leuchtpulver, Pinseln und Staubsaugern zum Sichern von Faserspuren, Schutzkleidung von Tyvek, Superglue und Tatortkoffern, die aussehen wie die großen schwarzen Kästen, in denen Angler ihre Köder aufbewahren. Hinten im Hangar gibt es sogar einen Crash-Schlitten und Dummys. Reba hört Marinos Stimme, und zwar so deutlich, als stünde er direkt neben ihr.

Es ist nämlich ganz anders als im Fernsehen.

Er hatte kein Recht, so etwas zu ihr sagen.

Am besten lässt du den Job als Detective gleich wieder sausen.

Im nächsten Moment hört sie seine Stimme tatsächlich, und sie dreht sich erschrocken um.

Marino geht, den Kaffeebecher in der Hand, an ihr vorbei, ohne sie eines Blickes zu würdigen.

»Gibt's was Neues?«, erkundigt er sich bei der hübschen Spurensicherungsexpertin, die gerade ein gefaltetes Blatt Papier zusammenklebt.

Er mustert den Wagen auf der Hebebühne und benimmt sich, als wäre Reba ein Schatten an der Wand oder eine Fata Morgana auf dem Highway, also eigentlich gar nicht wirklich vorhanden.

»Vielleicht Blut im Innenraum«, antwortet die hübsche Spurensicherungsexpertin. »Jedenfalls etwas, das auf Luminol reagiert hat.«

»Kaum gehe ich mir einen Kaffee holen, verpasse ich etwas. Und Fingerabdrücke?«

»Wir haben den Wagen noch nicht wieder aufgemacht. Das wollte ich gleich erledigen.«

Die hübsche Spurensicherungsexpertin hat langes Haar, das dunkelbraun schimmert und Reba an das Fell eines Pferdes erinnert. Außerdem hat sie wunderschöne, makellose Haut. Was würde Reba dafür geben, so eine Haut zu haben und all die Jahre in der Sonne Floridas ungeschehen machen zu können. Inzwischen ist da nichts mehr zu retten, und da verrunzelte Haut blass noch schlimmer aussieht als gebräunt, sonnt sie sich weiter. Als sie die glatte Haut der hübschen Spurensicherungsexpertin und ihre jugendliche Figur betrachtet, würde sie am liebsten losheulen.

Das Wohnzimmer ist mit einem Dielenboden, mahagonivertäfelten Türen und einem bereits mit Brennholz bestückten offenen Marmorkamin ausgestattet. Benton kauert sich davor und zündet ein Streichholz an. Ein Rauchfähnchen kräuselt sich aus dem trockenen Reisig.

»Johnny Swift hat seinen Abschluss an der Harvard Medical School gemacht und seine Facharztausbildung am Massachusetts General Hospital und in der Neurologie von McLean absolviert«, erklärt er, steht auf und kehrt zum Sofa zurück. »Vor ein paar Jahren hat er eine Praxis in Stanford und eine zweite in Miami eröffnet. Wir haben Lucy an Johnny überwiesen, weil er in McLean einen Ruf als ausgezeichneter Arzt genoss und sich außerdem ganz in ihrer Nähe niedergelassen hatte. Er wurde ihr Neurologe und, wie ich glaube, auch ein guter Freund.«

»Sie hätte es mir sagen müssen.« Scarpetta begreift es immer noch nicht. »Wir untersuchen seinen Tod, und sie behält einen so wichtigen Umstand für sich?« Sie versteht die Welt nicht mehr. »Vielleicht wurde er sogar ermordet, und sie schweigt einfach?«

»Er war ein Selbstmordkandidat, Kay. Das schließt zwar einen Mord nicht aus, aber er litt bereits während seiner Zeit in Harvard an Stimmungsschwankungen und ließ sich ambulant am McLean Hospital behandeln. Man diagnostizierte eine bipolare Störung, gegen die er Lithium einnahm. Wie ich schon sagte, war er in McLean gut bekannt.«

»Du brauchst nicht ständig zu rechtfertigen, dass er ein fähiger und mitfühlender Arzt und nicht nur ein Zufallsgriff aus dem Telefonbuch war.«

»Er war mehr als fähig, und wir haben ihn sicherlich nicht willkürlich ausgewählt.«

»Wir untersuchen seinen Tod, der unter sehr mysteriösen Umständen eingetreten ist«, wiederholt Scarpetta. »Und Lucy kann nicht so ehrlich sein, mir die Wahrheit zu sagen. Wie zum Teufel will sie in ihrer Situation eine sachliche Entscheidung treffen?«

Benton trinkt Scotch und starrt ins Feuer. Schatten tanzen auf seinem Gesicht.

»Ich bin nicht so sicher, dass es eine Rolle spielt. Sein Tod hat nichts mir ihr zu tun, Kay.«

»Woher willst du das so genau wissen?«, gibt sie zurück.

47

Reba sieht zu, wie Marino die hübsche Spurensicherungsexpertin beobachtet, die gerade den Pinsel auf ein sauberes weißes Blatt Papier legt und die Fahrertür des Wagens öffnet. Er verschlingt sie förmlich mit Blicken.

Ganz dicht steht er neben ihr, während sie Folienpäckchen mit Superglue aus dem Wageninneren holt und in die orangefarbene Tonne für Sondermüll wirft. Schulter an Schulter beugen sie sich ins Wageninnere und betrachten erst den vorderen, dann den hinteren Innenraum sowie beide Seiten. Dabei stecken sie die Köpfe zusammen, ohne dass Reba sie verstehen könnte. Als Marino etwas sagt, lacht die hübsche Spurensicherungsexpertin auf. Reba fühlt sich scheußlich.

»Ich kann an den Scheiben nichts erkennen«, verkündet Marino und richtet sich auf.

»Ich auch nicht.«

Er geht in die Hocke und mustert noch einmal die Innenseite der Tür hinter dem Fahrersitz, und zwar sehr gründlich, so als hätte er etwas bemerkt.

»Kommen Sie mal her«, wendet er sich an die Frau und straft Reba weiterhin mit Nichtachtung.

Inzwischen stehen sie so nah beieinander, dass kein Blatt Papier mehr dazwischenpassen würde.

»Bingo«, meint Marino. »Hier an dem Metallteil, das man in die Schließe des Sicherheitsgurts schiebt.«

»Ein unvollständiger Abdruck.« Die hübsche Spurensicherungsexpertin schaut genauer hin. »Ich kann ein paar Wellen erkennen.«

Allerdings entdecken sie keine weiteren Abdrücke, weder vollständige noch bruchstückhafte, nicht einmal Schmierer, und Marino stellt die Frage in den Raum, ob das Wageninnere vielleicht abgewischt worden ist.

Als Reba sich die Sache aus der Nähe ansehen will, macht er nicht Platz. Doch sie hat ein Recht darauf, zu wissen, wovon sie reden. Schließlich ist es ihr Fall und nicht seiner. Ganz gleich, was er auch von ihr halten oder zu ihr sagen mag – sie leitet die Ermittlungen, und es ist und bleibt ihr gottverdammter Fall.

»Entschuldigung«, ruft sie in einem befehlsgewohnten Ton, der ihren wahren Gefühlen ganz und gar nicht entspricht. »Was halten Sie davon, mal ein Stück zur Seite zu gehen?« Dann wendet sie sich an die hübsche Spurensicherungsexpertin. »Was haben Sie auf den Teppichen gefunden?«

»Sie waren verhältnismäßig sauber, nur ein paar Schmutzspuren. So als hätte man sie ausgeschüttelt oder mit einem nicht sehr saugkräftigen Staubsauger gereinigt. Vielleicht Blut. Aber das wird sich noch zeigen.«

»Möglicherweise wurde dieser Kombi ja benutzt und wieder zum Haus zurückgebracht«, fährt Reba selbstbewusst fort, und Marinos Miene verfinstert sich wieder. Auf seinem Gesicht malt sich derselbe harte und abweisende Ausdruck wie damals bei Hooters. »Außerdem hat der Wagen nach dem Verschwinden der Besitzerinnen keine Mautstellen mehr passiert.«

»Wovon reden Sie?« Endlich sieht Marino sie an.

»Wir haben den Maut-Chip überprüft, aber das muss nicht viel heißen.« Doch sie weiß noch mehr. »Schließlich gibt es jede Menge Straßen ohne Mautstationen. Kann sein, dass der Wagen dort gefahren wurde.«

»Das sind doch nur Vermutungen«, antwortet er, allerdings ohne sie noch einmal anzublicken.

»Was haben Sie denn gegen Vermutungen?«, entgegnet sie.

»Das sieht man vor Gericht aber anders«, erwidert er mit weiterhin beharrlich abgewandtem Blick. »Sie brauchen das Wort nur auszusprechen, damit der Verteidiger Sie roh zum Frühstück verspeist.«

»Trotzdem ist ein ›Was wäre, wenn?‹ manchmal gar nicht so verkehrt«, spricht Reba weiter. »Was wäre zum Beispiel, wenn jemand – oder sogar mehrere Täter – die Opfer in diesem Kombi entführt und das Auto später, nicht abgeschlossen und halb auf dem Rasen stehend, in der Auffahrt zurückgelassen hätte? Falls ein Nachbar beobachtet hat, wie sich der Kombi vom Haus entfernte, hätte er doch keinen Verdacht geschöpft – und auch nicht, als der Wagen wieder zurückgekehrt ist. Außerdem wette ich, dass wegen der Dunkelheit ohnehin niemand etwas gesehen hat.«

»Ich möchte, dass die Spuren sofort analysiert und der Fingerabdruck mit AFIS abgeglichen wird.« Marino versucht, seine Position zu verteidigen, indem er sich aufführt, als hätte er hier das Sagen.

»Aber klar doch«, spöttelt die hübsche Spurensicherungsexpertin. »Ich komme gleich wieder und bringe meine Zauberschachtel mit.«

»Nur mal eine Frage«, sagt Reba zu ihr. »Stimmt es, dass Lucy in dem Hangar da drüben kugelsichere Humvees, Schnellboote und einen Fesselballon hat?«

Unter lautem Lachen streift sich die hübsche Spurensicherungsexpertin die Handschuhe ab und wirft sie in den Müll. »Wo zum Teufel haben Sie das denn her?«

»Von so einem Blödmann«, erwidert Reba.

Um halb acht Uhr abends sind im Inneren von Daggie Simisters Haus alle Lichter ausgeschaltet, und auch die Verandabeleuchtung brennt nicht.

Lucy hat den Auslöser in der Hand.

»Los«, sagt sie, und Lex beginnt, die vordere Veranda mit Luminol zu besprühen.

Früher war es nicht möglich, weil sie warten mussten, bis es dunkel wurde. Fußabdrücke, diesmal kräftiger, leuchten auf und verblassen wieder. Lucy fängt an zu fotografieren, hält dann aber inne.

»Was ist los?«, fragt Lex.

»Ich habe so ein komisches Gefühl«, antwortet Lucy. »Kann ich mal die Sprühflasche haben?«

Lex gibt sie ihr.

»Welche Substanz löst am häufigsten irreführende Reaktionen auf Luminol aus?«, fragt Lucy.

»Bleiche.«

»Und weiter?«

»Kupfer.«

Lucy beginnt, mit weit ausholenden Bewegungen den Garten zu besprühen. Sie geht weiter und sprüht, bis das Gras sich blaugrün verfärbt und wie ein unheimlich schimmernder Ozean aufleuchtet, wo das Luminol darauf trifft. So etwas hat sie noch nie gesehen.

»Es muss ein Antipilzmittel sein«, verkündet sie. »Ein Kupferspray, das man zur Vorbeugung gegen Zitrusbrand verwendet. Leider wirkt es nicht immer. Man braucht sich nur die angesteckten Bäume mit den hübschen roten Streifen am Stamm anzuschauen«, meint Lucy.

»Offenbar ist jemand quer durch den Garten ins Haus gegangen«, spricht Lex weiter. »Ein Zitruskontrolleur zum Beispiel.«

»Wir müssen rauskriegen, wer das war«, sagt Lucy.

48

Marino verabscheut die Nobelrestaurants in South Beach und parkt seine Harley nie neben den japanischen Reiskochern, die um diese Uhrzeit stets entlang der Strandpromenade stehen. Langsam und mit dröhnendem Motor donnert er den Ocean Drive entlang und freut sich, dass sein Auspufflärm die geschniegelten Gäste stört, die bei Kerzenschein an kleinen Tischchen vor den Lokalen sitzen und aromatisierte Martinis oder Wein trinken.

Nur wenige Zentimeter hinter einem roten Lamborghini bremst Marino ab, kuppelt aus und jagt den Motor hoch, damit auch ja jeder merkt, dass er da ist. Der Lamborghini schiebt sich ein Stückchen vorwärts, Marino folgt, wobei er fast die hintere Stoßstange berührt. Wieder bringt er den Motor auf Touren, der Lamborghini rollt langsam weiter, und Marino hängt sich an ihn dran. Seine Harley brüllt wie ein Löwe aus Stahl und Chrom. Im nächsten Moment streckt sich ein nackter Arm aus dem offenen Fenster des Lamborghini, und ein Mittelfinger mit einem langen roten Nagel wird hochgereckt.

Grinsend lässt Marino erneut den Motor losbrüllen, schlängelt sich zwischen den Autos durch, hält neben dem Lamborghini an und betrachtet die dunkelhäutige Frau hinter dem Lenkrad. Sie ist etwa zwanzig und trägt offenbar nichts weiter als eine Jeansweste und Shorts. Ihre Beifahrerin ist weniger Aufsehen erregend, gleicht das aber durch ihren Aufzug – ein schmales schwarzes Stretchband anstelle eines Oberteils, dazu Shorts, die kaum das Wichtigste bedecken – aus.

»Wie macht man mit solchen Fingernägeln eigentlich Hausarbeit?«, fragt Marino die Fahrerin, wobei er das Dröhnen zweier PS-starker Motoren überbrüllen muss. Er formt seine riesigen Hände zu Katzenkrallen, um zu verdeutlichen, dass er damit ihre langen roten Nägel – vermutlich künstliche Verlängerungen aus Acryl – meint.

Sie wendet ihr hübsches, ein wenig zickiges Gesicht zur Verkehrsampel und hofft vermutlich verzweifelt, diese möge endlich auf Grün umspringen, damit sie diesem in schwarzes Leder gehüllten Proleten entrinnen kann. »Hau ab von meinem Auto, Arschloch«, zischt sie nur.

Sie hat einen starken Latino-Akzent.

»Aber so etwas sagt eine Dame doch nicht«, erwidert Marino. »Jetzt bin ich wirklich gekränkt.«

»Ach, fick dich doch ins Knie.«

»Was haltet ihr beiden Süßen davon, wenn ich euch auf einen Drink einlade? Danach können wir ja zum Tanzen gehen.«

»Lass uns in Ruhe, du Wichser«, entgegnet die Fahrerin.

»Sonst rufe ich die Polizei«, ergänzt die Frau mit dem schwarzen Stretchband als Oberteil.

Marino tippt sich an den Helm – den mit den Aufklebern in Form von Einschusslöchern – und schießt davon, als die Ampel grün wird. Der Lamborghini ist noch im ersten Gang, als er schon um die Ecke in die 14th Street einbiegt. Er stoppt das Motorrad an einer Parkuhr vor Tattoo's By Lou und Scooter City, stellt den Motor ab und überquert die Straße. Dort liegt die älteste Kneipe von South Beach und die einzige, in die Marino in dieser Gegend überhaupt einen Fuß setzen würde:

Mac's Club Deuce, von den Stammgästen nur Deuce genannt, was aber nicht mit Marinos Harley Deuce zu verwechseln ist. Wenn er sich einen Doppel-Deuce-Abend gönnt, fährt er auf seiner Deuce ins Deuce, ein schummriger Laden mit einem schwarzweißen Boden im Schachbrettmuster und einem Billardtisch. Die Neonreklame über dem Tresen stellt eine nackte Frau dar.

Rosie zapft ihm ein Budweiser vom Fass, ohne dass er eigens bestellen müsste.

»Erwartest du jemanden?« Sie schiebt das hohe Glas mit der Schaumkrone über die alte Eichentheke.

»Du kennst sie nicht. Du kennst heute Abend überhaupt niemanden«, diktiert er ihr das Drehbuch.

»Aha.« Sie schenkt einem alten Mann, der allein am Tresen sitzt, ein Wasserglas Wodka ein. »Ich kenne keine Menschenseele hier, am allerwenigsten euch beide. Meinetwegen. Wahrscheinlich ist es sogar besser, euch nicht zu kennen.«

»Brich mir nicht das Herz«, erwidert Marino. »Könntest du noch ein Stück Limette reintun?« Er schiebt das Bier wieder zu ihr hinüber.

»Was sind wir heute wieder schick.« Sie versenkt ein paar Limettenschnitze im Glas. »Schmeckt es dir so?«

»Wirklich gut.«

»Ich habe nicht gefragt, ob es gut ist, sondern ob es dir so schmeckt.«

Wie immer achten die übrigen Stammgäste nicht auf sie. Die üblichen Verdächtigen sitzen auf ihren Barhockern am Tresen und starren mit glasigen Augen auf den großen Fernseher, ohne dem Baseballspiel zu folgen, das gerade läuft. Marino kennt ihre Namen nicht, aber Namen spielen hier auch keine Rolle. Da sind der dicke Mann mit dem Ziegenbärtchen und die noch übergewichtigere Frau, die ständig jammert. Ihr Freund wiegt nur schätzungsweise ein Drittel von ihr und erinnert an ein Frettchen mit gelben Zähnen. Marino fragt sich, wie die beiden es wohl treiben, und stellt sich einen Jockey auf einem sich aufbäumenden Bullen vor. Alle Gäste rauchen. An einem Doppel-Deuce-Abend steckt Marino sich normalerweise auch ein paar Zigaretten ins Gesicht, ohne einen Gedanken an Dr. Self zu verschwenden. Sein sündiges Geheimnis wird diese vier Wände nicht verlassen.

Er nimmt sein Bier mit Limette mit zum Billardtisch und wählt ein Queue aus der bunt gemischten Sammlung, die in einer Ecke lehnt. Dann ordnet er die Kugeln an, umrundet, eine Zigarette im Mundwinkel, den Tisch und reibt das Ende seines Queue mit Kreide ein. Dabei beobachtet er, wie das Frettchen aufsteht und, sein Bier in der Hand, auf die Toilette geht. Das tut er immer. Offenbar befürchtet er, jemand könnte ihm das Glas klauen. Nichts und niemand entgeht Marinos aufmerksamem Blick.

Ein magerer Mann, anscheinend ein Obdachloser – struppiger Bart, Pferdeschwanz, dunkle, schlecht sitzende Kleiderkammer-Klamotten, schmutzige Kappe mit dem Emblem der Miami Dolphins und eine seltsame rosafarbene Brille auf der Nase –, nähert sich unsicheren Schrittes dem Tresen, zieht sich einen Hocker in die Nähe der Tür und stopft sich einen Waschlappen in die Gesäßtasche seiner dunklen, schlotterigen Hose. Draußen auf dem Gehweg schüttelt ein junger Typ eine defekte Parkuhr, die offenbar gerade sein Geld geschluckt hat.

Marino versenkt zwei einfarbige Kugeln und späht durch den Zigarettenrauch.

»Sehr gut. Immer nur rein mit den Dingern!«, ruft Rosie ihm zu, während sie ihm das nächste Bier einschenkt. »Wo hast du denn die ganze Zeit gesteckt?«

Sie ist sexy, aber mit allen Wassern gewaschen, und trotz ihrer zierlichen Figur würde kein Mensch, ganz gleich, wie betrunken er auch sein mag, es wagen, sich mit ihr anzulegen. Marino hat einmal beobachtet, wie sie einem etwa einhundertfünfzig Kilo schweren Kerl, der einfach nicht aufhören wollte, ihr an den Hintern zu grapschen, mit einer Bierflasche das Handgelenk gebrochen hat.

»Lass doch das Kellnern und komm her«, erwidert Marino und zielt nach der Kugel Nummer acht.

Die Kugel eiert in die Mitte des mit grünem Filz bezogenen Tisches und bleibt dort liegen.

»Scheiß drauf«, murmelt er, lehnt das Queue an den Tisch und schlendert zur Jukebox, während Rosie zwei Flaschen Miller Lite öffnet und sie vor die dicke Frau und das Frettchen hinstellt.

Rosie ist immer in Aktion und erinnert an einen auf höchster Stufe laufenden Scheibenwischer. Sie trocknet sich die Hände an ihrer Jeans ab. Marino wählt einige beliebte Songs aus den Siebzigern aus.

»Was glotzt du so?«, fragt er den obdachlos aussehenden Mann an der Tür.

»Lust auf ein Spiel?«

»Keine Zeit«, antwortet Marino, immer noch mit der Jukebox beschäftigt, ohne sich umzudrehen.

»Ohne Bestellung wird hier nicht gespielt«, wendet sich Rosie an den obdachlos aussehenden Mann, der an der Tür herumlungert. »Das hier ist kein Wartesaal. Wie oft soll ich es dir noch erklären?«

»Ich dachte, er hätte vielleicht Lust auf ein Spielchen.« Der Mann zieht den Waschlappen aus der Tasche und nestelt nervös daran herum.

»Und ich sage dir dasselbe wie beim letzten Mal, als du nichts getrunken hast und nur aufs Klo gegangen bist: Raus!«, verkündet Rosie, die Hände in die Hüften gestemmt. »Wenn du bleiben willst, musst du was bestellen.«

Langsam steht er auf, dreht weiter an seinem Waschlappen herum und starrt Marino an. Sein Blick wirkt müde und resigniert, aber es schwingt noch etwas anderes darin mit.

»Ich dachte, du hättest vielleicht Lust auf ein Spielchen«, sagt er zu Marino.

»Raus!«, brüllt Rosie.

»Ich erledige das«, sagt Marino und nähert sich dem Mann.

»Komm, ich begleite dich nach draußen, Kumpel, ehe es zu spät ist. Du weißt ja, wie sie sein kann.«

Der Mann sträubt sich nicht. Er stinkt nicht ganz so schlimm, wie Marino befürchtet hat, und folgt ihm brav hinaus auf den Gehweg, wo der minderbemittelte Jugendliche immer noch die Parkuhr schüttelt.

»Das ist kein Apfelbaum«, erklärt Marino dem jungen Mann.

»Verpiss dich.«

Marino geht auf ihn zu. Er überragt den Jungen, dessen Augen sich weiten, ein gutes Stück. »Habe ich dich gerade richtig verstanden?«

»Ich habe drei Vierteldollar da reingeschmissen.«

»Ist das nicht ein Jammer? Ich würde vorschlagen, dass du mit deiner Rostlaube hier verschwindest, bevor ich dich wegen Beschädigung von städtischem Eigentum festnehme«, droht Marino, obwohl er gar nicht mehr befugt ist, jemanden festzunehmen.

Der obdachlos aussehende Mann aus der Kneipe entfernt sich langsam und schaut sich dabei immer wieder um, als erwarte er, dass Marino ihm nachkommt. Als er gerade etwas sagen will, lässt der Junge seinen Mustang aufheulen und rast davon.

»Redest du mit mir?«, fragt Marino den obdachlos aussehenden Mann und folgt ihm.

»Das tut er immer«, erwidert der obdachlos aussehende Mann ruhig. »Dieser Junge. Noch nie hat er auch nur fünf Cent in eine Parkuhr geworfen, aber er schüttelt sie wie blöd, bis sie kaputtgehen.«

»Was willst du?«

»Am Abend bevor es passiert ist, war Johnny hier«, antwortet der Mann.

»Wovon redest du?«

»Du hast mich genau verstanden. Und er hat sich auch nicht umgebracht. Ich weiß, wer es war.«

Marino wird von einem merkwürdigen Gefühl ergriffen,

demselben wie an dem Tag, als er Mrs. Simisters Haus betreten hat. Er bemerkt Lucy, die langsam auf ihn zukommt. Heute hat sie, anders als sonst, keine weiten schwarzen Sachen an.

»Wir haben an dem Abend, ehe es geschehen ist, zusammen Billard gespielt. Seine Arme waren zwar geschient, aber das hat ihn offenbar nicht gestört. Er hat trotzdem gut gespielt.«

Marino mustert Lucy unauffällig. Heute passt sie hierher und sieht aus wie jede andere Lesbe, die sich einen netten Abend machen will; jungenhaft, aber attraktiv und erotisch in teuren Jeans, ausgeblichen und voller Löcher. Unter der weichen schwarzen Lederjacke lugt ein weißes T-Shirt hervor, durch das sich ihre Brüste abzeichnen. Marino fand ihre Brüste schon immer hübsch, obwohl er sie eigentlich gar nicht wahrnehmen dürfte.

»Ich habe ihn nur einmal gesehen, als er mit diesem Mädchen hier war«, fährt der Obdachlose fort. Dabei blickt er sich um, als verunsichere ihn etwas, und er kehrt der Kneipe den Rücken zu. »Die solltest du suchen. Mehr sage ich nicht.«

»Was für ein Mädchen? Und welchen Grund hätte ich, mich dafür zu interessieren«, erwidert Marino. Er beobachtet, wie Lucy näher kommt, und vergewissert sich, dass ihr von nirgendwoher Gefahr droht.

»Hübsch«, antwortet der Mann. »So, dass Männer und Frauen auf sie stehen. Sexy angezogen. Sie war hier nicht erwünscht.«

»Ich hatte vorhin ganz den Eindruck, dass du hier auch nicht erwünscht bist. Schließlich bist du gerade rausgeflogen.«

Lucy betritt das Deuce, ohne Marino und den Obdachlosen eines Blickes zu würdigen.

»An diesem Abend bin ich nur deshalb nicht rausgeschmissen worden, weil Johnny mir einen Drink ausgegeben hat. Wir haben Billard gespielt, und das Mädchen saß neben der Jukebox und schaute sich um, als hätte es noch nie im Leben den Fuß in so eine Bruchbude gesetzt. Ein paarmal war sie auf dem Klo, und anschließend hat es dort nach Gras gerochen.«

»Gehst du öfter aufs Damenklo?«

»Ich habe eine Frau am Tresen reden gehört. Das Mädchen sah aus, als könnte es Ärger machen.«

»Weißt du zufällig, wie sie hieß?«

»Keinen Schimmer.«

Marino zündet sich eine Zigarette an. »Was bringt dich auf den Gedanken, dass sie etwas mit Johnnys Tod zu tun haben könnte?«

»Ich fand sie unsympathisch. Keiner hier mochte sie. Mehr weiß ich nicht.«

»Sicher?«

»Ja, Sir.«

»Du solltest mit niemandem darüber sprechen, verstanden?«

»Was würde das auch bringen?«

»Egal, was es bringt, du hältst den Mund. Und jetzt erklärst du mir bitte, woher zum Teufel du wusstest, dass ich heute Abend hier sein würde, und wie du darauf gekommen bist, mich anzusprechen.«

»Ein tolles Motorrad.« Der Obdachlose blickt über die Straße. »Schwer zu übersehen. Viele Leute hier sind darüber im Bilde, dass du mal Detective bei der Mordkommission warst und jetzt in irgendeinem Polizei-Ausbildungslager nördlich von hier als privater Ermittler arbeitest.«

»Was? Bin ich etwa der Bürgermeister?«

»Du bist Stammgast. Außerdem habe ich dich zusammen mit ein paar anderen Harley-Fahrern gesehen. Seit Wochen beobachte ich dich jetzt schon und warte auf eine Gelegenheit, mit dir zu reden. Ich treibe mich in der Gegend herum und tu mein Möglichstes. Keine gute Phase momentan, aber es kann ja nur besser werden.«

Marino holt die Brieftasche heraus und drückt ihm einen Fünfziger in die Hand.

»Wenn du mehr über das Mädchen rauskriegst, das letztens hier war, wirst du es nicht bereuen«, sagt er. »Wo kann ich dich erreichen?«

»Ich bin jeden Abend woanders. Wie ich schon sagte, ich tu mein Möglichstes.«

Marino gibt ihm seine Mobilfunknummer.

»Noch eins?«, fragt Rosie, als Marino ins Lokal zurückkehrt.

»Besser ein bleifreies. Erinnerst du dich an einen gut aussehenden blonden Arzt, der kurz vor Thanksgiving mit einem Mädchen hier war? Er und der Typ, den du gerade rausgeschmissen hast, haben zusammen Billard gespielt.«

Rosie mustert ihn nachdenklich, wischt den Tresen ab und schüttelt dann den Kopf. »In diesem Laden herrscht ein ständiges Kommen und Gehen. Außerdem ist es schon lange her. Von wie vielen Tagen vor Thanksgiving reden wir denn?«

Marino beobachtet die Tür. Es ist kurz vor zehn. »Vielleicht vom Abend davor.«

»Nein, da fragst du die Falsche. Ich weiß, es ist schwer zu glauben«, erklärt sie, »aber ich habe auch ein Privatleben und verbringe nicht jeden gottverdammten Abend hier. Zu Thanksgiving war ich nicht da, sondern bei meinem Sohn in Atlanta.«

»Angeblich ist ein Mädchen, das Schwierigkeiten machte, an diesem Abend mit dem Arzt, von dem ich dir erzählt habe, hier gewesen. Und zwar an dem Abend, bevor er gestorben ist.«

»Keine Ahnung.«

»Vielleicht war sie ja an dem Abend, an dem du in Atlanta warst, mit dem Arzt in dieser Kneipe.«

Rosie wienert weiter am Tresen herum. »Ich will keine Schwierigkeiten in meinem Laden.«

Lucy sitzt am Fenster neben der Jukebox. Marino nimmt an einem Tisch auf der anderen Seite des Tresens Platz. Der Knopf in seinem Ohr ist mit einem Gerät verbunden, das aussieht wie ein Mobiltelefon. Marino trinkt alkoholfreies Bier und raucht.

Wie immer achten die Stammgäste nicht auf ihn. Jedes Mal, wenn Lucy mit Marino hier ist, sitzen dieselben Verlierer auf denselben Barhockern, rauchen Mentholzigaretten und trinken

Leichtbier. Rosie ist ihre einzige Kontaktperson außerhalb ihres kleinen Clubs gescheiterter Existenzen. Sie hat Lucy einmal erzählt, die stark übergewichtige Frau und ihr magerer Freund hätten früher in einem teuren bewachten Stadtviertel von Miami gewohnt. Doch dann ist er ins Gefängnis gewandert, weil er versucht hat, einem Zivilpolizisten Speed zu verkaufen. Nun muss die dicke Frau ihn mit ihrem Gehalt als Bankangestellte durchfüttern. Der dicke Mann mit dem Ziegenbärtchen ist Koch in einem Schnellrestaurant, das Lucy sicher niemals mit ihrer Gegenwart beehren wird. Er kommt jeden Abend her und betrinkt sich, schafft es aber trotzdem noch, mit dem Auto nach Hause zu fahren.

Lucy und Marino tun so, als wären sie einander nie begegnet. Obwohl sie dieses Spiel bei den verschiedensten Einsätzen schon unzählige Male getrieben haben, kommt sich Lucy dabei immer noch albern und gleichzeitig beobachtet vor. Sie mag es nicht, wenn man ihr nachspioniert, auch wenn es ihre eigene Idee gewesen ist. Und obwohl Marino allen Grund hat, heute Abend hier zu sein, stört sie seine Anwesenheit.

Sie überprüft das drahtlose Mikrofon in ihrer Lederjacke und beugt sich vor, als wolle sie sich die Schuhe binden, damit niemand am Tresen sie sprechen sehen kann. »Bis jetzt nichts«, meldet sie Marino.

Es ist drei Minuten nach zehn.

Sie wartet. Marino den Rücken zugewandt, trinkt sie alkoholfreies Bier und übt sich in Geduld.

Immer wieder ein Blick auf die Uhr. Inzwischen ist es acht nach zehn.

Die Tür geht auf, und zwei Männer kommen herein.

Zwei weitere Minuten verstreichen. »Irgendetwas stimmt da nicht«, teilt sie Marino mit. »Ich gehe raus und sehe nach. Du bleibst hier.«

Lucy schlendert den Ocean Drive entlang durch den Art Deco District und hält in der Menschenmenge Ausschau nach Stevie.

Jetzt, zu vorgerückter Stunde, sind die meisten Passanten in South Beach angeheitert, und auf der Straße drängen sich so viele spazieren fahrende und einen Parkplatz suchende Autos, dass ein Vorankommen kaum noch möglich ist. Die Suche nach Stevie ist zwecklos. Sie hat Lucy versetzt und befindet sich wahrscheinlich viele Kilometer weit weg von hier. Aber Lucy gibt nicht auf.

Sie erinnert sich an Stevies Behauptung, sie sei Lucys Fußabdrücken im Schnee bis zum Hummer gefolgt, der hinter dem Anchor Inn parkte. Inzwischen fragt sie sich, warum sie diese Aussage so einfach für bare Münze genommen hat. In der Nähe der Hütte waren Lucys Fußabdrücke zwar deutlich zu erkennen, doch auf dem Gehweg wären sie sicher von anderen Spuren überlagert worden. Schließlich ist Lucy an diesem Morgen nicht als Einzige durch Provincetown spaziert. Sie denkt an das Mobiltelefon, das in Wirklichkeit einem Mann namens Doug gehört, an die roten Handabdrücke und an Johnny. Ihre eigene Unachtsamkeit, Blindheit und Lust an der Selbstzerstörung widern sie an.

Vermutlich hatte Stevie niemals vor, die Verabredung mit Lucy im Deuce einzuhalten. Sie hat nur mit ihr gespielt, so wie an jenem Abend im Lorraine's. Stevie ist mit allen Wassern gewaschen und Spezialistin in Sachen kranke, abartige Spielchen.

»Siehst du sie irgendwo?«, hört sie Marinos Stimme in ihrem Ohr.

»Ich kehre um«, antwortet Lucy. »Bleib, wo du bist.«

Sie überquert die 11th Street und geht in nördlicher Richtung auf der Washington Avenue am Justizgebäude vorbei, als ein weißer Chevy Blazer mit dunkel getönten Scheiben vorbeifährt. Lucy beschleunigt ihren Schritt. Auf einmal ist ihr ziemlich mulmig zumute; sie atmet schwer, und sie ist froh über ihre Pistole im Knöchelhalfter.

49

Wieder tobt ein Wintersturm durch Cambridge. Benton kann die Häuser auf der gegenüberliegenden Straßenseite kaum erkennen. Dicke Schneeflocken fallen senkrecht vom Himmel, und Benton beobachtet, wie die Welt ringsherum unter der weißen Pracht versinkt.

»Wenn du möchtest, mache ich noch Kaffee«, schlägt Scarpetta vor, die gerade ins Wohnzimmer kommt.

»Ich hatte genug«, erwidert er und kehrt ihr den Rücken zu.

»Ich auch«, antwortet sie.

Er hört, wie sie sich auf die Ofenbank setzt und eine Kaffeetasse abstellt. Als er ihren Blick auf sich spürt, dreht er sich um und sieht sie an, ohne zu wissen, was er sagen soll. Ihr Haar ist nass, und sie trägt einen Morgenmantel aus schwarzer Seide. Darunter ist sie nackt. Der glatte Stoff liebkost ihre Haut und gibt den Blick auf die tiefe Grube zwischen ihren Brüsten frei, weil sie, die starken Arme um die Knie geschlungen, vornübergebeugt und seitlich auf der Ofenbank sitzt. Für ihr Alter hat sie noch eine makellos glatte Haut. Der Feuerschein fällt auf ihr kurzes blondes Haar und ihr ausgesprochen schönes Gesicht. Feuer und Sonne schmeicheln ihrem Haar und ihren Zügen, die er so sehr liebt. Und er liebt sie von ganzem Herzen, auch wenn ihm im Moment die richtigen Worte fehlen. Er weiß nicht, wie er den Schaden wieder gutmachen soll.

Letzte Nacht hat sie gesagt, sie werde ihn verlassen. Wenn sie einen Koffer dabeigehabt hätte, hätte sie ihn gepackt, aber sie bringt nie einen Koffer mit. Sie hat ihre Sachen hier, ist auch hier zu Hause. Den ganzen Vormittag hat er auf das Geräusch von Schubladen und Schranktüren gelauscht, darauf, dass sie auszieht und nie zurückkommt.

»Du kannst nicht mit dem Auto fahren«, sagt er. »Sieht aus, als würdest du festsitzen.«

Die kahlen Bäume heben sich wie zarte Bleistiftzeichnungen von dem schimmernden Weiß ab. Nirgendwo ist ein Auto zu sehen.

»Ich weiß, wie du dich fühlst und was du willst«, spricht er weiter, »aber heute fährst du nirgendwo hin. So wie alle anderen auch. Einige Straßen in Cambridge werden nicht sofort geräumt, und unsere gehört dazu.«

»Du hast doch einen Wagen mit Allradantrieb«, wendet sie ein und betrachtet ihre Hände, die auf ihrem Schoß liegen.

»Es sind sechzig Zentimeter Neuschnee vorhergesagt. Selbst wenn ich dich zum Flughafen bringen könnte, würde heute keine Maschine starten.«

»Du solltest etwas essen.«

»Ich habe keinen Hunger.«

»Was hältst du von einem Omelette mit Vermont-Cheddar? Du musst etwas in den Magen kriegen. Dann geht es dir gleich besser.«

Sie sitzt auf der Ofenbank und beobachtet ihn, das Kinn in die Hand gestützt. Den Gürtel des Morgenmantels hat sie fest zugebunden, und ihr Körper zeichnet sich unter der schimmernden schwarzen Seide ab. Er begehrt sie so wie immer. Schon bei ihrer ersten Begegnung vor etwa fünfzehn Jahren hat er sie begehrt. Sie waren beide Leiter einer Dienststelle. Sein Reich war die Abteilung Verhaltensforschung beim FBI, ihres das Gerichtsmedizinische Institut des Bundesstaates Virginia. Damals, während der Ermittlungen in einem besonders grausamen Mordfall, kam sie in den Konferenzsaal spaziert. Noch immer steht ihm das Bild vor Augen, wie sie damals ausgesehen hat. Sie trug einen langen weißen Laborkittel mit Stiften in den Brusttaschen über einem perlgrauen Nadelstreifenkostüm und hatte einen Stapel Akten bei sich. Ihre Hände – stark, tüchtig, aber elegant – haben ihn besonders fasziniert.

Er bemerkt, dass sie ihn anstarrt.

»Mit wem hast du vorhin telefoniert?«, fragt er. »Ich habe dich mit jemandem reden hören.«

Sie hat ihren Anwalt angerufen, denkt er. Oder Lucy. Irgendjemanden, um anzukündigen, dass sie ihn verlässt und dass sie es diesmal ernst meint.

»Ich habe versucht, Dr. Self zu erreichen, und ihr eine Nachricht hinterlassen«, erwidert sie.

Das Erstaunen steht ihm ins Gesicht geschrieben.

»Du erinnerst dich doch sicher an sie«, meint Scarpetta. »Vielleicht kennst du sie ja aus dem Radio«, fügt sie spöttisch hinzu.

»Verschone mich.«

»Du wärst nicht der Einzige, der sich ihre Sendung anhört.«

»Aus welchem Grund rufst du sie an?«, erkundigt er sich.

Sie erzählt ihm von David Luck und seinem Rezept und auch, dass Dr. Self bei ihrem letzten Anruf nicht sonderlich hilfsbereit war.

»Kein Wunder. Die Frau ist überkandidelt und kreist nur um sich selbst. Aber bei diesem Namen ist das ja eigentlich nicht weiter verwunderlich.«

»Genau genommen hatte sie Recht, denn ich habe keinerlei Befugnis. Schließlich ist unseres Wissens noch niemand zu Tode gekommen. Also ist Dr. Self nicht verpflichtet, der Gerichtsmedizin Auskünfte zu geben. Außerdem bin ich nicht so sicher, ob sie wirklich spinnt.«

»Jedenfalls ist sie eine psychiatrische Nutte. Hast du in letzter Zeit mal ihre Sendung gehört?«

»Also kennst du sie doch.«

»Das nächste Mal lade bitte einen richtigen Psychiater ein, um einen Vortrag an der Akademie zu halten, nicht so eine Kurpfuscherin.«

»Die Idee kam nicht von mir, und ich habe keine Zweifel daran gelassen, dass ich dagegen war. Aber Lucy hat nun einmal das letzte Wort.«

»Das ist doch lächerlich. Lucy verabscheut Leute wie sie.«

»Ich glaube, der Vorschlag, Dr. Self als Gastrednerin einzuladen, stammte von Joe. Eine Prominente für die Vortragsreihe im Sommer zu gewinnen war sein erstes großes Projekt, als er seine Facharztausbildung bei uns anfing. Außerdem ist er mehrere Male als Gast in ihrer Sendung gewesen, und ich bin gar nicht erfreut darüber, dass sie im Radio über die Akademie sprechen.«

»Schwachkopf! Die beiden sind offenbar füreinander geschaffen.«

»Lucy hat nicht richtig aufgepasst und natürlich keinen einzigen der Vorträge besucht. Ihr war es egal, was Joe so treibt. Inzwischen scheint ihr das meiste ohnehin gleichgültig zu sein. Was sollen wir tun?«

Sie spricht nicht mehr von Lucy.

»Ich weiß nicht.«

»Als Psychologe solltest du es aber wissen. Schließlich hast du tagtäglich mit Problemen und Elend zu tun.«

»Heute Morgen fühle ich mich selbst elend«, sagt er. »Da hast du ganz Recht. Wenn ich dein Psychologe wäre, würde ich vermutlich zu dem Schluss kommen, dass du deine Wut an mir auslässt, weil Lucy nicht als Sündenbock zur Verfügung steht. Auf einen Menschen, der an einem Gehirntumor leidet, darf man nämlich nicht wütend sein.«

Scarpetta öffnet die Kaminklappe und legt ein weiteres gespaltenes Holzscheit ins Feuer. Es kracht, und Funken sprühen.

»Sie hat mich schon immer wütend gemacht«, gibt sie zu. »Kein Mensch stellt meine Geduld auf eine so harte Probe, wie sie es tut.«

»Lucy ist Einzelkind und wurde von einer Mutter großgezogen, die an einer Borderline-Persönlichkeitsstörung leidet«, erwidert Benton. »Einer hypersexualisierten Narzisstin. Deiner Schwester. Hinzu kommt Lucys Hochbegabung. Sie denkt nicht wie andere Menschen. Und außerdem ist sie lesbisch. Wenn man das alles zusammenzählt, kommt dabei ein Mensch heraus, der schon vor langer Zeit gelernt hat, sich nur auf sich selbst zu verlassen.«

»Eine ausgesprochene Egoistin, meinst du.«

»Psychische Kränkungen können uns zu Egoisten machen.

Lucy hat befürchtet, du könntest dich ihr gegenüber anders verhalten, wenn du von ihrem Tumor erfährst, und das wiederum hätte ihre geheimen Ängste genährt. Erst wenn man es weiß, wird es Wirklichkeit.«

Scarpetta starrt aus dem Fenster hinter Benton, als wäre der Schnee der faszinierendste Anblick ihres Lebens. Er liegt bereits mindestens zwanzig Zentimeter hoch, und die Autos am Straßenrand erinnern inzwischen eher an Schneehaufen. Nicht einmal die Nachbarskinder spielen im Freien.

»Ein Glück, dass ich noch einkaufen gegangen bin«, stellt Benton fest.

»Apropos: Dann werde ich mal sehen, was ich uns zum Mittagessen zaubern kann. Wir sollten uns ein gutes Mittagessen gönnen und versuchen, uns einen schönen Tag zu machen.«

»Hattest du schon mal mit einem bemalten Körper zu tun?«, fragt er.

»Meinst du damit meinen oder den eines Mordopfers?«

Benton schmunzelt. »Deinen bestimmt nicht, denn du bist eindeutig noch am Leben. Es geht um einen Fall. Die Leiche war mit roten Handabdrücken bemalt. Mich würde interessieren, ob die Bemalungen vor oder nach ihrem Tod angebracht wurden. Schade, dass sich das nicht herausfinden lässt.«

Sie mustert ihn lange. Hinter ihr züngeln Flammen, und das Feuer knistert laut im Kamin.

»Wenn es vor ihrem Tod geschehen ist, müssen wir von einem völlig anderen Tätertyp ausgehen. Es muss schrecklich und erniedrigend gewesen sein«, sagt er. »Gefesselt zu werden …«

»Wissen wir, dass sie gefesselt wurde?«

»Sie weist Spuren an Knöcheln und Handgelenken auf. Gerötete Stellen, die von der Gerichtsmedizin als mögliche Blutergüsse bezeichnet werden.«

»Möglich?«

»Sie könnten auch nach dem Tod entstanden sein«, antwortet Benton. »Insbesondere angesichts der Tatsache, dass die Leiche lange der Kälte ausgesetzt war. Das sagt sie zumindest.«

»Sie?«

»Die hiesige Chefpathologin.«

»Ein Relikt aus der nicht gerade ruhmreichen Vergangenheit der Bostoner Gerichtsmedizin«, meint Scarpetta. »Ein Jammer. Sie hat es ganz allein geschafft, den Laden mehr oder weniger herunterzuwirtschaften.«

»Ich würde mich freuen, wenn du dir den Bericht einmal ansehen könntest. Ich habe ihn auf CD. Vor allem interessiert mich deine Meinung zu den Körpermalereien und den übrigen Ergebnissen. Für mich ist es wirklich wichtig, zu wissen, ob die Frau vor oder nach ihrem Tod bemalt worden ist. Ein Jammer, dass wir ihr Gehirn nicht abtasten und die Ereignisse einfach abspielen können.«

»Ich bin sicher, dass du dir einen solchen Albtraum niemals wünschen würdest«, sagt Scarpetta, als hätte Benton diese letzte Bemerkung ernst gemeint. »Nicht einmal du würdest so etwas sehen wollen. Vorausgesetzt, es wäre möglich.«

»Basil hätte gerne, dass ich es mir anschaue.«

»Ja, der liebe Basil«, seufzt sie, und es gefällt ihr gar nicht, dass Basil Jenrette inzwischen eine Rolle in Bentons Leben spielt.

»Würdest du dir, rein theoretisch betrachtet, eine solche Szene anschauen wollen, falls das ginge?«, fragt er.

»Selbst wenn es einen Weg gäbe, die letzten Lebensmomente eines Menschen noch einmal Revue passieren zu lassen«, wendet sie ein, »wäre das vermutlich nicht sehr zuverlässig. Denn aller Wahrscheinlichkeit nach besitzt das Gehirn die bemerkenswerte Fähigkeit, Vorgänge so zu verarbeiten, dass dabei möglichst wenig Leid und Schmerz entstehen.«

»Wahrscheinlich würden einige Menschen so etwas abspalten«, antwortet er. Sein Mobiltelefon läutet.

Es ist Marino.

»Ruf die Durchwahl zwei-dreiundvierzig an«, sagt er. »Sofort.«

50

Die Durchwahl 243 gehört dem Labor zur Untersuchung von Fingerabdrücken. Außerdem versammeln sich dort gern die Angestellten der Akademie, um Untersuchungsergebnisse zu erörtern, zu deren Deutung eine interdisziplinäre Zusammenarbeit nötig ist.

Heutzutage sind Fingerabdrücke nicht einfach nur Fingerabdrücke. Sie können auch eine Quelle von DNA-Spuren sein, und zwar nicht nur des Menschen, der sie hinterlassen, sondern auch des Opfers, das der Täter berührt hat. Auch die Reste von Drogen oder anderer Substanzen, die sich an der Hand des Betreffenden befanden – beispielsweise Tinte oder Farbe –, können mit hoch technisierten Apparaturen wie dem Gas-Chromatographen oder dem FTIR-Spektrometer-Mikroskop untersucht werden. Früher hatte jedes Indiz einen Soloauftritt, doch dank vieler komplizierter und empfindlicher Gerätschaften hat sich dieses Solo in ein Streichquartett oder sogar in eine Symphonie verwandelt. Allerdings bleibt die Frage bestehen, welcher Aspekt zuerst überprüft werden soll, da manche Tests einander ausschließen. Und deshalb setzen sich die Wissenschaftler zusammen, für gewöhnlich in Matthews Labor, wo sie den Fall diskutieren und entscheiden, was sie zuerst erledigen wollen.

Als Matthew die Latexhandschuhe aus Daggie Simisters Haus auf den Tisch bekam, stand er vor einer Reihe von Alternativen, von denen allerdings keine den Erfolg garantierte. Er hätte Untersuchungshandschuhe aus Baumwolle anziehen und die umgestülpten Latexhandschuhe darüberstreifen können. Wenn er die schlaffen Latexhandschuhe mit seinen eigenen Händen ausgefüllt hätte, wäre es ihm leichter gefallen, latente Fingerabdrücke abzunehmen und zu fotografieren. Jedoch hätte er es auf diese Weise unmöglich gemacht, die Fingerabdrücke durch das Eindampfen mit Superglue zum Vorschein zu bringen, mit einer alternierenden Lichtquelle und Leuchtpulver danach zu suchen oder die Handschuhe mit Chemikalien wie Ninhydrin oder Diazafluoren zu behandeln. Häufig behindert ein Testverfahren ein anderes, und der Schaden lässt sich in den seltensten Fällen rückgängig machen.

Inzwischen ist es halb neun. In dem kleinen Labor geht es zu wie bei einer Mitarbeiterkonferenz im Miniaturformat, als Matthew, Marino, Joe Amos und drei weitere wissenschaftliche Mitarbeiter sich um einen großen Kasten aus durchsichtigem Plastik, den Leimtank, versammeln. Drinnen sind zwei umgestülpte Latexhandschuhe, einer davon blutig, an Klammern befestigt. In den blutigen Handschuh hat jemand kleine Löcher geschnitten. Andere Stellen, innen wie außen, wurden auf DNA-Spuren untersucht, und zwar so, dass keine möglichen Fingerabdrücke in Mitleidenschaft gezogen worden sind. Anschließend musste Matthew zwischen »Tür Nummer eins«, »Tür Nummer zwei« und »Tür Nummer drei« wählen, wie er gern eine Entscheidung nennt, bei der Instinkt, Erfahrung und Glück ebenso gefragt sind wie wissenschaftliche Fachkenntnisse. Er hat beschlossen, die Handschuhe zusammen mit einem Folienpäckchen Superglue und einem Tellerchen voll warmem Wasser in den Tank zu stecken.

Das Ergebnis war ein sichtbarer Fingerabdruck, und zwar von einem linken Daumen, konserviert in hartem weißem Leim. Nachdem Matthew den Abdruck mit schwarzem Gel abgenommen hat, hat er ihn fotografiert.

»Alle sind hier«, meldet er Scarpetta am Telefon, das auf Lautsprecher geschaltet ist. »Wer möchte anfangen?«, fragt er die Kollegen, die sich um den Untersuchungstisch scharen. »Randy?«

Randy, der DNA-Spezialist, ist ein sonderbarer kleiner Mann mit Hakennase und Silberblick. Matthew mochte ihn noch nie besonders, und als Randy zu sprechen beginnt, wird ihm auch wieder klar, warum.

»Nun ja, ich hatte es mit drei potenziellen DNA-Quellen zu tun«, beginnt Randy, erbsenzählerisch wie immer. »Mit zwei Handschuhen und zwei Ohrabdrücken.«

»Das macht vier«, hallt Scarpettas Stimme durch den Raum.

»Ja, ich meinte auch vier. Natürlich hoffte ich, an der Außenseite des einen Handschuhs, das heißt aus dem getrockneten Blut, DNA sicherstellen zu können. Möglicherweise auch Spuren von der Innenseite beider Handschuhe. Aus den Ohrabdrücken hatte ich bereits DNA-Spuren entnommen«, erinnert er seine Kollegen, »und zwar, indem ich einen Abstrich durchgeführt habe, ohne den Abdruck selbst zu beschädigen, sodass individuelle Ausprägungen und potenziell charakteristische Eigenschaften wie die schwache Ausprägung der Anthelix weiterhin sichtbar blieben. Wie Sie wissen, haben wir die Daten mit CODIS abgeglichen, allerdings ohne Ergebnis. Doch wir haben gerade festgestellt, dass die DNA des Ohrabdrucks mit der im Inneren eines der Handschuhe übereinstimmt.«

»Nur in einem?«, fragt Scarpetta.

»In dem blutigen. An dem anderen Handschuh habe ich nichts entdecken können. Vermutlich wurde er nie getragen.«

»Das ist aber merkwürdig«, verwundert sich Scarpetta.

»Natürlich hat Matthew mir geholfen, da die Anatomie des Ohrs nicht unbedingt mein Spezialgebiet ist. Außerdem fallen Abdrücke jeglicher Art sowieso eher in seine Abteilung«, fügt Randy hinzu, als ob das jemanden interessieren würde. »Wie ich gerade sagte, haben wir die DNA aus den Ohrabdrücken, insbesondere aus dem Bereich der Helix und des Ohrläppchens, sichergestellt. Sie stammt eindeutig von derselben Person, die auch einen der Handschuhe getragen hat. Also kann man davon ausgehen, dass besagte Person, deren Ohrabdruck sich an der Glasscheibe des Hauses der vermissten Familie befindet, auch Daggie Simister auf dem Gewissen hat. Oder dass sie zumindest einen der Latexhandschuhe am Tatort trug.«

»Wie oft haben Sie während all dieser Untersuchungen Ihren dämlichen Bleistift angespitzt?«, zischt Marino ihm zu.

»Wie bitte?«

»Damit Sie auch ja keines dieser faszinierenden Details vergessen«, sagt Marino so leise, dass Scarpetta ihn nicht hören kann. »Ich wette, Sie zählen die Ritzen auf dem Gehweg und stellen sich vor dem Sex die Eieruhr.«

»Randy, fahren Sie bitte fort«, meint Scarpetta. »Schade, dass es keine Übereinstimmung in CODIS gab.«

Umständlich und faktenhuberisch wie gewöhnlich, bestätigt Randy ihr noch einmal, dass die Suche in der CODIS genannten DNA-Datenbank ohne Erfolg geblieben ist. Der Mensch, von dem das fragliche genetische Material stammt, ist nicht dort gespeichert, ein möglicher Hinweis darauf, dass er auch nie verhaftet worden ist.

»Die DNA aus dem Blut, das wir in dem Laden am Strand in Las Olas sichergestellt haben, ist ebenfalls nicht gespeichert. Allerdings handelt es sich bei einigen der Proben nicht um Blut«, spricht Randy in das schwarze Telefon auf der Theke. »Keine Ahnung, womit wir es zu tun haben, jedenfalls mit einer Substanz, die ein falsches positives Ergebnis auslöst. Lucy meinte, es könnte vielleicht Kupfer sein. Ihrer Ansicht nach reagiert das Luminol auf das Antipilzmittel, eine Art Kupferspray, das man in Florida vorbeugend gegen Zitrusbrand verwendet.«

»Wie kommt sie darauf?«, fragt Joe, ein weiterer Kollege, den Matthew nicht ausstehen kann.

»Am Tatort im Fall Simister wurden drinnen und draußen große Mengen von Kupfer gefunden.«

»Und welche bei Beach Bums sichergestellten Proben enthielten nun menschliches Blut?«, fragt Scarpettas Stimme.

»Die aus der Toilette. In den Proben aus dem Lagerraum war kein Blut, vielleicht ist es ja Kupfer. Ebenso die Spuren aus dem Kombi. Der Teppich im Fußraum vor dem Beifahrersitz hat auf Luminol angesprochen, aber es war ebenfalls kein Blut. Wieder eine falsche positive Reaktion. Könnte ebenfalls Kupfer sein.«

»Phil? Sind Sie da?«

»Hier bin ich«, erwidert Phil, der für die Faserspuren zuständig ist.

»Es tut mir wirklich Leid«, sagt Scarpetta, und sie klingt, als ob sie es ehrlich meint. »Aber ich möchte, dass in den Labors auf Hochtouren gearbeitet wird.«

»Ich dachte, das täten wir sowieso schon und stünden kurz vor dem Kolbenfresser.« Und wenn Joe am Ertrinken wäre, er könnte trotzdem den Mund nicht halten.

»Sämtliche noch nicht analysierten biologischen Proben müssen auf der Stelle unersucht werden«, drängt Scarpetta. »Einschließlich der möglichen DNA-Quellen aus dem Haus in Hollywood, wo die beiden Jungen und die Frauen verschwunden sind. Alles wird mit CODIS abgeglichen. Es ist davon auszugehen, dass die Vermissten tot sind.«

Die wissenschaftlichen Mitarbeiter, Joe und Marino wechseln Blicke. Diese Bemerkung ist völlig untypisch für Scarpetta.

»Sie sprühen ja förmlich vor Optimismus«, sagt Joe.

»Phil, am besten untersuchen Sie die Spuren von dem Teppich sowie die aus dem Haus im Fall Simister und die aus dem Kombi mit dem Rasterelektronenmikroskop«, fährt Scarpetta fort. »Dann wissen wir, ob es wirklich Kupfer ist.«

»Vermutlich strotzt hier alles nur so von Kupfer.«

»Nein, das stimmt nicht«, widerspricht Scarpetta. »Schließlich gibt es auch Leute, die es nicht brauchen, denn nicht jeder hat Zitrusbäume im Garten. Doch in den Fällen, mit denen wir es zu tun haben, bilden die Bäume eine Gemeinsamkeit.«

»Was ist mit dem Laden am Strand? Dort in der Nähe gibt es doch sicher keine Zitrusbäume.«

»Ein guter Einwand.«

»Nehmen wir einmal an, dass wir in einigen Proben Spuren von Kupfer finden …«

»Das wäre wichtig«, erwidert Scarpetta. »Denn dann müssten wir uns nach dem Grund fragen. Wer hat das Kupfer in den Lagerraum eingeschleppt? Und in den Kombi? Außerdem wäre es wichtig, das Haus der verschwundenen Familie noch einmal unter die Lupe zu nehmen und auch dort nach Kupferspuren zu suchen. Gibt es etwas Interessantes zu der roten Farbe am Boden und an den Betonbrocken?«

»Alkoholbasis, Hennapigmente. Eindeutig nicht das, was man in Lacken oder Wandfarben findet«, antwortet Phil.

»Was ist mit vorübergehenden Tätowierungen oder Körperbemalungen?«

»Durchaus möglich. Aber bei einer Alkoholbasis könnten wir das nicht feststellen. Das Ethanol oder Isopropanol wäre inzwischen verdunstet.«

»Merkwürdig, dass wir es in diesem Lagerraum entdeckt haben, wo es sich bestimmt schon seit einer Weile befunden hat. Hält jemand Lucy auf dem Laufenden? Wo ist sie eigentlich?«

»Keine Ahnung«, entgegnet Marino.

»Wir brauchen DNA-Proben von Florrie Quincy und ihrer Tochter Helen«, sagt Scarpetta. »Dann wissen wir, ob das Blut in dem Laden am Strand von den beiden stammt.«

»Das Blut auf der Toilette ist eindeutig nur von einer Person«, sagt Randy. »Ganz sicher nicht von zweien. Ansonsten könnten wir klar bestimmen, ob diese beiden Personen miteinander verwandt sind. Mutter und Tochter zum Beispiel.«

»Ich werde es mit dem Rasterelektronenmikroskop untersuchen«, sagt Phil.

»Mit wie vielen Fällen haben wir es hier eigentlich zu tun?«, fragt Joe. »Und nehmen Sie wirklich an, dass zwischen allen ein Zusammenhang besteht? Sollen wir die Vermissten deshalb wie Tote behandeln?«

»Ich kann es zwar nicht mit Gewissheit sagen«, antwortet Scarpetta. »Aber ich befürchte es.«

»Wie ich bereits erklärt habe, gab es im Fall Simister keine Übereinstimmung in CODIS«, fährt Randy fort. »Aber die DNA an der Innenseite des blutigen Latexhandschuhs ist nicht dieselbe wie auf der Außenseite, was nicht weiter verwunderlich ist. An der Innenseite finden sich Hautschuppen, die vom Träger stammen. Das Blut an der Außenseite kommt aller Wahrscheinlichkeit nach von einer anderen Person«, erläutert er, und Matthew wundert sich, wie Randys Frau das nur aushält.

Wie kann man mit so einem Menschen zusammenleben? Ihn Tag für Tag ertragen?

»Gehört das Blut Daggie Simister?«, unterbricht Scarpetta seine Ausführungen.

Wie jeder andere vernünftige Mensch geht sie davon aus, dass ein blutiger Handschuh, der am Tatort von Daggie Simisters Ermordung gefunden wurde, auch mit ihrem Blut befleckt ist.

»Tja, das Blut auf dem Teppich ist eindeutig ihres.«

»Damit meint er den Teppich am Fenster, wo sie vermutlich den Schlag auf den Kopf bekommen hat«, ergänzt Joe.

»Ich rede jetzt aber von dem Blut am Handschuh. Ist es von Daggie Simister?« Allmählich merkt man Scarpetta die Ungeduld an.

»Nein, Sir.«

Randy spricht jeden, ungeachtet des Geschlechts, mit Sir an.

»Das Blut am Handschuh ist definitiv nicht von ihr, und das ist merkwürdig«, fährt Randy, ganz der Umstandskrämer, fort. »Obwohl das eigentlich zu erwarten gewesen wäre.«

O nein, jetzt geht es schon wieder los, denkt Matthew.

»Da liegen also Latexhandschuhe am Tatort. An der Außenseite befindet sich Blut, an der Innenseite nicht.«

»Wie sollte das Blut auch an die Innenseite kommen?« Marino sieht ihn finster an.

»Da ist keines.«

»Ich weiß, dass da keines ist. Aber warum sollte welches da sein?«

»Wenn der Täter sich zum Beispiel verletzt und in den Handschuh geblutet hätte. Vielleicht hat er sich ja geschnitten, während er den Handschuh trug. Das habe ich schon bei Messerstechereien erlebt. Der Täter trägt Handschuhe, verwundet sich, und so gerät Blut in den Handschuh. Aber in diesem Fall war das ganz bestimmt nicht so. Und das bringt mich zu einigen wichtigen Fragen: Warum befindet sich das Blut im Fall Simister außen am Handschuh, wenn es vom Täter stammt? Und weshalb unterscheidet sich diese DNA von der, die ich im Inneren desselben Handschuhs sichergestellt habe?«

»Ich denke, das ist uns klar«, unterbricht Matthew, dessen Geduld mit Randys umständlicher Art gleich zu Ende ist.

Wenn Randy auch nur eine Minute so weiterredet, wird Matthew die Flucht ergreifen, zum Beispiel unter dem Vorwand, er müsse aufs Klo oder er habe etwas zu erledigen. Zum Beispiel Gift nehmen.

»An der Außenseite eines Handschuhs ist mit Blut zu rechnen, wenn der Täter einen blutigen Gegenstand oder eine blutende Person berührt hat«, sagt Randy.

Alle bis auf Scarpetta kennen die Antwort. Randy will die Spannung ins Unerträgliche steigern, und er wird sich seinen großen Moment von niemandem streitig machen lassen. Schließlich ist er der DNA-Spezialist.

»Randy?«, ertönt Scarpettas Stimme.

Diesen Tonfall schlägt sie an, wenn Randy sich verzettelt oder seinen Mitmenschen – einschließlich ihr selbst – auf die Nerven geht.

»Wissen wir, wem das Blut am Handschuh gehört?«, erkundigt sie sich.

»Ja, Sir, das wissen wir. Tja, zumindest beinahe. Entweder stammt es von Johnny Swift oder von seinem Bruder Laurel. Sie sind eineiige Zwillinge«, rückt er endlich mit der Sprache heraus. »Also ist ihre DNA identisch.«

»Sind Sie noch dran?«, fragt Matthew Scarpetta, nachdem lange Zeit Schweigen geherrscht hat.

»Ich kann mir nicht vorstellen, dass es Laurels Blut ist«, ergreift Marino schließlich das Wort. »Schließlich war das Blut in dem Wohnzimmer, wo seinem Bruder die Rübe weggepustet worden ist, auch nicht von ihm.«

»Ich blicke da nicht mehr durch«, mischt sich Mary, die Toxikologin, ein. »Johnny Swift wurde im November erschossen. Wie kann sein Blut also plötzlich zehn Wochen später in einem Fall auftauchen, der offenbar nicht das Geringste damit zu tun hat?«

»Und wie kommt sein Blut in das Haus, in dem Daggie Simister ermordet wurde?«, hallt Scarpettas Stimme durch den Raum.

»Es liegt durchaus im Bereich des Möglichen, dass die Handschuhe aus einem bestimmten Grund am Tatort deponiert wurden«, sagt Joe.

»Offenbar sehen Sie den Wald vor lauter Bäumen nicht«, zischt Marino ihm zu. »Und das ist, dass der Mensch, der die arme Frau abgeknallt hat, uns anscheinend mitteilen möchte, dass er auch in den Mord an Johnny Swift verwickelt ist. Da will uns jemand verarschen.«

»Er war vor kurzem operiert worden ...«

»Schwachsinn«, fällt Marino Joe ins Wort. »Das Blut in diesen Handschuhen kann unmöglich von einer Karpaltunnel-OP kommen. Meine Güte! Sie suchen nach Einhörnern, obwohl es hier von Pferden nur so wimmelt.«

»Was?«

»Ich denke, die Botschaft ist eindeutig«, erwidert Marino laut. Mit hochrotem Gesicht läuft er im Labor auf und ab. »Der Täter will uns sagen, dass er auch Johnny Swift auf dem Gewissen hat. Und die Handschuhe gehören zu seinem Spielchen.«

»Wir können nicht ausschließen, dass das Blut doch von Laurel kommt«, wendet Scarpetta ein.

»Das würde natürlich einiges erklären«, erwidert Randy.

»Das erklärt einen Scheißdreck. Warum sollte Laurel seine DNA im Waschbecken hinterlassen, wenn er wirklich der Mörder von Mrs. Simister ist?«, entgegnet Marino.

»Vielleicht ist das Blut ja von Johnny Swift.«

»Halt die Klappe, Randy. Da sträuben sich einem ja die Haare.«

»Sie haben doch gar keine Haare, Pete«, antwortet Randy so pedantisch wie naiv.

»Könnten Sie mir vielleicht erklären, wie wir herauskriegen

sollen, ob das Blut von Laurel oder von Johnny stammt, wenn ihre DNA offenbar identisch ist?«, ruft Marino laut. »Langsam finde ich diesen Mist nicht mehr komisch.«

Vorwurfsvoll blickt er zwischen Randy und Matthew hin und her. »Sind Sie sicher, dass Sie bei Ihren Tests nichts verwechselt haben?«

Ihm ist es ganz egal, wer mithört, wenn er die Glaubwürdigkeit eines Menschen beschädigt oder einfach nur Seitenhiebe verteilt.

»Vielleicht hat ja der eine oder andere von Ihnen ein Wattestäbchen durcheinandergebracht«, fügt er hinzu.

»Nein, Sir, das ist absolut unmöglich«, protestiert Randy. »Matthew hat die Proben erhalten, und ich habe dann die Auszüge hergestellt, die Analysen durchgeführt und alles mit CODIS abgeglichen. Die Beweiskette wurde nicht unterbrochen, und Johnny Swifts DNA befindet sich in der Datenbank, weil die Daten von jedem, der obduziert wurde, dort eingespeichert sind. Das heißt, dass Johnny Swifts DNA im vergangenen November in CODIS eingegeben wurde. Ich denke, da liege ich richtig. Sind Sie noch dran?«, fragt er Scarpetta.

»Ja ...«, beginnt sie.

»Seit dem vergangenen Jahr ist es nämlich Vorschrift, alle Fälle, ob Selbstmord, Mord oder Tod unter natürlichen Umständen, dort einzuspeichern«, predigt Joe und fällt Scarpetta wie immer ins Wort. »Nur weil jemand zum Opfer wird oder stirbt, ohne dass eine Straftat vorliegt, schließt das noch lange nicht aus, dass er im Laufe seines Lebens in ein Verbrechen verwickelt gewesen sein könnte. Ich nehme an, wir können sicher sein, dass die Swift-Brüder eineiige Zwillinge sind.«

»Sie sehen gleich aus, reden gleich, sie ziehen sich gleich an, und sie vögeln gleich«, flüstert Marino ihm zu.

»Marino?«, meldet sich Scarpettas Stimme wieder zu Wort. »Hat uns die Polizei eine DNA-Probe von Laurel Swift übergeben, die ihm zum Zeitpunkt des Todes seines Bruders abgenommen wurde?«

»Nein. Warum auch?«

»Nicht einmal zu Ausschlusszwecken?«, fragt Joe.

»Was hätte denn ausgeschlossen werden sollen? Die DNA bringt uns hier nicht weiter«, erwidert Marino. »Immerhin befand sich Laurels DNA überall im Haus. Er wohnt nämlich dort.«

»Es wäre schön, wenn wir sie testen könnten«, sagt Scarpetta. »Matthew? Haben Sie bei der Untersuchung des blutigen Handschuhs aus Daggie Simisters Haus irgendwelche Chemikalien angewendet, die weitere Tests erschweren könnten?«

»Superglue«, antwortet Matthew. »Übrigens habe ich den einen Fingerabdruck, den ich sicherstellen konnte, überprüft. In AFIS war nichts zu finden. Zu dem Abdruck-Fragment vom Sicherheitsgurt im Kombi konnte ich auch keine Übereinstimmungen entdecken. Die Details reichten nicht.«

»Mary, könnten Sie Proben von dem Blut am Handschuh nehmen?«

»Der Superglue dürfte kein Hinderungsgrund sein, da er nur auf die Aminosäuren in Hautfetten und Schweiß reagiert, nicht auf Blut.« Joe kann sich die Erklärung nicht verkneifen. »Also müsste es klappen.«

»Ich besorge gern eine Probe«, spricht Matthew in das schwarze Telefon. »Es ist noch genug blutiger Latex vorhanden.«

»Ich erledige das«, erbietet sich Joe rasch.

»Marino?«, fährt Scarpetta fort. »In der Akte müssten seine DNA-Karten liegen. Wir fertigen immer mehrere an.«

»Wenn Sie diese Fallakte anfassen, schlage ich Ihnen die Zähne ein«, zischt Marino zu Joe.

»Du kannst eine dieser Karten in einen Asservatenumschlag stecken und Mary gegen Empfangsbescheinigung aushändigen«, weist Scarpetta ihn an. »Und, Mary? Nehmen Sie eine Blutprobe von der Karte und eine von dem Handschuh.«

»Ich glaube, ich verstehe nicht ganz«, antwortet Mary, und Matthew kann ihr das nicht verdenken.

Er hat keine Ahnung, was ein Toxikologe mit einem angetrockneten Blutströpfchen von einer DNA-Karte und einer ebenso winzigen Menge Blut von einem Handschuh anfangen soll.

»Vielleicht wäre das ja eher etwas für Randy«, schlägt Mary vor. »Sie wollen doch sicher weitere DNA-Tests durchführen.«

»Nein«, entgegnet Scarpetta. »Ich möchte, dass Sie das Blut auf Lithium untersuchen.«

Scarpetta steht am Spülbecken und reinigt ein Huhn. Ihr Treo steckt in ihrer Tasche, und sie hat den Knopf im Ohr.

»Weil sein Blut damals sicher nicht daraufhin untersucht worden ist«, sagt sie am Telefon zu Marino. »Wenn er noch Lithium einnahm, hat sein Bruder das der Polizei anscheinend verschwiegen.«

»Dann hätte man am Tatort doch das Döschen mit dem Verschreibungsetikett finden müssen«, erwidert Marino. »Was ist denn das für ein Krach?«

»Ich mache gerade Dosen mit Hühnerbrühe auf. Schade, dass du nicht hier bist. Keine Ahnung, warum kein Lithiumdöschen sichergestellt wurde«, spricht sie weiter, während sie den Doseninhalt in einen Kupfertopf gießt. »Allerdings ist es möglich, dass sein Bruder die Tablettendöschen mit Johnnys Namen darauf weggeräumt hat, damit die Polizei sie nicht entdeckt.«

»Warum? Es handelt sich doch nicht um Kokain oder sonst was Illegales.«

»Johnny Swift war ein angesehener Neurologe. Vielleicht wollte sein Bruder geheim halten, dass er an einer psychischen Krankheit litt.«

»Na, ich hätte es ganz bestimmt nicht gern, wenn ein Mensch, der Stimmungsschwankungen hat, an meinem Gehirn rumdoktert.«

Scarpetta hackt Zwiebeln. »Seine bipolare Störung hatte vermutlich nicht den geringsten Einfluss auf seine Fähigkeiten als Arzt, doch es gibt viel Unwissen auf dieser Welt. Also ist es durchaus möglich, dass Laurel der Polizei und seinem sozialen Umfeld Johnnys Krankheit verheimlichen wollte.«

»Das ergibt für mich keinen Sinn. Wenn er die Wahrheit gesagt hat, ist er gleich nach dem Auffinden der Leiche aus dem Haus gerannt. Deshalb kann er nicht zuvor Pillendöschen eingesammelt haben.«

»Ich denke, das wirst du ihn selbst fragen müssen.«

»Sobald die Ergebnisse der Lithium-Untersuchung vorliegen. Ich möchte lieber wissen, woran ich bin. Außerdem haben wir im Moment ein viel größeres Problem«, fährt er fort.

»Ich kann mir nicht vorstellen, wie sich unsere Probleme noch vergrößern sollten«, antwortet Scarpetta und beginnt, das Huhn zu tranchieren.

»Es geht um die Patronenhülse«, sagt Marino. »Die aus dem Mord am Walden Pond, bei der eine Übereinstimmung in NIBIN gefunden wurde.«

»Ich wollte nicht in Gegenwart der anderen darüber reden«, sagt Marino am Telefon. »Es muss einer von uns dahinterstecken. Eine andere Erklärung gibt es nicht.«

Die Tür seines Büros, wo er am Schreibtisch sitzt, ist nicht nur zugezogen, sondern auch abgeschlossen.

»Es ist nämlich Folgendes passiert«, erzählt er weiter. »Heute früh habe ich mit einem Kumpel gesprochen, der bei der Polizei von Hollywood für die Asservatenkammer zuständig ist. Er hat mal einen Blick in den Computer geworfen und brauchte nur fünf Minuten, um die Daten des Schrotgewehrs abzurufen, das vor zwei Jahren bei dem Überfall mit Todesfolge auf den Lebensmittelladen benutzt wurde. Und rate mal, wo diese Waffe jetzt eigentlich sein müsste, Doc. Ich hoffe, du sitzt gut.«

»Hinsetzen hat noch nie was genützt«, erwidert Scarpetta. »Also raus mit der Sprache.«

»In unserer eigenen Sammlung von Demonstrationsobjekten.«

»In der Akademie? In unserer Schusswaffensammlung in der Akademie?«

»Die Polizei von Hollywood hat sie uns vor einem Jahr zusammen mit ein paar weiteren Waffen, die nicht mehr gebraucht wurden, gespendet. Schon vergessen?«

»Hast du dich persönlich im Schusswaffenlabor davon überzeugt, dass das Gewehr nicht mehr da ist?«

»Davon ist auszugehen. Schließlich wissen wir, dass vor kurzem oben im Norden damit eine Frau erschossen worden ist.«

»Sieh sofort nach«, weist sie ihn an. »Und ruf mich dann zurück.«

51

Hog wartet in der Schlange.

Er steht hinter einer dicken Frau, die einen grellrosa Hosenanzug trägt. In der einen Hand hat er seine Stiefel und eine Reisetasche, in der anderen Führerschein und Bordkarte. Er tritt vor und legt Stiefel und Jacke in eine Plastikwanne.

Nachdem er die Wanne und seine Tasche auf dem Förderband deponiert hat, setzen sich die Sachen in Bewegung. Er stellt seine bestrumpften Füße genau in die weißen Fußabdrücke auf dem Teppich und verharrt in dieser Stellung, bis ein Flughafenmitarbeiter ihn mit einer Kopfbewegung anweist, durch den Metalldetektor zu gehen. Er gehorcht, nichts piepst, und er zeigt dem Wachmann seine Bordkarte. Dann nimmt er Stiefel und Jacke aus der Wanne, greift nach seiner Tasche und steuert auf Flugsteig einundzwanzig zu. Niemand interessiert sich für ihn.

Er kann die verwesenden Leichen noch immer riechen, bekommt den Gestank einfach nicht aus der Nase. Vielleicht ist es ja eine Geruchshalluzination. Das hat er schon öfter gehabt. Manchmal weht ihm Rasierwasserduft von Old Spice entgegen, so wie damals, als er auf der Matratze das Böse getan hat und an einen Ort geschickt wurde, wo zwischen alten Backsteingebäuden der Schnee fiel und wo es kalt war. Jetzt fliegt er wieder dorthin. Es schneit zwar, aber nicht allzu stark. Bevor er ein Taxi zum Flughafen nahm, hat er sich den Wetterbericht angesehen. Er wollte den Blazer nicht auf dem Langzeit-Parkplatz lassen, weil das ein Vermögen kostet. Außerdem wollte er vermeiden, dass jemand einen Blick in den Kofferraum wirft. Er hat nämlich nicht besonders gründlich sauber gemacht.

Er reist mit leichtem Gepäck, denn er braucht nicht mehr als einen Satz Kleider zum Wechseln, Waschzeug und ein zweites Paar Stiefel, das besser passt. Die alten Stiefel werden bald ausgedient haben. Sie sind Sondermüll, ein Gedanke, den er komisch findet. Während die Stiefel auf den Flugsteig zugehen, überlegt er, ob er sie vielleicht doch für immer behalten soll. Sie haben eine bewegte Geschichte hinter sich, sind in Häuser spaziert, als ob sie ihm gehörten, haben sich Menschen geschnappt, als ob sie ihm gehörten, und sind später zu diesen Häusern zurückgekehrt und auf Gegenstände geklettert, um Ausschau zu halten und zu guter Letzt frech hineinzumarschieren. Die Stiefel haben ihn von Zimmer zu Zimmer getragen, um Gottes willen zu tun. Zu bestrafen. Menschen zu verwirren. Das Gewehr. Der Handschuh. Er wird es allen zeigen.

Gott hat einen IQ von einhundertundfünfzig.

Seine Stiefel haben ihn ins Haus gebracht, und er hatte die Kapuze auf dem Kopf, bevor sie auch nur wussten, wie ihnen geschah. Bescheuerte Frömmler. Dämliche kleine Waisenjungen. Ein verblödeter kleiner Waisenjunge geht in eine Apotheke. Mama Nummer eins hält seine Hand und hilft ihm, sein Rezept einzulösen. Ein Geisteskranker. Hog hasst Geisteskranke, beschissene Frömmler, kleine Jungen, kleine Mädchen und Old Spice. Marino, der dicke, dumme Bulle, benutzt auch Old

Spice. Hog hasst Dr. Self und bereut es, dass nicht sie es war, die er an die Matratze gefesselt hat. Er hätte sich ein bisschen mit den Stricken amüsieren und sich für das, was sie ihm angetan hat, an ihr schadlos halten können.

Hog ist die Zeit davongelaufen, und Gott ist gar nicht mit ihm zufrieden.

Die Zeit reichte nicht, um den schlimmsten Sünder von allen zu bestrafen.

Du musst zurückkehren, hat Gott gesagt. *Diesmal mit Basil.*

Hogs Stiefel gehen zum Flugsteig und tragen ihn zu Basil. Sie werden wieder zusammen Spaß haben wie damals, nachdem Hog das Böse getan hatte, weggeschickt wurde und wieder zurückgekehrt und Basil in einer Kneipe begegnet ist.

Er hat sich nie vor Basil gefürchtet und sich auch nicht von ihm abgestoßen gefühlt, als sie zum ersten Mal nebeneinander am Tresen saßen und Tequila tranken. Sie genehmigten sich gemeinsam ein paar Gläser, und Hog bemerkte sofort, dass Basil das gewisse Etwas hatte.

Du bist anders, begann er.

Ich bin Bulle, erwiderte Basil.

Das war in South Beach, wo Hog oft seine Runde machte und – auf der Suche nach Drogen und Sex – herumlungerte.

Du bist nicht nur Bulle, antwortete Hog. *So etwas merke ich.*

Ach, wirklich?

Ich merke das. Ich kenne mich aus mit Menschen.

Was hältst du davon, wenn ich dir etwas zeige? Hog hatte den Eindruck, dass Basil ihm ebenfalls auf die Schliche gekommen war. *Du müsstest mir einen Gefallen tun,* sagte Basil zu Hog.

Warum sollte ich?

Weil es dir Spaß machen wird.

Später in dieser Nacht saß Hog in Basils Auto, nicht im Streifenwagen, sondern in einem weißen Ford LTD, der wie ein Zivilfahrzeug der Polizei aussah, aber keines war, sondern sein Privatauto. Schließlich konnte er außerhalb von Miami ja schlecht in einem Streifenwagen mit der Aufschrift Dade County herumkurven, denn es bestand die Möglichkeit, dass sich jemand daran erinnern würde. Hog war ein wenig enttäuscht. Er liebt Polizeiautos, Sirenen und Blaulichter, die ihn mit ihrem Leuchten und Blinken an den Christmas Shop erinnern.

Sie werden niemals Verdacht schöpfen, wenn du sie ansprichst, sagte Basil in jener ersten Nacht, nachdem sie eine Weile herumgefahren waren und Crack geraucht hatten.

Warum ausgerechnet ich?, fragte Hog, aber er hatte überhaupt keine Angst.

Allerdings wäre es vernünftig von ihm gewesen, welche zu haben. Denn Basil tötet, wen er will, hätte also genauso gut Hog umbringen können. Und zwar ohne Probleme.

Doch Gott sagte Hog, was er tun sollte, und hielt die schützende Hand über ihn.

Basil bemerkte das Mädchen zuerst, das gerade Geld an einem Automaten zog. Wie sich später herausstellte, war sie erst achtzehn. Sie hatte den Motor laufen lassen. Wie leichtsinnig. Immerhin wird allgemein davor gewarnt, wie gefährlich es ist, nach Einbruch der Dunkelheit Geld zu ziehen, vor allem für hübsche junge Mädchen, die ganz allein sind und Shorts und ein knappes T-Shirt tragen. Junge hübsche Mädchen können nicht vorsichtig genug sein.

Gib mir dein Messer und deine Knarre, sagte Hog zu Basil.

Hog schob sich die Pistole in den Hosenbund und schnitt sich mit dem Messer in den Daumen. Nachdem er sich das Blut ins Gesicht geschmiert hatte, kletterte er nach hinten auf den Rücksitz und legte sich hin. Basil fuhr langsam zum Geldautomaten und stieg aus. Dann öffnete er die hintere Tür und warf mit angemessen bekümmerter Miene einen Blick auf Hog.

Das wird schon wieder, sagte er zu Hog und wandte sich dann an das Mädchen: *Bitte helfen Sie uns. Wir hatten einen Unfall. Wo ist das nächste Krankenhaus?*

O mein Gott. Wir sollten einen Rettungswagen anrufen. Hektisch kramte die junge Frau ihr Mobiltelefon aus der Tasche.

Da bugsierte Basil sie mit einem heftigen Stoß auf den Rücksitz, und Hog hielt ihr die Waffe ins Gesicht.

Sie fuhren davon.

Scheiße, kicherte Basil aufgekratzt. *Du bist ja echt gut. Jetzt müssen wir uns nur noch überlegen, wo wir hinfahren.*

Bitte tut mir nichts, schluchzte das Mädchen. Als Hog dasaß und das weinende, flehende Opfer mit der Waffe bedrohte, stieg ein Gefühl in ihm hoch: Er hatte Lust auf Sex.

Maul halten, befahl Basil. *Es nützt dir sowieso nichts. Am besten suchen wir uns ein ruhiges Plätzchen. Vielleicht der Park. Nein, dort fährt die Polizei Streife.*

Ich wüsste da etwas. Niemand wird uns dort finden. Optimal geeignet. Wir können uns alle Zeit der Welt lassen. Er war erregt, und seine Gier nach Sex wurde übermächtig.

Er lotste Basil zu dem verfallenen Haus, wo es weder Strom noch fließendes Wasser gab, nur ein Hinterzimmer mit einer Matratze und Sexmagazinen. Es war Hogs Idee, die Gefangene so zu fesseln, dass sie sich nur mit hoch erhobenen Armen setzen konnte.

Hände hoch!

Wie in Zeichentrickfilmen.

Hände hoch!

Wie in kitschigen Western.

Basil bezeichnete Hog als das größte Genie, dem er je begegnet sei. Und nachdem sie einige Frauen in das Haus gebracht und so lange dort gefangen gehalten hatten, bis sie zu schlecht rochen, zu krank wurden oder einfach nur verbraucht waren, erzählte Hog Basil vom Christmas Shop.

Kennst du den?

Nein.

Du kannst ihn gar nicht verfehlen. Direkt am Strand an der A1A. Die Besitzerin erstickt im Geld.

Hog hat ihm erklärt, dass sie samstags stets allein im Laden sei. Kaum ein Kunde verirre sich dorthin. Wer kauft auch im Juli am Strand Weihnachtsartikel?

Echt?

Aber er hätte es nicht gleich an Ort und Stelle tun sollen.

Doch ehe Hog es sich versah, hatte Basil sie schon ins Hinterzimmer geschleppt, vergewaltigte sie und stach auf sie ein, bis alles voller Blut war. Hog beobachtete alles und überlegte, wie sie sich unbemerkt wieder verdrücken konnten.

Der Holzfäller an der Tür war einen Meter fünfzig groß und handgeschnitzt. Er hatte eine echte antike Axt in der Hand, mit gebogenem Holzstiel und einem schimmernden Stahlkopf, der zur Hälfte blutrot bemalt war. Da hatte Hog einen Einfall.

Etwa eine Stunde später trug Hog die Müllsäcke vor die Tür und vergewisserte sich, dass niemand in der Nähe war. Er verstaute die Müllsäcke im Kofferraum von Basils Auto. Kein Mensch bemerkte sie.

Wir haben Glück gehabt, sagte Hog zu Basil, als sie wieder in ihrem Geheimversteck, dem alten Haus, waren und eine Grube schaufelten. *Tu so etwas nie wieder.*

Einen Monat danach war es mit Basils guten Vorsätzen wieder vorbei, und er versuchte, zwei Frauen gleichzeitig zu entführen. Hog war nicht dabei. Basil zwang die Frauen, in seinen Wagen einzusteigen, und dann hatte die verdammte Schrottkarre eine Panne. Basil hat nie jemandem von Hogs Existenz verraten. Er hat ihn geschützt. Und nun ist Hog an der Reihe.

Sie führen dort oben eine Studie durch, hat Hog Basil geschrieben. *Das Gefängnis wurde darüber informiert und um freiwillige Probanden gebeten. Das wäre doch etwas für dich. Du könntest etwas Sinnvolles tun.*

Es war ein freundlicher, harmloser Brief, der keinen Gefängnismitarbeiter stutzig machte. Also teilte Basil dem Gefängnisdirektor mit, er wolle gern an der in Massachusetts durchgeführten Studie teilnehmen, um etwas zur Wiedergutmachung seiner Sünden beizutragen. Wenn die Ärzte herausfanden, was mit Menschen wie ihm nicht in Ordnung sei, könne man den Zustand vielleicht heilen. Ob der Gefängnisdirektor sich von Basils Spielchen wirklich täuschen ließ, bleibt offen. Jedenfalls wurde Basil im vergangenen Dezember ins Butler State Hospital verlegt.

Und das alles nur wegen Hog. Der Hand Gottes.

Seitdem mussten sie erfindungsreich sein, um weiter in Kontakt zu bleiben. Doch Gott hat Hog gezeigt, wie er Basil jede beliebige Nachricht zukommen lassen kann. Gott hat schließlich einen IQ von einhundertfünfzig.

An Flugsteig einundzwanzig angekommen, sucht Hog sich einen Platz möglichst weit entfernt von den anderen Fluggästen und wartet auf die Neun-Uhr-Maschine. Sie ist pünktlich; also wird er um zwölf Uhr landen. Er öffnet seine Tasche und holt den Brief heraus, den Basil ihm vor einem guten Monat geschrieben hat.

Ich habe die Anglerzeitschriften erhalten. Vielen Dank. Die Artikel waren wie immer sehr lehrreich. Basil Jenrette.

PS: Sie werden mich wieder in die verdammte Röhre stecken, und zwar am Donnerstag, dem 17. Februar. Aber diesmal soll es nicht lange dauern. »Rein um siebzehn Uhr, raus um siebzehn Uhr fünfzehn.« Nichts als leere Versprechungen.

52

Es hat aufgehört zu schneien, und die Hühnersuppe köchelt auf dem Herd. Scarpetta misst zwei Tassen italienischen Arborioreis ab und öffnet eine Flasche trockenen Weißwein.

»Kommst du runter?« Sie geht an die Tür, ruft nach Benton.

»Bitte komm erst mal rauf«, erwidert seine Stimme aus dem im oberen Stockwerk gelegenen Arbeitszimmer.

Scarpetta zerlässt Butter in einer Kupferpfanne und beginnt, das Hühnchen anzubräunen. Dann gibt sie den Reis in die Hühnerbrühe. Ihr Mobiltelefon läutet. Benton ist am Apparat.

»Das ist doch albern«, schimpft sie mit einem Blick auf die Treppe, die hinauf ins Arbeitszimmer führt. »Komm jetzt bitte runter. Ich koche gerade. Außerdem wird in Florida die Hölle los sein, und ich muss mit dir reden.«

Sie löffelt ein wenig Brühe auf das angebratene Hühnchen.

»Und ich finde es wirklich wichtig, dass du dir das da ansiehst«, gibt er zurück.

Es ist komisch, seine Stimme gleichzeitig am Telefon und von oben zu hören.

»Das ist doch albern«, wiederholt sie.

»Darf ich dich etwas fragen?«, sagt seine Stimme, gleichzeitig am Telefon und von oben, sodass es ist, als sprächen zwei Bentons synchron. »Warum hat die Leiche Splitter zwischen den Schulterblättern? Wie können die dahin geraten sein?«

»Holzsplitter?«

»In eine Hautabschürfung haben sich Splitter eingegraben, und zwar auf ihrem Rücken zwischen den Schulterblättern. Jetzt würde mich interessieren, ob du eine Erklärung dafür hast, was ihr vor ihrem Tod zugestoßen sein könnte.«

»Vielleicht wurde sie über einen Holzboden geschleppt oder mit einem Gegenstand aus Holz geschlagen. Für so etwas kommen alle möglichen Gründe in Frage.« Mit einer Gabel schiebt Scarpetta das Hühnchen in der Pfanne herum.

»Aber wenn sie sich die Splitter auf einem Holzboden eingezogen hat, hätte man doch auch an anderen Körperstellen welche finden müssen. Vorausgesetzt, dass sie nackt war, als jemand sie über einen alten splittrigen Holzboden gezerrt hat.«

»Nicht zwangsläufig.«

»Mir wäre es wirklich lieber, wenn du mal raufkommst.«

»Irgendwelche Abwehrverletzungen?«

»Warum kommst du nicht rauf?«

»Sobald das Mittagessen fertig ist. Ein sexueller Übergriff?«

»Nichts weist darauf hin, obwohl sicher sexuelle Motive im Spiel waren. Ich habe im Moment keinen Hunger.«

Scarpetta rührt den Reis noch einmal um und legt den Löffel dann auf ein zusammengefaltetes Geschirrtuch.

»Weitere mögliche DNA-Quellen?«, will sie wissen.

»Zum Beispiel?«

»Keine Ahnung. Vielleicht hat sie ihm ja die Nase oder einen Finger abgebissen, der dann in ihrem Magen sichergestellt wurde.«

»Jetzt mal ernsthaft.«

»Speichel, Haare, das Blut des Täters«, erwidert sie. »Hoffentlich hat man gründliche Abstriche genommen und auch sonst alles gewissenhaft untersucht.«

»Können wir nicht hier oben darüber reden?«

Scarpetta nimmt die Schürze ab. Auf dem Weg zur Treppe telefoniert sie weiter und denkt dabei, wie lächerlich es ist, am Telefon miteinander zu sprechen, obwohl man sich in ein und demselben Haus aufhält.

»Ich lege jetzt auf«, sagt sie, als sie oben angekommen ist, und sieht ihn an.

Er sitzt in seinem schwarzen Ledersessel, und ihre Blicke treffen sich.

»Gut, dass du erst jetzt kommst«, sagt er. »Ich hatte nämlich gerade eine wunderschöne Frau am Apparat.«

»Ein Glück, dass du nicht in der Küche warst. Sonst hättest du nämlich mitgekriegt, mit wem ich eben telefoniert habe.«

Sie zieht sich einen Stuhl heran und betrachtet das Foto auf seinem Computerbildschirm: Die Tote liegt bäuchlings auf dem Autopsietisch. Scarpetta mustert die roten aufgemalten Handabdrücke auf dem Körper der Toten.

»Offenbar mit einer Schablone angebracht. Könnte eine Airbrush-Pistole gewesen sein«, stellt sie fest.

Benton vergrößert die Stelle zwischen den Schulterblättern der Leiche, damit Scarpetta sich die Abschürfung genauer ansehen kann.

»Um eine deiner Fragen zu beantworten«, sagt sie. »Ja, es ist möglich, festzustellen, ob eine Schürfwunde voller Splitter vor oder nach dem Tod entstanden ist. Das erkennt man an den Reaktionen des Gewebes. Vermutlich liegen keine histologischen Untersuchungsergebnisse vor.«

»Meines Wissens existieren keine Objektträger«, antwortet Benton.

»Hat Thrush Zugriff auf ein Rasterelektronenmikroskop?«

»Die staatlichen Polizeilabors sind bestens ausgerüstet.«

»Ich gebe ihm den Tipp, eine Probe von den mutmaßlichen Splittern zu nehmen, sie auf das Einhundert- bis Fünfhundertfache zu vergrößern und sie sich genau anzuschauen. Außerdem wäre es sicher empfehlenswert, die Leiche auf Kupferspuren zu untersuchen.«

Benton wirft Scarpetta einen fragenden Blick zu. »Warum?«

»Weil diese sich möglicherweise an allen Tatorten nachweisen lassen werden. Selbst im Lagerraum des ehemaligen Christmas Shop. Vermutlich handelt es sich um ein Kupferspray.«

»Die Familie Quincy besaß eine Gärtnerei. Bestimmt wird Kupferspray von vielen Unternehmen benutzt, die ihr Geld mit Zitrusbäumen verdienen. Es könnte ja sein, dass ein Familienmitglied die Kupferspuren im Hinterzimmer des Christmas Shop hinterlassen hat.«

»Außerdem sind wir in dem Lagerraum, wo wir das Blut gefunden haben, auch auf mögliche Spuren von Körperfarbe gestoßen.«

Benton schweigt, denn ihm ist gerade etwas anderes eingefallen.

»Das ist eine Gemeinsamkeit, die alle von Basil begangenen Morde aufweisen«, sagt er. »Sämtliche Opfer, zumindest die, deren Leichen entdeckt wurden, hatten Kupferspuren und Zitruspollen am Körper, auch wenn wir dem keine große Bedeutung beigemessen haben. Schließlich kommen Zitruspollen überall in Florida vor. Niemandem ist eingefallen, dass wir es mit einem Kupferspray zu tun haben könnten. Vielleicht hat er die Frauen ja an einen Ort gebracht, wo Kupferspray verwendet wurde – also auf ein Grundstück mit Zitrusbäumen.«

Benton blickt aus dem Fenster und betrachtet den grauen Himmel. Draußen auf der Straße arbeitet sich ein Schneepflug dröhnend voran.

»Wann musst du los?« Scarpetta klickt eine Aufnahme an, die die Abschürfung am Rücken der Toten zeigt.

»Erst am späten Nachmittag. Basil ist für fünf Uhr bestellt.«

»Wunderbar. Siehst du die starke Entzündung hier an dieser Stelle?« Sie deutet darauf. »Hier wurde die oberste Hautschicht durch das Reiben über eine raue Oberfläche abgeschabt. Und wenn man das Bild vergrößert«, sie tut es, »erkennst du, dass sich, bevor sie gewaschen wurde, seröse Flüssigkeit auf der Abschürfung befunden hat. Siehst du, was ich meine?«

»Ja, es scheint eine kleine Kruste zu sein. Aber sie bedeckt nicht die gesamte Fläche.«

»Wenn eine Abschürfung tief genug ist, sickert weiter Flüssigkeit aus den Blutgefäßen durch. Und du hast Recht: Es ist nicht die gesamte Fläche verkrustet, was mich zu der Vermutung bringt, dass es sich bei dieser Verletzung in Wirklichkeit um eine Reihe von Schürfwunden handelt, die dem Opfer zu verschiedenen Zeitpunkten zugefügt wurden, und zwar durch wiederholten Kontakt mit einer rauen Oberfläche.«

»Wie seltsam. Ich versuche gerade, mir das vorzustellen.«

»Schade, dass ich die histologischen Untersuchungsergebnisse nicht kenne. Polymorphonukleare weiße Blutkörperchen würden darauf hinweisen, dass die Verletzung etwa vier bis sechs Stunden alt ist, während die bräunlich-roten Krusten für gewöhnlich erst nach mindestens acht Stunden auftreten. Also hat sie noch eine Weile gelebt, nachdem man ihr diese Verletzungen zugefügt hatte.«

Scarpetta ruft weitere Bilder auf, betrachtet sie eingehend und macht sich dazu Notizen.

»Wenn du dir die Fotos dreizehn bis achtzehn anschaust«, spricht sie weiter, »wirst du auf der Rückseite ihrer Beine und auf dem Gesäß kleine gerötete Schwellungen entdecken. Für mich scheinen das abheilende Insektenstiche zu sein. Und auf der Aufnahme der Abschürfung sieht man kleine Schwellungen und kaum zu erkennende Punktblutungen, ein Hinweis auf Spinnenbisse.

Wenn mich nicht alles täuscht, müsste man unter dem Mikroskop auf verstopfte Blutgefäße und eine erhöhte Anzahl weißer, hauptsächlich eosinophiler, Blutkörperchen stoßen, was von ihrer individuellen Reaktion abhängt. Obwohl das Ergebnis ein wenig ungenau wäre, sollten wir auch einen Blick auf den Tryptasespiegel werfen, nur für den Fall, dass sie einen anaphylaktischen Schock erlitten hat. Allerdings würde mich das wundern, denn sie ist ganz sicher nicht an einem anaphylaktischen Schock nach einem Insektenstich gestorben. Ein Jammer, dass mir die verdammten histologischen Untersuchungsergebnisse nicht vorliegen. Vielleicht sind es aber auch gar keine Splitter, sondern Nesselsucht auslösende Haare. Spinnen, vor allem Taranteln, schleudern sie von sich, um sich zu verteidigen. Die Kirche von Ev und Kristin liegt direkt neben einer Zoohandlung, die auch Taranteln führt.«

»Juckt das?«, erkundigt sich Benton.

»Falls eine Spinne ihre Haare nach ihr geschleudert hat, hat das sicher gejuckt wie der Teufel«, antwortet Scarpetta. »Vielleicht hat sie sich ja an etwas gerieben, bis sie sich wundgescheuert hatte.«

53

Sie hat gelitten.

»Während ihrer Gefangenschaft ist sie eindeutig von schmerzhaften und juckenden Insektenstichen gepeinigt worden«, sagt Scarpetta.

»Moskitos?«, schlägt Benton vor.

»Nur ein einziger stark entzündeter Stich zwischen den Schulterblättern? Sie hat nämlich sonst mit Ausnahme von Ellbogen und Knien nirgendwo ähnliche Abschürfungen und Entzündungen«, fährt Scarpetta fort. »Die Abschürfungen sind nur leicht, so als hätte sie sich auf eine raue Oberfläche gekniet oder sich mit den Ellbogen abgestützt. Doch die wunden Stellen sehen völlig anders aus.«

Wieder weist sie auf die Entzündung zwischen den Schulterblättern.

»Meiner Theorie nach hat sie gekniet, als sie erschossen wurde«, sagt Benton.

»Wegen der Blutspritzer auf ihrer Hose. Kann man sich die Knie aufschürfen, wenn man beim Knien eine Hose trägt?«

»Klar.«

»Dann hat er sie also erst getötet und dann erst entkleidet. Da sieht die Sache doch schon ganz anders aus. Wenn er sie sexuell demütigen und in Angst hätte versetzen wollen, hätte er sie nämlich erst gezwungen, sich auszuziehen und hinzuknien, ihr dann den Gewehrlauf in den Mund gesteckt und zu guter Letzt abgedrückt.«

»Was ist mit der Patronenhülse in ihrem Rektum?«

»Das könnte Wut sein. Vielleicht wollte er auch, dass wir sie finden und einen Zusammenhang zu dem Fall in Florida herstellen.«

»Willst du damit sagen, dass der Mord eine in Wut begangene Affekttat gewesen sein könnte, bei der dennoch Vorsatz und Lust an der Inszenierung im Spiel waren? Dass der Täter uns an der Nase herumführen und uns zeigen will, dass eine Verbindung zwischen diesem Mord und dem Raubüberfall mit Todesfolge besteht?« Scarpetta sieht Benton an.

»Für solche Täter hat alles etwas zu bedeuten. Willkommen in der Welt der gewalttätigen Soziopathen.«

»Na, wenigstens steht eines fest«, entgegnet Scarpetta. »Er hat das Opfer eine Weile gefangen gehalten, und zwar in einem Versteck, wo es Insekten – vermutlich Feuerameisen oder Spinnen – gibt. Allerdings wimmelt es normalerweise in Hotelzimmern und Privathäusern nicht von diesen Tieren, zumindest nicht in diesen Breitengraden und mitten im Winter.«

»Mit Ausnahme von Taranteln. Die werden nicht gerade selten als Haustiere gehalten«, wendet Benton ein.

»Das Opfer wurde eindeutig anderswo entführt und hierher verschleppt. Wo genau wurde die Leiche gefunden?«, fragt Scarpetta. »Direkt am Walden Pond?«

»Etwa fünfzehn Meter von einem um diese Jahreszeit selten benutzten Spazierweg entfernt. Doch ab und zu kommt trotzdem jemand vorbei. Eine Familie, die in der Nähe des Teichs gewandert ist, hat sie gefunden, weil ihr schwarzer Labrador in den Wald gelaufen ist und zu bellen angefangen hat.«

»Das muss ja entsetzlich gewesen sein. Man geht in aller Seelenruhe am Walden Pond spazieren und stößt auf eine Leiche.«

Sie liest den Autopsiebericht auf dem Bildschirm.

»Die Tote lag noch nicht lange dort und wurde nach Einbruch der Dunkelheit am Fundort deponiert«, sagt sie. »Das heißt, wenn es stimmt, was hier steht. Dass es im Dunkeln geschehen sein muss, ergibt Sinn. Und vielleicht hat der Täter sie ein Stück neben dem Spazierweg und nicht direkt darauf abgelegt, weil er befürchtete, dass er beobachtet werden könnte. Falls doch jemand vorbeigekommen wäre – was bei Dunkelheit allerdings recht unwahrscheinlich ist –, hätte der Mörder sich im Wald verstecken können. Und das da«, sie deutet auf das verhüllte Gesicht und die wie eine Windel gewickelte Hose, »kriegt man innerhalb weniger Minuten hin, wenn man es vorher geplant und die Löcher in das Höschen geschnitten hat und wenn die Leiche bereits nackt ist. Und das bringt mich zu dem Verdacht, dass der Mörder sich in dieser Gegend auskennt.«

»Klingt logisch.«

»Möchtest du jetzt etwas essen, oder willst du den ganzen Tag hier oben verbringen?«

»Was gibt es denn? Dann entscheide ich mich.«

»Risotto alla Sbirraglia, auch Hühnerrisotto genannt.«

»Sbirraglia?« Er greift nach ihrer Hand. »Ist das eine exotische venezianische Hühnerrasse?«

»Angeblich ist der Name des Gerichts von dem Wort *sbirri* abgeleitet, eine abfällige Bezeichnung für die Polizei. An einem Tag wie heute können wir ein bisschen Aufheiterung vertragen.«

»Was hat denn die Polizei mit einem Hühnergericht zu tun?«

»Wenn man meiner kulinarischen Quelle glauben kann, war es in Venedig zur Zeit der österreichischen Besatzung bei der Polizei sehr beliebt. Dazu habe ich an eine Flasche Soave oder an einen kräftigeren Piave Pinot Bianco gedacht. Du hast beides im Keller stehen, und ein altes venezianisches Sprichwort lautet: ›Wer gut trinkt, schläft gut, und wer gut schläft, denkt nichts Böses und kommt in den Himmel.‹ Oder so ähnlich.«

»Ich fürchte, kein Wein der Welt könnte verhindern, dass ich an das Böse denke«, erwidert Benton. »Außerdem glaube ich nicht an den Himmel. Nur an die Hölle.«

54

Im Erdgeschoss der in einem geräumigen verputzten Gebäude untergebrachten Zentrale der Akademie brennt vor der Tür des Schusswaffenlabors ein rotes Lämpchen. Marino, der draußen auf dem Flur steht, hört das dumpfe Knallen eines Schusses. Trotzdem tritt er ein, wie immer ohne sich darum zu kümmern, dass im Labor scharf geschossen wird, solange es Vince ist, der da herumballert.

Vince zieht seine Hand mit einer kleinen Pistole aus der Luke des horizontal stehenden Kugelfangs aus Edelstahl, der mit Wasser gefüllt fünf Tonnen wiegt, eine Erklärung dafür, warum sich das Labor im Erdgeschoss befindet.

»Waren Sie schon fliegen?«, fragt Marino, während er die Alustufen zur Schießplattform hinaufsteigt.

Vince trägt einen schwarzen Fliegeroverall und knöchelhohe schwarze Lederstiefel. Wenn er nicht in seine von Waffen und den von ihnen hinterlassenen Spuren dominierte Welt eintaucht, ist er einer von Lucys Helikopterpiloten. Wie bei den meisten ihrer Mitarbeiter würde man von seinem Äußeren nie auf seine Aufgaben schließen. Vince ist fünfundsechzig, hat in Vietnam einen Black Hawk geflogen und ging anschließend zur ATF, der Behörde für Alkohol, Tabak und Feuerwaffen. Er hat kurze Beine, eine breite Brust und einen grauen Pferdeschwanz, den er angeblich seit zehn Jahren nicht mehr geschnitten hat.

»Haben Sie was gesagt?«, fragt Vince und nimmt Gehörschutz und Schießbrille ab.

»Ein Wunder, dass Sie überhaupt noch was hören.«

»Allerdings nicht mehr so gut wie früher. Meine Frau behauptet, dass ich stocktaub bin, wenn ich nach Hause komme.«

Marino erkennt die Pistole, die Vince gerade testet. Es ist die Black Widow mit Rosenholzgriff, die unter Daggie Simisters Bett gefunden wurde.

»Eine niedliche kleine .22er«, meint Vince. »Dachte, es könnte nicht schaden, sie in die Datenbank aufzunehmen.«

»Sieht nicht danach aus, als wäre sie je abgefeuert worden.«

»Das würde mich nicht wundern. Viele Leute schaffen sich Waffen zur Selbstverteidigung an, vergessen sie dann und vermissen sie auch nicht.«

»Aber wir vermissen etwas«, antwortet Marino.

Vince öffnet eine Schachtel mit Munition und legt Patronen Kaliber .22 in die Trommel.

»Wollen Sie sie mal ausprobieren?«, fragt er. »Nicht unbedingt die geeignete Waffe für eine alte Frau, die sich vor Einbrechern schützen will. Bestimmt hat sie ihr jemand geschenkt. Ich empfehle normalerweise etwas Benutzerfreundlicheres wie eine Lady Smith .38 oder eine Pit Bull. Stimmt es, dass die Pistole außer Reichweite unter dem Bett lag?«

»Wer hat Ihnen denn das erzählt?«, fragt Marino und wird, wie so häufig in letzter Zeit, von einem merkwürdigen Gefühl beschlichen.

»Dr. Amos.«

»Der war doch gar nicht am Tatort. Was weiß der schon groß?«

»Nicht halb so viel, wie er glaubt. Allerdings drückt er sich ständig hier herum und treibt mich in den Wahnsinn. Hoffentlich hat Dr. Scarpetta nicht vor, ihn fest anzustellen, wenn er mit seiner Facharztausbildung fertig ist. Sonst könnte es nämlich sein, dass ich mir einen Job beim Wal-Mart suche. Hier.«

Er hält Marino die Pistole hin.

»Nein, danke. Im Moment wäre er das Einzige, worauf ich Lust hätte zu schießen.«

»Was meinten sie damit, dass Sie etwas vermissen?«

»Uns fehlt ein Schrotgewehr aus der Waffensammlung, Vince.«

»Unmöglich.« Vince schüttelt den Kopf.

Sie gehen die Treppe hinunter, und Vince legt die Pistole auf einen Tisch, der bereits von weiteren mit Etiketten versehenen

Schusswaffen, Munitionsschachteln und verschiedenen mit Testpulver bestreuten Zielscheiben zur Feststellung von Entfernungen sowie einer zerbrochenen Autoscheibe aus Sicherheitsglas bedeckt ist.

»Eine Mossberg 835 Ulti-Mag Pumpgun«, fährt Marino fort. »Die Waffe wurde vor zwei Jahren in dieser Gegend bei einem Raubüberfall mit Todesfolge benutzt. Der Fall wurde bemerkenswert schnell aufgeklärt, da der Verkäufer hinter der Theke dem Verdächtigen die Rübe weggepustet hat.«

»Komisch, dass Sie das erwähnen«, erwidert Vince verblüfft. »Erst vor fünf Minuten hat Dr. Amos mich angerufen und mich gefragt, ob er runterkommen und etwas im Computer nachsehen könnte.«

Vince geht zu einer Arbeitsfläche, wo Vergleichsmikroskope, ein digitaler Abzugkraftmesser und ein Computer stehen. Er bedient die Tastatur mit den Zeigefinger, ruft ein Menü auf, klickt die Rubrik »Waffensammlung« an und gibt die Bezeichnung der fraglichen Waffe ein.

»Ich habe ihm gesagt, dass das nicht ginge, weil ich gerade dabei sei, eine Waffe zu testen, und er deshalb den Raum nicht betreten dürfe. Als ich wissen wollte, was er denn genau suchte, hat er nur abgewinkt.«

»Ich frage mich, wie er darauf gekommen ist«, meint Marino. »Woher hat er die Informationen? Eigentlich weiß davon nur ein Kumpel von mir bei der Polizei von Hollywood, und der hält dicht. Sonst habe ich nur mit Dr. Scarpetta und mit Ihnen darüber geredet.«

»Schaft in Tarnfarbe, Lauf sechzig Zentimeter, Ghost-Ring-Visier mit selbst leuchtendem Tritium«, liest Vince vom Bildschirm ab. »Sie haben Recht. Die Waffe wurde bei einem Tötungsdelikt benutzt. Verdächtiger tot. Eine Spende der Polizei von Hollywood im März letzten Jahres.« Er sieht Marino an. »Wenn ich mich recht erinnere, gehörte die Waffe zu den zehn oder zwölf Knarren, die sie, großzügig wie immer, ausgemustert haben. Und zwar unter der Bedingung, dass sie von uns kostenlose Lehrgänge, Beratung, Freibier und Begrüßungsgeschenke kriegen. Lassen Sie mal sehen.« Er scrollt am Bildschirm weiter nach unten. »Laut Computer wurde sie erst zweimal ausgeliehen, seit wir sie haben. Einmal von mir am 8. April – ich habe sie mit Fernsteuerung getestet, um sicherzugehen, dass alles in Ordnung ist.«

»O Mann!«, stößt Marino, der ihm über die Schulter blickt, hervor.

»Und Dr. Amos hat sich die Waffe am 28. Juni um 15.15 Uhr geholt.«

»Wozu?«

»Vielleicht für Probeschüsse auf ballistische Gelatine. Im letzten Sommer hat Dr. Scarpetta angefangen, ihm Kochunterricht zu geben. Aber da er sich leider ständig hier herumtreibt, fällt es mir schwer, mich an genaue Daten zu erinnern. Hier steht, er hätte die Waffe am 28. Juni ausgeliehen und sie noch am selben Tag, um 17.15 Uhr, wieder zurückgebracht. Wenn ich das Datum in den Computer eingebe, ist es dort vermerkt. Und das heißt, dass ich die Waffe aus dem Safe genommen und sie auch wieder hineingetan habe.«

»Warum ist sie dann da draußen, und warum werden Leute damit umgebracht?«

»Natürlich könnten die Eintragungen hier falsch sein«, murmelt Vince stirnrunzelnd.

»Vielleicht ist das ja der Grund, warum er einen Blick in den Computer werfen wollte. So ein Mist. Wer nimmt denn die Eintragungen vor? Sie oder derjenige, der sich die Waffe ausleiht? Hat jemand außer Ihnen Zugang zu diesem Computer?«

»Für die elektronische Erfassung bin ich zuständig. Der Ausleiher stellt seine Anfrage schriftlich, und zwar in diesem Buch da«, Vince zeigt auf ein spiralgebundenes Buch, das neben dem Telefon liegt, »und unterschreibt, wenn er die Waffe mitnimmt. Beim Zurückbringen unterschreibt er noch einmal, und zwar mit seinem vollen Namen und mit seinen Initialen. Anschließend gebe ich die Daten in den Computer ein, um zu bestätigen, dass die Waffe benutzt und in den Safe zurückgelegt wurde. Offenbar haben Sie hier noch nie eine Waffe getestet.«

»Ich bin kein Schusswaffenexperte. Das überlasse ich lieber Ihnen. So ein verdammter Mist!«

»In der Anfrage muss stehen, welche Schusswaffe man braucht und ob man den Schießstand oder den Wassertank reservieren möchte. Schauen Sie.«

Er greift nach dem Buch und schlägt es bei der letzten ausgefüllten Seite auf.

»Hier haben wir wieder Dr. Amos«, verkündet er. »Tests von ballistischer Gelatine mit einer Taurus PT-145, und zwar vor zwei Wochen. Wenigstens hat er sich diesmal die Mühe gemacht, das einzutragen. Denn als er letztens hier war, hat er sich davor gedrückt.«

»Wie ist er denn in den Safe gelangt?«

»Er hatte seine eigene Pistole dabei. Der Typ sammelt Waffen, echt ein Spinner.«

»Können Sie feststellen, wann die Mossberg in den Computer eingegeben wurde?«, fragt Marino. »Also wann die Datei zuletzt gesichert wurde? Mich interessiert, ob Joe die Möglichkeit hatte, die Daten zu einem späteren Zeitpunkt zu ändern und so zu tun, als hätten Sie ihm das Schrotgewehr ausgehändigt und es anschließend in den Safe zurückgelegt.«

»Das hier ist nur ein Textverarbeitungsprogramm namens Log. Ich schließe es jetzt, ohne zu sichern. Sehen Sie sich den letzten Zeitvermerk an.« Als er genau hinschaut, erschrickt er. »Hier steht, es wäre zuletzt vor dreiundzwanzig Minuten gesichert worden. Das gibt es doch nicht!«

»Ist der Computer nicht mit einem Passwort geschützt?«

»Natürlich ist er das. Ich bin der Einzige, der daran arbeiten kann. Mit Ausnahme von Lucy natürlich. Deshalb frage ich mich, warum Dr. Amos mich angerufen und gebeten hat, einen Blick in den Computer werfen zu dürfen. Wenn er einen Zugang gefunden hat, hätte er sich diese Mühe doch sparen können.«

»Dafür gibt es eine einfache Erklärung. Wenn Sie die Datei für ihn geöffnet und vor dem Schließen gesichert hätten, wäre das ein Grund für das neue Datum und die Uhrzeit gewesen.«

»Der Typ ist ganz schön gerissen.«

»Das wird sich noch zeigen.«

»Ich finde das ziemlich besorgniserregend. Denn in diesem Fall kennt er offenbar mein Passwort.«

»Haben Sie es irgendwo aufgeschrieben?«

»Nein. Ich bin da sehr vorsichtig.«

»Wer außer Ihnen hat den Zugangscode zum Safe? Diesmal schnappe ich mir den Kerl, darauf können Sie Gift nehmen.«

»Lucy. Sie hat Zugang zu allem hier. Kommen Sie, wir sehen nach.«

Der Safe ist ein feuersicherer Raum mit einer Stahltür, die sich nur mit einem Code öffnen lässt. Drinnen befinden sich Aktenschubladen, die zahlreiche Muster von Geschossen und Patronenhülsen enthalten. An Ständern und Haken hängen Hunderte von Gewehren, Schrotflinten und Pistolen, samt und sonders mit einer Nummer versehen.

»Alles, was das Herz begehrt«, sagt Marino und schaut sich um.

»Waren Sie noch nie hier drin?«

»Ich stehe nicht auf Waffen. Habe schlechte Erfahrungen damit gemacht.«

»Welche zum Beispiel?«

»Ich musste sie benutzen.«

Vince lässt den Blick über die Langwaffen schweifen und kontrolliert das Etikett jedes Schrotgewehrs zweimal. Gemeinsam mit Marino sucht er den ganzen Raum nach der Mossberg ab. Die Waffe befindet sich nicht im Safe.

Scarpetta weist Benton auf das Muster des Livor Mortis hin, eine rötlich-violette Verfärbung, die entsteht, wenn das Blut nach Erliegen des Kreislaufs aufgrund der Schwerkraft nach unten sackt. Helle bleiche Stellen an der rechten Wange, den

Brüsten, dem Bauch, den Oberschenkeln und der Innenseite der Unterarme der Toten rühren daher, dass diese Körperstellen gegen eine harte Fläche, vielleicht einen Fußboden, gepresst wurden.

»Sie lag eine Weile auf dem Bauch«, sagt Scarpetta. »Zumindest einige Stunden, und zwar mit nach links gewandtem Kopf, weshalb die rechte Wange weiß verfärbt ist. Wahrscheinlich hatte sie Kontakt mit dem Boden oder einer anderen Fläche.«

Sie ruft ein Foto auf, das die Tote nach dem Waschen bäuchlings auf dem Autopsietisch zeigt. Ihr Körper und ihr Haar sind nass, die roten Handabdrücke leuchten unversehrt. Offenbar ist die Farbe wasserfest. Scarpetta betrachtet noch einmal das Foto von vorhin und schaltet – in dem Versuch, zu verstehen, wie diese Frau gestorben ist –, zwischen einigen Bildern hin und her.

»Vielleicht hat der Täter sie nach der Ermordung umgedreht, um ihr die Handabdrücke auf den Rücken zu malen. Er muss einige Stunden lang damit beschäftigt gewesen sein«, mutmaßt Benton. »Währenddessen sackte ihr Blut nach unten, Livor Mortis entstand, und deshalb sehen wir jetzt dieses Muster.«

»Ich stelle mir den Ablauf anders vor«, widerspricht Scarpetta. »Er hat sie zuerst von vorn bemalt und sie dann umgedreht, um ihren Rücken zu bearbeiten. In dieser Haltung hat er sie dann liegen gelassen. Allerdings hat er das sicher nicht draußen getan – denn es war kalt und dunkel –, sondern sich ein Versteck gesucht, wo er nicht Gefahr lief, dass jemand den Schuss hörte oder beobachtete, wie er die Leiche in ein Auto schleppte. Vielleicht hat er die Tat sogar im Transportfahrzeug selbst begangen, einem Kleintransporter zum Beispiel, einem Geländewagen oder einem Laster. Er hat sie erschossen, bemalt und sie dann zum Fundort gefahren.«

»Alles aus einer Hand.«

»Auf diese Weise hat er jedenfalls das Risiko vermindert, entdeckt zu werden. Er hat die Frau entführt, sie an einen abgelegenen Ort gebracht, sie im Fahrzeug getötet – sofern es ein

Wagen war, in dem er hinten genug Platz hatte – und die Leiche dann abgelegt«, sagt Scarpetta und klickt weitere Fotos an. Bei einer Abbildung, die sie bereits studiert hat, hält sie inne.

Diesmal sieht sie das Foto, das die Überreste des Gehirns der Frau auf einem Schneidebrett zeigt, mit anderen Augen. Eigentlich sollte die harte, fasrige Membran, die Dura mater, die die Innenseite des Schädels überzieht, cremeweiß sein. Doch auf dem Foto hat sie eine gelborangefarbene Tönung. Scarpetta denkt an das Foto auf dem Nachttisch: Die beiden Schwestern, Ev und Kristin, mit Wanderstöcken in der Hand und in die Sonne blinzelnd. Sie erinnert sich, dass eine der beiden Frauen ein wenig gelbsüchtig gewirkt hat, und klickt zurück zum Autopsiebericht, um zu lesen, was da über die Sklera, das Weiße im Auge, der Toten steht: ohne Befund.

Scarpetta sieht das rohe Gemüse und die neunzehn Beutel mit Karotten im Kühlschrank von Ev und Kristin vor sich. Dann fällt ihr die weiße Leinenhose ein, die wie eine Windel um die Leiche gewickelt war, ein Kleidungsstück, wie man es nur in einem warmen Klima trägt.

Benton mustert sie fragend.

»Xanthochromie der Haut«, erklärt Scarpetta. »Eine gelbliche Verfärbung, die nicht die Sklera befällt. Vermutlich ausgelöst durch eine Überdosis Karotin. Möglicherweise wissen wir jetzt, wer sie ist.«

55

Dr. Bronson sitzt in seinem Büro und schiebt einen Objektträger unter seinem Verbundmikroskop hin und her, als Marino an die offene Tür klopft.

Dr. Bronson ist ein kluger und fähiger Mann und wirkt in seinem weißen Labormantel stets wie aus dem Ei gepellt. Er war einmal ein guter Chefpathologe, schafft es jedoch nicht, Abschied von der Vergangenheit zu nehmen. Denn er ist ein eingefleischter Gegner von Veränderungen und beurteilt auch seine Mitmenschen nach den Maßstäben früherer Zeiten. Marino bezweifelt, dass Dr. Bronson in der Lebensgeschichte eines Menschen herumschnüffeln oder ihn den sonstigen Sicherheitsüberprüfungen unterziehen würde, die in der heutigen Welt inzwischen unverzichtbar geworden sind.

Als er wieder, diesmal lauter, klopft, blickt Dr. Bronson von seinem Mikroskop auf. »Kommen Sie doch bitte herein«, sagt er lächelnd. »Welchem Umstand verdanke ich dieses Vergnügen?«

Er ist ein Kavalier alter Schule, stets höflich und charmant, und hat einen kahlen Schädel und verträumte graue Augen. In dem Aschenbecher auf seinem mustergültig aufgeräumten Schreibtisch liegt eine kalte Pfeife aus Bruyèreholz, und wie immer schwebt leichter Tabakduft im Raum.

»Wenigstens darf man hier im sonnigen Süden noch in geschlossenen Räumen rauchen«, sagt Marino und zieht sich einen Stuhl heran.

»Tja, eigentlich sollte ich es ja aufgeben«, erwidert Dr. Bronson. »Meine Frau liegt mir ständig damit in den Ohren, dass ich mir irgendwann noch Kehlkopf- oder Zungenkrebs holen werde. Ich antworte ihr dann immer, ich würde in diesem Fall wenigstens klaglos abtreten.«

Als Marino einfällt, dass er vergessen hat, die Tür zu schließen, steht er auf und holt es nach.

»Denn wenn sie mir die Zunge oder die Stimmbänder rausschneiden, kann ich mich ja nicht mehr beklagen«, fügt Dr. Bronson hinzu, als hätte Marino den Witz nicht verstanden.

»Ich brauche einige Dinge von Ihnen«, beginnt Marino. »Erstens würden wir gerne eine Probe von Johnny Swifts DNA abgleichen lassen. Dr. Scarpetta sagt, in seiner Fallakte müssten einige DNA-Karten liegen.«

»Sie sollte meine Stelle übernehmen. Ich hätte nichts dagegen, wenn sie meine Nachfolgerin würde«, sagt Dr. Bronson, und sein Tonfall zeigt Marino, dass er vermutlich weiß, was seine Mitmenschen von ihm halten.

Alle wollen, dass er endlich in den Ruhestand geht, und zwar bereits seit einigen Jahren.

»Ich habe dieses Institut aufgebaut«, fährt er fort. »Und ich kann es nicht zulassen, dass irgendein x-beliebiger Pfuscher hier hereinspaziert und mein Lebenswerk zerstört. Das wäre unfair gegenüber der Bevölkerung und meinen Mitarbeitern.« Er greift zum Telefon und drückt auf einen Knopf. »Polly? Könnten Sie bitte die Akte Johnny Swift heraussuchen und sie mir bringen. Wir brauchen sämtliche Unterlagen.« Er lauscht. »Weil Pete eine DNA-Karte für irgendeine Laboruntersuchung benötigt.«

Nachdem er aufgelegt hat, nimmt er die Brille ab und poliert sie mit einem Taschentuch.

»Kann ich also davon ausgehen, dass es neue Entwicklungen gegeben hat?«, fragt er.

»Es macht langsam den Eindruck«, antwortet Marino. »Wenn wir Gewissheit haben, erfahren Sie es als Erster. Um es einmal vorsichtig auszudrücken: Wir haben einige Erkenntnisse gewonnen, denen zufolge Johnny Swift mit ziemlicher Wahrscheinlichkeit ermordet worden ist.«

»Ich ändere gern die Todesursache, wenn Sie Beweise dafür finden. An diesem Fall war von Anfang an etwas merkwürdig. Aber ich muss mich an die Indizien halten, und bis jetzt haben die Ermittlungen nichts Zuverlässiges ergeben, auch wenn ich spontan auf Selbstmord getippt habe.«

»Wenn da nicht das verschwundene Schrotgewehr wäre.« Marino kann nicht anders, als ihn daran zu erinnern.

»Ich habe schon die merkwürdigsten Fälle erlebt, Pete. Und ich kann Ihnen gar nicht sagen, wie oft die Familie bei meiner Ankunft bereits sämtliche Beweise manipuliert hatte, um den guten Ruf ihres geliebten Angehörigen zu schützen. Insbesondere bei einem autoerotischen Erstickungstod. Wenn ich auftauche, sind die Pornozeitschriften und Fesselungsgeräte meist wie vom Erdboden verschluckt. Mit Selbstmorden ist es dasselbe. Die Familien wollen es geheim halten oder die Versicherungssumme kassieren und verstecken deshalb die Pistole oder das Messer. Der Phantasie des Menschen sind keine Grenzen gesetzt.«

»Wir müssen über Joe Amos reden«, meint Marino.

»Eine Enttäuschung«, erwidert Dr. Bronson, und seine sonst so freundliche Miene verfinstert sich. »Offen gestanden bedauere ich es, dass ich ihn Ihrem ausgezeichneten Institut empfohlen habe. Besonders Kay tut mir Leid. Sie hat es nicht verdient, sich mit diesem arroganten Burschen herumärgern zu müssen.«

»Genau darauf wollte ich hinaus. Weshalb haben Sie ihn uns denn empfohlen?«

»Wegen seines beeindruckenden Werdegangs und seiner Referenzen. Er hat an namhaften Universitäten studiert.«

»Haben Sie seine Akte noch? Das Original?«

»Aber selbstverständlich. Das habe ich natürlich behalten und Kay eine Kopie geschickt.«

»Haben Sie sich bei diesen namhaften Universitäten oder seinen früheren Arbeitgebern erkundigt, ob seine Zeugnisse auch echt sind?« Marino fragt ihn das nur ungern. »Heutzutage lässt sich so etwas leicht fälschen. Da gibt es einschlägige Computerprogramme, oder man lädt es sich einfach aus dem Internet herunter. Deshalb wird der Diebstahl von Identitäten ja immer mehr zum Problem.«

Dr. Bronson rollt seinen Bürostuhl zu einem Aktenschrank hinüber und öffnet eine Schublade. Nachdem er einige ordentlich beschriftete Akten durchgeblättert hat, zieht er die hinaus, auf der Joe Amos' Name steht, und reicht sie Marino.

»Bedienen Sie sich«, sagt er.

»Darf ich mich kurz setzen?«

»Ich weiß nicht, warum Polly so lange braucht«, wundert sich Dr. Bronson und rollt seinen Stuhl zurück zum Mikroskop. »Lassen Sie sich ruhig Zeit, Pete. Ich kümmere mich wieder um meine Objektträger. Ein tragischer Fall. Die arme Frau wurde in ihrem Swimmingpool gefunden.« Er stellt die Schärfe ein und beugt den Kopf über das Okular. »Und zwar von ihrer zehnjährigen Tochter. Nun lautet die Frage, ob sie ertrunken oder einem Myokardinfarkt erlegen ist. Sie litt an Bulimie.«

Marino studiert die Empfehlungsschreiben, welche die Lehrstuhlinhaber medizinischer Fakultäten und andere Pathologen Joe Amos ausgestellt haben. Dann sieht er den fünf Seiten langen Lebenslauf durch.

»Dr. Bronson? Haben Sie je einen dieser Leute angerufen?«, erkundigt er sich schließlich.

»Warum sollte ich«, antwortet der Pathologe, ohne aufzublicken. »Keine alten Vernarbungen auf dem Herzen. Wenn sie nach dem Infarkt noch einige Stunden überlebt hat, könnte ich natürlich auch nichts dergleichen entdecken. Ich habe nachgefragt, ob sie sich vielleicht kurz zuvor erbrochen hatte. Das kann den Elektrolytehaushalt nämlich ganz schon durcheinanderbringen.«

»Wegen Joe«, beharrt Marino. »Um sicherzugehen, dass all diese Stardoktoren ihn auch wirklich kennen.«

»Selbstverständlich kennen sie ihn. Sonst hätten sie mir doch nicht geschrieben.«

Marino hält einen der Briefe ans Licht und bemerkt ein Wasserzeichen in Form einer Krone mit einem quer hindurch verlaufenden Schwert. Als er mit den übrigen Briefen ebenso verfährt, entdeckt er das identische Wasserzeichen. Die Briefköpfe wirken überzeugend, doch da sie weder eingeprägt noch erhaben sind, kann man sie mit jeder x-beliebigen Grafiksoftware nachahmen. Er greift nach einem Brief, der angeblich vom Chef der Pathologie an der Johns Hopkins University stammt, und wählt die Nummer. Eine Empfangsdame meldet sich.

»Er ist verreist«, verkündet sie.

»Ich rufe wegen Dr. Joe Amos an«, sagt Marino.

»Wem?«

Marino erläutert ihr die Situation und bittet sie, in ihren Unterlagen nachzusehen.

»Er hat Joe Amos vor einem knappen Jahr, und zwar am 7. Dezember, ein Empfehlungsschreiben ausgestellt«, erklärt er. »Am unteren Rand des Briefes heißt es, er sei von einer Person mit den Initialen LFC getippt worden.«

»Wir haben hier niemanden mit diesen Initialen. Außerdem ist es meine Aufgabe, derartige Schreiben zu tippen, und meine Initialen sind das eindeutig nicht. Worum geht es denn?«

»Nur um einen einfachen Fall von Urkundenfälschung«, entgegnet Marino.

56

Lucy fährt auf einer ihrer getunten V-Rods die A1A in nördlicher Richtung und sucht Fred Quincys Haus. Natürlich ist jede Ampel rot.

Fred Quincy wohnt in Hollywood und betreibt sein Webdesigner-Büro von zu Hause aus. Er erwartet sie nicht, doch sie weiß, dass er da ist. Zumindest war er das vor einer halben Stunde noch, als sie anrief, um ihm ein Abonnement des *Miami Herald* zu verkaufen. Quincy war höflich, und zwar um einiges höflicher, als Lucy es wäre, falls ein Telefonverkäufer es wagen sollte, sie zu stören. Er wohnt nur zwei Häuserblocks westlich vom Strand und hat offenbar Geld. Das hellgrün verputzte Haus ist zweistöckig und von einem Zaun aus schwarzem Schmiedeeisen umgeben. Lucy stoppt ihr Motorrad vor der Gegensprechanlage am Tor und läutet.

»Ja, bitte?«, antwortet eine Männerstimme.

»Polizei«, erwidert Lucy.

»Ich habe die Polizei nicht gerufen.«

»Ich möchte mit Ihnen über Ihre Mutter und Ihre Schwester sprechen.«

»Von welcher Dienststelle sind Sie denn?« Die Stimme klingt argwöhnisch.

»Vom Büro des Sheriff von Broward County.«

Lucy zieht ihre Brieftasche heraus und hält die gefälschte Dienstmarke vor die Linse der Überwachungskamera. Es summt, und das schmiedeeiserne Tor gleitet auf. Lucys Motorrad holpert über Granitpflaster und stoppt vor einer großen schwarzen Tür, die sich öffnet, sobald sie den Motor ausgeschaltet hat.

»Ein tolles Motorrad«, meint der Mann, der vermutlich Fred ist.

Er ist durchschnittlich groß, schmalschultrig und zierlich gebaut und hat dunkelblondes Haar und blaugraue Augen. Trotz seiner Zartheit ein attraktiver Mann.

»Ich glaube, so eine Harley habe ich noch nie gesehen«, spricht er weiter und geht um das Motorrad herum.

»Fahren Sie auch?«, fragt sie.

»Nein. Solche gefährlichen Abenteuer überlasse ich lieber anderen Leuten.«

»Sie müssen Fred sein.« Lucy schüttelt ihm die Hand. »Darf ich reinkommen?«

Sie folgt ihm durch die mit Marmor geflieste Vorhalle in ein Wohnzimmer, das auf einen schmalen, brackigen Kanal hinausgeht.

»Was ist denn mit meiner Mutter und mit Helen? Haben Sie etwas herausgefunden?«

Er klingt, als meine er es ehrlich, und scheint weder sensationslüstern noch übertrieben misstrauisch zu sein. Schmerz, Aufregung und ein kleiner Funke Hoffnung mischen sich in seinem Blick.

»Fred«, beginnt Lucy. »Ich bin keine Mitarbeiterin des Sheriff von Broward County, sondern leite ein Institut, das eine Reihe privater Ermittler und Wissenschaftler beschäftigt. Man hat uns um Hilfe gebeten.«

»Also haben Sie sich vorhin am Tor mit fremden Federn geschmückt«, sagt Fred, und sein Blick wird unfreundlich. »Das war aber nicht sehr nett von Ihnen. Ich wette, sie waren es auch, die mich angerufen hat, um mir den *Herald* aufzuschwatzen. Ich Wirklichkeit wollten Sie nur rauskriegen, ob ich zu Hause bin.«

»Sie haben in beiden Fällen Recht.«

»Und jetzt erwarten Sie wohl, dass ich mit Ihnen rede.«

»Es tut mir Leid, aber es war zu kompliziert, um es an einer Gegensprechanlage zu erklären.«

»Warum ist der Fall ausgerechnet jetzt wieder von Interesse?«

»Ich fürchte, ich bin diejenige, die hier die Fragen stellt.«

»Uncle Sam zeigt mit dem Finger auf SIE und sagt: ICH WILL IHRE ZITRUSBÄUME.«

Dr. Self hält dramatisch inne. Wie sie so in ihrem Ledersessel in der Kulisse von *Sprechen wir darüber* sitzt, wirkt sie locker und selbstbewusst. In diesem Teil der Sendung hat sie keine Gäste, und sie braucht auch keine. Auf dem Tisch neben ihrem Sessel steht ein Telefon, und die Kameras nehmen sie aus unterschiedlichen Winkeln auf, während sie einige Knöpfe drückt. »Hier spricht Dr. Self«, sagt sie. »Sie sind auf Sendung.«

»Also, was halten Sie davon?«, fährt sie fort. »Finden Sie nicht auch, dass das Landwirtschaftsministerium unsere Bürgerrechte mit Füßen tritt?«

Das ist eine Fangfrage, und Dr. Self kann es kaum erwarten, den Dummkopf auflaufen zu lassen, der gerade angerufen hat. Mit einem Blick in den Monitor vergewissert sie sich, dass Beleuchtung und Aufnahmewinkel ihrem Teint schmeicheln.

»Stimmt genau«, klingt die Stimme des Dummkopfes aus dem Lautsprecher.

»Wie war noch einmal Ihr Name? Sandy?«

»Ja, ich …«

»Hinschauen, nicht umhauen, richtig Sandy?«

»Äh … was …?«

»Uncle Sam mit einer Axt? Das ist doch das Bild, das die Öffentlichkeit von dieser Aktion hat.«

»Wir werden über den Tisch gezogen. Es ist eine Verschwörung.«

»Ist das Ihre Einstellung dazu? Der gute alte Uncle Sam hackt alle Ihre Bäume ab.«

Die Kameramänner und der Produzent grinsen.

»Die Schweinekerle waren ohne Erlaubnis in meinem Garten, und jetzt wollen sie meine Bäume fällen …«

»Und wo wohnen Sie, Sandy?«

»In Cooper City. Ich kann den Leuten keinen Vorwurf machen, die auf die Kontrolleure schießen oder ihre Hunde auf sie hetzen …«

»Die Sache hat nur einen Haken, Sandy«, verkündet Dr. Self in bedeutungsschwangerem Ton, und die Kameras zeigen ihr Gesicht in Großaufnahme. »Nämlich, dass Sie die Augen vor den Tatsachen verschließen. Waren Sie je bei einer Protestversammlung? Haben Sie Ihrem Kongressabgeordneten geschrieben? Haben Sie sich die Mühe gemacht, klare Fragen zu stellen und die Möglichkeit in Betracht zu ziehen, dass die Vorgehensweise des Landwirtschaftsministeriums vielleicht vernünftige Gründe hat?«

Es hat bei ihr Methode, dass sie stets die entgegengesetzte Position des Anrufers vertritt. Dafür ist sie berüchtigt.

»Tja, dieses Gelaber über die Hurrikans ist *piiep*«, ereifert sich der Dummkopf. Dr. Self hat fest damit gerechnet, dass bald die ersten Kraftausdrücke fallen werden.

»Es ist nicht *piiep*«, äfft sie ihn nach. »Da ist überhaupt nichts *piiep* daran. Tatsache ist vielmehr«, sie wendet sich zur Kamera, »dass wir im letzten Herbst vier schwere Hurrikans hatten und dass der Zitrusbrand eine Bakterieninfektion ist, die vom Wind verbreitet wird. Gleich geht es weiter mit der Frage, wie gefährlich diese gefürchtete Seuche eigentlich ist, und wir werden mit einem sehr interessanten Gast darüber sprechen. Also bleiben Sie dran.«

»Wir sind *off*«, verkündet ein Kameramann.

Dr. Self greift nach ihrer Wasserflasche, trinkt mit dem Strohhalm, um ihren Lippenstift nicht zu verschmieren, und wartet darauf, dass die Maskenbildnerin ihr Stirn und Nase pudert. Sie ist ungeduldig, denn es dauert ihr immer zu lange, bis die Maskenbildnerin erscheint und sie endlich fertig ist.

»Okay, es reicht.« Dr. Self hebt die Hand, um die Maskenbildnerin zu verscheuchen. »Das klappt ja prima«, meint sie zu dem Produzenten.

»Ich denke, im nächsten Teil sollten wir uns mehr der psychologischen Seite zuwenden. Deshalb sehen sich die Leute Ihre Sendung schließlich an, Marilyn. Sie interessieren sich nicht für Politik, sondern für ihre Probleme mit ihren Freundinnen, Chefs oder Eltern.«

»Behalten Sie Ihre guten Ratschläge für sich.«

»Ich wollte doch nur ...«

»Die Mischung aus Aktualität und Emotionalität ist es doch, die meine Sendung so einzigartig macht.«

»Das stimmt.«

»Drei, zwei, eins.«

»Da sind wir wieder.« Dr. Self lächelt in die Kamera.

57

Marino steht vor der Akademie unter einer Palme und beobachtet, wie Reba zu ihrem zivilen Crown Victoria geht. Er bemerkt ihren entschlossenen Schritt und überlegt, ob er wohl echt ist oder ob sie nur Theater spielt. Außerdem fragt er sich, ob sie gesehen hat, dass er rauchend unter der Palme steht.

Sie hat ihn als Arschloch beschimpft. Das passiert ihm zwar öfter, aber ihr hätte er so etwas nicht zugetraut.

Reba schließt ihr Auto auf, zögert aber mit dem Einsteigen. Obwohl sie nicht in seine Richtung schaut, hat er das Gefühl, dass sie ihn entdeckt hat, wie er, sein Treo in der Hand, den Knopf im Ohr und mit brennender Zigarette, unter der Palme steht. Sie hätte das nicht sagen sollen. Sie hatte kein Recht, über Scarpetta zu sprechen. Das Effexor hat alles verdorben, denn dadurch hat er erst richtige Depressionen bekommen. Und dann noch diese Bemerkung über Scarpetta, der Spruch, dass alle Polizisten auf sie stehen.

Das Effexor war die absolute Pleite. Dr. Self hat kein Recht, ihm ein Medikament zu verschreiben, das ihm das Liebesleben ruiniert. Und Reba hat den Mund zu voll genommen, indem sie ständig über Scarpetta redete, so als wäre sie der wichtigste Mensch in Marinos Leben. Genau das wollte Reba ihm nämlich unter die Nase reiben. Sie wollte ihn nicht vergessen lassen, dass er keinen mehr hochkriegt und dass es Männer gibt, die damit keine Schwierigkeiten haben und Scarpetta begehren. Inzwischen nimmt Marino das Effexor schon seit einigen Wochen nicht mehr, und sein Problem bessert sich. Allerdings bleiben die Depressionen.

Reba geht ums Auto herum und öffnet den Kofferraum.

Marino fragt sich, was sie vorhat, und kommt zu dem Schluss, dass er sie eigentlich danach fragen könnte. Außerdem wäre es nur fair von ihm, zuzugeben, dass er niemanden verhaften darf und deshalb auf ihre Hilfe angewiesen ist. Auch wenn er noch so sehr mit Drohungen um sich wirft, ist er nicht befugt, einen Verdächtigen festzunehmen. Das ist es, was er seit seinem Abschied von der Polizei am meisten vermisst. Reba holt einen Gegenstand, der aussieht wie ein Wäschesack, aus dem Kofferraum und wirft ihn mit einer ärgerlichen Geste auf den Rücksitz.

»Hast du da eine Leiche drin?«, fragt Marino, schlendert auf sie zu und wirft seine Zigarette ins Gras.

»Schon mal was von Müllsäcken gehört?«

Sie knallt die Autotür zu und würdigt ihn keines Blickes.

»Was ist denn in dem Sack?«

»Ich muss zur Reinigung. Die ganze Woche bin ich nicht dazu gekommen, nicht dass dich das etwas anginge«, sagt sie und versteckt sich hinter einer dunklen Sonnenbrille. »Und behandle mich nicht mehr wie ein Stück Dreck, zumindest nicht in Anwesenheit anderer Leute. Wenn du dich schon aufführen willst wie das Hinterletzte, lass es wenigstens nicht in der Öffentlichkeit raushängen.«

Marino blickt zurück zu seiner Palme, als ob sie sein Lieblingsplatz wäre. Dann betrachtet er das verputzte Gebäude, das sich von dem leuchtend blauen Himmel abhebt, und überlegt, wie er sich am besten ausdrücken soll.

»Du warst respektlos«, sagt er schließlich.

Reba starrt ihn entgeistert an. »Ich? Wovon redest du? Bist du jetzt völlig übergeschnappt? Ich weiß nur noch, dass wir eine gemütliche Spazierfahrt unternommen haben. Dann hast du mich mit zu Hooters geschleppt, übrigens ohne mich zu fragen, ob ich da überhaupt hinwollte. Warum du mit einer Frau in einen Laden gehst, in dem die Kellnerinnen halb nackt herumlaufen, wird mir für immer ein Rätsel bleiben. So viel zum Thema Respektlosigkeit. Das soll wohl ein Witz sein! Ich durfte dabeisitzen, während du halbnackte Mädchen angeglotzt hast.«

»Das stimmt nicht.«

»Doch.«

»Nein«, erwidert er und zieht eine Zigarettenschachtel aus der Tasche.

»Du rauchst zu viel.«

»Ich habe überhaupt niemanden angeglotzt, sondern nur gemütlich meinen Kaffee getrunken. Und da hast du angefangen, dummes Zeug über Doc Scarpetta zu reden, und ich habe es nicht nötig, mir so einen respektlosen Schwachsinn anzuhören.«

Sie ist eifersüchtig, denkt er. Sie hat das nur gesagt, weil sie dachte, dass er die Kellnerinnen bei Hooters angafft. Vielleicht hat er das ja wirklich getan. Um etwas zu demonstrieren.

»Ich arbeite schon seit einer Ewigkeit mit ihr zusammen, und ich erlaube einfach nicht, dass jemand so über sie spricht«, fährt Marino fort und zündet sich eine Zigarette an. Als er in die Sonne blinzelt, bemerkt er eine Gruppe von Lehrgangsteilnehmern, für eine Exkursion gekleidet, die auf die Geländefahrzeuge auf dem Parkplatz zusteuern. Vermutlich wollen sie zum Ausbildungszentrum der Polizei von Hollywood, um sich eine Vorführung des Bombenentschärfungskommandos anzusehen. Offenbar steht heute eine Übung mit Eddie, dem RemoteTec-Roboter, auf dem Plan, der klingt wie eine riesige Krabbe, wenn er, an einem Glasfaserkabel hängend, auf seinen Panzerketten die Aluminiumrampe des Transportanhängers hinunterkriecht und die Muskeln spielen lässt. Vielleicht markiert auch Bunky, der Sprengstoffhund, den dicken Max. Oder die Feuerwehrleute protzen mit ihren großen Löschzügen. Manchmal veranstalten auch die Spezialisten in ihren High-Tech-Schutzanzügen ein kleines Feuerwerk und sprengen mit Dynamit ein Auto in die Luft.

Marino vermisst das. Er ist es leid, nicht mitspielen zu dürfen.

»Entschuldige«, sagt Reba. »Ich wollte ihr wirklich nicht zu nahe treten. Ich habe doch nur gesagt, dass einige meiner Kollegen …«

»Ich möchte, dass du jemanden festnimmst«, unterbricht er sie und schaut auf die Uhr. Er will nicht, dass sie ihre Äußerung im Hooters wiederholt. Sonst müsste er sich der Tatsache stellen, dass auch er seinen Teil dazu beigetragen hat.

Vielleicht sogar den größten.

Das Effexor. Reba hätte es früher oder später herausgefunden. Das verdammte Zeug hat ihn ruiniert.

»In etwa einer halben Stunde. Falls das mit dem Waschsalon noch warten kann.«

»Reinigung, du Arschloch«, gibt sie zurück, aber ihr feindseliger Ton klingt nicht sehr überzeugend.

Sie mag ihn immer noch.

»Schließlich habe ich selbst eine Waschmaschine und einen Trockner. Ich lebe doch nicht auf einem Campingplatz.«

Marino versucht, Lucy auf dem Mobiltelefon zu erreichen. Währenddessen sagt er zu Reba: »Ich habe eine Idee. Ich weiß zwar nicht, ob es klappen wird, aber vielleicht haben wir ja Glück.«

Lucy meldet sich zwar, erklärt aber, sie könne nicht frei reden.

»Es ist wichtig«, beharrt Marino mit einem Blick auf Reba und erinnert sich an ihr gemeinsames Wochenende auf Key West, als er noch kein Effexor geschluckt hat. »Ich brauche nur zwei Minuten.«

Er hört, wie Lucy zu jemandem sagt, sie müsse rasch telefonieren und werde gleich zurück sein. Eine Männerstimme erwidert, das sei kein Problem. Dann hallen Marino Lucys Schritte im Ohr. Marino betrachtet Reba und denkt daran, wie sie sich in der Paradise Lounge im Holiday Inn mit Captain-Morgan-Rum betrunken und die Sonnenuntergänge betrachtet haben. Bis spät in der Nacht haben sie im Whirlpool gesessen, damals, als er noch nicht auf Effexor war.

»Bist du noch dran?«, fragt Lucy.

»Ist es möglich, mit zwei Mobiltelefonen, einem Festnetzanschluss und nur zwei Personen eine Dreifach-Telefonkonferenz zu führen?«

»Was soll das werden? Ein Mensa-Testfrage?«

»Ich möchte, dass es so aussieht, als säße ich in meinem Büro am Telefon und spräche mit dir, obwohl ich in Wirklichkeit mein Mobiltelefon benutze. Hallo? Bist du noch dran?«

»Willst du damit andeuten, dass jemand deine Gespräche an einem Telefon mit mehreren Anschlüssen abhört, das mit der PBX-Anlage verbunden ist?«

»An dem verdammten Telefon, das auf meinem Schreibtisch steht«, erwidert er und beobachtet, wie Reba ihn ansieht. Er fragt sich, ob sie beeindruckt ist.

»Genau das habe ich gemeint. Hast du einen Verdacht?«, gibt Lucy zurück.

»Ich muss mich zwar noch vergewissern, aber ich bin ziemlich sicher, dass ich weiß, wer es ist.«

»Dazu braucht man das Passwort des System-Administrators. Und das habe nur ich.«

»Ich fürchte, jemand hat es sich besorgt. Das würde jedenfalls eine Menge erklären. Ist es möglich?«, fragt er sie wieder. »Kann ich dich vom Bürotelefon aus anrufen, anschließend eine Konferenzschaltung auf mein Mobiltelefon legen und dann die Büroleitung offen lassen, damit man glaubt, dass ich von dort aus telefoniere, obwohl das nicht stimmt?«

»Ja, das geht«, antwortet sie. »Allerdings musst du dich ein bisschen gedulden.«

Dr. Self betätigt einen blinkenden Knopf an ihrem Telefon.

»Unser nächster Anrufer, der nun schon eine Weile auf dieses Gespräch wartet, hat einen ungewöhnlichen Spitznamen. Hog? Ich muss mich entschuldigen. Sind Sie noch dran?«

»Ja, Ma'am«, ist im Studio eine leise Stimme zu hören.

»Sie sind auf Sendung«, sagt Dr. Self. »Also, Hog? Warum erzählen Sie uns nicht zuerst, wie Sie zu diesem Spitznamen gekommen sind. Sicher sind unsere Zuschauer neugierig.«

»So heiße ich eben.«

Schweigen entsteht, doch Dr. Self füllt es sofort. Während der Sendezeit darf keine Lücke entstehen.

»Also gut, Hog. Sie haben angerufen, um uns eine erstaunliche Mitteilung zu machen. Sie sind für eine Gärtnerei tätig und haben in einem bestimmten Stadtviertel Zitrusbrand in einem Garten entdeckt …?«

»Nein, ganz so war es nicht.«

Dr. Self wird allmählich ungeduldig. Hog hält sich nicht ans Drehbuch. Bei seinem Anruf am späten Dienstagabend hat er der Person, für die sie sich ausgegeben hat, gemeldet, er sei im Garten einer alten Frau in Hollywood auf Zitrusbrand gestoßen. Nur ein einziger Orangenbaum sei befallen, und nun sollten alle ihre Zitrusbäume sowie die sämtlicher Nachbarn gefällt werden. Als er der Besitzerin des infizierten Baums das Problem erläutert habe, hätte sie mit Selbstmord gedroht, falls Hog beim Landwirtschaftsministerium Meldung machen sollte. Sie hat gesagt, sie werde sich mit dem Schrotgewehr ihres verstorbenen Mannes umbringen.

Der Mann der alten Frau habe die Bäume kurz nach der Hochzeit gepflanzt. Inzwischen sei er tot, und die Bäume seien das Einzige, was sie noch habe. Diese Bäume zu fällen würde also bedeuten, ihr etwas Wichtiges wegzunehmen, und dazu habe niemand ein Recht.

»Das Fällen dieser Bäume zwingt sie, den Tod ihres Mannes endlich zu akzeptieren«, erklärt Dr. Self den Zuschauern. »Doch dann gäbe es in ihren Augen nichts mehr, wofür es sich zu leben lohnt. Sie möchte sterben. Das bringt Sie in eine schwierige Lage, richtig, Hog? Es ist, als spielten Sie Gott«, spricht sie ins Telefon.

»Ich spiele nicht Gott, sondern erfülle Gottes Willen. Das ist kein Spiel.«

Trotz ihrer Verwirrung fährt Dr. Self tapfer fort. »Was für eine schwere Entscheidung für Sie. Halten Sie sich an die Vorschriften der Behörden, oder folgen Sie der Stimme Ihres Herzens?«

»Ich habe rote Streifen an die Bäume gemalt«, erwidert er. »Nun ist sie tot. Sie waren eigentlich als Nächste dran. Doch die Zeit reicht nicht.«

58

Sie sitzen am Küchentisch an einem Fenster, das auf den schmalen, brackigen Kanal hinausgeht.

»Die Polizei hat damals ein paar Sachen eingesammelt, aus denen sie hoffte DNA-Spuren sicherstellen zu können«, beginnt Fred Quincy. »Haarbürste, Zahnbürste, ich weiß nicht mehr, was sonst noch alles dabei war. Allerdings habe ich nie erfahren, was daraus geworden ist.«

»Vermutlich hat nie eine Analyse stattgefunden«, sagt Lucy und erinnert sich an das Gespräch, das sie vorhin mit Marino geführt hat. »Bestimmt liegen die Gegenstände noch in der Asservatenkammer. Wir könnten nachfragen, aber am besten so schnell wie möglich.«

Bei der ungeheuerlichen Vorstellung, dass sich jemand ihr Passwort verschafft haben könnte, wird Lucy ganz flau im Magen. Gewiss hat Marino sich geirrt. Aber der Gedanke will ihr einfach nicht aus dem Kopf.

»Der Fall steht offenbar nicht oben auf der Dringlichkeitsliste. Da keine Spuren von Gewalt gefunden wurden, ging man davon aus, dass sie freiwillig verschwunden sind«, fährt Fred fort. »Man sagte, es müsse doch wenigstens Hinweise auf einen Kampf oder Zeugen geben. Immerhin war es Vormittag, und auf der Straße waren Menschen unterwegs. Außerdem fehlte Moms Geländewagen.«

»Mir hat man erzählt, der Wagen wäre da gewesen. Ein Audi.«

»Nein, das stimmt nicht. Außerdem hatte nicht sie den Audi, sondern ich. Anscheinend hat jemand mein Auto gesehen, als ich dort war, um sie zu suchen. Mom fuhr einen Chevy Blazer, den sie auch für ihre Transporte brauchte. Leute verwechseln eben öfter etwas. Nachdem ich den ganzen Tag lang immer wieder vergeblich angerufen hatte, bin ich hingefahren. Die Handtasche meiner Mutter und das Auto waren weg, und von ihr und meiner Schwester fehlte jede Spur.«

»War zu erkennen, ob sie den Laden überhaupt betreten hatten?«

»Sämtliche Lampen und Geräte waren abgeschaltet, und an der Tür hing das GESCHLOSSEN-Schild.«

»Haben Sie etwas vermisst?«

»Nicht soweit ich feststellen konnte. Zumindest nicht auf den ersten Blick. Die Geldschublade war leer, doch das hatte nicht unbedingt etwas zu bedeuten, da sie, wenn überhaupt, über Nacht sowieso nur kleinere Beträge dort aufbewahrte. Dass Sie jetzt plötzlich Interesse an ihrer DNA haben, heißt doch sicher, dass etwas passiert ist.«

»Ich gebe Ihnen Bescheid«, erwidert Lucy. »Möglicherweise haben wir eine heiße Spur.«

»Mehr dürfen Sie mir nicht verraten?«

»Ich verspreche, mich bei Ihnen zu melden. Was war Ihr erster Gedanke, als Sie zum Laden fuhren, um sie zu suchen?«

»Soll ich ehrlich sein? Ich habe mir gedacht, dass sie nie in den Laden gewollt und sich stattdessen aus dem Staub gemacht hatten.«

»Wie kommen Sie darauf?«

»In letzter Zeit hatten sich die Probleme gehäuft. Finanzielle Engpässe, persönliche Schwierigkeiten. Dad war mit seiner Gärtnerei ausgesprochen erfolgreich gewesen.«

»In Palm Beach.«

»Dort befand sich die Hauptfiliale. Aber er betrieb auch Gewächshäuser und Baumschulen an anderen Standorten, einer davon ganz hier in der Nähe. Dann, Mitte der Achtziger, hat der Zitrusbrand ihn ruiniert. Alle Bäume wurden vernichtet, und mein Vater musste dem Großteil seiner Angestellten kündigen. Beinahe wäre es zu einer Insolvenz gekommen. Mom hat darunter sehr gelitten. Aber er hat sich wieder erholt, und der Erfolg kam zurück, was Mom ebenfalls schwer zu schaffen machte. Ich weiß nicht, ob es richtig ist, mit Ihnen darüber zu sprechen.«

»Fred, ich versuche doch nur zu helfen, und das kann ich nicht, wenn sie mir nicht vertrauen.«

»Damals war Helen zwölf«, beginnt er. »Ich war der Ältere und im ersten Semester auf dem College. Helen ist für etwa sechs Monate lang zum Bruder meines Vaters und dessen Frau gezogen.«

»Warum?«

»Ein Jammer, so ein hübsches, begabtes Mädchen, das schon mit sechzehn in Harvard angenommen wurde. Aber sie hat nicht einmal ein Semester durchgehalten. Sie erlitt einen Zusammenbruch und kam nach Hause zurück.«

»Wann?«

»Das muss im Herbst vor ihrem und Moms Verschwinden gewesen sein. Sie war nur bis November in Harvard.«

»Also acht Monate ehe sie und Ihre Mutter vermisst wurden?«

»Ja. Helen hat bei der Verteilung der Gene wirklich Pech gehabt.«

Er hält inne, als überlege er, ob er fortfahren soll, und entscheidet sich dann dafür. »Also gut. Dass meine Mutter nicht unbedingt der Inbegriff von Ausgeglichenheit war, haben Sie inzwischen sicher selbst bemerkt. Ihr Weihnachtswahn zum Beispiel. Seit ich mich erinnern kann, ist sie immer wieder durchgedreht. Aber als Helen zwölf war, wurde es wirklich schlimm mit Mom, und sie verhielt sich immer unberechenbarer.«

»War sie in psychiatrischer Behandlung?«

»Sie ging zur teuersten Prominentenärztin. Die Frau hieß Dr. Self und wohnte damals in Palm Beach. Sie empfahl die Einweisung in eine Klinik. Das ist der wirkliche Grund, warum Helen bei meiner Tante und meinem Onkel lebte. Mom war in der Klinik, und Dad war zu beschäftigt und hatte keine Lust, ganz allein eine Zwölfjährige zu versorgen. Dann kam Mom zurück, und bald waren weder sie noch Helen, tja, Sie wissen schon, normal eben.«

»Ging Helen zum Psychiater?«

»Damals noch nicht«, antwortet Fred. »Sie war einfach nur ein bisschen komisch, nicht verrückt wie Mom, sondern eigenartig. In der Schule brachte sie ausgezeichnete Leistungen. Doch in Harvard ist sie völlig durchgedreht. Sie wurde in der Eingangshalle eines Beerdigungsinstituts aufgegriffen und wusste nicht mehr, wer sie war. Und um das Maß voll zu machen, starb Dad plötzlich. Daraufhin ging es mit Mom immer mehr bergab. An den Wochenenden trieb sie sich herum, ohne mir Bescheid zu sagen. Es war ein Albtraum.«

»Also erfuhr die Polizei, dass sie psychische Probleme hatte und dazu neigte, einfach zu verschwinden, und glaubte deshalb, sie hätte sich mit Helen aus dem Staub gemacht?«

»Selbst ich hatte diesen Verdacht, und ich frage mich bis heute, ob meine Mutter und meine Schwester sich vielleicht nicht doch irgendwo verstecken.«

»Wie ist Ihr Vater gestorben?«

»Er ist in seiner Bibliothek, er sammelte seltene Bücher, von einer Leiter gefallen. Das Haus in Palm Springs hatte zwei Stockwerke und überall Marmorfliesen und Steinböden.«

»War er allein zu Hause, als es geschah?«

»Helen hat ihn auf dem Treppenabsatz im Parterre gefunden.«

»Und außer ihr war niemand im Haus?«

»Vielleicht einer ihrer Freunde. Aber ich weiß nicht, wer es gewesen sein könnte.«

»Wann war das?«

»Ein paar Monate vor ihrem und Moms Verschwinden. Damals war Helen siebzehn und ziemlich frühreif. Tja, um ehrlich zu sein, hat sie es nach ihrer Rückkehr aus Harvard recht wild getrieben. Ich hatte immer den Verdacht, dass das eine Trotzreaktion auf meinen Dad, meinen Onkel und meine übrige Verwandtschaft väterlicherseits war. Die sind nämlich streng religiös; ständig heißt es nur Jesus hier, Jesus dort. Außerdem engagieren sie sich sehr in ihren Kirchengemeinden, dem Presbyterium und der Sonntagsschule und versuchen dauernd, ihre Mitmenschen zu bekehren.«

»Haben Sie je einen von Helens Freunden kennen gelernt?«

»Nein, sie war viel unterwegs und blieb oft tagelang weg. Immer wieder gab es Ärger. Ich bin so selten wie möglich nach Hause gekommen. Moms Weihnachtswahn ist übrigens ein schlechter Scherz. Bei uns zu Hause gab es nie ein schönes Weihnachtsfest. Es war eher eine Horrorveranstaltung.«

Er steht auf. »Stört es Sie, wenn ich mir ein Bier genehmige?«

»Tun Sie sich keinen Zwang an.«

Er öffnet eine Flasche Michelob, schließt den Kühlschrank und nimmt wieder Platz.

»Wurde Ihre Schwester je stationär behandelt?«, erkundigt sich Lucy.

»In derselben Klinik, in der auch Mom war, und zwar etwa einen Monat lang, nachdem sie aus Harvard zurückgekommen war. Bei mir hieß der Laden nur Club McLean. Die guten alten Familiengene.«

»McLean in Massachusetts?«

»Genau. Möchten Sie sich denn keine Notizen machen? Wie wollen Sie sich das alles sonst merken?«

Lucy dreht den Stift in ihrer Hand. In ihrer Tasche läuft unsichtbar ein kleiner Recorder.

»Wir brauchen die DNA Ihrer Mutter und Ihrer Schwester«, sagt sie.

»Keine Ahnung, wie wir die jetzt noch beschaffen sollen. Außer, die Polizei hat die Sachen aufbewahrt.«

»Mit Ihrer wäre mir auch schon gedient. Schließlich sind Sie ja blutsverwandt«, erwidert Lucy.

59

Scarpetta blickt aus dem Fenster und betrachtet die kalte, weiße Straße. Inzwischen ist es fast drei Uhr, und sie hat den Großteil des Tages am Telefon verbracht.

»Nach welchen Kriterien suchen Sie die Anrufer denn aus? Schließlich können Sie doch nicht jeden x-Beliebigen auf Sendung lassen«, fragt sie.

»Natürlich nicht. Einer der Produzenten spricht mit dem Betreffenden, um sicherzugehen, dass wir es nicht mit einem Spinner zu tun haben.«

Eine seltsame Wortwahl für eine Psychiaterin.

»In diesem Fall hatte ich bereits selbst mit dem Mann, einem Gärtnereimitarbeiter, telefoniert. Es ist eine lange Geschichte.« Dr. Self spricht schnell.

»Hat er sich gleich zu Anfang mit Hog vorgestellt?«

»Ich habe mir nichts dabei gedacht. Schließlich haben viele Leute komische Spitznamen. Aber ich muss es wissen. Wurde wirklich eine alte Dame tot aufgefunden? War es Selbstmord? Sie sind doch sicher darüber informiert. Der Mann hat nämlich gedroht, mich umzubringen.«

»Ich fürchte, es kommt öfter vor, dass alte Damen tot aufgefunden werden«, antwortet Scarpetta ausweichend. »Können Sie mir mehr darüber erzählen? Was genau hat er denn gesagt?«

Dr. Self berichtet von den verseuchten Zitrusbäumen im Garten der alten Frau, von ihrer Trauer über den Tod ihres Ehemannes und ihrer Drohung, sich mit einer Schrotflinte zu erschießen, sollte der Gärtnereimitarbeiter – Hog – die Vernichtung ihrer Bäume veranlassen. Als Benton mit zwei Kaffeetassen ins Wohnzimmer kommt, schaltet Scarpetta Dr. Self auf Lautsprecher.

»Und dann hat er gedroht, mich umzubringen«, wiederholt

Dr. Self. »Zumindest hat er gemeint, er habe es eigentlich vorgehabt, es sich aber anders überlegt.«

»Ich habe hier jemanden, der das hören sollte«, erwidert Scarpetta und stellt Benton vor. »Könnten Sie ihm das Ganze noch einmal erzählen?«

Benton nimmt auf dem Sofa Platz, während Dr. Self entgegnet, sie verstehe nicht, warum sich ein forensischer Psychologe in Massachusetts für einen mutmaßlichen Selbstmord in Florida interessiere. Allerdings könnte er ihr, was die Morddrohung angeht, vielleicht einen wertvollen Rat geben. Außerdem würde sie sich freuen, wenn er als Gast zu ihr in die Show käme. Welchen Grund könnte der Anrufer für seine Drohung haben? Schwebe sie tatsächlich in Gefahr?

»Kontrolliert Ihr Studio die Nummern der eingegangenen Anrufe?«, fragt Benton. »Werden sie, wenn auch nur vorübergehend, irgendwo gespeichert?«

»Ich weiß, dass Anrufe mit unbekannter Nummer nicht angenommen werden. Es ist Voraussetzung, dass die Rufnummer nicht unterdrückt wird. Ich bin nämlich schon von einer Geisteskranken in der Sendung bedroht worden, also ist es nicht das erste Mal. Bei dem Anruf damals wurde keine Nummer angezeigt. Nie wieder.«

»Ich hätte gern einen Ausdruck der Nummern sämtlicher Anrufe, die während der Show heute Nachmittag eingegangen sind. Was ist mit Ihrem ersten Gespräch mit diesem Mann? Sie haben erwähnt, Sie hätten mit ihm telefoniert. Wann war das? Handelte es sich um ein Ortsgespräch? Haben Sie die Nummer gespeichert?«

»Am späten Dienstagnachmittag. Ich besitze keine Rufnummernerkennung. Da ich eine Geheimnummer habe, die nicht im Telefonbuch steht, brauche ich das nicht.«

»Hat der Mann seinen Namen genannt?«

»Er hat sich mit Hog vorgestellt.«

»Und er hat Sie zu Hause angerufen?«

»In meiner Privatpraxis. Ich behandle meine Patienten in

meiner Praxis hinter dem Haus. Eigentlich ist es eher ein Gästehaus.«

»Woher könnte er die Nummer haben?«

»Keine Ahnung, wenn Sie mich so direkt fragen. Natürlich kennen meine Kollegen, andere Menschen, mit denen ich beruflich zu tun habe, und auch meine Patienten die Nummer.«

»Könnte dieser Mann einer Ihrer Patienten sein?«

»Ich habe die Stimme nicht erkannt, und ich habe auch niemanden in Behandlung, bei dem ich mir so etwas vorstellen könnte. Da steckt sicher etwas anderes dahinter.« Ihre Stimme wird drängend. »Meiner Ansicht nach habe ich ein Recht darauf, etwas über die Hintergründe zu erfahren. Sie haben mir auch noch nicht gesagt, ob es die alte Frau, die sich wegen ihrer verseuchten Zitrusbäume mit einem Schrotgewehr erschossen hat, wirklich gibt.«

»Ganz so war es nicht«, entgegnet Scarpetta. »Auch wenn wir vor kurzem einen Fall hereinbekommen haben, der sich in einigen Punkten mit Ihrer Beschreibung deckt: Eine alte Frau, deren Bäume zur Vernichtung gekennzeichnet waren. Tod durch einen Schuss aus einem Schrotgewehr.«

»Mein Gott. Ist es vergangenen Dienstag nach achtzehn Uhr passiert?«

»Vermutlich schon davor«, antwortet Scarpetta und glaubt zu wissen, warum Dr. Self das fragt.

»Da bin ich aber erleichtert. Das heißt doch, dass sie schon tot gewesen sein muss, als der Gärtner, dieser Hog, sich bei mir gemeldet hat. Er hat mich zwischen fünf und zehn nach sechs angerufen und mich gebeten, bei meiner Show mitwirken zu dürfen. Dann hat er mir die Geschichte von der alten Frau und ihrer Selbstmorddrohung erzählt. Offenbar hatte sie es zu diesem Zeitpunkt bereits getan. Die Vorstellung, dass ihr Tod mit seinem Wunsch, in meiner Show aufzutreten, zusammenhängen könnte, wäre entsetzlich für mich.«

Benton wirft Scarpetta einen Blick zu, der *Was für eine narzisstische, gefühllose Zicke* besagen soll. »Im Moment stellt sich uns eine Reihe anderer Fragen, Dr. Self, und es wäre sehr hilfreich für uns, wenn Sie uns mehr Informationen über David Luck geben könnten. Sie haben ihm Ritalin verschrieben.«

»Soll das heißen, dass ihm auch etwas Schreckliches zugestoßen ist? Liegen neue Erkenntnisse vor?«

»Wir haben Grund zu großer Sorge«, wiederholt Scarpetta ihre Worte aus einem anderen Gespräch mit Dr. Self. »Und zwar, was ihn, seinen Bruder und die beiden Schwestern betrifft, bei denen die Jungen gelebt haben. Wie lange war David bei Ihnen in Behandlung?«

»Seit dem vergangenen Sommer. Ich glaube, er war im Juli das erste Mal bei mir. Es könnte auch Ende Juni gewesen sein. Beide Eltern waren ja bei einem Unfall ums Leben gekommen. Der Junge schlug über die Stränge, und seine schulischen Leistungen sackten ab. Er und sein Bruder wurden zu Hause unterrichtet.«

»Wie oft kam er zu Ihnen?«, erkundigt sich Benton.

»Normalerweise einmal pro Woche.«

»Wer hat ihn zu den Terminen begleitet?«

»Manchmal Kristin, manchmal Ev. Hin und wieder erschienen sie auch zu zweit, und gelegentlich setzte ich mich mit allen dreien zusammen.«

»Wer hat David an Sie überwiesen?«, fragt Scarpetta. »Wie wurde er Ihr Patient?«

»Nun, das war ziemlich rührend. Kristin rief bei mir in der Sendung hat. Offenbar ist sie eine begeisterte Zuhörerin und hoffte, sich auf diese Weise mit mir in Verbindung setzen zu können. Also meldete sie sich während meiner Radiosendung und sagte, sie betreue einen kleinen Südafrikaner, der vor kurzem beide Eltern verloren habe. Er brauche Hilfe und so weiter und so fort. Die Geschichte war wirklich herzzerreißend, und ich erklärte mich mit einem Termin einverstanden. Sie würden sich über die vielen Zuschauerzuschriften wundern, die ich seitdem erhalte. Immer noch bekomme ich Briefe von Leuten, die wissen wollen, wie es dem kleinen südafrikanischen Waisenjungen geht.«

»Haben Sie eine Tonbandaufzeichnung von der fraglichen Sendung?«, fragt Benton.

»Wir zeichnen alles auf.«

»Wie lange würde es dauern, mir dieses Tonband zu besorgen? Außerdem bräuchte ich auch eine Aufzeichnung Ihrer heutigen Fernsehshow. Ich fürchte, wir sind hier eingeschneit. Obwohl wir tun, was wir können, sind unsere Möglichkeiten begrenzt.«

»Ja, ich habe gehört, Sie hätten da oben ein Unwetter gehabt. Hoffentlich kriegen Sie keinen Stromausfall«, erwidert Dr. Self, als hätten sie die letzte halbe Stunde nur freundlich miteinander geplaudert. »Ich könnte sofort meinen Produzenten anrufen, der Ihnen das Material mailen wird. Sicher wird er auch mit Ihnen über die Möglichkeit reden wollen, als Gast in meine Show zu kommen.«

»Und die Telefonnummern aller Anrufer«, erinnert sie Benton.

»Dr. Self?«, mischt sich Scarpetta ein und schaut missmutig aus dem Fenster. Es hat wieder zu schneien begonnen.

»Was ist mit Davids Bruder Tony?«

»Sie haben viel gestritten.«

»War Tony auch bei Ihnen in Behandlung?«

»Ich bin ihm nie begegnet«, erwidert Dr. Self.

»Sie sagten, Sie hätten Ev und Kristin kennen gelernt. Litt eine der beiden an einer Essstörung?«

»Sie waren nicht meine Patientinnen.«

»Ich denke, dass man das am Äußeren feststellen kann. Eine von ihnen ernährte sich fast ausschließlich von Karotten.«

»Nach dem Aussehen zu urteilen, war es Kristin«, erwidert Dr. Self.

Scarpetta wirft Benton einen Blick zu. Nachdem sie auf die gelblich verfärbte Dura mater gestoßen ist, hat sie sofort veranlasst, dass sich das DNA-Labor mit Detective Thrush in Verbindung setzt. Die DNA der toten Frau in Massachusetts wurde mit der aus den gelben Flecken an der Bluse verglichen, die Scarpetta in Kristins und Evs Haus sichergestellt hat. Aller Wahrscheinlichkeit nach handelt es sich bei der Toten in der Leichenhalle in Boston um Kristin. Allerdings hat Scarpetta nicht vor, das Dr. Self zu verraten, denn der Frau wäre durchaus zuzutrauen, dass sie im Radio darüber spricht.

Benton steht vom Sofa auf, um Holz nachzulegen, als Scarpetta das Telefonat beendet. Im Schein der Laternen an Bentons Gartentor beobachtet sie, wie es heftig weiterschneit.

»Keinen Kaffee mehr«, sagt Benton. »Ich bin schon unruhig genug.«

»Hört es denn nie auf zu schneien?«

»Die Hauptstraßen sind inzwischen wahrscheinlich schon geräumt. Das geht hier erstaunlich schnell. Ich glaube nicht, dass die Jungen etwas damit zu tun haben.«

»Sicher haben sie das«, widerspricht sie und setzt sich auf die Ofenbank. »Sie sind verschwunden. Kristin ist offenbar tot. Vermutlich leben sie alle nicht mehr.«

60

Während Reba, in das Lesen von Horror-Szenen versunken, dasitzt, ruft Marino Joe an.

»Ich muss ein paar Dinge mit Ihnen besprechen«, sagt er zu ihm. »Es gibt da nämlich ein Problem.«

»Was für ein Problem denn?«, erkundigt Joe sich argwöhnisch.

»Das erzähle ich Ihnen lieber persönlich. Aber zuerst muss ich in meinem Büro ein bisschen herumtelefonieren und noch einiges erledigen. Wo sind Sie in der nächsten Stunde?«

»Zimmer 112.«

»Sind Sie jetzt schon da?«

»Ich bin dorthin unterwegs.«

»Lassen Sie mich raten«, sagt Marino. »Um an einer neuen Horror-Szene zu arbeiten, die Sie mir geklaut haben.«

»Wenn es das ist, worüber Sie mit mir reden wollen …«

»Aber nein«, erwidert Marino. »Es kommt noch viel schlimmer.«

»Du hast ja echt was drauf«, sagt Reba zu Marino und legt die Mappe mit den Horror-Szenen wieder auf seinen Schreibtisch. »Das ist wirklich gut, Pete.«

»In fünf Minuten geht es los. Geben wir ihm zuerst Zeit, in sein Büro zu gehen.« Inzwischen hat Marino Lucy am Telefon. »Was soll ich jetzt tun?«

»Wir beide legen jetzt auf. Dann drückst du den Konferenzknopf deines Bürotelefons und wählst meine Mobilfunknummer. Wenn ich mich melde, drückst du wieder auf den Konferenzknopf und wählst diesmal deine eigene Mobilfunknummer. Dann kannst du dein Bürotelefon entweder auf Warteschleife schalten, damit die Leitung offen bleibt, oder einfach den Hörer neben den Apparat legen. Auf diese Weise wird jeder, der dein Telefon abhört, annehmen, dass du im Büro bist.«

Marino wartet eine Weile und befolgt dann Lucys Anweisungen. Danach verlässt er mit Reba das Gebäude, während er weiter am Mobiltelefon mit Lucy spricht. Sie plaudern angeregt miteinander und hoffen, dass Joe sie dabei belauscht. Bis jetzt haben sie Glück, denn der Empfang ist gut. Lucy klingt, als wäre sie im Nebenzimmer.

Sie unterhalten sich über neue Motorräder. Sie unterhalten sich über alles Mögliche, während Marino und Reba zu ihrem Ziel unterwegs sind.

Das Last-Stand-Motel ist ein umgebauter, in drei Zimmer aufgeteilter doppelt breiter Wohncontainer, der der Nachstellung von Verbrechen dient. Jedes Zimmer besitzt eine eigene Tür mit einer aufgemalten Nummer. Zimmer 112 befindet sich in der Mitte. Marino bemerkt, dass die Gardine am Fenster zugezogen ist, und er hört das Brummen der Klimaanlage. Die Tür ist verschlossen. Marino versetzt ihr einen heftigen Tritt mit seinem großen, in einem Harley-Stiefel steckenden Fuß, sodass sie auffliegt und gegen die Wand knallt. Joe sitzt am Schreibtisch. Er hat den Hörer am Ohr, und an sein Telefon ist ein Kassettenrecorder angeschlossen. Beim Anblick von Marino und Reba ist sein Gesicht von Entsetzen gezeichnet.

»Wissen Sie, warum dieser Laden das Last-Stand-Motel heißt?«, fragt Marino, geht auf Joe zu und hebt ihn aus seinem Sessel, als wäre er federleicht. »Weil es mit Ihnen jetzt genauso aus und vorbei ist wie mit General Custer bei der Schlacht von Little Big Horn.«

»Sofort loslassen!«, schreit Joe.

Marino hält ihn unter den Achseln fest, sodass seine Füße den Boden nicht mehr berühren; ihre Gesichter sind nur wenige Zentimeter voneinander entfernt. Dann stößt Marino Joe gegen die Wand.

»Lassen Sie mich los! Sie tun mir weh!«

Als Marino ihn plötzlich freigibt, landet Joe mit dem Hintern unsanft auf dem Fußboden.

»Sie wissen sicher, warum sie hier ist.« Er weist auf Reba. »Um Ihren traurigen Arsch festzunehmen.«

»Ich habe nichts verbrochen!«

»Urkundenfälschung, schwerer Diebstahl und möglicherweise auch Mord, da Sie eine Waffe entwendet haben, die in einem anderen Bundesstaat dazu benutzt wurde, einer Frau die Rübe wegzupusten. Oh, und außerdem noch Betrug«, zählt Marino die einzelnen Vorwürfe auf seiner Liste auf, wobei ihn wenig interessiert, ob er vor Gericht mit allen Punkten durchkommen wird.

»Das ist nicht wahr. Ich habe keine Ahnung, wovon Sie reden!«

»Hören Sie mit dem Geschrei auf, ich bin nicht taub. Wissen Sie, Detective Wagner hier ist nämlich Zeugin, richtig?«

Sie nickt mit finsterer Miene. Noch nie hat Marino einen so Angst einflößenden Gesichtsausdruck bei ihr erlebt.

»Haben Sie gesehen, dass ich ihn angerührt hätte?«, fragt er sie.

»Aber nein«, entgegnet sie.

Joe macht sich vor Angst fast in die Hose.

»Möchten Sie uns nicht erzählen, warum Sie das Schrotgewehr gestohlen und wem Sie es gegeben oder verkauft haben?« Marino zieht sich den Schreibtischstuhl heran, dreht ihn um und setzt sich rittlings darauf. Seine gewaltigen Arme ruhen auf der Rückenlehne. »Vielleicht haben Sie die Frau ja umgelegt. Könnte ja sein, dass Sie die Horror-Szenen gern in natura nachspielen, obwohl diese hier ganz bestimmt nicht von mir stammt. Die müssen Sie jemand anderem geklaut haben.«

»Welche Frau? Ich habe niemanden getötet. Und ein Schrotgewehr habe ich auch nicht gestohlen. Was für ein Schrotgewehr denn?«

»Das, das Sie am 28. Juni um 15.15 Uhr ausgeliehen haben. Das, dessen Ausleihdaten im Computer Sie gerade verändert haben, wodurch eine weitere Urkundenfälschung hinzukommt.«

Joes Mund und Augen sind weit aufgerissen.

Marino holt ein Stück Papier aus der Gesäßtasche, streicht es glatt und gibt es ihm. Es ist eine Fotokopie der Seite aus dem Waffenbuch, auf der steht, dass Joe das Mossberg-Gewehr ausgeliehen und angeblich wieder zurückgebracht hat.

Joe starrt auf die Seite, und seine Hände zittern.

»Ich schwöre bei Gott, dass ich die Waffe nicht genommen habe«, sagt er dann. »Ich weiß noch genau, was passiert ist. Ich habe weitere Tests mit ballistischer Gelatine durchgeführt und das Gewehr vielleicht einmal abgefeuert. Anschließend bin ich in die Laborküche gegangen, ich glaube, um nach zwei weiteren Blöcken zu sehen, die ich gerade angefertigt hatte. Sie sollten dazu dienen, Passagiere nach einem Flugzeugabsturz zu simulieren. Wissen Sie noch, wie Lucy mithilfe eines großen

Hubschraubers einen Flugzeugrumpf abgeworfen hat, damit die Lehrgangsteilnehmer …«

»Schweifen Sie nicht ab!«

»Als ich zurückkam, war das Gewehr weg. Ich nahm an, Vince hätte es wieder in den Safe gesperrt. Es war schon spät, und ich dachte, er hätte es weggeräumt, weil er Feierabend machen wollte. Ich weiß noch, dass ich ziemlich verärgert war, weil ich eigentlich geplant hatte, es noch ein paarmal abzufeuern.«

»Kein Wunder, dass Sie meine Horror-Szenen stehlen müssen«, meint Marino. »Sie haben keine Phantasie. Versuchen Sie es noch einmal.«

»Ich sage die Wahrheit.«

»Möchten Sie, dass sie Sie in Handschellen abführt?« Marino weist mit dem Kopf auf Reba.

»Sie können mir überhaupt nichts nachweisen.«

»Ich kann beweisen, dass Sie einen Betrug begangen haben«, gibt Marino zurück. »Möchten Sie mir nichts über die Empfehlungsschreiben erzählen, die Sie gefälscht haben, damit Dr. Scarpetta Sie einstellt?«

Im ersten Moment verschlägt es ihm die Sprache, aber er hat sich rasch wieder gefasst, und ein selbstzufriedener Ausdruck macht sich auf seinem Gesicht breit.

»Beweisen Sie es«, sagt er.

»Jeder Brief wurde auf Papier mit demselben Wasserzeichen geschrieben.«

»Das ist kein Beweis.«

Joe steht auf und fasst sich an den schmerzenden Hintern.

»Ich werde Sie verklagen«, verkündet er.

»Gut, dann lohnt es sich wenigstens, Sie richtig zu vermöbeln«, gibt Marino zurück und reibt sich die riesigen Hände. »Vielleicht breche ich Ihnen ja das Genick. Sie haben doch nicht gesehen, dass ich ihn angerührt hätte, Detective Wagner?«

»Aber nein«, erwidert Reba. »Wenn Sie die Waffe nicht genommen haben, wer dann?«, fügt sie hinzu. »War an diesem Nachmittag sonst noch jemand im Waffenlabor?«

Er überlegt kurz, und ein seltsamer Ausdruck legt sich auf sein Gesicht.

»Nein«, sagt er.

61

Insassen, bei denen Selbstmordgefahr besteht, werden rund um die Uhr von einem Wachmann beobachtet, der im Kontrollraum sitzt.

Basil Jenrette gehört auch dazu. Sie sehen ihm beim Schlafen, Duschen und Essen und beim Benutzen der Toilette aus Edelstahl zu. Und auch, wenn er der Kamera den Rücken zudreht und unter den Laken seines schmalen Eisenbettes sexuell Dampf ablässt.

Er stellt sich vor, dass sie ihn auslachen, und malt sich ihre Gespräche im Kontrollraum aus, während sie ihn auf dem Monitor betrachten. Das erkennt er an ihrem frechen Grinsen, wenn sie ihm die Mahlzeiten bringen oder ihn aus seiner Zelle lassen, damit er sich die Beine vertreten oder telefonieren kann. Hin und wieder fällt auch eine gehässige Bemerkung, und manchmal stehen sie vor seiner Zelle, während er sich Erleichterung verschafft, ahmen die Geräusche nach und klopfen lachend an die Tür.

Basil sitzt auf seinem Bett und schaut in die Kamera, die hoch oben an der gegenüberliegenden Wand hängt. Während er die aktuelle Ausgabe von *Field & Stream* durchblättert, erinnert er sich an seine erste Begegnung mit Benton Wesley, bei der er den Fehler begangen hat, eine der Fragen ehrlich zu beantworten.

Denken Sie je daran, sich selbst oder anderen Schaden zuzufügen?

Ich habe anderen bereits Schaden zugefügt, und das heißt vermutlich, dass ich daran denke, erwiderte Basil.

Wie sehen diese Gedanken genau aus, Basil? Können Sie beschreiben, was Sie sich vorstellen, wenn Sie daran denken, anderen Menschen oder sich selbst Schaden zuzufügen?

Ich denke an die Dinge, die ich getan habe. Ich begegne einer Frau, und dann überkommt es mich. Erst zwinge ich sie, in meinen Streifenwagen zu steigen, und zücke dann die Pistole und vielleicht auch die Dienstmarke. Ich sage ihr, sie sei festgenommen und wenn sie Widerstand gegen die Verhaftung leistet oder auch nur die Tür berührt, müsste ich sie leider erschießen. Sie alle gehorchten.

Es hat sich keine gewehrt?

Nur die letzten beiden. Weil ich eine Autopanne hatte. So was Blödes.

Haben die anderen vor diesen beiden wirklich geglaubt, Sie wären Polizist und wollten sie festnehmen?

Sie haben mir zumindest abgenommen, dass ich Polizist bin. Aber sie wussten genau, was passieren würde. Das wollte ich auch. Ich habe einen Ständer gekriegt, ihn ihnen gezeigt und von ihnen verlangt, dass sie ihn in die Hand nehmen. Da war es klar, dass sie sterben würden. Sie waren ja so dämlich.

Was war dämlich daran, Basil?

Wirklich dämlich. Wie oft soll ich es noch wiederholen? Sie wissen doch genau, was ich meine. Möchtest du lieber gleich im Auto erschossen werden, oder soll ich dich in ein Versteck bringen, wo ich mich in Ruhe mit dir befassen kann? Wer lässt sich schon freiwillig verschleppen und fesseln?

Erzählen Sie mir, wie Sie sie gefesselt haben, Basil? Immer nach derselben Methode?

Ja, da hatte ich einen echt guten Trick drauf. Absolut einmalig. Den habe ich bei meinen ersten Verhaftungen erfunden.

Mit Verhaftung meinen Sie, dass Sie Frauen entführt und misshandelt haben.

Ja, ganz am Anfang.

Schmunzelnd sitzt Basil auf seinem Bett und erinnert sich daran, wie aufregend es war, Kleiderbügel aus Draht um die Knöchel und Handgelenke der Frauen zu biegen und ein Seil hindurchzufädeln, damit er sie aufhängen konnte.

Sie waren meine Marionetten, hat er Dr. Wesley in diesem ersten Gespräch erklärt und sich gefragt, was er denn noch sagen musste, um seinem Gegenüber endlich eine Reaktion zu entlocken.

Denn ganz gleich, was Basil auch von sich gab, Dr. Wesleys Blick blieb unbewegt, und er hörte zu, ohne sich seine Gefühle anmerken zu lassen. Vielleicht fühlt er ja auch nichts. Vielleicht ist er ja wie Basil.

Wissen Sie, in meinem Versteck gab es frei liegende Balken, wo die Deckenverkleidung hinuntergefallen war. Vor allem im Hinterzimmer. Ich habe die Seile über die Balken geworfen und sie fester angezogen oder locker gelassen, wie es mir in den Kram passte, ganz abhängig davon, ob ich sie an der langen oder an der kurzen Leine halten wollte.

Und sie haben sich nie gewehrt, auch nicht, als ihnen klar wurde, was ihnen in diesem Gebäude bevorstand? Was war es denn eigentlich? Ein Haus?

Hab ich vergessen.

Haben die Frauen Widerstand geleistet, Basil? Es war doch sicher schwierig, sie so kompliziert zu fesseln und sie gleichzeitig mit der Waffe in Schach zu halten.

Ich hatte immer die Phantasie, dass mir jemand dabei zusieht, wich Basil der Frage aus. *Und davon, anschließend Sex zu haben. Stundenlangen Sex mit einem Körper, gleich hier auf derselben Matratze.*

Sex mit der Leiche oder Sex mit einer anderen Person?

Darauf habe ich nie gestanden. Das ist nichts für mich. Ich will sie hören. Schließlich hat es bestimmt höllisch wehgetan. Manchmal hat es ihnen die Schultern ausgekugelt. Allerdings musste ich ihnen genug Spiel geben, um aufs Klo zu gehen. Das Ausleeren des Kübels war das, was mir am wenigsten gefallen hat.

Was war mit ihren Augen, Basil?

Tja, lassen Sie mich sehen. Sollte kein Scherz sein.

Dass Dr. Wesley nicht lachte, machte Basil ein wenig wütend.

Ich habe sie ein bisschen seilspringen lassen. Sollte kein Scherz sein. Lächeln Sie denn nie? Ach, kommen Sie, es ist doch ziemlich lustig.

Ich höre Ihnen ganz genau zu, Basil. Wort für Wort.

Wenigstens etwas. Und außerdem stimmte es. Dr. Wesley lauschte aufmerksam und fand jedes Wort wichtig und faszinierend. Offenbar hielt er Basil für den interessantesten und originellsten Menschen, den er je befragt hatte.

Kurz bevor ich Sex mit ihnen haben wollte, fuhr er fort, *habe ich das mit den Augen gemacht. Tja, wenn ich mit einem größeren Schwanz auf die Welt gekommen wäre, wäre das alles nicht nötig gewesen.*

Die Frauen waren bei Bewusstsein, als Sie ihnen die Augen ausgestochen haben?

Wenn ich ihnen Gas oder sonst was hätte geben können, damit sie nichts merken, während ich die Operation durchführe, wäre es mir lieber gewesen. Es gefiel mir nämlich gar nicht, wie sie herumgeschrien und gezappelt haben. Aber sie mussten blind sein, damit ich Sex mit ihnen haben konnte, und das habe ich ihnen auch erklärt. Tut mir echt Leid, habe ich gesagt. Ich muss das machen, okay? Ich beeile mich auch. Allerdings wird es ein bisschen wehtun.

Finden Sie das nicht zum Schießen? Es wird ein bisschen wehtun. Wenn das jemand zu mir sagt, weiß ich, dass ich mit grauenhaften Schmerzen rechnen muss. Dann habe ich zu ihnen gemeint, dass ich sie jetzt losbinden würde, damit wir Sex haben könnten. Wenn sie versuchen würden, abzuhauen oder sonst irgendwelche Dummheiten zu machen, würde ich ihnen noch schlimmer wehtun. Das hat gereicht. Wir hatten Sex.

Wie lange hat das gedauert?

Meinen Sie den Sex?

Wie lange haben Sie sie am Leben gelassen und Sex mit ihnen gehabt?

Hing davon ab. Wenn mir der Sex Spaß gemacht hat, behielt ich sie für ein paar Tage. Zehn Tage waren, glaube ich, das längste. Aber das war keine so gute Idee, denn sie bekam eine scheußliche Infektion, und das war ziemlich eklig.

Haben Sie sonst noch etwas mit ihnen gemacht, außer ihnen die Augen auszustechen und Sex mit ihnen zu haben?

Manchmal habe ich ein bisschen experimentiert.

Haben Sie sie gefoltert?

Ich würde sagen, jemandem die Augen auszustechen … tja, erwiderte Basil, eine Antwort, die er inzwischen bereut.

Denn die Folge war, dass Dr. Wesley mit seinen Fragen eine völlig neue Richtung einschlug. Nun wollte er wissen, ob Basil Gut und Böse unterscheiden und begreifen könne, welches Leid er anderen Menschen zugefügt habe. Wenn er erkennen könne, dass es sich um Folter handle, sei er sich seiner Tat, sowohl zum aktuellen Zeitpunkt als auch im Nachhinein, doch sicher bewusst. Dieselbe alte Leier, die er schon aus Gainesville kennt, als die Seelenklempner herauszufinden versuchten, ob er verhandlungsfähig sei. Das hätte er ihnen besser verschweigen sollen. Auch das war ein dummer Fehler gewesen. In der forensischen Psychiatrie geht es nämlich verglichen mit dem Gefängnis zu wie in einem Fünf-Sterne-Hotel, insbesondere dann, wenn man in die Todeszelle gesteckt wird, eine winzige Kammer, in der man Beklemmungen kriegt und sich in seiner blauweiß gestreiften Hose und dem orangefarbenen T-Shirt vorkommt wie Bozo der Clown.

Basil steht von seinem Eisenbett auf und streckt sich, scheinbar ohne sich für dic Kamera hoch oben an der Wand zu interessieren. Niemals hätte er zugeben dürfen, dass er manchmal Selbstmordphantasien hat und dass seine bevorzugte Methode darin bestünde, sich die Pulsadern aufzuschneiden und zu beobachten, wie er verblutet. Während er zusieht, wie die Tropfen – plopp, plopp, plopp – auf dem Boden langsam eine Lache bilden, würde er an früher denken, als er sich mit verschiedenen Frauen angenehm die Zeit vertrieben hat. Wie viele mögen es wohl gewesen sein? Er hat den Überblick verloren. Vielleicht acht. Zu Dr. Wesley hat er acht gesagt. Oder waren es zehn?

Er streckt sich noch einmal. Nachdem er die Toilette aus Edelstahl benutzt hat, kehrt er zum Bett zurück, wo er die neueste Ausgabe von *Field & Stream* aufschlägt. Er betrachtet Seite 52, auf der eigentlich ein Artikel über das erste .22-Jagdgewehr, eine fröhliche Hasen- und Oppossumjagd und einen Angelausflug in Missouri stehen müsste.

Doch Seite 52 ist nicht das Original. Die echte Seite 52 wurde herausgerissen und in einen Computer eingescannt. Anschließend hat jemand den Text des Artikels in derselben Schrift und mit der identischen Spaltenaufteilung mit einem Brief überlagert. Zu guter Letzt wurde die eingescannte Seite 52 vorsichtig wieder in die Zeitschrift eingelegt und mit ein wenig Leim befestigt. Was auf den ersten Blick wie ein im Plauderton gehaltener Artikel über die Freuden des Jagens und Fischens wirkt, ist in Wahrheit eine geheime, nur für Basil bestimmte Mitteilung.

Die Wachen interessieren sich nicht dafür, ob die Insassen Fischereizeitschriften lesen, und blättern sie meistens nicht einmal durch, denn schließlich geht es in diesen langweiligen Postillen weder um Sex noch um Gewalt.

Basil schlüpft unter die Decke, dreht sich nach links und legt sich diagonal aufs Bett, sodass er der Kamera den Rücken zukehrt, wie immer, wenn er sexuell Dampf ablassen muss. Dann greift er unter die dünne Matratze und zieht weiße Streifen aus Baumwollstoff heraus. Sie stammen von zwei weißen Boxershorts, mit deren Zerkleinerung er sich schon die ganze Woche beschäftigt.

Versteckt unter der Decke, fängt er an, mit den Zähnen zu zerren und zu ziehen. Jeder Streifen wird fest an den nächsten geknüpft, sodass ein inzwischen bereits knapp zwei Meter langes Seil entsteht. Der Stoff reicht noch für zwei weitere

Streifen. Er reißt das Material mit den Zähnen ein und zupft es auseinander. Dabei atmet er schwer und schaukelt hin und her, als wolle er sich sexuell erleichtern. Schließlich knotet er den letzten Streifen an das Seil.

62

In der Computerzentrale der Akademie sitzt Lucy vor drei großen Monitoren und liest E-Mails, die sie vom Server abruft.

Bis jetzt haben sie und Marino herausgefunden, dass Joe Amos vor Beginn seiner Facharztausbildung Kontakt zu einem Fernsehproduzenten hatte, der angeblich im Auftrag eines Kabelsenders eine weitere Forensikshow plante. Für seine Beiträge wurden Joe fünftausend Dollar pro Folge in Aussicht gestellt, vorausgesetzt, dass die Show jemals gesendet werden würde. Offenbar hatte Joe Ende Januar die ersten genialen Einfälle, etwa um die Zeit, als Lucy beim Testen neuer Flugmanöver in ihrem Helikopter übel wurde, sodass sie sich auf die Toilette flüchten musste und dabei ihr Treo vergaß. Anfangs hat Joe sich noch in Zurückhaltung geübt und die Horror-Szenen nur kopiert. Doch mit der Zeit wurde er immer unverfrorener, stahl die Ideen einfach und bediente sich nach Herzenslust aus den verschiedenen Datenbänken.

Lucy ruft eine weitere Mail vom Server ab. Sie wurde vor einem Jahr, nämlich am 10. Februar, verfasst, und zwar von Jan Hamilton, der Praktikantin vom letzten Sommer, die sich mit der Spritze gestochen und gedroht hatte, die Akademie zu verklagen.

Sehr geehrter Dr. Amos,

ich habe Sie gestern Abend in der Radiosendung von Dr. Self gehört und war von Ihren Äußerungen über die National Forensic Akademy begeistert. Offenbar handelt es sich um eine faszinierende Einrichtung, und ich möchte Ihnen dazu gratulieren, dass Sie Ihre Facharztausbildung dort absolvieren können. Ich bin wirklich beeindruckt. Nun frage ich mich, ob Sie mir vielleicht helfen könnten, in den Sommerferien eine Praktikumsstelle dort zu bekommen. Ich studiere Nuklearbiologie und Genetik in Harvard und möchte später Forensikexpertin mit Fachgebiet DNA werden. In der Anlage finden Sie eine Datei mit weiteren Informationen zu meiner Person.

Mit freundlichen Grüßen
Jan Hamilton

PS: Am besten erreichen Sie mich unter dieser Adresse. Mein E-Mail-Account in Harvard wird von einer Firewall geschützt, sodass ich außerhalb des Universitätsgeländes keinen Zugriff darauf habe.

»Mist!«, ruft Marino. »Verdammter Mist.«

Lucy ruft weitere E-Mails auf. Die Briefe werden immer persönlicher, dann romantisch und schließlich sogar anzüglich. Außerdem dauert die Korrespondenz zwischen Joe und Jan während ihrer gesamten Praktikumszeit an der Akademie an. Den Abschluss bildet eine E-Mail, die Joe ihr im vergangenen Juli geschickt hat. Darin schlägt er ihr vor, die Horror-Szene im Verwesungs-Labor doch ein wenig kreativer zu gestalten. Er meinte, sie solle in seinem Büro vorbeischauen, um sich die Spritzbestecke abzuholen und *sich vielleicht noch anderweitig stechen* zu lassen.

Lucy kennt die Filmaufzeichnung der so schrecklich gescheiterten Horror-Szene nicht. Sie hat sich diese Filme noch nie angesehen und sich bis jetzt auch nicht dafür interessiert.

»Wie heißt der Film denn?«, fragt sie, zunehmend besorgt.

»Body Farm«, erwidert Marino.

Lucy sucht die Videodatei und klickt sie an.

Gemeinsam beobachten sie, wie die Lehrgangsteilnehmer die Leiche des fettleibigsten Mannes umrunden, den Lucy je gesehen hat. Er liegt voll bekleidet auf dem Boden und trägt einen billigen grauen Anzug. Vermutlich hatte er ihn an, als er von einem plötzlichen Herzstillstand niedergestreckt wurde. Der Verwesungsprozess hat bereits eingesetzt. Auf seinem Gesicht wimmeln Maden.

Die Kamera richtet sich auf eine hübsche junge Frau, die die Jackentaschen des Toten durchwühlt. Plötzlich dreht sie sich zur Kamera, zieht mit einem Aufschrei die Hand zurück und ruft, sie sei durch den Handschuh von etwas gestochen worden.

Stevie.

Lucy versucht, Benton zu erreichen. Er geht nicht ans Telefon. Dann ruft sie ihre Tante an: auch nicht da. Als sie die Nummer des Labors für Magnetresonanz-Tomographie wählt, meldet sich Dr. Susan Lane. Sie teilt Lucy mit, Benton und Scarpetta müssten jeden Moment hier sein, da sie einen Termin mit einem Patienten hätten. Basil Jenrette.

»Ich maile Ihnen jetzt einen Videofilm«, sagt Lucy. »Vor etwa drei Jahren haben Sie eine junge Patientin namens Helen Quincy untersucht. Ich frage mich, ob das dieselbe Person ist wie in dem Film.«

»Lucy, das darf ich eigentlich nicht.«

»Ich weiß, ich weiß. Bitte. Es ist wirklich sehr wichtig.«

WONK … WONK … WONK … WONK …

Dr. Lane hat Kenny Jumper in der Röhre. Sie ist gerade mitten in einer Magnetresonanz-Tomographie, und im Labor herrscht der übliche Lärm.

»Können Sie die Datenbank aufrufen?«, bittet Dr. Lane ihre Forschungsassistentin. »Und nachsehen, ob wir je eine Patientin namens Helen Quincy untersucht haben? Es muss vor etwa drei

Jahren gewesen sein. Josh, machen Sie weiter«, wendet sie sich dann an den MRT-Techniker. »Kommen Sie kurz ohne mich klar?«

»Ich werd's versuchen.« Er lächelt.

Beth, die Assistentin, gibt etwas in einen Computer ein und braucht nicht lange, um Helen Quincy zu finden. Dr. Lane hat Lucy in der Leitung.

»Haben Sie ein Foto von ihr?«, fragt Lucy.

WOP, WOP, WOP, WOP. Die Geräusche der Volumenvisualisierung erinnern Dr. Lane an ein Unterseeboot.

»Nur von ihrem Gehirn. Wir fotografieren unsere Patienten nicht.«

»Haben Sie sich das Video angesehen, das ich Ihnen gerade gemailt habe? Vielleicht sagt Ihnen das etwas.«

Lucy klingt verzweifelt und enttäuscht.

»Einen Moment bitte. Allerdings weiß ich nicht, was ich Ihrer Ansicht nach damit anfangen soll«, entgegnet Dr. Lane.

»Vielleicht erinnern Sie sich ja an sie. Schließlich haben Sie vor drei Jahren auch schon dort gearbeitet. Sie oder einer Ihrer Kollegen hat sie untersucht. Johnny Swift hat damals bei Ihnen die Facharztausbildung gemacht und könnte sie auch gesehen oder die Aufnahmen ihres Gehirns gesichtet haben.«

Dr. Lane versteht nicht ganz, wovon die Rede ist.

»Möglicherweise haben Sie sie ja selbst untersucht«, beharrt Lucy. »Sie könnten ihr vor drei Jahren begegnet sein und sich an sie erinnern, wenn Sie ein Bild von ihr sehen ...«

Dr. Lane ist sicher, dass sie die Patientin längst vergessen hat. Schließlich untersucht sie so viele Menschen, und drei Jahre sind eine lange Zeit.

»Moment bitte«, wiederholt sie.

BANG ... BANG ... BANG ... BANG ...

Sie geht zu einem Computer und ruft ihre E-Mails auf, ohne sich zu setzen. Dann öffnet sie die Videodatei, spielt den Film einige Male ab und beobachtet, wie eine hübsche junge Frau mit dunkelblondem Haar und dunklen Augen von der Leiche eines unglaublich dicken Mannes aufblickt, auf dessen Gesicht Maden wimmeln.

»Gütiger Himmel«, ruft Dr. Lane.

Die hübsche junge Frau auf dem Film schaut direkt in die Kamera, sodass sie Dr. Lane anzublicken scheint. Dann schiebt sie ihre behandschuhte Hand in die Jackentasche des beleibten Toten. Der Film stoppt, und Dr. Lane lässt ihn noch einmal ablaufen, weil ihr etwas aufgefallen ist.

Durch die Plexiglasscheibe betrachtet Dr. Lane Kenny Jumper, dessen Kopf sie am anderen Ende der Magnetröhre kaum ausmachen kann. Er ist klein und zierlich und sieht mit seiner lose sitzenden dunklen Kleidung und den schlecht passenden Stiefeln ein wenig wie ein Obdachloser aus. Aber er ist ein zarter, hübscher Junge und trägt das dunkelblonde Haar in einem Pferdeschwanz. Seine Augen sind dunkel, und Dr. Lanes Gewissheit wächst. Er ähnelt dem Mädchen in dem Videofilm so sehr, dass sie Geschwister sein könnten. Vielleicht sogar Zwillinge.

»Josh?«, sagt Dr. Lane. »Könnten Sie mal Ihren kleinen Lieblingstrick mit dem Oberflächendarstellungs-TC anwenden?«

»Bei ihm?«

»Ja, und zwar sofort«, erwidert sie knapp. »Beth, geben Sie ihm die CD mit dem Fall Helen Quincy. Beeilen Sie sich.«

63

Benton findet es ein wenig seltsam, dass vor dem MRT-Labor ein Taxi steht. Es ist ein blauer Geländewagen, in dem niemand sitzt. Vielleicht ist es ja der Wagen, der Kenny Jumper am Bestattungsinstitut Alpha & Omega abholen sollte. Aber warum parkt das Taxi jetzt hier, und wo steckt der Fahrer? Neben dem Taxi sieht er den weißen Gefängnistransporter, der Basil zu seinem Fünf-Uhr-Termin hergebracht hat. Er fühlt sich nicht wohl, spricht viel von Selbstmord und möchte aus der Studie aussteigen.

»Wir haben so viel in ihn investiert«, sagt Benton zu Scarpetta auf dem Weg ins Labor. »Du kannst dir gar nicht vorstellen, welche Probleme es macht, wenn diese Leute das Handtuch werfen. Verdammt. Vielleicht hast du ja einen guten Einfluss auf ihn.«

»Ich werde mich da nicht einmischen, noch nicht einmal einen Kommentar dazu äußern«, entgegnet sie.

Vor dem kleinen Zimmer, in dem Benton mit Basil sprechen und versuchen will, ihm den Ausstieg aus BESTIE und den Selbstmord auszureden, stehen zwei Gefängnisaufseher. Der Raum gehört zum MRT-Bereich und ist der, in dem Bentons Unterredungen mit Basil normalerweise stattfinden. Scarpetta bemerkt, dass die Wachen nicht bewaffnet sind.

Sie folgt Benton in den Raum, wo Basil an einem kleinen Tisch sitzt. Er ist nicht gefesselt und trägt nicht einmal Plastikhandschellen. Scarpettas ohnehin schwache Begeisterung für BESTIE schwindet zusehends, denn sie hätte so etwas nie für möglich gehalten.

»Das ist Dr. Scarpetta«, sagt Benton zu Basil. »Sie gehört unserem Forschungsteam an. Stört es Sie, wenn sie dabei ist?«

»Ich fände es nett«, erwidert Basil.

Seine Augen scheinen sich zu drehen, als er Scarpetta betrachtet. Sie wirken unheimlich auf sie.

»Erzählen Sie mir, was mit Ihnen los ist«, beginnt Benton, nachdem er und Scarpetta Platz genommen haben.

»Sie beide stehen sich nah«, meint Basil, ohne Scarpetta anzusehen. »Das kann ich Ihnen nicht verdenken«, wendet er sich an Benton. »Ich habe versucht, mich in der Toilette zu ertränken, und wissen Sie, was das Komische daran ist? Es ist denen nicht einmal aufgefallen. Das ist doch zum Schießen. Den ganzen Tag spionieren sie mit einer Kamera hinter mir her, und wenn ich mich wirklich umbringen will, sieht es keiner.«

Er trägt Jeans, Tennisschuhe und ein weißes Hemd, aber weder Gürtel noch Schmuck. Scarpetta hat ihn sich ganz anders vorgestellt. Größer und kräftiger, nicht so zierlich, unauffällig, zart gebaut und mit schütterem blondem Haar. Er ist nicht hässlich im eigentlichen Sinne, nur unscheinbar. Scarpetta vermutet, dass seine Opfer, zumindest anfangs, ganz ähnlich empfunden haben, als er sie ansprach. Er wirkt nicht bedrohlich, ist nur ein Niemand mit einem nichts sagenden Lächeln. Nur seine Augen sind seltsam, und im Moment liegt ein eigenartiger und beunruhigender Blick in ihnen.

»Darf ich Sie etwas fragen?«, richtet sich Basil an sie.

»Ja.« Sie gibt sich keine Mühe, freundlich zu ihm zu sein.

»Wenn ich Ihnen auf der Straße begegnen und Ihnen sagen würde, ich würde Sie erschießen, wenn Sie nicht sofort in mein Auto steigen, was würden Sie dann tun?«

»Mich von Ihnen erschießen lassen«, erwidert sie. »Niemals würde ich in Ihr Auto steigen.«

Basil sieht Benton an und formt die Finger zu einer Pistole. »Bingo«, verkündet er. »Die würde ich behalten. Wie spät ist es?«

Im Zimmer gibt es keine Uhr.

»Elf nach fünf«, antwortet Benton. »Wir müssen darüber sprechen, warum Sie sich gerne umbringen würden, Basil.«

Zwei Minuten später hat Dr. Lane das Oberflächendarstellungs-CT auf dem Computerbildschirm. Daneben befindet sich die Aufnahme des so genannten Normalen in der Magnetröhre.

Kenny Jumper.

Vor einer knappen Minute hat er sich über die Gegensprechanlage nach der Uhrzeit erkundigt. Dann, kurz darauf, ist er unruhig geworden und hat angefangen, sich zu beklagen.

WONK-WONK-WONK … hallt es durch das MRT-Labor, als Josh Kenny Jumpers bleichen, kahlen und augenlosen Schädel rotieren lässt. Er hat einen schartigen Abschluss unterhalb des Kiefers wie bei einem Geköpften, weil wegen der Manschette das Signal abbricht. Josh dreht die Abbildung noch ein Stück, damit er sich in exakt der gleichen Position befindet wie Helen Quincys ebenfalls kahler, augenloser und wie geköpft wirkender Schädel auf dem anderen Bildschirm.

»Ach, du meine Güte«, sagt er.

»Ich glaube, ich muss hier raus«, ist Kennys Stimme über die Gegensprechanlage zu hören. »Wie spät ist es?«

»O Mann«, sagt Josh zu Dr. Lane, während er die Abbildung noch ein Stück dreht und seine Augen zwischen den beiden Bildschirmen hin- und herwandern.

»Ich muss hier raus.«

»Noch ein Stück in diese Richtung«, weist ihn Dr. Lane an und betrachtet ebenfalls erst den einen und dann den anderen bleichen, augenlosen und kahlen Schädel.

»Ich muss hier raus!«

»Da hätten wir's«, verkündet Dr. Lane. »Heiliger Strohsack!«

»Ich werd verrückt!«, ruft Josh.

Basil wird immer zappeliger, schaut ständig zur geschlossenen Tür und fragt schon wieder, wie viel Uhr es ist.

»Siebzehn nach fünf«, antwortet Benton. »Werden Sie irgendwo erwartet?«, fügt er spöttisch hinzu.

Wo möchte Basil in diesem Moment lieber sein als hier? Etwa in seiner Zelle, wo er sich ganz und gar nicht wohl fühlt? Also hat er Glück, hier sein zu dürfen. Und zwar mehr, als er verdient.

Basil zieht etwas aus seinem Ärmel. Zunächst erkennt Scarpetta den Gegenstand nicht und begreift nicht ganz, was geschieht. Doch dann springt er auf, stürzt auf sie zu, und der Gegenstand legt sich um ihren Hals. Er ist lang, weiß und dünn und schnürt ihr die Luft ab.

»Eine Bewegung, und ich ziehe zu!«, droht Basil.

Sie bemerkt, dass Benton aufsteht und ihn anschreit, und spürt das Pochen ihres Pulses. Dann geht die Tür auf, und im nächsten Moment zerrt Basil sie aus dem Zimmer. Ihr Puls pocht, und sie greift sich an die Kehle. Der lange, weiße, dünne Gegenstand liegt eng um ihren Hals, und er zieht daran. Benton ruft etwas. Die Wachen brüllen durcheinander.

64

Vor drei Jahren hat man in McLean bei Helen Quincy eine dissoziative Identitätsstörung diagnostiziert.

Vielleicht hat sie keine fünfzehn oder zwanzig verschiedene und autonome Persönlichkeiten, sondern nur drei, vier oder acht. Wie Benton weiter erklärt, entsteht diese Störung, wenn sich ein Mensch von seiner primären Identität abspaltet.

»Eine Anpassungsreaktion auf ein unerträgliches Trauma«, sagt Benton, während er und Scarpetta nach Westen in Richtung der Everglades fahren. »Siebenundneunzig Prozent aller Erkrankten wurden sexuell missbraucht, körperlich misshandelt oder beides, und Frauen leiden neunmal häufiger daran«, spricht er weiter, als die Sonne sich weiß in der Windschutzscheibe spiegelt, sodass Scarpetta trotz Sonnenbrille die Augen zukneifen muss.

Einige Kilometer entfernt schwebt Lucys Helikopter über einer verlassenen Zitrusplantage, einem Grundstück, das sich noch im Besitz der Familie Quincy befindet. Und zwar gehört es Helens Onkel Adger Quincy. Vor etwa zwanzig Jahren ist Zitrusbrand auf der Plantage ausgebrochen, worauf sämtliche Grapefruitbäume gefällt und verbrannt wurden. Seitdem haben

Gestrüpp und Unkraut das Stück Land in Besitz genommen, und das Haus verfällt. Irgendwann wird hier sicherlich eine Neubausiedlung entstehen. Adger Quincy lebt noch. Er ist ein zierlicher Mann von unauffälligem Äußerem und sehr religiös – in Marinos Worten ein Betbruder.

Adger streitet ab, dass etwas Außergewöhnliches geschehen ist, als Helen im Alter von zwölf Jahren nach der Einweisung von Florrie nach McLean zu ihm und seiner Frau zog. Er sagt ganz ruhig, er habe sich aufopferungsvoll um das irregeleitete und verwahrloste junge Mädchen gekümmert, *das dringend auf den rechten Weg zurückgeführt werden musste.*

Woher wusste sie von der alten Plantage und dem verfallenen Haus?, erkundigte sich Marino.

Doch Adger sprach nicht gern darüber. Er meinte nur, er sei mit der zwölfjährigen Helen hin und wieder dorthin gefahren, um *nach dem Rechten zu sehen.*

Was gab es denn dort zu sehen?

Ich wollte sichergehen, dass sich kein Gesindel dort herumtreibt.

Dort war doch nichts mehr, was man hätte zerstören können. Nur vier Hektar verbrannter Bäume, Unkraut und eine Ruine.

Man muss trotzdem für Ordnung sorgen. Außerdem habe ich mit Helen gebetet und ihr von Gott dem Herrn erzählt.

»Dass er sich so ausgedrückt hat«, stellt Benton fest, während er weiterfährt und Lucys Helikopter im Landeanflug auf Adgers verlassene Plantage wie eine Feder zu Boden schwebt, »weist darauf hin, dass er sich seines Verbrechens bewusst ist.«

»Dieser Dreckskerl«, sagt Scarpetta.

»Vermutlich werden wir nie herausfinden, was er und vielleicht auch andere ihr angetan haben«, sagt Benton. Bedrückt sitzt er hinter dem Steuer und reckt entschlossen den Kiefer vor.

Er ist wütend, und außerdem hat er einen Verdacht, der ihm schwer zu schaffen macht.

»Aber eines steht jedenfalls fest«, spricht er weiter. »Ihre verschiedenen Persönlichkeiten sind eine adaptive Reaktion auf ein unerträgliches Trauma, weil es niemanden gab, den sie um Hilfe bitten konnte. Dasselbe Phänomen findet sich manchmal auch bei Menschen, die das Konzentrationslager überlebt haben.«

»Dieser Dreckskerl.«

»Ein schwer kranker Mann. Und das Ergebnis ist eine schwer kranke junge Frau.«

»Er darf nicht ungeschoren davonkommen.«

»Ich fürchte, das ist er schon.«

»Hoffentlich kommt er in die Hölle«, sagt Scarpetta.

»Da ist er wahrscheinlich bereits.«

»Warum nimmst du ihn in Schutz?« Sie sieht Benton an und reibt sich unwillkürlich den Hals.

Sie hat dort einen Bluterguss, der noch schmerzt, und jedes Mal, wenn sie die Stelle berührt, wird sie daran erinnert, dass Basil sie mit einer selbst geknüpften weißen Schnur gewürgt hat. Dabei hat er für kurze Zeit die Gefäße unterbrochen, die das Gehirn mit Blut und Sauerstoff versorgen, wodurch sie das Bewusstsein verloren hat. Es geht ihr gut. Allerdings wäre es nicht so glimpflich abgelaufen, wenn es den Wachen nicht gelungen wäre, Basil so schnell von ihr wegzuzerren.

Er und Helen sitzen in Butler hinter Schloss und Riegel. Inzwischen ist Basil nicht mehr Bentons BESTIE-Traumproband. Er wird nicht länger nach McLean kommen.

»Ich nehme ihn nicht in Schutz, sondern suche nur nach einer Erklärung«, erwidert Benton.

Auf der South 27, kurz vor der Ausfahrt zu einer Raststätte, geht er vom Gas, biegt nach rechts in einen staubigen Feldweg ein und stoppt den Wagen. Quer über den Feldweg ist eine rostige Eisenkette gespannt, und am Boden sind viele Reifenspuren zu erkennen. Benton steigt aus und entfernt die dicke Kette, die klappernd zu Boden fällt. Nachdem er ein Stück weitergefahren ist, verlässt er erneut den Wagen, um die Kette wieder in der ursprünglichen Position einzuhaken. Bis jetzt ahnen weder die Presse noch Schaulustige etwas von den Vorgängen hier draußen. Diese ungebetenen Gäste werden sich zwar nicht von einer rostigen Kette aufhalten lassen, doch ein Versuch kann ja nicht schaden.

»Einige behaupten, dass man nur einen oder zwei Fälle von dissoziativer Persönlichkeitstörung gesehen haben muss, um sie alle zu kennen«, fährt er fort. »Aber ich bin da anderer Ansicht. Allerdings stimmen die Symptome bei den verschiedenen Patienten auf bemerkenswerte Weise überein, wenn man bedenkt, wie unglaublich komplex und bizarr diese Erkrankung ist. Eine dramatische Verwandlung vollzieht sich, wenn eine Persönlichkeit zu einer anderen wird, von denen jede dominant ist und das Verhalten bestimmt. Der Mensch verändert sich im Hinblick auf Gesichtsausdruck, Körperhaltung, die Art zu gehen und sich zu benehmen und sogar auf Stimmlage, Tonfall und Sprechweise. Früher hat man diese Erkrankung oft mit der Besessenheit von bösen Geistern zu erklären versucht.«

»Glaubst du, dass Helens Persönlichkeiten – Jan, Stevie, die Person, die sich als Zitruskontrolleur ausgegeben hat, und ihre übrigen Identitäten – voneinander wissen?«

»Während ihres Aufenthalts in McLean stritt sie ab, an einer Persönlichkeitsspaltung zu leiden, selbst nachdem Mitarbeiter berichteten, sie hätte vor ihren Augen die Identität gewechselt. Sie hatte akustische und visuelle Halluzinationen. Hin und wieder sprachen ihre unterschiedlichen Persönlichkeiten sogar in Gegenwart des Arztes miteinander. Und schon im nächsten Moment war sie wieder Helen Quincy, saß reizend und höflich auf ihrem Stuhl und tat, als hätte der Psychiater, der glaubte, dass sie an einer Persönlichkeitsstörung erkrankt sei, eine Schraube locker.«

»Ich frage mich, ob Helen selbst je wieder zum Vorschein kommen wird«, meint Scarpetta.

»Nachdem sie und Basil ihre Mutter getötet hatten, wechselte sie die Identität und wurde Jan Hamilton. Das war eine bewusste Entscheidung, keine Persönlichkeitsspaltung, Kay. Glaub also bloß nicht, dass es sich bei Jan um eine ihrer Persönlichkeiten handelt, wenn du verstehst, was ich meine. Das war nur ein falscher Name, hinter dem sich Helen, Stevie, Hog und wer auch sonst noch immer verstecken konnten.«

Staub wirbelt auf, als sie über den zugewachsenen Feldweg holpern. In der Ferne ist ein verfallenes Haus zu erkennen, überall wuchern Unkraut und Gestrüpp.

»Vermutlich können wir davon ausgehen, dass Helen Quincy mit zwölf aufgehört hat zu existieren«, sagt Scarpetta.

Lucys Helikopter ist auf einer kleinen Lichtung gelandet. Der Rotor dreht sich noch, und sie schaltet die Turbinen ab. Vor dem Haus stehen ein Möbelwagen, drei Polizeifahrzeuge, zwei Geländewagen der Akademie und Rebas Crown Victoria.

Das Hotel Sea Breeze liegt so weit im Landesinneren, dass es gewiss nie auch nur den Hauch einer Meeresbrise abkriegt, und auch die Bezeichnung Hotel ist sehr wohlwollend gewählt. Es gibt nicht einmal einen Swimmingpool.

Laut Aussage des Mannes an der Rezeption in der schäbigen Vorhalle mit der ratternden Klimaanlage und den Plastikpflanzen bekommen Langzeitmieter hier Rabatt.

Er berichtet, Jan Hamilton habe einen unregelmäßigen Lebenswandel gepflegt und sei, insbesondere in letzter Zeit, oft tagelang nicht im Haus gewesen. Auch ihr Kleidungsstil sei sehr abwechslungsreich gewesen, einen Tag sehr weiblich, am nächsten eher maskulin.

Mein Motto lautet leben und leben lassen, sagte der Mann an der Rezeption, als Marino sich dort nach Jan erkundigt hatte.

Es war nicht weiter schwer gewesen, sie ausfindig zu machen. Nachdem Helen aus der Röhre gekrochen war, während die Wachen Basil am Boden festhielten, war alles vorbei. Sie kauerte sich in eine Ecke, brach in Tränen aus und schluchzte, sie sei nicht Kenny Jumper und habe noch nie von ihm gehört. Sie stritt ab zu wissen, wovon überhaupt die Rede sei, und auch Basil kenne sie nicht. Außerdem habe sie nicht die geringste Ahnung, wie sie in die MRT-Abteilung des McLean Hospital in Belmont, Massachusetts, gekommen sei. Benton gegenüber verhielt sie sich sehr höflich und kooperativ, nannte ihm ihre Adresse und sagte, sie arbeite stundenweise als Barkeeperin in South Beach, und zwar in einem Restaurant namens Rumors, das einem sehr netten Herrn namens Laurel Swift gehöre.

Marino geht vor dem offenen Wandschrank in die Hocke. Der Schrank hat keine Tür und ist nur mit einer Kleiderstange ausgestattet. Auf dem schmutzigen Teppich liegen ordentlich gefaltete Kleiderstapel, die Marino mit behandschuhten Händen durchgeht. Der Schweiß tropft ihm in die Augen, denn die ins Fenster eingelassene Klimaanlage funktioniert nicht gut.

»Ein langer schwarzer Mantel mit Kapuze«, sagt er zu Gus, einem von Lucys Spezialagenten. »Hört sich bekannt an.«

Er reicht Gus den zusammengelegten Mantel, den dieser in einer braunen Papiertüte verstaut. Anschließend beschriftet er die Tüte mit dem Datum sowie der Bezeichnung und dem Fundort des Kleidungsstücks. Inzwischen häufen sich Dutzende brauner Papiertüten, alle mit Asservatenband versiegelt, auf dem Teppich. Das gesamte Inventar von Jans Zimmer wird zusammengepackt. *Alles einsacken, was nicht niet- und nagelfest ist,* hat Marino in seine Anweisung geschrieben.

Seine große behandschuhe Hand durchwühlt weitere Kleidungsstücke, diesmal schäbige Männersachen, ein Paar Schuhe mit abgetrennten Fersenkappen, eine Mütze mit dem Emblem der Miami Dolphins und ein weißes Hemd, auf dessen Rückseite die Aufschrift LANDWIRTSCHAFTSMINISTERIUM prangt. Mehr steht da nicht. Nicht etwa LANDWIRTSCHAFTS- UND VERBRAUCHERSCHUTZMINISTERIUM FLORIDA, nur LANDWIRTSCHAFTSMINISTERIUM. Wie Marino vermutet, wurden die Blockbuchstaben mit einem Markierstift angebracht.

»Wie konnten Sie übersehen, dass er in Wirklichkeit eine Frau war?«, fragt Gus, während er eine weitere Tüte versiegelt.

»Sie waren nicht dabei.«

»Dann muss ich Ihnen wohl glauben«, erwidert Gus und

streckt die Hand nach dem nächsten Kleidungsstück, einer schwarzen Feinstrumpfhose, aus.

Gus ist bewaffnet und trägt einen Kampfanzug, wie es Lucys Spezialagenten immer tun, auch wenn es eigentlich überflüssig ist. Und an einem Tag, an dem es fünfunddreißig Grad warm ist und die zwanzigjährige Verdächtige in einem Gefängniskrankenhaus hinter Schloss und Riegel sitzt, war es vermutlich wirklich nicht nötig, vier Spezialagenten ins Hotel Sea Breeze zu schicken. Doch ganz gleich, wie ausführlich Marino das, was Benton ihm über Helens Persönlichkeitsspaltung – oder Alter Egos, wie er sie nennt – erzählt hat, auch erläutert, die Spezialagenten glauben ihm einfach nicht, dass sich nicht noch weitere gefährliche Gewalttäter hier herumtreiben. Sie vermuten vielmehr, dass Helen noch einige Komplizen wie Basil Jenrette hatte, die sehr wohl real vorhanden sind.

Inzwischen befassen sich zwei von Lucys Agenten mit dem Computer, der auf dem Schreibtisch am Fenster mit Blick auf den Parkplatz steht. Sie finden auch einen Scanner, einen Farbdrucker, Päckchen mit Hochglanzpapier und ein halbes Dutzend Anglerzeitschriften.

Die Bohlen auf der vorderen Veranda sind verzogen. Einige sind weggefault, andere fehlen, sodass der sandige Boden zu sehen ist. Von den Wänden des einstöckigen Hauses unweit der Everglades blättert die Farbe ab.

Bis auf den Verkehrslärm in der Ferne, der wie Windböen klingt, ist es still. Nur das Scharren und Kratzen von Schaufeln ist zu hören. Leichengestank verpestet die Luft und scheint in dunkel schimmernden Wellen durch die stickige Nachmittagshitze zu wabern. Je näher man den Gruben kommt, desto schlimmer wird es. Inzwischen haben Agenten, Polizisten und Spurensicherungsexperten vier Gräber gefunden, und die aufgewühlte Erde sowie die Verfärbungen des Bodens lassen darauf schließen, dass es noch mehr davon gibt.

Scarpetta und Benton stehen im Vorraum an der Tür, wo ein

Aquarium aufgebaut ist. Darin liegt eine zusammengekrümmte große Spinne tot auf einem Stein. An der Wand lehnt ein Mossberg-Schrotgewehr Kaliber zwölf, daneben sind fünf Schachteln Munition gestapelt. Scarpetta und Benton sehen zu, wie zwei Männer, schwitzend im Anzug, mit Krawatte und blauen Nitrilhandschuhen, eine Bahre mit klappernden Rädern vorbeischieben, auf der die in einen Leichensack gehüllten sterblichen Überreste von Ev Christian liegen. An der weit offenen Tür bleiben sie stehen.

»Ich möchte, dass Sie sofort wieder hierher zurückkommen, wenn Sie sie in die Leichenhalle gebracht haben«, sagt Scarpetta zu ihnen.

»Das haben wir uns schon gedacht. So etwas Grauenhaftes habe ich noch nie erlebt«, erwidert einer der beiden Männer.

»Da steht Ihnen noch einiges bevor«, ergänzt der zweite.

Unter lautem Geschepper klappen sie die Beine der Bahre ein und tragen Ev Christians Leiche hinaus zu dem dunkelblauen Transporter.

»Wie soll man diesen Fall vor Gericht bringen?«, fällt einem der Männer noch ein, als er schon unten an der Treppe steht. »Falls diese Frau sich selbst umgebracht hat, kann man doch niemanden wegen Mordes anklagen.«

»Bitte beeilen Sie sich«, erwidert Scarpetta nur.

Nach kurzem Zögern gehen die Männer weiter. Lucy kommt aus dem hinteren Teil des Hauses. Sie trägt zwar einen Schutzanzug und eine dunkle Brille, hat die Gesichtsmaske und ihre Handschuhe aber abgelegt. Im Laufschritt steuert sie auf den Helikopter zu.

»Nichts spricht dagegen, dass sie es doch getan hat«, sagt Scarpetta zu Benton, während sie zwei Packungen mit Einweg-Schutzanzügen – einen für ihn und einen für sich selbst – aufreißt. Mit *sie* ist Helen Quincy gemeint.

»Aber es spricht auch nichts dafür. Die beiden haben Recht.« Benton blickt der Bahre und ihrer grausigen Last nach, als die Fahrer des Leichenwagens die Beine wieder ausklappen, um zum Öffnen der Wagentür die Hände frei zu haben. »Ein Selbstmord, der eigentlich ein Mord ist, und eine Täterin mit Persönlichkeitsspaltung. Die Verteidiger werden sich freuen.«

Die Bahre kippelt auf dem sandigen, von Unkraut überwucherten Boden, und Scarpetta befürchtet schon, dass sie umfallen könnte. Es wäre nicht das erste Mal, dass ein Toter im Leichensack auf dem Boden landet, was absolut unpassend und pietätlos ist. Der Anblick macht sie ganz nervös.

»Bei der Autopsie wird vermutlich Tod durch Erhängen herauskommen«, stellt sie fest und blickt in den sonnigen, heißen Nachmittag hinaus, auf das Gewimmel von Menschen. Sie beobachtet, wie Lucy etwas aus dem Heck des Helikopters holt. Eine Eiskiste.

Es ist derselbe Helikopter, in dem sie ihr Treo vergessen hat, eine Gedankenlosigkeit, mit der gewissermaßen alles begann. Das Versäumnis hat alle, die heute hier versammelt sind, in dieses Höllenloch, diese Pestgrube, geführt.

»Mehr werden wir wahrscheinlich nicht über die Todesursache erfahren«, spricht Scarpetta weiter. »Doch der Rest ist eine ganz andere Geschichte.«

Der Rest ist das Leid, das Ev durchmachen musste. Ihr nackter, aufgedunsener Körper baumelte an über einen Deckenbalken geschlungenen Seilen; eines davon lag um ihren Hals. Sie ist von Insektenstichen und Ausschlägen übersät, ihre Handgelenke und Knöchel weisen eitrige Entzündungen auf. Beim Betasten ihres Kopfes hat Scarpetta lose Knochensplitter unter den Fingern gespürt. Das Gesicht der Frau wurde förmlich zerschlagen, ihre Kopfhaut ist voller Wunden und Blutergüsse, und die Hautabschürfungen wurden ihr vermutlich etwa zum Zeitpunkt ihres Todes zugefügt. Scarpetta nimmt an, dass Jan/Stevie/Hog – oder wer sie auch immer gewesen sein mag, als sie Ev in diesem Haus folterte – immer wieder heftig auf Evs Leiche eingetreten und eingeprügelt hat, als sie den Selbstmord bemerkte. Auf Evs Rücken, Bauch und Gesäß sind schwach die Abdrücke einer Schuh- oder Stiefelsohle zu sehen.

Reba biegt um die Hausecke, steigt vorsichtig die morschen Stufen hinauf und tastet sich über die Veranda. Ihr Einweg-Overall leuchtet weiß, und sie schiebt sich die Maske aus dem Gesicht. In der Hand hält sie eine oben ordentlich zugefaltete braune Papiertüte.

»Wir haben einige schwarze Müllsäcke aus Plastik gefunden«, verkündet sie. »Und zwar in einem eigenen Grab, das flacher ist als die anderen. Mit Weihnachtsschmuck darin. Die Sachen sind zwar zerbrochen, aber es handelt sich offenbar um einen Snoopy mit einer Nikolausmütze und eine Rotkäppchenfigur.«

»Wie viele Leichen sind es insgesamt?«, fragt Benton, ganz der kühle Profi-Ermittler.

Im Angesicht des Todes – selbst unter den grausigsten Umständen – zuckt er nie mit der Wimper und wirkt stets sachlich und gelassen. Es macht fast den Anschein, als berühre ihn das alles nicht und als seien Snoopy und Rotkäppchen nur Fakten, die er ablegen kann.

Doch seine äußere Ruhe täuscht. Scarpetta hatte vorhin im Auto und auch im Haus ausreichend Gelegenheit, seine Reaktion zu beobachten, als ihnen beiden das Ausmaß des ursprünglichen Verbrechens allmählich klar wurde – des Verbrechens, das damals geschah, als Helen Quincy zwölf war. In der Küche gibt es einen verrosteten Kühlschrank. Und darin stehen Behälter mit Yoo-hoo-Schoko-Drinks, Trauben- und Orangenlimo von Nehi und eine Packung Kakao, alles vor acht Jahren abgelaufen, zu der Zeit also, als die zwölfjährige Helen bei ihrer Tante und ihrem Onkel zwangseinquartiert worden ist. Außerdem liegen da Dutzende von pornographischen Magazinen aus demselben Jahr, ein Hinweis darauf, dass der streng bibeltreue Sonntagsschullehrer Adger seine kleine Nichte nicht nur einmal hierher gebracht hat. Sondern öfter.

»Die beiden Jungen«, sagt Reba, und beim Reden bewegt sich die Maske unter ihrem Kinn. »Für mich sieht es aus, als hätte ihnen jemand den Schädel eingeschlagen. Aber das ist nicht mein Fachgebiet«, sagt sie zu Scarpetta. »Dann sind da noch einige vermischte Leichenteile, offenbar nackt, aber es liegen auch Kleidungsstücke dabei. Keine der Leichen ist bekleidet. Anscheinend haben die Täter einige ihrer Opfer einfach in die Gruben geworfen und die Sachen hinterhergeschmissen.«

»Also hat er noch mehr Frauen umgebracht, als er zugegeben hat«, stellt Benton nüchtern fest, während Reba die Papiertüte öffnet. »Manche Leichen hat er so arrangiert, dass sie gefunden werden, und die anderen vergraben.«

Reba hält die Tüte auf, sodass Scarpetta und Benton den Schnorchel und den schmutzigen rosafarbenen Keds-Turnschuh in Kindergröße darin sehen können.

»Der passt zu dem Schuh, der oben auf der Matratze liegt«, verkündet sie. »Wir haben ihn in einem Loch gefunden, in dem wir weitere Leichen vermutet haben. Aber nichts. Nur das hier.« Sie weist auf den Schnorchel und den rosafarbenen Schuh. »Lucy ist darauf gestoßen. Ich habe keine Ahnung, was das zu bedeuten hat.«

»Ich fürchte, ich schon«, erwidert Scarpetta, nimmt mit behandschuhten Händen den Schnorchel und den kleinen Mädchenschuh aus der Tüte und stellt sich vor, wie die zwölfjährige Helen in dem Loch liegt und Erde auf sie geschaufelt wird. Der Schnorchel war ihre einzige Möglichkeit, Luft zu holen, während ihr Onkel sie folterte.

»Das bedeutet, dass hier ein Kind in einen Koffer gesperrt, im Keller angekettet und bei lebendigem Leibe begraben wurde. Nur über den Schnorchel bekam sie Luft«, erklärt Scarpetta, als Reba sie fragend ansieht.

»Kein Wunder, dass sie sich in verschiedene Leute aufgespalten hat«, sagt Benton, jetzt sichtlich erschüttert. »Verdammter Scheißkerl.«

Um Fassung ringend, wendet Reba sich ab, schluckt und starrt ins Leere. Dann faltet sie die braune Papiertüte langsam und ordentlich wieder zu.

»Tja«, sagt sie dann und räuspert sich. »Wir haben kalte Getränke hier. Angefasst haben wir nichts. Wir haben auch nicht die Müllsäcke in der Grube geöffnet, in der der Snoopy lag, aber sie verströmen einen starken Verwesungsgeruch. Einer der Säcke hat einen Riss, und man kann verfilzte rote Haare erkennen, die aussehen wie mit Henna gefärbt. Außerdem einen Arm und einen Ärmel. Ich glaube, diese Leiche ist bekleidet. Die anderen eindeutig nicht. Tja, es gibt Cola light, Gatorade und Wasser. Falls Sie was anderes möchten, können wir ja jemanden losschicken. Oder vielleicht besser doch nicht.«

Sie blickt in Richtung der Gruben hinter dem Haus. Dabei blinzelt und schluckt sie immer wieder, und ihre Unterlippe bebt.

»Wahrscheinlich ist es besser, wenn wir mit diesem Geruch nicht in einen 7-Eleven hineinspazieren. Ich begreife nur nicht … wenn er das wirklich getan hat, sollten wir ihn uns schnappen und dasselbe mit ihm machen wie er mit diesem Mädchen. Diesen Kerl sollte man auch lebendig begraben, aber ohne Schnorchel zum Atmen! Oder ihm gleich seine Scheiß-Eier abschneiden!«

»Ziehen wir uns um«, sagt Scarpetta leise zu Benton.

Sie entfalten die weißen Einweg-Overalls und schlüpfen hinein.

»Aber wir können es ihm nicht beweisen«, spricht Reba weiter. »Das wird nicht klappen.«

»Seien Sie da nicht so sicher«, entgegnet Scarpetta, während sie Benton die Überschuhe reicht. »Er hat ziemlich viele Spuren hinterlassen, da er nie damit gerechnet hat, dass wir hier nachsehen würden.«

Nachdem sie ihre Haare mit Kappen bedeckt haben, gehen sie die verzogenen alten Stufen hinunter, streifen Handschuhe über und setzen Gesichtsmasken auf.

Besonderen Dank

Das der Harvard Medical School angeschlossene McLean Hospital ist eine der angesehensten psychiatrischen Einrichtungen der Vereinigten Staaten und für seine Forschungsprogramme, insbesondere auf dem Gebiet der Neurologie, weltbekannt. Denn nicht der Weltraum ist es, der für uns die größte Herausforderung darstellt, sondern das menschliche Gehirn und die Rolle der Biologie bei der Entstehung psychischer Erkrankungen. McLean setzt nicht nur Standards auf dem Gebiet der psychiatrischen Forschung, sondern lindert durch sein Engagement auch das unerträgliche Leid der Betroffenen.

Den hervorragenden Ärzten und Wissenschaftlern, die so freundlich waren, mir Einblicke in ihre faszinierende Welt zu eröffnen, bin ich zu großem Dank verpflichtet.

Insbesondere danke ich:

Dr. Bruce M. Cohen
Direktor und Leiter der psychiatrischen Abteilung

und

Dr. David P. Olson
klinischer Leiter, Zentrum für Bildgcbung in den Neurowissenschaften

und vor allem

Dr. Staci A. Gruber
stellvertretende Leiterin des Labors für kognitive Neurologie